Madame Tout-le-monde

DE LA MÊME AUTEURE

SAGA MADAME TOUT-LE-MONDE

Tome 1 : *Cap-aux-Brumes.* Montréal, Hurtubise, 2011.
Tome 2 : *Jardins de givre*, Montréal, Hurtubise, 2012.
Tome 3 : *Châteaux de sable*, Montréal, Hurtubise, 2013.

Juliette Thibault

Madame Tout-le-monde

tome 4

Vent de folie

Roman historique

Hurtubise

Catalogage avant publication de Bibliothèque et Archives nationales du Québec et Bibliothèque et Archives Canada

Thibault, Juliette, 1945-

    Madame Tout-le-monde : roman historique

    L'ouvrage complet comprendra 5 v.
    Sommaire : t. 4. Vent de folie.

    ISBN 978-2-89723-421-8 (v. 4)

    I. Titre. II. Titre : Vent de folie.

PS8639.H515M32 2011   C843'.6   C2011-941257-8
PS9639.H515M32 2011

Les Éditions Hurtubise bénéficient du soutien financier des institutions suivantes pour leurs activités d'édition :

- Conseil des Arts du Canada ;
- Gouvernement du Canada par l'entremise du Fonds du livre du Canada (FLC) ;
- Société de développement des entreprises culturelles du Québec (SODEC) ;
- Gouvernement du Québec par l'entremise du programme de crédit d'impôt pour l'édition de livres.

Conception graphique : René St-Amand
Illustration de la couverture : Sybiline
Mise en pages : Andréa Joseph [pagexpress@videotron.ca]

Copyright © 2014, Éditions Hurtubise inc.
ISBN 978-2-89723-421-8 (version imprimée)
ISBN 978-2-89723-422-5 (version numérique PDF)
ISBN 978-2-89723-423-2 (version numérique ePub)

Dépôt légal : 3e trimestre 2014
Bibliothèque et Archives nationales du Québec
Bibliothèque et Archives Canada

Diffusion-distribution au Canada :
Distribution HMH
1815, avenue De Lorimier
Montréal (Québec) H2K 3W6
www.distributionhmh.com

Diffusion-distribution en Europe :
Librairie du Québec/DNM
30, rue Gay-Lussac
75005 Paris FRANCE
www.librairieduquebec.fr

Imprimé au Canada
www.editionshurtubise.com

Personnages principaux

Adam: ami de Renaud Beaudry

Arlette: amie de Valérie Briand

Béatrice: épouse de Jean-Marie Briand

Beaudry, Jasmine: née Boudreau, mère d'Olivier et Renaud

Beaudry, Karine: fille de Valérie

Beaudry, M^e: avocat, père d'Olivier et Renaud

Beaudry, Olivier: ami de Valérie

Beaudry, Renaud: ami de Valérie

Berger, madame: voisine de Valérie et gardienne de Karine

Boudreau, monsieur et madame: parents de Jasmine Beaudry, grands-parents de Renaud et Olivier Beaudry

Briand, Francis: fils de Julien et Anne-Marie Dumont, frère de Valérie

Briand, Jean-Marie: fils de Julien et Anne-Marie Dumont, frère de Valérie

Briand, Julien: veuf d'Anne-Marie Dumont, père de Valérie

Briand, Rémi: fils de Julien et Anne-Marie Dumont, frère de Valérie

Briand, Valérie: fille de Julien et Anne-Marie Dumont, petite-fille de Marie-Reine Dumont (née Dumas) et arrière-petite-fille de Marie Dumas (née Lemieux)

Charles: voisin de Valérie, époux de Lisette

Dave: fils d'Elizabeth, vit aux États-Unis

Desaulniers, Bernard: camarade de Valérie

Desaulniers, Nathalie: épouse de Bernard

Desaulniers, René: père de Bernard

Desaulniers, Thierry: fils de Bernard et Nathalie

Dumas, Nick: frère de Marie-Reine Dumont

Dumont, Gisèle: fille de Théo et Marie-Reine, tante de Valérie Briand

Dumont, Marie-Reine: veuve de Théo, fille de Marie et Guillaume Dumas, grand-mère de Valérie Briand

Elizabeth: amie d'Elsie, vit aux États-Unis

Elsie: nièce de Marie-Reine Dumont, vit aux États-Unis

Fabrice: ex-amoureux de Valérie Briand

Fortier, monsieur: concierge

Léo: amoureux d'Arlette

Lisette: voisine de Valérie, épouse de Charles

Nadine: épouse de Francis Briand

Aux petits-enfants de Marcel que je chéris
comme s'ils étaient les miens,

Émilie et Catherine
Simon et Guillaume
Sébastien et Alexandra

Et aux arrière-petits-enfants qui viennent
enrichir notre belle famille,

Wesley, notre charmeur, et Mathilde, notre petit ange,
et à ceux et celles à venir.

1

Cap-aux-Brumes, septembre 1967

La tête enfouie dans l'oreiller, Valérie dilue son chagrin dans un torrent de larmes. La lettre de Fabrice gît par terre, à côté du lit. Elle lui a glissé des mains comme une feuille fanée se détache de l'arbre à la fin de l'été. Sa belle romance n'a duré qu'une année pendant laquelle elle s'est bercée d'illusions. Fabrice n'est pas le garçon sérieux et constant qu'elle avait imaginé. Elle n'est pas la femme de ses rêves, a-t-il écrit. «Il était temps qu'il s'en rende compte», se dit-elle, mortifiée. Valérie se redresse dans son lit, à la recherche de la missive fatidique.

— Autant la relire, marmonne-t-elle en la récupérant.

Valérie,

J'aurais aimé te l'apprendre de vive voix, mais nous n'avons pas eu un seul moment à nous durant la fin de semaine et je ne peux différer l'explication que j'aurais dû te donner depuis quelque temps déjà. Je te prie de croire que cette démarche me coûte et me fait mal. Pourtant, je dois me montrer honnête.

J'ai fait la connaissance d'une autre jeune fille cet hiver. Au début, ce n'était qu'une amie, mais peu à peu nos sentiments ont évolué. Elle est la femme dont j'ai toujours rêvé: professionnelle et sportive comme moi. Nous projetons de nous marier à la fin de nos études et de nous établir à Cap-aux-Brumes.

Je te demande pardon pour la peine que je te fais. Je sais que tu dois m'en vouloir de ne pas t'en avoir informée avant. C'est que j'essayais de lutter contre l'attirance que je ressentais pour Maryse et je continuais de t'apprécier énormément. Mais tu mérites mieux qu'une parodie d'amour.

Si nous pouvions commander notre cœur, je te prie de croire que je lui aurais ordonné de ne battre que pour toi. Tu es une fille exceptionnelle et je te souhaite de rencontrer un jour le grand amour.

Je te garde mon amitié sincère,

Fabrice

Son amitié! Elle n'en veut pas. Pas plus qu'elle ne désire revoir ce fourbe, ce lâche, qui n'a pas eu le courage de mettre les choses au point en personne, ni cette Maryse, toute femme de rêve qu'elle soit.

« Monsieur rêvait d'une professionnelle. Il devait le savoir depuis longtemps! Et moi, qu'est-ce que j'étais alors? Un prix de consolation? Le mufle! Le scélérat! Le malotru! Le goujat! »

Elle fulmine en cherchant le qualificatif assez dégradant pour décrire le manque de loyauté de Fabrice. Son indélicatesse l'a d'abord offensée, mais à présent l'affront la fait bouillir de rage. Pourtant, c'est justement cette petite pique à sa fierté qui va l'aider à se remettre d'aplomb. Réflexion faite, Valérie juge que Fabrice ne la mérite pas. On lui a appris que la valeur d'une personne ne se mesure pas à son statut social. « L'instruction, c'est comme la boisson, il y en a qui portent pas ça », disait sa mère quand un homme instruit levait le nez sur les gens de condition modeste. Sa grand-mère lui ferait remarquer que l'éducation et l'instruction sont deux choses différentes, et Fabrice vient de lui en offrir un triste exemple.

D'un geste brusque, elle tire un papier mouchoir de la boîte pour s'essuyer les yeux et constate que c'est le dernier. Fabrice ne vaut pas plus qu'une boîte de mouchoirs, songe-t-elle, amère.

— Le souper est servi! crie sa tante, au pied de l'escalier.

Valérie décide de faire la sourde oreille. Elle n'aura qu'à prétexter qu'elle se sent enrhumée pour expliquer son nez rougi si on vient la voir. Elle a besoin de solitude pour élaborer de nouveaux projets puisque Fabrice vient de faire volte-face.

Au bureau, le lendemain, Valérie n'arrête pas de vérifier l'heure à sa montre, tant ce vendredi lui paraît interminable. La source de son chagrin s'est tarie et il ne subsiste à présent qu'une détermination farouche de quitter Cap-aux-Brumes avant que n'y atterrisse la «femme de rêve». À cinq heures tapantes, elle met la housse sur sa machine à écrire et file chez Arlette à qui elle a téléphoné dans la matinée. Elle a besoin de se confier à son amie avant d'informer son père de ses intentions.

Étendues à plat ventre sur le lit d'Arlette, elles parlent à mi-voix. Valérie déballe toute son histoire en vrac, allant de la lettre de Fabrice à son désir de partir, puis revient à la lettre avant de parler franchement de ce qui la turlupine.

— Papa ne va pas avaler ça de gaieté de cœur, dit-elle en se rongeant un ongle.

— Bof! Les pères sont tous un peu trop protecteurs envers leur fille, mais t'es majeure et t'as le droit de faire ce que tu veux, t'as plus besoin de sa permission.

Valérie pousse un long soupir.

— Au pire, il va râler un peu, ajoute Arlette, mais il ne pourra pas t'empêcher de t'en aller.

— Tu as raison, mais je ne voudrais pas partir en mauvais termes avec lui, tu comprends? Papa est si bon, je l'aime tellement. Je ne suis pas certaine qu'il s'est consolé de la mort de maman, alors je ne voudrais pas lui faire de la peine.

Le petit menton de Valérie tremblote et Arlette la serre dans ses bras pour la réconforter.

— T'as qu'à lui répéter tout ce que tu viens de me dire. Il va comprendre, j'en suis sûre.

À dix heures du soir, juste avant la fermeture de la bijouterie, Valérie arrive derrière l'établi de son père et lui dit à l'oreille qu'elle désire lui parler seule à seul au moment où un retardataire s'amène, soufflant comme un phoque surmené.

— Attends-moi, j'en ai pas pour longtemps, murmure Julien.

L'homme annonce qu'il vient chercher sa montre en réparation. Pendant qu'il règle le montant dû, Valérie ferme la porte séparant la bijouterie de la cuisine, puis elle approche un petit tabouret du fauteuil de son père. Aussitôt le client sorti, Julien verrouille, éteint les lumières et revient vers sa fille. Éclairé par la lampe de son établi, son visage est grave, comme s'il pressentait l'importance de ce que s'apprête à lui dire son aînée.

Sans échanger une parole, ils s'assoient côte à côte et Valérie lui tend la lettre de Fabrice. Julien se rembrunit dès le début de la lecture.

— J'ai décidé de partir, papa, dit-elle quand il lui rend la missive.

Julien reste muet, le regard hébété. Valérie avait imaginé bien des scénarios, sauf celui-là. Et à présent elle songe qu'elle aurait préféré qu'il s'oppose et tempête plutôt que de le voir dans cet état de prostration, comme s'il avait été frappé d'un coup mortel.

— Je ne peux pas supporter l'idée de le voir parader avec sa femme de rêve quand il reviendra s'installer à Cap-aux-Brumes, papa. Ce n'est pas facile de se sentir rejetée, pouvez-vous comprendre cela ?

Le regard de Julien s'assombrit et sa joue tressaille. Les blessures du petit garçon claudiquant, objet de risée de ses compagnons de classe, se rouvrent spontanément et son cœur est de nouveau à vif.

— Oh, oui, dit-il d'un ton las. Le sentiment de rejet, je le connais très bien, ma fille. Tu ne peux pas savoir à quel point je te comprends en ce moment.

— Alors, vous m'approuvez ? demande-t-elle d'une voix implorante.

— Tout ce que je sais, c'est que je ne veux pas te perdre, ma fille. Je voudrais continuer de veiller sur toi et te protéger.

Ses épaules sont voûtées, comme celles d'un vieil homme que le poids d'une vie de souffrances aurait fini par terrasser et Valérie a mal pour lui. Comme elle, son père n'a pas eu de chance en amour. La mort est venue lui ravir celle qu'il adorait.

Tous deux se taisent, perdus dans leurs sombres pensées, pendant que le tic-tac des horloges scande le temps qui file inéluctablement.

— La nuit porte conseil, dit-il tout bas. Demain, on en reparlera à tête reposée.

◦◦◦

Sur le quai de la gare de Lévis, Marie-Reine tient son chapeau d'une main ferme pour lutter contre les assauts du vent d'automne qui menace de le lui ravir.

— Nous pourrions attendre à l'intérieur et sortir quand le train entrera en gare, grand-maman, suggère Valérie.

— J'ai envie de prendre l'air, répond Marie-Reine en exhibant un sourire ravi. La ville de Québec est si belle, vue d'ici. La prochaine fois que je vais venir te voir, on va prendre le temps d'aller au Château Frontenac, j'espère.

Marie-Reine donne l'impression d'avoir rajeuni de vingt ans durant son séjour dans la capitale. Son dos est droit comme celui d'une jeune fille hardie, son teint a rosi et ses yeux pétillent. À Cap-aux-Brumes, on serait bien surpris de voir la veuve Dumont s'égayer ainsi, alors qu'elle arbore un visage dépourvu de vitalité depuis l'accident où son Théo est mort, avec deux de ses filles.

— C'est promis, juré, dit Valérie en traçant une croix sur son cœur. Je me demande ce que j'aurais fait sans vous. Votre départ m'attriste. Il faut me promettre de revenir bientôt.

— Ce ne sera pas de refus, réplique Marie-Reine. Si je ne te dérange pas…

— Au contraire, grand-maman. Même que j'aimerais vous garder tout le temps. Revenez quand vous voulez.

— D'accord, répond Marie-Reine avec un léger trémolo dans la voix.

Valérie la sent émue et elle-même doit faire de gros efforts pour ne pas afficher sa tristesse. Dans quelques minutes, elle se retrouvera seule pour la première fois de sa vie.

— Regarde-moi ce paysage ! s'exclame Marie-Reine. Quelle belle ville !

C'est Marie-Reine tout craché de trouver un aspect positif pour les aider à surmonter le moment pénible des adieux et Valérie joue le jeu en faisant mine de se repaître du panorama. Sur l'autre rive, les lumières du Château Frontenac lui confèrent un aspect féerique comme dans les contes écrits pour faire rêver les petites filles sans fortune. Tout à l'heure, la princesse délaissée reviendra dans l'appartement désert qu'elle a pu meubler grâce à l'argent que lui a généreusement remis son père.

La présence de sa grand-mère l'a aidée à faire la transition en douceur. Ensemble, elles ont arpenté son quartier afin de repérer les commerces les plus proches. Pendant que Valérie s'initiait le jour à son nouvel emploi, Marie-Reine faisait du rangement, cuisinait. Le soir, leur tête-à-tête offrait à l'aïeule l'occasion de se raconter. Valérie étant devenue adulte, Marie-Reine pouvait se permettre de discuter avec elle d'une foule de sujets et satisfaire sa curiosité concernant la vie des femmes de son époque. Absorbées par leur jasette, le temps filait sans qu'elles y prennent garde et quand elles s'apercevaient de l'heure tardive, elles riaient comme deux gamines prises en défaut.

Le sifflet aigu du train retentit au loin, puis l'on entend les clochettes annonçant l'arrivée imminente du convoi. Valérie sent vibrer le sol à l'approche du mastodonte. Les freins crissent sur la voie ferrée, la faisant grimacer. Le son assourdissant rend toute conversation impossible.

Autour d'elles, la foule grossit des voyageurs rendus à destination et de ceux venus les accueillir. Quand les passagers en partance peuvent enfin monter à bord, Valérie accompagne sa grand-mère afin de l'installer confortablement et ranger sa valise sur le porte-bagages. En plus de son sac à main, Marie-Reine traîne un grand sac en tissu contenant un petit en-cas, un thermos de café, un tricot et de la lecture.

— Bon voyage, grand-maman, dit Valérie en déposant un baiser sur les joues flétries par les saisons de froidure et les deuils.

— Prends bien soin de toi, ma petite-fille, recommande une dernière fois Marie-Reine, retrouvant du coup son air grave habituel.

— On va s'écrire, murmure Valérie en sentant les larmes affluer. Bon voyage.

Elle se sauve en vitesse pour ne pas pleurer devant sa grand-mère. Aussi bouleversée qu'une petite fille laissée à l'abandon, il lui faut lutter contre le sentiment de solitude qui l'étreint au moment où son aïeule doit la quitter.

Sur le traversier qui la ramène à Québec, Valérie pense aux paroles de sa grand-mère. C'est vrai qu'elle est belle, sa ville d'adoption, et ce décor splendide convient parfaitement pour commencer une nouvelle vie, mais la famille et les amis lui manquent déjà.

❧

Au travail, une fois passé le stress des premiers jours, Valérie se sent plus à l'aise dans ce milieu composé d'un personnel nombreux. Mais comme chacun vaque à ses tâches, cela ne favorise guère le développement de relations personnelles.

En revenant à son appartement en fin de journée, Valérie allume la radio. Et, comme les gamins qui ont peur en forêt, elle chantonne pour soutenir son courage défaillant. C'est sa façon d'exorciser le démon de l'angoisse qui s'empare d'elle dès qu'elle se retrouve seule entre quatre murs. Pas un seul instant avant son déménagement elle ne s'est demandé ce que serait sa vie dans une ville étrangère. Mortellement blessée, elle n'a pensé qu'à fuir le plus loin possible. Face à la triste réalité, elle en perd l'appétit et elle doit s'obliger à cuisiner des repas nutritifs qu'elle avale sans joie.

Le silence qui l'enveloppe n'a rien d'apaisant, il ressemble à un linceul dans lequel elle va lentement se dessécher. Valérie a désespérément besoin de compagnie, elle est faite pour l'amour. C'est sur quoi elle se lamente chaque soir, puis elle se souvient de la raison qui l'a fait quitter son patelin et son amour-propre blessé lui fait apprécier les avantages de la ville où elle ne risque pas de rencontrer Fabrice et où les voisins ne se prêtent pas aux commérages comme à Cap-aux-Brumes. Comme Marie-Reine, elle s'efforce de voir le beau côté des choses.

À Québec, elle peut passer droit son chemin sans avoir à saluer tous ceux qu'elle rencontre. Dans la rue, elle n'a plus à sourire si elle n'en a pas envie et nul ne va l'accuser d'être snob ou d'avoir l'air bête. Ici, ça ne risque pas d'arriver. Elle ne croise jamais une personne de connaissance. Mais parfois ça lui manque cruellement et il lui arrive d'anticiper le jour où, enfin, elle verra venir vers elle une personne à qui elle pourra dire bonjour et, alors, elle lui sourira avec une joie indicible. «Ce jour-là, se dit-elle, je commencerai à me sentir chez moi ici, comme à Cap-aux-Brumes où tout le monde se connaît, mais où l'on se scrute à la loupe.»

Dans sa famille, elle est la plus vieille, celle qui a toujours dû donner le bon exemple à ses frères. Souvent, cela lui pesait et elle les aurait de temps à autre fait disparaître d'un coup de baguette magique. Loin d'eux, elle n'a plus à supporter leurs mauvais tours et leurs chamailleries. Elle est libre, entièrement libre, presque trop libre par comparaison, et elle trouve étrange de ressentir autant de solitude, alors qu'elle est entourée d'une foule de gens indifférents, et de s'ennuyer à mourir de ses trois chenapans de frères.

De plus, comme elle n'a plus à plaire à quiconque, elle doit se redéfinir par rapport à elle-même et remplir les heures creuses en trouvant des activités enrichissantes qui lui procurent un peu de divertissement en attendant de se faire de nouveaux amis. Avide d'apprendre, elle décide de s'inscrire à des cours du soir après les fêtes.

Dans l'intervalle, elle consacre ses loisirs à la lecture. En plus de meubler son esprit, les livres des auteurs étrangers lui font oublier qu'elle est une exilée perdue dans l'anonymat d'une ville à apprivoiser. Se réfugier dans un univers imaginaire évacue son amoureux qui l'a rejetée au profit d'une autre. Presque toujours, les personnages fictifs lui paraissent si réels que leurs problèmes la distraient de la vacuité de sa propre existence. Les héroïnes de roman lui font prendre conscience qu'elle n'est pas la seule à souffrir et cela répand un peu de baume sur son cœur meurtri.

Son père, qui n'est guère jasant au téléphone, l'appelle maintenant toutes les semaines pour prendre de ses nouvelles. Sa grand-mère, Gisèle et Arlette lui écrivent régulièrement et chacune de leurs missives fait palpiter son cœur quand elle la trouve dans sa boîte aux lettres en revenant du boulot.

⁓ৎ

La première neige de la saison recouvre les rues de Québec et Valérie éprouve un sentiment de bien-être rassérénant. La ville, d'ordinaire animée et bruyante, semble momentanément apaisée. Les automobilistes, en moins grand nombre, roulent au ralenti et les piétons n'ont plus à craindre leurs manœuvres impatientes. Ce matin, le concert des klaxons fait relâche en raison des conditions exigeant concentration et prudence. Les rues n'ont pas été salées et plusieurs automobiles sont encore chaussées de pneus d'été. Chaque année, à la première chute de neige, le service de voirie et plusieurs chauffeurs québécois sont pris au dépourvu, comme s'ils n'avaient pas remarqué que l'hiver était à leurs portes. Mais ce n'est pas Valérie qui va se plaindre de leur imprévoyance. La neige égaie la grisaille des derniers jours et cette blancheur feutrée confère à la ville un aspect plus serein.

Durant la journée, la charrue déblaie les rues et, à la fermeture des bureaux, la circulation reprend son rythme précipité. Valérie a le bonheur de trouver deux enveloppes dans sa boîte aux lettres en rentrant du travail. Elle montre précipitamment l'escalier menant à son appartement, pressée de lire son courrier.

Elle décachette en premier la lettre de sa grand-mère, se gardant celle d'Arlette comme dessert. Marie-Reine n'a pas perdu son habitude de remplir toutes les pages jusqu'à écrire sur le pourtour de la dernière feuille avant de terminer et, chaque fois, cela fait sourire Valérie.

La missive d'Arlette est longue et Valérie s'assoit confortablement sur son divan avec une tasse de café afin de savourer pleinement ce moment privilégié. Son amie a un style enjoué et rafraîchissant, et Valérie dévore chacune de ses lettres. En plus de l'alimenter en potins divers, Arlette se moque sans méchanceté des travers des uns et des autres, ce qui ne manque pas de déclencher l'hilarité de l'esseulée et de la conforter dans sa décision de s'être établie en ville où elle est à l'abri des médisances. Par un drôle de retournement des choses, Arlette lui apprend cette fois que c'est précisément son éloignement qui fait l'objet de suppositions malveillantes de la part d'une veuve à la langue bien affilée. En commentant à tous vents le départ de Valérie, elle mentionne d'une manière perfide que certaines finissent par revenir au bout de quelques mois…

Dans la soirée, le téléphone sonne. Valérie décroche rapidement, se doutant que c'est son père qui l'appelle. À l'autre bout du fil, Julien semble embarrassé. Il lui dit qu'il s'ennuie et qu'il espère qu'elle viendra à Noël. Valérie, qui le connaît bien, apprécie que son père lui suggère de venir, sans insister. Le ton enjoué qu'il adopte à la suite de sa réponse affirmative la convainc cependant que les ragots sont venus aux oreilles de son paternel. La description que son amie a faite de la diffamatrice ne laisse planer aucun doute sur son identité. La dame, qui travaille dans un restaurant, bénéficie d'un large rayon d'action pour propager ses commérages.

Si elle était la seule concernée, Valérie se moquerait du qu'en-dira-t-on. Mais que les siens en soient affectés la met hors d'elle. Même si elle redoute de croiser Fabrice, ces ragots vont l'obliger à faire des apparitions épisodiques à Cap-aux-Brumes afin de montrer à tous et à toutes que son ventre reste plat comme une galette et qu'il ne gonfle pas comme de la pâte à pain bien pétrie.

❧

De nouvelles bordées de neige saupoudrent la ville qui se pare de jolies décorations de Noël. Le soir, les lumières rouges, vertes, jaunes et bleues illuminent devantures, balcons et fenêtres. À la mi-décembre, Valérie installe une série de lumières d'intérieur dans la fenêtre donnant sur la rue et, en les regardant scintiller, elle imagine son père et toute la maisonnée se démener du matin au soir pour servir une clientèle friande de bijoux, alors qu'elle est libre de consacrer ses soirées et ses samedis à arpenter la rue Saint-Jean à la recherche de cadeaux originaux propres à plaire à chacun d'eux. Malgré la multitude de boutiques et le choix varié, le défi consiste à trouver des articles intéressants et peu encombrants, car elle ne pourra emporter que deux valises pour loger cadeaux et vêtements d'hiver pour toutes circonstances.

En revenant de ses emplettes, le dernier samedi avant son départ, elle croise pour la première fois le voisin qui habite au troisième. Dans l'escalier étroit et sombre qui mène à leurs appartements respectifs, elle doit se plaquer contre le mur pour laisser passer l'individu grisonnant qui occupe tout l'espace avec un sans-gêne ahurissant. La mine patibulaire du bonhomme a de quoi donner la frousse à quiconque. Ses sourcils broussailleux coiffent un regard chargé de reproches, son nez aplati et une longue cicatrice balafrant en diagonale l'une de ses joues attestent un tempérament bagarreur. «Voilà un coupe-jarret à ne pas contrarier», se dit Valérie.

Depuis son installation, chaque fois que son voisin emprunte l'escalier, elle entend gémir les marches et se demande si un tremblement de terre ne va pas ébranler la maison tout entière tant le déplacement du bonhomme fait vibrer murs et plancher. Maintenant qu'elle a vu de près la cause du séisme, elle ne se sent plus en sécurité. Elle se précipite chez elle et verrouille sa porte, le souffle court. Son cœur toque furieusement dans sa poitrine. Encore six jours à vivre et dormir en restant aux aguets. S'il avait fallu qu'elle voie cette gueule d'assassin à son arrivée à Québec, elle serait retournée en Gaspésie avec meubles et bagages, quitte à souffrir la vue de Fabrice et Maryse jusqu'à la fin des temps.

Chaque fois qu'elle doit sortir de son appartement, elle colle préalablement son oreille contre la porte et écoute les bruits pouvant trahir la présence de son affreux voisin, puis elle ouvre et tourne rapidement la clef dans la serrure sans faire de bruit. Elle descend l'escalier à pas furtifs, comme une petite souris effrayée par l'apparition appréhendée de l'abominable gros matou tapi sous les combles.

Le soir, l'attention de Valérie se concentre sur les sons environnants. Elle n'ouvre plus la radio et ne chante plus. Elle s'endort tard et son sommeil est agité de cauchemars. Au bout de ces nuits de frayeur, elle est toute pâlotte quand elle monte à bord du train à destination de Cap-aux-Brumes. Le léger balancement du wagon et le bruit régulier des roues de métal sur les rails, joints à la fatigue accumulée, anesthésient la circonspection de Valérie qui s'enfonce dans les profondeurs d'un sommeil sans rêve.

De l'autre côté de l'allée, un jeune homme veille discrètement sur la jeune fille endormie. Il la sent vulnérable dans son abandon. Quand sa tête s'incline, il se lève et la replace doucement à angle droit, puis cale son foulard sur l'épaule de la belle endormie. Avant de regagner son siège, il couvre l'inconnue de son manteau pour la protéger des courants d'air. Satisfait de sa bonne action, il reprend le livre abandonné qu'il lit distraitement, restant à l'affût, tel un garde du corps attentif et soucieux de s'acquitter d'une responsabilité assumée pleinement.

Le sommeil de Valérie se prolonge jusqu'à l'arrêt de Rimouski, alors que des voyageurs montent à bord en exprimant une joie bruyante, arrosée de plusieurs verres de gros gin, d'après les relents qu'ils exhalent en passant près de son siège. Valérie s'éveille tout à fait en apercevant le manteau masculin qui la couvre. Lorsqu'elle tourne la tête vers le couloir, un bel inconnu lui sourit. Son regard franc lui inspire confiance.

— Merci, dit-elle en lui rendant son sourire.

— Vous pouvez le garder jusqu'à Mont-Joli, l'assure-t-il quand elle esquisse un mouvement pour le lui rendre.

— J'espère que je n'ai pas ronflé, dit-elle, rougissant à l'idée d'avoir dormi comme une bûche en présence des passagers. Ma tante dit qu'il m'arrive aussi de parler dans mon sommeil.

— Non, rassurez-vous. Vous avez dormi sans faire de bruit.

Confuse et charmée à la fois, elle observe ce jeune homme aux yeux verts fascinants qui a eu la délicatesse de l'emmitoufler dans son paletot pour la tenir au chaud.

— Vous descendez à Mont-Joli. Est-ce que vous y habitez ?

Avant qu'il ait le temps de répondre, un brusque soubresaut du wagon les fait rebondir légèrement sur leur siège et ils échangent un sourire amusé.

— Non, je vais passer les fêtes chez mes grands-parents à Cap-aux-Brumes. Je vais devoir attendre l'autobus qui se rend là-bas.

— Moi aussi ! s'exclame-t-elle. J'habite là-bas… Non, c'est-à-dire que je réside maintenant à Québec, mais je retourne chez mon père pour la fête de Noël. Comment s'appellent vos grands-parents ?

La conversation se poursuit ainsi jusqu'à leur arrivée à Cap-aux-Brumes. Du vouvoiement, ils en sont venus à se tutoyer. Ayant décidé de se revoir durant le séjour de Valérie, ils échangent leur numéro de téléphone. Les grands-parents du voyageur, qu'elle connaît bien, lui offrent de la déposer à la bijouterie et Renaud – c'est son nom – réussit à caser leurs valises dans le coffre de l'auto.

— Je t'appelle demain, dit-il avec un sourire engageant après avoir porté ses deux valises jusqu'à sa porte.

⁓❦

Valérie retrouve avec bonheur la douce chaleur de son foyer. En l'apercevant, les yeux de son père brillent comme des diamants et il la serre très fort, sans prononcer une parole. Auprès de lui, Valérie se sent en sécurité. Son affection l'enveloppe comme un doux édredon sous lequel elle aimerait rester blottie.

Sa grand-mère a concocté à son intention un menu propre à la faire succomber au péché de gourmandise à chacun de ses plats préférés. Sa tante Gisèle l'étreint longuement, puis ses frérots la bécotent et la taquinent en appelant leur aînée «petite sœur», se targuant de la dépasser d'une bonne tête. Ils lui ont tous manqué et Valérie est si heureuse de les revoir qu'elle s'amuse de son nouveau sobriquet.

Après le repas, vite expédié en raison des obligations de la bijouterie, Valérie jase avec sa grand-mère en l'aidant à faire la vaisselle. Les questions de Marie-Reine l'amènent progressivement à lui parler du douloureux sentiment d'isolement qui l'accable et des moyens qu'elle prend pour tromper son ennui. Puis elle finit par lui avouer la terreur que lui inspire son voisin.

— J'haïrais pas ça d'aller passer quelques jours à Québec après Noël, si ça te dérange pas, ajoute Marie-Reine avec un sourire espiègle.

— Oh! grand-maman, vous feriez ça pour moi? s'exclame Valérie en lui sautant au cou, le linge à vaisselle dans une main et une assiette dans l'autre.

La joie exubérante de sa petite-fille déclenche le rire de Marie-Reine et Valérie se sent tout à coup plus légère. Leur affection mutuelle fait des petits miracles chez les deux femmes que l'écart de deux générations pourrait facilement éloigner. En se sentant de nouveau utile, Marie-Reine retrouve son allant d'autrefois.

— Mais parle-moi donc de ce garçon qui a déposé tes valises tout à l'heure, reprend-elle, sur un ton taquin. Il est beau comme un cœur.

Valérie fronce les sourcils.

— Renaud est très gentil, mais je sens qu'il cache quelque chose de douloureux, dit-elle d'un air songeur.

— Qu'est-ce qui te fait penser qu'il est malheureux? s'étonne sa grand-mère. Il m'a pourtant paru content de t'avoir rencontrée. Il souriait de toutes ses dents en te serrant la pince tout à l'heure.

— Rien de particulier. C'est juste une intuition, répond Valérie en rangeant les ustensiles essuyés dans les compartiments du tiroir.

— Une peine d'amour? hasarde Marie-Reine.

— Je n'en sais rien, c'est possible. Cela expliquerait qu'il vient passer les fêtes avec ses grands-parents au lieu de rester auprès de son frère et de ses parents à Québec.

Marie-Reine, qui s'apprêtait à frotter un chaudron avec une laine d'acier, suspend son geste. Elle semble réfléchir.

— Son père a un commerce?

— Non, Renaud m'a dit qu'il est avocat.

— Sa famille aurait pu l'accompagner, vu que Noël tombe un lundi. Ça laisse un long congé à la plupart des travailleurs.

— Peut-être que son père est en froid avec les parents de sa mère, raisonne à son tour Valérie. Je finirai sans doute par le savoir, il doit m'appeler demain.

— Oh! Oh! fait sa grand-mère, l'œil coquin.

— N'allez pas trop vite en affaire, l'avertit Valérie. Mon cœur n'est pas encore prêt pour l'amour. Renaud devra se contenter de mon amitié, point à la ligne.

— On dit ça, mais on verra, la taquine sa grand-mère.

Comme convenu la veille, Renaud téléphone à Valérie après le dîner et lui propose d'aller jouer aux quilles. À la fin de leur première partie, d'autres joueurs s'installent dans l'allée voisine et Valérie écarquille les yeux en apercevant Arlette, Léo son amoureux, et Fabrice, ainsi qu'une grande brune au profil chevalin. La présence de son amie en compagnie de son ex-amoureux représente à ses yeux une trahison et elle fait mine de ne pas les voir. Mais Arlette s'élance vers elle, toute joyeuse.

— Valérie! Quelle surprise! Si je m'attendais à ça!

La lettre qu'elle lui a écrite pour l'informer qu'elle venait passer Noël dans sa famille a manifestement été bloquée dans l'avalanche de courrier qui envahit la poste avant Noël, et Valérie, frémissant de dépit, essaie de démontrer autant de joie que son amie. Léo vient lui faire la bise et Valérie leur présente Renaud, qui fait preuve de cordialité. Fabrice les salue d'un signe de tête et Maryse, inconsciente du malaise que crée leur présence, s'avance pour se présenter elle-même et leur donner la main. Valérie s'efforce de faire bonne figure, se félicitant d'être accompagnée d'un beau garçon.

— Qui commence? dit soudain Fabrice pour couper court aux civilités.

— Moi, moi! s'écrie Maryse en s'emparant aussitôt d'une boule.

— C'est à ton tour, Renaud, intervient Valérie qui n'a aucune envie de poursuivre la conversation avec Arlette.

Elle prend la place du marqueur et s'oblige à garder un maintien digne tout en ignorant ce Fabrice de malheur qui semble encore plus mal à l'aise qu'elle. Mais, comme pour l'humilier davantage, Maryse réussit un abat au premier carreau alors que Valérie est une piètre joueuse. Elle n'a aucun talent pour les sports, aucune habileté manuelle et elle se sent nulle, complètement nulle. Pas surprenant qu'elle ne soit pas une femme de rêve, songe-t-elle tristement. Comme si Renaud avait senti son désarroi, il dit d'un air faussement éploré après avoir fait deux dalots alors qu'il jouait très bien auparavant:

— Je ne suis pas de calibre et j'ai bien peur de te faire honte devant tes amis. Qu'est-ce que tu dirais qu'on arrête les frais?

Son ton et son expression sont si comiques que tous éclatent de rire et Valérie lui est profondément reconnaissante de la délivrer du supplice d'avoir à étaler sa maladresse devant ces témoins gênants. Riant nerveusement, Valérie délace ses souliers de quilles et ils quittent les allées en échangeant avec leurs voisins un simple salut de la main pendant que Fabrice, fortement concentré, se prépare à jouer. En mettant son manteau, Valérie voit la boule lancée par son ex-prétendant se diriger complètement à gauche pour finir dans le dalot, juste avant de toucher les quilles.

L'impayable Renaud lui prend le bras au moment où Fabrice leur jette un coup d'œil furtif, et ce geste réconforte Valérie et la console de n'être pas une femme de rêve. L'indélicatesse de Fabrice a miné son estime d'elle-même et elle en restera marquée.

— Ça te dirait d'aller prendre un café? propose Renaud.

«Il est providentiel, ce garçon», se dit Valérie en acceptant l'invitation d'un hochement de tête accompagné d'un demi-sourire. Sans le savoir, Renaud lui permet de réaliser son dessein de parader son ventre plat devant la commère qui travaille au plus grand restaurant de Cap-aux-Brumes où il l'entraîne instinctivement. Elle se sent bien avec Renaud, il n'y a nul geste équivoque de sa part, même lorsqu'il lui a pris le bras pour sortir de la salle de quilles. Son comportement est toujours empreint d'une grande délicatesse et elle-même prend garde de ne pas lui donner de faux espoirs. La guérison de son cœur ne se fera pas à la vitesse d'un claquement de doigt.

Le restaurant est pratiquement vide à cette heure où il est trop tard pour dîner et trop tôt pour souper. Valérie opte pour une table plutôt qu'une banquette afin de donner tout le loisir à la serveuse d'observer son tour de taille.

— T'es déjà revenue ? s'étonne la diffamatrice en déposant deux menus devant eux.

— Temporairement, répond Valérie, qui s'amuse à laisser planer un doute. Pour moi, ce sera seulement un café.

— Tu ne veux pas un dessert ? s'enquiert gentiment Renaud.

— Non, vois-tu, je surveille ma ligne, dit-elle en passant une main sur son ventre mince.

— Alors tu peux te permettre deux desserts ! rigole franchement son compagnon.

La serveuse pince le bec et lui demande, d'un air pressé :

— Et vous, qu'est-ce que vous prenez ?

— Un café, répond-il en la dévisageant d'un air perplexe.

Pendant que la serveuse verse les deux cafés derrière le comptoir, Renaud se penche vers Valérie et murmure :

— Elle est toujours aussi bête avec les clients ?

La voyant revenir, Valérie adresse un signe discret à son compagnon et dit à la dame :

— À bien y penser, on va prendre une banquette.

La serveuse, contrariée, serre les dents et dépose les cafés sur la table.

— Choisissez celle que vous voulez, répond-elle rudement.

Valérie adresse un clin d'œil goguenard à Renaud. À son comptoir, la commère proteste à sa manière en entrechoquant la vaisselle. Valérie introduit un vingt-cinq cents dans le juke-box et sélectionne la chanson *Hound Dog* d'Elvis Presley afin de couvrir le bruit de leur conversation. À voix basse, elle informe Renaud des insinuations malveillantes que répand l'employée du restaurant depuis son déménagement à Québec. Et tant qu'à être lancée dans les confidences, elle lui parle de ce qui l'a amenée à quitter Cap-aux-Brumes et lui révèle l'identité de l'amoureux inconstant.

— Je l'aurais parié, dit-il, à la surprise de Valérie. Quand il t'a vue tout à l'heure, son visage s'est décomposé. Ensuite, j'ai remarqué qu'il ne nous donnait pas la main comme les autres et qu'il faisait tout pour nous ignorer. Ça m'a paru suspect. Maintenant, je comprends. Laisse-moi te dire que tu n'as pas perdu grand-chose. Ce gars-là n'a aucune classe. Tu vaux mieux que ça, Valérie.

— Tu ne me connais pas, proteste-elle.

— Les gens, je les sens, et toi, tu es une chic fille, ça se voit tout de suite. Tu es quelqu'un de sensible et il émane de toi une grande bonté.

Les yeux de Valérie s'embuent et elle fouille dans son porte-monnaie pour faire tourner d'autres chansons rythmées et bruyantes afin de cacher son émotion.

— Je sais combien c'est blessant de ne pas se sentir à la hauteur des attentes de quelqu'un qu'on aime, dit-il à mi-voix.

Sous le regard étonné de Valérie, il poursuit:

— De mon côté, c'est mon père qui ne me trouve pas assez bien. Il aurait voulu que je suive ses traces et que je devienne avocat. Lui, il ambitionne de devenir juge alors que je ne pense qu'à devenir professeur.

— C'est honorable d'enseigner, rétorque Valérie.

— Pas pour mon père, dit-il en esquissant une grimace de dégoût.

— Drôle de moineau, réplique-t-elle sans réfléchir.

Puis, réalisant ce qu'elle vient de dire, elle plaque une main sur sa bouche.

— Excuse-moi, ça m'a échappé.

Le rire de Renaud fuse et se répercute dans tout le restaurant, couvrant même le son du juke-box. Valérie voit la serveuse froncer les sourcils, s'imaginant sans doute qu'ils se moquent d'elle. «On juge les autres d'après soi», lui a enseigné sa grand-mère, et Valérie se dit que c'est la juste punition de ceux qui disent du mal des autres.

— Si mon père t'entendait, il en aurait une attaque. Sa Seigneurie ne supporterait pas d'être comparée à un vulgaire moineau, se moque Renaud.

— Je suis désolée, je n'aurais pas dû parler ainsi de ton père. Papa ne serait pas fier de moi en ce moment, lui qui nous répète qu'on doit honorer nos parents et respecter notre prochain en toutes circonstances.

— Ne t'excuse pas, Valérie. C'est bon de rencontrer une personne qui est spontanée et sincère.

Valérie a quand même mauvaise conscience d'avoir porté un jugement téméraire sur quelqu'un qu'elle n'a jamais rencontré. Mais ayant elle-même à porter le poids de se sentir indigne, elle comprend la souffrance de son compagnon.

— C'est à cause de ton père que tu as décidé de passer le temps des fêtes avec tes grands-parents?

— Oui, j'avais vraiment besoin de changer d'air. J'aime beaucoup les parents de ma mère, ils ne jugent jamais personne et ils sont toujours prêts à aider les autres. S'ils n'habitaient pas si loin, je leur demanderais de me prendre en pension parce que c'est pénible pour moi de vivre sous le même toit que mon père qui profite de toutes les occasions pour me rabaisser. Il me hait et il n'en rate pas une, tu peux me croire.

Par comparaison, Valérie conçoit que la situation de Renaud est bien pire que la sienne. Elle n'a pas à subir la présence constante de celui qui la vexe et ne dépend pas de lui financièrement. Fabrice est un étranger qu'elle n'a qu'à bannir de sa vie, alors que Renaud est humilié par celui qui devrait le plus le chérir.

— Ta mère n'a pas eu le goût de venir voir ses parents ? demande-t-elle timidement, curieuse de savoir si le pauvre garçon trouve un peu de réconfort auprès d'elle.

— Elle doit rester à la maison, papa reçoit ses "amis" dans le temps de fêtes, dit-il d'un ton appuyé où perce une pointe d'insolence.

— Tu m'as dit hier soir que tu avais un frère. Il n'a pas eu envie de te suivre ?

— Olivier aurait aimé venir avec moi, mais il est resté pour maman. Il est comme ça, mon petit frère, il ne pense qu'au bonheur des autres. Il est gentil et très brillant. Je crois que tu t'entendrais bien avec lui. Il a commencé son droit en septembre, mais papa se trompe s'il croit qu'il va suivre ses traces. Contrairement à lui, mon frangin est plutôt du genre défenseur de la veuve et de l'orphelin.

Renaud a beau faire preuve d'enthousiasme quand il parle d'Olivier, Valérie se demande à quel point ce deuxième fils aussi parfait qu'il le décrit peut être un frère secourable pour celui à qui le père a dévolu le rôle du mouton noir de la famille. Mais en voyant l'heure à l'horloge du restaurant, elle juge préférable de mettre fin à ses questions et de laisser son nouveau copain sur une note positive.

— Je ne m'ennuie pas, dit-elle avec un sourire d'excuse, mais il faut que j'aille aider grand-maman à préparer le souper.

— On se revoit demain après-midi?

— Si tu veux, mais je ne peux t'offrir que mon amitié, dit-elle gauchement. Je ne suis pas prête, tu comprends?

— C'est tout ce que je demande, un peu d'amitié, dit-il d'un air rayonnant. Moi non plus, je ne suis pas prêt, comme tu dis.

Valérie invoque la fatigue du voyage pour justifier son désir de se coucher tôt. La journée a été riche en émotions de toutes sortes et elle éprouve un besoin intense de s'isoler. «Je dois être contrariante, se dit-elle une fois pelotonnée sous les couvertures. J'avais tellement hâte d'avoir de la compagnie, et maintenant que j'ai tous les miens autour de moi, je les fuis.»

Le film de son après-midi se déroule lentement dans sa tête et elle pleure doucement, sans faire de bruit. Depuis sa tendre enfance, Valérie se défoule dans les larmes. Toutes ses émotions s'épanchent de cette manière: chagrin, frustration, colère. Elle est semblable à un jardin inondé qui a besoin d'un drainage afin de redevenir productif. Après une bonne séance d'hypersécrétions, Valérie s'endort.

Au matin, en s'éveillant, elle se sent revivifiée. Elle bondit du lit et son élan joyeux s'enraye dès qu'elle s'aperçoit dans le miroir.

— Zut! dit-elle tout haut.

Une légère enflure des paupières trahit sa thérapie larmoyante de la veille.

— Bof, je vais me faire une compresse d'eau froide, murmure-t-elle en s'adressant un sourire éclatant.

Dans son for intérieur, tout est propre et frais, comme après une bonne pluie. Ce matin, elle est satisfaite d'avoir su faire face à Fabrice et à sa rivale, qui a l'air d'une grande pouliche énervée. S'il aime ce genre-là, c'est vrai qu'ils n'étaient pas faits l'un pour l'autre et elle se jure d'être plus circonspecte à l'avenir.

— Dépêche-toi de t'habiller si tu ne veux pas manquer la messe, dit sa tante Gisèle en surgissant dans la chambre qu'elles partagent.

Valérie descend en vitesse et file à la salle de bain, heureusement libre. Après une courte toilette, elle remonte l'escalier avec la grâce d'une gazelle. En un temps record, elle enfile sous-vêtements, bas-culotte et robe, puis redescend mettre son manteau de fourrure. Son bonnet de poil assorti camoufle ses cheveux non coiffés. Elle n'a pas eu le temps de se mettre de rouge à lèvres non plus, mais le curé n'en sera que plus heureux quand elle ira communier. Son père l'attend sur la galerie pour fermer la porte à clef.

— En marchant vite, on va pouvoir rattraper ta grand-mère et ta tante, dit-il.

Elle doit trottiner pour arriver à suivre les grandes enjambées de son père. Ses bottes de cuir fin à talon aiguille ne sont pas appropriées à la course et Valérie doit veiller à ne pas perdre pied sur le trottoir glissant. Son cœur palpite et son haleine chaude se condense en petites traînées blafardes quand ils arrivent sur le perron de l'église où se hâtent les retardataires. Ils n'ont que le temps de se rendre au banc réservé à leur famille que monsieur le curé fait son entrée accompagné de deux servants de messe. Les jeunes garçons, qui portent un surplis de dentelle immaculé semblable à celui du prêtre, font comme lui une génuflexion bien marquée devant l'autel.

Valérie, hors d'haleine, range ses gants dans ses poches. Le contraste entre l'air glacial de l'extérieur et la chaleur dégagée par la multitude des fidèles rassemblés la fait légèrement transpirer. Elle dégrafe le haut de son manteau et dénoue son foulard. Les fidèles vont mériter plein d'indulgences aujourd'hui puisqu'ils devront assister en moins de vingt-quatre heures à la messe dominicale et, en soirée, à la messe de Minuit, à la messe de l'Aurore et à celle du Jour qui défilent l'une après l'autre sans discontinuer. Pourquoi ? Valérie l'ignore et serait bien en peine de trouver une réponse intelligente à tout ce qu'elle ne s'explique pas et qu'elle range dans la catégorie des mystères depuis son plus jeune âge.

Sa foi a connu une courte période de doute à l'âge de dix-sept ans, mais devant la grandeur et la splendeur de la nature, elle a conclu qu'il fallait un Être suprême pour avoir créé tant de merveilles. Toutefois, depuis son installation à Québec, le curé de sa paroisse insiste tellement tous les dimanches pour que ses paroissiens, qui sont pour la plupart des retraités, donnent dix et même vingt dollars à la quête toutes les semaines qu'elle en vient à se poser davantage de questions sur les dogmes de l'Église. Elle n'a pas les moyens de donner autant et commence à se sentir mal à l'aise d'assister à la messe. Quinze dollars, c'est ce dont elle dispose pour son épicerie de la semaine à la condition de s'en tenir au steak haché et aux aliments les plus économiques.

Finies les dépenses irréfléchies depuis qu'elle doit assumer le loyer et tous les frais d'une personne vivant seule. L'autonomie a un prix et il est exorbitant pour une femme qui gagne toujours moins qu'un homme. Cependant, son retour à Cap-aux-Brumes lui confirme qu'elle a pris la bonne décision. Exacerbée par sa peine d'amour, sa sensibilité ne supporte plus la méchanceté des médisances et des calomnies qui sont le lot de la petite bourgade qu'elle continue de chérir malgré tout. Valérie est comme un arbre déraciné et, pour le moment, elle souffre de la déchirure, mais elle reste déterminée à s'ancrer profondément dans cette ville au charme vieillot qu'elle a choisie comme nouveau port d'attache.

En revenant de la communion, elle croise Maryse et Fabrice, immédiatement suivis de la serveuse qui mine sa réputation. Valérie s'avise qu'elle a bien fait de s'exiler, car des pensées peu charitables viennent vite entamer son capital d'indulgences.

Après la messe, Renaud et ses grands-parents l'attendent sur le parvis de l'église et Valérie remercie le Ciel de lui avoir fait rencontrer cet étudiant de Québec. Désormais, elle aura un ami tout près et se sentira moins seule parmi la population indifférente qui l'entoure. Sans pouvoir se l'expliquer, elle a l'intuition qu'ils sont liés l'un à l'autre. Pourtant, il n'affole pas son cœur comme ses amoureux précédents. Ce qu'elle ressent pour lui ressemble plutôt à une grande tendresse.

Un peu intimidée par le regard émerveillé de Renaud, Valérie lui présente son père et toute sa famille qui s'est ressoudée en un bloc harmonieux après que ses frères ont dû se séparer pour trouver une place libre dans l'église bondée. Les deux familles échangent poignées de main et vœux de circonstance, puis les grands-parents du jeune homme invitent Valérie à souper le soir de Noël.

— Du bon monde, les Boudreau, dit son père après les avoir quittés. Qu'est-ce qu'il fait dans la vie, ce jeune homme?

Sous la lumière des réverbères, les petits flocons scintillent en tombant mollement. En silence, ils vont rejoindre les millions d'autres brins de neige qui revêtent la contrée d'une éblouissante robe pailletée. Valérie s'arrête, lève la tête et tire la langue en fermant les yeux pour se désaltérer de la manne céleste. À son insu, elle répète les gestes de sa mère, comme si elle portait dans ses gènes les goûts de sa génitrice. Quand elle ouvre les yeux, elle rit en voyant Renaud se délecter lui aussi de la neige de Cap-aux-Brumes. Il a l'air insouciant d'un enfant.

En sa présence, Valérie oublie le chagrin qui a fait bifurquer sa destinée et elle semble avoir le même effet tonique sur lui. Ensemble, ils s'amusent d'un rien. Jusqu'à présent, elle n'a connu ce bien-être où deux êtres se comprennent à demi-mots qu'avec son père et sa grand-mère. Mais c'est la première fois que la compagnie d'un jeune homme lui apporte cette légèreté qui chasse les soucis.

— Ta valise est prête ? dit-il en passant son bras sous le sien.

Ils cheminent à pas lents.

— Non, mais ça ne me prendra que dix minutes. Imagine-toi qu'on a passé tout l'après-midi à faire celle de grand-maman !

Renaud s'arrête et la fixe, les yeux aussi ronds que des pièces de cinquante sous.

— Tout l'après-midi pour faire une valise ?

— Eh oui ! Grand-maman a besoin qu'on fasse les choses à son rythme. Surtout quand on la fait déroger à sa routine. Si on veut la presser, elle devient nerveuse. Elle se plaint du mal de tête et on n'en tire plus rien.

Arrivé devant sa porte, il lui fait une bise sur les deux joues.

— Je te téléphone dès que je reviens à Québec.

Valérie le regarde s'éloigner dans la neige étincelante jusqu'à ce que la nuit enveloppe sa silhouette élancée. Puis elle déverrouille la porte avec la clef que son père lui a prêtée pour la durée de son séjour et range son manteau dans la penderie. Du salon, Julien l'interpelle :

— On attend le docteur, dit-il. Ta grand-mère fait beaucoup de fièvre.

— Mais elle allait bien cet après-midi, s'étonne Valérie.

— Elle a commencé à frissonner juste avant le souper. Elle tousse et elle a l'air mal en point. Ta tante vient de l'aider à mettre sa jaquette.

— Je vais aller la voir, dit Valérie, l'air dévasté.

— Ma pauvre petite fille, se désole Marie-Reine d'une voix éraillée quand Valérie entre dans sa chambre. J'ai attrapé la grippe. Je pourrai pas aller à Québec avec toi. Pauvre petite fille…

Assise au pied du lit, Gisèle se moque gentiment de sa mère.

— Voyons donc, maman, Valérie est capable de voyager sans chaperon.

Marie-Reine ignore son intervention et poursuit :

— Tu devrais téléphoner à ton bureau et leur dire que t'es malade, puis rester avec nous autres. Dans une semaine, j'irai mieux et je pourrai partir avec toi.

— Non, je ne peux pas rester, grand-maman. Le patron nous a bien avertis que même si on est malade, il va nous couper nos six journées de congé si on ne rentre pas travailler entre Noël et le jour de l'An. Mais ne vous inquiétez pas pour moi.

En présence de Gisèle, elle fait attention à ce qu'elle dit. Elle ne veut pas que son père entende parler du voisin balafré qui l'effraie.

— Oui, mais… commence Marie-Reine

Valérie saisit la main brûlante de sa grand-mère et s'assoit au bord du lit.

— L'important, c'est de vous soigner, grand-maman, dit-elle d'un ton très doux tout en lui caressant une joue. Vous viendrez quand vous irez mieux, voilà tout.

— Valérie a raison, maman. Arrêtez donc de vous en faire pour rien.

— Oui, mais… reprend Marie-Reine d'un ton plaintif, le regard épinglé à celui de sa petite-fille.

Sa grand-mère ne veut pas dévoiler sa confidence et pourtant elle s'inquiète réellement de la laisser partir seule. «Je n'aurais pas dû lui parler de mes frayeurs», se reproche Valérie.

— Renaud revient bientôt à Québec. Si je m'ennuie trop, je peux l'appeler.

Au faible sourire que lui adresse Marie-Reine, Valérie sait qu'elle ne l'a rassurée qu'à moitié.

— Je téléphonerai tous les soirs pour prendre de vos nouvelles et vous faites mieux de bien suivre les conseils du docteur, sinon je vais revenir vous chicaner, ajoute-t-elle d'un ton faussement sévère.

Marie-Reine sourit franchement, mais ses yeux s'embuent aussitôt.

— Je vais prier pour toi tout le temps, murmure-t-elle en lui pressant la main.

Un accès d'inquiétude oppresse Valérie qui se penche à l'oreille de Marie-Reine et lui murmure:

— Moi aussi, je vais prier pour vous.

L'arrivée du médecin met fin à l'échange des deux complices qu'un amour mutuel infini fragilise. Elles vont se séparer le cœur lourd, chacune se préoccupant de l'autre.

Valérie arrive à la gare de Lévis au matin du 27 décembre. Une fois chez elle, elle change de vêtements en un temps record et file au bureau, la tête alourdie par une nuit sans sommeil et par des picotements dans le nez, indice avant-coureur d'un rhume.

À la fin de l'après-midi, elle fait un arrêt à la petite épicerie sise au coin des rues de l'Alverne et des Franciscains pour regarnir son frigo. Incapable de boire l'eau du robinet dont l'odeur et le goût lui répugnent, elle fait provision de jus, de fruits et de légumes frais, de pain, d'œufs et de fromage. De quoi se faire un petit souper vite fait et se coucher pour récupérer de la lassitude qui lui fait traîner le pas. Le poids des deux sacs de papier brun que lui a remis l'emballeur surcharge ses muscles fatigués et le bout de rue à parcourir jusqu'à l'avenue Désy lui semble interminable. Les escaliers à monter pour arriver à son appartement lui coûtent ses dernières énergies.

Après un bain chaud, deux aspirines et un grand verre de jus d'orange, Valérie s'écroule dans son lit et s'endort en posant la tête sur l'oreiller. Ses deux valises ouvertes, à demi soulagées de leur contenu, encombrent le divan. Abandonné sur le comptoir de la cuisine, son couvert non lavé témoigne d'un laisser-aller inhabituel dans ce petit logement reluisant de propreté.

Une heure plus tard, la sonnerie du téléphone la tire brusquement d'un sommeil de plomb. Dans le noir, elle trébuche jusqu'à l'appareil placé sur une petite table.

— Allô, dit-elle d'une voix ensommeillée et rauque.

À l'autre bout du fil, son père s'inquiète. Elle avait promis d'appeler après le travail.

— Train en retard, pas dorbi de la duit, dit-elle, le nez enchifrené et la gorge en feu. (...) Oui, j'ai le rhube. (...) Oui, j'ai pris de l'aspiride. (...) Cobbent va grand-baban? (...) OK, je rappelle debain. (...) Berci, bodde duit.

Comme une somnambule, elle retourne au lit. L'aspirine l'a fait transpirer, son pyjama est humide et elle grelotte. Elle s'enroule en boule sous les couvertures et se rendort aussitôt.

La journée du lendemain lui demande des efforts surhumains pour s'acquitter de ses tâches au bureau. Après un détour à la pharmacie, Valérie éprouve un soulagement immense en arrivant chez elle en fin de journée. Elle a l'intention de mettre à profit les cinq jours de congé à venir pour se remettre de ce vilain rhume qui lui serre la tête comme un étau, lui embrume le cerveau et lui donne l'impression de peser une tonne parce que tous ses muscles sont endoloris.

Elle avale deux cachets d'aspirine et un grand verre de jus d'orange, puis regarde l'heure. Elle doit attendre jusqu'à 18 h pour appeler son père afin de bénéficier de la diminution de tarif pour les interurbains. Entre-temps, le plus urgent est de défaire ses valises et de les ranger afin de s'allonger sur le divan pendant son appel.

Vêtue d'un chaud pyjama et d'épais bas de laine, elle apporte au salon contigu à la cuisine un oreiller et une couverture. La boîte de mouchoirs jetables et le téléphone à portée de main, Valérie s'enroule dans sa doudou comme dans un cocon protecteur, puis compose le numéro sur le cadran de son petit téléphone princesse. C'est le nom que l'on donne au nouvel appareil de forme ovale qui se décline en plusieurs tons et qui est plus joli que l'ancien téléphone noir et carré de son père. Celui de Valérie est ivoire, elle l'a préféré au rouge et au turquoise, tout comme elle a opté pour un modèle de table qu'elle peut déplacer selon la longueur du fil. Elle aime prendre ses aises et déteste l'appareil mural qui oblige à rester planté devant comme un piquet de clôture. Après son appel, elle va rester allongée sur le divan et écouter la télévision. « Rien de tel que de se dorloter un peu quand on n'est pas en forme », se dit-elle en comptant les sonneries.

— Allô, papa. Ça va chez vous ?

Pour rassurer son père, Valérie évite d'utiliser des mots contenant les lettres M et N que le rhume déforme impitoyablement.

— Oui, ça va bien. (…) Ça paraît pire que c'est. (…) Oui, je bois du jus. (…) J'ai tout ce qu'il faut. Et vous autres ? (…) Ben ça, alors ! Tout le bonde a le rhube ? (…) Buvez beaucoup de liquide et predez de l'aspiride, et surtout, reposez-vous. (…) Probis, à debain.

~❧~

Comme un chaton malade s'isolant dans son coin jusqu'à ce qu'il aille mieux, Valérie reste pelotonnée sur son divan. Durant soixante-douze heures, elle confond le jour et la nuit. Elle s'éveille et tousse, se mouche et se rendort. Ses siestes sont aussi entrecoupées par la nécessité de boire de grands verres de jus d'orange afin de soulager sa gorge irritée parce qu'elle a dormi la bouche ouverte à cause de son nez bouché. La coquette poubelle ivoire de sa chambre repose près du divan et regorge de mouchoirs chiffonnés, témoins chagrins d'un rhume carabiné.

Elle émerge de cette léthargie prolongée le temps de passer de l'année 1967 à 1968 et de recevoir un appel de Renaud, toujours à « Cap-aux-Rhumes », comme elle aurait envie d'appeler maintenant son patelin, car les interurbains quotidiens ont confirmé que toute sa famille vit au rythme des éternuements de saison. «Les microbes attaquent la partie la plus faible, c'est bien pour ça que j'ai un rhume de cerveau», se dit-elle pour se moquer de son ridicule jeu de mots et elle se lève pour se faire chauffer une soupe en conserve. L'appétit lui revient.

À la fin de la matinée du jour de l'An, elle appelle son père pour lui demander de la bénir. Les nouvelles sont meilleures, sa ville natale peut récupérer son nom d'origine. Tous les membres de la famille défilent au téléphone pour lui offrir leurs vœux pour une nouvelle année remplie de santé et de bonheur. Même sa grand-mère vient lui dire quelques mots et ajoute en riant aux vœux habituels la finale à l'ancienne que les nouvelles générations laissent tomber : «Et le paradis à la fin de tes jours.» Les poumons fragiles de Marie-Reine ont encore une fois combattu vaillamment et Valérie lui répond en riant : «Le paradis peut attendre.» Elle laisse sa grand-mère sur cette note joyeuse, mais Valérie sait au son de sa voix que ce n'est pas demain la veille qu'elle pourra venir à Québec.

Rassurée sur le sort des siens, elle se prépare un déjeuner costaud : deux œufs, du fromage et des rôties accompagnées de confitures de petites fraises des champs que lui a données sa tante. Ensuite, elle fait le ménage de l'appartement avant de prendre un bain et de se laver les cheveux.

Elle est en train de ranger son séchoir à cheveux quand un séisme ébranle son appartement. Aucun appareil n'enregistrera la secousse localisée qui est de même magnitude chaque fois que son voisin dévale les escaliers. «Avait-il le rhume lui aussi?», se demande Valérie qui n'a rien entendu depuis son retour. Avec ses bigoudis sur la tête, elle se rend à la fenêtre donnant sur la rue et l'aperçoit sur le trottoir.

Vu de dos, il lui fait penser à un ours pataud qui se déplacerait debout sur ses pattes arrière. Pourquoi trouve-t-elle son voisin presque aussi inquiétant vu sous cet angle que de face avec sa balafre monstrueuse alors qu'en forêt elle ne s'est jamais sentie menacée, pas plus que les cimetières ne l'effraient? «C'est des êtres vivants que je me méfie», a-t-elle toujours affirmé à ses amies craintives.

Derrière son rideau plein jour, elle se sait pourtant en sécurité et peut l'observer à son aise puisque son départ écarte tout danger immédiat. En voyant sa silhouette rapetisser, elle se dit que c'est peut-être parce qu'il avait l'air en rogne lors de leur première rencontre et qu'elle a été obligée de lui céder le passage. Comment ne pas être terrorisée par un rustaud à la mine batailleuse qui occupe tout l'espace sans le moindre égard pour la demoiselle coincée dans l'escalier?

«Pourquoi avoir signé un bail jusqu'au 1er mai 1969?», se chapitre-t-elle. Le propriétaire disait que c'était plus avantageux vu qu'elle n'aurait pas de hausse de loyer au printemps. Et elle a signé sans se poser de question, heureuse de l'aubaine. «Que je suis donc naïve!»

◆

Le retour de Renaud lui apporte un faux sentiment de sécurité. Puisqu'elle a désormais un ami, elle se dit qu'elle peut compter sur lui pour lui venir en aide. Si elle était un peu plus réaliste, elle s'inquiéterait du temps que son chevalier servant prendrait à se rendre chez elle pour lui porter secours, de même qu'elle comprendrait qu'il n'est pas de taille à affronter l'ennemi, même s'il résidait chez elle en permanence. Le gros matou du grenier ne ferait qu'une bouchée du souriceau.

Mais bien vite, Renaud lui présente ses copains et copines, et l'appartement de Valérie devient le débarcadère d'une bande de joyeux lurons aimant discuter de leurs visions d'avenir jusqu'aux petites heures du matin. Comme tous les jeunes, ils ont un porte-monnaie vide et la tête débordante de rêves à réaliser.

Grâce à eux, elle découvre pourquoi le Carnaval de Québec est devenu populaire au point que des gens d'un peu partout viennent se joindre à la fête. Munis de leur canne en plastique contenant le réputé caribou, les joyeux drilles peuvent festoyer durant des heures dans les rues animées longeant le parcours de la parade. Pour combattre le froid, Valérie ingurgite plusieurs rasades sans ressentir aucun effet. Ce n'est qu'une fois dans la chaleur de son appartement où elle a invité toute la bande à finir la soirée qu'elle ressent étourdissements et nausées. De peur de tomber, elle s'assoit sur un tabouret bas, s'accote le dos au mur et appuie une main sur le plancher pour se tenir en équilibre, incapable de s'occuper de ses invités.

— Ça ne va pas ? s'inquiète Renaud.

— Ça tourne, marmonne-t-elle, une main sur la bouche.

— Viens, dit-il en l'aidant à se relever.

Appuyée sur son bras, elle se rend aux toilettes en titubant. Penchée au-dessus de la cuvette, elle vomit à répétition, gênée d'offrir une image si peu digne d'une jeune personne bien éduquée. Si son père ou sa grand-mère la voyait, Valérie en mourrait de honte.

— Je m'excuse, dit-elle d'une voix pitoyable. J'ai pas l'habitude…

— C'est pas grave, ça nous arrive tous une fois. J'aurais dû te prévenir qu'on ne sent pas l'effet de l'alcool tant qu'on est dehors.

Compatissant, il tire la chasse d'eau et lui passe une débarbouillette tiède sur le visage.

— Je vais te préparer une tasse de thé, ça va te faire du bien.

Mais l'estomac de Valérie se révulse à nouveau. Ensuite, après s'être lavée, elle lui demande de l'aider à se rendre à son lit.

— Tu veux bien t'occuper de nos amis ? Dis-leur que je suis désolée. Et, je t'en prie, ne me laisse pas toute seule.

— D'accord, je vais rester. Tu peux dormir tranquille.

— Merci. Et, s'il te plaît, ne ferme pas la porte complètement. Je ne veux pas rester dans le noir.

— On va essayer de ne pas faire de bruit.

— Tu trouveras des draps et tout ce qu'il te faut dans la lingerie.

Un rai de lumière s'infiltre par la porte entrouverte, accompagné du murmure de la conversation. Rassurée, Valérie somnole. Plus tard, elle entend les carnavaleux se retirer les uns après les autres et attend que le silence retombe pour se lever. Elle s'assoit prudemment au bord du lit, puis reconnaît la voix du grand copain de Renaud le supplier de partir avec lui.

— Non, j'ai promis à Valérie de veiller sur elle, chuchote Renaud.

— Où tu vas coucher ? s'informe Adam.

— Sur le divan.

— Tu vas coucher tout habillé ?

— Mais oui, répond Renaud d'une voix lasse.

— Tu m'appelles demain ?

— Oui, je t'appelle demain.

— À la première heure ?

— À la première heure.

— C'est promis ?

— Promis, juré, craché. Va-t'en, je tombe de sommeil.

Suit une série de bruits indistincts, puis la porte se referme en grinçant. Valérie attend que Renaud ait fait son lit sur le divan pour sortir sur la pointe des pieds.

— Ça va ? demande la voix amicale de son ami.

— Oui, merci, murmure-t-elle.

— J'aimerais prendre une tasse de thé avec toi. Tu veux bien ?

Valérie discerne dans la voix de Renaud un appel pressant qui la surprend après l'avoir entendu dire qu'il tombait de sommeil.

— D'accord, je vais faire chauffer l'eau, dit-elle.

— Non, laisse, je m'en occupe.

Valérie passe par la salle de bain, puis va rejoindre Renaud à la cuisine. Il a mis la bouilloire à chauffer et rempli la théière de porcelaine d'eau chaude, comme il l'a vue faire chaque fois qu'elle lui prépare son thé préféré, dont elle a fait provision durant son séjour à Cap-aux-Brumes parce qu'il n'y en a pas dans les épiceries de Québec. Quand elle débranche la bouilloire, la théière est bien réchauffée et elle y plonge le sachet de thé noir qu'elle ébouillante. Elle laisse infuser environ cinq minutes avant de le verser dans des tasses de porcelaine anglaise.

Renaud a l'air préoccupé et elle le trouve anormalement silencieux. Assis au bout de la table, son regard erre dans la pièce sans jamais se poser sur elle. Même en tenue sport, il conserve son élégance naturelle. Renaud est beau, distingué, raffiné et Valérie observe ses mains aux doigts longs comme celles des pianistes de concert qu'elle voit à la télévision le dimanche soir. Il a des mains d'artiste, des mains d'intellectuel et leurs mouvements sont aussi gracieux que des ballerines se mouvant avec fluidité. Valérie est fascinée par les mains des personnes, elles lui révèlent leur nature profonde et celles de son ami représentent la quintessence de l'art du geste.

Pour le moment, ces mains, nerveuses, tapotent la serviette de papier qu'elle a déposée sur la table en même temps que des biscuits de fantaisie. Elle s'assoit et Renaud s'éclaircit la voix.

— Je t'aime infiniment, Val, je t'aime comme la sœur que j'aurais voulu avoir, mais…

Ce « mais » met tous ses sens en alerte et Valérie retient sa respiration dans l'attente du coup de masse qui va suivre. Renaud fixe la table, l'air malheureux.

— Mais ? dit-elle, décidée à en finir au plus vite.

Si elle doit apprendre une mauvaise nouvelle, Valérie veut l'entendre sans tarder. Aux déchirures lentes et douceureuses, elle préfère la blessure vive et nette de la lame de rasoir.

— Lâchez-moi ! Au secours ! hurle une voix masculine provenant de l'extérieur.

Valérie et Renaud bondissent de leur chaise et s'élancent vers la porte donnant sur l'escalier de secours à l'arrière de l'immeuble.

— Qu'est-ce qui se passe ? crie Valérie à la vue de son voisin tenant Adam par le collet de son manteau.

— Il se passe que ce voyou-là vous écornifle depuis tantôt !

Étouffant sous la poigne de son agresseur, Adam essaie de se dégager de la main large comme un battoir le retenant prisonnier. À côté du costaud, il a l'air d'un puceron que l'autre pourrait écraser d'une pichenette.

— C'est mon… notre ami, bafouille Renaud. Vous pouvez le lâcher.

Le balafré ignore l'intervention de Renaud et, le regard empreint de douceur, il regarde posément Valérie.

— J'en fais quoi de cet avorton, mam'zelle ? Voulez-vous appeler la police ?

— Non, répond fermement Valérie. C'est notre ami. Vous pouvez le lâcher.

— Ben, avec des amis de même, vous avez pas besoin d'ennemis, dit-il en maintenant sa prise. Si quelqu'un vous fait de la misère, mam'zelle, vous avez rien qu'à crier "Nick !" de toutes vos forces.

— D'accord, merci beaucoup, dit-elle, abasourdie.

Même si elle ne se serait jamais attendue à être secourue par ce voisin terrifiant, Valérie n'est pas certaine d'être en sécurité avec lui si elle devait faire appel aux services d'un sauveteur.

Nick laisse aller rudement Adam qui atterrit dans la cuisine à quatre pattes, haletant, les yeux exorbités, les lèvres bleues et le teint aussi blanc que s'il était un mini Bonhomme Carnaval. Sous l'œil moqueur de Nick dont la balafre zigzague sur sa joue rebondie par le sourire qui le rend instantanément plus humain, Renaud aide son copain à se relever et Adam se réfugie dans ses bras, secoué de pleurs.

— Bonne nuit, mam'zelle, dit Nick en lui adressant un clin d'œil narquois.

— Bonne nuit, monsieur Nick.

Valérie ferme la porte et s'assure que son voisin remonte chez lui.

— Ouf ! dit-elle en se retournant vers ses copains. De grâce, vous deux, arrangez-vous pour que je n'aie pas à l'appeler, ajoute-t-elle, l'air effarouché. Veux-tu prendre un thé, Adam ?

Sans attendre sa réponse, elle tire une chaise pour l'inciter à s'asseoir et s'empresse de sortir une tasse et une soucoupe de l'armoire. Sa main tremble et la porcelaine secouée fait entendre un son inquiétant quand elle la place devant l'invité inopiné.

— Merci, Val, dit Renaud en prenant la main de Valérie dans la sienne. T'es une chic fille.

— Je vais refaire du thé, propose la chic fille qui pressent les confidences délicates qui vont suivre cet incident insolite.

2

Québec, avril 1968

Depuis les confidences délicates qui ont suivi la parade du carnaval, Adam et Renaud multiplient leurs visites chez Valérie. Elle n'a pas eu besoin de faire appel à monsieur Nick, mais elle le salue désormais quand elle le croise et monsieur Nick se fait tout petit pour la laisser passer.

Adam a décidé d'initier Valérie à la peinture bien qu'elle n'ait aucune aptitude pour le dessin. Comme l'art figuratif n'est plus en vogue, elle répand joyeusement ses taches de couleur sur de grandes feuilles de papier. Les murs de son trois-pièces commencent à se couvrir de gouaches lumineuses, nées de ce que Valérie qualifie d'art « accidentel ». Adam l'encense et encadre ses œuvres dans de grands cartons, le plus souvent noirs. La décoration originale donne un certain cachet au petit logement meublé avec simplicité et les habitués trouvent le tout « absolument charmant ». Ils rêvent du jour où ils auront enfin leur propre appartement.

Régulièrement, ils se cotisent pour se faire un petit repas bon marché. Ce soir, au menu : spaghettis arrosés d'une bouteille de chianti. À la lumière d'une chandelle dont la cire coule jusqu'au panier d'osier de la bouteille à base ventrue vidée la semaine d'avant, la discussion tourne autour des tabous dont sont prisonniers leurs parents.

— Ma mère a offert une chemise mauve à mon père, hier, pour son anniversaire, leur apprend Adam. Vous auriez ri de le voir.

Pour mieux faire comprendre la scène à chacun, le jeune homme se lève et imite la gestuelle de son paternel en écartant les bras pour donner l'impression que son torse délicat a plus de volume. Sec et nerveux, Adam donne l'impression d'être perpétuellement en mouvement et ses petits yeux bruns brillent d'un vif éclat.

— Il a viré de toutes les couleurs et s'est mis à rugir : "Du mauve ! À quoi t'as pensé ? C'est bon pour les feluettes !"

— Oh ! fait Valérie, sidérée.

— Maman s'est défendue en disant que c'était la mode et que les hommes, autant que les femmes, pouvaient porter toutes les couleurs. Mais le paternel n'a pas démordu : "Pas de danger que je porte ça, j'ai pas envie de passer pour une tapette !"

— Ton père date de la préhistoire, il serait l'exemple parfait dont je me servirais si je voulais accréditer la théorie de Darwin à l'effet que l'homme descend du singe, grimace Marie-Claire.

Valérie se sent insignifiante quand elle se compare à la camarade de Renaud, brillante étudiante en pédagogie. Ses longs cheveux bruns, qu'elle repasse après les avoir séchés afin qu'ils tombent bien droit, suivent ses simagrées simiesques qu'elle amplifie en se grattant les aisselles en plus d'imiter les cris des primates. Adam et Renaud se bidonnent.

— Ton père est un vieux croulant, affirme Steeve d'un air sarcastique. Nos bourgeois sont dépassés, finis ! Comme les dinosaures ! Ils le savent et ça les met en rogne.

La tignasse emmêlée du gros barbu loge probablement un bataillon de poux. Ses vêtements sont visiblement épargnés du fer à repasser et du lavage. Il sent mauvais, parle peu, mange et boit goulûment. « C'est un grand penseur », dit de lui Renaud. Et Valérie veut bien croire qu'il est un philosophe éclairé, mais elle le soupçonne de fumer autre chose que du tabac. Elle n'apprécie pas ce révolutionnaire de salon qui se croit supérieur à tous ceux qui ne pensent pas comme lui et elle est piquée au vif chaque fois qu'elle l'entend dénigrer les aînés.

— Mon père est plus ouvert d'esprit, riposte-t-elle. Je lui ai acheté une chemise rose comme cadeau de Noël, et il la porte !

— Il l'a probablement portée juste pour te faire plaisir, réplique Steeve. Il a dû la planquer dans le fond du placard aussitôt que t'as levé le camp.

— Non, je peux t'assurer qu'il la porte, affirme Renaud. Je suis allé le voir après le départ de Valérie.

Voyant venir l'orage, Valérie s'empresse de faire diversion.

— Veux-tu un peu de vin, Steeve ? demande-t-elle d'un ton aimable.

Connaissant sa gloutonnerie, elle emplit sa coupe sans attendre.

— Je t'ai préparé ton dessert favori, lui dit-elle pour lui faire oublier toute envie de poursuivre son discours incendiaire.

Pour diverses raisons, ses nouveaux amis ont tous des relations conflictuelles avec leur famille. Elle peut facilement comprendre la détresse de Renaud et Adam, qui se sentent en marge de la société, et elle les plaint de tout son cœur. Mais elle se sent mal à l'aise quand Steeve et Marie-Claire rabaissent, généralisent et se montrent cyniques envers tous ceux qui détiennent l'autorité : clergé, parents, policiers, politiciens, employeurs, capitalistes – tous passent à la moulinette de leur jugement péremptoire. Ne trouvent grâce à leurs yeux que les anarchistes, syndicalistes, socialistes et certains utopistes. Avec eux, c'est tout noir ou tout blanc, il n'y a pas de nuances.

Valérie est d'accord : il faut changer les mentalités si l'on veut améliorer la vie de tous les peuples de la planète. Cependant, elle ne peut approuver la violence des fanatiques, ni se joindre aux pacifiques qui préconisent le retour à la terre. Si elle essaie de les détromper quand elle les entend louer l'ancien temps alors qu'ils ignorent tout de la misère qu'ont connue les générations passées, elle se fait traiter de bourgeoise conformiste. Chaque groupe est si sûr d'avoir raison que Valérie se sent étrangère et elle se demande si elle est née à la bonne époque. Pourquoi l'être humain va-t-il toujours d'un extrême à l'autre sans parvenir à l'équilibre ? Pourquoi répète-t-on les mêmes erreurs que nos prédécesseurs ? Valérie a souvent du mal à s'endormir quand elle y pense. Malheureusement, elle se pose plus de questions qu'elle ne trouve de réponses.

Quand fleurit le muguet, Marie-Claire et Steeve leur proposent un soir d'aller voir le dernier film qui vient de sortir : *Valérie*, mettant en vedette Danielle Ouimet.

— Un film qui a pour titre ton nom, il faut voir ça, insiste Marie-Claire.

En sortant du cinéma, elle affirme avec une moue de dédain :

— Les Valérie ne se ressemblent pas toutes, hein ?

Venant d'une autre personne, Valérie se dit qu'elle pourrait prendre la remarque pour un compliment, mais connaissant les mœurs de Marie-Claire, elle sait que cette dernière la trouve vieux jeu et que la comparaison se veut blessante.

— T'as raison, renchérit Steeve, dévisageant Valérie d'un air méprisant. Celle-là est sexy et plus délurée que les petites provinciales qui débarquent dans la capitale.

Renaud et Adam s'interposent aussitôt entre l'offensée et son détracteur.

— Tu vas retirer ce que tu viens de dire! exige Renaud, les mâchoires crispées, face à Steeve qui ricane.

— Et tu vas présenter des excuses à notre amie! s'emporte Adam.

Comme la foudre qui éclate sans prévenir, d'un solide coup de poing, le grand barbu fend la lèvre de Renaud, puis décoche un direct à Adam qui vacille.

— Crisse de fifs! dit-il, le visage déformé par la haine, en les menaçant de ses deux poings. En voulez-vous encore?

Bouillant de rage devant la méchanceté de Steeve et se sentant coupable d'être la cause des ecchymoses de ses amis, Valérie s'avance hardiment devant le bagarreur.

— Espèce de salaud! vocifère-t-elle. On n'a pas envie de se salir les mains sur toi!

Désarçonné par le langage cru et l'arrogance de la jeune fille d'ordinaire avenante, Steeve reste pantois sur le trottoir.

— Venez-vous-en, les gars, dit-elle en se détournant.

En chemin, Valérie tremble. Elle n'est pas fière d'elle. Alors qu'elle prend fait et cause pour la paix, elle a honte de s'être emportée de la sorte. Mais c'est plus fort qu'elle, même si elle sait qu'elle risque de se faire massacrer, elle ne peut tolérer la force brutale des despotes qu'elle qualifie de « gros bras pas de tête » qui terrorisent leur entourage en s'en prenant aux plus vulnérables. Elle les méprise avec toute la force de sa condition d'infériorité qui condamne la femme et tout être faible à servir d'exutoire aux malabars vivant selon la loi de la jungle. Elle considère que ces individus sont pires que les animaux qui chassent pour assurer leur survie.

— Ne te fais pas de bile pour ça, murmure Adam en l'enlaçant par la taille.

— Oublie ce qu'ils ont dit, c'était bête et méchant, ajoute Renaud, le bras sur son épaule.

— Je ne m'en fais pas, je suis en colère ! glapit-elle.

Il lui est pénible d'avouer qu'elle a éprouvé une envie ardente d'aplatir ce faciès d'abruti, de crever ces yeux démoniaques dans lesquels brillaient une haine et un mépris total envers Renaud et Adam qui croyaient en l'amitié sincère de cet intellectuel de pacotille s'enorgueillissant d'une ouverture d'esprit réservée aux êtres supérieurs.

— Je n'aurais jamais pensé que tu pouvais être aussi prompte, dit Adam d'un air taquin. Je vais m'arranger pour ne pas te faire fâcher.

— C'est rare que je me fâche, soutient Valérie.

— Je sais, dit Renaud. T'es une chic fille, Val. Je suis sincèrement désolé pour ce qui vient de se passer.

Valérie lui sourit tristement.

— Au moins, on sait maintenant à quoi s'en tenir sur leur compte, dit-elle.

D'instinct, elle s'est défiée depuis le début de ces deux beatniks qui se sont plus tard targués de pratiquer l'amour libre. Elle ne discerne d'autre amour dans leur débauche qu'un détestable narcissisme. Depuis qu'elle a refusé de participer à leurs partouzes, Marie-Claire et Steeve n'ont cessé de lui décocher de petites piques, et Valérie se sent bien aise d'être débarrassée d'eux.

De retour à l'appartement, elle met un sac de glace sur l'œil au beurre noir d'Adam et désinfecte la lèvre fendue de Renaud dont la chemise est couverte de sang.

Une semaine plus tard, Adam et Renaud déménagent leurs pénates à Montréal. Ils se sont dégotté un emploi d'été dans une gargote du centre-ville. Des amis montréalais, assez fortunés pour se payer un voyage en Inde, leur ont sous-loué leur appartement meublé. Durant trois mois, ils goûteront à la douceur de vivre à l'abri des regards soupçonneux et des préjugés défavorables à l'endroit des homosexuels.

De façon générale, l'homosexualité est très mal vue. Mais, aux yeux de Valérie, Renaud et Adam s'aiment et cela fait toute la différence. Sans comprendre leur penchant, elle les aime et les respecte. Et elle souffre pour eux et pour tous ceux que la différence marginalise.

Après cette soirée, Valérie prend la résolution de combattre les tabous, quels qu'ils soient, parce qu'ils rendent les gens malheureux et les obligent à vivre dans le mensonge. Combien de filles-mères doivent abandonner leur enfant pour sauver l'honneur de leur famille? Combien d'homosexuels se marient pour ne pas être montrés du doigt? Combien de vocations religieuses sont des appels réels? Toute cette hypocrisie entraîne des souffrances sans nom et brise tant de vies qu'elle ne comprend pas pourquoi l'Église catholique, qui prêche l'amour infini de Dieu et la charité chrétienne, peut continuer de couvrir le pharisaïsme dénoncé par Jésus lui-même. Plus elle réfléchit, plus elle se distancie des principes rigides qui ont régi sa vie, et plus son cœur s'ouvre aux incompris, aux malheureux et aux miséreux.

Valérie voudrait être dotée d'une baguette magique pour effacer tous les maux de la terre. Elle est d'une naïveté touchante, dont le chant de ralliement pourrait être: *Quand les hommes vivront d'amour*, de Raymond Lévesque. Elle y aspire de toute la ferveur de son âme, comme plusieurs jeunes de cette génération qualifiée de *peace and love*. Sauf que Valérie n'adhère pas à tous les nouveaux credo. Elle veut se garder pour celui qu'elle épousera et se fait accuser de pudibonderie. Elle ne consomme aucune drogue, elle rêve sans s'anesthésier, les yeux grands ouverts, résolue à poursuivre sa quête en dépit de toutes les vicissitudes.

Une fois ses amis partis, Valérie apprécie la quiétude qui revient s'installer après ces mois d'effervescence. D'autant plus qu'elle ne redoute plus son voisin qu'elle avait d'abord mal jugé. Il arrive même à monsieur Nick de porter ses paquets quand il la voit les bras chargés de sacs d'épicerie ou quand elle revient avec de grands sacs de plastique vert foncé du *laundromat* où elle va faire sa lessive. Habituée à la laveuse et à la sécheuse automatiques, Valérie trouve plus pratique d'aller à la laverie où elle dispose de plusieurs appareils : toutes ses brassées se font en même temps. Fini de se rougir les mains à étendre au froid. Valérie est de son temps et aujourd'hui, le temps c'est de l'argent. Finie l'époque des économies de bouts de chandelle. Finies les privations.

⁓

Depuis quelques années, le Québec sort enfin de sa torpeur. Tout change à la vitesse grand V. La province est devenue un immense chantier où poussent des routes, des ponts, de grands édifices, un barrage hydroélectrique gigantesque sur la Manicouagan. Fiers de ces réalisations, la fibre nationaliste des Québécois s'affirme de plus en plus. Et, comme dans toute période de profonds bouleversements, il y a beaucoup de revendications, de nombreuses grèves, de la violence.

À Montréal, lors du défilé de la Saint-Jean-Baptiste auquel participent les mouvements nationalistes, des projectiles sont lancés sur l'estrade d'honneur où prennent place le premier ministre du Canada Trudeau, le maire Drapeau et plusieurs dignitaires, qui s'enfuient, à l'exception de Trudeau qui reste sur place et essuie la vindicte des indépendantistes. En voyant à la télévision les violentes altercations entre les manifestants et les policiers, Valérie s'inquiète pour Renaud et Adam qu'elle essaie d'appeler en vain.

Le lendemain, jour d'élections fédérales, on annonce que l'émeute a fait une centaine de blessés parmi les manifestants, spectateurs et policiers. À l'heure du souper, Valérie arrive à joindre Renaud. Adam a un bras dans le plâtre à la suite du coup de matraque d'un policier qui cherchait à disperser la foule. En fin de soirée, on annonce l'élection de Trudeau et la victoire des libéraux.

Rassurée quant au sort de ses amis, Valérie ressent l'envie pressante de retourner à ses racines et à son fleuve démesuré. Elle a besoin de serrer dans ses bras tous ceux qu'elle aime, de renouer ces liens tissés serrés et de s'envelopper de tendresse et de simplicité. Elle ne pense qu'à ces vacances où elle pourra se lever quand elle n'a plus sommeil et flâner sans avoir à rendre de comptes à un patron exigeant. Pour se retrouver et comprendre la femme qu'elle veut devenir, elle aspire au silence entrecoupé des sons de la nature. Plus de vrombissements de moteur, plus de crissements de freins, plus de klaxons irritants. Que le grand air, le calme et le doux ennui de son coin de pays. Valérie est comme une toxicomane qui ne pourrait plus supporter son sevrage. Sa drogue à elle, c'est la mer, et elle compte les dodos qui l'en séparent.

Durant l'interminable trajet en autobus, elle lève parfois le nez de son livre pour lire les pancartes indiquant les municipalités traversées, regarder paître les troupeaux de vaches ou trottiner un poulain enjoué. Le paysage bucolique qu'elle n'a pas vu depuis des mois l'enchante. La dame aux cheveux grisonnants assise à côté d'elle s'est endormie en disant son chapelet.

Au sommet de la côte de Rivière-du-Loup, la vue époustouflante du fleuve la ranime. Les flots dansants réverbèrent les rayons du soleil et offrent un contraste saisissant avec les vallons boisés des deux rives où s'encaisse le lit du cours d'eau s'étirant à perte de vue vers l'océan lointain. Les eaux du Saint-Laurent s'harmonisent à l'azur limpide du ciel.

À cette étape du trajet, les voyageurs pour la Gaspésie doivent changer d'autobus et Valérie souhaite une bonne fin de voyage à sa voisine qui se rend au Nouveau-Brunswick. En débarquant, elle frissonne. Elle n'est plus habituée à l'air frisquet du bord du fleuve. Après avoir récupéré sa valise, elle en extrait une veste de laine et profite de la halte prolongée pour se restaurer. Les voyages lui donnent la fringale et son bonheur ne serait pas complet sans un arrêt pour casser la croûte. C'est un autre des petits plaisirs dont se prive sa grand-mère et Valérie ne doit pas l'oublier quand elles voyagent ensemble.

Seule sur son banc, apaisée par le ronronnement du nouvel autocar et bercée par son léger balancement, Valérie s'assoupit et ne s'éveille qu'à l'arrêt de Rimouski. Elle ferme de nouveau les yeux pendant que des voyageurs descendent, mais elle les rouvre en entendant un nouveau passager déposer un bagage au-dessus de son siège. Quand l'homme se penche pour s'asseoir et que Valérie le reconnaît, son cœur s'affole.

— Tu permets ?

Valérie ramasse le livre qui lui a échappé durant son sommeil et a glissé sur le siège que convoite le nouvel arrivant. L'étonnement la rend muette et son cœur bat si fort dans ses tempes et ses oreilles qu'elle en est assourdie. Pourquoi faut-il que Fabrice se retrouve sur son chemin chaque fois qu'elle retourne à Cap-aux-Brumes ?

— Qu'est-ce que tu lisais ?

Pour toute réponse, elle lui montre la couverture du livre, sans le regarder. Ce n'est pas qu'elle veuille jouer à l'indifférente, c'est juste qu'elle redoute que ses cordes vocales ne trahissent les émotions contradictoires qui la secouent si fort que son cerveau est paralysé par le choc de cette rencontre fortuite. Les connections nerveuses de sa matière grise en grève empêchent Valérie de raisonner calmement.

— *Ton ombre est la mienne*, lit-il tout haut. Connais pas... Tu reviens pour de bon ?

Valérie songe que le titre convient tout à fait à la situation insolite qu'elle est en train de vivre. La suivra-t-il toujours comme son ombre ?

— Juste pour des vacances, réussit-elle à articuler, incapable de le regarder.

— Je suis content de te revoir, dit-il dans un souffle.

Valérie discerne dans le ton un je ne sais quoi qui ressemble à un aveu, et son cœur, mal remis de sa blessure, saigne de nouveau. Et pas juste un peu, c'est une véritable hémorragie. Comme le fracas qui accompagne la débâcle printanière d'une rivière en crue, la panique s'empare de la voyageuse. « Sauve qui peut ! lui crient ses nerfs tendus. Prends tes jambes à ton cou ! » Valérie se sent malheureuse, se croyant prisonnière de cet autobus alors qu'elle est l'otage de ses propres émotions.

— Si tu savais comme je regrette, ajoute Fabrice d'un ton chagrin.

— Tes parents vont bien ? lance-t-elle, maladroite, pour ne pas approfondir les raisons de ses regrets.

— Oui, ils vont bien…

S'immisçant dans la brèche fêlant la muraille de son ancienne flamme, le comptable frais émoulu dresse le dernier bilan de sa famille et Valérie l'écoute d'une oreille sélective. L'inventaire ne fait pas mention de Maryse et elle ne sait comment l'interpréter. S'agit-il d'un rapport incomplet ou d'un déficit d'exercice ? L'intérêt qu'il lui manifeste subitement la ferait pencher pour la seconde hypothèse.

Ayant terminé le dernier épisode de la petite histoire de sa famille, Fabrice se tait et Valérie rouvre le roman d'Han Suyin. Pour excuser son attitude impolie, elle lui adresse un demi-sourire et dit d'un ton qu'elle veut neutre :

— Tu permets ?

Comme Fabrice, qui n'a pas attendu sa réponse pour prendre place à côté d'elle, elle retourne à sa lecture. L'effort d'attention demandé pour suivre le fil du roman dépasse sa capacité de concentration et elle doit relire certains passages sans arriver à les comprendre tout à fait. Elle tourne les pages pour donner l'impression qu'elle est captivée tout en se promettant de revenir plus tard au moment du récit précédant la retrouvaille imprévue et troublante.

Son compagnon se sert de divers prétextes pour la détourner de son livre. Les îles du Bic le font se pâmer sur la beauté du panorama, il commente la vue d'un bateau au large de Rimouski pour lui parler de son désir de visiter l'Europe.

Malgré son silence, Fabrice continue de harceler la pauvre Valérie jusqu'à ce que l'arrivée au terminus de Cap-aux-Brumes vienne la délivrer de son ancien soupirant.

— Papa t'a permis de le tutoyer ? s'étonne Valérie.

— J'ai pas demandé la permission, répond Rémi.

— Et papa n'a rien dit ? Il t'a laissé faire ?

— Ben... oui.

— Mais tu l'appelles Julien !

— Pis ? C'est son nom...

— Oui, mais quand même ! dit Valérie, soufflée. C'est notre père, et un père on n'en a rien qu'un. Tu pourrais au moins lui dire papa, ce serait plus poli.

— Je suis pas impoli, affirme Rémi, sûr de lui.

— Je n'en reviens pas, dit-elle, catastrophée.

Le phare concurrence la lune et balaie de son faisceau lumineux à intervalles réguliers le frère flegmatique et son aînée confondue, assis au bord du quai. Comme souvent après le souper, le vent est tombé et les étoiles se mirent dans le miroir sombre de l'onde pacifiée. Les goélands sont allés se coucher, tout comme une bonne partie de la population de Cap-aux-Brumes.

— Tous les enfants tutoient leurs parents, se défend Rémi. Pourquoi pas nous ?

— Quand j'ai demandé à papa de le tutoyer, il y a un an, il a refusé en disant que ce n'était pas respectueux. C'est pour ça que je ne comprends pas qu'il ne se soit pas objecté, surtout que tu l'appelles par son prénom.

— T'as qu'à faire comme moi, pis Jean-Marie, pis Francis.

— Ce n'est pas le goût qui manque, dit-elle, le sourire aux lèvres.

Les phares lumineux d'une petite camionnette foncent droit sur eux, puis le véhicule s'immobilise et fait ensuite marche arrière.

— C'est un couple qui s'en venait faire du parking, se moque Rémi. Quand ils nous ont vus, ils ont déguerpi.

La tête levée vers la voûte étoilée, Valérie ne se soucie guère des amoureux dérangés par leur présence. «Le quai est à tout le monde», leur répondrait-elle s'ils osaient se plaindre. Et demain, quand elle viendra méditer au bord du fleuve en écoutant le chuchotis des vagues, si quelqu'un ose protester, elle lui dira: «La mer est à tout le monde.» On ne la dépossédera pas de ces moments si rares et si précieux dont elle rêve depuis des mois.

— Il serait temps de penser à aller se coucher, dit Rémi, interrompant le cours de ses pensées.

— Ça me fait du bien de venir respirer l'air iodé, dit-elle en s'emplissant les poumons jusqu'à saturation.

Apaisée, elle tourne le dos à son poste d'observation et emprunte le chemin du retour. Chacun gardant ses pensées pour soi, ils marchent en silence, lentement, dans cette petite ville endormie que rien ne vient perturber.

⁓ৌ

Vêtue d'un jeans roulé jusqu'aux genoux, Valérie s'aveugle des flots argentés. Elle a enlevé ses chaussures de toile pour sentir le sable chatouiller ses orteils en marchant pieds nus sur la grève. Autour d'elle, la suivent des goélands insatiables, réclamant à grands cris une maigre pitance à cette promeneuse solitaire qui aurait peut-être, comme d'autres, des bouts de pain à leur offrir. Valérie, la tête levée en direction des mouettes, crie comme elles. «Désolée, je n'ai rien», semble-t-elle dire dans leur langage pour mettre fin à leur attente. Comme si les grands oiseaux l'avaient comprise, ils virent d'un coup d'aile et s'en vont mendier plus loin.

Parce que la brise du golfe la décoiffe, elle pense à enfoncer sur son crâne le chapeau de paille à large rebord que lui a prêté sa grand-mère en lui recommandant de se méfier des

66

rayons du soleil. Pour empêcher son galurin de partir au vent, elle noue sous son menton le ruban prévu à cette fin.

Perdue dans des pensées aussi tumultueuses que la clameur des vagues géantes soulevées par un vent d'orage se levant sur l'estuaire sans prévenir, elle marche sans se soucier de l'heure. Arrivée devant un ruisselet courant se jeter dans les eaux salines, elle rebrousse chemin en longeant la ligne des vagues qui viennent lui lécher les pieds. Le sable y est tapé plus dur et on y trouve moins de débris. Les vaguelettes se retirent en entraînant un chapelet de grains de sable taquinant la peau dénudée des orteils.

À un détour de la plage, Valérie décide de s'asseoir sur un gros rocher chauffé par le soleil, autant pour poursuivre sa réflexion que pour retarder le moment de rentrer à la maison et de reprendre le gentil papotage amorcé depuis son arrivée avec sa grand-mère et sa tante, qui comprennent son désir de s'isoler depuis qu'elle leur a fait part de sa rencontre avec Fabrice. Elles lui ont appris que Fabrice a tenté de soudoyer tous les membres de la famille afin d'obtenir son adresse. Elle vit à Québec, c'est tout ce qu'il a réussi à tirer d'Arlette. À leur connaissance, Fabrice était revenu seul à Cap-aux-Brumes et personne ne l'avait entendu parler ni de sa femme de rêve ni du mariage projeté quelques mois auparavant.

— J'étais certain de te trouver ici, dit-il en débouchant soudain devant elle.

« La mer est à tout le monde, la plage est à tout le monde », martèle la conscience de Valérie pour freiner son envie irrépressible d'envoyer promener le fureteur.

— Tu ne travailles pas aujourd'hui ? marmonne-t-elle.

Fabrice a les bras pendants et l'air penaud. Il s'avance néanmoins, la tête basse, et s'assoit sur le rocher en contrebas. Le dos tourné, il commence à parler d'un ton brisé.

— Je n'ai pas dormi de la nuit.

Il lève la tête et, regardant l'horizon, il poursuit :

— J'ai fait la pire bêtise de ma vie quand j'ai rompu avec toi, je veux que tu le saches.

Valérie a la gorge nouée. Après un silence, Fabrice reprend :

— Tu es la femme de ma vie, je m'en suis rendu compte. Et j'aimerais qu'on reprenne nos fréquentations… dans un but sérieux cette fois.

Après un long silence qui n'est ponctué que par le roulement des vagues de la marée montante, Fabrice se retourne vers elle.

— Tu ne dis rien ?

Valérie est trop ébranlée par ce brusque revirement et trop fière pour lui demander la raison de l'éclatement de sa relation avec Maryse.

— Je ne peux pas te répondre maintenant. J'ai besoin d'un temps de réflexion.

Sans doute refroidi par l'attitude revêche de celle qui n'était que chaleur et gentillesse du temps de leurs amours, il continue de fixer l'horizon.

— Tu as besoin de combien de temps ?

Les goélands reviennent criailler en les survolant comme s'ils voulaient chasser ce couple désaccordé de leur territoire.

— Un mois… Je te donnerai ma réponse dans un mois, dit-elle précipitamment.

— On peut se revoir d'ici ton départ ?

— Non, répond-elle d'un ton tranchant.

Elle se méfie de ses sens qui lui feraient perdre la tête au premier baiser et même au premier frôlement. Son attrait pour Fabrice était épidermique et elle frissonnait dès qu'il la touchait.

— Comme tu veux, dit-il lâchement.

Et Valérie le trouve veule, et même franchement couillon. S'il était devant la femme de sa vie, comme il le prétend, il lui semble qu'il devrait montrer plus d'empressement.

— Maintenant, va-t'en. J'ai besoin d'être seule.

~∽

— Tu l'aimes encore? demande gentiment Julien après que Valérie lui eut relaté son entretien avec Fabrice.

Dans la maison endormie ne résonne que le tic-tac des horloges rythmant le temps dans la bijouterie dont la porte la séparant de la cuisine est restée grande ouverte afin d'aérer le commerce.

— Je ne sais pas si c'est de l'amour, papa. Disons qu'il m'attire encore, mais...

Sa perplexité papillonne dans la brise chaude qui soulève le rideau de dentelle, elle va se poser sur le cœur de son père, puis revient vers elle toutes ailes déployées.

— Il a ébranlé ma confiance, papa. J'aimerais que tu me dises sincèrement ce que tu penses de lui.

Elle a osé le tutoyer et son père n'a pas sursauté, contrairement à ce qu'elle redoutait. Elle est si heureuse de pouvoir bavarder avec lui comme avec un ami. De son point de vue, le tutoiement rapproche. Il abolit l'écart générationnel, gomme un peu l'autorité et la rend plus accommodante. Julien desserre son nœud de cravate et se racle la gorge.

— C'est un garçon qui vient d'une bonne famille, dit-il en étirant lentement sa phrase. Il a fait des études sérieuses et il exerce une profession honorable.

— Mais encore? le presse Valérie qui le sent hésitant.

— Je ne veux pas influencer ta décision, ma fille. Tu pourrais un jour me le reprocher. La réponse n'appartient qu'à toi.

— Tu ne m'aides pas beaucoup à voir clair.

— Tout ce que je peux te dire, c'est que tu as bien fait de refuser de le voir durant ton séjour. La réponse est en toi, Valérie. Tu la trouveras dans le silence.

Reconnaissante, la jeune femme se jette dans les bras de son père.

— Merci, papa, dit-elle avec des trémolos dans la voix.

※

— Je me demande comment tu fais pour vivre ici, rouspète Marie-Reine. Il fait une chaleur humide épouvantable, on manque d'air et l'eau est pas buvable.

Marie-Reine transpire à grosses gouttes et tient à la main une serviette pour éponger son visage et son cou. Sa robe est tachée de cernes.

— Voulez-vous un verre de liqueur ? propose Valérie.

— Trop sucré, grimace Marie-Reine. Quand même j'en boirais, ça donnera rien, après j'aurai encore soif.

— Aimeriez-vous mieux un jus de tomate ?

— Ce serait mieux.

Habituée à l'air frais de Cap-aux-Brumes, Marie-Reine souffre davantage de la canicule que sa petite-fille, qui a elle-même bien de la misère à la supporter. Valérie lui sert un verre de jus et l'embrasse sur la joue.

— Je vais vous faire couler un bain à peine tiède, ça va vous requinquer. Pendant ce temps-là, je vais nous préparer du thé.

— Boire chaud quand il fait chaud…

— Voyons, grand-maman, c'est mieux que de ne pas boire du tout, la taquine Valérie. Et puis, je vais en faire beaucoup et on se fera du thé glacé avec le reste.

— As-tu du citron ?

— Non, mais je vais aller en acheter pendant que vous prendrez votre bain. Allez enlever votre robe et votre corset, dit-elle en fronçant les sourcils. Quand il fait chaud de même, c'est pas le temps de porter un corset.

Valérie sort de la cuisine et entend marmonner sa grand-mère. Elle la soupçonne de mettre son corset en se levant, et lui dire qu'elle doit l'enlever par une chaleur pareille a sûrement dû la scandaliser. Valérie ajuste la température de l'eau et sort deux grandes serviettes et des débarbouillettes. La baignoire remplie, elle entend Marie-Reine farfouiller dans ses tiroirs.

— Votre bain est prêt, lui dit-elle à travers la porte.

— J'arrive, répond Marie-Reine d'un ton contrarié. Va chercher tes citrons !

Au ton de commandement, Valérie se doute que sa grand-mère préfère ne pas être vue en robe de chambre, sans son sempiternel corset. Cette femme vaillante supporte mal le laisser-aller des jeunes d'aujourd'hui.

— Laissez l'eau dans la baignoire, crie-t-elle à sa grand-mère, je vais faire trempette en revenant.

— À tantôt.

Avec la chaleur écrasante, entrer dans l'épicerie climatisée est comme trouver enfin une oasis après un long voyage dans le désert. Valérie prend un panier à roulettes et fait le tour de quelques allées afin de dénicher ce qui pourrait les sustenter sans demander une longue préparation. Elle fait provision de pain, de viandes froides, de fruits et de légumes afin de confectionner des sandwiches nourrissants et faciles à digérer, car sa grand-mère mange peu au souper, disant qu'elle dort mal si elle se charge l'estomac.

Durant le court trajet du retour, elle transpire davantage qu'à l'aller et elle doit ralentir l'allure dans les escaliers. Elle arrive chez elle à bout de souffle. Elle sourit en entendant le clapotis de l'eau qui lui parvient de la salle de bain. L'immersion prolongée de sa grand-mère va lui donner le temps de ranger ses emplettes et de préparer le thé glacé.

De sa cuisine, elle sourit encore quand un séisme, appelé monsieur Nick, fait vibrer l'immeuble. C'est la première fois que le phénomène se produit depuis son retour de Cap-aux-Brumes et elle commençait à croire que son voisin était parti en vacances.

— Seigneur! On a un tremblement de terre! gémit Marie-Reine.

— Non, c'est juste mon voisin, lui crie Valérie.

Elle rit franchement de la frousse de son aïeule et elle a hâte de voir la tête qu'elle fera quand elle lui présentera le robuste balafré. Marie-Reine sort de la salle de bain, les lunettes de travers et le visage empreint de la frayeur ressentie.

— Tu parles d'un mal élevé! peste-t-elle.

— C'est ce que je me disais, moi aussi, jusqu'à ce que je le connaisse. Monsieur Nick a des problèmes avec ses articulations à cause d'une couple d'accidents.

— Il a un drôle de nom de famille, réplique Marie-Reine.

— En fait, je n'ai pas pensé à lui demander son nom de famille. Il m'a dit de l'appeler Nick, mais je ne me sens pas à l'aise avec ça, alors je dis "Monsieur Nick" et je crois que ça l'amuse. Comme je vous le disais dans le temps des fêtes, il a une vraie gueule d'assassin. Mais quand on le connaît un peu plus, on s'aperçoit qu'il est correct. Voulez-vous boire un thé pendant que je vais me laver?

— Va, je m'en occupe.

— Il est déjà infusé, vous n'avez qu'à vous le verser.

En revenant de travailler la semaine suivante, rendue à la porte de son appartement, Valérie entend le bruit d'une conversation et reconnaît la voix de monsieur Nick à qui elle a présenté sa grand-mère au cours de la fin de semaine. La rencontre ayant eu lieu sur le trottoir, la présentation a été brève et cordiale, mais Valérie est quand même surprise d'entendre Marie-Reine rire aux éclats.

«Peut-être que le veuvage commence à lui peser?», réfléchit-elle en pensant que l'âge de monsieur Nick doit être bien proche de celui de sa grand-mère. La curiosité l'incite à écouter ce qu'ils se disent de si drôle, mais leurs voix ne lui parviennent pas assez nettement. «Ils doivent être dans la cuisine, à moins que... songe-t-elle, horrifiée à l'idée que sa grand-mère aurait des privautés de ce genre. Pas à son âge! Pas avec un bonhomme comme celui-là!» Alors elle vérifie la poignée de la porte, qui n'est pas ver-rouillée. En faisant un peu de tapage pour signaler sa présence, elle ouvre et se dirige vers le son des voix.

— Ah! Te voilà enfin! dit Marie-Reine, au comble de la joie.

Son visage rayonne comme... «Comme quand elle regardait grand-papa! Grand-maman est en amour!», se dit Valérie, suffoquée. Et le visage de monsieur Nick est fendu d'un sourire si étendu que les ailes de son nez sont déployées comme si son appendice nasal était sur le point de s'envoler.

— Viens t'asseoir que je te raconte ce qu'on vient de découvrir, dit Marie-Reine.

Et sans attendre que sa petite-fille obtempère, elle conti-nue sur sa lancée:

— Imagine-toi qu'on se connaît depuis longtemps!

Monsieur Nick l'approuve à grands signes de tête en regardant Valérie, c'est du moins ce qu'elle suppose, car les yeux de son voisin ne sont plus que deux fentes au travers desquelles jaillissent des étoiles filantes, et l'on dirait que l'estafilade de sa joue s'apprête à jouer à saute-mouton sur sa pommette rebondie.

— Ça alors! dit-elle prudemment.

Leur comportement à tous les deux est si exalté qu'elle se demande si monsieur Nick n'aurait pas initié sa grand-mère aux substances que consomment Marie-Claire et Steeve. Elle hume l'air ambiant, mais ne détecte aucune odeur suspecte.

— Nico a même habité chez nous!

— Appelle-moi pas Nico, ça fait pas mal bébé rendu à mon âge.

— Excuse-moi, Nick, lui dit Marie-Reine, tout sourire.

Valérie regarde fixement sa grand-mère, la bouche ouverte. Même bien assise, elle a peur de tomber en bas de sa chaise.

— Ça fait quoi? À peu près trente-cinq ans? interroge Marie-Reine, la tête tournée vers monsieur Nick.

— À peu près, dit-il en réfléchissant une seconde. Ça doit tourner autour de ça.

— Attends que je me rappelle. Tu es arrivé chez nous à l'automne qui a suivi la naissance de Clémence, en 32.

Marie-Reine compte mentalement en s'aidant de ses doigts.

— Pis je suis reparti l'année d'après, ajoute monsieur Nick. Ça fait bien trente-cinq ans?

— En plein ça, dit Marie-Reine en secouant la tête. Je te dis, Valérie, c'est quasiment un miracle qu'on se soit retrouvés. Je suis tellement heureuse!

Puis, se tournant vers Nick, elle lui dit d'une voix chevrotante:

— On se demandait pourquoi t'étais parti sans nous dire au revoir. Puis on t'a espéré, Nick, tu ne peux pas savoir comment on t'a attendu. On n'a jamais pu t'oublier.

Nick lui tapote la main en faisant des signes de dénégation navrés et Marie-Reine se tamponne les yeux.

Ensuite, à tour de rôle, chacun raconte à Valérie les bribes de l'histoire pathétique d'un moribond venu s'échouer sur la galerie des Dumas, ses arrière-grands-parents, lors de la grande crise économique dont lui ont parlé si souvent sa grand-mère et son père. Nico le vagabond y avait trouvé un véritable foyer jusqu'à son départ involontaire.

— C'est incroyable! dit-elle, vivement émue, quand les deux conteurs cessent leur récit. Il faut fêter ça! Vous allez rester à souper avec nous autres, monsieur Nick.

— Je voudrais pas vous déranger, répond-il, rosissant comme une jeune fille.

— Ça nous dérange pas une miette, affirme Marie-Reine en se levant pour prendre le contrôle des opérations. J'ai justement fait cuire un gros rôti de bœuf cet après-midi. On a du manger en masse.

— Ben, si c'est comme ça, moi je fournis le vin. Je reviens, ce sera pas long, dit-il en se levant d'un bond.

Mais Valérie le voit s'appuyer un moment sur le bord de la table, le temps que ses articulations s'emboîtent correctement. Une fois d'aplomb, monsieur Nick sort en coup de vent et un miniséisme ébranle l'escalier menant au troisième. De concert, la grand-mère et sa petite-fille pouffent de rire.

⁓◗

Au centre de la table brûle une chandelle, le vin coule à flot et délie les langues. Marie-Reine, qui boit rarement et très peu, devient beaucoup plus volubile quand on débouche la deuxième bouteille apportée par Nick. Valérie ne se lasse pas d'apprendre de nouveaux détails concernant la cohabitation de ses aïeux et de celui qui la terrifiait il y a quelques mois à peine. Plus elle apprend à le connaître, plus elle se reproche de l'avoir mal jugé. Nick a le cœur d'un gros nounours apprivoisé, sa cicatrice ne la gêne plus.

Au dessert, Marie-Reine leur parle de son frère jumeau, disparu à l'âge de trois ans et qu'on n'a jamais retrouvé.

— Les hommes ont organisé une battue pour fouiller les alentours. Ils l'ont cherché pendant plusieurs jours, mais ils n'ont trouvé aucune trace de lui. Rien. Pas même une mitaine. Alors ils ont pensé qu'il avait été enlevé par des vagabonds. Il en passait dans ce temps-là et il y en a qui avaient mauvaise réputation. On disait qu'ils vivaient de rapines et on les soupçonnait dès qu'un enfant disparaissait. En tout cas, c'est ce qu'on disait dans ce temps-là.

Nick écoute Marie-Reine sans l'interrompre, tandis que Valérie lui pose une foule de questions pour en apprendre davantage sur ce malheur qui la chamboule.

— Maman a toujours dit que mon jumeau ressemblait à grand-maman Lemieux et je me souviens que tu me faisais penser à elle dans le temps, Nick. D'ailleurs, mon Théo disait que tu avais des airs de famille.

Puis elle rit nerveusement.

— Aujourd'hui, je ne sais plus. Mes souvenirs ne sont plus aussi nets, mais quand je vais retourner à Cap-aux-Brumes, je vais fouiller dans les vieilles photos de maman et je les apporterai pour te les montrer quand je reviendrai.

❧

Marie-Reine rassemble toutes ses affaires. L'heure est venue de refaire sa valise. Elle vérifie la penderie, les tiroirs, regarde sous le lit, retourne à la salle de bain au cas où elle aurait oublié sa brosse à dents ou son savon, puis pense à la penderie de l'entrée qu'elle n'a pas examinée à la loupe. Assise à la table de la cuisine, Valérie l'entend aller et venir, et sourit. Il ne lui sert à rien d'offrir son aide, car cela risquerait de signifier que sa grand-mère doit se hâter ou qu'elle a hâte de la voir partir.

Étant donné que les employés de Postes Canada sont en grève, elle rédige la réponse promise à Fabrice afin que sa grand-mère la lui remette en main propre. Avant de s'endormir hier soir, elle a choisi chaque mot qu'elle allait écrire afin de bien lui faire comprendre que sa décision est définitive. Elle n'a pas l'intention de faire de belles phrases mielleuses pour enrober le tout. Aller droit au but et ne dire que l'essentiel, voilà ce qu'elle a l'intention de faire.

Fabrice,

Tout bien considéré, je ne désire pas reprendre nos fréquentations. Même si on le recolle minutieusement, un pot cassé reste fragile.

Je te croyais fiable et sincère. Mais ma confiance s'est envolée et je ne pourrais plus être heureuse avec toi, car j'aurais l'impression d'être un prix de consolation.

Tu finiras par trouver une autre femme idéale, c'est ce que je te souhaite.

Sincèrement,

Valérie

Elle relit le billet, il n'a rien d'original, rien de brillant. Il est court et incisif, mais il a le mérite d'être clair et, quoi que son destinataire puisse en penser, il reflète fidèlement ses sentiments. Même qu'elle s'avise qu'elle aurait pu être plus crue à son endroit, il ne mérite pas qu'elle ménage sa fierté. D'un geste décidé, elle plie la lettre en trois et l'insère dans l'enveloppe qu'elle scelle, puis elle inscrit le nom et l'adresse au complet, comme pour une lettre officielle.

— Ah! Je savais que j'oubliais quelque chose! s'écrie soudain Marie-Reine.

Valérie s'étire le cou vers le salon et voit sa grand-mère tenant à la main sa revue *Notre-Dame-du-Cap*. Elle l'avait laissée à côté du fauteuil qu'elle a adopté lors de son premier séjour chez sa petite-fille. Valérie peut à présent lui remettre son enveloppe.

— Ah! Je vais la mettre dans ma sacoche, dit Marie-Reine, énervée.

Sa grand-mère est comme un chat, elle n'aime pas les changements et supporte mal les déplacements. Une fois qu'elle est réinstallée et qu'elle a repris son petit train-train quotidien, elle se sent de nouveau à l'aise. Aujourd'hui ne fait pas exception, même si elle retourne chez elle, surtout qu'elle n'y revient pas seule.

D'un échange à l'autre, d'une conversation banale à une confidence attendrie, Marie-Reine a décidé d'inviter Nick à l'accompagner, après s'être assurée que Julien et Gisèle n'y voyaient pas d'inconvénient et les avoir prévenus que le visiteur avait une tête à faire peur.

— Comme ça, le choc sera moins grand, a-t-elle chuchoté à Valérie après avoir raccroché le téléphone.

— Bonne idée, sinon papa aurait pu braquer son revolver sous le nez de Nick, a pouffé Valérie.

— Chut! Il pourrait nous entendre! a dit Marie-Reine, la mine sévère.

Mais Valérie riait tant qu'elle devait se tenir les côtes. Son rire s'expliquait du fait qu'elle avait été si terrifiée quand elle avait vu Nick la première fois qu'elle pouvait facilement s'imaginer l'effet qu'il produirait à Cap-aux-Brumes. Elle se représentait la scène, le dimanche, dans la grande église bondée.

Aujourd'hui, en se remémorant son fou rire, il lui vient une idée loufoque.

— Grand-maman, faites-vous accompagner par Nick quand vous irez porter ma lettre à Fabrice.

— Pourquoi ? questionne Marie-Reine, méfiante.

— Il n'osera pas vous presser de questions pour connaître mon adresse.

— Tu as bien raison, il sera trop impressionné.

« Que j'aimerais être un petit oiseau pour voir la tête qu'il fera », s'amuse Valérie. Elle n'a qu'à repenser au soir où Nick avait ramené Adam en le tenant par la peau du cou. Sur le coup, elle avait cru que son voisin étranglait le pauvre garçon en le tenant trop serré. Puis elle s'était aperçue qu'Adam était tout simplement pris d'une crise de panique. Même depuis lors, Adam n'en mène pas large quand il croise Nick. Comme un petit caniche craintif, il vient se blottir contre Renaud ou Valérie.

⁂

— J'ai du courrier pour toi, ma belle enfant.

Valérie est impressionnée par les changements intervenus chez son voisin durant les deux semaines passées à Cap-aux-Brumes. L'expression sévère du regard s'est atténuée, il porte des vêtements neufs, de bonne coupe. Ses cheveux et ses sourcils broussailleux ont été domestiqués par les coups de ciseaux du coiffeur. Nick est resplendissant et, la balafre en moins, il serait presque beau.

— Entrez donc. Vous avez fait bon voyage ?

Une agréable fragrance masculine franchit le seuil et Valérie a l'impression d'avoir un nouvel homme devant elle.

— Ah! Tu peux pas t'imaginer à quel point!

Juste à voir son air béat, on croirait que Nick vient d'avoir une vision du paradis.

— Aimeriez-vous prendre un thé?

Nick se donne une tape sur le front, l'air contrit.

— J'ai oublié de t'apporter la boîte de thé King Cole que ton père m'a donnée pour toi. Attends-moi, je reviens.

— Mais non, il m'en reste encore, dit-elle en le retenant par la main quand il s'apprête à faire demi-tour. Vous me l'apporterez une autre fois. Venez, on va s'asseoir dans la cuisine. J'ai hâte que vous me racontiez votre voyage.

Valérie s'est de nouveau sentie très seule après le départ de sa grand-mère. Sans les turbulences de son voisin, sans courrier, sans ses amis émigrés à Montréal, la maison était redevenue trop silencieuse. L'arrivée de Nick ramène la chaleur humaine dont elle a besoin pour s'épanouir et elle n'a pas l'intention de le laisser filer, ne serait-ce que quelques secondes.

— Ah! dit Nick, les yeux étincelants. Je sais pas par quel bout commencer. J'en ai tellement à raconter que j'ai peur d'abuser de ton temps, ma belle enfant.

La belle enfant le regarde en riant. Il n'y a pas si longtemps, monsieur Nick l'appelait encore mam'zelle. Après son départ, une fois encore emmurée de silence, elle s'est remémoré l'emballement de sa grand-mère, convaincue d'avoir retrouvé son frère jumeau, et Valérie s'est tranquillement faite à l'idée que monsieur Nick était peut-être son grand-oncle.

— J'ai tout mon temps. Et je peux bien vous l'avouer, vous m'avez manqué.

Le sourire de Nick s'élargit encore. «Le bonheur lui va bien», se dit-elle.

— J'ai été reçu comme un roi! Vous êtes vraiment du bon monde, vous autres! Ça m'a rappelé la première fois…

La gorge nouée, Nick arrête de parler et sort son mouchoir pour éponger ses yeux humides.

— Excuse-moi, dit-il, gêné. Me v'là rendu aussi pire qu'un bébé.

Valérie se sent happée par cette vulnérabilité qu'elle découvre chez celui qui la terrifiait. Sa vive sensibilité lui permet de ressentir facilement les émotions de son interlocuteur lorsqu'il s'était échoué sur cette galerie anonyme de Cap-aux-Brumes, à bout de force, et qu'il avait été reçu et soigné comme un membre de la famille. Elle vient s'asseoir près de lui et dépose la boîte de mouchoirs en papier entre eux. Il lui sourit à travers ses larmes.

— C'était la première fois de ma vie qu'on me traitait avec bonté, poursuit-il, la voix chevrotante.

La main de Valérie se pose sur l'avant-bras musclé de Nick avec la douceur d'une libellule amerrissant sur un étang. Elle veut lui signifier sa tendresse avant de faire une coupure, le temps que chacun reprenne le contrôle de ses émotions.

— Continuez, je vais faire le thé.

S'entremêlent ensuite le son de l'eau coulant dans la bouilloire et le bruit du mouchage d'un gros nez épaté. Quand Valérie revient s'asseoir, Nick poursuit:

— Marie-Reine a sorti l'album photo de sa mère et… et… Ben, on a tellement pleuré tous les deux qu'on a quasiment inondé le plancher du salon. Une chance qu'on était juste tous les deux.

Il rit et pleure en même temps, puis s'essuie le coin des yeux. Valérie attend patiemment. Après un gros soupir, il continue son récit:

— C'est vrai que j'ai des airs de famille, comme le disait ton grand-père. Après avoir vu la photo de la grand-mère Lemieux, ton arrière-arrière-grand-mère, je peux dire que j'ai ses traits. Pis je ressemble un peu à ta grand-tante Cécile, mais en moins beau, dit-il d'un air moqueur.

La bouilloire siffle et Valérie doit se lever. Le dos tourné pour faire le thé, elle entend Nick se moucher encore. Elle place deux napperons sur la table, la théière pleine et deux tasses de fantaisie.

— Mais ce qui est le plus...

Elle le voit faire des efforts pour trouver le mot approprié. Il doit prendre de profondes inspirations et elle le sent fortement ébranlé.

— Le plus curieux, je dirais, c'est que j'ai une marque de naissance sur l'épaule. Comme le petit Nicolas.

Les probabilités que monsieur Nick soit le frère jumeau de sa grand-mère sont de plus en plus grandes, songe Valérie.

— Vous seriez mon grand-oncle...

— Ça se pourrait ben.

L'expression de bonheur disparaît soudain, et Nick affiche de nouveau le masque sombre et froid que Valérie voudrait bannir à jamais.

— Cette éventualité n'a pas l'air de vous réjouir, le taquine-t-elle.

— C'est pas ça, dit-il, étonné. C'est que... Ben, j'ai peur qu'on s'aperçoive à un moment donné que je suis pas celui qu'on pense. Tu comprends? Si je pouvais juste me souvenir de quelque chose, ça me rassurerait. J'ai beau fouiller ma mémoire, y a rien à faire. Ton père nous a amenés à L'Anse-aux-Brûlots et Marie-Reine m'a montré la maison où je serais né. Ben, ç'a rien donné non plus.

— Vous étiez si jeune quand vous êtes disparu. C'est normal que vous ne vous rappeliez plus rien de cette époque.

— C'est ce que ton père m'a dit. C'est tout un homme, ton père. Oui, tout un homme ! Il m'a écouté sans m'interrompre, pis quand j'ai eu fini de vider mon sac, il m'a raconté sa vie et comment il avait perdu tous ceux qu'il aimait. À part ses enfants, il a plus aucune famille. Un peu comme moi, quoi ! Pis après, il m'a dit : "C'est la famille de ma défunte femme qui est ma famille à présent. Et vous savez pourquoi ?" qu'il a dit.

Nick avale une gorgée de thé et Valérie, émue de l'entendre relater sa conversation avec son père, qu'elle trouve sage et bon, attend en silence.

— Non, que je lui ai dit, reprend Nick. "C'est parce qu'on s'est adoptés. Une famille, c'est pas juste les liens du sang, qu'il a dit. C'est les liens du cœur qui sont importants." Pis il m'a fait comprendre que Marie-Reine avait connu tant de malheurs qu'elle avait besoin du bonheur que je pouvais lui apporter. Que c'était pas juste moi qui étais gagnant là-dedans. C'est ça qui m'a aidé à la laisser faire quand elle est allée chercher le baptistère de Nicolas et qu'elle me l'a donné en disant : "V'là ton baptistère, mon frère."

— Vous êtes mon grand-oncle à présent, s'attendrit Valérie.

Dans un accès de pudeur ou de prudence, ils restent là à se regarder, comme s'ils hésitaient à franchir l'obstacle leur donnant droit de se chérir. Nick, le premier, finit par sortir de la léthargie qui les paralyse.

— Officiellement, en tout cas…

Valérie le voit pencher la tête et fuir son regard. Elle comprend si bien qu'après toutes ces années d'errance, le sans-papier se sente comme un usurpateur et qu'il appréhende la suite. A-t-il le droit de recevoir tout cet amour? La réaction de Nick lui fait mesurer son degré d'honnêteté.

— Si grand-maman vous a adopté, je vous adopte aussi de tout mon cœur, oncle Nick.

Nick se lève et lui tend les bras. Sa lèvre tremble et ses yeux coulent comme des sources. Tous deux rient et pleurent, en harmonie, secoués par des émotions puissantes.

◦～◦

Dans le courrier que lui a remis Nick, la lettre de Marie-Reine relate en détail le séjour de son frère. C'est ainsi qu'elle l'appelle tout au long de sa très longue missive et Valérie frémit en faisant siennes les émotions de son aïeule qui a enfin retrouvé celui que sa famille a cherché et attendu pendant de si nombreuses années. Sa grand-mère lui révèle aussi les confidences de ses parents et leur immense chagrin après que Nico eut disparu la deuxième fois. «Mais ça, c'est une longue histoire qu'il te racontera lui-même. Prends soin de lui, il n'a pas eu la vie facile et il a besoin de toute notre tendresse.» Sur le pourtour de la dernière page, elle a écrit, comme toujours, quelques derniers mots qui se terminent par: «Je t'embrasse. Grand-maman qui t'aime.» Elle n'a rien dit concernant la lettre qu'elle était censée remettre à Fabrice.

Allongée dans son lit, le cœur de Valérie cogne encore, malmené par un trop-plein d'émotions. «Ouf! songe-t-elle, sans doute vaut-il mieux que j'attende pour connaître les raisons de la deuxième disparition de mon grand-oncle et la réaction de Fabrice. Si ça continue comme ça, je vais avoir besoin d'un nouveau cœur.»

Valérie s'est émerveillée quand elle a appris, à la fin mai, que la greffe réalisée par le Dr Pierre Grondin, de l'Institut de cardiologie de Montréal, était un succès, tout comme celle pratiquée pour la première fois par le Dr Christiaan Barnard en Afrique du Sud.

La marche du progrès l'enthousiasme et la présence de son nouveau tonton, couché à l'étage au-dessus, la rassure. Elle s'endort apaisée.

Le samedi suivant, Valérie a recouvert sa table de la nappe de lin que sa grand-mère a tissée exceptionnellement avec des bandes de tissu neuf. «Pour ton trousseau», lui a-t-elle dit en lui remettant ce cadeau inestimable. De délicates fleurs lilas bordent la nappe blanc écru que Valérie n'utilise que dans les grandes occasions, de même que les deux chandeliers de verre taillé qu'elle a reçus à Noël, cadeau de sa tante Gisèle. Parce qu'elle n'a pu trouver de chandelles lilas, elle en a acheté de couleur rose Kennedy, comme on nomme le rose soutenu de certains vêtements de Jacqueline Kennedy, l'ex-première dame des États-Unis.

Alors que Valérie s'apprête à servir le souper qu'elle a concocté pour Nick, le téléphone sonne.

— Excusez-moi, lui dit-elle.

Sur le comptoir de la cuisine, attend la bouteille de bordeaux apportée par Nick.

— Va, je suis pas pressé.

Elle décroche le combiné pendant que Nick s'approprie le tire-bouchon.

— Allô. (…) Oui, je suis à la maison toute la soirée. (…) D'accord, à tantôt.

— T'attends de la visite ? dit Nick quand elle raccroche. Aimes-tu mieux que je m'en aille ?

— Il n'en est pas question, vous êtes mon invité et je vous garde. C'est juste le frère de Renaud qui va venir me porter quelque chose de sa part. Il est allé le voir en fin de semaine à Montréal.

La radio diffuse doucement de la musique et, en servant l'entrée, Valérie fredonne en même temps que Gilbert Bécaud *L'important c'est la rose*. Nick remplit leurs coupes en souriant et Valérie se dit que les paroles de la chanson ont peut-être été inspirées par un gars de la trempe de Nick.

— À votre santé, oncle Nick, dit-elle en levant son verre.

Après le plat principal, ils décident de siroter leur vin avant d'attaquer le dessert. Stimulé par la bonne chère et le vin, Nick recommence le récit de son séjour à Cap-aux-Brumes comme s'il devait le répéter à satiété afin de se convaincre qu'il n'a pas rêvé sa nouvelle identité et cette famille qui lui échoit et dont il ne connaît pas encore toutes les ramifications. Et Valérie l'écoute sans se lasser, réconfortée d'avoir près d'elle un membre de sa parenté dans cette grande ville qu'elle n'a pas encore tout à fait amadouée. À la radio, les Beatles chantent à présent *All You Need Is Love*. Valérie se dit qu'à défaut de personnifier l'amour avec un grand A, Nick incarne l'affection et aussi la protection parce que, le sachant de sa famille, elle se sent de plus en plus en confiance en sa compagnie.

— Grand-maman m'a dit que vous me raconteriez pourquoi vous avez disparu de leur vie une deuxième fois.

— Ah ! C'est une histoire quasiment pas croyable…

Son début de récit est interrompu par des coups frappés à la porte.

— Ce doit être le frère de Renaud, dit Valérie, d'un air contrarié.

En ouvrant, elle reste bouchée bée devant le jeune homme aux yeux vert émeraude, d'une beauté à couper le souffle, qui lui sourit de tout l'éclat de sa dentition parfaite. Il est le sosie de Renaud, en mieux. Il est plus grand, plus viril. Il émane de lui un fluide ensorcelant. Depuis que Renaud lui parle d'Olivier, elle se dit que ce frère si parfait lui fait de l'ombre. Ce soir, elle est subjuguée bien malgré elle. Pourtant, depuis toujours, elle se méfie des gars trop beaux. «Ils n'ont rien dans la tête», a-t-elle l'habitude de dire de ces hommes souvent superficiels et narcissiques.

— Voilà, dit-il en lui tendant un sac de papier. Renaud t'envoie des strudels qu'ils servent au restaurant où il travaille. Tu vas voir, ils sont délicieux.

Par pure politesse, Valérie se sent obligée de l'inviter, mais elle espère qu'il va refuser en prétextant qu'il a un rendez-vous quelque part. C'est l'excuse classique de ce genre de gars afin de se laisser désirer.

— Entre, balbutie-t-elle. Si tu veux te joindre à nous, on était rendus au dessert.

Sans cesser de la regarder, Olivier s'insère dans le mince espace qui les sépare et Valérie réalise qu'elle doit se mouvoir. «Je dois avoir l'air d'une idiote», songe-t-elle.

— Oncle Nick, je vous présente Olivier, le frère de Renaud.

Elle tient à la main le sac contenant les strudels, éberluée de voir Olivier s'avancer vers son grand-oncle avec l'aisance d'un homme du monde.

— Salut, mon gars, dit Nick en se levant pour lui donner la main.

— Assieds-toi, murmure-t-elle. Veux-tu un peu de vin?

— Sors-lui une coupe, enchaîne Nick. Je vais aller chercher une autre bouteille dans ma réserve.

L'adonis prend place à la table et elle se rappelle qu'en bonne hôtesse, elle doit préparer le thé en prévision du dessert. Avec une deuxième bouteille à vider, elle pourrait facilement attendre, mais la présence d'Olivier la perturbe. Heureusement, le vacarme qui ébranle la cuisine annonce l'arrivée imminente de son grand-oncle et la dispense de faire la conversation au messager qui s'est métamorphosé en invité.

Pendant que les deux hommes conversent, elle s'acquitte de ses obligations comme un automate. À la radio, Ginette Reno chante *La dernière valse* et Valérie a curieusement l'impression que les paroles lui sont adressées.

Quand elle revient s'asseoir, sa coupe a été remplie à ras bord par Nick et en la soulevant, malgré ses précautions Valérie tache sa jolie nappe. Elle répand du sel sur le fluide pourpre en espérant que ses deux invités ne vont pas s'attarder et qu'elle pourra faire tremper sa précieuse nappe afin de la détacher.

Hélas, les deux hommes papotent comme deux pies. À sa connaissance, son grand-oncle n'a jamais été aussi disert et Olivier semble doué pour relancer la conversation. À l'étonnement de Valérie, il paraît réellement s'intéresser à Nick et à ses aventures, ce qui amène son oncle à raconter au jeune homme l'incroyable hasard qui l'a réuni deux fois à la famille dont il a été séparé tout jeune.

— Votre parcours de vie est stupéfiant, lance Olivier quand Nick fait une pause. C'est un destin peu commun que le vôtre, mon cher monsieur.

— Juste avant que tu arrives, j'avais demandé à oncle Nick de me raconter pourquoi il a disparu une deuxième fois.

— Il est un peu tard, non ? dit Nick en secouant la tête, le sourire aux lèvres.

— Je brûle de connaître la suite. De grâce, racontez-nous, le prie Olivier.

Valérie remarque les chandelles qui se consument et la cire fondue qui coule sur la nappe. «Il va falloir que je téléphone à grand-maman pour savoir comment faire disparaître ce gâchis», songe-t-elle.

— Je travaillais avec Georges, le frère de la grand-mère de Valérie. Il m'avait demandé d'aller à la quincaillerie parce qu'il lui manquait des morceaux. En route, j'ai croisé un matelot qui m'a demandé de l'aider à ramener à bord son copain qui était ivre-mort. Le pauvre bougre ne pouvait plus marcher, il était mou comme de la guenille. On a eu une misère noire à se rendre jusqu'à l'appontement du bateau qui avait rien que la largeur d'un homme. Alors, j'ai été obligé de le tenir par les bras pendant que l'autre le tenait par les pieds. Une fois sur le bateau, il fallait le descendre par un escalier étroit.

Nick s'arrête le temps de boire une lichette de vin afin de s'humecter le gosier et ses deux auditeurs l'imitent spontanément tout en continuant de le dévisager.

— Je me souviens pas de ce qui s'est passé. Quand je suis revenu à moi, j'avais une douleur atroce à la jambe. On m'a expliqué que j'avais déboulé l'escalier pis que je m'étais cassé une jambe. Ils m'avaient rafistolé comme ils avaient pu, avec des éclisses de bois pour tenir la jambe. Mais le bateau avait quitté le port et on était rendus sur l'océan, pis ça brassait, monsieur!

— Pourquoi, ils ne vous ont pas débarqué pour vous soigner à Cap-aux-Brumes? s'enquiert Valérie.

— Le capitaine savait pas que j'étais à bord quand il a levé l'ancre. Je vous dis qu'il était pas content d'avoir une bouche de plus à nourrir, surtout que j'étais un membre inutile, à cause de ma jambe. Faut dire que je lui ai pas coûté ben cher de nourriture parce que j'ai été malade comme un chien durant toute la traversée. J'avais pas le pied marin, faut croire.

Nick s'arrête encore pour boire son vin et Valérie revoit l'expression amère qu'elle lui a connue avant qu'il rencontre sa grand-mère.

— Où ce périple vous a-t-il conduit ? l'interroge Olivier.

— Dans les vieux pays, mon gars. En Espagne pour commencer. Ils m'ont amené dans un hôpital pis ils m'ont laissé là. Je comprenais pas un mot de ce qu'on me disait. Pour faire une histoire courte, on m'a opéré. Je me suis réveillé avec un gros plâtre, pis comme j'avais pas de domicile, pas de papier d'identité, pis pas d'argent, ils ont ben été obligés de me garder un bout de temps. Un moment donné, ils m'ont transporté dans une sorte de couvent et les bonnes sœurs ont pris soin de moi. Pour les remercier, j'ai travaillé pour eux autres un bon bout de temps. J'ai fini par apprendre un peu d'espagnol.

— Vous n'avez pas pensé à écrire à Cap-aux-Brumes pour leur dire où vous étiez rendu ? demande Valérie.

— Je savais pas écrire dans ce temps-là, répond Nick. Quand j'ai su, j'ai écrit, mais avec la guerre, je crois ben que ma lettre s'est perdue parce que ta grand-mère m'a dit qu'ils ne l'ont jamais reçue. Imagine-toi qu'ils pensaient que j'avais sacré le camp ! Il y a du monde qui leur ont dit qu'ils m'avaient vu en direction de la gare et ils ont cru que j'avais pris le train. Pourtant, je comprends pas qu'ils aient pas su que j'étais sur le quai. La commère de la place était là, pis elle m'a vu embarquer sur le bateau. C'était une petite bonne femme qui avait une voix de corneille, une vraie chipie. Ta grand-mère l'aimait pas trop trop.

Nick regarde sa montre et lève les sourcils.

— Sacrifice ! Y est déjà deux heures du matin. Excusez-moi, j'ai pas vu le temps passer.

— Moi non plus. J'espère entendre la suite une prochaine fois. J'ai passé une très belle soirée en votre compagnie, dit Olivier en serrant la main de Nick. Merci pour ton hospitalité, Valérie.

Il lui donne aussi la main, mais en l'entourant de son autre main.

— Tu es aussi jolie et aussi gentille que me l'avait dit Renaud. Excuse-moi d'avoir chambardé ton programme et de t'avoir fait veiller si tard. Merci encore.

～❧～

Quand la touffeur de l'été s'évapore, Renaud et Adam reviennent à Québec. Quoique exténuant pour des novices aux muscles inadaptés, le travail de serveur s'est avéré payant et l'intimité partagée sans danger d'être découvert leur a été fort profitable. Délestés durant trois mois des remarques acerbes de leurs pères homophobes, ils affichent une mine épanouie et Adam est beaucoup plus calme.

Le petit pécule amassé leur garantit une certaine autonomie et il ne reste à Renaud que deux sessions d'université avant d'être libéré du carcan financier qui l'enchaîne à ses parents. Valérie doute cependant qu'Adam soit un jour délivré de sa dépendance affective. Même autonome matériellement, il continuera de trembler devant son père.

Comme tous les homosexuels, si Renaud et Adam décident de vivre leur amour au grand jour, l'opprobre public s'abattra sur eux sans merci. Plusieurs sont victimes de violences physiques. Les homophobes les plus vindicatifs se font souvent un plaisir de les rosser sauvagement, allant parfois même jusqu'à les assassiner.

La société québécoise commence à peine à parler ouvertement de l'homosexualité, sans toutefois la comprendre.

La plupart des gens y voient une anomalie monstrueuse. Cette attirance pour le même sexe n'est-elle pas contre nature ? L'acte sexuel est destiné à assurer la perpétuation de la race et la religion l'interdit formellement en dehors des liens sacrés du mariage. Il s'en trouve aussi pour dire qu'il s'agit d'un dérèglement qu'on devrait traiter comme une maladie mentale.

Valérie ne peut s'expliquer cette réalité, mais elle considère que ce qui se passe entre adultes consentants ne regarde pas les autres. L'un de ses cousins au troisième degré, qu'elle supposait homo, s'est suicidé, et ce drame lui a permis de comprendre la souffrance insupportable de ceux qui ne sont pas conformes aux normes des bien-pensants. Et parce qu'elle se rend compte également qu'elle attire les gais, elle craint que l'un d'eux ne l'épouse pour sauver les apparences. C'est pourquoi elle a tant d'admiration pour ceux qui ont le courage de se montrer sous leur vrai jour.

Pour célébrer le retour de ses amis, elle les a invités à souper.

— Vous sentez-vous capables de vivre séparés ? leur demande-t-elle à la fin du repas.

— Il le faudra bien, soupire Renaud.

En voyant le regard morose d'Adam, elle s'en veut d'avoir posé la question. Vu que présenter ses excuses n'arrangerait rien, elle décide de changer de sujet. Sachant qu'Olivier les a aidés à rapporter leurs bagages, elle demande :

— Est-ce qu'Olivier vous a parlé de sa rencontre avec mon voisin ?

— Non. Ne me dis pas qu'il l'a surpris dans l'escalier de secours ! plaisante Adam.

Tous trois s'esclaffent et Valérie est heureuse que le jeune homme effarouché soit maintenant capable d'en rire.

— Êtes-vous bien assis ? s'assure-t-elle.

— Qu'est-ce que tu vas encore nous sortir ? s'amuse Renaud.

— Je vous avertis tout de suite, vous n'allez pas me croire. Monsieur Nick est mon grand-oncle !

— Quoi ? s'exclame Adam, les yeux exorbités.

— Aussi vrai que je suis là ! rigole Valérie. Mais ne t'inquiète pas, il n'est pas aussi dur qu'il en a l'air. Je commence même à l'aimer beaucoup.

— Comment est-ce possible ? s'étonne Renaud. Raconte.

❧

Au téléphone, son père lui apprend qu'il ne peut plus s'approvisionner en verre taillé étant donné que la Tchécoslovaquie a été envahie par l'armée soviétique. Valérie se désole qu'un peuple doué pour fabriquer du verre et de la porcelaine de si grande qualité perde ainsi sa liberté et soit contraint de vivre sous la domination des Soviets, ces communistes que sa grand-mère honnit.

Le lendemain, elle reçoit une lettre de l'une de ses anciennes compagnes de classe qui lui fait comprendre à mots couverts qu'elle a besoin d'aller se réfugier au loin durant quelques mois et elle lui demande asile. Guidée par l'élan de son cœur généreux, Valérie l'appelle le soir même. Claudette, celle-là même qui se moquait de Pruneau, l'idiot du village, parle à voix basse et Valérie a du mal à la comprendre.

— Puisque tu n'es pas libre de parler, arrange-toi pour venir passer quelques jours ici. Nous verrons ce qu'on peut faire.

Deux jours plus tard, sans prévenir de son arrivée, Claudette débarque avec armes et bagages et Valérie se casse la tête pour essayer de caser le grand coffre encombrant et la garde-robe quatre saisons de son ancienne compagne de classe.

— T'as donc ben un petit appartement, fait remarquer l'inconsciente.

— J'ai pas les moyens de me payer plus grand, rétorque Valérie, agacée.

Elle se souvient très bien qu'elle lui a proposé de venir passer quelques jours, mais elle ne s'attendait nullement à cette invasion. «Pas surprenant qu'elle soit dans de mauvais draps», pense-t-elle méchamment.

— Sors juste quelques vêtements, dit-elle. J'ai vraiment pas de place.

— J'ai faim, se plaint Claudette. J'ai rien mangé de la journée. T'aurais pas un petit quelque chose?

Le vendredi soir, Valérie s'arrange pour finir un reste au souper. Si elle va faire son épicerie alors qu'elle est fatiguée et qu'elle a faim, elle achète trop et défonce son budget.

— T'as pas pensé à t'acheter un lunch en cours de route?

— J'ai plus une maudite cenne!

«Ça commence bien», se dit Valérie, découragée. Pour comble de malheur, elle a dépensé beaucoup trop ces derniers temps et son maigre salaire de secrétaire ne lui permet pas grand jeu.

— Je vais regarder si j'ai de quoi te faire un sandwich, dit-elle d'un ton las.

Elle fouille dans le frigo à moitié vide et le garde-manger dégarni.

— Une soupe aux tomates et un sandwich au fromage, ça te va?

Assise au bout de la table, Claudette opine de la tête. Elle lui fait tout à coup penser à Bijou, quand Gisèle hurlait après le chiot qui voulait tant se faire aimer d'elle, et Valérie s'en veut de s'emporter pour des broutilles alors que la pauvre fille semble complètement désemparée. Elle allume la radio pour alléger l'atmosphère et fait chauffer la soupe.

— Veux-tu du thé? propose-t-elle ensuite sur un ton plus chaleureux.

— Si t'en prends, répond Claudette en esquissant un demi-sourire.

Le dos tourné pour beurrer les rôties, Valérie l'entend pousser des soupirs à fendre l'âme. Elle se demande ce qu'elle va pouvoir faire pour lui venir en aide. Elle n'a pas les moyens d'assumer toutes ses dépenses jusqu'à l'accouchement.

⁓

Après une bonne nuit de sommeil, Valérie a les idées plus claires. «Allons-y par priorité», se dit-elle. En voyant la mine abattue de Claudette, qui sirote son café les yeux dans le vide, elle repense à la dernière blague d'Adam.

— Claudette, tu sais comment on arrive à manger tout un éléphant?

— Non, réplique-t-elle, ahurie.

— Une bouchée à la fois, dit Valérie.

Comme elle l'espérait, la devinette déride la malheureuse. La solution est si simplette que personne n'y pense, pourtant elle contient un principe de sagesse qu'il est bon d'appliquer à tout problème.

— Deux œufs? Tournés? dit-elle à la manière d'une serveuse de restaurant.

À chacune des questions, Claudette fait signe que oui. Elle a perdu son air de chien battu et s'étire les bras.

— Voudrais-tu t'occuper des toasts? suggère gentiment Valérie.

— Avec plaisir, répond l'autre, enthousiaste.

Valérie casse les coquilles en faisant attention de ne pas crever les jaunes. Le beurre grésille dans la poêle. «À deux pour manger l'éléphant, ça devrait aller plus vite», s'encourage-t-elle.

— Après le déjeuner, on va aller faire l'épicerie, dit-elle.

Puis elle va allumer la radio, autant par réflexe que pour écouter les nouvelles. Elle aime les émissions du matin qui la renseignent tout en la divertissant.

～ᴘ

Prenant le frais sur la galerie, Nick voit revenir Valérie et Claudette les bras chargés de sacs. Il se dépêche d'aller les aider et Valérie lui est reconnaissante encore une fois. Il est de plus en plus prévenant et elle se demande aujourd'hui comment elle a pu si mal le juger. Elle lui présente sa compagne et l'invite à souper.

— On se fait un petit souper à la bonne franquette, un macaroni à la viande, le prévient-elle afin qu'il ne soit pas déçu et ne sente pas obligé d'apporter du vin.

— Je vais apporter le dessert, répond-il.

Valérie ne peut refuser une offre aussi alléchante que bienvenue, elle n'a acheté que l'essentiel afin de cuisiner des plats bourratifs à prix modique. Leur menu de la semaine sera composé de hot dog, sauce aux œufs, crêpes et restes de macaroni. Elle a acheté plus de lait, de pain et de céréales, une laitue iceberg ainsi que des fruits et légumes de saison. La facture totale dépasse un peu ce qu'elle a l'habitude de débourser, mais elle s'en tire tout de même à peu de frais, compte tenu des circonstances, et cela lui permet de voir les choses sous un meilleur angle qu'hier soir.

Claudette ne fait pas de chichis, elle a des goûts simples. Née dans une famille pauvre, elle a souvent dû manquer l'école pour aider sa mère malade, qui a pu être opérée seulement quand l'assurance-hospitalisation est entrée en vigueur en janvier 1961. Valérie a plus ou moins perdu de vue Claudette après la huitième année, quand celle-ci a commencé à travailler à l'usine de pasteurisation du lait.

Durant l'après-midi, Claudette suggère de faire la sieste, mais dès qu'elles sont allongées elle commence à se confier. Valérie apprend que le père de l'enfant est le nouveau contremaître de l'usine. Venant de l'extérieur, le bellâtre a vite fait la conquête de la modeste jeune fille qui s'est sentie flattée d'être l'objet des attentions du boss.

— Je l'ai aimé à la folie, confie-t-elle pour justifier le fait qu'elle ait rapidement perdu son pucelage.

— Lui as-tu dit que tu étais enceinte ?

— Oui, dit-elle, penaude. Il m'a alors annoncé qu'il était marié.

— Le salaud ! s'écrie Valérie.

Valérie est certaine d'une chose, le gars a menti, mais quand ? Est-il marié juste quand ça lui permet de se défiler de ses obligations ?

— J'étais enragée et je l'ai traité de menteur, d'hypocrite, et je l'ai menacé de le déclarer, mais il m'a avertie que si je faisais ça, je m'en repentirais le reste de mes jours. "Tu aimerais peut-être que je dise à ta mère que sa fille est une pute qui couche avec n'importe qui ?", qu'il a dit. Il savait où fesser pour me faire fermer la boîte. Je voudrais jamais que maman apprenne que je suis une fille-mère.

Valérie se remémore les commentaires désobligeants de la serveuse du restaurant de Cap-aux-Brumes à son sujet et elle se promet, quoi qu'il lui en coûte, de tout faire pour venir en aide à cette pauvre fille.

— Comme par hasard, reprend Claudette, la semaine suivante, je me suis fait clairer. Ça faisait six ans que je travaillais là, pis j'avais jamais eu un blâme. Mais j'étais mal placée pour aller me plaindre au grand boss.

— L'écœurant! s'insurge Valérie. J'espère qu'un jour il va payer pour tout le mal qu'il t'a fait.

— Je veux plus jamais retourner là-bas. Je veux plus lui revoir la face. Astheure, je l'haïs autant que je l'ai aimé. Mais je veux surtout pas que maman se doute que je suis enceinte.

— C'est pour quand?

— Fin mars. Je vais être trop avancée, je pourrai pas passer les fêtes avec ma famille, pis je sais pas quelle menterie inventer.

Claudette commence à sangloter et Valérie la laisse déverser son désarroi en lui caressant le bras. Vidée, Claudette finit par s'endormir et Valérie se lève pour préparer le macaroni prévu au menu.

Elle allume la radio en sourdine pour couvrir le bruit de la popote, puis met la table. Le nettoyage de sa plus belle nappe lui a demandé tellement de temps et d'efforts qu'elle se satisfait d'une nappe facile à laver, mais dont les couleurs vives vont apporter une touche de gaieté et peut-être contribuer à remonter le moral de Claudette.

Cette dernière se réveille en sursaut dès que Nick commence à descendre l'escalier et elle court se cacher dans la salle de bain.

— Des pâtisseries de chez Kerhulu! s'exclame Valérie. Vraiment, vous nous gâtez, oncle Nick. Vous n'auriez pas dû faire une pareille folie.

Nick sourit et se dandine d'une jambe sur l'autre en lui remettant la boîte de carton enrubannée. La joie de Valérie lui cause un plaisir souverain. Il a l'air d'un gros toutou émoustillé par un câlin inespéré. Les yeux plissés de bonheur, il lui présente son autre surprise.

— Pas un châteauneuf-du-pape! s'écrie-t-elle. Je suis gênée d'avoir juste un macaroni à vous offrir.

— C'est pas ce qu'on mange qui compte, c'est d'être ensemble. Je te trouve tellement fine de m'inviter alors que t'es pas toute seule.

Valérie s'approche et lui fait une grosse bise sur chaque joue. Nick rosit de plaisir et sa cicatrice, qui reste désespérément blanche, ressemble à la queue d'une comète marbrant le ciel.

— Venez vous asseoir, Claudette a fait un petit somme et elle est en train de faire sa toilette. En l'attendant, on va déboucher ce bon vin.

Le châteauneuf-du-pape et la bonne humeur des convives font oublier pour un moment les soucis de Claudette. Les deux filles sont captivées par Nick qui raconte les vieux pays, la guerre et ses misères.

Demain, ou un autre jour, viendront les décisions à prendre, les démarches à entreprendre. «Un jour à la fois...»

3

Québec, septembre 1968

«Les jours se suivent et ne se ressemblent pas.»

Et septembre est le mois par excellence pour accréditer l'axiome. Le temps varie d'un jour à l'autre, les arbres changent d'habit fréquemment.

Claudette s'est déniché un nouveau foyer où l'on est au courant de sa situation et où on l'accueille avec empathie. Grâce aux contacts de Renaud, un couple de professionnels l'a embauchée pour prendre soin de leurs enfants. La jeune fille est logée en permanence, comme si elle faisait partie de la famille.

Renaud et Adam sont retournés à l'université et doivent réapprendre à se blinder contre les piques blessantes de leurs pères. Ils viennent trouver consolation chez leur amie et Renaud a emmené avec lui son irréprochable frère. Valérie commence à baisser la garde devant la simplicité et le charme d'Olivier.

À Cap-aux-Brumes, la jumelle trépigne d'impatience tant l'envie de revoir son frère se fait pressante. «Venez vous promener», lui a dit Valérie.

Et, pour une rare fois, Marie-Reine ne s'est pas fait prier. Ce matin, Valérie et Nick sont venus la cueillir à la gare de Lévis. Olivier les accompagne, il a réussi à emprunter la voiture de son père. Il montre un tel empressement à rendre service à Valérie qu'elle devrait s'en préoccuper, mais elle est convaincue qu'une fille ordinaire comme elle ne peut retenir l'attention d'un gars doté d'une personnalité exceptionnelle. Elle n'est pas consciente de son charme.

Châtaine aux yeux noisette, elle se trouve fade en comparaison de l'éclat des brunes ou de la luminosité des blondes. Sa mère était si belle avec ses mèches d'or et ses yeux d'azur. Les souvenirs olfactifs lui rappellent aussi comme elle sentait bon après avoir pris un bain et s'être parfumée pour accompagner son père dans les soirées. Anne-Marie possédait une belle collection de parfums différents et tous s'harmonisaient à elle alors que les meilleures fragrances tournent au vinaigre sur la peau de Valérie.

Son métier de secrétaire n'est pas non plus étranger à la perception de son insignifiance. Les cliquetis répétés à longueur de journée sur sa dactylo ne font que transcrire les mots des autres. On ne lui demande pas de penser, elle n'est qu'une exécutante de qui on exige de la précision, de la rapidité, ainsi qu'un français et un anglais sans fautes. Depuis les dernières décennies, c'est un emploi majoritairement occupé par des femmes, donc peu rémunéré. Il était plus valorisé quand il était exercé par les hommes.

Les échecs amoureux de Valérie n'ont fait que renforcer l'idée qu'elle n'est pas assez attirante pour retenir l'amour d'un homme. Raymond est parti à Montréal et n'a plus jamais donné de nouvelles et elle a fini par en déduire qu'elle ne valait rien à ses yeux. Fabrice, lui, a eu l'outrecuidance, en rompant, d'affirmer qu'elle était une fille exceptionnelle tout en précisant qu'elle n'était pas la femme de ses rêves. Quelques mois plus tard, il a voulu renouer en alléguant qu'elle était la femme de sa vie, mais elle n'a pas osé relever la contradiction, se disant que Maryse l'avait largué et qu'il s'accrochait maintenant à elle comme à une bouée de sauvetage. Est-ce qu'on aime une bouée de sauvetage ? Énormément… tant qu'on n'est pas sorti de l'eau. Mais après, on l'oublie bien vite et on ne pense pas à la garder en souvenir. C'est ce que sa raison lui a soufflé au moment de prendre une décision pouvant l'engager pour le reste de sa vie, parce que Valérie n'est pas du genre à retourner sa veste une fois qu'elle aura prononcé le oui solennel. Elle est de celles qui s'engagent pour le meilleur et pour le pire, comme son père.

N'ayant plus d'attente, elle essaie maintenant de prendre la vie comme elle vient. « Un jour à la fois… »

Ailleurs dans la province, les jours se suivent et ne se ressemblent pas non plus.

Le 25 septembre, un brouillard épais recouvre une partie de la Côte-Nord et empêche les avions d'atterrir à Manic, situé à quelque 125 milles de Baie-Comeau. Environ la moitié des 450 dignitaires invités à l'inauguration officielle du barrage Manic-5, prévue le lendemain, débarquent avec quelques heures de retard et ratent le dîner.

Le premier ministre du Québec Daniel Johnson, arrivé à l'heure, en profite pour rendre visite aux ouvriers. La chanson de Georges Dor *La Manic* traduit le sentiment d'isolement des hommes qui se sont expatriés dans ce coin reculé et difficile d'accès pour gagner leur vie. Aujourd'hui, tous éprouvent un sentiment de fierté bien légitime. Conçu par des ingénieurs québécois et commencé en 1959, le barrage impressionne par son architecture unique. Avec ses treize voûtes, il est le plus grand barrage à voûtes multiples et à contreforts du monde. Marie-Reine prétend qu'il est la huitième merveille du monde tant elle est impressionnée que des ingénieurs étrangers soient venus l'observer.

Durant la nuit, Daniel Johnson meurt d'une crise cardiaque pendant son sommeil. La mort du premier ministre sème la consternation au Québec et la cérémonie d'inauguration du barrage est annulée.

— Seigneur! se désole Marie-Reine. Depuis la mort de Duplessis, on n'est pas chanceux avec nos premiers ministres de l'Union nationale! Un an après Duplessis, on a perdu Paul Sauvé, et Daniel Johnson, qui avait juste cinquante-trois ans, meurt après deux ans au pouvoir seulement. Une vraie malédiction!

Le 27 septembre, Eric Kierans, ministre des Postes, annonce que la distribution du courrier le samedi sera interrompue à partir du 1er février 1969. Et l'annonce donne à Marie-Reine l'occasion de critiquer la réduction des heures de travail que revendiquent la plupart des travailleurs.

Contrairement au temps où elle vivait à Cap-aux-Brumes, Valérie s'ennuie tellement des siens qu'elle se réjouit à présent d'entendre sa grand-mère râler pour tout et pour rien. Elle comprend que cette femme, qui a fait montre d'un courage remarquable toute sa vie, vieillit et qu'elle supporte moins bien les chambardements continuels qui s'opèrent dans la société. Les progrès technologiques surgissent à un rythme affolant. La contestation et le cynisme des jeunes la blessent. Les valeurs prennent le bord. Le monde qu'elle a connu est en train de basculer et cela la rend anxieuse.

Parfois, il suffit de peu pour la rassurer, comme le constate Valérie le 2 octobre. En effet, Marie-Reine change de refrain en apprenant l'assermentation de Jean-Jacques Bertrand comme premier ministre du Québec pour prendre la relève de Daniel Johnson, dont les funérailles l'ont émue aux larmes.

Aujourd'hui, Marie-Reine semble avoir rajeuni et elle a le même effet tonique sur Nick. Valérie les entend souvent rire au retour des excursions qu'ils font pendant qu'elle est au travail.

Comme les jumeaux réunis, les couleurs de l'automne sont de plus en plus gaies. C'est le chant du cygne des arbres qui vont bientôt se dénuder. Chacun profite des derniers beaux jours de l'été indien, cette saison propre à l'Amérique du Nord, si courte qu'elle ne dure que trois ou quatre jours. C'est une saison unique et versatile, qui se laisse désirer. On ne peut prédire quand elle va survenir et, chaque année, on espère qu'elle va nous revenir, sans en être certain, parce qu'il lui arrive de bouder. Mais comme la rareté a du prix, tous soupirent de reconnaissance quand sa douceur vient réchauffer les cœurs frileux à l'approche de l'hiver.

Stimulés par le velouté de l'été indien, Marie-Reine et Nick se tricotent les années de fraternité perdues, Renaud et Adam reprisent la déchirure d'avoir à vivre séparément depuis leur retour à Québec, et Valérie et Olivier tissent une toile reliant les deux rives de leur solitude.

～❧

Convié à souper chez Julien, le curé de la paroisse occupe l'autre bout de la table, face au maître de la maison. C'est la place réservée normalement à Marie-Reine, qui insiste pour la céder à monsieur le curé toutes les fois qu'il accepte une invitation de son paroissien. Le gros homme à soutane, aimant la bonne chère, et le veuf, menant une vie exemplaire et dénuée de tout laisser-aller, ont développé des liens d'amitié. Leur ferveur religieuse les a tout naturellement rapprochés.

Un candélabre à trois branches, où se consument des chandelles rouges, confère un air de fête à la table. Les flammes font reluire la porcelaine et les ustensiles en argent.

Face à leur tante, Francis, le benjamin, et Jean-Marie, l'apprenti horloger, répondent avec parcimonie aux mêmes questions que le pasteur s'évertue à leur poser, d'une visite à l'autre. Durant la mastication silencieuse du rosbif dont ils se régalent d'habitude, ils puisent dans un reliquat de complaisance les quelques mots aptes à rassurer le zèle religieux du curé. Comme la plupart de leurs amis, les fils de Julien remettent en question les dogmes de l'Église et ils ne demanderaient pas mieux que de manquer la messe dominicale si leur père n'était pas là pour les contraindre à s'y rendre.

Leur frère Rémi travaille depuis quelques mois comme électricien à l'aluminerie Reynolds de Baie-Comeau. Il n'est pas devenu entrepreneur en construction comme l'avait prédit sa mère, mais il bosse dans un domaine connexe et, si elle vivait encore, Anne-Marie ne se formaliserait pas d'un si petit écart et affirmerait avec assurance qu'elle avait depuis toujours pressenti les dispositions de son fils chéri. Et puis, qui sait, dirait-elle, il est encore jeune et il doit prendre de l'expérience.

Julien n'est pas trop malheureux que Rémi se soit éloigné, car il craignait que son esprit frondeur n'exerce une mauvaise influence sur ses deux jeunes frères, comme la pomme pourrie contamine ses voisines. Avec cynisme, Rémi se moquait ouvertement de la ferveur religieuse de son père et de l'appétit financier du curé: « Sois sur tes gardes. Tu devrais oublier ton portefeuille et ton carnet de chèques à la maison. Il va encore trouver le moyen de t'extorquer de l'argent pour instruire ses petits protégés », ironisait-il, sous l'œil amusé de sa tante, toutes les fois que son père les informait d'une invitation au presbytère.

Face à ses neveux, Gisèle chipote et broie du noir. En l'espace de quelques mois, les deux aînés de Julien ont pris leur envol et quand Marie-Reine séjourne à Québec, elle se sent désespérément seule dans cette grande maison. Ce soir, elle réalise que sa mission va bientôt toucher à son terme : Francis, le plus jeune, a déjà seize ans.

❧

S'attardant à la table après un souper léger, Marie-Reine et Valérie sirotent leur thé. Le vent d'automne a dispersé leurs compagnons et elles apprécient ce moment d'intimité survenant après un tourbillon étourdissant d'activités.

— Lequel des trois garçons est ton petit ami ? s'enquiert Marie-Reine.

— Aucun, répond Valérie, étonnée.

La curiosité de sa grand-mère est tout à fait naturelle, ce qui l'est moins, c'est son sourire coquin et l'éclair de gaminerie qui illumine ses prunelles. Aux yeux de la petite-fille, la réprobation manifeste de tout propos grivois a toujours fait paraître Marie-Reine très scrupuleuse. Et la mort de son grand-père a privé Valérie des occasions qui auraient pu la faire changer d'idée.

La jeune fille est assez renseignée sur la sexualité pour comprendre que sa famille n'a pas été conçue grâce à l'opération du Saint-Esprit, mais il est toujours difficile pour des enfants de concevoir que leurs parents, et à plus forte raison leurs grands-parents, aient pu goûter au fruit défendu et même le savourer goulûment. Depuis leur veuvage, son père et sa grand-mère se sont blottis derrière un écran vaporeux qui les fait ressembler à deux êtres désincarnés. La passion n'embrase plus leurs regards et ils ont si bien préservé son innocence qu'il lui est impossible de s'imaginer elle-même nue, à l'horizontale, en train de faire l'amour. Pour sauvegarder l'honneur de la famille, on l'a fortement exhortée à conserver son hymen jusqu'au soir du mariage.

— Allons, insiste Marie-Reine, Adam et Renaud t'encensent au point que je me dis qu'ils vont finir par s'affronter comme deux bêtes pour déterminer lequel des deux te méritera.

Le rire débridé de Valérie cascade comme une corde de bois qui dégringole. La mine de Marie-Reine s'assombrit.

— Qu'est-ce que j'ai dit de si drôle ? demande-t-elle, l'air courroucé.

L'azur des iris de Marie-Reine s'ennuage et Valérie s'applique à reprendre son sérieux afin que sa grand-mère ne s'imagine pas qu'elle se moque d'elle.

— Ils n'aiment pas les filles, lâche-t-elle spontanément.

Les cinq petits mots se fraient lentement un chemin dans les brumes de la conscience de cette femme d'une autre époque pour qui l'homosexualité est un sujet tabou. Soudain, ses pupilles se dilatent et elle se couvre la bouche pour cacher son embarras.

⁂

Après s'être tapé un gros morceau de gâteau au chocolat à la suite de la portion généreuse de rosbif que leur a servie Gisèle, le curé et Julien décident d'aller marcher pour faciliter leur digestion. Dans la nuit froide et humide, des plumets de vapeur s'échappent de leur haleine. Les mains dans les poches, ils marchent d'un pas rapide.

— Fait pas chaud, marmonne le curé, le nez caché derrière son collet de manteau.

Les épaules soulevées pour relever l'encolure du sien, Julien essaie de protéger ses oreilles du vent polaire qui souffle de la Côte-Nord.

— Va falloir sortir nos capots d'hiver.

— On va prendre un café pour se réchauffer rendus au presbytère.

— Je ne pourrai pas dormir de la nuit si je prends du café, le prévient Julien.

— On a de la tisane, tranche le curé de sa voix autoritaire.

⁓

Lissant la nappe de sa main, Marie-Reine rit de sa méprise.

— Au moins, avec ces deux-là, tu ne risques rien, plaisante-t-elle.

Même dans cette situation nouvelle et sans doute fort embarrassante pour elle, sa grand-mère réussit à voir le côté positif. Son premier souci est pour sa vertu et Valérie s'en amuse.

— Et pour l'autre, est-ce que tu sais ce qu'il en est? demande Marie-Reine en levant la main d'un geste exagérément efféminé.

— Je n'ai pas pensé à m'informer, marmonne Valérie, pensive.

— Ni à vérifier? demande sa grand-mère d'un air coquin.

Valérie fait de grands signes de dénégation. Sa bouche et ses yeux s'arrondissent de stupéfaction et cela fait pouffer Marie-Reine. La voyant rire de si bon cœur, sa petite-fille s'interroge. Alors, pour se venger un peu des taquineries et tester la pudeur de sa grand-mère, elle demande d'un air malicieux:

— Me conseillez-vous de le faire?

Le rire stoppe net et Marie-Reine remet le masque circonspect familier à ses proches.

— Bien sûr que non, je disais ça pour te faire étriver.

Soufflant sur sa tisane pour la faire refroidir, Julien entoure la tasse de ses deux mains pour les réchauffer tout en veillant à ne pas les coller directement sur la porcelaine brûlante.

— Ta belle-sœur cuisine comme un ange, dit le curé, la main posée sur sa bedaine.

Julien l'approuve de la tête. Gisèle est aussi une bonne ménagère et elle a bon caractère. Elle est leur rayon de soleil à tous. Dans le calme du presbytère, la remarque de son pasteur l'amène à penser qu'il a eu bien de la chance d'avoir pu bénéficier de ses services aussi longtemps. Il réalise tout à coup que sa belle-sœur est jolie, avenante, et il se demande comment une jeune femme dotée d'une si belle personnalité a pu rester célibataire tout ce temps. Tout innocent que soit le commentaire de son curé, il n'en suscite pas moins une prise de conscience teintée d'appréhension.

Habitué à la réserve de son paroissien, le curé doit souvent relancer la conversation, sinon Julien pourrait passer de grands moments sans parler. «Même un muet manifesterait davantage sa présence», le taquine-t-il parfois.

— Tu n'as jamais pensé à te remarier?

— Non.

L'homme replet et habitué à tirer les vers du nez des pêcheurs n'a pas l'intention de se satisfaire de cette réponse laconique. Il persiste.

— Pourquoi? demande-t-il, en imitant le style dépouillé du bijoutier.

Le regard de Julien reste accroché à sa tisane.

— Je veux finir d'élever mes enfants, répond-il.

Valérie met sur le compte des ronflements de sa grand-mère le fait qu'elle n'arrive pas à s'endormir. Pourtant, tel un petit hamster tournant comme un fou dans la roue de sa cage, la question insidieuse de Marie-Reine ressemble à un manège de fête foraine. Quelle est donc l'orientation sexuelle d'Olivier? se questionne-t-elle. Sans comprendre pourquoi, la pensée qu'il ait pu hériter de la tendance de son frère la dérange.

Olivier n'a pas de petit ami comme Renaud, pas plus qu'il n'a de petite amie. Il se concentre sur ses études, dit-il, et cela a endormi la méfiance de Valérie. Elle l'a donc admis avec candeur dans leur petit groupe alors qu'elle se méfie des gars trop séduisants. « Trop beau pour être vrai », disent les vieux sages de son entourage, et le point de vue de Valérie s'accorde parfaitement à leur sentence.

Elle se tourne et se retourne dans son lit et ne s'endort qu'au milieu de la nuit, épuisée et décidée à tirer la chose au clair.

◆

Comme sa fille, Julien n'arrive pas à s'endormir. Chez lui, la question diabolique du curé a réveillé des désirs charnels profondément enfouis. Depuis la mort de sa femme, le chagrin l'amène à se défouler dans le travail. Élevé dans la crainte des flammes éternelles de l'enfer, on lui a enseigné qu'il devait réprimer ses pulsions et c'est avec Anne-Marie qu'il a connu ses premiers débordements. Elle était si belle et il l'aimait à en perdre la tête. Comme lui, et parce qu'ils étaient unis par les liens sacrés du mariage, elle adorait leurs ébats amoureux, mais sa maladie a contraint Julien à de longues périodes d'abstinence et, plus tard, la peur de la voir mourir à la suite d'une grossesse l'a amené à enfreindre les commandements de l'Église, lui qui est si dévot.

La crainte de perdre sa femme ou de lui déplaire était un inhibiteur mille fois plus puissant que les bains d'eau froide et les verres de lait chaud qu'il a dû expérimenter quand Anne-Marie le boudait et le privait de sexe pour le punir. Julien s'apercevait bien vite que ces piètres exutoires ne donnaient pas de résultat durable.

Depuis son veuvage, les rêves de la nuit l'ont quelquefois soulagé des tensions et tentations inévitables. Ce soir, s'ajoutent cependant des tourments plus précis et Julien s'aperçoit qu'il a vécu ces dernières années avec de larges œillères qui l'ont complètement déconnecté de lui-même et de ses besoins. Un vague sentiment de passer à côté de la vie s'insinue dans cette prise de conscience inattendue. Jusqu'à présent, il n'a presque jamais dérogé aux règles qu'il s'impose. Cette nuit, dans la solitude du lit désert, il s'interroge : « Ai-je été trop exigeant envers moi-même ? »

La plupart des veufs se remarient, ne serait-ce qu'en raison de la nécessité d'avoir quelqu'un pour prendre soin des enfants. Pouvant compter sur l'aide de sa belle-sœur et de sa belle-mère, il n'a connu aucun souci et il s'est laissé obnubiler par son chagrin.

« Pourquoi a-t-il fallu que le curé s'immisce dans ma vie ? Pourquoi sa question me chamboule-t-elle ? », s'interroge honnêtement Julien.

⁓℘

— Ma réserve est à sec, dit Nick, l'air penaud en levant ses deux mains vides en l'air.

— Si leur fichue grève peut finir, se plaint Marie-Reine.

Invité à souper, Nick fournit chaque fois le vin et Valérie n'a pas souffert de la grève qui perdure depuis quatre mois à la Régie des alcools. Le souvenir cuisant d'avoir été malade à cause de la boisson, lors de son premier défilé au Carnaval de Québec, l'incite à modérer sa consommation de spiritueux. Ses invités ont toujours apporté le vin. Avec un budget limité comme le sien, elle n'aurait pas les moyens d'en acheter, de toute façon. Mais Marie-Reine, qui garde toujours un petit dix onces de brandy qu'elle se fait acheter en cachette par un membre de la famille, trouve là une autre raison pour vitupérer contre les syndicats et les grèves innombrables qui paralysent régulièrement l'activité économique de divers secteurs et dont les consommateurs font le plus souvent les frais. Les hausses de salaire vertigineuses demandées par les syndicats finissent par créer une inflation et le pouvoir d'achat des bas salariés diminue de façon alarmante. Le salaire minimum sera porté à 1,25 $ l'heure à compter du 1er novembre.

— On n'aurait pas le temps de boire du vin de toute manière, dit Valérie. Il va falloir qu'on mange en vitesse parce que grand-maman veut arriver tôt à la gare.

Le départ rend Marie-Reine nerveuse et, depuis le début de l'après-midi, elle s'impatiente pour des riens et pousse des soupirs si prononcés que Valérie la soupçonne de vouloir rivaliser avec le vent qui achève de dépouiller tous les feuillus des alentours. Malmenées par le souffle rageur d'Éole, les feuilles tombées se soulèvent et bataillent contre les passants exposés à leur vindicte. Comme Marie-Reine, elles n'aiment pas se faire bousculer.

— On n'est pas pour partir sans faire la vaisselle, maugrée-t-elle après le souper.

— Ça va juste me désennuyer de la laver quand je vais revenir toute seule à l'appartement.

Marie-Reine fait un pas, hésite, ne sachant quelle direction prendre.

— Qu'est-ce que tu cherches? demande Nick, peu au fait de la valse-hésitation de sa jumelle quand elle doit abandonner un univers familier.

— Ah! Énervez-moi pas, rouspète Marie-Reine.

Valérie regarde Nick en souriant et, derrière sa grand-mère, lui fait signe de la laisser dire et faire.

— Mets-toi un manteau long, lui dicte Marie-Reine au moment de partir. Tu vas te geler les cuisses avec ta mini-jupe.

Nick, qui vient de comprendre le sens caché du message de Valérie, lui renvoie son sourire, accompagné d'un clin d'œil complice.

<p>

Quand la grève de la Régie des alcools prend fin le 26 novembre, Valérie voit par la suite Nick revenir régulièrement avec des sacs contenant quelques bouteilles et elle imagine que son frère Jean-Marie a dû être mandaté par sa grand-mère pour aller lui acheter sa petite bouteille de brandy. On ne la voit jamais en boire, car Marie-Reine attend la nuit pour en caler une petite *shot*. À doses réduites, le dix onces se vide tranquillement, mais personne n'en connaît la durée exacte, car la rusée grand-mère peut changer souvent de commissionnaire à l'insu des autres. Il est à prévoir que Valérie elle-même sera mise à profit quand elle ira passer Noël dans sa famille.

Valérie n'a pas osé tester l'orientation sexuelle d'Olivier. Réservée et discrète comme son père, elle préfère attendre que la vie lui apporte la réponse sans risquer de blesser quiconque, mais l'incertitude continue de la tarauder. Par les temps qui courent, la vie ne se montre pas coopérative et Valérie se languit, rien ne vient l'éclairer dans un sens ou dans l'autre. « À croire qu'il est asexué comme les anges », bougonne-t-elle en son for intérieur. L'incertitude la fait souffrir plus cruellement qu'une déception. « Au moins, on sait à quoi s'en tenir face à une désillusion », raisonne-t-elle. Les épais bancs de brouillard de son coin de pays lui ont appris à se méfier de tout ce qui est flou, elle redoute aussi la noirceur et les affres de la guerre.

Les bombes, qui continuent d'éclater à Montréal, l'angoissent et elle se demande aussi quand prendra fin la guerre au Vietnam. Les Américains continuent de descendre dans la rue pour militer en faveur de la paix. Le président Lyndon B. Johnson a ordonné le 31 mai l'arrêt sans conditions des bombardements, puis il a renoncé à un nouveau mandat. Richard Nixon lui succède et les soldats américains sont toujours présents au Vietnam malgré la volonté affirmée du nouveau président de mettre fin à la guerre.

Le 8 novembre, l'assemblée législative a adopté la loi 77 instituant le mariage civil au Québec, ce qui tend à démontrer l'affaiblissement de l'influence du clergé. Laissée à elle-même, Valérie assiste de moins en moins souvent à la messe dominicale où l'homélie du curé inclut invariablement la même quête. L'insistance du prêtre et la somme exigée, qui dépasse largement ses moyens, finissent par la dégoûter de la pratique religieuse. Sa foi demeure vive, mais son curé ne se montre pas à la hauteur du message d'amour de Jésus qu'elle préférerait entendre et méditer au lieu des sermons insipides qui endorment les paroissiens.

Vers la fin novembre, le gouvernement du Québec adopte la loi créant l'Assemblée nationale du Québec et abolissant le sénat provincial. Depuis quelques années, la ferveur nationaliste des Québécois s'affirme de diverses façons, mais le Front de libération du Québec emploie la manière forte pour parvenir à ses fins, ce que réprouve également Valérie, qui aspire pourtant, comme tous les jeunes de sa génération, à une mutation profonde. Mais elle voudrait qu'elle s'opère en douceur alors que les changements désirés heurtent la société et l'ébranlent jusque dans ses assises. Nick lui rappelle à l'occasion qu'on ne fait pas d'omelette sans casser des œufs et que toute révolution, même pacifique, ne manque jamais de faire son lot de victimes.

— Je n'irai pas à Cap-aux-Brumes cette année, dit piteusement Renaud. Adam n'a pas le moral très haut à l'approche des fêtes et je serais trop inquiet de partir au loin en le laissant seul. Je ne voudrais pas qu'il pense que je l'abandonne.

— Tu n'as pas l'air en forme, toi non plus, lui fait remarquer Valérie.

Assis en face d'elle à la table de la cuisine, le café de Renaud refroidit. Il est venu seul aujourd'hui et en voyant sa mine défaite, Valérie a aussitôt éteint la radio qui diffusait des airs de Noël.

— Moi, ça va pas si pire ! soupire-t-il.

— C'est probablement les examens qui s'en viennent qui stressent Adam et le démoralisent. Olivier m'a expliqué qu'il valait mieux remettre notre souper mensuel en janvier à cause du surplus de travail de votre fin de session.

— Peut-être, dit-il, la tête basse.

— Est-ce que vous vous êtes disputés ? s'inquiète-t-elle tout à coup.

— Nous deux, non. C'est son père qui nous fait des misères…

Renaud se passe une main au coin de l'œil droit et Valérie y décèle une humidité suspecte.

— Qu'est-ce qui se passe ? dit-elle doucement.

Renaud s'affale sur la table, la tête appuyée sur ses bras croisés, secoué par un flot de sanglots déchirants. Valérie s'approche et l'enlace tendrement, comme une maman le ferait pour consoler son gamin. Par délicatesse, elle s'abstient de le presser de questions, craignant que l'indiscrétion n'indispose sa sensibilité à vif.

Elle enlève la tasse de café froid et branche la bouilloire. Avec le temps, Renaud et Adam lui sont apparus très fragiles. Les conflits et chagrins les anéantissent et elle se fait la réflexion que les gens vivant en marge sont sans doute plus sensibles que les autres en raison du peu de soutien qu'ils reçoivent. Quand on se sait constamment jugé et critiqué, surtout par sa famille de qui on attend amour et réconfort, l'estime de soi doit en prendre un sacré coup.

— Son père exige qu'il coupe toute relation avec moi, dit enfin Renaud quand Valérie dépose une tasse de café fumant devant lui.

— Adam est majeur, objecte-t-elle. Son père n'a pas à choisir ses amis.

— Il le menace de lui couper les vivres si on se revoit.

Valérie reste muette d'indignation. Tout sévère que puisse se montrer son père, jamais il ne l'a contrainte, il a plutôt cherché à la guider et à l'éclairer. La liberté de choix est l'une des valeurs fondamentales qu'il lui a transmises, elle fait partie du respect qu'il lui a enseigné. Il appartient à chacun d'agir selon sa conscience et d'assumer les conséquences de ses gestes. Pour Julien et Valérie, tout droit comporte évidemment des obligations.

— Pour qui se prend-il ? s'insurge-t-elle. Même Dieu nous laisse libre de choisir entre le bien et le mal.

Renaud esquisse un sourire pitoyable.

— C'est drôle que tu me parles de Dieu parce que je me disais justement que l'enfer est sur la terre et que le père d'Adam est sûrement le diable en personne.

— Mais puisque vous ne pourrez pas vous voir, s'avise-t-elle soudain, pourquoi ne pas en profiter pour aller chez tes grands-parents?

Renaud secoue la tête en signe de dénégation.

— Si je m'en vais, Adam va se sentir abandonné, alors qu'en restant, il va pouvoir me téléphoner et on va essayer de se voir en cachette.

— Est-ce que ça en vaut la peine? Son père va l'avoir à l'œil et vous ne pourrez peut-être pas vous rencontrer.

— Sa mère est prête à le couvrir si son mari le surveille de trop près. Elle a trouvé une bonne excuse pour justifier son absence, mais Adam devra revenir avec un sac de provisions chaque fois qu'on se verra.

— Ça va leur coûter cher d'épicerie… plaisante Valérie.

Mais la blague laisse Renaud indifférent. Obnubilé par son chagrin, il le rumine, le dissèque, le regard tourné vers l'intérieur.

— Ça m'a fait comprendre que mon père est moins pire que le sien. Il peut se montrer cruel, mais il n'essaie pas de me contrôler. Au début, je me disais qu'Adam devrait essayer de s'affirmer davantage, mais comme moi, son amour pour sa mère le tient prisonnier. S'il se chicane avec son père, la pauvre femme tombe malade. Elle a fait un infarctus il y a deux ans. Il faut la ménager. Adam ne se pardonnerait jamais s'il lui arrivait quelque chose.

Il s'arrête pour boire une gorgée de café et Valérie se reproche d'avoir porté trop vite un jugement sur ce qu'elle croyait être de la mollesse chez Adam. Il est facile de se méprendre sur autrui en ignorant sa motivation profonde.

— Le pire, reprend-il, c'est qu'il lui reste une année de plus que moi à étudier avant d'obtenir son baccalauréat.

⁂

Le tourment de Claudette bouleverse Valérie. Le temps des fêtes approche et réveille les remords de la jeune fille. Comme Renaud et Adam, elle ne veut pas faire de peine à sa mère. Pour éviter à cette dernière une douleur plus grande, elle devra vivre Noël sans les siens, loin de Cap-aux Brumes, et elle se fait du mouron depuis l'automne en tentant de trouver une bonne excuse pour justifier son absence.

N'ayant pu voir sa compatriote durant le séjour de sa grand-mère, Valérie profite de son dimanche pour se rendre chez les gens qui l'embauchent. Leur coquette maison de pierre grise est nichée sur les hauteurs de Charlesbourg et Valérie doit se taper un long trajet en autobus et quelques minutes de marche avant d'emprunter l'entrée asphaltée en forme de demi-lune. Elle appuie sur la sonnette et secoue ses bottes enneigées.

— Entre, lui dit Claudette, la mine tristounette.

Valérie observe les changements qui se sont opérés chez son amie depuis sa dernière visite. Sous l'influence de sa distinguée patronne, Claudette a adopté une nouvelle coupe de cheveux. Ils sont à présent mi-longs comme les siens. Parce qu'elle est au courant de sa situation, Valérie s'aperçoit que sa taille s'est épaissie. Grâce au petit col blanc piqueté de minuscules roses rouges qui retiennent l'attention, l'élégante robe marine à fronces peut encore dérober les rondeurs de la future mère aux regards des gens distraits, mais elle n'arrive pas à leurrer l'œil observateur.

— J'ai fait du café, murmure aimablement la patronne de Claudette.

La dame porte un pantalon beige au pli impeccable et son chandail de cachemire ivoire rehausse son teint de brune.

— Les enfants font la sieste, chuchote-t-elle. Nous avons fait un gros bonhomme de neige derrière la maison.

Ce qui explique la tenue sport de l'avocate habituellement vêtue d'un tailleur classique, se dit Valérie qui prend place à la table de la cuisine couverte de napperons de lin vert pomme et de serviettes d'un blanc aussi pur qu'une première neige. Un sucrier et un pot à lait de porcelaine aux délicats motifs fleuris s'harmonisant aux tasses occupent le centre de la table ainsi qu'une assiette de fantaisie chargée d'un assortiment varié de petites bouchées sucrées.

— J'ai dit à Claudette que le meilleur moyen de ne pas éveiller la méfiance de sa maman, c'est de lui laisser croire qu'elle va aller la voir à Noël.

La jeune femme regarde Valérie avec un air de semi-regret, puis ajoute :

— Mentir pour ne pas faire de peine à ceux qu'on aime n'est pas un vrai mensonge, n'est-ce pas ?

Valérie lui adresse un pâle sourire pour s'exempter de répondre. Les pieux mensonges demeurent à ses yeux des tromperies et elle méprise l'hypocrisie. Elle ne condamne pas pour autant son ancienne compagne de classe, victime des préjugés d'une société hypocrite qui professe : « À tout péché miséricorde », mais où l'on doit camoufler toute défaillance. L'injustice la révolte et elle n'admet pas qu'une fille-mère porte tout le blâme, alors que l'honneur du fautif n'est nullement affecté, même lorsqu'il n'assume pas ses responsabilités.

Pétrie des mêmes principes, Claudette s'approche et darde sur elle un regard implorant sa collaboration. Valérie sait qu'elle devra se plier à cette triste comédie. Heureusement, elle n'y jouera qu'un rôle accessoire et n'aura qu'à formuler quelques vérités pour mieux noyer le poisson. Il lui sera facile de raconter que les enfants adorent leur gardienne sans répéter que leur mère est tombée malade à la dernière minute, selon le plan ourdi.

Sa conscience peut plus facilement s'accommoder d'un mensonge par omission et elle répond à l'invite muette de Claudette en opinant de la tête. Les deux jeunes filles se jettent alors dans les bras l'une de l'autre. Valérie n'a qu'à s'imaginer être dans la même condition pour comprendre l'angoisse et le chagrin de son amie. La patronne bienveillante vient les embrasser en silence.

Dans son épreuve, Claudette peut compter sur la douce complicité de deux femmes prêtes à l'appuyer, ce qui n'est pas donné à toutes celles aux prises avec une grossesse hors mariage. Combien de jeunes femmes sont mortes en ayant recours à des faiseuses d'anges pour éviter le scandale! À Québec, Claudette pourra discrètement accoucher à l'Hôpital de la Miséricorde, tenu par les sœurs du Bon-Pasteur.

⁂

Valérie revient seule de Cap-aux-Brumes, Nick ayant été invité à prolonger son séjour. Encombrée d'une grosse valise et d'un lourd sac à main, elle débarque à la gare de Lévis au petit matin. Fatiguée et frissonnante, elle fait quelques pas devant le rassemblement qui se forme invariablement à cette gare achalandée où le train fait un arrêt de vingt minutes.

— Valérie! Valérie! crient deux voix masculines qui ne lui sont pas étrangères.

N'attendant personne, elle se tourne et aperçoit deux gars arrivant à la course. Leur bonnet de poil et leur foulard ne laissent voir que deux paires d'yeux couleur d'espoir. De surprise, elle laisse choir sa valise. Le plus grand des deux la soulève dans ses bras.

— Tu m'as manqué, dit-il en la serrant très fort.

Quand il la dépose sur le quai de la gare, le foulard qui lui couvrait la bouche découvre les dents parfaites d'Olivier qui lui colle une bise sur chaque joue. Il la regarde tendrement et Renaud doit lui dire en riant :

— Pousse-toi, c'est mon tour.

Renversée par cet accueil imprévu, Valérie se laisse porter par la joie manifeste de ses deux chevaliers servants.

— On t'emmène déjeuner, dit Renaud, fier de l'étonnement heureux de la voyageuse.

La valise promptement chargée dans le coffre arrière de l'automobile du paternel, les deux frères encadrent Valérie sur le large siège avant. Olivier emprunte la côte du Passage, la chaussée parfaitement sèche lui permettant d'appuyer à fond sur l'accélérateur afin de gravir cette pente escarpée et sinueuse que la jeune fille redoute, particulièrement l'hiver. Mais aujourd'hui, Valérie n'éprouve aucune crainte, elle a l'impression de flotter sur un nuage et elle en attribue le mérite au confort de la Cadillac. L'intérieur tiède de l'habitacle l'incite à faire comme ses compagnons et elle dénoue son foulard. La conversation roule sur les activités des deux frérots qui ne se sont pas quittés et Renaud a l'air plus serein qu'elle ne s'y serait attendue.

Olivier gare le véhicule dans le stationnement du Marie-Antoinette du boulevard Laurier à Sainte-Foy. À l'intérieur, il y a déjà plusieurs personnes attablées malgré l'heure matinale, ce qui étonne Valérie que son père qualifie d'oiseau de nuit. Le manque de sommeil lui aiguise l'appétit et elle se dirige vers une banquette inoccupée. Olivier se glisse à côté d'elle.

— J'ai fait du ski toute une journée avec Adam, lui confie Renaud après avoir passé la commande à la serveuse.

— Pas possible! Comment as-tu réussi un tel exploit?

— On a eu recours à des amis. Un gars et deux filles, dit Olivier, afin d'endormir les soupçons du père d'Adam. Comme le hasard fait bien les choses, il s'est trouvé que Renaud et moi faisions du ski au mont Sainte-Anne ce jour-là.

— C'est Olivier qui a eu cet éclair de génie, précise Renaud.

Ses yeux se chargent d'affection quand ils se fixent sur son frère, et Valérie, émue, pose une main reconnaissante sur le bras d'Olivier.

— C'est vraiment gentil à toi, lui dit-elle.

Les yeux vert émeraude plongés dans ceux de la jeune fille, Olivier prend doucement sa main et la baise délicatement.

— Je te rends le compliment. Renaud a de la chance d'avoir une amie comme toi.

Valérie se sent remuée jusqu'au fond de l'âme par ce regard lumineux.

— Je pense que c'est plutôt moi qui ai de la chance d'avoir Renaud comme ami. Je me sentais seule et désemparée quand je l'ai rencontré. Je ne connaissais personne à Québec et ma famille me manquait terriblement. Comme un magicien, ton frère a transformé ma vie…

Interrompant l'énumération des mérites de chacun, la serveuse arrive avec les assiettes d'œufs miroir qu'ils ont commandés. Olivier exerce une légère pression sur la main de Valérie avant de la libérer. Elle ressent une série de picotements délicieux et elle a du mal à se détacher de ses yeux caressants. Puis elle rencontre le regard de Renaud qui les observe, le sourire aux lèvres.

Revêtues de leur costume hivernal, les plaines d'Abraham scintillent sous le soleil de janvier. Le parc urbain de plus de cent hectares, composé de vallons et de jolis boisés, attire petits et grands en toutes saisons. Quelques vieux canons rappellent l'affrontement du 13 septembre 1759 qui changea le cours de l'histoire de la Nouvelle-France.

Depuis son déménagement à Québec, quand elle a la nostalgie de sa Gaspésie natale, Valérie emprunte la promenade Dufferin et fait une longue pause au belvédère situé près du Château Frontenac. Du haut du promontoire, elle peut observer le resserrement du Saint-Laurent à la hauteur de Québec. Comme une femme corsetée, la taille du fleuve s'amincit entre les caps des deux rives qu'un seul mille sépare. Passé ce goulot d'étranglement, le Saint-Laurent s'étend de nouveau, mais avec moins d'envergure qu'à son embouchure où ses rives écartées laissent libre cours à son impétuosité.

Encombrés de leurs toboggans, ses amis ont choisi de passer par l'entrée située sur la Grande Allée pour accéder aux champs enneigés, mais Olivier lui a promis de l'emmener prendre un café dans l'un des restaurants du Vieux-Québec après la glissade afin de lui permettre de contempler au passage son fleuve chéri.

Renaud et Adam sont de la partie grâce à la complicité de deux copines qui obtiennent à tout coup la bénédiction du père d'Adam pour le sortir et lui changer les idées, comme il se plaît à le dire. Valérie s'est tout de suite bien entendue avec Mireille et Chantale. Les deux compagnes de classe d'Adam, originaires du Saguenay, partagent un petit appartement près de l'université. Leur joie de vivre est contagieuse et jamais on ne s'ennuie en leur compagnie.

Les jeunes gens étant obligés de se répartir également dans les deux traîneaux, les Saguenéennes suggèrent :

— Ce toboggan-là pour les gars et celui-là pour les filles !

— Là, là, les nargue Olivier en imitant leur accent.

— C'est dimanche, reviens-tu de l'église ? réplique Mireille du tac au tac en parodiant la prononciation particulière des natifs de Québec pour les mots comme église et Lise.

— À cause ? rétorque aussitôt Olivier.

— Arrête de les niaiser, s'interpose Adam.

Valérie s'amuse de ces joutes verbales dont elle fait aussi les frais quand elle utilise une expression inconnue des citadins, mais Adam a toujours peur que les moqueries d'Olivier blessent ses amies et il s'empresse d'y mettre fin dès le début.

— Embarquez, les filles, on va vous pousser, intervient Renaud pour mettre fin à la discussion.

La diplomatie de ce dernier vient souvent tempérer la nervosité d'Adam qui, en voulant ménager les filles, pourrait indisposer Olivier. Alors que son frère s'amuse d'un rien, Renaud prend tout au pied de la lettre.

— En place, les filles, dit Renaud d'un ton doctoral qui sied mal à sa douceur.

Valérie cache mal le fou rire qui lui vient à la vue de l'endroit choisi pour glisser. La pente est si faible et si dégarnie qu'elle se fait la réflexion que les siens ridiculiseraient cette descente, mais il n'y a pas de monticule plus haut. Ce n'est pas comme la longue côte du rang des Cailles avec ses bosses, ses courbes, ses fossés, ses clôtures et ses arbres. La vitesse due à la longue et forte dénivellation et tous les obstacles à éviter sont vraiment du sport. Il faut rester vigilant, se servir de ses mains pour faire dévier le toboggan ou de ses pieds pour l'arrêter. Plus d'une fois, ils sont revenus de la glissade avec de grosses prunes sur le front et des contusions en tous genres.

Tandis qu'aujourd'hui, le trajet est trop court. Ils ont à peine le temps d'y prendre place que le traîneau s'arrête. Ce sont les rires et les cris de Mireille et Chantale qui rehaussent d'une note de plaisir le jeu sans défi.

— Dernière descente, annonce Olivier. Il fait trop froid, on va rentrer.

Valérie s'installe à l'avant. Avec ses bottes de loup marin, son pantalon de ski extensible, son manteau et son bonnet de fourrure, elle pourrait rester dehors plusieurs heures encore, mais elle est bien heureuse d'arriver à la fin de cette glissade dépourvue de frissons. Au pied de la dénivellation, le traîneau pique du nez dans un trou creusé par la botte d'un lugeur négligent. Valérie bascule sur le côté pendant que le toboggan, chargé du poids des deux autres filles, lui glisse sur la jambe gauche. Elle grimace de douleur et Olivier arrive tout de suite près d'elle pour l'aider à se relever.

— Appuie-toi sur moi, dit-il en passant son bras sous son épaule.

Valérie s'aide de sa jambe valide.

— Vas-y doucement, l'encourage-t-il. Es-tu capable de marcher ?

Sa jambe l'élance, mais elle arrive à se porter dessus.

— Rien de cassé, le rassure-t-elle en boitillant.

« Ça m'apprendra à sous-estimer le danger », se chapitre-t-elle, gênée qu'un accident aussi ridicule vienne clore l'activité.

— Pas question que tu marches, ma belle, l'arrête Olivier. Tu vas t'asseoir dans le toboggan pour sortir d'ici et je vais te ramener chez toi en taxi.

— Ce n'est pas si loin…

— Non, rien que deux milles à se porter sur une jambe blessée ! dit-il d'un air moqueur. Ce n'est pas le moment de faire des chichis.

Le ton autoritaire n'admet pas de réplique et Valérie obtempère, à la fois ennuyée de lui causer du souci et soulagée d'être prise en charge.

Arrivée devant sa porte, elle insiste pour payer la course, mais Olivier a déjà sorti son portefeuille. Puis il l'aide à descendre du taxi et elle s'appuie à son bras pour gravir les marches.

Pendant qu'il prépare un sac de glaçons à la cuisine, Valérie enlève son pantalon de ski. Son mollet est enflé et douloureux. Elle passe une jupe et va s'allonger sur le divan. Doucement, Olivier examine sa jambe.

— On va mettre de la glace pour faire désenfler ton mollet. Tu t'es sans doute déchiré un ligament. Il vaudrait mieux ne pas te porter sur ta jambe pendant quelques jours, sinon ce sera plus long à guérir.

Elle lui adresse un sourire timide pour ne pas le décevoir, car elle n'a pas l'intention de s'absenter du travail à moins d'y être obligée. Ce n'est pas une élongation, si douloureuse soit-elle, qui va l'empêcher d'aller au bureau. Le soir, elle pourra se dorloter en lisant, la jambe allongée et couverte de glaçons.

— Je vais faire du thé, dit-il.

Il allume le téléviseur, puis s'affaire à la cuisine où il chantonne. Depuis qu'elle l'a rencontré, Olivier s'infiltre en douceur dans sa vie et elle songe qu'il est bon d'avoir quelqu'un pour prendre soin d'elle avec tant de bonne volonté et de naturel que cela semble aller de soi.

— Le thé de madame est servi, dit-il en adoptant l'attitude empesée d'un valet de grande maison.

Pour se rendre plus crédible, il a placé une serviette blanche sur son avant-bras et il se tient le corps raide en déposant son plateau sur la table du salon. Valérie pouffe de rire et Olivier plonge ses yeux dans les siens, se penche et l'embrasse. Le contact de ses lèvres électrise Valérie. De doux frissons parcourent sa colonne vertébrale.

— Je t'aime, murmure-t-il en promenant son index sur sa joue.

Elle ferme les yeux pour mieux goûter la caresse. À genoux à côté d'elle, il reprend sa bouche et la serre fort contre lui. À travers le tissu de sa chemise, elle sent la chaleur de sa peau. Sa jambe blessée ne la fait plus souffrir et elle se laisse emporter par la sensation grisante, molle et sans volonté, à la merci de son prince charmeur trop beau, trop parfait, dont elle ne se méfie plus parce qu'il est tel que le décrivait Renaud. Elle est subjuguée et n'a plus conscience que de l'attraction irrésistible qu'il exerce sur elle.

— Je t'aime aussi, chuchote-t-elle à son oreille quand il abandonne ses lèvres.

Sa tête tourne comme un manège, avec musique et flonflons, et elle est persuadée qu'elle s'affalerait s'il ne la tenait pas si fort contre lui. Le bonheur d'être dans ses bras la plonge dans un état de ravissement total. Elle revient brusquement à la réalité quand il recule légèrement, lui bécote les joues et frotte son nez contre le sien. Puis il lui sourit et murmure :

— Il vaut mieux boire notre thé.

Il se redresse avec la souplesse d'un félin pour lui servir le thé noir qui a eu largement le temps d'infuser pendant leurs effusions. Elle n'a pas besoin qu'il la touche pour sentir sa chaleur, c'est comme si elle irradiait d'un calorifère réglé au maximum. Sa tendresse lui revient par grandes bouffées et elle se pince pour s'assurer qu'elle ne rêve pas, tant leur amour naissant lui semble fabuleux.

Il s'assoit par terre, tout près d'elle, pour siroter son thé et elle aurait envie de passer ses doigts dans ses cheveux, mais elle retient son geste. Comme une rivière en crue qui balaie tout sur son passage, elle craint que la débâcle de ses sentiments les déracine et les entraîne trop loin.

— Je ne voulais pas tomber en amour avant la fin de mes études, dit-il sans la regarder ni la toucher, comme s'il était au diapason du désir intense de Valérie et sentait qu'il ne devait pas l'effleurer. Tu m'as plu dès la première rencontre et j'ai essayé de résister, mais c'est le contraire qui s'est produit. Mon amour n'a cessé de grandir. Je t'aime à un point tel que je voudrais t'épouser sur-le-champ.

Il penche la tête et se passe une main dans les cheveux, et Valérie se sent si proche de ses sentiments qu'elle peut suivre le cours de sa pensée. Elle ressent le même amour lancinant, la même urgence de ne faire qu'un. «La chair est faible et une femme risque davantage de succomber quand elle est amoureuse», lui a dit son père. Aujourd'hui, elle en comprend tout le sens.

— On ne commande pas son cœur. Moi non plus, je ne voulais pas m'amouracher d'un gars comme toi.

— Tu ne me trouves pas assez bien? dit-il d'un air peiné en se tournant vers elle.

Et Valérie reste bouche bée, confondue qu'un jeune homme aussi admirable puisse s'imaginer un seul instant qu'il pourrait ne pas être à la hauteur d'une personne aussi insignifiante qu'elle.

— C'est tout le contraire, avoue-t-elle en se sentant rougir jusqu'à la racine des cheveux. Tu es trop bien…

Elle n'ose le regarder, se sentant incapable d'expliquer qu'un gars comme lui aurait l'embarras du choix et qu'elle ne comprend pas qu'il puisse être attiré par une fille si ordinaire que rien ne la démarque des autres. Elle est terne:

ni laide ni belle, ni sotte ni brillante. C'est une petite provinciale qui a tout à découvrir et, d'après ce que Renaud lui a appris de leur père, il ne sera sûrement pas fier du choix de son benjamin.

Olivier lui enlève sa tasse vide et lui baise le bout de doigts. Quand elle lève enfin les yeux sur lui, son regard chargé d'amour lui donne l'impression d'être une déesse.

— Quand Renaud me parlait de toi avant que je fasse ta connaissance, il disait que tu étais une "chic fille" et j'étais étonné, connaissant ses tendances, qu'il s'entiche à ce point d'une femme autre que notre mère. J'ai pensé que tu étais sans doute une jeune fille moche et esseulée devant se contenter de la compagnie d'un garçon qui ne pourrait jamais l'aimer comme elle le souhaiterait. Mais j'ai découvert une fille qui avait beaucoup de charme et d'entregent, qui était chaleureuse et intègre, et j'ai compris pourquoi mon frère éprouvait pour toi un sentiment proche de la vénération. Tu es une femme vraiment épatante.

Amusée d'apprendre qu'il avait lui aussi des doutes la concernant avant de la rencontrer, Valérie lui répond :

— Moi aussi, je m'étais fait une mauvaise opinion de toi avant de te rencontrer, confesse-t-elle en riant. Quand Renaud me parlait de toi et qu'il chantait tes louanges, je me disais que son opinion était sans doute un peu surfaite en raison de l'affection qu'il avait pour toi. Mais, contrairement à toi, je suis devenue encore plus méfiante quand j'ai constaté qu'en plus de toutes les qualités qu'il t'attribuait, tu étais beau à faire pâmer toutes les filles. Tous les beaux gars que j'ai rencontrés n'avaient rien dans la tête.

Olivier rit à son tour en voyant sa drôle de mimique. Valérie est si transparente qu'il est loisible de s'apercevoir que la beauté ne fait pas partie de ses critères de sélection.

— Je souhaitais rencontrer une fille qui partagerait mes valeurs et que je serais fier de présenter à ma mère. Comme ses parents lui ont dit le plus grand bien de toi, elle a hâte de faire ta connaissance.

— Tu lui as parlé de moi? dit-elle, étonnée.

— Maman me connaît. Je ne peux rien lui cacher. Elle avait deviné que j'étais amoureux bien avant que je lui en parle.

Valérie est curieuse de rencontrer la mère de son amoureux et, parce que celle-ci vient de Cap-aux-Brumes et que ses fils l'adorent, elle n'a aucune appréhension. C'est le papa, avocat ambitieux que lui a décrit Renaud, qui l'effraie. Elle se voit mal poser des questions à Olivier, qui ne parle jamais de lui.

Le bruit de fond de la télévision emmaillote les intervalles de silence qui s'insèrent dans la conversation des amoureux bouleversés par leurs aveux tout neufs.

Renaud se redresse et saute sur ses pieds, puis soulève le sac de glaçons et palpe doucement le mollet frigorifié.

— Je vais mettre le sac au congélateur, tu n'auras qu'à le ressortir dans quelques heures. Ça t'évitera d'avoir à refaire des cubes de glace. Mais veille à toujours mettre une serviette dessus et à ne pas dépasser quinze à vingt minutes, sinon tu risques l'engelure.

Valérie approuve par de petits hochements de tête, et Olivier revient chercher la théière et les tasses vides.

— Je ne suis pas un bon cuisinier, mais je pourrais te faire un sandwich avant de partir. Je ne peux pas rester, s'excuse-t-il, j'ai un travail à remettre demain matin.

— Je n'ai pas faim, prétexte-t-elle afin de ne pas le retenir.

Il se penche et l'embrasse tendrement.

— Je t'appelle en fin de soirée, d'accord?

— D'accord, dit-elle avec le sourire.

Il enfile son manteau et lui envoie un baiser du bout des doigts.

— Merci pour tout, pense-t-elle à dire avant qu'il referme la porte derrière lui.

Quand il disparaît, Valérie sent le froid transpercer son mollet.

⁓℘

Le 14 février, la bande de joyeux copains fête ensemble la Saint-Valentin. Désargentés comme tous les étudiants, ils ont choisi un petit restaurant sans prétention rue Saint-Jean où l'on sert des salades et de délicieuses crêpes bretonnes que Valérie noie de sirop de table. La coiffe de dentelle blanche empesée des serveuses complète le costume traditionnel breton qu'elles portent fièrement avec un joli tablier. Le mobilier rustique en bois foncé accueille les clients charmés par l'originalité et la simplicité du décor. Comme la fête des amoureux tombe un vendredi, les deux étages du restaurant sont remplis de couples enjoués.

Au centre de la table, un lampion éclaire les trois couples d'amoureux. Olivier lui a appris que les deux filles s'aimaient d'amour tendre, comme Renaud et Adam. À part une vieille cousine qui avait la réputation d'aimer les femmes et que Valérie fuyait comme la peste, c'est la première fois qu'il lui est donné de connaître un couple de lesbiennes. Elle n'avait rien décelé, rien soupçonné. «Elles ont l'air si normales», se dit-elle. Puis elle pense au père d'Adam qui en ferait une syncope s'il apprenait la vérité et elle sourit.

— Qu'est-ce qui te fait sourire? lui demande Olivier.

— Je te le dirai tout à l'heure, souffle-t-elle à son oreille.

Devant leurs amis, par délicatesse, ils évitent de se minoucher comme le font de plus en plus souvent les amoureux.

Et leurs amis retiennent toute démonstration d'affection, même lorsqu'ils se trouvent dans l'intimité de l'appartement de Valérie. En dépit de son ouverture d'esprit et de la passion qui couve en elle, Valérie est prude. C'est là l'un des aspects paradoxaux de son caractère, le positif et le négatif allant toujours de pair.

Il en va de même dans sa vie. L'amour entre par la grande porte alors qu'un nouvel attentat à la bombe, pire que tous les autres, vient de faire une trentaine de blessés à la Bourse de Montréal et Valérie se demande s'il est possible de connaître des périodes de bonheur qui ne soient assombries de malheurs. Plusieurs esprits pragmatiques lui feraient remarquer qu'elle n'est pas personnellement touchée par les derniers événements, mais ils n'arriveraient pas à la convaincre. Elle se sent concernée par les calamités qui s'abattent sur tous les humains, surtout celles provoquées par animosité et qui seraient évitables.

— Tu veux partager une salade avec moi? propose-t-elle à Olivier. Si j'en mange toute une, je ne pourrai pas prendre de crêpe.

Valérie adore les crêpes sucrées minces comme une feuille de papier que le cuisinier fait cuire sur la grande plaque située à la vue de la clientèle. À l'aide de ses spatules, il la plie en quatre et dépose dans une assiette ce qui ressemble à s'y méprendre à du papier brun. La pâte croustillante fond dans la bouche en laissant un léger goût de sucre et de sel.

— C'est vrai que les portions de salade sont généreuses, approuve Olivier. Tu aimerais celle aux œufs? Avec une crêpe aux pêches et crème glacée pour dessert?

— Après la salade aux œufs, une crêpe nature me suffira.

Parce qu'Olivier est étudiant, elle insiste pour payer sa part quand ils sortent, mais pour la fête des amoureux, il lui a affirmé que c'était à lui de régler l'addition et elle a dû consentir à faire une exception. Les autres couples optent pour la même formule de la salade partagée suivie d'une crêpe.

En revenant des toilettes après le souper, Valérie aperçoit un homme marié de Cap-aux-Brumes en galante compagnie. Quand l'homme d'affaires croise son regard, il rougit jusqu'aux oreilles. Elle passe à côté de lui et fait comme si elle ne l'avait pas reconnu.

— Ta jambe est donc bien enflée, lui dit Nick quand il la voit revenir du travail le lundi suivant.

— Oh! C'est juste une foulure.

— As-tu vu le docteur?

— Je ne voulais pas, mais vous pensez bien qu'au bout de quelques jours Renaud et Olivier m'y ont amenée de force, dit-elle en riant.

— J'aurais fait la même chose, répond-il en fronçant les sourcils. Alors, qu'est-ce qu'il a dit, le toubib?

Valérie ne se surprend plus d'entendre dans la bouche de son oncle des expressions de nos cousins de France depuis qu'il lui a raconté ses années de pérégrinations qui l'ont d'abord conduit en Espagne, puis en Angleterre, en France et dans plusieurs pays d'Europe. La balafre de Nick est un souvenir de guerre, se plaît-il à dire. En réalité, il a été blessé par un marin ivre qui cherchait noise à son capitaine. Nick a bourlingué au service de Sa Majesté durant toute la guerre et il parle un anglais teinté d'accent cockney.

— Il a dit de ne pas trop marcher et de mettre de la glace. Un tendon déchiré est aussi long à guérir qu'une fracture.

— Ça t'est arrivé quand ?

— Un mois environ.

— Sapristi, ta jambe est deux fois de la grosseur de l'autre ! T'es certaine qu'il connaît son affaire, le doc ? C'est pas normal au bout d'un mois, me semble.

— C'est parce que je n'ai pas arrêté de marcher. Et je suis même allée danser.

Elle rit en le voyant prendre une mine sévère.

— Ma parole, tu le fais exprès, la gronde-t-il. Tu vas t'allonger tout de suite et mettre de la glace. On va se faire venir des mets chinois pour souper. Je le sentais, que t'avais un problème. Je m'en veux d'être resté si longtemps à Cap-aux-Brumes. Mais je suis là et je vais prendre soin de toi, ma bichette.

Le sobriquet dont il l'affuble depuis quelque temps a d'abord étonné Valérie. Le tonton gâteau exprime généralement sa tendresse d'une manière bourrue, mais cela n'empêche pas la jeune fille de s'attacher de plus en plus à celui qui la faisait trembler de peur. Elle a dû lui faire penser à une petite biche effarouchée, songe-t-elle, de là lui vient sans doute le tendre surnom.

Ils se sont tous les deux apprivoisés et Nick se sent fondre comme du chocolat au soleil depuis que cette petite-nièce, qui l'a généreusement adopté, partage avec lui les joies et les peines de leur quotidien de voisins. Le vieux nomade apatride n'aurait pas cru qu'il lui serait possible d'ouvrir de nouveau son cœur à l'amour. Cet attachement le chavire et il a peur, car la vie l'a toujours dépossédé de ce qu'il aimait.

— Attends-moi, je vais chercher une bouteille de vin.

Le goût du vin lui est venu de ses errances en France. Il n'en boit qu'un verre ou deux, tous les soirs, alors que Valérie en prend rarement plus d'une fois par semaine. Son foie ne supporte pas l'alcool.

Elle entend le vacarme habituel quand Nick ébranle les escaliers et fait vibrer le divan sur lequel elle est allongée. Et pourtant, elle se sent en sécurité. Oncle Nick est son rempart et il est de retour après une absence de près de deux mois. Malgré l'amour d'Olivier, l'amitié de Renaud et des autres, elle réalise ce soir que Nick lui manquait. Son bonheur serait complet si elle pouvait avoir auprès d'elle tous les siens. La mort de sa mère lui a fait mesurer à quel point la vie est fragile.

— Celui-là, faut que tu en prennes une petite goutte, dit-il en exhibant sa trouvaille. C'en est un que je gardais pour une occasion spéciale.

Sans attendre d'invitation, il extrait le tire-bouchon du tiroir et ouvre la bouteille qui émet un ploc retentissant.

— T'entends ça? Ahhh! s'exclame-t-il en humant le bouchon.

Valérie l'observe emplir les coupes avec la diligence et l'habileté d'un sommelier.

— Tu m'en diras des nouvelles! dit-il en entrechoquant leurs coupes. À ta santé, ma bichette!

Comme il le lui a appris, Valérie garde en bouche le vin avant de le laisser descendre dans sa gorge.

— Vraiment très bon, dit-elle en approuvant d'un léger mouvement de la tête.

Nick sourit aux anges en dégustant le précieux nectar à petites lampées.

— Bon, c'est pas tout, dit-il en revenant sur terre. Faut que je commande les mets chinois. On prend la même chose que l'autre fois?

La dive bouteille est presque vide et Valérie en a bu deux coupes. Elle se sent grisée, de bonheur et de vin, parce que Nick se réjouit de sa félicité.

— C'est un gars comme Olivier que ça te prenait, Valérie. Et t'es la femme qu'il lui faut. Vous êtes tous les deux d'une classe à part.

— Arrêtez, oncle Nick. Je suis d'accord avec vous en ce qui concerne Olivier, mais je suis tout ce qu'il y a de plus ordinaire.

— Ah, là, tu te trompes, ma bichette. Des femmes comme toi, il n'y en a pas beaucoup en ce bas monde. Tu peux me croire, j'en ai connues, tu sais, de toutes les tailles et de toutes les couleurs.

— Avez-vous déjà été amoureux, oncle Nick?

Sa question a surgi spontanément, mais elle voit les ailes du nez de Nick frémir. Ses yeux s'ennuagent et son menton tremble. Une tristesse profonde transforme son visage en un masque sévère, et Valérie regrette son indiscrétion.

— Excusez-moi, oncle Nick, murmure-t-elle.

— Eleni, qu'elle s'appelait, dit-il, la voix éteinte.

Il regarde sa coupe de vin vide comme s'il pouvait y voir la femme aimée et Valérie attend sans faire un geste afin de lui laisser le temps de se ressaisir et de décider s'il veut parler d'Eleni ou se taire. Après s'être raclé la gorge, il dit:

— Attends-moi.

D'un mouvement de bascule, il s'extirpe du fauteuil et monte chez lui. Après le branle-bas coutumier, il revient avec une autre bouteille de vin qu'il a ouverte en haut. Il emplit sa coupe à ras bord, en offre à Valérie qui accepte par solidarité plus que par goût. De ses gros doigts, il sort délicatement de son portefeuille une vieille photographie jaunie et craquelée qu'il cajole du regard avant de la lui montrer.

À la vue de cette photo d'une époque révolue, Valérie ressent une curieuse sensation. Une jolie jeune femme brune aux yeux de braise la fixe sans sourire. Un destin tragique est inscrit sur le visage d'Eleni. Le mélange de passion et de sérieux suggère que la jeune femme savait qu'un destin funeste l'attendait et qu'elle voulait vivre intensément les années qui lui étaient imparties.

— Qu'est-il advenu d'Eleni ? marmonne-t-elle sans cesser d'observer la pâleur du visage à l'ovale allongé.

Le nez légèrement busqué, mince et long, est l'opposé de celui de Nick, aux narines déployées comme les ailes d'un papillon.

— Morte… dans un camp d'extermination nazi. Elle était juive.

Valérie regarde de nouveau la photo, puis la rend à Nick en tremblotant. Ses yeux embués sont plus éloquents que n'importe quel propos creux. Elle se sent trop bouleversée pour formuler les questions qui se bousculent dans sa tête. Nick lève sa coupe en scrutant le cliché, comme s'il portait un toast à son aimée.

— C'est pour la chercher que je suis resté en Europe après l'armistice.

Un profond soupir s'échappe de sa poitrine.

— Je l'ai connue en France. On a eu le coup de foudre tous les deux, dit-il en secouant la tête en direction du portrait.

Son menton s'agite et ses lèvres s'affaissent. Il dépose sa coupe et range la photo dans son portefeuille, se mouche, et Valérie attend, craignant qu'il n'arrête tout de suite son récit. La curiosité la porte à vouloir tout savoir tout de suite. Cette histoire l'ébranle et elle sait qu'elle aura du mal à dormir s'il ne la raconte pas.

— J'avais pas cette affreuse cicatrice à l'époque. J'étais encore passable, dit-il pour expliquer que la jolie Eleni se soit entichée de lui au premier coup d'œil. On s'aimait passionnément durant mes escales, mais comme tous les marins, je devais repartir. Angoissée par les histoires de naufrage, elle attendait mon retour avec impatience. On parlait de se marier. Mais la France a été envahie par les Allemands et le bateau sur lequel je m'étais engagé a servi à ravitailler l'Angleterre.

Il avale le reste de sa coupe d'un trait et la remplit illico, le regard dans le vague, perdu dans ce passé chamboulé par la Deuxième Guerre mondiale.

— Quand la France a été libérée, j'ai abandonné le navire à sa première escale en Normandie et je l'ai cherchée. Elle avait disparu sans laisser de trace, comme bien des gens s'évanouissaient dans la nature à l'époque, surtout les Juifs qu'Hitler faisait arrêter et qu'on emmenait en Allemagne par wagons entiers. Ils partaient et on ne les revoyait plus. Et personne n'arrivait à savoir où on les avait conduits. Je cognais à toutes les portes sans obtenir de résultat. J'ai pensé que j'allais devenir fou, mais je m'acharnais à trouver une piste. Je me disais que les Boches les avaient fait travailler dans les usines de guerre et que je finirais par la retrouver. Comment j'aurais pu imaginer l'horreur que j'allais découvrir plus tard? Eleni avait de la famille éparpillée dans quelques pays d'Europe, j'espérais qu'elle avait pu s'y réfugier. Et j'ai commencé la tournée des parents, le plus souvent à pied, sans en oublier un seul. Mais ils avaient tous mystérieusement disparu. Mon travail de détective a pris fin quand j'ai trouvé le nom d'Eleni parmi les prisonniers morts au camp de Buchenwald.

Il vide de nouveau sa coupe en laissant couler ses larmes. Révulsée par la violence et cherchant à comprendre ce qui pousse les hommes à commettre les pires atrocités, Valérie a lu plusieurs livres décrivant les calamités de la Deuxième Guerre mondiale durant laquelle plus de six millions de Juifs ont été exterminés dans les chambres à gaz nazies. Elle a été horrifiée par les récits des expériences médicales qu'on pratiquait sur les femmes, en particulier. Mais entendre le témoignage d'un membre de sa famille, victime indirecte de ce génocide immonde, l'ébranle. Nick se tamponne les yeux et continue sur sa lancée :

— J'aurais peut-être dû commencer par là... Si j'avais pas espéré la retrouver vivante, c'est probablement ce que j'aurais fait... C'est fou comme on s'accroche à l'espoir quand on n'est pas capable d'envisager la réalité.

Il se passe la main sur le visage comme quelqu'un qui s'éveille d'un affreux cauchemar et veut s'assurer qu'il est bien réveillé, puis il reprend :

— T'as pas idée des routes que j'ai parcourues avant d'aboutir chez son oncle qui avait émigré aux États-Unis. C'était le seul survivant de la famille d'Eleni. Je voulais lui apprendre moi-même le résultat de ma longue enquête, même si je savais qu'il devait bien s'en douter. Mais, vois-tu, j'avais besoin de le connaître parce que j'étais incapable d'accepter...

La gorge nouée, il reste silencieux et, parce qu'il a été si durement éprouvé, Valérie l'entoure de ses bras chargés de compassion.

❧

Le lendemain, au réveil, Valérie se sent fourbue. La débarbouillette d'eau froide qu'elle s'applique sur le visage l'aide à se réveiller. Devant le miroir de la salle de bain, elle trace un trait de crayon noir à la ligne des cils pour aviver son regard éteint. Elle se poudre le nez et applique une couche de rouge à lèvres rouge vif.

— J'ai l'air d'un clown. Tant pis, je dirai que j'ai le rhume, dit-elle tout haut.

Avec son air de chien battu, le mensonge arrivera à les mystifier. Ce ne sera pas comme sa collègue, Francine, qui prétend qu'elle a un fibrome pour expliquer que son ventre ballonne comme celui d'une femme sur le point d'accoucher. Un fibrome de huit mois, se moquent les filles dans son dos. Elles seraient sûrement plus charitables si Francine leur avouait la vérité. Pour sa part, Valérie a beaucoup de tolérance et elle plaint les personnes se croyant obligées de mentir.

Et comme pour lui rappeler que l'on est puni par où l'on a péché, son soi-disant rhume se transforme en frissons et mal de gorge dès le milieu de l'après-midi. Depuis sa tendre enfance, Valérie ne peut désobéir ou mentir sans qu'elle ait à s'en repentir aussitôt. Comme la fois où sa mère lui avait interdit d'aller patiner le soir. Elle s'était rendue chez une amie pour l'aider dans ses devoirs et avait succombé à l'attrait de la patinoire qui occupait sa cour arrière. Elle avait chaussé une paire de patins qu'on lui avait prêtée, mais avait chuté après un seul tour et l'une des lames avait entaillé ses beaux pantalons tout neufs. Elle était revenue penaude, le genou ouvert et ensanglanté. Comme pénitence, sa mère lui avait dit : « Ça t'apprendra ! » et elle en avait été presque réconfortée tant elle avait redouté que la foudre s'abatte sur elle.

Munie d'une boîte de papiers-mouchoirs, de pastilles pour la gorge et d'un flacon d'aspirines, Valérie rentre chez elle avec l'idée de se faire couler un bon bain chaud pour réchauffer ses muscles endoloris.

Dans l'immeuble, tout est calme et elle se demande comment va Nick, mais son mal de tête la fait renoncer à s'informer. Elle suppose que le vieil homme, comme elle, préfère rester seul à lécher ses blessures et, de toute façon, il vaut mieux ne pas aller lui refiler ses microbes.

Persuadée d'agir pour le mieux, elle s'endort sur le divan, enroulée dans une couverture de laine, au son de la télévision dont l'annonceur déballe les nouvelles du jour en sourdine, suivies des prévisions de la météo plus ou moins fiables, comme les promesses des politiciens avant les élections.

Le lendemain, à l'heure du souper, Nick frappe à sa porte, tenant en main quelques enveloppes.

— Comme t'avais pas ramassé ton courrier, je me suis dit que t'avais pas été travailler. Alors, je suis venu aux nouvelles. Ç'a pas l'air d'aller.

Le front zébré de plis soucieux, les sourcils arqués, il l'évalue.

— C'est juste une grippe, dit-elle pour le rassurer.

Ce matin, elle était plus courbaturée et frissonnante qu'au coucher, elle a donc prévenu le bureau qu'elle ne pouvait pas se présenter au travail. La sollicitude de Nick la touche, mais elle ne veut pas qu'il s'alarme pour un mauvais rhume.

— As-tu besoin de quelque chose ? As-tu mangé ?

— J'ai tout ce qu'il me faut, oncle Nick. Merci. Vous ne devriez pas rester là, vous allez attraper mes microbes.

Nick se porte sur une jambe et sur l'autre, esquissant un sourire incertain accompagné d'un regard suspicieux. Elle le sent hésitant, mais elle n'a qu'une hâte, aller s'étendre avant de défaillir sous ses yeux. Tout tremble à l'intérieur de son corps.

— Oh, tu sais, les microbes… on dirait que ça pogne pas sur moi. En tout cas, si t'as besoin de quelque chose, tu me fais signe, hein ?

— D'accord, merci.

Sitôt la porte refermée sur son sourire forcé, elle abandonne son courrier sur le coin de la table et retourne s'allonger sur le divan, dans l'attente de l'appel d'Olivier. Il téléphone le mercredi soir pour couper la semaine, en attendant leur rendez-vous du vendredi soir. En général, elle limite leur conversation afin de ne pas nuire aux études de son amoureux.

Valérie n'a pas mangé de la journée, mais elle ne le lui dira pas pour ne pas l'inquiéter inutilement. Elle n'avait pas faim, mais elle a bu du jus et pris du sirop pour dégager ses poumons congestionnés.

Le lendemain matin, Valérie a mal partout. Elle ne supporte pas la lumière et les cachets d'aspirine n'ont apporté aucun soulagement. Sa poitrine semble prise dans un étau, elle reste allongée, sans force, et se rendort. Son sommeil est agité de mauvais rêves. Comme lorsqu'elle était petite et qu'elle faisait beaucoup de fièvre, les murs menacent de l'écraser, les objets s'approchent et s'éloignent, puis reviennent, menaçants. Elle gémit.

Elle a l'impression que sa tête va s'ouvrir. Quelqu'un essaie d'enfoncer la porte et le fracas martèle ses tempes. Une voix masculine perce les brumes envahissant sa conscience. Une main froide palpe ses joues et crie son prénom. Valérie fait un effort surhumain pour entrouvrir ses paupières. Nick est là, elle peut dormir tranquille. Son esprit recommence à divaguer, on la soulève, on l'emmaillote.

— On t'amène à l'hôpital, entend-elle.

Et elle referme les yeux, trop souffrante pour les garder ouverts. Tout l'indiffère et elle se laisse sombrer dans le grand trou noir qui l'aspire.

— Où avez-vous mal ? demande un inconnu.

Valérie sent quelque chose de froid se déplacer sur sa poitrine. Elle entrouvre un œil et voit un homme en blanc, les branches d'un stéthoscope pendant à ses oreilles.

— Partout.

Mais il insiste pour savoir où et Valérie se demande s'il n'est pas idiot. Partout, ça veut dire partout, non ?

— De la racine des cheveux jusqu'au bout des orteils, marmonne-t-elle pour qu'il lui fiche la paix et la laisse dormir.

Elle l'entend donner des instructions. On la tourne de côté et elle sent une piqûre, puis on lui parle quasiment sans arrêt. Ils s'expriment tous très fort, comme si elle était sourde, et sa tête tambourine.

— Laissez-moi dormir, proteste-t-elle d'une voix épuisée.

On la force à boire, et à boire… et à boire encore.

— J'ai plus soif, dit-elle pour qu'on la laisse tranquille.

Mais on lui apporte de la soupe qu'on lui fait avaler contre son gré, et du jus, et encore de l'eau.

— Il faut que vous preniez beaucoup de liquide, décrète l'infirmière.

Le ton est sans appel et Valérie doit se laisser gaver comme une oie. Elles s'y mettent à plus d'une et elles lui tournent autour comme des abeilles furieuses.

— Arrêtez, laissez-moi dormir, implore-t-elle.

On lui pose une sonde, on reprend sa température, on mesure encore sa pression. Quand le docteur repasse la voir un peu plus tard, il vérifie le soluté qui contient un antibiotique, lui apprend-il. Après un temps infiniment long et pénible de soins draconiens, la douleur se dilue et son esprit s'éclaircit. Nick obtient la permission de venir jaser un moment avec elle, à la condition qu'il la force à boire. Elle a beau le supplier, lui dire qu'elle a mal au cœur et qu'à force de se gorger de liquides elle va éclater, il ne se laisse pas amadouer.

— Tu dois obéir, ma bichette. Le docteur m'a dit qu'il était grand temps de t'hospitaliser parce que tu étais en train de te déshydrater. On a eu peur de te perdre. T'étais bouillante et tu délirais. Alors, fais la bonne fille et bois.

Quand Valérie voit sa cicatrice tressaillir, elle sait que Nick est au bout du rouleau et elle vide un autre grand verre d'eau pour lui faire plaisir. Il la remercie d'un large sourire reconnaissant.

— Donne-moi le numéro de téléphone d'Olivier. Je vais le prévenir que t'es à l'hôpital et je vais aussi appeler ton père.

Il sort un petit calepin et un stylo de la poche de son veston.

— Dis-moi ce que tu veux que je t'apporte demain. Brosse à dents, pantoufles…

À la demande de Valérie, il baisse la tête du lit à l'aide de la manivelle, mais l'infirmière entre et lui demande de la remonter.

— La patiente doit boire encore, lui dit-elle avec un sourire charmant.

Valérie fait la grimace. Malheureusement pour elle, la moue de dégoût n'a pas échappé à ses tortionnaires.

— Fais la bonne fille, hein, lui recommande Nick d'un ton suppliant.

— Vous pouvez partir tranquille, monsieur, je vais y voir, l'assure la persécutrice professionnelle.

D'un jour à l'autre, Valérie reprend le dessus. Ses poumons se dégagent, sa tête s'apaise. On lui retire sa sonde et on lui permet de se lever avec l'aide de l'infirmière pour la conduire aux toilettes.

La fin de semaine a amené tout un lot de visiteurs, à commencer par Olivier que Valérie a taquiné pour lui faire perdre son air tragique. Renaud et Adam lui ont apporté des chocolats, Mireille et Chantale des revues, Olivier est revenu avec un bouquet de roses rouges et le cœur plus léger.

Nick vient la voir tous les après-midi et tous les soirs. Il donne des nouvelles à ceux qui ne peuvent se déplacer chaque jour. Son père, Gisèle et sa grand-mère sont pourtant venus dimanche. Ils ont fait l'aller-retour dans la même journée, profitant de la clémence de l'hiver. Marie-Reine est restée à Québec et elle accompagne son jumeau.

— On a l'air de bien prendre soin de toi, dit-elle après que l'infirmière eut fait ses vérifications d'usage et lui eut offert une collation.

— On me traite aux petits oignons, comme si j'étais une grande malade, s'étonne Valérie.

— T'as failli mourir, fillette ! affirme Nick. Pourquoi tu penses qu'on te garde aussi longtemps à l'hôpital ?

Devant Marie-Reine, il n'use plus du tendre sobriquet, comme s'il devait se montrer plus réservé. Habitué à la discrétion de son père, Valérie comprend cette retenue dans les témoignages d'affection masculins. Sur ce plan, les femmes ne subissent aucune contrainte, elles peuvent laisser libre cours à leur tendresse, du moment que leurs épanchements n'ont aucune connotation sexuelle.

Après une semaine, Valérie reçoit son congé de l'hôpital. Elle a tellement maigri qu'elle flotte dans sa robe. Même ses souliers lui sortent des pieds.

— Va falloir te remplumer, commente sa grand-mère en l'examinant d'un œil critique.

Pour les femmes de sa génération, les rondeurs sont signe de bonne santé et Valérie sera maintenant gavée d'aliments solides pour faire changement.

— Tu vas aller nous acheter du foie de veau, dit-elle à Nick quand il les dépose devant la vieille maison de briques brunes dont leurs appartements occupent les deux étages supérieurs.

À leur façon bougonne d'exprimer parfois leur affection, Valérie se dit que sa grand-mère et Nick sont sûrement du même sang. Il faut souvent voir au-delà des apparences pour se faire une idée juste des gens. Nick descend de voiture et leur ouvre galamment la portière. Elles attendent sur le trottoir qu'il extraie du coffre la petite valise de Valérie.

— Je vais monter sa valise, annonce Marie-Reine du même ton autoritaire. Achète aussi des épinards, c'est plein de vitamines.

Valérie tient dans sa main les roses, à présent fanées, que lui a offertes Olivier. Elle les mettra à sécher entre les pages des gros livres de son encyclopédie Leland.

— As-tu les nouvelles clefs ? s'informe Nick.

— Ah, c'est vrai ! Je les ai oubliées sur la table.

Valérie les regarde avec des points d'interrogation plein les yeux.

— Pas grave, je vais monter vous ouvrir.

Il retourne à son véhicule et arrête le moteur. Faisant sauter le gros trousseau de clefs dans sa main, il sifflote et prend les devants pour monter les escaliers. Arrivée à son étage, Valérie aperçoit une porte neuve, sans peinture.

— Si t'es d'accord, dit Nick en la regardant, je vais garder une clef de ta nouvelle serrure. Comme ça, j'aurai pas à défoncer la porte la prochaine fois.

— Vous avez dû défoncer la porte? demande Valérie, interloquée. Pourquoi?

Nick bombe le torse, fier de son exploit.

— J'ai cogné, mais t'as pas répondu et je t'ai entendue gémir. J'avais pas le choix, fillette.

Il fait demi-tour et Valérie se souvient du rêve qui n'en était pas un. Sur la table, deux clefs neuves, bien réelles, attestent les dires de Nick.

4

Québec, mars 1969

Après une semaine de petits plats nutritifs bourrés de vitamines et de fer, Valérie décide qu'elle est suffisamment remise pour reprendre le travail et Marie-Reine retourne à Cap-aux-Brumes.

Nick refuse l'argent que lui offre sa petite-nièce pour le remplacement de la porte, l'octroi de la clef étant un signe de confiance plus cher à ses yeux que la somme déboursée. L'air de ne pas trop s'en faire, il lui remet un double de la sienne.

— Au cas où, dit-il négligemment.

Valérie espère ne pas avoir à s'en servir. Son grand-oncle et sa grand-mère vieillissent et elle se demande combien de temps ils pourront partager ensemble leurs joies et leurs peines. Ils sont là dès qu'elle a un pépin, ils la couvent de soins et de tendresse, et elle se sent soudain immensément triste à l'idée qu'un jour elle les perdra.

— T'as manqué deux semaines de travail. As-tu besoin d'argent? demande Nick en se méprenant sur son air soucieux. Je peux t'en passer.

— Non, ne vous inquiétez pas, ma paie ne sera pas coupée, répond-elle, émue. J'ai une banque de congés de maladie suffisante.

— Demain soir, pour souper, je vais nous faire venir des mets chinois, annonce-t-il, l'air gourmand. Ça ne t'ennuie pas de me tenir compagnie?

— Ça ne m'ennuie pas du tout, au contraire. Mais je peux faire à manger.

— Pas question que tu te fatigues pour rien. J'ai pas envie que tu retombes malade.

Valérie se dit que si Olivier est seulement la moitié aussi gentil que Nick quand ils seront mariés, elle sera la plus heureuse des femmes. Cependant, il ne lui arrive jamais d'en douter tant Olivier est attentionné et respectueux. D'ailleurs, sa feuille de route plaide en sa faveur et Renaud continue d'encenser son frère, comme au temps où elle doutait qu'un garçon aussi irréprochable puisse exister.

La seule ombre au bonheur de Valérie vient de la nervosité extrême de son amie Claudette dont le terme approche. Le 6 avril, ce sera Pâques et sa mère lui rappelle qu'elle l'attend. Si l'accouchement tarde un tant soit peu, elle se demande quel mensonge elle pourra raconter pour expliquer son impossibilité d'aller à Cap-aux-Brumes. « On verra », lui dit sa patronne pour la calmer. Mais le truc n'a pas l'air de fonctionner, Claudette se ronge les ongles jusqu'au sang.

Deux semaines avant Pâques, Valérie reçoit un appel de la dame qui embauche son amie pour l'informer que son mari vient de conduire Claudette à l'Hôpital de la Miséricorde.

— Voudrais-tu aller la trouver ? Ça tombe mal, je ne peux pas m'absenter et il ne faudrait pas qu'elle soit seule, la pauvre enfant. Elle est tellement nerveuse. Ça se comprend !

— Vous pouvez compter sur moi, dit Valérie.

Puis elle compose le numéro de téléphone d'Olivier afin de décommander leur souper. Toujours compréhensif, son amoureux lui demande de l'appeler quand l'enfant sera né et Valérie lui explique que ce ne sera pas forcément aujour-d'hui vu qu'un premier accouchement peut être long, mais il l'assure qu'il ne sortira pas et mettra à profit la fin de semaine pour réviser la matière en vue des examens de fin de session.

Valérie s'est levée tard et n'a pas eu le temps de manger. Elle s'habille en vitesse, sort le reste d'une brique de fro-mage du frigo et des biscuits secs, puis attrape le livre commencé la veille. Elle fourre le tout dans un sac de tissu muni d'une poignée de bois, cadeau de sa grand-mère, et va prévenir Nick, qui lui offre aussitôt d'aller la reconduire.

Il l'accompagne jusqu'à la salle de travail, lui fait une bise en lui recommandant de l'appeler quand elle voudra rentrer : «Quelle que soit l'heure!», prend-il la peine de spécifier.

Claudette accouche d'un gros garçon au milieu de la nuit et Valérie, ne voulant pas réveiller Nick, revient à pied chez elle. Dans l'attente de son appel, son oncle est resté éveillé et, de sa fenêtre, il la voit venir sur le trottoir. Dans un mélange confus de terreur à la pensée des dangers auxquels s'est exposée sa bichette, de curiosité et de soulagement de la savoir revenue saine et sauve, il déboule l'escalier et arrive en même temps qu'elle à sa porte.

— T'aurais dû m'appeler. Comment ça s'est passé? demande-t-il.

Son regard chargé de reproche traduit son mécontente-ment et sa respiration hachée, son énervement. En voulant bien faire, elle l'a froissé et elle s'en veut.

— Claudette a eu un gros garçon, dit-elle, très lasse. Venez, on va se faire une bonne tasse de thé et je vais tout vous raconter en détail.

Sur ces non-dits se passant d'explications, ils rattrapent ainsi les mailles échappées de leur tricot fabriqué maladroitement d'un excédent mutuel de prévenance. Nick oublie toute récrimination et la console quand elle s'apitoie sur le chagrin de son amie, qui doit abandonner ce petit être sans défense qu'elle a porté en son sein durant neuf mois.

— J'espère que le bon Dieu va m'épargner une pareille épreuve, dit-elle, la voix hachurée.

Quand Nick monte se coucher, Valérie règle son réveil afin d'appeler au matin les personnes qui attendent des nouvelles.

Dans l'après-midi, après avoir fait un détour par la pharmacie, elle retourne à l'hôpital pour soutenir le moral de la jeune maman, veuve-célibataire d'un amoureux frivole et mère-orpheline d'un bébé pourtant en parfaite santé. Valérie se sent impuissante à consoler la trahison et la douleur d'une fille-mère lâchement abandonnée. Elle admire les religieuses de l'Hôpital de la Miséricorde qui font preuve de mansuétude envers son amie.

En arrivant dans le couloir menant à la chambre de Claudette, elle tombe face à face avec Francine, sa compagne de travail, échevelée et en robe de chambre.

— Oh, non, pas toi ! se lamente-t-elle.

Sa collègue se jette dans ses bras et la serre à l'étouffer.

— J'aurais pas voulu que tu l'apprennes. J'ai trop honte.

Pour l'épargner, Valérie ne peut pas lui dire qu'elle faisait plus que se douter de sa situation.

— Je ne te juge pas, murmure Valérie. Tu peux compter sur ma discrétion.

Francine lui déballe toute son histoire, comme un robinet qui se briserait d'un coup sec et aspergerait copieusement la personne qui l'a fait flancher. La même histoire se répète : un amoureux en cavale, des parents à ménager par amour, l'impossibilité d'assumer seule les frais de garde et de subsistance d'un enfant qu'on préférerait garder, le cœur en miettes et l'âme rongée de remords.

Face à un raz-de-marée d'une telle ampleur, Valérie reste pantoise. Elle l'écoute, l'air grave, jusqu'à ce que Francine lui demande :

— Mais qu'est-ce que tu fais ici ?

— J'ai une amie... qui a accouché cette nuit... un garçon. Et toi ?

— Une fille, répond Francine.

Une religieuse vient mettre fin à leur échange en invitant Francine à revenir à sa chambre pour un examen de routine. Et Valérie, ébranlée par ces doubles maternités malheureuses, traîne le pas jusqu'à la chambre de Claudette.

— Comment ça va ? demande-t-elle par automatisme à sa copine. As-tu réussi à dormir ?

Mais au lieu de répondre à ses questions, Claudette lui dit :

— J'ai entendu ta conversation. Tu connais une autre fille qui a eu un bébé ?

La curiosité de son amie la porte à croire que le fait de se rendre compte qu'elle n'est pas la seule à vivre cette épreuve peut atténuer son propre malheur. Claudette a perdu son air accablé, mais Valérie n'est pas près d'oublier les traces d'ongles qu'elle lui a imprimées en tenant sa main durant les contractions.

— Oui, une fille du bureau... Elle a été obligée de travailler jusqu'à la fin et elle nous a fait croire qu'elle avait un fibrome pour expliquer l'œdème qu'elle n'arrivait pas à cacher malgré le corset qui lui coupait le souffle. Elle est complètement anéantie et j'ai beaucoup de peine pour elle… et pour toi.

— Bof! Le pire est passé.

Mais Valérie la voit se détourner et s'essuyer discrètement le coin de l'œil.

— Je t'ai apporté des revues et des chocolats, dit-elle avec entrain.

— C'est le Carême, la Semaine sainte en plus! objecte Claudette qui louche vers la boîte de chocolats aux cerises, ses préférés.

— On n'est pas obligé de faire Carême quand on est à l'hôpital. Dépêche-toi d'y goûter avant que la sœur revienne, dit Valérie en lui adressant un clin d'œil coquin.

Le sourire aux lèvres, Claudette fait de grands signes de dénégation de la tête.

— Si ça te fait rien, je vais les garder pour le jour de Pâques.

— Tu veux les partager avec ta mère?

— Oui, j'ai tellement hâte de la revoir.

Son visage s'éclaire, le temps de s'imaginer leur bonheur d'être réunies après plusieurs mois de séparation. Puis elle passe la main sur son ventre rebondi et sa joie fait place au doute.

— Ça prend comment de temps pour que le ventre revienne à la normale?

Valérie est bien en peine de répondre, ignorant tout des accouchements. Sa copine s'est enrobée de partout durant sa grossesse, mais elle croyait que son ventre redeviendrait plat après la naissance du bébé. En voyant la mine de Claudette s'assombrir davantage, Valérie pense à proposer la première solution qui lui vient à l'esprit:

— Avec une des petites robes droites qui sont à la mode et une gaine, ça ne paraîtra pas tellement. Tu n'auras qu'à dire à ta mère que tu passes ton temps à grignoter, elle va croire que tu manges trop parce que tu t'ennuies et elle ne se posera plus de questions.

Claudette approuve à menus hochements de tête.

— T'as toujours des bonnes idées. Je me demande ce que j'aurais fait si je t'avais pas eue. Jamais j'oublierai ce que t'as fait pour moi.

— C'est normal de s'aider, entre femmes.

— Peut-être que c'est normal pour toi. Tu dis jamais du mal de personne, t'es toujours à l'écoute des autres, t'es fine avec tout le monde. Mais je peux t'assurer que c'est pas toutes les filles qui sont comme toi. Y en a qui sont *bitch* en titi.

Valérie a envie de protester pour se porter à la défense de la gente féminine au grand complet, mais elle pense à Marie-Claire, puis à Steeve.

— Il n'y a pas que des filles qui manquent de charité, il y a aussi des gars, dit-elle.

≈≈≈

Nick est si fier de sa Chevrolet Impala toute neuve qu'il a l'air d'un bambin venant de recevoir en cadeau un camion de pompier. Il bombe le torse en ouvrant la portière à Valérie, qui joue le jeu en le remerciant de sa galanterie et en s'exclamant sur le confort de la voiture.

— Elle sent encore le neuf, dit-il, et je suis pas près d'accrocher à mon miroir un petit sapin qui pue.

— C'est vrai que ces trucs-là sentent mauvais, l'approuve-t-elle, ça me donne mal à la tête. C'est juste bon pour les vieilles minounes.

Et du coin de l'œil, elle le voit sourire de satisfaction. Toutefois, son expression devient soucieuse dès qu'il embraye. Il se dévisse la tête pour s'assurer que rien ne vient entraver la sortie dans la rue et elle sait qu'il sera nerveux jusqu'à ce qu'ils aient rejoint la grand route en direction de Cap-aux-Brumes. Mais auparavant, ils devront aller chercher Claudette et Olivier, et Valérie devra lui servir de copilote. Elle déplie sur ses genoux la carte de la ville et tient aussi en main les deux trajets que lui a fait noter Olivier le dimanche précédent. Il lui a montré le tracé à suivre sur la carte et Valérie lève souvent la tête afin de lire le nom des rues.

— Conduire, c'est comme faire de la bicyclette, dit Nick. Une fois que tu l'as appris, tu t'en souviens pour la vie.

Mais un brusque coup de frein propulse Valérie sur le tableau de bord.

— Tu parles d'un imbécile! râle Nick. Il décide de virer à la dernière minute et il a même pas mis son *flasher*. Tu l'as vu, hein?

Valérie, qui était concentrée sur la carte, n'a pas pu constater si le conducteur avait actionné ou non ses clignotants et, par diplomatie, elle garde le silence. «Qui ne dit mot consent», paraît-il, et sa stratégie s'avère la meilleure puisque Nick retrouve vite son calme. Ses explosions sont de courte durée quand on ne le contredit pas. Au volant, il est comme dans la vie, un gros ours grognon et Valérie lui fait confiance, sauf que, parfois, comme aujourd'hui, elle risque de trouver le voyage un peu long et d'attraper un gros mal de tête.

Au coin de la rue où habite Claudette, ils l'aperçoivent dehors, sur la galerie, avec sa petite valise, qui leur fait de grands signes de la main. Nick se gare le long du trottoir et sort pour ranger le bagage dans le coffre arrière, sans oublier auparavant de lui ouvrir cérémonieusement la portière. Mais sa nouvelle passagère n'a pas le tact de Valérie et il ne reçoit même pas un tout petit merci de la part de la jeune fille trop excitée qui n'a d'attention que pour sa compatriote.

Ce manque de savoir-vivre l'aide à comprendre l'air bougon des chauffeurs de taxi. C'est ainsi qu'il se sent parce que Valérie a déserté le siège avant pour rejoindre son amie à l'arrière. Elle l'a pourtant prévenu qu'elle préférait qu'Olivier lui serve de guide pour le reste du trajet, mais ça lui fait tout de même un petit pincement au cœur, même s'il sait qu'elle agit ainsi parce qu'elle ne veut pas se montrer devant les parents d'Olivier. Alors, comme convenu, lorsqu'ils arrivent chez l'avocat, Nick s'en va seul sonner à la porte.

Les filles cessent leur papotage et observent la vaste résidence. Quand son amoureux sort, Valérie voit l'ombre d'un homme et d'une femme se profiler derrière le rideau plein jour sans pouvoir dire si l'homme est le père ou le frère d'Olivier, mais elle en déduit que si c'était Renaud, il serait plutôt apparu à la porte pour lui faire un signe de la main. Elle se sent mal à l'aise d'être examinée en catimini et elle se penche pour se soustraire au test qu'elle juge indélicat. Son père n'aurait pas agi de la sorte, ou bien il serait resté discrètement assis dans son fauteuil ou alors il aurait accompagné son fils à l'extérieur et l'aurait saluée de loin, à défaut d'aller se présenter et de lui souhaiter bon voyage.

Elle a du mal à comprendre que la mère de son amoureux n'ait pas profité de l'occasion alors qu'Olivier lui affirme depuis des mois qu'elle a hâte de faire sa connaissance. « Que penser quand les actions ne sont pas conformes aux paroles ? », songe-t-elle, contrariée. Décidément, la mère d'Olivier n'est pas comme ses parents. Les Boudreau sont des gens chaleureux et Valérie les adore.

— Maman te fait dire bonjour, chérie, s'exclame le jeune homme en la regardant avec un sourire propre à lui faire oublier l'anicroche.

— Merci, répond-elle poliment. Et toi, ça va ?

Après le guet en tapinois, les salutations par personne interposée de la belle-mère ne l'enthousiasment pas du tout, mais elle ne peut en tenir rigueur à Olivier et elle s'efforce de ne pas laisser paraître sa déception.

— Numéro un, dit-il en levant le pouce de la main gauche de manière que les deux filles le voient.

— Où est-ce que je tourne ? demande Nick.

Les indications requises délivrent tout le monde d'avoir à faire la conversation. Claudette s'installe confortablement pour faire un roupillon et Valérie ferme les yeux, comme si elle sommeillait elle aussi, mais à travers ses cils elle se repaît du profil aimé. Pour la première fois, Olivier quitte ses parents pour aller passer une fête chez ses grands-parents maternels. Valérie sourit en pensant aux parents curieux d'apercevoir celle qui est responsable de cette désertion. D'habitude, c'est Renaud qui leur fait faux bond. Depuis qu'il est amoureux d'Adam, il ne se permet plus de s'éloigner. Nonobstant la sévérité du père d'Adam, Valérie croit que c'est sa fragilité qui les empêche de vivre un amour serein. Le jeune homme lui fait penser à un petit oiseau qui n'ose pas sortir de sa cage dont la porte reste pourtant grande ouverte. Quelle que soit la raison qu'il allègue, elle subodore que la prison d'Adam est intérieure.

Puis elle se demande pourquoi elle s'en fait autant pour les autres. « Profite donc de ton bonheur sans remords », lui souffle son intuition. Le ronronnement du moteur et de la conversation des hommes la fait insensiblement glisser au pays des songes, sans danger pour son mollet qui commence tout juste à se remettre de la glissade de janvier sur les Plaines d'Abraham.

Arrivés sans encombre à Cap-aux-Brumes en fin d'après-midi, Nick va d'abord reconduire Claudette. La jeune fille n'a pas fini de monter les quelques marches menant au logis de ses parents que la porte s'ouvre à grande volée. La mère, bien enrobée, écarte grand les bras pour serrer sa fille chérie qu'elle n'a pas revue depuis sept mois. Valérie l'envie. Que ne donnerait-elle pas pour avoir le bonheur d'être étreinte par sa mère! Le soir, avant de s'endormir, il lui arrive encore de lui raconter ses joies et ses peines les plus vives, et elle en tire un certain réconfort.

Le souvenir embellit tout et Valérie ne connaîtra jamais les petites mésententes qui peuvent survenir entre mère et fille. Elle est orpheline d'une mère idéale que la mort a parée de toutes les qualités. Le temps a gommé les reproches, les bouderies et les caprices de la femme-enfant qu'était Anne-Marie.

Quand ils arrivent devant la résidence des Boudreau, ce sont les grands-parents d'Olivier qui sortent accueillir leur petit-fils et Valérie se sent de nouveau très émue par ces témoignages d'affection spontanés. Olivier et elle ont décidé de réserver leur première soirée à leurs familles respectives et ils se quittent sur un au revoir discret.

Nick lui tapote affectueusement la main avant de poursuivre son chemin. Il se gare dans l'entrée de Julien et se hâte de sortir leurs bagages du coffre arrière. Marie-Reine les interpelle, enveloppée dans un grand châle de laine.

— Ne reste pas dehors, tu vas attraper ton coup de mort, la chicane Nick.

Mais Marie-Reine sourit béatement, sans tenir compte du ton bourru de son jumeau pour qui elle éprouve une affection sans borne. Et Valérie, qui se sent pareillement aimée par sa grand-mère, se jette dans ses bras.

Quand ils pénètrent dans la cuisine, c'est Gisèle qui sort de la bijouterie pour la serrer contre son cœur. Sa tante, sensible, aimante et enjouée, lui fait penser à un gai bouquet de jonquilles.

— Ton père est occupé avec une cliente, mais je te dis qu'il a hâte de te voir sans bon sens. Tu as fait bon voyage ? Veux-tu une tasse de thé ? As-tu faim ?

Et Valérie savoure cet accueil chaleureux et tout cet amour se répandant en multiples questions et attentions qui se bousculent sans attendre de réponse.

— Chère tantine, c'est bon d'être ici avec toi et toute la famille. Quoi de neuf ?

Gisèle recule et sourit timidement.

— Ah, pour le neuf, tu vas devoir attendre que ton père te l'annonce lui-même.

Valérie perçoit dans son attitude un léger trouble et elle se demande ce que peut bien cacher sa tante qui sourit tout en se tordant les mains. Gisèle paraît à la fois heureuse et inquiète, et il lui tarde d'en connaître la cause. Pourtant, elle devra attendre après la fermeture des magasins pour avoir une conversation avec son père. Elle se félicite d'avoir décidé de consacrer cette soirée à sa famille et elle se glisse derrière Nick à qui c'est le tour de recevoir les embrassades d'usage.

⁓ఌ

— Alors, quoi de neuf, papa ? dit-elle quand son père éteint les lumières de la bijouterie.

Pour tout éclairage, la lampe de l'établi projette une vive lumière sur la surface de travail, mais laisse le grand local commercial dans une semi-pénombre. Julien lui fait signe de s'asseoir sur le tabouret qu'il rapproche de son fauteuil.

Il a l'air grave et Valérie s'attend au pire. Il se racle la gorge et répond dans un murmure :

— J'ai décidé de me remarier.

Lancée sans préambule, l'annonce la sidère. Valérie comprend le malaise de Gisèle qui devra céder sa place à la nouvelle épouse de son père. Elle en éprouve du dépit pour sa chère tante qui a pris soin d'eux comme une véritable mère.

— Ça n'a pas l'air de te remplir de joie, ajoute Julien devant son mutisme.

— C'est juste que je pense que ta décision va bouleverser la vie de grand-maman et de tante Gisèle. Qu'est-ce qu'elles vont devenir ? Y as-tu pensé ?

Le coin des lèvres de Julien se retrousse comme lorsqu'il s'apprête à sourire, mais Valérie le fusille du regard et son père retrouve aussitôt l'expression réservée coutumière qui engage sa fille à plus de compréhension : « Après tout, il est veuf depuis plusieurs années et la plupart des hommes auraient déjà refait leur vie. Si Gisèle et grand-maman n'ont pas envie de rester sous le même toit que la nouvelle maîtresse de maison, je leur offrirai de venir vivre avec moi. »

— J'ai bien soupesé tout ça, ma fille. Tu dois bien te douter que j'ai beaucoup réfléchi avant de prendre une décision aussi importante.

— C'est vrai, papa. Tu es un homme sage. J'imagine que tu as pensé à tout.

Le silence retombe entre eux et Valérie se sent démunie. Même si elle a trouvé une solution de rechange pour sa grand-mère et Gisèle, le remariage de son père risque de détruire leur famille.

— Tu as droit au bonheur, papa, et je suis contente pour toi, s'efforce-t-elle de dire.

Mais sa mine affligée la trahit. Comment s'entendra-t-elle avec une belle-mère qui verra peut-être en elle une rivale? Elle ne peut supporter l'idée qu'une intruse vienne brouiller sa relation avec son père.

— Tu n'es pas curieuse de savoir qui je vais épouser? demande Julien sur le ton de la confidence.

— Qui? demande-t-elle, confuse, en gardant la tête baissée.

Son père s'approche d'elle et pose sa main sur la sienne.

— Gisèle, murmure-t-il.

Valérie relève la tête et questionne son père du regard, doutant d'avoir bien entendu. Julien sourit timidement en hochant la tête.

— Oh! papa, dit-elle en se jetant dans ses bras. Tu ne pouvais faire un meilleur choix. Je suis si heureuse!

Il l'étreint longuement, puis elle se redresse et sourit en le voyant si enjoué. Le bonheur le transforme et elle a l'impression d'avoir un autre homme devant elle. Valérie est attendrie que son père, toujours soucieux du devoir à accomplir, puisse enfin se décharger de son fardeau pour goûter aux joies de la vie.

— Je suis certaine que vous serez heureux tous les deux, vous êtes parfaitement assortis. Je t'aime, tant, papa.

Les yeux noisette de Julien papillotent comme les flots embrasés par les rayons du soleil.

— Merci, ma fille. Je t'aime, moi aussi.

Une horloge sonne le quart d'heure et Valérie tourne son regard vers le son mélodieux, charmée par le timbre du carillon.

— Mais dis-moi, comment vont tes amours? pense à s'enquérir Julien.

L'évocation de son amoureux procure à Valérie de délicieux frissons.

— Cette fois, je suis certaine d'avoir fait le bon choix, papa. Olivier a tellement de qualités que je dois me pincer de temps en temps pour m'assurer que je ne rêve pas.

Julien la regarde en souriant et serre ses deux mains dans les siennes. Valérie le sent de plus en plus ému.

— Toi aussi, ma fille, tu mérites d'être heureuse. J'ai hâte de connaître celui qui fait battre ton cœur. Ses grands-parents sont du bien bon monde, en tout cas.

— Je vais te présenter Olivier demain. Est-ce que je pourrais l'inviter à souper ? Ça te permettrait de jaser avec lui sans être interrompu par les clients.

— Bonne idée. Qu'est-ce que tu dirais qu'on invite ses grands-parents à notre souper de fiançailles, dimanche ?

— Est-ce que tu préfères les inviter toi-même ou que je leur transmette ton invitation ? répond-elle avec un sourire espiègle.

Valérie a adopté la manie astucieuse de son père de répondre à une question par une autre question et Julien s'amuse de l'effet miroir quand ses enfants l'imitent.

— Je vais les appeler, dit-il.

Elle se penche et l'embrasse sur la joue.

— Tu as eu une longue journée, mon petit papa, je vais te laisser te reposer. Et je vais aller rassurer ma tante Gisèle, je comprends maintenant pourquoi elle paraissait nerveuse quand je suis arrivée.

— Elle t'aime beaucoup et elle avait peur que tu sois blessée parce qu'elle prend la place de ta mère.

Les yeux de Valérie picotent.

— Elle ne prend pas la place de maman, dit-elle d'un ton grave. Maman est partie et ne reviendra plus. Dans mon cœur, personne ne pourra la remplacer, mais je suis heureuse que ce soit ma tante Gisèle que tu aies choisie pour femme. Je l'aime de tout mon cœur. Bonne nuit, mon petit papa, fais de doux rêves.

Julien se lève et l'étreint très fort. Puis il l'embrasse sur le front en lui murmurant :

— Bonne nuit.

⚬

Le lendemain au déjeuner, Valérie flotte dans l'onde d'amour qui imprègne toute la maisonnée et rend brillants les yeux de chacun. L'effet combiné de leur affection et l'arrivée du printemps produit un envoûtement qui chasse tous les chagrins que cette maison a pu accumuler. Le soleil participe à leur félicité et, à travers la dentelle parant les fenêtres, il fait danser ses rayons lumineux sur les lattes du plancher vernis.

Quand chacun retourne à ses occupations, Valérie téléphone à Olivier pour l'informer de l'heureux événement et de l'invitation à souper, et elle lui demande de repousser sa visite à la fin de l'après-midi pour lui permettre de donner un coup de main aux préparatifs.

Nick s'en va faire le plein de bonnes bouteilles pour souligner dignement les fiançailles et Marie-Reine en profite pour se faire acheter son petit dix onces de brandy qu'elle ira cacher dans le dernier tiroir de sa commode, près d'une boîte de noix de cajou, l'autre péché mignon auquel elle succombe, la nuit, quand elle croit que tout le monde dort, comme si elle se sentait coupable de s'accorder ces petites douceurs.

Gisèle se démène pour tout faire en même temps. Elle court de la cuisine à la bijouterie, puis revient, le visage rayonnant, le souffle court.

— T'as l'air d'une poule pas de tête, la taquine sa mère.

Gisèle prend un air moqueur et se tâte le crâne, comme pour s'assurer que sa tête ne s'est pas détachée. En riant, Valérie la repousse gentiment vers la boutique.

— On va y arriver sans toi, tu as déjà fait presque tout le travail !

Aussitôt que sa tante a tourné le dos, Valérie s'active pour deux, car elle veut disposer d'un peu de temps pour se faire belle avant l'arrivée d'Olivier, et elle fait aller son plumeau en sautillant et en fredonnant *La dernière valse*.

Le linge à vaisselle dans les mains, Marie-Reine la regarde virevolter et ses traits se détendent. Valérie lui rappelle son amie Alma quand elle l'avait reçue, à Noël, dans sa maison toute neuve du rang des Cailles. Et, comme elle, Marie-Reine esquisse un pas de valse. De vilaines chenilles qu'elles étaient, la grand-mère et sa petite-fille se sont transformées en jolis papillons insouciants et leur ballet improvisé témoigne d'une euphorie acquise au prix de beaucoup de larmes. La brise printanière apporte la promesse de doux lendemains.

⁂

Tel un coquet séducteur, le mois de mai pare la nature de verdure et de fleurs. L'air se parfume d'effluves enivrants et Valérie se sent remplie d'une énergie nouvelle. Son bonheur lui donne le sentiment d'être aussi pimpante que les feuilles nées de la chaleur printanière. Chez les Briand, tout respire la joie. Après plusieurs années de grisaille, l'amour est revenu se nicher sous leur toit.

Chez les Beaudry, les choses semblent s'arranger. Durant les vacances scolaires, Olivier travaille pour son père avant d'entreprendre sa dernière année à l'université pour compléter son baccalauréat. Renaud a terminé ses études et, comme il s'est trouvé un emploi d'enseignant pour l'automne, il a loué un petit appartement meublé, puis il est parti travailler à Montréal jusqu'à la mi-août. Adam et lui pourront de nouveau goûter au bonheur de partager leur quotidien et ses revenus permettront à Renaud de se procurer tout ce dont il aura besoin pour garnir son logement à son retour à Québec.

Valérie sera officiellement présentée aux parents de son amoureux demain. La mère d'Olivier l'a invitée à souper ce dimanche. Elle a pris la peine de l'appeler et Valérie a apprécié le geste qui lui a fait oublier ses doutes. Au téléphone, madame Beaudry lui a paru très gentille et le contact s'est fait tout naturellement, comme si elles se connaissaient depuis longtemps.

Devant le miroir de la salle de bain, Valérie vaporise ses cheveux d'un léger jet de fixatif. Elle a revêtu son nouveau pantalon vert lime tacheté de triangles marine, vert forêt et blancs. Avec la cape assortie comme complément, elle est le stéréotype des jeunes filles photographiées dans les derniers magazines de mode. Ayant des goûts plutôt classiques, elle a longuement hésité avant d'acheter cette tenue voyante, mais la vendeuse et Claudette, qui n'arrêtaient pas de lui dire que ça lui allait bien, l'ont finalement convaincue, de même que le rabais de 50 %.

Elle entend cogner à la porte et se dépêche de ranger peigne et fixatif.

— Wow ! s'exclame Olivier en l'apercevant. Je ne risque pas de te perdre.

— Tu trouves ça trop criard ?

— Mais non, ça te va bien. C'est juste que tu n'as pas l'habitude de porter des couleurs aussi éclatantes.

— Ne t'inquiète pas, je ne mettrai pas ça pour aller chez tes parents, demain, l'assure-t-elle en riant.

— On y va?

Olivier a l'air si enjoué que Valérie ne se préoccupe plus de sa tenue phosphorescente. Elle se sent à l'aise dans le vêtement de bonne coupe et le tissu soyeux caresse sa peau. Une fois dehors, elle s'étonne de voir la Cadillac de monsieur Beaudry stationnée dans la rue.

— Ton père te prête son auto un samedi? Il n'en a pas besoin?

— Il a beaucoup de travail au bureau: il doit recevoir un client important qui n'est pas libre en semaine. C'est pour ça que maman t'a invitée demain au lieu de ce soir comme elle en avait d'abord parlé. Papa est obligé d'aller souper avec son client, alors elle va en profiter pour aller au restaurant et au cinéma avec une amie. Et nous deux, nous allons passer une journée que tu ne seras pas près d'oublier.

Un sourire énigmatique étire la commissure de ses lèvres quand il lui ouvre la portière. En cet instant, Olivier est tout le portrait de l'homme pleinement satisfait de lui.

— Où m'emmènes-tu?

— C'est une surprise. Mais je ne te demanderai pas de fermer les yeux, car je ne voudrais pas te priver du paysage.

Valérie sourit et lui caresse le bras. Même en tenue sport, Olivier reste élégant. Son polo blanc, dont le col est bordé d'un liseré s'harmonisant à son pantalon marine au pli impeccable, fait ressortir le vert émeraude de ses yeux. Son coupe-vent s'en va rejoindre la cape de Valérie sur le siège arrière.

Quand ils empruntent la côte Gilmour, elle sait qu'ils vont longer le fleuve et son cœur bondit de joie. Rien ne peut mieux lui plaire qu'une randonnée au bord de l'eau. L'onde l'apaise et le Saint-Laurent exerce sur elle une force d'attraction aussi puissante que celle d'un amant. Le fleuve en compagnie d'Olivier, c'est le summum du bonheur et elle se laisse emporter, confiante, appréciant le panorama qui défile sous ses yeux.

Olivier tourne à gauche et Valérie croit deviner qu'il l'emmène faire son pèlerinage annuel sur le traversier. Quand il dépasse l'entrée menant à l'embarcadère et poursuit la route en direction est, elle fronce les sourcils, perplexe. Peut-être a-t-il décidé de l'emmener faire un vrai pèlerinage à Sainte-Anne-de-Beaupré, ce qui ne serait pas désagréable non plus. La grande cathédrale dédiée à la mère de Marie lui procure également beaucoup de sérénité. Tous les lieux de culte silencieux lui font cet effet après quelques minutes de recueillement où elle laisse ses pensées vagabonder à leur gré.

D'ailleurs, Olivier observe un silence de moine. Mais, déjouant ses suppositions, il emprunte le pont de l'île d'Orléans. Ils roulent encore quelques milles avant d'aborder l'entrée d'une ferme.

— Ce n'est pas la saison des fraises, fait-elle remarquer.

— Non, mais c'est celle des fleurs de pommier, dit-il, le sourire aux lèvres. Je t'emmène voir le verger d'un ami de mon père.

— Quelle bonne idée! s'exclame-t-elle, ravie à l'idée d'admirer pour la première fois un verger en fleurs.

Le vent frais soufflant sur Cap-aux-Brumes ne convient pas à la culture des fruits. Dans la chaleur du rang des Cailles, ses grands-parents avaient trois pommiers qui donnaient une récolte hâtive de succulentes pommes blanches, mais Valérie ne les a jamais vus en pleine floraison.

— Viens, je vais te présenter les propriétaires. Ce sont des gens charmants.

Le verger étant situé à quelque distance de la maison, les Picard leur suggèrent de s'y rendre en auto. La vue des pommiers parfaitement alignés et chargés de fleurs a de quoi réjouir l'œil le plus blasé. Main dans la main, le couple déambule dans les allées en s'arrêtant pour humer les douces fragrances. Sous l'un de ces bouquets géants, Valérie attrape le bout d'une branche basse bien fleurie et s'en fait un diadème. Olivier lui prend aussitôt l'autre main et met un genou en terre. L'air solennel, il lui demande :

— Valérie, veux-tu m'épouser ?

« Comme il est romantique. Et quel décor féerique pour immortaliser nos sentiments ! », se dit-elle, au comble du bonheur. La brise caressante détache un pétale qui tombe sur leurs mains jointes. « Une larme de pommier », songe-t-elle, sous le coup de l'émotion.

— Oh, oui ! répond-elle dans un souffle aussi délicat que les jolies fleurs blanches teintées de rose qui l'entourent.

Transportés de bonheur, ils s'étreignent et s'embrassent sous ces fleurs de printemps annonçant la venue de fruits exquis. Leur baiser langoureux les transporte dans un monde plein de promesses, loin des soucis terrestres.

Quand ils ouvrent finalement les yeux, Olivier se rembrunit à la vue d'un couple d'amoureux se dirigeant vers eux, inconscients de leur présence à l'abri des branches chargées de fleurs.

Valérie se tourne en direction des importuns qui viennent troubler ce moment de félicité et observe le quinquagénaire grassouillet, vêtu d'un complet cravate, le crâne un peu dégarni, qui regarde d'un œil énamouré une blonde platine, dans la jeune trentaine. La réplique de Marilyn Monroe, s'avise-t-elle en détaillant l'ensemble pantalon rouge vif s'harmonisant au rouge des lèvres pulpeuses de la poupée qui se déhanche, pendue au bras de son *sugar daddy*, juchée sur des talons aiguille peu adéquats pour battre la campagne.

— Un vieux beau avec une poule de luxe, chuchote-t-elle à l'oreille d'Olivier.

— Chut! murmure-t-il en l'attirant vers le tronc du pommier pour se soustraire aux regards des promeneurs.

Cette attitude de repli étonne Valérie, qui se demande pourquoi Olivier aurait honte d'être vu en sa compagnie alors qu'il vient tout juste de la demander en mariage. Mais elle n'a pas le temps de se questionner plus longuement alors qu'elle voit un grand chien noir poursuivant un chaton qui détale dans leur direction et grimpe dans le pommier sous lequel ils se sont réfugiés.

Le couple s'arrête aussitôt devant eux et le teint rosé de la jeune femme devient blanc comme neige avant de tourner au rouge cramoisi. Elle lâche subitement le bras de son compagnon, qui fixe Olivier d'un air sidéré.

— Qu'est-ce que tu fais ici? gronde l'homme d'un air sévère.

— La même chose que toi, rétorque Olivier, la mâchoire crispée.

— Ce n'est pas ce que tu crois, réplique l'autre sans se départir de son air de supériorité déplaisant.

— Je ne doute pas que tu trouveras une explication tordue pour expliquer ta balade romantique en compagnie de ta secrétaire, mais tu peux garder tes mensonges cousus de fil blanc pour maman. Avec moi, ça ne prend pas.

— Sale petit ingrat! éructe le fourbe percé à jour. Tu dis un seul mot à quiconque et je te coupe les vivres! Et l'avertissement vaut pour vous aussi, mademoiselle.

Les menaces exercent sur Valérie un effet contraire à celui recherché. Autant son père lui a appris à respecter tout le monde, autant il mépriserait le comportement scandaleux du père d'Olivier, elle en est certaine, et elle toise avec hauteur l'odieux personnage. Parce que Me Beaudry l'examine d'un air dédaigneux, elle redresse la tête par défi.

Les yeux bleus délavés et les lèvres molles du triste sire ne lui inspirent que du dégoût. Son long visage plat percé de narines dilatées lui rappelle les vaches de son grand-père. Elle trouvait franchement idiotes ces grosses bêtes placides, uniquement occupées à mâchouiller sans fin leur pâture. Elle ressent une aversion si profonde qu'elle ne peut supporter plus longtemps la vue de son futur beau-père.

— Viens, dit-elle à Olivier en le tirant par le bras.

Les deux hommes se lancent un regard chargé de rancœur et Valérie pressent qu'ils n'en sont qu'au début d'un long conflit. Quand un homme pris en faute ne manifeste aucun remords et brandit des menaces, il n'y a rien de bon à espérer.

Durant le trajet du retour, Olivier semble prisonnier d'une carapace d'amertume. L'air buté, il reste muet. Déçue, Valérie n'accorde plus aucune attention à la nature verdoyante, symbole de renaissance. Une lumière vient de s'éteindre en elle et une part de son innocence s'est envolée, la laissant désabusée et vulnérable. Ayant grandi dans le respect et l'intégrité, la duplicité et l'acrimonie du père de son amoureux ne peuvent que la désespérer du genre humain. Elle a cru naïvement qu'il n'y avait que les vieilles sorcières des contes pour enfants ou quelques criminels retors qui étaient capables de méchanceté, mais voilà qu'un homme de loi, supposément respectable, s'avère tout aussi immoral. L'univers confiant dont elle a besoin pour s'épanouir vient de basculer. Olivier lui ressemble et elle s'imagine sans mal le tort irréparable que Me Beaudry vient de causer à son fils.

Arrêté à un feu rouge, Olivier pose sa main sur son épaule.

— Je voulais que cette journée soit inoubliable, dit-il d'un air dépité.

Ses traits sont décomposés et il a l'air d'un petit garçon malheureux. Valérie aurait envie de le bercer contre elle pour le consoler et lui faire oublier le vilain monsieur qui est venu bousiller son beau programme.

— Pour être inoubliable, elle va l'être, répond-elle en lui adressant un pauvre sourire. Je vais toujours me rappeler avec bonheur le moment où tu m'as demandé de devenir ta femme et le décor superbe qui nous entourait.

Olivier s'étire pour l'embrasser. Ses lèvres douces font momentanément oublier à Valérie ce qui est venu gâcher un jour idyllique, mais un klaxon impatient leur rappelle que le feu a tourné au vert.

— J'ai vraiment honte de mon père, avoue-t-il d'un ton las. Et je m'en fais pour maman. Je me demande comment on va faire, demain, pour lui cacher ce qu'on vient de découvrir.

Valérie grimace de dégoût.

— Rien qu'à penser que je vais revoir ton père, j'en suis malade. C'est au-dessus de mes forces, Olivier.

❧

Leur journée de rêve ayant tourné au cauchemar, ils renoncent au souper romantique et se terrent dans l'appartement de Valérie afin d'analyser la situation dans tous les sens et de peser le pour et le contre de chacun des choix possibles. Après un sandwich mangé sans appétit, à la fin de la soirée, ils établissent leur plan de match. Olivier dépend financièrement de son père, autant pour son emploi d'été que pour sa dernière année d'études, et il tient par-dessus tout à ménager sa mère. À contrecœur, Valérie convient qu'ils ne doivent pas changer le programme prévu pour le lendemain.

— Pour toi et pour ta mère, je vais le faire. Mais ce n'est pas de gaieté de cœur.

Olivier n'est guère plus enthousiaste et il soupire.

— Je sais. Moi non plus. Mais dans un an, on va se marier et je vais m'arranger pour travailler dans un autre cabinet d'avocats que celui de mon père. Nous serons libres, Valérie. Libres de refuser les invitations et même de cesser de le voir si tu n'en as pas envie. Je te le promets.

~❦~

— Maman m'a prêté sa voiture, dit Olivier le lendemain. Papa avait besoin de la sienne.

— Comment ç'a été avec lui, ce matin ?

— Je ne l'ai pas vu, il s'est transformé en courant d'air. J'ai l'impression qu'il est aussi mal à l'aise que nous. As-tu réussi à dormir ?

Valérie a la mine chiffonnée. Le mince trait de pinceau noir sur ses paupières masque l'enflure due aux larmes versées la veille, mais le manque de sommeil affadit son regard. Elle se sent à plat et ses gestes sont plus lents. Elle est comme une bouteille de champagne oubliée qui aurait perdu ses bulles.

— Un peu, dit-elle en étouffant un bâillement.

Le blouson de son tailleur à manches courtes est semi ajusté. Elle a troqué la jupe à mi-cuisse, qu'elle porte habituellement, pour un pantalon. Elle n'a pas l'intention d'exposer ses jambes aux regards concupiscents de Me Beaudry.

Au visage fripé d'Olivier, Valérie n'a pas besoin de lui demander s'il a passé une bonne nuit.

— Maman aimerait qu'on arrive tôt pour avoir le temps de bavarder avec toi avant le souper. Si tu n'as pas le goût de jaser avec papa, tu pourras rester à la cuisine avec elle et je m'occuperai de lui.

— Tu es un ange, dit-elle en l'entourant de ses deux bras.

Selon leur habitude, ils se collent d'abord le front, puis il l'embrasse sur une joue avant de s'emparer goulûment de ses lèvres, qu'elle n'a pas encore enduites de rouge, sachant qu'ils s'en barbouilleraient et qu'elle devrait passer à la savonnette pour tout effacer. Leur baiser voluptueux s'alanguit, puis d'un accord tacite, ils se détachent l'un de l'autre. Comme Héraclès, Valérie se sent à présent la force d'affronter l'hydre à sept têtes. C'est l'image qui lui est venue au cours de la nuit en repensant à l'hypocrisie de l'avocat. « Un visage à deux faces », dirait Marie-Reine.

— Il n'est pas revenu, constate Olivier en se garant dans l'entrée du garage.

La tension de Valérie se relâche un peu, mais elle a hâte d'en avoir fini avec cette mascarade. Elle apporte à son hôtesse un petit cadeau qu'elle a acheté à la bijouterie de son père en prévision de l'invitation qui a tardé à venir.

L'accueil chaleureux de madame Beaudry lui fait momentanément oublier ses appréhensions. Elle découvre avec bonheur que Renaud et Olivier tiennent de leur mère : mêmes yeux verts, mêmes cheveux châtains, mêmes traits, même sourire et même regard franc. La fille des Boudreau de Cap-aux-Brumes est telle que l'avait décrite sa mère, à qui elle ressemble d'ailleurs beaucoup.

— Vous n'auriez pas dû, dit-elle en ouvrant le présent de Valérie.

L'épouse de l'avocat est une très belle femme, élégante et avenante. « Pourquoi diable la trompe-t-il avec une minette sans personnalité ? », se demande Valérie.

— Oh! Que c'est mignon! s'exclame la dame en admirant le délicat porte-monnaie de soie peint à la main. Vous avez beaucoup de goût, Valérie. Merci beaucoup. Venez, je vais vous faire faire le tour de la maison.

Après la tournée, madame Beaudry leur sert un apéritif, puis elle sort un livre de bébé où sont à l'honneur les photos d'Olivier. Valérie le feuillette lentement, prenant le temps de lire les commentaires transcrits par la maman : date et heure de naissance, poids et taille, l'âge de sa première risette, de sa première dent, de ses premiers pas. Il y a même une boucle de ses cheveux récupérée de sa première coupe.

— Je crois que le temps est venu de te le donner, mon fils, dit-elle quand Valérie le lui rend.

Olivier prend l'album et le remet à sa bien-aimée avec un sourire entendu.

— Maman, je voudrais te confier un secret, mais je préférerais que tu n'en parles pas à papa pour le moment.

— À vous voir tous les deux, je crois que je m'en doute un peu. Mais bon, tu peux y aller, je ne dirai rien à ton père.

Olivier prend la main de sa douce et annonce à sa mère qu'ils vont s'épouser l'été prochain. Madame Beaudry se lève pour les étreindre et ce geste réconforte Valérie.

— Je suis heureuse pour vous deux, mes enfants. Peut-être que toutes les mères disent la même chose de leur fils, mais Olivier va vous faire un bon mari, Valérie, et je sais que vous allez le rendre heureux. Mes deux fils et mes parents n'arrêtent pas de me chanter vos louanges et je constate aujourd'hui qu'ils avaient bien raison.

— Vous venez tout juste de me connaître, proteste Valérie en riant.

La mère d'Olivier la serre dans ses bras et Valérie, émue, reconnaît le parfum que portait le plus souvent sa mère. Elle ferme les yeux pour goûter ce précieux souvenir olfactif.

— Je me fie à mon intuition, ma chère enfant, elle ne me trompe jamais.

— Merci, murmure Valérie, émue.

Sous le regard tendre d'Olivier, les deux femmes viennent se rasseoir autour de la table et sa mère commence à raconter les souvenirs drôles ou émouvants des premières années de son fils en y mêlant à l'occasion ceux associés à Renaud. Valérie sent que la maman est très fière de ses deux grands garçons, comme elle les appelle affectueusement, et elle ne peut s'empêcher de se demander comment sa future belle-mère a pu s'amouracher d'un mari aussi peu digne d'elle. A-t-elle été impressionnée par son statut social? Était-il plus affable, plus beau, moins suffisant? Au souvenir du regard énamouré qu'il lançait à sa secrétaire, il est sûrement du genre tombeur. Elle se demande honnêtement ce qu'elle aurait pensé de lui si elle l'avait rencontré dans d'autres circonstances.

Comme une entrée programmée dans une pièce de théâtre burlesque, Me Beaudry fait son apparition sur la scène familiale. Valérie l'observe venir vers sa femme, la bouche en cœur, une gerbe de roses rouges à la main. Le tout suivi d'un baiser et d'un déluge de compliments flatteurs. Il n'a d'attention que pour sa femme, comme si Olivier et elle n'étaient que de simples figurants. Et madame Beaudry joue le jeu de la séduction avec une maîtrise parfaite. «C'est du grand art», apprécie Valérie qui se sent soudainement un peu détachée de cette comédie de boulevard.

Et elle se dit que ce serait une bonne idée de s'imaginer faire partie de ce vaudeville où elle n'a décroché qu'un rôle secondaire. L'astuce s'avère efficace quand on la présente officiellement au cabotin. Elle s'oublie tellement qu'elle se retient juste à temps de lui faire la révérence, comme à la cour d'un roi, par dérision. Puis elle est capable de sourire avec la grâce d'une débutante faisant son entrée dans le monde quand l'infidèle lui tend une main molle et moite. Quand il la lâche, elle l'essuie sur le rebord de son pantalon en se rassoyant. Tout en songeant à aller se laver les mains avant de passer à table, elle a la nette impression d'être dédoublée, comme la fois où, au secondaire, elle avait dû jouer le rôle d'une veuve éplorée. En débitant les répliques du personnage, elle voyait défiler dans sa tête un autre scénario propre à la faire pleurer au bon moment. Elle avait été si criante de vérité que ses compagnes et les religieuses en avaient été bouleversées.

— Tu as été parfaite, ma chérie, lui dit Olivier en allant la reconduire.

～⌒

Contrairement à Olivier, Valérie n'est pas fière d'elle, mais elle se pardonne parce que sa conduite contribue à préserver la quiétude de la famille de son amoureux. Quand on prône la paix, il faut d'abord la faire régner autour de soi. Son cercle d'influence est très limité quand on le compare à celui du couple John Lennon et Yoko Ono qui font un *bed-in* à Montréal en faveur de la paix. En pyjama blanc, John et Yoko reçoivent les journalistes dans leur suite de l'hôtel Reine Elizabeth. La petite fille de Yoko les accompagne et John enregistre à cette occasion la chanson *Give Peace a Chance*, dans l'espoir d'éveiller les consciences afin de mettre fin à la guerre au Vietnam et à toutes les guerres qui minent le monde.

Renaud et Adam se désolent de n'avoir pu apercevoir le couple, mais à part cette petite déception, ils filent le parfait bonheur. Olivier et Valérie ont jugé bon de ne parler à personne de leur mésaventure à l'île d'Orléans et de garder secret leur projet de mariage. Si son père venait à l'apprendre, Olivier est certain qu'il menacerait de lui couper les vivres.

— Il est charmant si on ne le contrarie pas, dit-il. Mais dès que quelque chose ne fait pas son affaire, il peut se montrer intraitable. Nous l'avons démasqué, attendons-nous à subir ses foudres un jour ou l'autre.

— J'aimerais mieux éviter de le revoir, lui avoue Valérie.

Se prêter trop souvent au jeu de la comédie constitue un péril pour son équilibre. Valérie est tout d'une pièce et sa nature franche supporte mal d'avoir à se prêter à ces simagrées. Par moments, elle doute qu'ils aient fait le bon choix. Que dira madame Beaudry quand elle apprendra la vérité? Parce que tout finit toujours par se savoir. Peut-être leur reprochera-t-elle leur silence? Mais comme Valérie n'a pas de boule de cristal pour prédire l'avenir, elle doit prendre en compte les sentiments d'Olivier.

— Ce n'est pas lui qui s'en plaindra, dit-il, mais maman aura le goût de te revoir. C'est ça qui me tracasse.

— On devra trouver des excuses. Si elle insiste, on s'arrangera pour la voir seule, sans ton père.

Des plis sévères marquent le front d'Olivier.

— On ne pourra pas toujours l'éviter. C'est mon père! Tu devrais le comprendre, toi qui aimes tellement le tien.

Vexée, elle lui jette un regard chargé de reproches.

— Si mon père agissait comme le tien, je préférerais couper les ponts avec lui.

— Tu peux toujours parler, tu es autonome, ce qui n'est pas mon cas.

— Il n'y a pas que l'argent dans la vie, s'insurge-t-elle. En le couvrant, tu deviens son complice. Celui qui tient le sac est aussi coupable que celui qui l'emplit. Il ne faudrait pas oublier ce point de droit, monsieur le futur avocat!

— Eh! Un instant! Ce n'est quand même pas ma faute si mon père trompe ma mère avec sa secrétaire.

Valérie le trouve veule d'essayer de se disculper alors que les écarts de son père sont révoltants et qu'il devrait en être malheureux. Sa confiance commence à s'effriter. Il lui a assuré qu'après l'obtention de son bac, ils seraient libres, mais à la lumière de ce qu'il vient de dire elle croit qu'il bêlera toujours comme un petit mouton devant son sinistre père. «Voilà la faille du trop gentil frérot de Renaud», se dit-elle, furibonde.

— Non, ce n'est pas ta faute, mais tu rampes devant lui et tu me demandes d'en faire autant! Je commence à penser qu'on n'est pas faits l'un pour l'autre.

— Tu as peut-être raison, dit-il, excédé.

Il fait aussitôt demi-tour et claque la porte. Sous le coup de la colère, elle se lève et tourne le loquet.

— Espèce de faux-jeton! marmonne-t-elle.

Puis elle se met à pleurer, évacuant ainsi sa fureur, sa frustration et sa profonde déception. Dans un mélange confus d'émotions contradictoires, sa raison lui commande de ne pas s'engager à la légère. Quand on se marie, c'est pour la vie, et elle se sent incapable de vivre dans un milieu où la dissimulation règne en maître. Mais elle se chapitre pour s'être mise en colère contre celui qu'elle aime le plus au monde alors qu'elle désire tant la paix. Elle n'est pas fière de s'être emportée sans avoir donné la chance à Olivier de s'expliquer. Puis elle songe qu'il est aussi responsable qu'elle de leur prise de bec. Ayant à débattre contre la partie adverse de ses clients, un avocat ne devrait pas perdre aussi facilement le contrôle de lui-même, se dit-elle. Après avoir jonglé avec tous ces raisonnements contradictoires, Valérie finit par s'endormir sur son divan.

Au bout de huit jours, Olivier n'ayant pas donné signe de vie, Valérie décide d'aller passer ses trois semaines de vacances à Cap-aux-Brumes. Elle a désespérément besoin de marcher sur la grève et de se laisser bercer par la musique des flots, quelques vaguelettes suivies d'une grosse vague. Déferlent-elles au rythme de trois ou quatre petites vagues avant l'arrivée de la grosse, elle ne se souvient plus très bien. Elle se promet de les observer attentivement.

La veille de son départ, Olivier l'appelle et ils parlent longuement au téléphone. Ils s'aiment toujours, mais leur dispute leur a permis de comprendre que leur vie à deux sera houleuse s'ils ne sont pas capables d'être sur la même longueur d'ondes.

— Les valeurs, c'est important, Olivier, du moins pour moi, ça l'est. On n'a pas été élevés de la même manière. J'ai l'impression qu'un fossé nous sépare.

Naturellement, il argumente qu'il est différent de son père, mais que la vie en société oblige à faire preuve de souplesse.

— Je suis bien prête à faire certaines concessions, mais de là à vivre dans un mensonge perpétuel ou sous la menace d'une vengeance de la part de ton père, c'est trop me demander.

Il lui répète qu'une fois ses études terminées, il sera indépendant.

— Alors, peut-être qu'il vaut mieux attendre que tu aies terminé tes études. Nous saurons si tu peux vraiment t'affranchir de ton père.

Leur avenir se décide en ce moment crucial. Elle aurait envie de courir se jeter dans ses bras, mais sa raison lui conseille de mettre leur amour à l'épreuve.

— D'accord, on se rappellera à la fin juillet.

En raccrochant, elle pense à sa grand-mère. Que lui conseillerait-elle ? Selon son habitude, Marie-Reine trouverait un point positif. Elle lui dirait probablement que son cher Olivier pourra réfléchir en paix et que c'est le meilleur moyen pour lui permettre de faire le choix qui lui convient.

Quant à son père, il la féliciterait de se donner un temps de réflexion et il lui répéterait que la réponse est en elle, parce que c'est elle qui aura à vivre avec les conséquences des décisions qu'elle doit assumer pleinement. « Blâmer les autres pour ce qui nous arrive est un signe d'immaturité », ajouterait-il.

Toutefois, elle ne lui en parlera pas afin de ne pas assombrir son bonheur actuel. Pour justifier l'absence d'Olivier au mariage, elle inventera un empêchement. Seul Nick est au courant de leur brouille.

～∞

S'étant fait discret pour laisser plus d'intimité aux amoureux, à présent Nick ne demande pas mieux que de combler le vide laissé par leur rupture. Il s'évertue à lui changer les idées et Valérie le soupçonne de se sentir privilégié d'être le seul dépositaire de son petit secret.

Une semaine avant la noce, ils arrivent à Cap-aux-Brumes et Valérie se montre si joyeuse que personne ne pense à la questionner sur l'absence d'Olivier. Quand elle s'assoit sur une grosse roche la soustrayant de la vue des badauds flânant sur le quai, il n'y a que les goélands à voir ses yeux tristes se perdre dans le lointain.

Valérie se laisse ainsi dériver tous les après-midi. L'air salin calme ses nerfs à vif et elle dort ensuite aussi profondément qu'un ours en hibernation.

— T'as encore fait le tour de l'horloge! s'exclame sa grand-mère quand Valérie atterrit dans la cuisine à onze heures.

— J'avais besoin de vacances, dit-elle en s'étirant.

— T'es drôlement fatiguée. T'es pas malade, au moins?

— Je suis en pleine santé, grand-maman. C'est l'air de la mer qui m'assomme, les premiers jours. Je ne suis plus habituée.

— Ah, je comprends donc! L'air de la ville empeste. Je me demande comment tu fais pour endurer ça…

— Ah? Je croyais que vous aimiez Québec. Dommage, moi qui pensais vous inviter à venir passer un peu de temps chez nous.

— Oh, je disais ça comme ça. J'ai rien contre le fait de vivre en ville un petit bout de temps.

Comme une gamine qui a trop parlé, Marie-Reine fait mine d'avoir honte en se couvrant le visage avec le pan de son tablier, ce qui fait rire Valérie.

— Alors, c'est d'accord. Vous pouvez commencer à préparer votre valise. Quand papa et Gisèle reviendront de voyage, nous partirons.

Marie-Reine rabaisse son tablier et sourit de contentement.

— Veux-tu un café?

— Ne vous dérangez pas pour moi, je suis capable de me le faire.

Marie-Reine ajoute les pommes de terre au ragoût qu'elle prépare pour le dîner.

— Je te dis que ta tante est nerveuse. Je l'ai jamais vue de même, elle n'arrive plus à dormir une bonne nuit et c'est à peine si elle mange.

— Pensez-vous qu'elle regrette d'avoir accepté d'épouser papa?

Étonnée par la question, Marie-Reine s'immobilise et réfléchit.

— Non, ça me surprendrait. Je crois que toute femme sur le point de se marier s'énerve un peu. C'est un changement de vie tellement important, et puis on s'en fait pour tous les petits détails qui pourraient clocher, on a peur d'oublier quelque chose. Dans son cas, vu qu'elle est plus âgée, j'imagine que c'est pire. En vieillissant, on prend moins les choses à la légère.

— C'est vrai que c'est une décision importante, réfléchit tout haut Valérie.

Elle brasse son café lentement, se demandant si sa tante n'a pas, comme elle, une raison de s'inquiéter quant à la justesse de son choix.

～◦～

Le matin du mariage, Gisèle est plus nerveuse que jamais. Elle laisse tomber tout ce qu'elle tient dans ses mains et se dit incapable d'avaler quoi que ce soit. Valérie se demande si elle doit en rire ou en pleurer. « Pauvre papa, se dit-elle, s'il fallait que sa fiancée change d'idée, ce serait terrible. Il est si sensible. Il en mourrait de chagrin. » Et elle invoque sa mère, comme chaque fois qu'elle croit avoir besoin de l'intervention divine, et la prie de venir au secours de Gisèle. Elle est certaine que les anges n'éprouvent plus de sentiments négatifs, telle la jalousie, et que sa mère désire leur bonheur à tous. Personne n'arriverait à la convaincre du contraire, car Valérie prête ses bons sentiments à tous les êtres humains et lorsqu'ils ne correspondent pas à cette image de probité sans faille, elle tombe des nues.

— Laisse-moi faire, ma tante, et va te préparer.

Elle la pousse gentiment vers le corridor menant à l'escalier.

Rémi, qui est arrivé de la Côte-Nord la veille, lui adresse un clin d'œil complice. Quand leur tante s'éclipse, il rigole :

— Ils font tout un tralala avec ce mariage. Papa est vieux jeu. Veux-tu me dire quelle différence ça peut faire d'aller dormir chez le voisin la veille alors qu'ils couchent dans la même maison depuis des années ?

— Chut, ne parle pas si fort, lui ordonne Valérie. Chacun agit comme il l'entend, ça ne nous regarde pas.

— Le père est plus catholique que le pape, ricane-t-il.

— Il a des principes, reconnaît-elle, mais comme il met en pratique ce qu'il prêche, je me vois mal commencer à le critiquer.

— Tu lui ressembles, t'es aussi bourgeoise que lui. Même si t'es rendue en ville, t'as pas évolué, ma vieille.

Valérie blêmit sous l'insulte. La joie de revoir son frère s'évapore et les souvenirs amers de son enfance remontent à la surface. Rémi brisait leurs jouets, il n'arrêtait pas de faire des mauvais coups. Pourtant, c'était son frère, elle l'aimait et lui pardonnait tout parce qu'elle espérait qu'il s'améliorerait avec le temps. De vilain garnement, Rémi est devenu grossier et elle remarque son air désabusé, ses traits bouffis trahissant les excès d'un jouisseur.

— Et toi, l'âge ne t'a pas rendu plus sage ni plus aimable, à ce que je vois, lui assène-t-elle sèchement.

— Énerve-toi pas, la sœur… T'as pas eu ton nanan, c'est ça qui te rend à pic ?

La vulgarité de son frère l'horripile et elle réplique du tac au tac :

— Et toi, pourquoi t'es pas plus *cool* ?

— Cherche moé pas à matin, toé ! dit-il d'un ton grognon. Fais-moé donc un café.

— Tu peux toujours attendre ! lui répond-elle d'un air de défi, en se croisant les bras.

Rémi se lève, le poing en l'air. Nick, qui n'a rien manqué de l'altercation, arrive derrière lui et l'immobilise par une prise de tête. Rémi se débat pour se déprendre, mais ses efforts ne servent qu'à échauffer l'ancien marin qui en a vu d'autres.

— Tu fais des excuses à ta sœur, gronde-t-il.

Parce que Rémi tarde à s'exécuter, Nick resserre la prise.

— Maudit écœurant, râle-t-il, à demi asphyxié.

Et Valérie devine à le voir passer du rouge au violet que son grand-oncle va devoir lui tordre le cou parce que Rémi sera trop orgueilleux pour céder.

— Laissez-le, oncle Nick, ça ne vaut pas la peine d'essayer de l'éduquer.

Dès que Nick relâche l'étreinte, Rémi s'enfuit à l'étage. Valérie l'entend farfouiller dans la chambre qu'elle lui a préparée avec tant de soin la veille. Puis des pas lourds meurtrissent l'escalier et la porte d'entrée se referme avec fracas.

— Bon débarras ! s'écrie Nick.

Valérie est prise de tremblements. «Les astres doivent être mal alignés», se dit-elle, déçue. Depuis quelques semaines, la moindre altercation tourne au drame.

Alertée par le vacarme, Marie-Reine arrive à la cuisine, épouvantée.

— Voulez-vous bien me dire ce qu'il lui a pris, à Rémi ?

À tour de rôle, Valérie et Nick lui rapportent les remarques blessantes qui ont conduit à la discorde.

— Il ne changera jamais, celui-là, dit-elle en secouant la tête. Il a bien fait de s'en aller, on va passer une plus belle journée sans lui.

Valérie ouvre de grands yeux étonnés. Marie-Reine n'a pas l'habitude de porter des jugements vindicatifs sur les autres, encore moins sur les membres de sa famille.

— Ta mère l'a toujours trop chouchouté, ajoute-t-elle en guise d'explication. Allez vous préparer, je vais finir de ranger la cuisine.

～ρ

Fortement ébranlée par sa dispute avec son frère, les yeux de Valérie s'embuent quand l'orgue de l'église entame les premières mesures de la marche nuptiale. Elle se tourne en direction de la mariée qui vient de commencer sa lente ascension vers l'autel, et le visage souriant de Gisèle s'attriste en apercevant l'air chagrin de sa nièce. De peur qu'elle n'interprète mal sa réaction, Valérie s'efforce de lui sourire et lui envoie un baiser du bout des doigts.

À côté d'elle, Francis, son plus jeune frère, lui effleure le bras. À l'image de leur père, ses deux autres frères lui expriment leur soutien et leur affection par des gestes simples. Ils n'ont pas besoin de grands discours pour se comprendre. À part avec Rémi, il règne entre les membres de sa famille une communion d'esprit et une entente peu communes. Tout à l'heure, pour lui exprimer son soutien, Jean-Marie lui a fait l'accolade avant d'aller chercher sa petite amie.

Servant de père à Gisèle, Nick « s'est mis sur son trente-six », comme l'a complimenté Marie-Reine en le voyant dans son costume d'été gris, sa chemise blanche et sa cravate gris pâle retenue par une perle cultivée.

La mariée est vêtue d'une robe longue blanche, ajustée à la taille. Une dentelle fine recouvre le bustier de satin, la jupe est ample. Julien et Marie-Reine ont dû insister pour que Gisèle achète une vraie robe de mariée. Elle alléguait qu'à son âge, on se moquerait d'elle si elle s'habillait en blanc pour épouser un veuf. Mais ils lui ont fait comprendre que la société avait évolué et qu'il fallait passer outre aux commentaires des commères. « Se taire et laisser braire, lui a répété Marie-Reine. Il se trouvera toujours quelqu'un pour te critiquer, quoi que tu fasses. » Et l'argument a porté, car Gisèle en mourait d'envie.

Valérie aperçoit le coup d'œil furtif accompagné du sourire timide que son père lance à sa promise et elle remarque avec plaisir la même expression chez Gisèle. Ce n'est pas un mariage de convenance, ils s'aiment vraiment et elle en est heureuse. Après les déceptions vécues depuis le mois de mai, l'affinité des futurs mariés la réconcilie avec elle-même. Elle n'a pas à se culpabiliser d'exprimer ses valeurs et d'exiger le respect. L'allusion obscène de Rémi lui fait davantage mesurer l'importance de vivre en conformité avec ce qu'elle est, avec ce qu'elle croit juste et bien. Dans la vieille église de son enfance, Valérie renoue avec la sérénité et l'espoir d'un monde meilleur. La loyauté ne commence-t-elle pas par une franchise totale envers soi-même ?

Main dans la main, les époux échangent le oui solennel et les anneaux symbolisant leur fidélité. Le curé doit inviter le timide Julien à embrasser la mariée et l'on entend quelques rires feutrés dans l'assemblée.

Après la signature des registres paroissiaux, le cortège s'ébranle vers la sortie et les invités se regroupent sur les marches du parvis de l'église pour permettre au photographe d'immortaliser l'union des époux qui se sont juré amour et fidélité jusqu'à ce que la mort les sépare.

Le lent défilé des automobiles parade dans la rue principale sous un concert de klaxons. La décapotable blanche qui transporte les mariés scintille sous les rayons du chaud soleil de juillet. Les passants s'arrêtent sur le trottoir et agitent la main. Parmi un petit groupe, Valérie reconnaît Fabrice. Une jeune fille est pendue à son bras. « Il s'est vite consolé», songe-t-elle. Et cette vision vient lui confirmer qu'elle a pris la bonne décision quand il lui a demandé de reprendre en lui affirmant qu'elle était la femme de sa vie. «On dirait que j'ai le don d'attirer les menteurs, se dit-elle, alors il vaut mieux que je reste célibataire plutôt que de me contenter d'une parodie d'amour, comme l'écrivait Fabrice.»

À l'hôtel, les mariés et leurs témoins s'alignent afin d'accueillir leurs invités. Quand Valérie s'avance vers son père, tous deux sont émus.

— Félicitations, dit-elle en lui faisant la bise.

Puis, se penchant à son oreille, elle lui murmure :

— Et tous mes vœux de bonheur, mon petit papa d'amour.

À sa manière discrète, Julien la remercie d'une pression sur le bras. Puis elle passe à Gisèle qu'elle sent fébrile.

— Tous mes vœux de bonheur, dit-elle en se penchant pour l'embrasser et ajouter un tendre «maman».

Gisèle la serre dans ses bras.

— Je t'aime tant, lui murmure-t-elle.

Sans s'être concertés, ses deux frères présentent leurs vœux de la même manière et les yeux de leur nouvelle maman étincellent.

La noce se limitant à la famille proche, Julien a décidé d'offrir à leurs invités du vrai champagne. Durant le repas, les convives s'amusent à cogner les ustensiles contre leur verre pour forcer les mariés à s'embrasser. Et comme ils rougissent, cela les incite à abuser de la tradition.

— Il faut bien les dégêner ! plaisante Nick.

— Dis donc, il s'est vite intégré, le "mononcle", souffle à l'oreille de Valérie l'espiègle Francis.

Les bulles de champagne éclatent dans le cerveau de Valérie et bientôt retentissent les rires. Devant les mariés, un centre de table fleuri contenant une grosse bougie remplace le gâteau traditionnel surmonté d'un couple de mariés. Julien leur réserve la surprise d'un alaska flambé, son dessert favori, que le chef réussit à la perfection.

Après le banquet, les invités se regroupent dans le hall, le temps que les employés changent la disposition des tables et que les musiciens prennent place.

Quand Julien ouvre la danse, la mariée évolue avec grâce. Ses jambes sont souples, contrairement à sa sœur aînée, et Marie-Reine les regarde en souriant.

— Quand j'étais jeune, dit-elle à Valérie, c'était des danses carrées. C'est pas croyable comme les temps changent.

~~✒~~

Les temps changent tant et tellement que Marie-Reine n'en croit pas ses yeux quand elle regarde à la télévision Neil Armstrong et Edwin Aldrin, vêtus de leur combinaison d'astronaute, planter le drapeau américain sur la Lune après avoir fait alunir le vaisseau spatial Apollo 11, le 20 juillet 1969. Lors de cet exploit, Neil Armstrong déclare : « C'est un petit pas pour l'Homme, c'est un pas de géant pour l'Humanité. » Le lendemain, les journaux titrent « L'Homme a conquis la Lune », avec photos à l'appui.

Mais Marie-Reine continue d'affirmer, sceptique :

— C'est arrangé avec le gars des vues.

Nick et Valérie ont beau lui affirmer que c'est bien vrai, elle les regarde avec un petit sourire entendu qui signifie qu'on ne lui fera pas avaler des couleuvres pareilles. Elle n'accorde aucun crédit à toutes ces images démontrant l'évolution de l'exploration spatiale.

— Voir si ça se peut, leur dit-elle, sûre de son fait.

Ce rêve de se rendre sur la Lune lui est toujours apparu d'une impossibilité telle qu'il n'a de réalité que dans les romans de science-fiction. Née avec le siècle, les progrès techniques ont été trop fulgurants pour qu'elle soit capable d'admettre ce qu'elle ne peut sentir, voir ou toucher par elle-même. Surtout que le cinéma est venu fournir la preuve que ce qu'on voit à l'écran est souvent truqué. Prudente et réfléchie, Marie-Reine cultive le doute comme d'autres cultivent les fleurs.

⁓

Dans sa robe d'été fleurie bleue, que Nick a réussi à lui faire acheter en remplacement des vêtements noirs et gris qu'elle porte depuis la mort de son Théo, Marie-Reine a l'air moins sévère. Valérie ignore comment le bougre s'y est pris, mais il a su la convaincre de faire couper ses cheveux. La coiffeuse lui a proposé une permanente montée sur des rouleaux plus gros. Le bouclé paraît naturel et Valérie surprend quelquefois sa grand-mère à se passer la main dans cette chevelure devenue souple grâce à un traitement.

— Ç'a dû lui coûter une fortune, confie-t-elle à Valérie en revenant du salon de coiffure. Mais il n'a jamais voulu que je paie rien.

— Oncle Nick est très généreux, mais c'est sûrement pas avec la pension de vieillesse qu'il peut mener ce train de vie-là. J'ai toujours peur qu'il dépense plus que ses moyens, mais je n'ose pas lui demander d'où il tire ses revenus.

Marie-Reine l'écoute avec un sourire espiègle, assise bien droite dans le fauteuil du salon. Jamais elle ne se laisse aller à s'asseoir de travers ou à croiser les jambes. À part l'éducation reçue dans sa prime jeunesse, Valérie croit que le port du corset y est pour quelque chose. Être ficelée comme un saucisson favorise sûrement le bon maintien.

— Moi, je suis plus curieuse, dit-elle, et je lui pose des questions. Il m'a dit qu'il a hérité de l'oncle d'Eleni. Il était marchand de fourrures à New York et il a offert à Nick de travailler à son magasin et d'habiter chez lui. Il ne se sentait pas tellement en sécurité après l'agression qui aurait pu lui coûter la vie si Nick n'avait pas été là. Mais il a dû te raconter tout ça.

Contrairement à sa grand-mère, Valérie aime prendre ses aises. Elle est assise sur le divan, les jambes repliées sous elle.

— Non, je sais seulement qu'il est resté chez l'oncle d'Eleni jusqu'à sa mort. Je ne savais pas que ce monsieur avait été attaqué.

— Mon frère a vécu des affaires pas croyables! Figure-toi qu'après avoir raconté au vieil homme que sa famille avait été exterminée dans les camps nazis, Nick avait tant pleuré que le marchand lui a suggéré d'aller se rincer le visage. Quand Nick est ressorti des toilettes, un bandit pointait un revolver sur la tempe de monsieur Rosenberg qui tremblait et n'arrivait pas à ouvrir son coffre-fort. L'autre s'impatientait et menaçait de lui faire sauter la cervelle.

— Doux Jésus! souffle Valérie, les yeux écarquillés.

La lampe qui les éclaire émet au même moment un léger clignotement, comme si elle sourcillait d'étonnement.

— Nick lui a fait une prise de tête. En même temps, il essayait d'écarter le bras tenant l'arme. Dans la bagarre, un coup de feu est parti et le voleur est tombé raide mort.

La main sur la bouche, Valérie se remémore sa première impression quand elle a croisé Nick dans l'escalier. Elle avait vu juste: quoique accidentel, ce meurtre était inscrit sur son visage.

— Ça me fait comprendre bien des choses, dit-elle.

— Ils ont fait venir la police et Nick a été arrêté, poursuit Marie-Reine. Comme il n'était pas citoyen américain, ç'a coûté une beurrée à monsieur Rosenberg pour le sortir du pétrin et régulariser sa situation. C'est pour ça que mon frère est resté avec lui jusqu'à la fin. Mais après sa mort, il ne se sentait plus chez lui aux États-Unis. Alors, il a tout vendu et il est revenu au pays.

— Quelle vie étrange ! Il n'a vraiment pas eu de chance !

— Ça, tu peux le dire !

— Plus j'apprends à le connaître, plus il m'épate, dit Valérie. Après avoir vécu toutes ces horreurs, il est encore capable de générosité et de tendresse. C'est vraiment un homme surprenant.

— Oui, il est extraordinaire, l'approuve Marie-Reine. Un autre serait devenu aigri, pas lui. Il faut dire que notre amour et nos prières l'ont toujours accompagné. Peut-être que ça l'a aidé à surmonter les épreuves. Et puis, j'ai une grande confiance en la Sainte Vierge et je peux te dire qu'on l'a priée tous les jours.

— Vos prières ont été exaucées et vous avez fini par le retrouver. C'est quand même étrange de penser qu'il venait de déménager dans l'appartement en haut de celui que j'ai loué. Drôle de hasard.

— Je crois plutôt que c'est le destin. En tout cas, tu peux pas savoir le bien que ça me fait d'avoir retrouvé mon frère et je vais faire tout mon possible pour lui faire oublier le mauvais sort qui s'est acharné sur lui. Il a droit à sa part de bonheur comme les autres.

Valérie opine de la tête, puis elle commence à sourire.

— J'ai juste peur qu'on l'étouffe avec nos attentions, dit-elle en pouffant de rire. Il me fait penser à un gros nounours qui pourrait se mettre à grogner si on l'approche de trop près. Mais je l'adore et j'ai confiance en lui, à présent. Vous vous souvenez comme j'avais peur de lui au début ?

Marie-Reine s'esclaffe à son tour.

— Il ne faut pas toujours se fier aux apparences. À première vue, il avait l'air *tough*. Tandis que d'autres qui ont un visage d'ange sont les pires scélérats.

Valérie devient songeuse, pensant à Olivier qui paraît franc et honnête. Elle ne comprend pas comment il peut continuer à respecter son père après son inconduite inqualifiable. Juste à penser à l'avocat, Valérie a envie de vomir et elle se sent incapable de supporter la présence de ce vil hypocrite.

— Que devient Olivier ? demande abruptement Marie-Reine.

Sans prévenir, l'abcès crève soudainement comme un gros nuage noir et Valérie repasse par toute la gamme des émotions vécues depuis le jour où Olivier l'a demandée en mariage. Marie-Reine l'écoute sans émettre de commentaires, la relançant par des questions. Valérie n'éprouve aucune crainte de mettre son âme à nu devant celle qu'elle aime totalement et, en retour, la présence aimante de sa grand-mère l'aide à démêler l'écheveau de ses contradictions. Elle comprend qu'elle devra à son tour offrir la même qualité d'écoute et témoigner le même respect pour l'opinion d'Olivier.

— Tu me ressembles plus que je l'aurais cru, soupire Marie-Reine. Moi aussi, j'ai hésité avant de m'engager et je me suis torturée avec tous les si et les peut-être, et j'ai fait fuir mon prétendant qui a cru que je ne l'aimais pas. Après des mois d'absence, Théo est revenu me voir. Nous avions eu le temps de réfléchir et on s'était rendu compte qu'on regretterait toute notre vie de ne pas prendre le risque que tout ne fonctionne pas comme on l'espérait. Et au soir de ma vie, je dois t'avouer que ce n'est pas du tout ce que j'appréhendais qui s'est produit. Par contre, on a eu des malheurs auxquels on ne s'attendait pas. La vie nous réserve toujours des imprévus. Mais rappelle-toi que le bon Dieu envoie Ses grâces là où Il envoie Ses épreuves.

Valérie médite en silence la confidence de son aïeule.

— Je n'ai qu'un regret, reprend Marie-Reine, c'est d'avoir perdu trop tôt mon Théo. Tous les soirs, en faisant ma prière, je demande à ton grand-père de venir me chercher.

5

Cap-aux-Brumes, septembre 1969

Les goélands virevoltent au-dessus de Valérie et criaillent comme s'ils voulaient saluer la jeune fille qui vient s'isoler dans un méandre du littoral chaque fois qu'elle a besoin de méditer sur la solution d'un problème trop grand pour son cœur trop tendre et son âme trop sensible.

Le soleil argente les flots agités par le vent. Valérie place sa main sur son front pour abriter ses yeux des reflets aveuglants. «À quoi bon mettre un chapeau, a-t-elle dit à sa grand-mère, le vent me l'enlèverait.» Et le vent la décoiffe pendant que ses poumons privés d'air salin s'enivrent des odeurs d'iode et de varech.

Elle fuit désormais le quai, de plus en plus achalandé par les badauds et les hippies envahissant la Gaspésie à la recherche de leur idéal d'une vie simple et sans tracas. Le retour aux sources qu'ils préconisent n'est guère qu'un mirage pourchassé sous l'influence d'herbes analgésiques. Ils ont les cheveux longs, sales et emmêlés, mais très attirants pour les poux à la recherche d'un gîte. Leurs compagnes sont, comme eux, chaussées de sandales. Leurs longues jupes paysannes flottent au vent de l'amour libre, favorisé par la pilule anticonceptionnelle tant décriée par les parents catholiques et interdite par l'Église. Sans soutien-gorge, afin d'affirmer la liberté qu'elles revendiquent, leurs seins pointent sous le mince tissu d'une blouse de coton indien.

Gars et filles ont presque tous des ponchos de lainage qui les abritent des intempéries, de jour comme de nuit. Quelques-uns de ces nomades nouvelle vague s'arment d'un bâton de marche, à l'image des patriarches de la Bible ou des paisibles bergers dont le troupeau paît dans les alpages.

Ce sont les nouveaux apôtres de la paix et la plupart d'entre eux sont tout à fait inoffensifs, mais les Gaspésiens les regardent d'un drôle d'air, eux qui sont habitués à travailler à la dure pour assurer une maigre subsistance à leur famille : la pêche en été, le bûchage en hiver avec deux entre-saisons de misère.

— Ces jeunes-là parviendront jamais à rien, disent-ils en les regardant inhaler les substances nourrissant leurs fantasmes insensés. Savent rien faire de leurs dix doigts.

— Méditation, voyage astral, lancent ces doux révolutionnaires.

— Paresse, orgies, répliquent les habitants.

Un fossé infranchissable sépare les deux camps. Mais tant qu'ils ne se mêlent pas de leurs affaires, les Gaspésiens les laissent poursuivre leur quête d'un monde meilleur. Ils savent bien qu'un jour ou l'autre, la réalité les rattrapera. Eux aussi ont rêvé d'améliorer leur sort, eux aussi ont cru aux promesses des politiciens. Chaque matin, ils se lèvent et triment dur pour prendre ce que la terre montagneuse et la mer insondable ont à leur offrir. Chaque soir, ils se couchent avec la conscience d'avoir fait leur possible. C'est ici qu'ils sont nés et ceux qui se sentent incapables de partir pleurent ceux qui se sont exilés en conservant au cœur le désir de revenir quand ils auront fait fortune ou qu'ils seront à la retraite.

Une peine d'amour a amené Valérie à aller voir ailleurs si la vie était meilleure. Mais ses racines sont fortement ancrées dans le sol québécois et c'est dans la capitale qu'elle a choisi de s'établir, là où s'inscrit la destinée d'un peuple parti à la découverte d'un nouveau monde.

Aujourd'hui, elle est venue se recueillir une fois de plus sur la grève qui a bercé ses rêves de jeune fille sage. Elle comprend les pêcheurs, les touristes et tous les aventuriers captivés par les attraits de la Gaspésie. Elle est issue d'une race de vaillants pionniers et leur sang coule dans ses veines. Un jour, elle donnera vie à un petit être à qui elle inculquera l'amour de la mer.

Au début de l'automne, dans la grande cuisine de la maison familiale qui a logé quatre générations de femmes dont les noms de famille se sont perdus dans la mémoire des registres paroissiaux au profit de celui de leur mari, Olivier a les yeux aussi étincelants que des diamants. Face à Julien, il dit :

— Monsieur Briand, je viens vous demander la main de votre fille.

Valérie attend la réaction de son père qui, comme elle l'avait prévu, reste silencieux quelques secondes, le temps que chacun prenne la mesure de la solennité du moment. Puis elle voit le coin de ses lèvres se retrousser et elle se dit qu'il pense sans doute à une des réponses plates en vogue chez certains farceurs, mais elle sait qu'il ne succombera pas à la tentation de faire son drôle à leurs dépens. Ou peut-être sourit-il en se remémorant sa propre démarche ?

— Si ma fille accepte de t'épouser, je te donne ma bénédiction, finit-il par dire.

— Merci, répond Olivier, soulagé. Nous voulons nous fiancer à Noël et nous marier en mai, aussitôt que j'aurai fini mes études. Nous voulons un mariage intime.

Autour de la table, Gisèle, Marie-Reine et Nick échangent des sourires ravis. Jean-Marie et Francis sont retenus ailleurs.

— J'ai les moyens de payer la noce de mon unique fille.

— Je te remercie, papa, mais nous tenons tous les deux à un mariage intime.

— Allez-vous vous marier à Cap-aux-Brumes? demande Julien.

— Oui, ça aussi nous y tenons tous les deux, répond Olivier.

— Demain, papa, nous choisirons nos alliances. Vas-tu nous faire un bon prix?

— Ce sera mon cadeau de mariage.

— C'est généreux de ta part, papa, mais je tiens à ce qu'on les achète selon nos moyens et je veux quelque chose de simple.

— En or jaune, précise Olivier d'un air coquin.

Les goûts de Valérie sont simples, mais il lui faut un minimum de qualité et Olivier aime bien la taquiner à ce sujet. Sa future femme déteste le clinquant, elle préfère les lignes pures des meubles en bois naturel, les vêtements de bonne coupe de facture classique, les bijoux délicats en or jaune. En cela aussi elle lui fait penser à sa mère.

Son père a changé de secrétaire. Il est évident que la nouvelle employée n'a pas été choisie pour ses attraits: à son air austère se greffent plusieurs années d'expérience. Si Me Beaudry continue de voir l'autre, il le fait très discrètement, car il rentre tôt à la maison. Le fait de ne plus croiser la Barbie tous les jours a facilité la vie d'Olivier, qui entreprend sa dernière année d'études.

Son père ne sait pas qu'il a renoué avec Valérie, et Olivier n'entend pas le lui apprendre prochainement. Papa Beaudry, qui n'a pas remis les pieds chez ses beaux-parents depuis des lustres, aura un choix crucial à faire en mai prochain s'il veut assister au mariage de son fils.

~ၒ

La vie de Valérie est maintenant réglée comme une horloge et elle adhère au nouveau credo affirmant que le temps, c'est de l'argent. Pour atteindre son but, elle n'a plus une minute à perdre. Quatre soirs par semaine, elle dactylographie les travaux de professeurs d'université afin d'amasser des sous en prévision de son mariage. De son côté, Olivier se consacre entièrement à ses études et les amoureux ne se voient que les vendredis et samedis soir.

Nick s'inquiète un peu de voir sa bichette travailler autant et il veille à ce qu'elle se nourrisse convenablement. Le samedi, il fait ses courses avec elle, l'accompagne au *laundromat* et lui rend quantité de services. Puis il s'éclipse afin de lui laisser le temps de se faire belle pour Olivier.

Renaud est fort occupé avec sa nouvelle charge de professeur d'histoire et de géographie aux élèves du secondaire. La préparation de ses cours et les corrections emploient ses soirées. Pendant qu'Olivier potasse ses manuels de droit, Adam et Renaud s'invitent à souper chez Valérie un dimanche par mois, en compagnie de Nick qu'ils surnomment affectueusement « tonton Nick ». Deux semaines plus tard, c'est Renaud qui les reçoit et il s'enhardit à repousser les limites de l'art culinaire par des tentatives le plus souvent réussies, mais quelquefois étonnantes.

Valérie et Olivier sont si heureux de se revoir le vendredi soir qu'ils en oublient leur fatigue. Ils se racontent leur semaine en se préparant une petite bouffe sans prétention. Plus tard dans la soirée, ils parlent d'avenir. Ils n'ont pas l'intention d'utiliser quelque méthode de contraception que ce soit parce qu'ils se sont mis d'accord pour avoir quatre enfants le plus tôt possible. Ils ont longuement discuté des prénoms de leur progéniture et ont déterminé que leur premier s'appellera Sébastien ou Karine.

Et parce qu'ils s'aiment à la folie, leurs rendez-vous se terminent sur des bécotages et pelotages toujours un peu plus osés. Comme des aventuriers intrépides, ils explorent de plus en plus loin le territoire de l'autre. Haletants de désir, ils ont de plus en plus de mal à se ressaisir à temps. Valérie redoute par-dessus tout de tomber enceinte et Olivier approuve sa décision de se garder pour le soir de leurs noces. Mais il s'avère plus difficile que prévu de résister à leurs penchants naturels. La théorie et la pratique semblent incompatibles.

— Il faut éviter de rester seuls toute une soirée, Valérie, dit-il, à moitié sonné par l'arrêt brusque imposé ce soir par sa chérie. Sinon, on ne tiendra pas le coup jusqu'au mariage.

Le souffle court, elle s'extirpe du divan où ils avaient fini à l'horizontale et elle rentre sa blouse dans sa jupe.

— Tu as raison, on va se trouver un chaperon, comme dans le bon vieux temps.

Les yeux brûlants de désir, ils se regardent et s'esclaffent, heureux d'avoir trouvé la solution pour modérer leur ardeur.

— Ils n'étaient pas bêtes, nos grands-parents, dit Olivier. C'était le meilleur moyen pour que leurs filles restent chastes jusqu'à ce qu'elles passent devant monsieur le curé. Excuse-moi, ma chérie, je dois aller à la salle de bain.

La télévision restée allumée projette un éclairage discontinu dans la pièce et Valérie décide de faire plus de lumière afin de chasser les ombres qui la poussent à se blottir dans les bras d'Olivier. Pour les distraire de leurs appétences sexuelles, elle branche la bouilloire en vue de préparer du café soluble.

— Tu n'es pas allée chercher oncle Nick? dit Olivier d'un air faussement sévère en sortant des toilettes. Tu risques de te faire dévorer par un gros méchant loup, ma petite.

Et il fonce sur elle en faisant mine de vouloir la croquer.

— Arrête de faire le fou, lui intime-t-elle en riant et en gesticulant pour se déprendre des griffes du loup trop doux qui ne lui veut que du bien.

Leurs gamineries prennent fin sur un dernier baiser langoureux.

Plutôt que d'être toujours chaperonnés, quand le temps le permet, ils choisissent de sortir et de parcourir les rues du Vieux-Québec qui conservent le charme vieillot du village construit au début de la colonie entre les fortifications de la haute ville. De la porte Saint-Jean à la porte Saint-Louis, d'innombrables ruelles s'entrecroisent. Partir à leur découverte leur procure des heures de plaisir à bon marché. Il leur arrive aussi d'emprunter l'escalier débouchant sur la Place Royale et d'aller marcher en bordure du fleuve, puis de revenir à bord du funiculaire. La marche leur offre plusieurs avantages, dont celui d'endiguer les flots tumultueux de leur libido.

— Après les manifestations d'aujourd'hui devant le parlement contre le Bill 63, il serait plus prudent d'éviter le secteur, dit Olivier en arrivant le soir chez Valérie.

— De toute manière, je me sens un peu frileuse, j'aimerais autant rester à la maison.

Enrobée d'un gros chandail de laine et de son pantalon de ski, elle pourrait figurer sur une carte postale faisant la promotion des sports d'hiver alors qu'on est seulement à la fin octobre. Elle se plaint que les jours raccourcissent. La fatigue accumulée en raison de ses longues heures de travail et le manque d'ensoleillement expliquent son absence d'entrain. Valérie est prédisposée au spleen de l'automne.

— As-tu le rhume ?

— Non, mais quand les arbres ont perdu leurs feuilles et que le vent et la pluie se mettent de la partie, j'ai moins le goût de sortir. Ça va se replacer quand la neige viendra éclaircir le paysage.

Olivier lorgne la table dressée pour trois convives.

— J'ai invité oncle Nick, dit-elle.

Au même moment, les gémissements de l'escalier signalent l'arrivée du tonton chaperon.

— Bonsoir la compagnie ! s'exclame-t-il gaiement en brandissant deux bouteilles de vin italien. Es-tu allé manifester ? enchaîne-t-il à l'adresse d'Olivier.

— Non, avec mes études, je n'ai pas le temps d'aller brandir des pancartes.

— Je pensais qu'il y avait surtout des universitaires parmi les dizaines de milliers de personnes rassemblées devant le Parlement. Et puis, un projet de loi qui peut mettre en péril la langue française, ça devrait te préoccuper, me semble.

— J'avais un cours, répond-il en guise d'excuse.

Quoique sensible à la préservation de la langue française, Olivier, comme plusieurs de ses compatriotes, n'a pas envie de participer aux protestations bruyantes auxquelles se mêlent inévitablement quelques exaltés qui en profitent pour faire de la casse.

Comme ils l'apprendront dans les jours suivants, la manifestation, qui se voulait pacifique, a dégénéré et le bilan s'élève à 40 blessés et 80 personnes emprisonnées. Après les rassemblements véhéments à Montréal, 1 000 policiers de l'escouade antiémeute étaient massés à l'intérieur de l'Assemblée nationale et l'armée canadienne était sur un pied d'alerte.

Le projet de loi pour promouvoir la langue française au Québec, parrainé par le gouvernement unioniste de Jean-Jacques Bertrand, a pour but d'obliger les écoles de langue anglaise à assurer une connaissance d'usage du français aux enfants à qui l'enseignement est donné en anglais. Mais comme cette loi permet aux parents de choisir la langue dans laquelle ils feront instruire leurs enfants, la population du Québec craint qu'elle n'incite les immigrants à favoriser l'anglais.

Cernés de toutes parts par les anglophones, les Canadiens français doivent se montrer vigilants pour assurer la survie de leur langue et de leur culture. Nonobstant les divers mouvements de protestation, la loi est adoptée le 20 novembre.

～ゆ

Avec la nouvelle neige, le moral de Valérie s'améliore. L'approche des fêtes occupe maintenant toutes ses pensées. Malgré un budget limité, elle s'ingénie à trouver des cadeaux pour chacun : beau, bon, pas cher. Pas évident de dénicher l'aubaine qui fera plaisir. Quand une fille décide d'épouser un gars qui n'a pas un sou en poche parce qu'il termine ses études et qu'elle ne se résout pas à abandonner l'habitude d'offrir un présent à chaque membre de sa famille, elle a un fameux casse-tête à résoudre.

Comme sa grand-mère, Valérie tricote, coud à la main et fait un peu de crochet pour ménager son porte-monnaie aminci par la nécessité d'économiser pour son mariage. Cependant, elle assume ces menus tracas avec joie. Seul compte le bonheur inestimable de devenir madame Olivier

Beaudry, et elle vibre en pensant au moment où elle s'unira à lui et qu'ils ne formeront plus qu'un. Plus la date des fiançailles se rapproche et plus elle se sent fébrile.

Olivier devra bientôt faire part de ses projets à ses parents et Valérie redoute ce moment. Vaut-il mieux leur annoncer avant Noël ou en revenant de Cap-aux-Brumes quand ce sera chose faite? N'arrivant pas à se décider, ils maintiennent un statu quo débilitant alors qu'Olivier a besoin de se concentrer sur ses études en vue des examens de fin de session. Son père ne sait pas qu'ils ont renoué et ils appréhendent l'onde de choc qui suivra l'aveu. Valérie ne se fait pas d'illusion: elle est certaine qu'il leur garde rancœur de l'avoir démasqué.

Dans l'espoir d'obtenir un soutien, ils décident de soumettre le problème à Renaud. Valérie devance d'une journée l'invitation mensuelle à ses deux amis afin de ne pas déranger la routine d'Olivier. Adam aura peut-être une idée lumineuse, lui qui doit vivre sous la menace perpétuelle d'un père tyrannique.

Afin de ne pas faire de peine à Nick, elle lui a expliqué qu'ils avaient un problème d'ordre familial très délicat concernant les Beaudry et qu'ils devaient en discuter à huis clos.

— T'en fais pas pour moi, ma bichette. Je comprends. Merci et bonne chance. Si je peux faire quelque chose…

— Merci, je m'en souviendrai, lui dit-elle avec un sourire reconnaissant. Je vous adore, oncle Nick.

Et son gentil tonton retourne chez lui avec l'air satisfait de celui qui partage une confidence significative.

Parce que ses amis adorent ce plat, elle a mis un rosbif au four. L'arôme délicieux du mélange de la moutarde, de l'oignon, de la pomme et de l'orange en quartiers piqués sur le rôti embaume la cuisine et titille les papilles gustatives de ses invités, qui débouchent une bouteille de pinot noir en guise d'apéritif.

— T'es donc bien nerveuse, la taquine Adam, quand Valérie renverse sa coupe de vin à la fin du repas.

Olivier ne s'est pas décidé à parler de leurs prochaines fiançailles à l'arrivée de leurs invités et Valérie en est désappointée. Elle ne veut pas aborder elle-même le sujet, jugeant que c'est à lui de le faire. Elle lui lance un regard interrogateur auquel il répond d'un discret clin d'œil accompagné d'un sourire.

— Maintenant que nous avons bien mangé, nous pourrions porter un toast à la cuisinière, dit-il en levant son verre.

— À Valérie, avec mes compliments, répond Renaud.

Le jeune professeur déborde d'enthousiasme. Ce sera son premier Noël d'adulte indépendant, leur a-t-il expliqué au début de la soirée. Il est dorénavant libre de faire ce qui lui plaît et il leur a annoncé qu'il irait passer son congé dans un chalet qu'il a loué avec quelques amis. Adam pourra aller les rejoindre avec Mireille et Chantale pour une journée de ski entre Noël et le jour de l'An. L'autre raison de la bonne humeur de Renaud est que la sujétion d'Adam prendra fin dans quelques mois et leurs projets d'avenir ressemblent au serment d'amour que prononceront Valérie et Olivier.

— Je me réjouis de ton beau programme de vacances, bien que cette année j'aurais aimé pouvoir compter sur ta présence et ton appui, dit Olivier. Mais je ne veux pas être égoïste et gâcher ton plaisir. Je sais ce qu'il t'en a coûté pour te rendre jusque-là.

— Tu m'intrigues, répond son frère. Pourquoi aurais-tu besoin de moi ?

— Valérie et moi allons nous fiancer à Noël.

— Bravo, répondent en chœur Adam et Renaud.

Leurs mouvements spontanés pour porter un nouveau toast aux fiançailles font vaciller la flamme de la bougie placée au centre de la table.

— Vous faites un si beau couple ! s'extasie Adam.

— Merci, dit Valérie qui se sent rougir sous l'effet combiné de trois coupes de vin et du stress qui l'empêche d'apprécier cette soirée.

— Ma meilleure amie va devenir ma belle-sœur, quelle chance ! s'exclame Renaud. Je n'ai jamais été aussi heureux de ma vie. L'avenir nous appartient, ajoute-t-il en adressant un regard tendre à Adam.

— Papa et maman ne sont pas au courant, enchaîne Olivier. Alors je vous demanderais de garder la nouvelle pour vous.

— Je ne comprends pas, dit Renaud en fronçant les sourcils.

— Il faudrait peut-être que tu leur racontes l'histoire depuis le début, suggère Valérie.

À moitié éclairés par la flamme de la chandelle qui cabriole, Valérie et Olivier ont l'air de conspirateurs. À voix basse, Olivier leur raconte leur journée de rêve dans le verger de l'île d'Orléans et la rencontre inopinée de son père en galante compagnie, puis le souper du lendemain où Valérie était officiellement présentée à ses parents, et la triste comédie du mari empressé qu'a jouée Me Beaudry.

— Papa a changé de secrétaire et il rentre plus tôt à la maison. À cause de lui, Valérie et moi on s'est disputé et on a rompu. Il ne sait pas qu'on s'est réconciliés à la fin de l'été. J'ai pensé qu'il valait mieux ne pas réveiller le lion qui dort. Tu sais à quel point il est orgueilleux et j'ai peur qu'il se venge parce que nous l'avons découvert.

— Tu as malheureusement raison, admet Renaud. Tel que je le connais, tu auras beau réclamer la clémence du tribunal, le bras justicier de sa vengeance s'abattra sur ta pauvre carcasse de finissant. S'il n'avait pas d'emprise sur toi, il continuerait de se montrer aussi soumis qu'un petit agneau. C'est à toi de décider, Olivier. Ou bien tu ne lui dis rien en espérant qu'il ne l'apprendra pas… Mais puisque vous devez vous marier dans quelques mois, il faudra bien le lui annoncer un jour. Tout ce que je peux faire, c'est te donner la clef de mon appartement et t'offrir mon aide pour terminer tes études si ça tourne mal entre vous deux.

Ému, Olivier se lève et contourne la table. Renaud l'attend debout et lui fait l'accolade.

— C'est plus que je ne l'espérais, murmure Olivier. C'est vraiment généreux de ta part, merci beaucoup. Tu me donnes l'assurance dont j'ai besoin pour lui faire face.

— Si tu ne m'avais pas accordé ton affection quand il n'arrêtait pas de me dénigrer, je ne serais plus là aujourd'hui, dit Renaud avec des trémolos dans la voix.

Pendant que les deux frères se témoignent leur affection dans une longue étreinte, Adam serre la main de Valérie pour lui faire comprendre qu'elle peut compter sur son amitié. Dans les yeux des quatre convives danse la lumière étincelante de la chandelle. Dans le partage, les soucis s'estompent et les joies se multiplient. Valérie se sent soulagée de l'oppression qui ennuageait son bonheur. Elle regarde Olivier, son merveilleux amour, puis Renaud et Adam, ses non moins merveilleux amis, et elle remercie la vie de se montrer si prodigue.

Dans l'église de Cap-aux-Brumes, au moment de l'offertoire, Olivier glisse à l'annulaire gauche de Valérie le délicat solitaire qu'ils ont choisi selon les goûts de la fiancée.

Les regards intenses qu'ils échangent expriment mieux que des paroles la ferveur de ces deux êtres faits pour s'aimer. C'est la poésie sublime de l'âme qui s'ouvre à l'absolu.

Valérie voudrait garder leur amour si pur à l'abri des flétrissures des envieux. Mais comme il est impensable de se couper de la civilisation, elle se fait la promesse d'abriter leur passion sur l'une des îles secrètes isolées au milieu de l'océan de tendresse qu'elle réserve à son homme.

Ce qu'on redoute le plus se produit de façon inexorable et leur petite cachotterie est éventée sans mauvaise intention par les grands-parents Boudreau durant le voyage de retour d'Olivier et Valérie, le dimanche après Noël.

Quand il débarque chez lui, son père l'attaque de front et le traite de «tête de linotte et d'hypocrite». Sa mère pleure en silence.

— Puisque tu as les moyens de te fiancer sans me consulter, ne viens plus me demander un sou. Prends tes guenilles et débarrasse-moi le plancher.

Sans dire un mot pour tenter de se justifier, Olivier file à sa chambre pour rapailler ses affaires. Le couperet vient de tomber et, à part le chagrin de sa mère qui le bouleverse, il se sent soulagé. Il entend rugir son père :

— Je reviendrai quand cet idiot aura fiché le camp!

La porte d'entrée claque si fort qu'on croirait qu'elle vient de sortir de ses gonds. Quelques secondes plus tard, le crissement des pneus de la Cadillac écorche les oreilles d'Olivier. Il sort le contenu de ses tiroirs et l'étale sur son lit quand sa mère arrive pour l'aider, munie de deux grandes valises. Elle se jette dans ses bras et ils s'étreignent longuement.

— Je te demande pardon, maman, murmure-t-il.

— Ça ne te ressemble pas de nous cacher des choses. J'imagine que tu as tes raisons.

Olivier se sent au supplice. S'il lui avoue la véritable raison, il va lui faire de la peine et s'il se tait, elle va se demander ce qu'elle a bien pu faire de mal pour qu'il ne se confie pas à elle. Ils ont toujours été si proches tous les deux. Sa mère est dévouée et aimante, et il se sent écartelé.

— C'est que… bafouille-t-il.

Il se passe une main dans les cheveux, puis décide de dire la vérité, en partie seulement. Une vérité tronquée est toujours plus plausible que le mensonge le mieux enrobé.

— Je n'ai pas voulu en parler parce que je savais que papa s'objecterait. Il aurait exigé que je reporte mes projets d'un an, le temps que je termine mes études et que j'accumule assez d'argent.

— Est-ce que ça aurait été si terrible ? dit-elle en lui caressant la joue.

Il la tient contre lui. C'est tout ce qu'il peut faire pour amoindrir sa peine, lui donner un peu d'affection et lui fournir des explications convenables.

— Quand on aime quelqu'un comme j'aime Valérie, ce n'est pas facile d'attendre aussi longtemps. Et puis, ça nous regarde si on veut se marier dès que j'aurai fini mon bac. Je ne suis plus un petit garçon. Je suis majeur, maman ! On dirait que papa l'oublie. Toute ma vie, j'ai cherché à lui plaire. Quand je le voyais s'acharner sur Renaud parce qu'il n'était pas à la hauteur de ses attentes, je me taisais et je faisais tout pour éviter de le provoquer. Mais là, j'en ai assez de ses exigences !

« Valérie avait raison, se dit-il. J'ai toujours rampé devant lui, mais aujourd'hui j'ai le goût de me tenir debout, comme un homme. Quoi que je fasse, il trouvera toujours à redire. »

— Toi et Renaud, vous avez été de bons enfants, murmure sa mère en le regardant dans les yeux. Je suis fière de vous deux. Vous êtes ma raison de vivre.

Elle est si triste en disant cela. Elle leur a consacré sa vie et, en l'espace de quelques mois, le nid douillet qu'elle leur avait préparé se vide plus vite que prévu. Olivier comprend que le fait de se retrouver seule avec son père n'a plus l'attrait d'autrefois. Il s'est montré si colérique depuis quelque temps.

— On va continuer à se voir, dit-il d'un ton résolu. Si tu as besoin de nous, on sera toujours là pour toi, comme tu l'as été pour nous. Je t'aime tant, maman.

Il la serre de nouveau contre lui et l'embrasse sur le front. Celle qui l'a bercé et protégé est à présent toute petite. Il la dépasse d'une bonne tête et elle lui semble si fragile. Il aimerait la bercer à son tour.

— Bon, assez d'apitoiement, dit-elle en se dégageant. Il vaut mieux que tu ne sois plus là quand ton père va revenir.

Et, sans plus attendre, elle commence à remplir les valises.

— Ta tante Lorraine et ton oncle Bernard sont prêts à t'héberger. Je te dis que Lorraine n'a pas ménagé son frère quand il lui a annoncé qu'il allait te mettre à la porte.

— C'est gentil à eux, mais je vais aller habiter chez Renaud.

— Mais ton frère n'est pas là en ce moment, objecte-t-elle.

— J'ai la clef de son appartement.

Elle le regarde d'un œil interrogateur, puis secoue légèrement la tête et se remet à la tâche de rassembler ses maigres possessions. Et Olivier comprend soudainement que sa mère a deviné plus de choses qu'elle ne veut en dire.

Valérie défait ses valises et, en allant porter son linge sale dans le panier, elle aperçoit une sombre silhouette sur le balcon arrière. Elle prend peur et recule pour se soustraire à la vue du malfrat. Son appartement n'a jamais été aussi calme, pas de radio, pas de télé, ni de Nick pour faire grincer les escaliers. Et la propriétaire, qui habite le rez-de-chaussée, est partie pour quelques jours.

Valérie commence à trembler. En état d'alerte, son esprit analyse les possibilités qui s'offrent à elle. Si quelqu'un entre par la cuisine, elle peut s'enfuir par la porte du salon. Olivier lui a dit qu'il l'appellerait quand il aurait rangé le contenu de sa valise. En attendant son coup de fil, le mieux à faire est de coincer les deux portes à l'aide d'une chaise, en commençant par celle de la cuisine où se tient peut-être encore le rôdeur. Elle risque un œil et, comme elle ne voit rien, elle court bloquer l'accès, puis elle apporte une chaise pour la porte avant.

Son cœur bat la chamade. Elle s'empare du téléphone et dégage le long fil pour placer l'appareil sur le bras du divan. En retenant sa respiration, elle tend l'oreille pour déceler le moindre bruit suspect, mais elle ne perçoit que les battements de son cœur qui bombarde ses tempes.

Une légère poudrerie houspille à présent les fenêtres drapées d'un voilage blanc qui laisse passer la lumière des réverbères. Elle s'étonne que la nuit soit tombée si vite et qu'Olivier n'ait pas encore appelé. Les minutes s'égrènent lentement et paraissent durer une éternité. N'en pouvant plus, elle cherche dans l'annuaire, puis compose le numéro des Beaudry et laisse sonner dix coups sans obtenir de réponse. Son imagination s'affole, elle raccroche et commence à se ronger l'ongle du pouce droit en s'imaginant les pires scénarios.

Elle sursaute quand le téléphone sonne. La voix d'Olivier lui semble bizarre, mais elle ne lui laisse pas le temps de parler et le supplie :

— Viens vite, il y a un rôdeur qui se promène dans l'escalier et je suis toute seule dans l'immeuble, les autres sont tous partis. J'ai peur, Olivier.

∼✑

Au bout d'une demi-heure d'angoisse, Valérie se crispe en entendant du vacarme dans l'escalier intérieur. Est-ce Olivier ? Elle se lève, prête à pousser sur la chaise si ce n'est pas lui. Un poing martèle la porte.

— Valérie, ouvre-moi !

Tremblant de tous ses membres, elle ouvre et se jette dans les bras d'Olivier.

— Je suis là, dit-il en lui caressant les cheveux.

Quand ses tremblements diminuent, il s'en va inspecter les traces de pas sur la galerie. La neige a en partie recouvert les empreintes d'un homme de forte stature. Il referme vivement la porte et la barre à l'aide de la chaise. Puis il tire les rideaux et fait de la lumière.

— Une maison qui a l'air habitée tente moins les voleurs. Ouvre la télévision, on va lui montrer qu'il y a de la vie ici.

— J'ai peur, Olivier, je ne veux pas rester toute seule cette nuit. Vas-tu rester avec moi ?

Elle paraît si vulnérable et si seule qu'il se sent la force d'affronter les plus grands dangers. Les traces de pas sont loin de le rassurer. Il la prend par la taille et l'entraîne sur le divan.

— Je vais rester avec toi tant que Nick ne sera pas revenu de Cap-aux-Brumes. Demain, j'irai chercher du linge de rechange chez Renaud.

— Chez Renaud ? Votre maison a-t-elle passé au feu ? s'enquiert-elle en se souvenant qu'elle n'a pas obtenu de réponse tout à l'heure.

— Non, mon père m'a mis à la porte.

La bouche entrouverte, elle l'observe, estomaquée.

— Maman a téléphoné à ses parents et c'est comme ça qu'ils ont appris nos fiançailles. Quand j'ai mis les pieds chez nous, mon père m'a tout de suite traité d'hypocrite. Il gueulait et maman pleurait. Il m'a annoncé qu'il me coupait les vivres et m'a ordonné de ramasser mes guenilles et de débarrasser le plancher. Ce sont ses propres paroles. Puis il est parti en claquant la porte et en faisant crisser ses pneus.

Olivier lui relate ensuite la longue conversation qu'il a eue avec sa mère pendant qu'elle l'aidait à emballer ses affaires et qu'elle le conduisait chez Renaud.

— Avant de partir, elle m'a donné un peu d'argent et je lui ai laissé ton numéro de téléphone au cas où elle aurait besoin de me joindre quand je suis chez toi. En passant, elle te fait dire bonjour. Même si elle ne t'a rencontrée qu'une seule fois, tu lui as plu tout de suite.

Après un léger souper, Olivier continue de parler de sa mère en dégustant son thé.

— Quand je repense aux derniers mois, j'ai l'impression que maman n'est pas aussi heureuse qu'elle le laisse paraître.

— Qu'est-ce qui te fait croire ça ?

— Des petits riens. À l'occasion, un regard fuyant, un silence plus long, un manque d'appétit. Au début, je pensais qu'elle était un peu mélancolique à cause du départ de Renaud. Mais, tu sais, elle est très rusée, ma mère. Sans en avoir l'air, elle observe tous nos faits et gestes, et son esprit de déduction m'a plus d'une fois étonné. Je crois qu'elle n'est pas dupe du changement radical de comportement de mon père depuis le jour où tu es venue à la maison. Je ne serais pas surpris qu'elle ait recoupé tous les renversements de situation, comme notre rupture et mon mutisme à propos de nos fiançailles. Elle me connaît si bien qu'elle a dû deviner que j'avais renoué avec toi et elle a sûrement remarqué que je mettais plus d'application à mes études. Sans s'en rendre compte, on se trahit de mille manières.

Valérie reste songeuse tout le temps qu'Olivier lui livre le fond de sa pensée. Sa conduite lui a été dictée par le dégoût que lui inspire le père de son amoureux et, sauf pour la plaindre de tout son cœur, pas un seul instant elle ne s'est souciée de sa mère.

— Je trouve ta mère épatante. Je ne voudrais pas qu'elle pense qu'on lui a joué dans le dos, dit-elle, penaude.

Olivier s'approche et commence à la bécoter.

— Ne t'en fais pas. Toi et moi, on n'est pas responsables des gaffes de mon père. Maman sera capable de faire la part des choses si elle découvre un jour le pot aux roses.

Valérie noue ses bras autour du cou d'Olivier et leur baiser affectueux et tendre se mue en une passion fiévreuse qui les étend à l'horizontale. Leurs mains fureteuses les dépouillent en un temps record de leurs vêtements qui gisent pêle-mêle près du divan. Ne subsistent que les sous-vêtements, dernier rempart d'un reste de pudeur.

Les vives émotions des dernières heures les ont déstabilisés et ils se cramponnent l'un à l'autre comme deux naufragés. Le vent sifflant dans les encoignures tisse un cocon protecteur les isolant des importuns.

La bretelle du soutien-gorge de Valérie glisse sur son bras quand la bouche d'Olivier s'empare de son sein. Elle gémit et cambre les reins à la recherche du pénis tant désiré qui pointe à travers le caleçon le retenant prisonnier.

Olivier grogne du désir féroce de la pénétrer, puis il s'empare de l'autre sein qu'il suce goulûment. Valérie soupire, lui griffe le dos et émet des petits cris de plaisir qui l'émoustillent davantage.

Il se redresse comme pour la chevaucher, puis s'étend de nouveau sur elle et lui mordille le lobe d'une oreille. Enivré, il lui fait une sucette dans le cou quand elle l'emprisonne de ses deux jambes.

Au paroxysme du plaisir, il jouit comme un volcan entre en irruption tandis que son caleçon endigue son éjaculation.

— Caresse-moi encore, le supplie-t-elle quand il s'apprête à se lever.

Et pour la première fois, Olivier ose enlever le slip de Valérie pour caresser sa toison douce et humide.

Quand elle murmure : « C'est assez » en essayant de le repousser, la langue d'Olivier accentue sa pression jusqu'à ce que sa bien-aimée râle de volupté.

— Je ne savais pas que ça pouvait être si bon, halète-t-elle. J'ai tellement hâte que tu puisses me pénétrer et que ta semence se répande en moi pendant que nous jouirons ensemble.

— Et moi donc… dit-il dans un souffle.

⁓ᗡ

Ayant appris l'éviction d'Olivier, Renaud décide de revenir à Québec le 31 décembre afin de célébrer avec Adam la nouvelle année qui s'annonce plus prometteuse que les précédentes. Ils invitent Olivier et Valérie à se joindre à eux. Afin de laisser savoir à son frère qu'il peut profiter de son appartement, Olivier lui a expliqué qu'un rôdeur le contraint à coucher chez sa fiancée qui est, pour le moment, la seule occupante de son immeuble.

Valérie est heureuse de revoir ses amis, mais elle n'a qu'un désir, renouveler l'expérience de ses sens en folie, à la recherche de l'extase sans danger que peuvent lui procurer les habiles caresses de son amoureux. Elle n'a qu'à se remémorer leurs ébats pour que les sensations éprouvées la fassent frémir de désir et que sa petite culotte se mouille. Un simple effleurement d'Olivier enflamme sa chair et affole son cœur. Passer la soirée près de lui en gardant ses distances lui trouble les sangs, c'est à la fois délice et douleur. Sa bouche et ses mains lui rappellent le plaisir suprême auquel elle est devenue accro. Olivier est sa drogue, son nirvana, son dieu.

— Tu n'es pas comme d'habitude, Valérie, remarque Adam.

« Se pourrait-il que j'aie changé à ce point ? », se demande-t-elle en se sentant rougir. Olivier se tourne vers elle, tout sourire. Son visage resplendit.

— Qu'est-ce que j'ai de changé ? interroge-t-elle avec un sourire timide.

— Tu me sembles plus vivante, plus vibrante, répond Adam.

— Plus épanouie, plus femme, ajoute Renaud.

La musique assourdissante recommence après une courte pause et la dispense de commenter leurs remarques. Olivier l'invite à danser un rock'n roll endiablé, suivi d'un cha-cha-cha, puis d'un slow leur permettant de reprendre haleine.

À minuit pile, une pluie de confettis salue l'arrivée de l'année 1970. Noyés dans la foule qui exprime bruyamment sa joie, Valérie et Olivier s'embrassent langoureusement, oubliant Renaud et Adam qui doivent se contenter d'une accolade un peu plus intense.

— Tu permets que je t'emprunte ta fiancée le temps d'une danse ? demande Adam qui trépigne d'impatience quand leur interminable baiser prend fin alors que l'orchestre a commencé à jouer une samba.

Olivier approuve d'un léger signe de tête. Deux garçons ne peuvent danser ensemble en public et c'est ce qui manque le plus à Adam et à Renaud quand ils vont dans les bars. C'est pourquoi ils apprécient sortir avec Mireille et Chantale qui adorent se trémousser sur la piste de danse. Elles ont de l'énergie à revendre et ils sont les derniers à quitter les boîtes de nuit. Ce soir, elles sont retournées dans leur famille.

Les deux frères regardent Valérie et Adam évoluer avec l'aisance d'un vieux couple. La jeune femme s'adapte facilement au rythme différent de ses trois chevaliers servants. Elle possède la qualité la plus appréciée par ces messieurs : elle se laisse guider, et elle se fond dans leurs pas comme si elle était un double malléable.

⁓ᵱ

Nus comme Adam et Ève au paradis terrestre, Olivier et Valérie se caressent voluptueusement, de la tête aux pieds. Leurs mains et leurs langues s'enhardissent pour se donner toujours plus de plaisir. Hier soir, Olivier l'a déflorée, puis il s'est retiré tout de suite, de peur d'éjaculer en elle.

Le lit de Valérie offre plus de confort que le divan et les deux amants s'y meuvent en toute liberté, peu soucieux d'y être couchés dans le sens de la largeur ou de la longueur. Après avoir connu l'extase sans pénétration, ils vont se laver et retournent au lit. Repris par leur fringale amoureuse, ils recommencent à se caresser en oubliant toute prudence et ils s'unissent avec ferveur.

— C'est merveilleux de te sentir en moi, halète Valérie en donnant un coup de rein pour qu'Olivier la pénètre plus profondément.

— Prends ton temps, chuchote-t-il. Il ne faut pas que je jouisse en toi.

Elle agrippe ses fesses et lui mordille l'épaule.

— Je t'aime tant, mon amour, roucoule-t-elle. Je suis ta femme… et tu es mon homme. C'est si bon !

Puis elle se cambre en poussant un long cri de joie. Prisonnier des contractions de son vagin, Olivier jouit comme un perdu.

— Je te demande pardon, dit-il, vanné. Je n'ai pas pu me retirer à temps.

Le visage d'Olivier n'a jamais été si expressif. Il la regarde avec tant d'amour qu'elle en ressent un bonheur indicible. Le septième ciel, ce doit être ça, se dit-elle quand il s'étend près d'elle.

— C'était si bon, murmure-t-elle. Mais qu'est-ce qu'on va faire si je tombe enceinte ?

La tête couchée sur l'épaule d'Olivier, elle passe un bras autour de sa taille.

— On devancera notre mariage. Voilà tout.

Il l'embrasse sur le front et elle ferme les yeux.

❧

Elle s'éveille parfaitement reposée à l'heure du dîner et entend Olivier qui chantonne en se rasant. Le rasoir électrique bourdonne comme un essaim d'abeilles. Puis elle se souvient qu'elle doit appeler son père afin de lui demander la bénédiction paternelle et offrir ses vœux de bonne année à toute la famille réunie dans la grande maison qui l'a vue grandir.

Elle les imagine, assis autour de la table. Dès la première sonnerie, Gisèle se lèvera pour répondre et Marie-Reine tendra l'oreille pour deviner qui appelle. Son père sourira, ayant deviné que c'est son aînée qui s'est levée tard. Et Nick se morfondra, comme ses frères, en attendant son tour de venir au téléphone.

— Bonne année, maman! dit-elle joyeusement.

Après une demi-heure de parlote, elle peut se consacrer à son amour sans remords. Elle allume la radio pendant qu'il s'habille dans la chambre, mais elle doit baisser le volume lorsque le téléphone sonne. Renaud et Adam, qui ont passé la nuit ensemble, piquent une petite jasette avec Olivier, puis Claudette et sa patronne l'appellent. Elles ne l'oublient pas, bien qu'elle ne soit pas allée les voir depuis des semaines.

Complètement revigorée par tout cet amour qui leur tombe dessus, elle prépare un petit-déjeuner digne du premier jour de l'année, au son des airs folkloriques diffusés à la radio. Les vieilles coutumes sont remises à l'honneur en ce premier jour de l'année. On ne refait pas le monde en faisant table rase de tout ce que l'on a connu et aimé par le passé. La pièce résonne des joyeux échos des chanteurs et violoneux traditionnels.

Depuis des mois, Valérie court à droite et à gauche sans ménager sa peine. Aujourd'hui, elle savoure chaque minute où elle peut flâner dans le confort de sa robe de chambre. Elle a besoin de ce répit avant d'affronter de nouveau des journées de travail de onze à douze heures.

Après avoir rangé l'appartement, elle profite de l'absence des voisins pour danser et chanter à tue-tête, taper du pied au rythme des rigodons. La sage Valérie laisse éclater sa jeunesse un peu fofolle. Olivier ne l'a jamais vue aussi exubérante et elle se dit qu'il est temps qu'elle lui laisse connaître ce côté extravagant de sa personnalité.

Sans en être tout à fait consciente, elle a hérité de sa mère une impulsivité et une émotivité à fleur de peau. L'hypersensible Valérie peut passer facilement du rire aux larmes. Mais comme elle tient aussi de son père et de sa grand-mère maternelle, elle arrive la plupart du temps à conserver un comportement raisonnable. Et parce qu'en général elle attend d'être seule pour pleurer comme une madeleine ou sauter de joie, on la croit d'un calme olympien. Peu de gens sont capables de voir au-delà des apparences et cela donne lieu à bien des méprises.

~♥~

Égal à lui-même, le mois de janvier frigorifie les épidermes des oublieux abandonnant tuques et foulards dans leurs placards. Les journées allongent et le soleil rayonne, mystifiant ceux qui se fient à sa présence pour croire à une hausse de la température. Valérie se cantonne chez elle, ne sortant que pour les nécessités du travail et des courses indispensables.

Ses règles retardent et elle se demande quelle sera la réaction d'Olivier quand elle va le lui apprendre. Se marier obligé, selon l'expression courante, n'a jamais fait partie de ses plans. D'un soir à l'autre, elle s'endort plus tard parce que chaque journée qui s'additionne renforce ses craintes. Olivier a dit qu'ils devanceraient leur mariage si elle était enceinte, mais bien des gars ont affirmé la même chose pour faire marche arrière devant le fait accompli.

Autant en avoir le cœur net le plus tôt possible, s'est-elle résolue cette nuit. L'incertitude n'est pas son fort, elle ne sait pas y faire face, tandis que le malheur a le mérite d'être clair et net. Rien ne sert d'entretenir des illusions. Quand le conte de fée menace de tourner à la tragédie, la princesse a le droit de savoir si on l'a bernée ou si on l'aime vraiment. Tandis qu'elle rassemble son courage en tremblotant, une mauvaise conseillère insinue qu'elle mourra si Olivier la rejette.

Pourquoi n'a-t-elle pas écouté le sage conseil de son père? Et la réponse lui saute aux yeux. Il serait facile d'invoquer le père d'Olivier qui l'a jeté à la rue, la présence du rôdeur, l'absence de Nick pour se justifier. Tous ces éléments réunis ont servi de catalyseur, il faut bien le reconnaître, mais il serait malhonnête de rejeter le blâme sur les autres. Elle doit admettre qu'elle en mourait d'envie, et Valérie est de celles qui assument leurs actes et leurs conséquences.

Au cours des dernières nuits, elle a analysé toutes les possibilités et c'est en se préparant au pire qu'elle a pris la décision de régler la question aujourd'hui même. Sachant qu'elle serait trop nerveuse pour se préoccuper d'un menu élaboré, elle a cuisiné hier soir une lasagne qu'elle n'a qu'à mettre au four.

Des bruits de pas se répercutent dans la cage d'escalier. On frappe à la porte. Le cœur battant, elle ouvre. Les yeux fermés, Olivier tend ses lèvres pour un baiser. Elle se sent chavirer et se laisse aller contre son manteau tout froid. Ses lèvres sont fraîches et douces, sa langue, chaude et caressante.

— Ça sent bon, dit-il. Laisse-moi deviner.

Il hume l'air et ses narines remuent comme le museau d'un chien pisteur.

— Lasagne?

— En plein dans le mille! Tu as tout un pif, dit-elle en riant.

— Veux-tu rire de mon nez?

— Jamais de la vie. Il est très beau, ton nez. J'espère que...

Elle s'apprêtait à dire: j'espère que notre bébé aura ton nez. Ce serait une façon amusante de lui annoncer la nouvelle s'ils étaient mariés.

— Tu espères quoi ? dit-il.

Son esprit travaille fort pour trouver une réponse intelligente. Pour se donner du temps, elle lui fait signe de prendre place à la table et ne trouve rien de mieux que :

— J'allais dire : j'espère que nos enfants auront ton nez.

Après la vaisselle, ils s'assoient sur le divan. Bien qu'ils ne l'écoutent pas, la télévision allumée couvre le bruit de leurs voix. Le vieil appartement n'est pas bien insonorisé et Valérie n'a pas envie que ses voisins apprennent sa grossesse en même temps qu'Olivier. Épuisée par le manque de sommeil, elle étouffe un bâillement.

— Excuse-moi, dit-elle. Je n'ai pas beaucoup dormi cette semaine.

— Quelque chose te tracasse ? dit-il en plongeant son regard dans le sien.

— Mes règles retardent, murmure-t-elle.

Elle se sent rougir, comme si elle était la seule coupable.

— Tu as combien de jours de retard ?

— Une semaine… Et ça m'inquiète parce que j'ai toujours été très régulière. Je suis indisposée tous les vingt-huit jours. Et puis… j'ai les seins sensibles et la peau plus chaude que d'habitude.

— Il faut attendre combien de temps pour passer un test de grossesse à la pharmacie ?

— Je pense qu'il faut attendre un mois et demi pour que ce soit concluant.

— Demain, on va aller voir monsieur le curé et on va faire publier les bans dès dimanche.

— Mais si jamais je ne suis pas enceinte ?

— Je t'aime, Valérie. Et j'ai hâte de pouvoir vivre avec toi. Enceinte ou pas, es-tu d'accord pour qu'on se marie cet hiver ?

— Oui, Olivier. Je t'aime tant, dit-elle dans un souffle.

Elle l'enlace et enfouit son visage dans son cou. La petite fille en elle est rassurée, son prince charmant l'aime vraiment, et l'amante est enchantée, elle n'aura plus à se séparer de son homme en fin de soirée.

Le presbytère, vieux et sombre, est d'une propreté irréprochable. Le plancher de bois ciré brille comme un sou neuf. Devant le bureau antique, deux fauteuils de bois attendent les visiteurs. Une fougère, semblable à celle du presbytère de Cap-aux-Brumes, occupe un coin de la pièce. La plante des sous-bois, rustique et humble, résiste à toutes les misères dévoilées dans ce confessionnal à visage découvert.

Sous le regard sévère du curé, Olivier et Valérie se tiennent par la main. Cette période de l'année n'est guère favorable aux unions. Le temps leur est compté étant donné la coutume proscrivant les mariages durant le Carême et l'obligation de publier les bans au moins deux semaines avant la cérémonie nuptiale.

— Lequel de vous deux habite la paroisse ? demande le prêtre d'un ton abrupt.

— C'est moi, répond Valérie d'une petite voix.

— Je ne me souviens pas vous avoir vue à l'église, dit-il en la dévisageant.

Valérie, qui a peu à peu délaissé la messe dominicale, sent que sa tiédeur religieuse peut sonner le glas de ses espérances.

— Je reste à Québec depuis un an seulement et votre église accueille tant de gens, monsieur le curé, vous ne pouvez pas remarquer tout le monde, dit-elle d'un ton douceureux. Mais j'ai payé ma dîme l'automne dernier, vous pouvez vérifier.

Un soir que son père recevait leur curé, Valérie avait appris que le paiement de la dîme relevait de la loi et que l'Église avait le droit de recourir aux tribunaux pour se faire payer. «Naturellement, on ne l'a jamais fait», avait ajouté le prêtre. Alors, même si sa foi vacillait, elle s'est fait un devoir d'acquitter sa contribution à la Fabrique et elle s'en félicite aujourd'hui, sachant que ce curé parle davantage d'argent que de religion.

— Vous êtes un peu en retard pour réserver une date. Juin, juillet et août sont déjà presque complets.

— C'est que nous voulons nous marier le plus tôt possible, monsieur le curé, l'avise Olivier.

— Un mariage obligé… dit le curé en fronçant les sourcils.

L'homme à soutane les jauge à tour de rôle en pianotant sur le bord de son bureau et Valérie aurait le goût de riposter. Que l'Église juge le péché de la chair comme le plus vilain et que ce soit à la femme de porter cette faute la révoltent. Ces hommes qui se déguisent en femme lui paraissent d'une moralité trouble. Elle doute de leur chasteté sans faille et de l'honnêteté de leurs sermons qui restent muets quant à l'homosexualité et la responsabilité de l'homme dans l'acte de procréation. Ève, la pauvre, leur sert de bouc émissaire. Valérie trouve l'Église franchement misogyne.

— On n'est jamais obligé de se marier, monsieur le curé, réplique froidement Olivier.

— Très juste, mon garçon.

Valérie se remet à espérer en le voyant feuilleter l'agenda des cérémonies.

— Septembre, ça vous irait? dit-il d'un air malicieux.

Il se moque d'eux sans pitié et sa conduite indigne Valérie.

— Monsieur le curé, articule Olivier. Je veux épouser ma fiancée le plus tôt possible. Devant Dieu et les hommes, si possible. Sinon, nous nous marierons au civil.

Il soutient le regard sévère du pasteur et Valérie a l'impression que le temps reste en suspens. Le silence s'approfondit comme un gouffre insondable. Elle retient sa respiration et ferme les yeux, se sentant près de défaillir.

— Avez-vous apporté vos baptistères? gronde le curé, l'air courroucé.

Déconcertée, elle dévisage Olivier. Comment ont-ils pu oublier un détail si important?

— Ah, les jeunes d'aujourd'hui! Ils exigent qu'on les marie sur-le-champ et ils ne pensent même pas à apporter leur acte de naissance.

Chacune de ses paroles blesse Valérie. Habituée à la bonté du curé de Cap-aux-Brumes et charmée par le message d'amour de Jésus, le mépris de celui-ci l'horripile.

— Est-ce que ça vaut la peine de revenir avec nos baptistères? rétorque Olivier.

— Si vous voulez vous marier, c'est indispensable, grogne le curé.

— Excusez-nous de vous avoir dérangé inutilement, dit courtoisement Olivier.

Valérie sait que le calme affiché par son fiancé ne trompe personne. Ils quittent le presbytère sans saluer l'ecclésiastique.

— Qu'est-ce qu'on va faire? demande-t-elle au bord des larmes, une fois rendue sur le trottoir.

Olivier la tient fermement par le bras.

— On va se procurer un baptistère récent. Il a omis de nous dire qu'il faut que le document ait moins de six mois. Quand on l'aura, on va appeler pour prendre un rendez-vous au presbytère de ma paroisse.

— Si on publie les bans dans ta paroisse, ton père va apprendre qu'on se marie plus tôt que prévu et j'aimerais mieux pas.

— C'est pourtant vrai! Alors, on n'a pas vraiment le choix, va falloir retourner voir le vieux grincheux. Si ça ne fait pas, on ira voir celui de la paroisse de Renaud.

⟿

Le mercredi soir suivant, en possession de leur baptistère, ils retournent au presbytère. Le curé est sorti et c'est le vicaire qui les reçoit. Le jeune prêtre plaît immédiatement à Valérie. Guère plus âgé qu'eux, elle songe qu'il est sans doute plus ouvert d'esprit que son supérieur. En toute simplicité, il les invite à s'asseoir et écoute leur demande sans formuler de jugement. Il examine leur certificat de naissance, puis consulte le calendrier.

— En publiant ce dimanche et dimanche prochain, ça nous mènerait au 14 février, dit-il en tournant les pages de l'agenda. C'est très rare d'avoir des mariages en février, mais comme la Saint-Valentin tombe un samedi cette année, deux couples ont déjà réservé. Nous avons un mariage à dix heures du matin et un autre à quatre heures de l'après-midi. C'est déjà complet, ajoute-t-il d'un air navré.

— Il faudrait attendre à Pâques? s'enquiert Olivier.

— Malheureusement oui.

Valérie voit le teint de son fiancé blêmir et des plis soucieux strier son front.

— On ne veut pas attendre, monsieur l'abbé, dit-elle en le fixant dans les yeux. Y a-t-il une autre solution à part aller dans une autre paroisse ou au palais de justice pour un mariage civil?

Elle espère qu'il va comprendre leur situation sans chercher à les rabaisser. Comme Marie-Madeleine, elle a fauté aux yeux des hommes. Pourtant, elle est certaine que Dieu ne la condamne pas pour autant. Cela faisait partie de Son grand dessein d'inciter Ses créatures à se reproduire, tout comme la nature se renouvelle constamment. Mais ce n'est pas ce qu'on lui a enseigné à l'école, c'est ce qu'elle déduit en observant ce qui l'entoure et en s'émerveillant de la vie qui palpite dans le règne animal et végétal.

— Monsieur le curé ne voudra pas qu'on célèbre une messe de mariage de plus cette journée-là…

Il parle d'une voix hésitante, comme s'il réfléchissait tout haut. Elle attend en pressant la main d'Olivier pour l'inciter à patienter.

— Je dis la première messe à six heures le matin. C'est peut-être trop tôt pour vous?

Elle se tourne vers Olivier, quêtant son approbation.

— S'il n'y a pas d'autre solution, nous nous lèverons plus tôt, dit-il. Pour se marier le jour de la Saint-Valentin, ça vaut bien un petit sacrifice.

Le jeune abbé sourit, inscrit quelques données dans son livre et leur confirme qu'il va les marier lors de cette messe matinale à laquelle seules quelques personnes âgées assistent régulièrement.

Valérie aurait envie de baiser les mains du vicaire et de pousser un grand ouf! Elle ne se voyait pas entreprendre des démarches dans une autre paroisse où l'on aurait trouvé leur demande suspecte, et encore moins se marier au civil. Pour elle, ce ne serait qu'un pis-aller, et sa famille considérerait qu'elle n'est pas vraiment mariée, et l'Église refuserait ensuite de baptiser leur bébé. Tandis qu'avec un mariage religieux, l'honneur de sa famille sera sauf, et pour l'enfant à naître, tout cela aura de l'importance. Comme bien d'autres mères avant elle, elle pourra lui dire qu'il est né avant terme s'il pose un jour des questions.

⸙

Renaud et l'oncle Nick sont prévenus de l'heure hâtive de la cérémonie qui sera toute simple. Il n'y aura ni orgue, ni robe blanche, ni fleurs, ni photographe. Que le minimum : un homme et une femme qui s'aiment, les deux témoins et l'officiant. Nul invité, sauf peut-être Adam, Mireille et Chantale.

Valérie et Olivier conviennent d'attendre après la cérémonie pour annoncer leur mariage à leur entourage. À son père et aux siens, elle n'a pas l'intention de cacher la vérité. Depuis qu'elle est toute petite, elle a toujours avoué une faute commise. Ce n'est pas parce qu'en vieillissant elle a appris à mentir à des fins charitables ou professionnelles qu'elle va essayer de dissimuler son état. Le jugement des autres la laisse indifférente, et ne dit-on pas : « Faute avouée est à moitié pardonnée » ? La franchise a le mérite de désamorcer les suppositions malveillantes.

Accompagnée d'Olivier, elle assiste aux deux messes dominicales où l'on annonce au prône leur promesse de mariage. Elle constate qu'il est vrai que le plaisir est dans l'attente. Elle raye chacune des journées qui la séparent du grand jour sur le calendrier qu'elle a suspendu à l'intérieur d'un panneau d'armoire de la cuisine, celui où elle range les tasses.

Ce vendredi matin, en ouvrant l'armoire, elle y jette un coup d'œil en souriant. C'est un vendredi 13, mais Valérie se moque des superstitions. Il ne reste qu'un dodo et elle est si excitée qu'elle se demande si elle arrivera à dormir. Mais peu lui importe, ce soir, elle tracera le dernier X.

Demain matin, à la même heure, elle sortira sur le parvis de l'église au bras de son mari.

Après le travail, Olivier viendra la rejoindre pour faire leur première épicerie. Il l'aidera ensuite à préparer leur dîner de noces. Il a déménagé hier soir ses affaires chez Valérie, ne conservant que le strict nécessaire à l'appartement de son frère chez qui il retournera coucher afin de respecter la coutume.

Au bureau, le patron est d'une humeur exécrable et tout va de travers. Bon! Sa machine à écrire se brise et aucun technicien n'est en mesure de la réparer avant la semaine suivante. Tant pis! Elle vient de déchirer ses collants. Pas de problème! À cinq heures pile, elle met la housse sur la dactylo en panne, salue le patron grognon, dissimule ses bas démaillés dans ses hautes bottes d'hiver et trottine allègrement à la rencontre de son futur mari. Il fait un froid à ne pas mettre un chien dehors. Pas grave! La fille du bord du fleuve en a vu d'autres, elle est de la race nordique.

Sur le trottoir, devant son appartement, Olivier est déjà là à l'attendre. La tête emprisonnée dans le grand capuchon qu'il relève rarement, il trépigne pour se réchauffer les pieds.

— Dépêchons-nous, dit-il en courant à sa rencontre.

La tenant par le bras, il l'entraîne sur le chemin Sainte-Foy.

— On ne va pas à l'épicerie du coin? C'est plus près.

— Non, on va chez Steinberg, c'est moins cher.

Il tourne la tête vers elle, mais elle ne voit que le bout de son nez. Le reste de son visage reste camouflé par son large capuchon raidi par le froid.

Dans le commerce peu achalandé, ils font rapidement le tour des allées. Encombrés chacun de deux sacs pleins à ras bord, le froid les incite à presser le pas. Heureusement, songe Valérie en vérifiant les feux de circulation de la rue transversale menant à l'église, la lumière verte va leur permettre de traverser sans encombre. Il suffit par contre de s'assurer qu'aucun automobiliste ne s'avise de tourner à droite sur la flèche jaune sans tenir compte des piétons qui ont la priorité, comme cela lui est déjà arrivé.

Elle trotte pour rattraper Olivier qui marche vite, mais dans sa hâte elle laisse tomber l'un de ses sacs qui se répand en partie sur le trottoir. Elle se dépêche de le ramasser et en relevant la tête, elle voit une voiture frapper Olivier de plein fouet.

Son amour gît sur le bitume, entouré des provisions qu'il portait et qui se sont répandues. Valérie veut courir vers lui, mais ses jambes sont en coton. Elle veut hurler, mais aucun son n'arrive à franchir ses lèvres.

Comme dans un cauchemar se déroulant au ralenti, elle parvient à franchir la courte distance. À genoux sur la chaussée glacée et sale, elle tâte les joues d'Olivier en criant son nom. Il ne répond pas, mais elle continue de l'appeler en tremblant.

Un attroupement se forme autour d'eux. On essaie de la relever, lui disant qu'elle risque de se faire heurter par une autre automobile, mais elle refuse de quitter Olivier. Un vieux monsieur vient la rassurer :

— La police et l'ambulance arrivent, il faut leur laisser la place, madame. Ils vont s'occuper de votre mari. Venez, on va attendre sur le trottoir.

Hébétée, elle le suit en tournant la tête vers la scène de l'accident. Les lumières et les sirènes l'étourdissent.

Les policiers la retiennent quand elle s'apprête à monter dans l'ambulance à la suite de la civière où repose Olivier.

Elle a l'impression d'être dans un carrousel détraqué. Les images se télescopent, enchevêtrées et brouillées. Sa tête bourdonne. Trop de questions, pas assez de réponses et toujours de nouvelles questions : le nom de la personne accidentée ? c'était votre fiancé ? comment c'est arrivé ? d'où est-ce que vous veniez ? où alliez-vous ? y a-t-il quelqu'un à prévenir ?

— Elle est en état de choc, déclare l'un des policiers.

— On va vous conduire à l'hôpital, lui dit un autre.

Elle grelotte et claque des dents durant le trajet vers l'hôpital.

— Je vais lui faire une piqûre, annonce un homme en blouse blanche. Vous l'interrogerez plus tard.

Elle demande à voir Olivier, mais il lui répond que d'autres médecins s'en occupent.

~❧

Émergeant d'un grand trou noir, Valérie se réveille dans une chambre d'hôpital faiblement éclairée. Nick est assis dans le fauteuil près du lit où elle grelotte. Il a la mine d'un déterré. Le regard voguant dans un univers inaccessible aux autres, ses yeux larmoient, comme ceux d'un vieillard exposé au vent frisquet du grand large.

— Comment va Olivier ?

La question le fait sursauter et il bredouille des sons indistincts. Il attrape un fil noué autour du montant latéral du lit. Valérie se demande quand son rêve va prendre fin. Tout est si étrange, personne ne se comporte normalement. Elle ne comprend rien. Tout semble compliqué. Elle veut juste voir Olivier, le toucher, déposer un baiser sur ses lèvres pour qu'il se réveille, et le voir sourire.

— L'infirmière va venir te voir. Comment vas-tu, ma bichette ?

— J'ai froid.

Il remonte la couverture de laine jusqu'à son menton et étend son manteau sur elle sans que cesse son tremblement.

— Oh, on est réveillée, dit l'infirmière. Comment ça va ?

— Elle a froid, répond Nick.

— Je vais prendre votre température, dit-elle à Valérie.

Elle sort le thermomètre, le vérifie, le secoue et l'insère dans la bouche de sa patiente en ignorant le visiteur.

— Je vais vous chercher une autre couverture, lance-t-elle en faisant demi-tour.

Valérie montre deux doigts de sa main.

— Elle en veut deux, traduit aussitôt Nick.

Il est nerveux. Renaud s'est chargé d'alerter tous les proches, d'appeler le presbytère, de répondre aux policiers, de chercher les papiers nécessaires. Lui n'avait qu'un désir, être au chevet de Valérie. Il croyait que le sédatif agirait toute la nuit, mais il n'est que trois heures. L'infirmière revient. Elle vérifie le thermomètre et pose un brassard autour du bras de Valérie pour mesurer sa pression. Le stéthoscope aux oreilles, elle se concentre, puis inscrit les données sur une feuille de papier.

Valérie attend qu'elle ait fini d'écrire pour demander :

— Je veux savoir comment va mon fiancé, Olivier Beaudry. Nous avons été hospitalisés en même temps.

— Je vais m'informer, je n'étais pas de service quand on vous a admise.

L'infirmière sort de la chambre et Nick caresse la joue de Valérie. Sa grosse main rugueuse essaie de se faire toute douce. Elle le dévisage, l'air malheureux, comme si elle pouvait lire dans les yeux de son grand-oncle la réponse à la question qui lui brûle les lèvres.

— Il est mort, hein ? C'est ça ?

— Oui, murmure-t-il.

Comme un gros nuage noir qui crève subitement, les larmes de Valérie jaillissent et coulent abondamment. La tête penchée contre la sienne, Nick l'enlace et pleure de concert avec celle qu'il chérit comme si elle était son enfant. Si quelqu'un peut comprendre l'immensité de sa peine, c'est bien lui. Comme elle, la vie lui a tout repris trop vite, trop jeune. Avait-il pressenti ce même destin tragique ? Peut-être est-ce pour cela qu'elle lui est si chère.

Sans faire de bruit, l'infirmière revient, munie d'un mini-plateau où repose une seringue.

— Je vais vous refaire une piqûre, annonce-t-elle.

Son intervention indiscrète et mal à propos les fait sur-sauter.

— Non, pas de piqûre ni de médicament, je suis enceinte, dit Valérie d'une voix éteinte. Est-ce que je peux retourner chez nous maintenant ?

— Il faut attendre que le médecin revienne vous examiner et qu'il signe votre congé.

~~◆~~

Vêtue de noir, Valérie, qui aurait dû être en blanc, fait son entrée dans le salon funéraire. Renaud s'est arrangé pour l'introduire avant l'arrivée de ses parents afin de lui laisser un dernier moment d'intimité avec Olivier.

Les yeux rougis, elle s'approche du cercueil où il a l'air de dormir, un sourire serein éclaire son beau visage. Olivier est aussi impeccable dans la mort qu'il l'était dans la vie. En complet-cravate, Valérie a l'image de ce qu'aurait été son chéri dans son bureau d'avocat si un conducteur irréfléchi n'était venu le faucher brutalement.

Elle avance la main vers son amour, effleure la joue que le froid de la mort a pétrifiée et retire sa main vivement, comme si elle s'était brûlée à une flamme. Puis, doucement, elle revient la poser sur la poitrine chérie. Mais à travers l'épaisseur des vêtements, la même froidure la repousse.

Le couvrir de baisers lui est maintenant impossible. Ce n'est que l'enveloppe d'Olivier qui gît dans ce cercueil. L'homme extraordinaire qu'elle a aimé est ailleurs. Son âme immortelle s'est enfuie de l'autre côté du temps, dans une dimension inaccessible aux pauvres mortels qui lui sur-vivent.

La main posée sur le bord du cercueil, Valérie ferme les yeux et s'adresse au petit être en formation dans son ventre. «Vois ton papa comme il est beau. Il était gentil et doux, et il aurait veillé sur toi avec tant d'amour, il t'aurait appris la vie et ses merveilles. De là-haut, il continuera de te pro-téger comme l'a fait ma mère et je cultiverai pour toi son souvenir. Je t'aimerai pour deux, mon bel ange.»

Puis elle s'adresse à Olivier: «Mon amour, ce petit bébé que je porte en moi perpétuera ton nom. Je lui parlerai de toi pour que tu lui serves de modèle. Ensemble, nous ché-rirons ton souvenir. J'en prendrai bien soin et je l'aimerai comme je t'ai aimé et comme je continuerai de t'aimer pour l'éternité. Veille sur nous, mon adoré.»

Puis elle entend des reniflements et ouvre les yeux. Renaud passe son bras autour de ses épaules et l'entraîne à l'écart pour permettre à ses parents de s'agenouiller sur le prie-Dieu. Madame Beaudry pleure sans retenue tandis que son mari, le visage dur et fermé, examine d'un œil fixe la dépouille de son fils. On croirait que toute vie s'est retirée de lui et que l'hiver l'a transformé en bloc de glace. Il fait peur à voir, se dit Valérie.

Se tenant en retrait, Nick observe la scène. Il a son visage des mauvais jours, sombre et sévère, parce que Valérie lui a livré les derniers secrets entourant sa triste histoire d'amour. Nick a tenu à l'accompagner, se méfiant de la réaction du père d'Olivier. Lors d'un deuil, les émotions exacerbées conduisent souvent à des débordements affligeants et Nick n'entretient plus aucune illusion sur le comportement humain dont il a surtout connu les aspects les plus abjects.

Quand, au bout de longues minutes, la mère d'Olivier se relève, elle s'échoue dans les bras de Renaud en pleurant de plus belle. De son fils, elle passe ensuite à Valérie qu'elle serre à l'étouffer. Son mari se borne à faire un bref salut de la tête à Valérie, puis pour donner le change aux nouveaux arrivants, il prend le bras de sa femme et se place de côté, près du cercueil, pour recevoir les condoléances des visiteurs.

Madame Beaudry fait signe à Renaud et à Valérie de venir près d'elle. Viennent s'ajouter ensuite la tante Lorraine et l'oncle Bernard, qui se montrent particulièrement chaleureux envers Renaud et Valérie.

Valérie se souvient ensuite de la présence de Nick et le cherche du regard. Elle le repère et le présente à la famille Beaudry. À sa grande surprise, Me Beaudry témoigne de la considération pour son grand-oncle, qu'il invite même à se joindre à eux, « puisque vous êtes de la famille », mentionne-t-il.

Obnubilée par sa peine, elle n'essaie pas de comprendre l'attitude obligeante de l'avocat. En temps normal, un revirement aussi manifeste engendrerait beaucoup de suspicion et elle tenterait d'éclaircir le mystère dans les meilleurs délais. Mais depuis l'accident, Valérie se sent détachée d'elle-même. Elle est là sans y être. Son esprit survole un univers irréel où se confondent passé, présent et futur.

Renaud et Nick encadrent Valérie sur le deuxième banc de l'église où est célébrée la messe des funérailles d'Olivier. Au cours des derniers jours, Me Beaudry l'a présentée à tout le gratin venu au salon funéraire comme la fiancée de son très cher Olivier. Valérie s'est demandé ce qui lui valait cette estime inespérée. Dans sa candeur, elle a pensé que le chagrin lui avait permis de remettre les choses en perspective.

Sans doute regrette-t-il d'avoir renié son fils, se dit-elle pendant l'homélie du prêtre, qui fait l'éloge du disparu en mentionnant ses qualités de fils aimant, d'étudiant brillant. Pourtant, son instinct lui conseille de faire preuve de prudence.

Le sourire en coin, Nick remarque certains petits détails échappant à Valérie. Jamais l'avocat n'a de geste tendre envers celle qui devait devenir sa bru, jamais il ne la regarde franchement. Au contraire, son regard s'obscurcit quand elle obstrue son champ de vision. Nick n'ignore nullement les raisons du comportement civilisé de Me Beaudry. Il ne connaît que trop ce genre d'individus qui se montrent obséquieux devant leurs clients. « Encore un visage à deux faces », se dit-il.

Nick a dû, dans le passé, avoir recours aux services de cet avocat pour régler son dossier avec l'Immigration, mais il préfère ne pas en informer Valérie. Il est profondément heureux d'être aimé pour ce qu'il est et non pour ce qu'il représente. Alors il ne voudrait pas gâcher la relation privilégiée qu'il a avec sa sœur jumelle et sa bichette. L'argent dont il a hérité de l'oncle d'Eleni ne l'a pas changé et il a décidé de continuer à mener une vie simple.

On n'emporte pas son argent dans la tombe, se dit-il en pensant au dur moment qui reste à venir pour Valérie. Devoir abandonner son amour dans le charnier glacial va lui transpercer le cœur, il le sent. Elle est si fragile, sa petite fleur, si sensible, si totalement amoureuse! Que va-t-elle devenir à présent, enceinte d'un enfant que la loi qualifiera toujours de bâtard? Nick sait qu'il ne devra pas relâcher la surveillance un seul instant.

Depuis les funérailles, Valérie vogue dans le brouillard, sans repères ni gouvernail, remorquée par l'attention constante de Nick. Renaud s'occupe des formalités nécessaires pour réclamer l'argent de la compagnie d'assurance. En apprenant qu'il allait être père, Olivier avait tout de suite pris une police d'assurance en désignant Valérie comme bénéficiaire.

Comme il fallait s'y attendre, son père a renâclé en apprenant ce détail. Pour lui, tout était clair, il était le seul héritier de son fils célibataire. L'enfant à naître n'avait aucun droit. «Qui prouve que c'est l'enfant d'Olivier?», a-t-il objecté quand Renaud lui a annoncé la grossesse de Valérie. Puis il est devenu plus conciliant quand il a appris que la jeune femme avait été témoin de l'accident d'Olivier. Il entend poursuivre le chauffard qui a tué son fils et le témoignage de Valérie lui sera précieux, surtout s'il doit aller devant les tribunaux. Pour obtenir un rendez-vous avec elle afin de préparer son dossier, il a remis à Renaud un certificat de décès et lui a indiqué la marche à suivre pour la réclamation à l'assureur.

À l'appartement de Renaud, sorte de terrain neutre, ils sont tous réunis ce vendredi soir. La rencontre a presque l'air d'une réunion de famille. Madame Beaudry a apporté des photos d'Olivier qu'elle avait en double pour les remettre à Valérie. Et cette dernière a rapporté les avoirs de son fiancé, à l'exception de leurs photos d'amoureux et d'un vieux chandail d'Olivier qu'elle porte par-dessus son pyjama. Il est comme une extension de son amant et, tout en la tenant au chaud, il dégage encore son odeur.

La conversation bifurque rapidement vers l'objet du rendez-vous. Valérie répond aux questions de Me Beaudry, ignorant que celui-ci veut tout savoir concernant le tragique accident de son fils uniquement à des fins de poursuite. Mais Nick remarque, lui, que l'avocat prend des notes.

Le lendemain, Renaud vient passer la journée avec Valérie afin de permettre à Nick de s'aérer l'esprit et de faire des courses. Son grand-oncle n'a pas voulu la laisser seule et il est resté près d'elle toute la semaine.

Une fois Nick parti, Valérie se laisse aller à son désarroi. Renaud est son meilleur ami et il lui est plus facile de se confier à lui qu'à son grand-oncle. Quand elle a fini de vider encore une fois le contenu de ses conduits lacrymaux, elle prépare du thé. Pleurer et parler d'Olivier l'apaisent. C'est devenu son exercice quotidien. Renaud sait qu'elle en aura pour un bon bout de temps avant d'épuiser sa peine.

— Adam t'aime beaucoup, tu sais, commence Renaud. On n'arrête pas de parler de toi parce qu'on s'inquiète beaucoup pour toi et pour le bébé à naître.

Elle l'écoute en infusant le thé, se demandant où il veut en venir. Leurs silences s'allongent sans que Valérie y prête attention. Elle vit encore dans un monde parallèle.

— Il m'a fait une suggestion qui va te sembler bizarre…

Assis à table, il avale une gorgée de thé. Avant de partir, Nick a éteint la radio parce que les chansons diffusées rendent Valérie nostalgique et l'appartement est étrangement silencieux.

— Qu'est-ce qu'il t'a suggéré ? demande-t-elle avec un air indifférent.

— Bien… il a dit que je devrais t'épouser.

Valérie bondit de sa chaise, les yeux sortis de la tête.

— Quoi? Tu es fou, ma parole! Pourquoi devrais-tu m'épouser?

Il devient pâle, puis rougit sous le coup de l'émotion. Les deux mains sous la table, il a l'air malheureux.

— Je savais que tu allais trouver ça bizarre, Val. Je lui ai dit: "Elle ne voudra pas, voyons donc!" Mais il m'a présenté des arguments qui m'ont fait changer d'idée.

— Dis toujours, fait-elle d'un air sceptique. Ils ont besoin d'être convaincants, tes arguments!

Il respire profondément, puis se lance:

— Tu sais comment sont traitées les filles-mères, je n'ai pas besoin de te rappeler ce qu'ont dû faire tes deux copines.

— Ce n'est pas pareil! C'est l'enfant d'Olivier, il a été conçu dans l'amour et je vais le garder. Son père est mort, il ne m'a pas abandonnée!

— Je sais, je sais. C'est ce que j'ai dit à Adam. Mais je t'en prie, Val, laisse-moi continuer sans te fâcher. Après, tu décideras de ce qu'il vaut mieux faire. D'accord?

Les bras croisés, elle le regarde d'un air courroucé et il attend, sachant que toute douce qu'elle soit, elle peut parfois se montrer aussi têtue qu'une mule.

— D'accord, finit-elle par marmonner. Vide ton sac.

— Selon la loi, ton enfant sera toujours considéré comme un bâtard. Tu ne pourras pas lui donner le nom de son père.

— Pourquoi?

— Parce que papa s'opposera.

— Comment le sais-tu?

— Il me l'a dit.

— Ah, bon! Il peut faire ça?

Les bras croisés, les sourcils froncés, elle serre les mâchoires.

— Ça en a tout l'air. Je sais que toi, personnellement, tu te fiches du jugement des autres. Mais es-tu certaine que ça ne nuira pas à ton enfant? C'est sensible, un enfant, et les gamins sont souvent méchants entre eux. Il s'en trouvera un pour le traiter de bâtard sans même savoir ce que ça veut dire.

Elle abandonne son air de Walkyrie, signe qu'elle commence à réfléchir.

— Je suis l'oncle de ton bébé, Val, et j'ai le goût d'assumer la responsabilité d'un père. De ce point de vue-là, mon offre n'est pas tout à fait désintéressée. Je ne pourrai jamais avoir d'enfant. C'est-à-dire que je pourrais toujours, mais ce serait malhonnête. Jamais je ne tromperai une femme pour fonder une famille… Notre mariage n'en serait pas un vrai. On pourrait s'épouser au civil, ce qui te permettrait de divorcer et de te marier à l'église, si un jour tu le désires.

— Voyons donc, je n'ai pas du tout l'intention de me marier, ni maintenant, ni jamais.

Son petit visage est d'une tristesse poignante.

— Je sais, mais on dit que le temps est un grand guérisseur. De toute manière, la question n'est pas là, se dépêche-t-il d'avancer en la voyant se renfrogner. L'important est que je serais là pour t'aider à prendre soin de ton bébé. Un enfant a besoin d'une mère et d'un père.

— Tu te vois passer des nuits blanches et dire à Adam: "Je ne peux pas te voir aujourd'hui, je suis trop fatigué, je n'ai pas dormi, je dois aller à l'hôpital avec bébé, bébé fait ses dents, bébé fait de la fièvre, je dois garder bébé"?

Si elle commence à soulever des objections, c'est signe qu'elle se soucie d'Adam et qu'elle ne veut pas faire de tort à leur relation, songe Renaud.

— Adam est conscient de tout cela, dit-il d'un ton très doux. Il sait aussi qu'on devra aller passer les fêtes et les vacances avec ta famille et qu'on devra entretenir des relations avec d'autres couples ayant des enfants. Il a vraiment pensé à tout, Val, et il accepte d'avance tous les inconvénients. C'est une grande preuve d'amour de sa part.

Sur ces derniers mots, sa voix se brise et il s'en va aux toilettes pendant que Valérie jongle à toutes les misères, présentes et à venir. Quand il revient, elle est assise au bout de la table, perdue dans ses pensées.

— Avant de prendre ma décision, j'ai besoin d'en parler avec Adam, dit-elle.

— Demain, ça t'irait?

— Ça ne peut pas attendre?

— Il y a un délai au palais de justice après qu'on a rempli toutes les formalités. Il vaudrait mieux ne pas trop tarder.

— Alors, d'accord.

⁓℘

Le dimanche soir, après sa discussion avec Adam, Valérie annonce à Nick qu'elle retourne au bureau le lendemain.

— Tu n'es pas en état d'aller travailler, objecte-t-il. Si c'est une question d'argent, je peux t'aider.

— Ça va me changer les idées de retourner au travail et de voir des personnes qui ne connaissent pas Olivier. Ici, je me ronge les sangs, c'est pas mieux.

Le samedi suivant, elle lui fait part de son intention d'épouser Renaud. Il lui pose quelques questions pour la forme, sachant que c'est la meilleure solution.

— Si j'avais pas été ton grand-oncle, je t'aurais proposé de m'épouser. Mais à mon âge, pis belle comme t'es, on passerait pour des dingues. Tandis qu'avec Renaud, vous aurez l'air d'un vrai couple.

Il lui fait un clin d'œil moqueur qui la fait sourire.

— Si vous êtes dingue, oncle Nick, moi je suis folle de vous !

Puis il voit son menton trembler et la source de ses larmes recommence à jaillir comme un geyser.

— Qu'est-ce que tu dirais si je demandais à Marie-Reine de venir faire un petit tour à Québec ?

⁂

— Ma chère enfant, pourquoi tu nous as rien dit ? On serait venu te soutenir.

Valérie n'a allumé qu'une petite lampe de table. L'éclairage tamisé lui semble plus propice aux confidences.

— On avait projeté vous téléphoner le samedi soir pour vous annoncer qu'on venait de se marier le matin même. Mais Olivier est mort et après j'étais si désemparée…

La gorge nouée, elle ne trouve plus les mots pour justifier sa façon d'agir.

— Je comprends, dit Marie-Reine. Après la mort de ton grand-père, j'étais pas mal déboussolée. Ça m'a pris des mois avant de revenir à la réalité. J'avais toujours l'esprit ailleurs, tout m'était indifférent. J'étais comme une morte-vivante.

— Je pensais que ce serait mieux de vous en parler en personne, continue Valérie, cherchant à se disculper. C'est pas des choses faciles à dire au téléphone. Quant à l'écrire, on n'en parle même pas.

— Il faut être prudent avec les écrits, on ne sait jamais dans quelles mains ils peuvent tomber. Mais maintenant que je le sais, fais-moi plaisir et dis-le à ton père. Même si ça lui cause du chagrin, il va apprécier ta franchise.

— Si je ne l'ai pas fait, ce n'est pas par mauvaise volonté, grand-maman. Vous me connaissez, je n'ai pas l'habitude d'essayer de me faire passer pour une sainte.

— Je le sais bien, va. Mais plus tu vas attendre, plus ce sera difficile. Alors, pendant que je prends un bain, appelle ton père.

Chargée de tous ses produits de soins corporels, Marie-Reine ferme la porte de la salle de bain. Le bruit de l'eau qui remplit la baignoire dissout l'indécision de Valérie qui s'assoit confortablement sur le divan, le téléphone à portée de main. Sachant qu'elle va faire de la peine à son père, sa main tremblote en tournant le cadran pour composer le numéro.

— Papa, c'est Valérie. (…) Tu t'en aperçois à ma voix? (…) Ne t'inquiète pas, grand-maman va bien. (…) Oui, ça fait longtemps qu'on ne s'était pas parlé. (…) Es-tu bien assis? (…) Va te chercher une chaise parce que j'ai plusieurs choses à t'apprendre qui vont te jeter par terre. (…) Je suis enceinte, je devais me marier avec Olivier, mais il est mort la veille, et dans un mois, je vais épouser Renaud.

Elle a besoin de reprendre son souffle après la longue tirade de ces aveux jetés pêle-mêle, sans préparation ni pause.

— Ne pleure pas, papa. (…) Je suis désolée de te faire de la peine. (…) Non, tu n'auras pas besoin de te déplacer, oncle Nick va me servir de témoin. (…) Oui, grand-maman le sait, je viens juste de lui dire. (…) Il a été frappé par une auto quand on revenait de l'épicerie. (…) Non, je n'ai pas encore été voir le docteur. (…) Promis, je vais prendre rendez-vous demain. (…) Je te demande pardon. (…) Moi aussi, je t'aime, mon petit papa. (…) Comment va maman? (…) Et Jean-Marie et Francis?

L'eau a fini de couler dans la baignoire. Tout en écoutant son père, Valérie entend les clapotis de Marie-Reine.

— Non, je n'ai pas eu de nouvelles des Boudreau, je ne sais pas s'ils le savent. (…) Attends qu'ils t'en parlent, tu pourras toujours leur dire que je ne te l'ai pas dit tout de suite, ce qui est vrai. (…) D'accord, je vais leur dire. Transmets mes salutations à tout le monde et dis-leur que je les embrasse… Je t'embrasse aussi, papa. Merci pour ta compréhension.

Elle raccroche, les joues inondées de larmes, mais soulagée d'un poids énorme. Son chagrin lui a fait occulter tout ce qui était en dehors de sa petite personne. Le malheur l'a rendue égoïste et elle s'en fait le reproche. À partir de maintenant, elle doit penser au bébé et mener une vie saine. Et consulter un gynécologue, comme le lui a recommandé son père. L'enfant d'Olivier ne doit pas souffrir de la perte de son papa, ni d'aucune négligence de la part de sa maman.

⁓◈

— Vous pouvez embrasser la mariée, dit le greffier.

Renaud et Valérie deviennent rouges de confusion avant de se résoudre à se donner un chaste baiser.

Après la signature du registre et la remise de leur certificat de mariage, les époux et leurs témoins sortent de la salle. La cérémonie n'a duré que dix minutes. Il n'y avait aucun décorum, ni musique comme dans les mariages religieux. Marie-Reine s'est assise, seule, dans la première rangée de chaises de la petite salle qui n'en comptait qu'une trentaine tout au plus.

La mariée porte pour la énième fois son tailleur vert forêt, le marié a endossé son veston de velours côtelé marine assorti d'un pantalon gris, Marie-Reine, sa robe du dimanche. Nick et Adam se sont arrangés pour ne pas être plus chics que les mariés.

— Comme il est de tradition que le père de la mariée paie la noce, plastronne Nick, je vous invite tous au restaurant. J'ai fait une réservation au Riviera où nous boirons du champagne.

— Du champagne! s'exclame Marie-Reine. Tu nous gâtes.

— C'est gentil à vous, oncle Nick, intervient Valérie, mais je veux m'assurer que personne d'entre vous ne va cogner sur les coupes ou la vaisselle pour qu'on s'embrasse, ni qu'on fasse allusion au mariage, c'est compris?

Renaud et Adam pouffent de rire.

— Adam avait prédit que Valérie nous tiendrait ce discours, explique le nouveau marié devant les visages atterrés de Nick et Marie-Reine.

Marie-Reine garde son sérieux et Valérie devine que ce mariage de convenance la met mal à l'aise. Nick fait une grimace comique pour faire sourire sa jumelle et détendre l'atmosphère.

Après s'être tous régalés, Nick va reconduire Renaud chez lui avant de ramener Valérie et Marie-Reine. Tant que les mariés n'auront pas déménagé dans un logement pouvant les accueillir avec le bébé, ils continueront de rester chacun dans leur petit appartement et Valérie a l'intention de travailler le plus longtemps possible.

Quand sa grossesse deviendra trop apparente, elle sait que son employeur exigera sa démission, attendu que les mères de famille restent à la maison pour élever leurs enfants. Quelques-unes commencent à revendiquer le droit de travailler à l'extérieur quand leurs enfants vont à l'école, mais les employeurs prêts à les embaucher sont rares.

Les temps ont changé. On ne demande plus aux femmes de dissimuler leur grossesse sous un corset rigide. Elles peuvent en parler ouvertement et n'ont plus à mentir sur la provenance des bébés, c'est déjà ça. Mais modifier les habitudes et les mentalités prend du temps et Valérie ne pourra pas conserver son emploi.

— As-tu l'impression d'être vraiment mariée ? demande Marie-Reine, à l'heure du souper.

— J'ai un papier qui le prouve, répond négligemment Valérie. Ce ne sera jamais un vrai mariage, grand-maman, et vous comprenez pourquoi, n'est-ce pas ? Mais c'est un vrai mariage en ce qui a trait à l'état civil. Je suis maintenant madame Renaud Beaudry.

— Bien sûr, dit Marie-Reine. Si on m'avait dit ça il y a seulement deux ans, je ne l'aurais jamais cru.

— Moi non plus ! se moque Valérie. Les temps changent, ma chère. Faudra s'y faire.

Le petit doigt en l'air et le ton exagérément vaniteux de Valérie font glousser Marie-Reine. Sa petite-fille ayant toujours été trop sage pour se moquer des autres, son côté cabotin, quand elle veut faire sa drôle, l'a toujours amusée.

— En y pensant bien, rigole celle qui finit toujours par voir le bon côté des choses, avoir un mari sans être obligée de faire son devoir conjugal réjouirait bien des femmes de mon temps.

— Les hommes étaient-ils si maladroits ? plaisante Valérie.

— Pas ton grand-père, en tout cas !

Sur cette note de gaieté, se termine une journée à inscrire dans les chroniques familiales. Les arbres généalogiques recèlent quelquefois des branches contrefaites puisqu'ils font toujours abstraction des greffons.

6

Québec, avril 1970

Renaud a profité du congé de Pâques pour s'évader en compagnie d'Adam. Entre Valérie et Renaud, rien n'a changé, ils sont toujours les meilleurs amis du monde. Ce sont leurs relations avec les autres qui causent problème. Sous le sceau de la confidentialité, Valérie a informé son employeur puisqu'elle doit faire modifier tous ses papiers sous sa nouvelle identité. Le changement d'état civil impose plusieurs démarches. Cependant, la plupart des gens qu'ils fréquentent ignorent encore qu'ils ont convolé en justes noces. Aujourd'hui, Valérie reçoit son époux pour la première fois depuis leur mariage.

— J'ai posté cette semaine mon formulaire pour une nouvelle carte d'assurance sociale, dit-elle.

— À propos de ton nouveau nom, j'ai invité papa et maman à souper demain. Ce serait mieux qu'on leur apprenne nous-mêmes qu'on est mariés avant que mes grands-parents en entendent parler et qu'ils nous déclarent.

La révélation aura l'effet d'une bombe, les Beaudry vont sûrement être commotionnés. Il faudra aussi qu'ils en informent les Boudreau dès le lendemain et qu'ils leur parlent de la grossesse pour leur permettre de comprendre ce mariage imprévisible. Valérie n'a pas eu le goût de répandre la nouvelle et de répondre aux questions qui ne manqueront pas lorsque leurs proches connaîtront le prénom de son mari.

— Tu as raison, il vaut mieux informer nos connaissances avant que les rumeurs commencent à circuler. Je me suis privée d'aller à Cap-aux-Brumes à Pâques et j'en ai assez de me cacher. La vie est déjà assez difficile sans qu'on se la complique davantage. Dimanche, on va commencer par tes grands-parents.

Valérie enlève leurs bols de soupe vides et commence à servir le plat principal.

— As-tu vu le docteur ce matin? demande Renaud.

— Oui, tout est beau. Il a l'air de connaître son affaire. D'après la longueur de mon utérus, il dit que je n'ai qu'un seul bébé. Il avait l'air tout heureux de me l'apprendre alors que ça ne m'aurait pas dérangée d'en avoir deux.

— Et les nausées? demande-t-il quand elle se rassoit.

Dès le premier mois, elle n'a plus été capable de boire du café. Même un gobelet vide traînant dans la poubelle de ses collègues lui lève le cœur, mais Renaud l'ignore. Il n'a pris connaissance du petit inconvénient relié à sa grossesse que lorsque Valérie en a été affectée en sa présence.

— Ça s'améliore. Sauf quand le Français qui travaille dans l'allée voisine s'allume une Gitane. Je dois courir aux toilettes, la main sur la bouche.

Le médecin lui a prescrit un onguent ophtalmique pour soulager ses yeux qui picotent, mais elle n'en parle pas non plus. Pas plus que des prises de sang dont elle aura le résultat le mois prochain. Avec Olivier, elle aurait tout partagé, mais elle n'est pas à l'aise de s'en ouvrir à Renaud.

❧

Le samedi soir, Me Beaudry se plaint que le chauffard qui a frappé Olivier n'est pas solvable.

— C'est un chambreur présentement en chômage et il n'a aucune assurance. Un irresponsable qui n'a aucun bien et qui se nourrit à la bière. Il n'était probablement pas à jeun au moment de l'accident.

Valérie se retire aux toilettes pour éponger discrètement le chagrin qui a de nouveau surgi. Il lui est pénible d'entendre l'avocat frustré de ne pouvoir monnayer la mort de son fils. Quand bien même on lui verserait une fortune, jamais cela ne pourrait compenser la perte d'Olivier.

Elle se lave le visage à l'eau froide et prend de profondes inspirations avant de revenir au salon. Elle remarque que la mère de Renaud avale d'un trait les dry martinis qu'il lui sert. Renaud semble nerveux, il se tortille sur la chaise droite qu'il a approchée de la causeuse où sont assis ses parents. Il a laissé le fauteuil à Valérie qui aspire à retrouver son lit, épuisée par sa semaine de travail et le manque de sommeil dû aux maux de dos qui la font souffrir de plus en plus.

— J'ai hâte que Valérie accouche de bébé Beaudry, dit-il.

Valérie déplore l'entrée en matière des plus maladroites. Pourquoi ne leur dit-il pas tout simplement «Nous venons de nous marier»? Me Beaudry tourne vers son fils un visage agressif. Valérie le compare mentalement à un taureau furieux qui s'apprête à charger.

— Moi vivant, ce bâtard ne portera pas notre nom! rugit-il.

Renaud s'empare de la main de Valérie qui est sidérée par les propos de l'avocat. Il tremble. Quand il commence à parler, elle ne reconnaît pas le ton acerbe de son époux.

— Ce bâtard, comme tu dis, portera le nom des Beaudry! affirme-t-il.

— Jamais! rétorque son père.

Le fils affronte son père pour la première fois et Valérie se sent terrifiée par la férocité de son regard.

— Tu viens de perdre une autre cause, dit méchamment Renaud, le visage tordu par la haine. Je te présente madame Valérie Beaudry, mon épouse !

— Je te renie, je te vomis ! éructe l'avocat.

Il se lève et fonce vers la penderie, s'empare de son manteau et de ses bottes, et sort sans se préoccuper de sa femme. Il claque la porte si fort qu'elle s'ouvre de nouveau comme si elle avait été munie d'un ressort. Puis on entend le moteur de la Cadillac et le bruit des pneus qui dérapent sur la couche de poussière et de cailloux que les déneigements de l'hiver ont laissés dans les rues de la ville.

— Sers-moi un autre martini, Renaud. J'ai un toast à porter.

Madame Beaudry mère affiche une mine réjouie qui étonne la jeune madame Beaudry.

— À la santé des nouveaux mariés, dit la mère en levant sa coupe.

Valérie lève son verre d'eau et Renaud ce qui reste du premier martini qu'il s'est servi à l'arrivée de ses parents. Madame Beaudry prend le temps de savourer son dernier apéro, l'air serein. Un mystérieux sourire éclaire son visage.

— Je vais quitter ton père et demander le divorce, déclare-t-elle.

— Tout ça parce que Valérie et moi on s'est mariés ? demande Renaud, estomaqué.

— Non, mon fils. J'attends ce moment depuis des années. Je m'étais promis de le faire quand vous seriez devenus autonomes. La mort d'Olivier m'a anéantie…

Ses lèvres prennent un pli amer et les larmes viennent voiler ses yeux émeraude. Après une séance de pleurs partagée à trois, madame Beaudry va se repoudrer le nez à la salle de bain. Valérie s'effondre dans les bras de Renaud, qui a retrouvé la solidité dont ont besoin ces dames. Sa mère sort des toilettes et vient se blottir contre eux deux. Le concert de reniflements reprend de plus belle.

Submergées par un déluge d'émois successifs, les dames Beaudry s'allongent sur le lit de Renaud. Dans la paix retrouvée, le cuisinier met le souper non consommé au frigo. L'explosion de colère trop longtemps retenue l'a libéré de l'humiliation et de la honte qu'il traînait comme un boulet depuis son enfance. Il n'espère plus rien de cet homme, il est libre désormais et il lui est enfin permis de ne plus souffrir.

~

Réunis dans le salon de Valérie la semaine suivante, les trois amis inséparables reviennent sur les derniers événements. Renaud vient de raccrocher le téléphone. Sa mère séjourne chez ses parents et elle lui a dit que l'air salin de Cap-aux-Brumes l'aide à dormir et à reprendre des forces avant d'engager le combat qui la libérera de la méchanceté d'un mari odieux.

— Toi aussi, tu seras bientôt libre, lance Valérie à Adam. Tu termines ton bac dans quelques jours.

Adam laisse aller un soupir bruyant qui en dit long sur son sentiment d'impuissance.

— Si seulement maman pouvait prendre la même décision que madame Beaudry, dit-il d'un air penaud. Je ne voudrais pas la laisser seule. Elle est malade et mon père a peu de sympathie pour elle. C'est un grand seigneur qui aime mieux se faire servir que prendre soin des autres. Maman panique quand il se fâche et elle doit avaler une ou deux pilules de nitro. Elle fait tout pour éviter ses colères. Quand j'aurai trouvé du travail, je vais lui suggérer de venir vivre avec moi.

Les yeux d'Adam fixent ce temps lointain comme s'il pouvait s'y projeter et son visage rayonne d'espoir. Renaud lance un coup d'œil de connivence à Valérie. Il ne se fait plus d'illusions, lui a-t-il confié quand elle s'est sentie mal à l'aise de l'accaparer au détriment d'Adam le dimanche où ils ont fait le voyage aller-retour pour conduire madame Beaudry chez ses parents.

L'insistance d'Adam à les marier lui fait maintenant penser que ce dernier se déculpabilise ainsi de ne pouvoir répondre au désir de Renaud de faire vie commune. Le mariage de Renaud endort aussi les soupçons du père homophobe. Valérie sait toutefois que son époux continue d'aimer Adam en dépit de sa lâcheté.

Pour faire dévier la conversation et alléger l'ambiance, Valérie leur demande pour qui ils vont voter lors des prochaines élections provinciales qui auront lieu à la fin du mois.

— J'ai bien envie de voter pour René Lévesque, dit Adam. C'est un homme intelligent et j'aime sa fibre nationaliste. Nous avons besoin de changement.

— Robert Bourassa est jeune, s'étonne Valérie. Pourquoi ne représente-t-il pas le changement auquel tu aspires?

— Il appartient à un vieux parti, quoi qu'on en dise, rétorque Renaud.

— Pourtant, Jean Lesage a semé un vent de renouveau à son arrivée au pouvoir en 1960, affirme Valérie pour le plaisir du débat contradictoire qui force chacun des débatteurs à approfondir les raisons de son choix.

— Moi, je suis pour la souveraineté-association et même la séparation, avoue Adam. C'est ça, le changement qu'il nous faut.

— Irais-tu jusqu'à te battre? s'informe Valérie.

— Nous n'avons pas besoin de nous battre, Val, nous vivons dans une démocratie, riposte Renaud.

Devant le regard surpris d'Adam, elle s'amuse à contredire son mari.

— Tu te figures que les Anglais vont nous laisser faire l'indépendance sans recourir aux armes? Et que les Américains, qui convoitent nos ressources naturelles, ne chercheront pas à nous annexer?

— Voyons, Val, tu as tellement peur de la guerre que tu t'imagines tout le temps le pire, dit Renaud d'un ton las. Nous vivons dans un monde civilisé, que diable!

— C'est l'argent qui mène le monde, oppose Valérie. Ils n'auront qu'à nous laisser crever et nous ramperons devant eux.

— Pour ça, tu dis vrai, intervient Adam. Mais comment veux-tu qu'on protège notre langue et notre culture?

— Tu soulèves un bon point, reconnaît-elle. Ça mérite réflexion.

Adam n'a pas l'habitude d'arbitrer leurs débats, c'est normalement Renaud qui tempère les échanges. Les sentant nerveux, Valérie se tait et les laisse discourir à leur guise. Elle aime se tenir informée, mais elle s'intéresse moyennement à la politique, les politiciens lui paraissant peu fiables. Comment croire leurs discours ronflants émaillés de chiffres, rationnels et limpides, qu'ils se renvoient pour authentifier leurs mensonges? Les nombres varient, d'un parti à l'autre, telles les vagues mouvantes du Saint-Laurent qu'un vent capricieux fait enfler à des hauteurs variables. Non, ce n'est pas elle qui va alimenter la querelle qui oppose les partisans des clans adverses et divise parfois les familles.

Son intervention avait pour but de stimuler ses compagnons et de les divertir de leurs soucis personnels. C'est tout ce qu'elle peut faire pour les remercier à sa manière d'être des amis dévoués.

Pendant qu'ils discutent, son esprit s'en va rejoindre Olivier. Pour quelle formation politique aurait-il voté? La politique ne faisait pas partie de leurs priorités et elle ne connaîtra jamais son opinion à ce sujet, comme sur bien d'autres. Il est trop tard et elle regrette tous les silences qu'elle aurait pu mettre à profit pour connaître ses idées, ses souvenirs et ses rêves. Pour le reste de sa vie, elle devra se satisfaire du peu de temps qui leur a été accordé.

Cette nuit encore, dans la solitude, elle lui tiendra un long monologue et elle pleurera jusqu'à l'épuisement.

⁓ᴘ

— C'est une victoire morale, allègue Adam le soir des élections. Mais les résultats prouvent que la loi électorale est à revoir, ce n'est pas logique qu'un parti récolte si peu de députés avec près du quart du vote.

Les libéraux de Robert Bourassa viennent de remporter les élections générales, obtenant 72 sièges avec 45 % des suffrages, le Parti québécois ne rafle que 7 comtés malgré le support de 23 % des électeurs, et René Lévesque n'est pas élu dans sa circonscription, ce qui désappointe Adam. L'Union nationale, dirigée par Jean-Jacques Bertrand, est défaite et devient l'opposition officielle en détenant 17 comtés. Le Ralliement créditiste de Camil Samson, fondé en janvier, réussit à faire élire 12 députés avec seulement 11,2 % des voix.

— C'est un résultat tout à fait étonnant, renchérit Renaud. Avec quatre partis, le vote est plus divisé. C'est probablement ce qui explique les écarts si surprenants entre le nombre de sièges obtenus par rapport au pourcentage des voix. Si cette tendance se maintient, il faudra envisager une représentativité proportionnelle. Sinon, un parti peut former un gouvernement majoritaire avec l'appui de moins de la moitié de l'électorat.

— Qu'en penses-tu, Valérie ? s'informe Adam.

La jeune femme, qui s'était de nouveau retranchée dans son passé, lui demande de répéter la question.

— Nous parlions du résultat des élections.

— J'étais dans la lune, répond-elle. Désolée, je n'ai rien entendu de ce que vous disiez.

Renaud regarde sa montre.

— Il est tard et nous devons nous lever tôt demain. Nous ferions mieux de reprendre cette discussion un autre jour.

Valérie dissimule un bâillement. Elle a consacré les dernières soirées à emballer ses biens. Plusieurs boîtes sont empilées contre un mur du salon et elle n'a pas fini de vider tous les placards. Cette nuit sera la dernière dans la chambre où Olivier et elle se sont aimés.

Dans la lune les trois quarts du temps, elle a complètement oublié de chercher un nouveau logement pour déménager à la fin du bail, le 1er mai. Lorsque la propriétaire l'a avisée qu'une personne désirait visiter son appartement, Valérie a fondu en larmes. Emportés par le tourbillon des événements qui se sont précipités depuis la mort d'Olivier, Renaud et elle n'avaient pas réalisé que le contrat de location arrivait à son terme. Et elle n'a plus de logement.

Nick et Renaud lui ont offert de l'héberger en attendant de dénicher un cinq et demi doté de prises pour un ensemble de laveuse-sécheuse automatique. Avec les couches qu'elle aura à laver tous les jours, il est impensable de continuer d'aller à la buanderie et ils ont besoin d'une chambre pour chacun d'eux.

Renaud n'a qu'un lit et une causeuse dans son petit studio et, pour son travail, Valérie trouve plus commode d'habiter chez Nick, où elle pourra coucher sur le divan.

Mais elle devra entreposer ses meubles. Elle a pris congé le lendemain pour finir d'emballer ce qui doit s'en aller à l'entrepôt. En fin d'après-midi, Renaud et Nick videront l'appartement et Valérie le nettoiera à fond pour le prochain occupant qui emménagera aussitôt.

∿

Le samedi suivant, Valérie et Renaud reviennent déçus d'une tournée d'appartements à louer. Parmi les quelques logements encore disponibles, aucun ne répond à leurs besoins.

— On ne peut pas se fier aux annonces, déplore Valérie.

L'un des cinq et demi annoncés ne comportait que deux chambres à coucher, l'autre pièce était en fait une salle à manger attenante à une cuisine trop petite pour loger une table. Dans un autre, l'une des chambres avait la dimension d'un grand placard et n'avait pas de fenêtre.

— Ni aux propriétaires, se plaint Renaud.

Quelquefois, l'état des lieux laisse à penser que des petits locataires indésirables ont élu domicile dans les recoins crasseux, le rangement est insuffisant, les voisins sont bruyants. Ou les prétendues rénovations sont rudimentaires, les fenêtres mal isolées, les portes bancales, le plancher inégal.

Valérie s'accote contre l'appuie-tête de la Coccinelle d'occasion qu'a récemment achetée Renaud. La petite Volkswagen, dont la fiabilité est reconnue, consomme peu d'essence, ce qui la rend populaire parmi les jeunes. Leurs aînés, habitués aux longues voitures américaines, s'en moquent en disant que ce sont des suppositoires d'autobus.

— En arrivant chez moi, tu iras t'étendre, Val. Je te trouve bien pâlotte.

Pendant que Renaud s'installe à la table de la cuisine pour corriger les travaux de ses étudiants, Valérie va s'allonger dans sa chambre. Les muscles de son dos se contractent et la douleur affecte son sommeil. « Si ça continue, il va falloir que j'en parle au docteur à mon prochain rendez-vous », se dit-elle avant de s'assoupir, complètement épuisée.

Quand elle s'éveille dans le noir, elle se demande où elle est. Depuis son déménagement, Valérie a perdu ses repères familiers et Nick laisse une veilleuse allumée à son intention. Elle entend des reniflements étouffés. Un mince rai de lumière sous la porte la guide, elle l'ouvre sans bruit.

Roulé en boule sur le canapé, Renaud est secoué de sanglots. Désemparée, Valérie s'approche en douce. À genoux près de lui, elle noue ses bras autour de ce grand corps recroquevillé comme le fœtus en développement dans son utérus.

— Qu'est-ce qu'il y a ? murmure-t-elle.

Il s'empare de l'une de ses mains et s'y cramponne, comme si cela pouvait l'empêcher de sombrer dans le vide du désespoir.

— Qu'est-ce qui se passe ? insiste-t-elle.

Lentement, il se redresse en position assise, sans lâcher sa main.

— C'est affreux, Valérie. Mon père a téléphoné au père d'Adam. Je n'aurais jamais pensé qu'il pouvait être aussi cruel.

Les joues inondées de larmes, il hoquette, puis il lâche sa main et se mouche bruyamment. Valérie attend, pressentant ce qui va suivre.

— Ne me demande pas comment, mais il a découvert que Mireille et Chantale étaient lesbiennes et qu'Adam et moi étions amants. Il nous a dénoncés en nous traitant de tous les qualificatifs que tu peux imaginer. Le père d'Adam est entré dans une colère monstrueuse, il l'a fouetté avec sa ceinture de cuir. Adam est couvert de marques de la tête aux pieds. Sa mère a eu une attaque. Elle est à l'hôpital, aux soins intensifs. Adam se sent terriblement coupable et il dit…

Il hoquette si fort que Valérie a peur qu'il manque d'air. Elle passe une main dans son dos et il finit par reprendre là où il avait laissé :

— Il dit que si elle meurt, il ne se le pardonnera jamais. J'ai peur, Valérie.

Elle ferme les yeux sur cette éventualité si prévisible, l'âme chavirée. Elle se sent impuissante à sauver Adam de lui-même et elle en souffre. Elle se demande pourquoi le père de Renaud et celui d'Adam sont si hargneux. Sont-ils foncièrement mauvais ou simplement idiots ?

Son immense chagrin lui paraît presque doux en comparaison de celui de Renaud. Elle a perdu Olivier dans un bête accident tandis que Renaud portera toute sa vie le poids de la mort d'Adam s'il se suicide. Pourtant, ils n'ont pas choisi d'être ce qu'ils sont, ni de tomber follement amoureux l'un de l'autre. Valérie se demande pourquoi les gens ne sont pas capables d'accepter les autres tels qu'ils sont sans chercher à les condamner, sans leur faire subir la cruauté de leur aversion.

— À quel hôpital elle est ?

— Il ne me l'a pas dit, il m'a raccroché au nez !

Il retourne à son désespoir et Valérie reste à ses côtés toute la nuit de peur qu'il ne mette fin à ses jours. Hypersensible, elle conçoit que les gens souffrant déjà d'être marginaux sont doublement éprouvés quand le malheur les frappe.

Au matin, elle lui prépare un café et s'oblige à rester près de lui en dépit des nausées.

Au fond de l'église, près d'une colonne, Renaud et Valérie assistent aux funérailles doubles d'Adam et de sa mère.

Suivant les deux cercueils, le veuf inconsolable joue son rôle à la perfection. Comment pourrait-on soupçonner sa responsabilité dans ce double drame ? Il a l'air si digne et si éploré.

Renaud est engourdi par le Valium que lui a prescrit le médecin. Valérie lui tient la main. Ils ont tous deux l'air de zombies, immobiles, fripés comme les feuilles d'automne et blancs comme une première neige. Nick observe tout d'un œil d'épervier. Comme une mère oiseau, il couve ses oisillons blessés.

Ils n'iront pas au cimetière après le service funèbre. Renaud a pu faire ses adieux à Adam grâce à la complicité d'un employé du salon funéraire soudoyé par Nick.

Tonton Nick ne les lâche pas, mais ils sont si défaits qu'ils s'en rendent à peine compte. L'ajout de ce drame a fait replonger Valérie dans la douleur profonde de son propre deuil. Nick a prévenu leurs employeurs. Celui de Valérie, au courant de sa grossesse, n'a pas demandé de certificat de maladie pour justifier une absence de trois jours ou plus. Il s'est dépêché de délivrer une cessation d'emploi indiquant un manque de travail. Renaud bénéficie d'une assurance-salaire et le service du personnel a remis à Nick les formulaires à faire remplir par le médecin et l'employé.

En route vers Cap-aux-Brumes, Nick respecte le besoin de silence de ses passagers. Lui-même se souvient de l'hébétude dans laquelle l'a plongé la découverte de la fin tragique d'Eleni. Après une heure de trajet, Renaud et Valérie se sont endormis. Les cahots de la route, endommagée par le gel et le dégel, les bringuebalent dans la plus parfaite indifférence. La bienfaisante inconscience du sommeil raccommode un fragment de la longue entaille qui les démantibule. Ils gisent chacun dans leur coin, comme des marionnettes abandonnées à la fin du spectacle.

L'esprit égaré dans les brumes du temps, Nick conduit comme un automate. Un kaléidoscope de sensations et de souvenirs ressuscités danse dans sa tête, comme si chaque nouveau deuil ranimait les anciens qu'il croyait résorbés. Sur ces images surgies du passé, Eleni n'a pas vieilli, il la revoit dans le champ de pâquerettes, le vent dans les cheveux et du soleil plein les yeux. Elle souffle sur lui les pétales qu'elle détache un à un en riant : « Il m'aime », répète-t-elle en tirant sur chacun d'eux.

À Saint-Simon, un coup de klaxon impatient le ramène à la réalité. Nick jette un coup d'œil au rétroviseur. Une file de voitures s'est formée derrière lui. L'odomètre indique qu'il ne roule qu'à 50 milles à l'heure. Il bloque la voie simple à ceux qui voudraient le dépasser alors que des véhicules arrivent en sens inverse. Appuyant sur l'accélérateur, il distance momentanément ses poursuivants qui n'hésiteront pas à le doubler dès qu'ils en auront la chance.

Valérie ouvre les yeux et les referme après avoir constaté qu'il leur reste encore une longue route à faire avant d'arriver à destination. Elle essaie de retourner à son rêve. Olivier la tenait dans ses bras et la vision paraissait si réelle qu'elle désire en prolonger le bien-être.

Depuis sa mort, elle a tenté de se montrer forte, mais le chagrin a fini par la terrasser. Elle n'a plus d'énergie, elle ressemble à une montre dont le pivot s'est cassé. Le mécanisme de Renaud s'est détraqué aussi. N'arrivant plus à leur tenir la tête hors de l'eau, Nick est allé quêter du secours auprès des deux familles. La mère et les grands-parents de Renaud sont heureux de l'héberger et ne demandent qu'à le choyer.

Nick a cru bon de séparer Valérie et Renaud un certain temps afin de les empêcher d'entretenir leur morosité mutuelle. Il n'ira pas jusqu'à leur défendre de se voir puisqu'ils devront faire vie commune après leur retour. À moins que cette retraite leur permette d'entrevoir d'autres solutions, car il ne se fait pas d'illusion sur la longévité de ce mariage dicté par l'unique souci de préserver l'enfant d'Olivier des attaques prévisibles d'une société de bienpensants. Combien de drames humains engendrent l'hypocrisie, le manque de charité chrétienne et l'ostracisme des conformistes… Comme la jeune génération, Nick aurait souvent envie de participer à des marches de protestation, car il reconnaît que les choses doivent changer.

❧

Guéris par deux mois d'oisiveté, d'air pur et d'affection, Valérie et Renaud rentrent en ville au début du mois de juillet. De tous ces éléments, les coups de pied du bébé ont été encore le meilleur stimulant dont avait besoin la future maman épuisée.

— Pour le bébé, tu devrais t'efforcer d'avoir des pensées joyeuses, lui conseillait Marie-Reine.

Pour lui être agréable, Valérie a entrepris de feindre la gaieté. Elle a recommencé à sourire et à fredonner et, comme par un effet d'entraînement, ces petits pas l'ont menée sur le chemin du rétablissement.

De son côté, Renaud a trouvé son salut en parlant ouvertement de son homosexualité à sa famille. Après la confidence, ils se sont serrés les uns contre les autres. Sa mère et ses grands-parents l'ont assuré qu'ils l'aimaient et qu'ils ne désiraient que son bonheur. Le douloureux aveu l'a déchargé du poids de la honte qu'il traînait depuis qu'il s'était senti différent des garçons de son âge. Il avait refoulé l'attirance de plus en plus envahissante jusqu'à ce qu'il rencontre Adam, son premier amour.

Durant la convalescence de ses protégés au bord du fleuve, Nick est revenu en ville à quelques reprises voir à ses affaires qu'il entoure d'un halo de mystère. Il leur a rapporté le courrier accumulé et ce lien ténu leur a rappelé qu'ils devraient se mettre à la recherche d'un logement.

— J'ai trouvé un appartement de rêve, déclare fièrement Nick sur le chemin du retour. De grandes pièces bien éclairées, au rez-de-chaussée, un plancher de bois à la grandeur, un haut plafond, une belle galerie couverte en avant et une autre à l'arrière, du stationnement, un petit coin de verdure. L'immeuble est tout en brique, entièrement rénové, bien situé, près des autobus et des commerces. Dans le secteur de la ville que tu aimes, Valérie.

— Sur quelle rue?

— Boulevard Saint-Cyrille.

— Ça doit être cher, raisonne Renaud.

— Pas si pire. J'ai rencontré le propriétaire. C'est un gars ben correct et vous êtes en plein ce qu'il recherche comme locataires. Du monde sérieux et propre, qui paie le loyer à temps et qui respecte les voisins. Comme il veut pas de trouble-fête, il vous louerait l'appartement à un prix raisonnable. Mais il faudrait aller le visiter dès demain, après il garantit plus de nous le garder.

— Ç'a quasiment l'air trop beau pour être vrai, rétorque Valérie. Vous êtes sûr qu'il n'y a pas anguille sous roche?

— Comme quoi? se rembrunit Nick.

— Comme des murs mal isolés qui font grimper la note de chauffage en hiver, répond-elle, l'air méfiant.

— Non, pas de danger. J'ai fait ma petite enquête.

— Pourquoi les locataires sont partis, d'abord?

— Ils se sont acheté une maison en banlieue.

— On pourrait commencer par aller le voir, propose Renaud.

◆

Valérie a fini de déballer toutes ses boîtes. C'est si rapide de ranger les choses quand on emménage dans un appartement plus grand où l'espace ne manque pas. Valérie chantonne et, dans ces vastes pièces à moitié vides, les murs nus lui renvoient l'écho de son entrain. Ses meubles n'arrivent pas à remplir la grande superficie. Il lui faudra d'autres fauteuils et, surtout, une grande bibliothèque pour ranger tous leurs livres.

Les fenêtres sans rideaux laissent entrer le soleil et, en regardant les rayons miroiter sur les lattes de bois, Valérie voit ces cabrioles comme des clins d'œil transmis par les anges du Ciel chargés de veiller sur elle et son bébé.

Nick et Renaud sont allés récupérer les affaires de ce dernier. Comme son petit studio était loué meublé, il n'y aura que quelques boîtes à déballer. Après le souper, Valérie devra masquer plusieurs fenêtres de papier brun pour se soustraire aux regards des passants et des voisins.

Dès demain, ils devront acheter des rideaux et un mobilier de chambre pour Renaud. Ils choisiront aussi un ensemble de laveuse-sécheuse. Cette seule perspective la réjouit. Finis les lavages au *laundromat* où des insouciants y font de la teinture qui tache les vêtements de ceux utilisant sans méfiance la machine à laver après eux. Terminée l'attente des indifférents qui sont partis en laissant leur linge dans toutes les sécheuses.

Par la suite, Valérie meublera la chambre du bébé. Ne sachant si elle accouchera d'un garçon ou d'une fille, elle a décidé de la décorer en jaune clair. C'est une couleur gaie convenant aux deux sexes. Pour faire bonne mesure, elle ajoutera des touches de vert et de mauve au mobilier blanc. De toute manière, elle a l'intention de ne pas inculquer à son enfant les préjugés de couleurs masculines ou féminines. «Mais exclure le rose et le bleu est-il un préjugé à contre-pied?», réfléchit-elle.

Son nouvel appartement dépasse ses espérances les plus folles et le travail à faire pour l'aménager d'ici la naissance du poupon occupe si bien son esprit qu'elle n'a plus le temps de se morfondre sur ce qu'elle a perdu. L'enfant d'Olivier la remorque lentement mais sûrement vers l'avenir.

En attendant Nick et Renaud, elle s'assoit à la table et fait trois listes d'articles à acheter, de l'épicerie à la quincaillerie, sans oublier les autres magasins. Elle pense à vérifier la ligne téléphonique en vue de commander la pizza quand les hommes arriveront. C'est l'aliment idéal le jour du déménagement, pas cher et facile à servir.

⁂

En août, le cœur toujours en berne, mais physiquement en forme, Renaud retourne au boulot. N'ayant pas voulu réveiller Valérie, il lui a laissé un mot sur le coin de la table l'avisant qu'il va l'appeler à l'heure du dîner. Elle a travaillé sans relâche depuis un mois, comme si elle avait peur de manquer de temps pour terminer l'aménagement avant l'accouchement.

Grâce à Nick, dont le dévouement et l'habileté épatent Renaud, la chambre du bébé a été repeinte en jaune clair. Sur le mur tapissé, cohabitent en harmonie animaux domestiques et sauvages. La fenêtre est garnie d'un voilage blanc recouvrant une toile blanche et opaque empêchant la lumière du jour de venir perturber le sommeil du petit bout de chou. Valérie a voulu une chambre baignant dans une aura de douceur.

L'argent de l'assurance d'Olivier lui a permis de meubler et décorer l'appartement à son goût, sans imposer à Renaud des mensualités à rembourser, et son bébé ne manquera de rien. Elle a placé l'excédent pour les futures études de son enfant. Parce qu'elle-même aurait désiré étudier, elle s'est fait le serment d'offrir la meilleure instruction possible à son rejeton, qu'il soit fille ou garçon.

Valérie s'éveille et s'étire, se sentant merveilleusement bien dans ce lit où elle a conçu l'angelot qui se tient tranquille. Comme pour endormir les craintes de sa maman qui commence à s'interroger sur ce calme inhabituel, le bébé étire un bras, faisant surgir une rondeur déformant le ventre. Elle sourit en caressant cette petite bosse pleine de vie.

— Tu as bien dormi, mon bébé d'amour? roucoule-t-elle.

L'enfant donne une nouvelle poussée qui déclenche le rire de la mère.

Le téléphone sonne et Valérie allonge le bras vers l'appareil posé sur sa table de nuit. Renaud a insisté pour avoir un minimum de trois appareils afin de leur éviter d'avoir à courir pour répondre.

— Bonjour, oncle Nick. Comment allez-vous? (...) Non, vous ne me dérangez pas, je suis réveillée depuis un moment, mais je paressais au lit. (...) Vous avez une surprise pour moi ? (...) Il faut que je sorte sur la galerie arrière ? (...) Est-ce que je peux rester en robe de chambre ? (...) Vous m'intriguez. (...) D'accord.

Obéissante, Valérie enfile sa robe de chambre et sort sur la galerie inondée de soleil le matin.

— Oncle Nick ! dit-elle, éberluée, en le voyant sortir de l'appartement voisin. Qu'est-ce que vous faites là ?

— Pardi, j'ai loué l'appartement. Tu t'imagines peut-être que j'étais capable de rester loin de ma bichette ?

Elle lui tend les bras et il vient l'enlacer en fourrant son nez dans son cou pour humer le parfum de lavande du savon qu'elle emploie.

— Pour une surprise, dit-elle en riant, c'en est toute une !

Il se dandine gauchement, souriant timidement.

— Ça t'ennuie pas, au moins ?

— Au contraire ! Mais j'avoue que je ne m'attendais pas du tout à ça. Vous êtes un petit cachottier. Quand avez-vous déménagé ?

— Hier, pendant que vous étiez partis faire le tour de l'île d'Orléans. Je pensais te faire la surprise hier soir, mais vous n'étiez pas revenus.

— On a décidé d'aller voir le film *Deux femmes en or* dont vous nous aviez parlé.

L'air moqueur, Nick sourit et lui demande :

— Comment t'as trouvé ça ?

Il leur avait dit que c'était un film très couru. Les cinémas font salle comble à toutes les représentations. Sur le coup, elle n'avait pas pensé à lui poser plus de questions, songeant seulement qu'elle devait aller voir ce film québécois afin d'encourager l'industrie cinématographique naissante. Comme de raison, Renaud ne l'avait pas apprécié non plus.

— Oh! Vous savez, moi, les films de sexe, ce n'est pas vraiment mon genre. Je suis trop bourgeoise, comme disait un ami de Renaud. Avez-vous déjeuné?

— J'ai juste pris un café.

— Alors, venez. Je vais vous faire une omelette à l'oignon et au fromage, comme vous l'aimez.

⁓⵿

Lourde de neuf mois de grossesse, lors de son rendez-vous chez le gynécologue, le jour prévu pour son accouchement, le médecin lui dit d'un air contrarié après l'avoir examinée:

— Dépêchez-vous d'accoucher, madame Beaudry. Avec la grève des médecins spécialistes, les futures mamans vont devoir accoucher sans gynécologue et sans anesthésiste.

Depuis un mois, Valérie a souvent de légères contractions qui ne durent pas. S'attendant d'accoucher avant son terme, elle s'est couchée plus tôt afin d'être en forme pour le grand avènement. Elle n'a pas écouté les informations de fin de soirée et ignore tout du désaccord des médecins spécialistes qui s'opposent au gouvernement provincial concernant la mise en place du système public d'assurance-maladie. Durant sa grossesse, elle a fait taire ses craintes de primipare en se disant qu'elle avait un très bon gynécologue. Aujourd'hui, elle se sent catastrophée à l'idée qu'il ne sera pas là pour l'aider à mettre son enfant au monde.

— Vous ne pouvez pas me laisser tomber, docteur, gémit-elle.

— Si vous avez de nouvelles contractions, même si elles ne sont pas fortes ou régulières, appelez-moi. Je vais vous laisser mon numéro de téléphone à la maison au cas où vous auriez besoin de m'appeler en dehors des heures de bureau.

Fortement ébranlée par cet imprévu, elle prend le bout de papier où le docteur a inscrit les numéros de téléphone où l'on peut le joindre en tout temps, le remercie et sort de son bureau. Une fois dans l'automobile de Nick, elle laisse éclater sa déception.

— Mon docteur ne pourra pas m'accoucher. Les médecins spécialistes vont faire la grève. C'est un vrai cauchemar!

Apparemment, Nick n'a pas entendu parler lui non plus de ce débrayage et il regarde Valérie, les yeux écarquillés.

— Ç'a pas d'allure! Ils peuvent pas laisser les petites mères accoucher toutes seules! T'en fais pas, ma bichette, les médecins de famille vont prendre la relève. T'inquiète pas. Tu vas voir, ça va bien aller.

Dans sa nervosité mal camouflée, il se trompe et enclenche la marche arrière. Sa belle voiture emboutit le lampadaire du stationnement. Secouée par le choc et le bruit, Valérie préfère s'abstenir de tout commentaire. Mais ce petit accident renforce son angoisse et son sentiment de porter malheur. Depuis son enfance, plusieurs tragédies ont jalonné sa route. Après la mort d'Olivier, elle a cru qu'elle avait eu plus que sa part d'épreuves et que la vie se montrerait désormais plus clémente. Mais comme si ce n'était pas assez, il y a eu ensuite le suicide d'Adam. À présent, cette grève inconcevable menace ce pourquoi elle s'est accrochée à la vie. Valérie a surmonté son désespoir grâce à ce petit être en développement qui incarne la survie d'Olivier.

En bougonnant, Nick descend de voiture pour inspecter les dégâts.

— C'est pas grave, c'est juste une petite poque sur le *bumper*, dit-il d'un ton rassurant.

Cette réplique n'arrive pas à convaincre Valérie qui connaît la manie de son grand-oncle de bichonner son automobile.

Une fois stationné dans l'entrée réservée à son appartement, Nick examine de nouveau le pare-chocs.

— Ça paraît quasiment pas, dit-il.

Son sourire forcé et le tressaillement de sa joue balafrée
dénient cependant son affirmation.

⁂

Dans la soirée, de faibles contractions reviennent toutes
les vingt minutes. Soucieuse de ne pas déranger le médecin
chez lui, Valérie appelle d'abord à l'hôpital. La réceptionniste la met immédiatement en contact avec son gynécologue, qui l'interroge avant de conclure :

— Si vos contractions durent encore une heure, venez-
vous-en à l'hôpital, je vais vous attendre.

Une heure plus tard, le spécialiste l'accueille lui-même
à l'entrée. Réputé pour sa compétence et son dévouement,
ce zèle exceptionnel impressionne tout de même Valérie.
C'est d'ailleurs pour ces raisons qu'elle l'a choisi, lui, plutôt
qu'un autre. L'hôpital où il pratique jouit aussi d'une excellente réputation.

— Je vous attendais, lui dit-il, tout sourire. L'infirmière
va vous préparer et je vais aller vous examiner.

Les craintes de Valérie s'évanouissent aussitôt. On la fait
asseoir dans un fauteuil roulant pour la conduire à l'étage
réservé aux naissances où l'infirmière lui fait endosser une
chemise d'hôpital et l'aide à s'installer sur la table d'examen
et à poser ses pieds dans les étriers.

— Comment sont vos contractions ? demande le gynécologue en entrant dans la salle d'examen.

— Je n'en ai plus, se désole-t-elle. C'est peut-être la
nervosité.

— On va regarder ça, dit-il d'un ton calme.

Il a l'attitude d'un bon papa et Valérie craint à présent de l'avoir dérangé pour rien.

— Vous avez déjà trois centimètres d'ouverture. Je vais crever la poche amniotique, ça va accélérer le travail.

Réconfortée, elle sent le liquide s'écouler de son vagin.

— Votre mari m'a dit que vous avez pleuré en revenant de mon bureau. Je suis désolé de vous avoir fait peur. Mais vous pouvez être rassurée à présent. Je n'ai plus le droit de quitter l'hôpital tant que je ne vous aurai pas accouchée.

Valérie lui sourit, incapable de lui signifier autrement sa reconnaissance. Comme son père, elle a du mal à exprimer ses émotions, surtout lorsqu'elles sont trop fortes comme en ce moment. En dépit de son surpoids, elle se sent légère et aussi exaltée qu'un papillon parachuté au-dessus d'un grand jardin de fleurs au parfum enivrant.

— On va vous installer confortablement dans un lit de la salle de travail et je vais repasser vous voir dans une heure.

Ces quelques mots la rendent euphorique. Mais une heure plus tard, les contractions n'ont toujours pas repris et le médecin lui donne une pilule pour dormir afin qu'elle soit bien reposée au matin.

— Tu devrais aller dormir à la maison, conseille-t-elle à Renaud qui n'a pas bougé du fauteuil installé près de son lit.

— J'aime autant rester ici, l'assure-t-il en s'étirant les jambes. T'en fais pas pour moi. Ferme les yeux et essaie de dormir.

Dormir! Comme si une femme pouvait dormir dans de pareilles circonstances! Elle est à l'hôpital où son gynécologue va l'accoucher malgré la grève des médecins spécialistes et on lui demande de dormir à l'aide d'une simple petite pilule! Elle est bien trop excitée pour se laisser aller au sommeil, elle veut vivre ce jour sacré sans en perdre une seule minute.

Elle ferme les yeux pour inciter Renaud à en faire autant, mais elle l'observe à la dérobée, les paupières mi-closes, puis quand elle s'aperçoit qu'il s'est assoupi, elle les ouvre tout grand. Les grosses lettres inscrites sur la porte ouverte de la salle de travail sont devenues illisibles, mais Valérie lutte contre l'effet du médicament qui rend flou tout ce qui l'entoure. Sa chambre semble envahie par le brouillard qui s'étend fréquemment sur Cap-aux-Brumes et elle s'y sent à l'aise.

À la faveur de sa vision brouillée, la silhouette imprécise de Renaud se confond avec celle d'Olivier. Les deux frères se ressemblaient suffisamment pour mystifier les étrangers. Et Valérie, comblée par la vague représentation de son bien-aimé, amorce un long monologue à l'intention du père de son enfant. Le reste de la nuit passe comme dans un rêve et l'effet du somnifère se dissipe sans que la future maman ait flanché un seul instant. Pour se soutenir et se donner les forces nécessaires, elle a puisé abondamment à la source vive d'une énergie intarissable, celle de l'amour, son amour infini pour Olivier.

À six heures, le gynécologue se pointe, l'air frais et dispos comme s'il avait eu une longue nuit de sommeil.

— Vous avez passé une bonne nuit? dit-il.

— Excellente.

Renaud se redresse dans son fauteuil en se frottant les yeux.

— Toujours pas de contractions? demande le docteur.

— Toujours pas, répond-elle gaiement.

L'idée que ce soit anormal effleure à peine Valérie.

— Nous allons procéder à un déclenchement.

Valérie continue de flotter sur son petit nuage. Son docteur est là, il sait quoi faire, elle s'abandonne sans poser de questions.

Peu après l'installation du sérum déclencheur, les contractions commencent. La main sur le ventre de la parturiente, l'infirmière de service les minute et mesure également le temps de pause devant un futur papa visiblement fourbu.

— Vous pouvez aller vous reposer à la maison, monsieur, suggère-t-elle. Le travail va durer plusieurs heures.

— Je vais aller déjeuner à la cafétéria. Tu veux que je te rapporte quelque chose, Valérie ?

— Votre femme ne peut pas manger durant le travail, précise l'infirmière.

— Je n'ai pas faim, l'assure Valérie. À tout à l'heure.

Après une heure de contractions d'une durée d'une minute, toutes espacées de soixante secondes, Valérie, heureuse et un peu essoufflée, voit revenir son médecin.

— Le col de votre utérus est épais et résistant, vos contractions sont fortes et peu espacées. Le travail va être long. Nous allons vous faire une épidurale continue afin de ne pas vous épuiser, dit-il d'un ton bon enfant.

Valérie ne voyait aucun inconvénient à continuer de fournir cet effort. Elle s'étonne un peu de toutes ces prévenances, mais la médecine a fait de tels progrès qu'elle se dit que ce doit être la norme, à présent.

Une fois le tube d'anesthésie fixé à son dos et relié à un papillon permettant l'injection d'une quantité minime du produit toutes les heures, le gynécologue lui dit :

— Maintenant, l'anesthésiste n'a plus le droit de quitter l'hôpital, lui non plus.

Elle comprend alors la logique des interventions du médecin et, si elle osait, elle lui baiserait les mains en signe de reconnaissance. Mais elle n'a pas besoin de le faire, son visage rayonnant exprime bien ses sentiments.

— Le sérum ne doit pas excéder vingt-deux gouttes à la minute, lui explique le médecin.

Au même moment, Renaud revient à la chambre et il remercie le docteur, visiblement fort soulagé. Valérie et lui ne sont pas très à l'aise de jouer au papa et à la maman, et le personnel médical n'aura pas besoin de demander au mari de s'éloigner le temps de dispenser certains soins à son épouse. Renaud reste auprès de Valérie par amitié et par devoir, elle le sait et elle apprécie d'autant plus sa présence affectueuse et discrète.

À huit heures, le nouveau quart de travail amène une nouvelle infirmière et un jeune interne, qui font les contrôles d'usage. L'ambiance est à la détente pour la patiente non souffrante et pour le personnel qui ne relâche toutefois pas la vigilance. Le médecin passe voir sa patiente à quelques reprises pour s'assurer que tout va bien et vérifier la progression du travail.

Les heures s'écoulent lentement, mais Valérie a l'impression d'être hors du temps. Depuis neuf mois qu'elle attend, ce ne sont pas quelques heures de plus qui vont l'indisposer. En revenant de dîner, Renaud a rapporté des revues que Valérie n'a pas le goût de lire. Elle n'a qu'une idée en tête : accoucher de l'enfant d'Olivier, le voir enfin et tenir dans ses bras un joli chérubin ou une gracieuse poupée.

À quatre heures de l'après-midi, changement de personnel à nouveau. Tout va pour le mieux. Après s'en être assuré, l'interne, toujours de garde, et Renaud s'en vont souper à la cafétéria. Il ne reste qu'une infirmière d'expérience.

— Il y en a qui ont droit à un traitement de faveur ! lance-t-elle, la mine sévère, en pénétrant dans la chambre de Valérie.

Elle soulève le drap au pied du lit pour examiner la patiente et Valérie s'en étonne. Jusqu'à présent, cet examen n'était effectué que par l'interne ou le gynécologue.

— Le travail n'avance pas assez, décrète-t-elle. Il faut augmenter la dose.

Elle règle l'appareil de perfusion et, intriguée, Valérie commence à compter les gouttelettes s'écoulant dans le tube relié à son bras. Selon la recommandation du gynécologue, le débit est beaucoup trop rapide.

— Le docteur a dit qu'il ne fallait pas dépasser vingt-deux gouttes à la minute, l'avise-t-elle.

— Le travail n'avance pas assez, répète l'infirmière d'un ton qui ne souffre aucune réplique.

Quelques minutes plus tard, Valérie, laissée seule, ressent de fortes contractions et elle s'agrippe aux barreaux de métal à la tête du lit en grimaçant de douleur. L'infirmière revient et lui enlève rudement les mains en disant:

— Vous êtes trop gâtée, c'est normal de souffrir pour avoir un bébé. Arrêtez de vous lamenter.

Pourtant, Valérie n'émet aucune plainte. Mais elle sait qu'il n'est pas normal de ressentir des douleurs puisqu'elle est sous épidurale et elle devient tout à coup très anxieuse en compagnie de cette femme revêche. À la contraction suivante, elle se mordille le poing pour ne pas déclencher la colère de la harpie qui reste sur place pour la surveiller. Flairant un danger, elle prie le Ciel de lui envoyer du secours. Elle voudrait diminuer le débit du sérum, tout le mal vient de là, le médecin a pris la peine de le spécifier, mais elle ne sait comment faire. « Olivier, implore-t-elle en son for intérieur, viens nous aider! » Elle regarde l'horloge, priant pour que l'interne revienne au plus tôt.

L'infirmière sort quand l'interne apparaît dans l'encadrement. Il se dirige immédiatement vers le lit de Valérie, qui grimace de douleur.

— Ça ne va pas?

— L'infirmière a trop augmenté le goutte-à-goutte et je sens les contractions.

Il jette un coup d'œil rapide à l'appareil de perfusion et ralentit le débit du sérum. Puis il réinjecte de l'anesthésique et place ensuite son stéthoscope sur le ventre de Valérie. La future maman le regarde sans parler, à demi rassurée par sa seule présence. Mais sans crier gare, l'infirmière acariâtre revient en coup de vent. Le souffle court, elle commande d'un ton nerveux :

— Il faut regarder si le bébé s'en vient !

— On s'en occupe, répond placidement l'interne. Vous pouvez retourner à vos occupations, mademoiselle.

Frustrée d'être évincée de la sorte, la chipie pince le bec et disparaît de l'univers de Valérie qui remercie le Ciel de l'avoir délivrée de cette femme qui fait montre d'une rudesse si peu conforme à sa profession.

— Le cœur du bébé est trop rapide, lui dit alors l'interne. Nous allons devoir faire des exercices de respiration.

Avec calme, il montre à Valérie comment inspirer et expirer en l'invitant à faire comme lui. Tout en lui obéissant, elle tremble à l'idée que le petit cœur du bébé ait été malmené par les spasmes trop violents de l'utérus qui force son expulsion.

— Est-ce que je vais perdre mon bébé ? demande-t-elle au bout de trois respirations.

— Respirez à fond, répond-il d'un ton posé.

Effrayée, Valérie recommence à prier Olivier de leur venir en aide, tout en faisant de son mieux pour se conformer aux exigences de l'interne. Quand Renaud surgit, peu de temps après, les exercices de respiration profonde lui indiquent que quelque chose cloche.

— Est-ce que ça va ? chuchote-t-il.

— Le cœur du bébé bat trop vite, lui souffle-t-elle.

— Ça se replace, dit paisiblement l'interne, le stéthoscope toujours collé à l'abdomen de sa patiente.

Sur les entrefaites, le gynécologue arrive et déclare après un court examen qu'ils vont emmener Valérie à la salle d'accouchement. Renaud embrasse tendrement sa femme sur le front avant qu'ils l'emportent sur la civière. À son visage inexpressif et pâle, elle le sent tendu.

— Ça va bien aller, lui dit-elle avec assurance.

Il lui adresse un pauvre sourire auquel elle répond en agitant sa main en signe d'au revoir. Son visage est redevenu serein.

Sur la table d'accouchement, elle refuse qu'on place le miroir de manière à lui permettre de voir la naissance. Durant sa grossesse, à la télévision, le sang qui souillait le bébé né devant la caméra lui a coupé toute envie de visionner son propre accouchement. Elle préfère attendre et voir un poupon nettoyé.

Les puissantes lumières éclairent la salle aseptisée comme en plein jour. Pourtant, en dépit de la présence des personnes qui l'entourent, Valérie a l'impression que la pièce est un peu fraîche. L'équipe médicale doit faire tout le boulot pour la délivrer, son corps anesthésié étant incapable de fournir le moindre effort. Son gros bedon lui cache les instruments tendus au gynécologue et elle s'imagine n'être qu'un vulgaire chapeau de magicien dont on va bientôt extraire un gentil lapin.

— Ça y est, la tête apparaît, annonce le gynécologue.

Valérie sent son ventre s'affaisser d'un coup. Elle comprend alors le sens du mot délivrance employé par sa grand-mère : elle peut enfin respirer à pleins poumons. Puis le cri de son enfant la remue profondément et d'abondantes larmes de joie mouillent ses joues. Ce petit bébé s'est développé en elle sans qu'elle ait à intervenir, il s'est formé tout seul et elle n'a pas eu son mot à dire, tout était décidé d'avance : sexe, couleur des yeux et des cheveux... Cela tient du prodige et elle s'en émerveille, émue au-delà de tout ce qu'elle a connu jusqu'à présent. Valérie donne maintenant un autre sens au mot mystère.

— C'est une belle fille ! s'écrie joyeusement le médecin-accoucheur.

Valérie soulève la tête et essaie de voir le nouveau-né dont on s'empare pour le nettoyer et le langer. Peu de temps après, une infirmière dépose sa jolie poupée au creux de son bras. Les yeux dans l'eau, Valérie s'extasie devant le nez admirable, la bouche rose, les petits doigts aux ongles bien formés, les joues rondes et appétissantes. Elle remarque le petit bracelet d'hôpital où est inscrit : « bébé Beaudry » et son cœur bondit dans sa poitrine. Elle est si menue, si fragile, sa Karine. « Notre Karine », corrige-t-elle en silence à l'adresse d'Olivier. Et elle réalise en même temps que sa fille est si dépendante de sa maman qu'elle en est toute retournée. « Je te protégerai toujours, mon ange », lui murmure-t-elle, au comble de la félicité.

L'infirmière reprend l'enfant, mais Valérie continue de s'émerveiller. Dans son tête-à-tête avec Olivier, elle lui dit et lui redit que leur fille est belle, qu'elle lui ressemble. Elle le remercie de lui avoir fait ce superbe cadeau avant de partir. Puis elle songe qu'il faudra qu'elle fasse penser à Renaud d'appeler leurs familles à Cap-aux-Brumes et Nick, qui doit se ronger les sangs. Et ses pensées reviennent à Karine qui s'en va dormir dans son petit lit à la pouponnière.

— Je vous ai fait une épisiotomie pour prévenir la déchirure du périnée, il ne reste qu'à faire quelques points de suture, lui dit le gynécologue. Ce ne sera plus très long.

— Je ne suis plus pressée, lui répond-elle en riant.

Dans le corridor menant à sa chambre, Renaud attend la civière. Son sourire ravi et ses yeux étincelants expriment mieux que des mots l'exaltation qui s'est emparée de lui en voyant le bébé à qui il a donné le nom des Beaudry, la fille d'Olivier et sa fille à présent.

— L'as-tu vue ? lui demande-t-elle.

— Oui, elle est si belle !

Il s'essuie les deux yeux en riant.

— Je pleure de bonheur, prend-il la peine de spécifier. Merci, Valérie.

Et il l'embrasse sur la joue tout en essayant de marcher au rythme de la civière.

— Que c'est touchant de vous voir, dit l'infirmière. Vous faites un beau couple !

Valérie et Renaud échangent un sourire complice. À défaut d'être un vrai couple, vient d'éclore une famille véritable. De celles formées par les liens du cœur.

⌁

Le lendemain matin, une infirmière lui apporte sa petite Karine pour un premier biberon. Les yeux fermés, la petiote pleurniche. Fascinée, Valérie la prend dans ses bras et lui roucoule des mots tendres en lui caressant le menton. D'instinct, la bambine tourne la tête vers le doigt de sa mère. Valérie présente le biberon à la petite bouche affamée et Karine tète goulûment tout le contenu, puis s'endort sur la dernière goutte.

— Elle dort, dit-elle, étonnée, à la jeune maman qui partage sa chambre.

Sa voisine a eu un gros garçon l'avant-veille.

— Ça arrive, mais il faut qu'elle fasse son rot. Appuyez-la contre votre épaule et massez doucement son dos.

Valérie s'exécute avec une joie indicible. Tenir sa fille la ravit. Elle colle son nez contre la tête duveteuse, l'embrasse. La peau est douce et soyeuse.

— Vous la nourrissez au biberon, comme moi. Mon mari ne voulait pas que j'allaite le bébé. Il dit que mes seins sont rien qu'à lui !

Elle rit et poursuit :

— Votre mari réagit comme le mien ?

— Non, répond Valérie, étonnée qu'un père ne veuille pas que sa femme allaite leur enfant. Le médecin me l'a déconseillé à cause de mes problèmes de dos. Et puis, de nos jours, on commence à donner de la nourriture solide à trois semaines et il y a de bons laits à la pharmacie.

Karine fait un premier rot et Valérie sourit, satisfaite d'avoir obtenu ce résultat. Elle replace son bébé au creux de son bras afin de l'examiner à son aise. Elle compte ses doigts, ses orteils, observe les plis des petits bras potelés, promène son doigt sur les joues douces comme de la soie, le nez si joli, les fins sourcils. L'enfant dort profondément et Valérie ressent des picotements dans ses yeux tant son bonheur est grand. « Notre fille est une vraie merveille », dit-elle à Olivier.

Puis le personnel de la pouponnière reprend les deux petits prodiges. L'infirmière vient faire sa tournée et repart en conseillant aux mamans de profiter de leur séjour à l'hôpital pour faire de petits sommes afin de récupérer.

⌒⌒

Dans l'après-midi, Nick se présente à la maternité, un grand lapin en peluche sous un bras et un gros bouquet de fleurs multicolores dans l'autre main.

— Que la maternité te va bien, ma bichette, s'exclame-t-il en levant les bras en l'air.

La voisine de chambre de Valérie observe l'énergumène transporté de joie qui vient de laisser choir son beau lapin et elle éclate de rire.

— Pauvre Jeannot, dit-elle.

— Il s'appelle Bugs Bunny, madame, la corrige-t-il aussitôt.

D'un mouvement preste, il ramasse le lapin et l'examine sous toutes les coutures. Valérie et sa voisine rient en l'entendant lui faire des excuses.

— Il est pas blessé, dit-il d'un air gamin. Et toi, ma jolie, comment ça va?

— On ne peut mieux. Mais je vois que vous avez encore fait des folies.

Nick porte son poids sur un pied et sur l'autre, comme chaque fois qu'elle lui dit quelque chose s'approchant d'un compliment.

— Bof! C'est deux fois rien. Je vais attendre que tu reviennes à la maison pour les vrais cadeaux.

Il lui fait la bise, les bras encore chargés, et il rit de son empressement maladroit qui fait de nouveau choir le lapin sur le lit.

— Attends, je vais mettre tout ça sur le bord de la fenêtre. Comme ça, tu pourras les voir tout le temps. C'est beau, des fleurs, hein? Le lapin aussi, hein? Penses-tu que la petite va l'aimer?

Valérie s'amuse de le voir si excité et devine qu'il s'est inquiété mortellement tant que Renaud n'est pas venu lui apprendre l'heureuse nouvelle, hier soir. «Cher oncle Nick, songe-t-elle, émue aux larmes. Vous êtes mon protecteur, mon gros nounours, mon gentil tonton.»

— C'est mon grand-oncle, dit-elle à sa voisine. C'est un amour. Je ne sais pas ce que je serais devenue si je ne l'avais pas eu.

Le commentaire fait rosir Nick qui s'empresse d'ajouter :

— Et ma petite-nièce a fait de ma vie un jardin de délices, j'étais si seul...

Sa grosse voix se brise. Il tousse pour masquer son émoi.

— Aidez-moi à me lever, oncle Nick, je vais vous amener voir Karine à la pouponnière.

— Tu peux te lever ? demande-t-il, surpris.

— Bien sûr que je peux, ça va me faire du bien de marcher un peu.

Avec d'infinies précautions, Nick l'aide à poser le pied sur le petit banc qu'il a placé au bon endroit. Valérie met sa robe de chambre et, bras dessus, bras dessous, ils s'en vont contempler la plus jolie bambine du monde.

— T'aurais dû voir Renaud, hier soir, lui confie-t-il en chemin. Il était fou de joie, il va être un bon père pour la petite.

❦

La fin de semaine amène son lot de visiteurs, dont les représentants des deux familles de Cap-aux-Brumes qui se sont regroupés dans l'auto de Julien. Les Boudreau et Marie-Reine, la grand-maman Beaudry, Julien et Gisèle font le voyage aller-retour dans la même journée pour apercevoir le bout du nez de la petite Karine. Regroupés autour du lit de Valérie, ils immortalisent sur pellicule les quatre générations réunies.

Marie-Reine et Jasmine Beaudry restent pour prendre soin de Valérie et Karine quand elles reviendront à la maison. Nick a offert de les héberger dans le cinq et demi trop grand pour lui et Renaud n'a soulevé aucune objection : chacun aura sa chambre et ils pourront se voir tout en bénéficiant de moments d'intimité.

Encore une fois, les jours se suivent et ne se ressemblent pas. Après tant de bonheur, le lundi 5 octobre, Valérie est souffrante. Les pilules pour enrayer les montées de lait s'avèrent inefficaces aujourd'hui. Ses seins la font tellement souffrir que la douleur gâche tout son plaisir. Parce qu'ils ne coulaient pas à la fin de sa grossesse, elle s'était imaginé qu'elle n'aurait pas assez de lait pour nourrir le bébé, mais elle regrette à présent de ne pas avoir essayé d'allaiter. Pourtant, il est trop tard pour revenir sur sa décision et l'infirmière l'assure que ça ira mieux demain.

Renaud arrive en début de soirée, l'air tracassé.

— On a enlevé un diplomate britannique, ce matin, à Montréal, lui apprend-il.

Valérie se sent incapable d'éprouver la moindre sympathie pour qui que ce soit. Ces seins l'élancent et la réalité, si triste soit-elle, n'arrive pas à la détourner de sa souffrance.

— À la radio et à la télé, on ne parle que de ça, les gens sont commotionnés, dit-il.

Énervé, il parle fort et Valérie aimerait bien qu'il se taise et la laisse seule. Elle est comme une chatte qui désire s'isoler dans un coin jusqu'à ce qu'elle aille mieux. Sa voisine de lit, qui a surmonté ce moment difficile la veille, presse Renaud de questions. Les deux accouchées n'ont loué ni l'une ni l'autre la télévision du fournisseur de l'hôpital. Valérie préfère dormir et lire quand elle n'est pas occupée par le bébé. Les points de suture nécessitent des bains de siège tous les jours et elle utilise un grand beigne gonflé pour s'asseoir afin de soulager la pression de l'épisiotomie et des hémorroïdes. Le moral à la baisse, elle n'a pas envie d'entendre parler des actualités.

— Ça n'a pas l'air d'aller, toi, finit-il par constater.

— Je fais une montée de lait, dit-elle en se retenant pour ne pas pleurer.

Évidemment, Renaud n'a aucune idée de ce qu'est une montée de lait, si ce n'est qu'on utilise cette expression pour qualifier une femme piquant une colère noire. Et il continue de commenter le rapt de James Richard Cross par le Front de libération du Québec, ce FLQ qui pose des bombes depuis plusieurs années et que Valérie craint comme la peste. Indifférente aux soucis présents ou à venir, elle ferme les yeux et prie pour que Renaud écourte sa visite.

~⊅

En compagnie de Nick, Renaud vient chercher Valérie et le bébé le jeudi après-midi. Nick a offert de prendre son auto, plus spacieuse, pour rapporter tout le bazar accumulé à l'hôpital. Valérie se sent en forme, ses seins ont repris leur taille normale et ont perdu leur sensibilité.

— J'ai une longue liste d'articles à acheter d'urgence à la pharmacie, dit-elle.

— J'irai quand on aura couché la petite, répond Renaud.

— Sois pas surprise si tu vois des soldats, la prévient Nick.

— Des soldats ? Comment ça ?

— Il y a des soldats un peu partout en ville depuis l'enlèvement de Cross. Question de sécurité, ajoute Renaud pour ne pas l'inquiéter inutilement.

Tenant dans ses bras sa petite princesse endormie, Valérie aperçoit un premier soldat de faction à la porte d'un édifice de pierre et l'angoisse l'étreint aussitôt. Le danger se matérialise sous ses yeux avec la présence des militaires armés. «Dans quel monde est-ce que je t'ai fait naître, ma petite Karine ? » Valérie tremble de peur et, comme ses aïeules autrefois, elle prie la Vierge de l'aider à protéger son enfant de la violence et de tous les dangers qui la guettent. Et elle la supplie de lui prêter vie tant qu'elle n'aura pas fini d'élever sa fille.

En arrivant à la maison, Jasmine Beaudry et Marie-Reine s'échangent le bébé pendant que Nick et Renaud déchargent l'automobile et que Valérie s'assoit devant la télévision afin de suivre les émissions spéciales renseignant régulièrement la population. Le lendemain de l'enlèvement, le gouvernement a refusé de céder aux conditions du FLQ pour la libération de James Richard Cross et l'on s'attend à des représailles.

En dépit de ces tristes événements, quand Valérie va coucher sa fille, autour du lit d'enfant, cinq têtes se penchent pour contempler une fois de plus l'angelot profondément endormi. Puis ils ressortent tous les cinq sur la pointe des pieds, la mine extasiée.

Pendant que Renaud se rend à la pharmacie, Valérie retourne examiner son bébé. Elle surveille le léger mouvement de la poitrine pour s'assurer que la petite respire encore et vérifie que la couverture roulée dans son dos tient bien.

Renaud revient avec le lait Enfalac et elle prépare les biberons pour les prochaines vingt-quatre heures.

— Tu parles si c'est fin ! commente Marie-Reine. Tu n'as qu'à stériliser les suces.

Avec les nouveaux biberons Playtex, Valérie n'a qu'à insérer un sac neuf à l'intérieur du tube de plastique blanc. Par la fente graduée, elle peut voir la quantité de lait et savoir ce qu'a bu le bébé. Finies les bouteilles à nettoyer avec une brosse pour déloger les taches de lait avant de les stériliser.

— Pis les couches jetables! continue de s'exclamer Marie-Reine. Si on avait eu ça dans notre temps, ça nous aurait sauvé ben de l'ouvrage.

— Ça revient plus cher, lui fait remarquer Valérie. Je vais les utiliser juste quand on va aller se promener à Cap-aux-Brumes.

Connaissant la propension de sa grand-mère à économiser, Valérie sait qu'elle aurait continué à utiliser les couches de coton pour sa marmaille. Encore aujourd'hui, Marie-Reine collectionne les bouts de ficelle, les papiers d'emballage, les rubans. Elle confectionne des tapis tressés avec les sacs de plastique vides, dont personne ne veut. Les temps changent, mais on ne se défait pas facilement des habitudes acquises au cours d'une vie de misère et ses tiroirs débordent de tout un bric-à-brac à jeter aux poubelles.

Avant le boire de Karine, Valérie la confie à Renaud, le temps de réchauffer le biberon dans l'eau chaude. Avec trois femmes pour materner le nourrisson, le papa n'a pas osé revendiquer ses droits. Émue de voir son fils rayonnant de bonheur, Jasmine va trouver sa belle-fille à la cuisine.

— Merci, lui dit-elle.

— Pourquoi me remerciez-vous? s'étonne Valérie.

— Pour votre générosité à partager votre enfant avec mon fils. Je ne l'ai jamais vu aussi heureux.

— C'est son père à présent, souligne Valérie.

En voyant sourdre ses larmes, sa belle-mère l'entoure de ses bras.

— Je vous demande pardon, je ne voulais pas vous faire pleurer.

— Excusez-moi, je suis trop émotive parfois.

— Comme je vous comprends, ma chère enfant. Disons qu'il m'arrive à moi aussi d'être très émotive depuis que je suis grand-mère.

Valérie respire profondément pour tenter de refouler la boule de chagrin surgie sans crier gare. Mais comme ses aïeules, les exigences d'une bouche à nourrir lui donnent un peu de sens pratique et l'empêchent de sombrer dans l'affliction.

— Le lait doit être juste à point, dit-elle en s'efforçant de sourire.

Assise dans la berçante à haut dossier que leur a offert Nick en guise de vrai cadeau, la jeune maman prend plaisir à bercer sa fille endormie. Elle adore la sentir blottie contre son cœur et ne se décide pas à aller la recoucher.

Dans la soirée, la télévision de Radio-Canada donne lecture du manifeste du FLQ. Rivés devant le téléviseur, ils écoutent les revendications des felquistes.

— Le gouvernement n'acceptera jamais de pareilles conditions, prédit Renaud.

Le samedi, à six heures du soir, le ministre de la Justice, Jérôme Choquette, déclare en conférence de presse que le gouvernement refuse toute négociation avec le FLQ.

Environ vingt minutes plus tard, quatre hommes masqués, armés de mitraillettes, enlèvent le ministre du Travail et de l'Immigration du Québec, Pierre Laporte, alors qu'il jouait au ballon devant sa résidence.

En voyant sa photo à la télévision, Valérie éprouve une curieuse sensation.

— Il ne s'en tirera pas vivant, prédit-elle.

— Pourquoi tu dis ça ? demande Renaud.

— Je ne sais pas, c'est juste un pressentiment. Je peux me tromper, ajoute-t-elle pour ne pas l'effaroucher avec ses prophéties de malheur.

Les jours et les nuits de la jeune famille sont maintenant rythmés par les exigences d'une petite fille qui réclame en pleurant qu'on la gave et qu'on change sa couche. En dehors de ces nécessités, elle dort presque tout le temps. Il n'y a qu'au début de la soirée qu'elle reste éveillée alors que sa maman la lave à la débarbouillette. Tant que la gale de son petit nombril ne sera pas tombée, les bains sont interdits.

— Tu as vraiment un beau logement, lui dit Marie-Reine le lundi matin. Ça doit coûter cher.

Elles sont seules pour la première fois, Renaud est retourné à l'école et Nick est allé reconduire Jasmine Beaudry chez une amie.

— C'est oncle Nick qui a trouvé nos deux appartements et, ma foi, le loyer est très raisonnable.

— Ah, ce cher Nicolas ! C'est un cadeau du Ciel, un homme pareil. Dire qu'on a enfin trouvé mon frère disparu ! C'est quasiment pas croyable, s'étonne encore Marie-Reine. Papa et maman doivent être heureux s'ils nous voient.

— Croyez-vous qu'il y a une vie après la mort, grand-maman ?

— C'est ce que la religion nous enseigne, répond-elle. Et j'ai la foi. Et toi, qu'est-ce que t'en penses ?

Personne n'est revenu de l'au-delà pour confirmer ou infirmer la vie après la mort, et Valérie ne veut pas contrarier les opinions divergentes des uns et des autres. Elle juge qu'il appartient à chacun de se faire sa propre idée sur le sujet. Depuis le décès d'Olivier, elle sent souvent sa présence et cela la réconforte, mais par respect pour ceux qui ne partagent pas son opinion, elle juge bon de garder ses impressions pour elle. Qui est-elle pour affirmer, comme elle le suppose, qu'une partie de nous survit et continue d'évoluer dans une dimension qui dépasse nos connaissances actuelles et notre entendement?

— J'ai besoin d'y croire, dit-elle. Mais je pense que si Dieu est miséricordieux, il n'y a pas d'enfer.

Marie-Reine la regarde, l'air satisfait.

— C'est ce que je me dis aussi. L'enfer, on le fait sur la terre.

Elles se sourient, heureuses de leur communauté de vues. Mais parce que la question risque de raviver leurs souvenirs douloureux, Valérie s'empresse d'orienter la conversation vers des thèmes moins personnels.

— Changement de propos: papa me disait à l'hôpital qu'il est question de fermer plusieurs villages en Gaspésie et que les gens sont furieux. Il n'a pas eu le temps de tout me raconter, mais il paraît que ça brasse à Sainte-Paule.

Les gouvernements provincial et fédéral ont créé en 1963 le Bureau d'aménagement de l'Est du Québec afin d'élaborer un plan d'aménagement du territoire. Les Gaspésiens s'attendaient à une amélioration de leur niveau de vie et à la création d'emplois stables, mais la majorité d'entre eux ne connaissaient rien du plan en dix volumes déposé en 1966. Quand les rumeurs de fermeture de villages ont commencé à circuler, ils ont eu l'impression d'avoir été trompés.

— Imagine-toi que le BAEQ a recommandé de fermer une dizaine de villages à l'intérieur des terres. Le curé de Sainte-Paule et d'autres dirigeants de la région ont organisé une réunion le 22 septembre. Environ 3 000 personnes ont répondu à leur invitation. Trois jours plus tard, ils ont formé l'Opération Dignité pour protester contre cette mesure inhumaine. On se demande pourquoi le gouvernement nous a incités à coloniser la région si c'était pour la vider trente ans plus tard…

— Est-ce qu'ils projettent de fermer Val-des-Castors?

— Tout est possible, ma chère enfant. C'est pas drôle pour ceux qui se sont arraché le cœur pour défricher leur lot pis qui espèrent finir leurs jours sur leur terre. C'est bien triste de se faire déraciner de force par le gouvernement qui nous avait plantés là. J'aimerais bien les voir à notre place. C'est pas pour rien que je dis que l'enfer est sur la terre. Une chance que mon Théo n'est plus là pour voir ça.

— Est-ce qu'on vit vraiment dans un pays libre? se demande tout haut Valérie.

— C'est à se le demander, rétorque Marie-Reine, l'air courroucé.

Ce même lundi 12 octobre, les troupes de combat se déploient à Ottawa pour protéger les députés fédéraux et les diplomates étrangers. Valérie écoute religieusement les informations à la télé et vit dans la crainte perpétuelle.

Le jeudi 15 octobre, Claude Castonguay, ministre de la Santé du Québec, dépose un projet de loi pour mettre fin à la grève des médecins spécialistes. Durant ces deux dernières semaines, plusieurs Québécoises ont accouché dans la peur et n'ont pas eu droit au traitement de faveur réservé à Valérie.

Le lendemain, le premier ministre Trudeau proclame la Loi des mesures de guerre, invoquant l'état d'insurrection appréhendée. L'armée canadienne envahit le Québec et procède à de nombreuses arrestations arbitraires de citoyens considérés suspects, surtout des indépendantistes.

Le 17 octobre, on découvre le cadavre du ministre Pierre Laporte dans le coffre arrière d'une automobile abandonnée près de la base militaire de Saint-Hubert. Valérie ne tire aucune gloire de l'avoir prédit, bien au contraire. Elle pense à la famille éplorée et tremble pour les siens. Le 21, au lendemain des funérailles du ministre, on annonce que le nouveau pont Frontenac, reliant les deux rives à Québec et inauguré le 7 novembre, prendra le nom de Pierre-Laporte.

Le 1er novembre devient le jour 1 de l'assurance-maladie du Québec. Valérie a dû payer 250 $ pour son accouchement et les visites de contrôle durant sa grossesse, alors qu'un mois plus tard elle n'aurait rien eu à débourser. Cela lui est bien égal, elle avait prévu cette somme à son budget et elle la paie avec joie.

Le 5 novembre, la police écroue trente-quatre présumés membres du FLQ. Le lendemain, Bernard Lortie, soupçonné d'avoir participé à l'enlèvement de Pierre Laporte, est appréhendé dans un appartement du chemin Queen-Mary à Montréal.

Peu après, Marie-Reine et la mère de Renaud retournent à Cap-aux-Brumes. Jasmine Beaudry a obtenu son divorce, mais pour Renaud et l'enfant d'Olivier, elle a renoncé à reprendre son nom de jeune fille, comme la loi le lui permet.

Ayant parfaitement récupéré et forte des conseils des deux femmes, Valérie peut à présent se débrouiller seule. La petite Karine grandit à vue d'œil et elle est plus belle de jour en jour. Elle fait les délices de son père et de sa mère, surtout à l'heure du bain où elle les éclabousse copieusement. Renaud développe ses talents de photographe amateur. Il a déjà rempli plusieurs pages d'un gros album et distribue des photos à toute la famille.

Le 3 décembre, la police découvre le lieu de séquestration de James Richard Cross. En échange de sa libération, les felquistes exigent un sauf-conduit vers Cuba. Jacques et Suzanne Lanctôt, Jacques et Louise Cossette-Trudel, Marc Carbonneau et Yves Langlois s'envolent vers le pays de Fidel

Castro. Leur départ tranquillise Valérie, qui commence à faire son magasinage de Noël.

Le 23 décembre, Pierre Elliott Trudeau déclare que les troupes seront retirées du Québec le 4 janvier 1971. La population se réjouit du retour à la normale. Les arrestations massives en ont inquiété plus d'un, on se demandait si le voisin n'était pas un terroriste en puissance et cela créait un climat de suspicion néfaste. D'autres prétendaient qu'il suffisait d'une dénonciation malveillante pour être expédié en cellule sans possibilité immédiate de procès et ils redoutaient d'être arrêtés parce qu'ils avaient dans leur bibliothèque le *Petit Livre rouge* de Mao ou tout autre écrit socialiste, marxiste, communiste et autres « istes » à l'index.

La veille de Noël, Renaud et Valérie plient bagage et s'en vont passer les fêtes à Cap-aux-Brumes où ils feront baptiser Karine. La neige ralentit leur parcours. Ils ont jugé plus prudent et plus approprié de faire le voyage dans l'automobile de Nick, qui possède un coffre pouvant loger tout ce dont a besoin un bébé, mais Valérie n'est pas totalement rassurée. Les voyages en hiver la stressent et elle arrive à bon port avec un mal de tête épouvantable.

Le premier Noël de Karine est célébré dans la joie. Les deux familles s'étant regroupées chez Julien pour le réveillon, la maison résonne de leurs rires devant les risettes de la mignonne. Bonne cuisinière, Gisèle s'est surpassée, et Nick, ayant abusé de la bonne chère, souffre d'une grosse indigestion. Marie-Reine lui fait avaler son fameux « coup de soda » comme elle appelle le remède maison composé d'eau, de vinaigre, de sucre et de bicarbonate de soude.

— Tu m'as sauvé la vie, lui dit le lendemain son jumeau.

Quand Julien rouvre la bijouterie, Nick, reconnaissant, s'échappe afin d'acheter un autre petit dix onces de brandy à Marie-Reine.

Le 28 décembre, la police arrête Paul Rose, Jacques Rose et Francis Simard. Ainsi se termine l'un des chapitres de la crise qui a terrorisé nombre de Québécois.

L'année 1970 a chamboulé la vie de Valérie et de Renaud, et ils mettent tous leurs espoirs dans l'année 1971 et dans le petit bout de chou qui les unit au point que Renaud a refusé l'invitation de coucher chez ses grands-parents pour rester auprès de Karine. Même s'ils doivent partager leur chambre à trois, Valérie s'est trop ennuyée de sa famille pour s'en aller loger ailleurs.

7

Cap-aux-Brumes, janvier 1971

Dans son ancienne chambre égayée par les rayons du soleil matinal qui s'infiltrent de chaque côté de la toile masquant la fenêtre, Valérie s'éveille et aperçoit Renaud, qui lui sourit.

— Bonne année! murmure-t-il juste avant de lui faire la bise.

— Bonne année, toi aussi, chuchote-t-elle. Tu as bien dormi? Je ne t'ai pas donné de coups de pied comme la nuit passée?

— Oui et non, répond-il avec un sourire moqueur.

— Je ne me corrige pas de poser plus d'une question à la fois, hein? dit-elle en s'étirant pour jeter un coup d'œil au bébé.

Elle se recouche et, les yeux rivés au plafond, sourit aux anges. Renaud s'allonge sur le dos, la laissant à ses pensées. Comme chaque année, Valérie adresse ses vœux à tous les êtres chers qui ont élu domicile dans un ailleurs inaccessible. Puis elle se lève et va observer sa fille. En parfait synchronisme, Karine commence à bouger. Peut-être a-t-elle entendu les battements du cœur maternel? Ou a-t-elle senti l'aile d'un ange caresser sa joue? Ou peut-être les deux? Qui sait? Les jeunes enfants sont si réceptifs.

Valérie l'emporte dans le lit où attend sagement Renaud. C'est devenu leur rituel matinal depuis qu'ils partagent la même chambre. Ils l'allongent entre eux et la prennent tour à tour en pépiant comme des moineaux. La petite Karine y répond de son mieux par des sons indistincts truffés de risettes, le tout nappé d'un filet de salive.

Ce matin est un jour spécial et Valérie réserve une surprise à Renaud. Après un moment de causette, elle prend sa fille et s'agenouille sur le lit.

— Karine est encore trop jeune pour te le demander elle-même puisqu'elle aura trois mois demain. Alors je vais le faire pour elle… Voudrais-tu nous bénir ?

Interdit, Renaud la regarde fixement, puis il s'assoit dans le lit. Sans dire un mot, il trace sur le front de Karine et celui de sa femme une petite croix. Puis il les presse contre lui, la joue appuyée sur le fin duvet qui coiffe le joli minois de sa fille. Soudain, la bambine pousse un cri joyeux et ils se séparent sur un éclat de rire.

— Va dans les bras de papa, dit Valérie en voyant sa fille s'agiter joyeusement.

Les yeux pétillants, Renaud rit et soulève Karine dans les airs, ce qui a l'heur de plaire à la petite qui pousse un nouveau cri de joie. Pour masquer la souffrance qui l'envahit à l'idée que ce geste aurait normalement été fait par Olivier, Valérie chausse ses pantoufles et enfile sa robe de chambre.

— Je vais changer la couche de Karine et nous allons descendre pour demander sa bénédiction à papa.

— On ne s'habille pas ? demande-t-il, étonné.

La stupéfaction qu'elle lit sur son visage lui fait mesurer l'écart existant entre le mode de vie de leurs familles respectives et elle sourit en pensant à son beau-père qui en ferait sûrement une syncope.

— Non, ici la tradition est de paresser en pyjama une partie de la journée. Mets ta robe de chambre, j'en ai pour une minute.

Karine s'ébat gaiement en continuant de gazouiller, mais Valérie se dépêche, car elle prévoit que dans quelques minutes, sa fille va réclamer son biberon à grands cris.

Le froid de janvier irrite les épidermes fragiles et, cette année, les Québécois ont une raison supplémentaire d'être contrariés. Dévoilée lors de l'inauguration du Grand Théâtre de Québec, la murale couvrant trois murs, où Jordi Bonet a sculpté la phrase du poète Claude Péloquin, « Vous êtes pas écœurés de mourir bande de caves ! C'est assez ! », provoque de vives réactions. Dans le but de faire effacer cette phrase grossière, Roger Lemelin, l'auteur des *Plouffe*, fait circuler une pétition qui recueille plus de 8 000 noms et la remet au ministre des Affaires culturelles. S'ensuit un débat sur la liberté artistique qui enflamme toute la province.

— C'est un manque total de goût et de respect ! s'insurge Valérie. Et c'est d'autant plus insultant que c'est la population qui a payé pour ça. La liberté artistique, mon œil ! Il n'y a rien d'artistique dans ces propos vulgaires.

Il se trouve en effet bien peu de gens pour voir de la poésie dans cet énoncé fruste. La murale est un camouflet à la dignité des Québécois.

— On devrait l'obliger à nous rembourser, objecte Valérie devant les réactions plus modérées de Renaud. Je ne mettrai pas les pieds dans cet endroit tant qu'on n'aura pas fait disparaître cette abjection. C'est une honte pour la ville de Québec !

Lorsque la pacifiste rue dans les brancards, Renaud adopte la politique du repli. Inutile d'essayer d'apprivoiser une tigresse quand elle feule et sort les griffes.

Depuis son déménagement à Québec, Valérie fulmine aussi contre les propos inconvenants entendus à la radio. De peur de perdre le contrôle d'elle-même, elle apprend à bannir de sa vie ce qui l'exaspère, car elle découvre en elle une violence insoupçonnée. Éduquée dans le respect, elle n'a aucune tolérance envers les malotrus qui maltraitent les gens avec leurs poings ou les blessent avec des paroles assassines.

Il lui arrive de se demander pourquoi les extrêmes opposés cohabitent en elle. A-t-elle hérité de ces traits de caractère d'une lointaine ancêtre ? Est-ce normal de désirer la paix tout en étant capable de livrer une bataille acharnée ? Elle voudrait tant comprendre ses contradictions et celles de ses semblables. L'être humain constitue une énigme qu'elle aimerait résoudre. Elle lit des livres de psychologie, observe et médite sans trouver la clef qui lui ouvrirait la porte de la connaissance. La nature humaine est d'une trop grande complexité pour qu'elle arrive à l'élucider.

Sans renoncer à cette quête, elle se demande si elle y parviendra un jour puisque tout évolue. Déjà, elle se surprend des changements intervenus en elle depuis la naissance de Karine. Sa fille lui apprend la patience, elle ouvre son cœur à l'abnégation, chasse ses envies d'oisiveté. Après une nuit sans sommeil à cause des coliques ou des petits bobos qui font souffrir son bébé, Valérie accomplit sa journée de travail sans défaillir.

La bambine est aussi une mine de tendresse et d'émerveillement. Auprès d'elle, Valérie retrouve son cœur d'enfant et elle est profondément reconnaissante à Renaud, qui lui permet de se consacrer tout entière à sa fille. Les enfants grandissent vite et Valérie ne veut manquer aucun des moments précieux du développement de la petite Karine. Rendue au bout de sa route, elle ne veut pas dire que sa vie a passé trop vite et qu'elle n'en a pas profité.

Elle inscrit dans le livre de bébé toute les premières de Karine, tous ces petits riens si précieux au cœur d'une maman, et elle le compare souvent à celui d'Olivier. Le livre de Renaud a été détruit par son père dans un accès de rage quand il avait cinq ans. L'avocat avait déjà pris l'enfant en grippe et il brisait systématiquement tout ce que son fils aimait. « C'est aussi bien comme ça. Je n'ai pas besoin de souvenirs, j'aime autant effacer de ma mémoire cette époque douloureuse », lui a confié Renaud un soir de cafard.

Maître Beaudry a disparu de leur vie, mais Valérie continue de le craindre. Il est malfaisant et elle entend le tenir loin de Karine. Elle ne supporterait pas qu'il s'en approche, encore moins qu'il la touche. Quand elle voit leurs familles s'extasier sur leur petit bout de chou, elle redoute que l'envie prenne un jour au grand-père Beaudry de revendiquer des droits de visite, ne serait-ce que pour les embêter.

❧

Épaulée par Renaud qui chérit sa fille, choyée par Nick et comblée par Karine, Valérie observe l'hiver dans la chaleur de son foyer, à l'abri des rigueurs de la saison.

Avec l'arrivée du mois de mars, les jours allongent et elle aspire au printemps et à son tapis de verdure. Mais le climat des dernières semaines d'hiver est capricieux et changeant. Le 3, une tempête de neige s'abat sur Montréal et, en raison des forts vents, la visibilité devient rapidement nulle. Quelques heures plus tard, la tourmente s'étend à toute la province. Les routes sont impraticables, seuls les gens en raquettes, en ski de fond ou en motoneige peuvent circuler. Les écoles ferment, les déplacements routiers, ferroviaires et aériens s'interrompent. La vélocité du vent cause des dommages et casse les fils électriques, privant de courant plusieurs régions. À la radio, les animateurs font appel aux motoneigistes capables de secourir des gens, leur demandant d'aller porter du lait aux mamans ayant des bébés à nourrir ou de conduire à l'hôpital des femmes sur le point d'accoucher.

Le 4 mars, au plus fort de la tempête, sous les cieux plus cléments de Vancouver, Pierre Elliott Trudeau épouse Margaret Sinclair, de vingt-cinq ans sa cadette.

Valérie, Renaud et Nick, regroupés autour de la petite Karine, restent confinés à l'intérieur en attendant que le blizzard s'essouffle. Après deux nuits à dormir sur le divan, Nick arrive à sortir par la porte arrière, celle de devant étant bloquée par les amoncellements. Comme lui, les Québécois constatent que des bancs de neige formés par les bourrasques de vent atteignent par endroits le deuxième étage des maisons.

À la suite de la tempête, on dénombre trente morts dans la province. La plupart des victimes ont succombé à des crises cardiaques en pelletant, d'autres sont restés prisonniers de leur automobile et sont morts de froid ou asphyxiés par les gaz d'échappement de leur véhicule. Jour et nuit, durant près d'une semaine, les camions circulent dans les rues de Québec afin de ramasser la neige accumulée.

Le jour de ses six mois, Karine perce sa première dent. Valérie le note dans son livre et Renaud photographie la coquine en train de mordiller le doigt de sa maman. Mais une semaine plus tard, la petite commence à souffrir d'une otite et de maux de gorge, ce qui les contraint à reporter leur voyage à Cap-aux-Brumes.

Karine a aussi des diarrhées qui irritent ses fesses au sang et tout le monde est bien malheureux. Durant la fin de semaine de Pâques, elle pleurniche sans arrêt et Valérie se dit : « Ah ! Quand elle sera capable de parler, elle pourra nous dire où elle a mal ! » Renaud promène la petite malade dans ses bras et la berce durant des heures. La bambine ne goûtera pas au chocolat que sa grand-maman Beaudry a acheté pour elle.

Un mois plus tard, en pleines séries éliminatoires au hockey, pendant le match opposant les Canadiens aux Blackhawks de Chicago, Renaud berce sa fille qui souffre d'une nouvelle poussée dentaire. Un peu avant onze heures du soir, à quelques milles de Jonquière, une partie du village de Saint-Jean-Vianney s'effondre. Une quarantaine de maisons s'engloutissent dans un immense cratère de boue.

Parmi ceux qui veillent pour suivre la partie de hockey diffusée à la télévision, quelques-uns auront la vie sauve. Ils déclarent le lendemain avoir entendu un bruit étrange qui les a fait sortir de chez eux. Ils ont senti le sol bouger sous leurs pieds. Dans l'obscurité, ne sachant ce qui se passait, ce fut la panique.

L'effroyable cataclysme plonge la population de la province dans la consternation. Durant plusieurs jours, la télévision diffuse les images de la mer de boue qui a englouti maisons, ponts, routes, poteaux électriques et automobiles.

Quelque 2 600 personnes vivaient paisiblement dans cette petite municipalité du Saguenay-Lac-Saint-Jean, dont plusieurs travailleurs des usines de l'Alcan et de l'Abitibi-Price. Le glissement de terrain a jeté à la rue une centaine d'habitants et 31 personnes ont péri. Dans les jours et les mois à venir, plus de 200 maisons devront être relocalisées dans les municipalités voisines et les experts tenteront de déterminer la cause du désastre.

Après cet accès de colère, dame Nature revêt le lilas de la cour arrière de jeunes pousses d'un beau vert satiné, dont l'odeur sucrée rappelle à Valérie les doux printemps de Cap-aux-Brumes. Une nuée de moineaux sont juchés sur les branches odorantes et Karine joint son gazouillis à leurs pépiements joyeux. Valérie sarcle l'étroite plate-bande située le long de sa galerie en jetant un coup d'œil sur la petite demoiselle, sanglée dans sa poussette. Coiffée de son bonnet blanc, la bambine mâchouille son hochet et arrose de salive le grand bavoir protégeant ses vêtements. Comme toutes les mamans, Valérie se répète : « Ah, si ses dents peuvent finir de percer ! », sans savoir qu'une fois la dentition complète, elle soupirera pour une autre raison. La vie est une suite quasi ininterrompue de « Ah, si ça peut finir ! »…

Quand Renaud revient de l'école à la fin de l'après-midi, elle lui confie Karine, prend une douche et s'en va faire la tournée des magasins pour regarnir sa garde-robe d'été. La grossesse lui a laissé des rondeurs qui risquent de faire éclater les coutures de ses vêtements. Parce qu'elle ne se sent pas à l'aise de lui demander de l'argent en dehors de ce qu'il lui remet pour les dépenses courantes, elle a décidé de piger dans ses économies en se disant qu'elle regarnira son compte en banque quand Karine commencera la maternelle et qu'elle retournera sur le marché du travail. Mais juste avant qu'elle sorte, Renaud vide son portefeuille et lui tend cinq billets de 20 $.

— Tu aurais dû me dire que tu voulais magasiner, j'aurais retiré plus d'argent. Si tu en manques, fais mettre de côté ce que tu auras choisi et nous irons le chercher plus tard.

— Je ne voulais pas te demander d'argent, dit-elle en se sentant rougir jusqu'à la racine des cheveux.

— Je ne veux pas que tu dépenses ce que tu as mis de côté pour les études de Karine. Je suis capable de te faire vivre.

— Oui, mais…

— Je sais ce que tu penses, Valérie. Mais je t'ai épousée parce que je voulais prendre soin de toi et de ton enfant. À part le fait qu'on ne partage pas le même lit, on est une vraie famille et un homme doit faire vivre sa famille. Compris?

Il lui fait une grimace comique pour atténuer le ton ferme. Valérie lui caresse la nuque. Dans un élan d'affection, Renaud prend sa main et la baise.

— Je t'aime infiniment, Valérie. Si je n'étais pas ce que je suis…

— Chut! dit-elle en posant son doigt sur ses lèvres.

❦

Depuis quelques mois, la mode change d'une manière imprévisible. Les minijupes des dernières années ont été écartées. Avant Noël, les magasins proposaient des robes à mi-jambe. Celle que Valérie a choisie a les manches longues et un petit col ajusté au cou. Noire et cintrée, la robe l'amincit. Et, avantage non négligeable pour la jeune maman soucieuse de ne pas dilapider ses économies, elle peut être portée en toutes circonstances et correspond aux goûts de Valérie qui se considère toujours en deuil de son fiancé.

Ce printemps, ce sont les pantalons patte d'éléphant que l'industrie de la mode impose aux deux sexes. Venant au secours de Valérie qui désire un vêtement pratique pour l'été, la vendeuse l'examine d'un œil connaisseur.

— J'ai en plein ce qu'il vous faut.

Dans la salle d'essayage, Valérie enfile le pantalon blanc, sans ceinture, lui arrivant à la taille. Il moule son corps comme une seconde peau. L'ampleur de la jambe évasée le rend très seyant. La blouse dite «accroche-cœur», bleu clair, complète magnifiquement l'ensemble en soulignant la courbe de sa poitrine. Aimant le confort et la simplicité, elle se laisse convaincre par la vendeuse qui l'assure que la tenue lui va comme un gant.

— Avec des sandales à la mode, vous n'aurez pas besoin de raccourcir le bas des pantalons, ajoute finement la conseillère.

La mode est aux chaussures à semelle compensée d'environ un demi-pouce. Valérie se rend donc à la boutique de chaussures. Après son achat, il lui reste suffisamment d'argent pour acheter un pantalon de coton marine, un bermuda kaki et trois t-shirts qu'elle pourra porter en semaine.

Elle revient à la maison, heureuse et riant d'elle-même. Quand elle pouvait consacrer une partie de son salaire en vêtements, elle ne se serait jamais contentée de si peu, autant pour la quantité que pour la qualité. Ses valeurs ont changé et elle ne s'en porte pas plus mal. Au contraire, sa vie lui semble plus pleine, plus riche. Elle n'avait jamais imaginé que la maternité la transformerait à ce point.

⌁

Le dimanche après-midi, les chauds rayons du soleil poussent Valérie à étrenner son ensemble pantalon pour une visite au Jardin zoologique d'Orsainville. Elle n'aura aucun mal à promener Karine dans les sentiers asphaltés qui longent de jolis parterres de fleurs et une mare accueillant des canards y élevant leur dernière nichée de canetons.

La chaleur, exceptionnelle pour la saison, invite les promeneurs à la rêverie. Gavée d'air pur et apaisée par les balancements du carrosse, Karine s'est endormie. La caméra à la main, Renaud s'est éloigné afin de filmer sa femme à son insu. Valérie se trouve moche et elle n'aime pas être photographiée. Il la filme de loin pendant qu'elle marche en observant les splendeurs du parc. Elle est perdue dans ses pensées et c'est ainsi qu'il aime l'immortaliser, alors qu'elle est naturelle.

Et il la trouve ravissante. La maternité a embelli son corps. Ses nouveaux vêtements la rendent sexy. En dépit des lunettes de soleil qui cachent ses yeux, elle exerce un attrait dont Renaud sait qu'elle n'a pas conscience Les hommes se retournent sur son passage et leurs regards lubriques le flattent, comme si sa femme était une projection de lui-même et que ces yeux chargés de désir étaient braqués sur lui.

Ils forment un beau couple, il se le fait souvent dire. Parader à son bras lui apporte un sentiment de fierté comme il n'en a jamais connu auparavant. Le croyant « normal », les gens se montrent plus attentionnés, c'est du moins ce qu'il suppose. Est-ce un autre transfert de ses propres affects ? Il se le demande très honnêtement, comme il s'interroge sur lui-même depuis qu'il connaît les joies de la paternité.

S'étant attaché à cette enfant au-delà de tout ce qu'il avait pu présumer, l'idée de changer de vie lui est insupportable. Il ne peut plus se passer de sa cocotte qui lui donne tant d'affection. Karine a fait éclore son cœur à l'amour, celui qui se donne et ne demande rien en retour. Et Valérie, qui agit avec lui comme s'il était vraiment le père de sa fille, le comble de bonheur.

À l'instant où Valérie s'aperçoit de son manège, elle lui fait une grimace pour le forcer à interrompre son tournage.

— Ne me gronde pas, dit-il en riant. Tu seras bien contente de visionner ces images quand tu seras devenue une petite vieille toute fripée. Bien que je doute que tu sois totalement dépourvue de charme dans ton grand âge. Je suis persuadé que ta beauté intérieure compensera ce que ta peau aura perdu en fraîcheur.

— Flatteur, va ! Les fables de La Fontaine m'ont appris à me méfier des beaux parleurs. Vous ne tirerez rien de moi, monsieur le renard. J'aime autant vous avertir que je suis un corbeau soupçonneux qui ne se laissera pas troubler par vos louanges. Désolée, je n'ai aucun fromage à vous offrir.

Il la prend dans ses bras et la serre très fort en riant aux éclats. Depuis sa tendre enfance, il a dû se tenir constamment sur ses gardes et les bouffonneries de Valérie arrivent toujours à le dérider. Avec elle, il peut se laisser aller, être lui-même et jouir des petits bonheurs de la vie.

***

Au mois de juillet, en compagnie de Nick, ils s'en vont passer quelques semaines à Cap-aux-Brumes. Valérie a besoin de revoir sa famille et de vivre au bord de son fleuve chéri. En route, elle leur demande de s'arrêter à Sainte-Luce-sur-Mer parce que l'eau de la grande anse y est un peu plus chaude. Ses deux compagnons la taquinent en disant qu'elle leur préfère le Saint-Laurent, mais elle n'a aucun mal à les convaincre de faire escale. Ses chevaliers servants lui accordent tout ce qu'elle demande.

Valérie adore marcher pieds nus sur le sable pour ensuite les tremper dans l'eau saline et froide. Cette année, elle est déterminée à initier sa fille à ces plaisirs. Et comme Renaud veille sur la bambine avec la fidélité d'un garde-du-corps, il la tient par les mains, le temps qu'elle mouille ses petits petons.

Valérie filme la scène en riant. Ayant pris goût à la baignade en eau froide, lors de son séjour à Cap-aux-Brumes dans les années 1930, Nick s'avance dans le fleuve jusqu'à avoir de l'eau à mi-jambe, le visage tourné en direction d'un pétrolier qui passe au large. Il a roulé son pantalon jusqu'aux genoux, mais à cause des vaguelettes qui se soulèvent en frappant ses jambes, il ne peut aller plus loin sous peine d'avoir à se changer avant de remonter dans sa voiture.

En digne descendante de ses aïeules gaspésiennes, la petite Karine pousse des cris de joie et éclabousse son papa dont les lèvres commencent à bleuir sous l'effet de la saucette frisquette. Valérie range la caméra et sort les serviettes de plage.

— Je ne sais pas comment vous faites pour prendre plaisir à ce supplice, dit Renaud. J'ai la chair de poule, regarde mes bras.

Elle sèche sa fille qui gigote dans les bras de son père en montrant la mer de sa menotte et en criant pour y retourner.

— Karine a l'air d'adorer ça, va falloir t'habituer, lui répond-elle en riant.

— Alors je suis vaincu d'avance, se lamente-t-il pour la forme.

Le vent défait ses cheveux et les rayons du soleil dansent dans ses yeux. Valérie sait qu'il est heureux et serein, comme il ne l'a jamais été auparavant, et elle le trouve beau. Les femmes le lui disent souvent, plusieurs le regardent d'un air énamouré, ce qui l'amuse. L'indifférence de son mari semble les attiser et elles lui tournent autour comme des mouches attirées par le miel.

À dix mois, Karine fait ses premiers pas sans aide. Renaud et Valérie s'en émerveillent jusqu'à ce qu'ils se rendent bientôt compte que le champ de ses explorations s'agrandit d'autant plus qu'elle peut plus rapidement échapper à leur surveillance. Maman vérifie chaque armoire afin d'y enlever tout ce qui représente un danger. Le savon à vaisselle déménage dans l'étagère du haut et Valérie prend un certain temps à s'y habituer. Papa trouve le moyen de barrer le passage au furetage en se servant de gros élastiques pour bloquer l'ouverture des panneaux d'armoire doubles. Mais les attaches finissent par rompre et la maman doit se résoudre à tout transférer sur les tablettes se trouvant hors de portée de la petite curieuse.

Valérie ne peut plus relâcher la surveillance une seule seconde. Karine met tout dans sa bouche, du papier de toilette au pain de savon, de la terre des plantes en pot aux feuilles toxiques des philodendrons. « Ah ! Si elle peut vieillir ! », soupire la maman qui se demande comment ses aïeules arrivaient à pourvoir aux besoins d'une marmaille nombreuse sans les commodités modernes.

En septembre, Karine arrive à grimper les marches de la galerie.

— Heureusement qu'on n'a pas de palier à l'intérieur, dit Renaud.

Ils sont loin de se douter que la petite futée est à la veille d'escalader sa marchette. Dès sa première chute, l'alpiniste en puissance cause de nouveaux soucis à ses cerbères qui, en voulant lui éviter toute mauvaise expérience, la surprotègent.

— Papa, bobo, geint-elle.

Une grosse prune marque son front. Valérie et Renaud sont morts de peur et rangent le petit véhicule à roulettes dans le fond d'un placard.

La gamine leur réserve d'autres surprises plus agréables et ils s'esclaffent le jour où ils la voient se trémousser en entendant le nouveau prodige de l'île d'Orléans. À dix ans, René Simard vient de sortir son tout premier disque et la petite Karine stoppe net ses activités dès qu'elle entend la voix d'or chanter *L'Oiseau*.

Puis vient le temps de souffler la première bougie sur le gâteau d'anniversaire, au chocolat, bien sûr. Valérie lui a acheté un petit gâteau rond à deux étages pour elle seule. Assise dans sa chaise haute, Karine plonge ses menottes dans le glaçage, y goûte et le trouve fort bon. En peu de temps, elle en a partout: dans la bouche et tout autour, sur le nez, dans les cheveux et sur les paupières. Naturellement, Renaud filme les prouesses de sa fille jusqu'à ce qu'elle se mette à hurler parce que le glaçage qu'elle tente d'enlever pénètre dans ses yeux.

Après avoir bassiné ses yeux à grande eau, sa mère doit la sortir de sa chaise haute en la tenant à bout de bras pour aller la dévêtir dans la baignoire. Pendant ce temps, son père s'applique à faire disparaître toute trace de chocolat sur la chaise, le plancher et les murs environnants.

— Je crois qu'on est à moitié fous, lui dit Valérie, une fois la bambine couchée.

Elle s'effondre sur le divan, épuisée mais satisfaite.

— À moitié? Je dirais plutôt qu'on est totalement et irrémédiablement dingues!

307

— J'en reviens pas comme elle est intelligente, dit Marie-Reine. Elle vient juste d'avoir quinze mois, puis elle mange toute seule.

— Je n'ai pas eu le choix de la laisser faire, rapporte Valérie. Depuis qu'elle a huit mois, elle devient rouge de colère et refuse de manger quand je lui enlève la cuillère des mains.

La grande maison de Cap-aux-Brumes est anormalement tranquille. Le tic-tac des horloges de la bijouterie se mêle aux crépitements du poêle à bois que la famille préfère utiliser durant les mois de froidure, autant pour se chauffer que pour cuisiner. Tout le monde est sorti et Marie-Reine a prétexté qu'il faisait trop froid quand Nick lui a offert de les accompagner à la salle de quilles. La petite Karine fait son somme.

— Elle est tellement en avance pour son âge, s'exclame la grand-mère, l'air ravi.

— Sauf qu'au début elle n'était pas très habile et ça aurait été pas mal moins de trouble que je la fasse manger moi-même. Si vous aviez vu les dégâts qu'elle faisait ! C'était quasiment un grand ménage à faire après chaque repas, il y en avait partout. J'en ai lavé, du linge ! Il fallait la changer de la tête aux pieds quatre ou cinq fois par jour. Mais avec un seul bébé et les commodités que j'ai, c'est quand même plus facile que dans votre temps.

Le regard de Marie-Reine chemine vers ces journées de labeur où elle s'esquintait du matin au soir à des tâches ingrates et elle sourit.

— C'est pas le travail qui fait mourir, ni les privations. On était pauvres, comme tout le monde l'était dans ce temps-là. Mais les enfants étaient en santé et j'avais mon Théo avec moi. Quand j'y repense, je peux dire que c'était le bon temps.

Valérie est bien placée pour la comprendre. Elle se passerait volontiers de la laveuse-sécheuse si Olivier pouvait rentrer à la maison tous les soirs. Malgré tout, elle réalise la chance qu'elle a de vivre dans l'abondance, alors que sa grand-mère s'est privée toute sa vie. Elle la trouve courageuse et généreuse. Encore aujourd'hui, elle s'oublie totalement pour les autres sans rien demander en retour.

— De nos jours, c'est plus pareil, continue Marie-Reine. Je ne t'envie pas, ma petite-fille. Ton mari est bien fin, mais c'est pas le genre d'homme qui va te réchauffer les pieds la nuit.

Sa grand-mère éclate de rire et Valérie sourit au sous-entendu. Habituée à ne pas nommer ce qui peut être inconvenant, Marie-Reine utilise pour se faire comprendre des moyens détournés qui amusent souvent sa petite-fille. Être mariée à un homosexuel n'est pas la vie qu'elle avait envisagée, ni celle que Renaud aurait souhaitée pour lui-même. Victimes d'un destin cruel, ils font de leur mieux pour s'entraider.

Les deux femmes restent silencieuses, chacune poursuivant le cours de ses pensées.

— Pis les divorces! C'est quasiment un scandale! poursuit Marie-Reine. On n'aurait jamais pu imaginer ça dans mon temps. Je te dis que ça jase dans la paroisse au sujet de ta belle-mère. Le prêtre qui est venu prêcher la retraite paroissiale à l'automne a fait un sermon sur les liens sacrés du mariage que les catholiques doivent respecter.

— Avec le mari que ma belle-mère avait, je suis certaine qu'elle se fiche éperdument de ce que le monde peut dire ou penser. C'est à Dieu seul de juger.

—Je dis pas ça pour la juger, se défend Marie-Reine. C'est une femme qui mène une vie irréprochable en dehors du fait qu'elle est divorcée. Mais pourquoi elle ne s'est pas séparée sans demander le divorce?

— Parce qu'aujourd'hui le divorce est quelquefois préférable à la séparation. Mais ça serait revenu au même, elle
ne vivrait pas avec son mari. Qu'est-ce que ça changerait
dans les faits ?

— Tant qu'à ça… concède Marie-Reine, avec un air de
scepticisme dont elle n'arrive pas à se défaire en raison des
années d'un enseignement religieux condamnant à l'enfer
tout manquement aux commandements de l'Église.

Sur ce plan, Valérie est en complet désaccord avec sa
grand-mère. Elle est persuadée que plusieurs femmes de
son temps auraient bien aimé pouvoir larguer le despote
qu'elles avaient épousé.

— La sœur d'une de mes compagnes de bureau me
racontait l'hiver dernier que certaines femmes quittent leur
mari dès qu'elles reçoivent leur pension de vieillesse.

— Qu'est-ce qu'elle en sait ? rétorque Marie-Reine, l'air
pincé.

— Elle travaille au ministère de la Famille et du Bien-
être du Canada. Les couples mariés qui veulent avoir le
supplément doivent envoyer une demande conjointe chaque
année pour se qualifier. Plusieurs hommes écrivent pour
expliquer qu'ils ne peuvent pas remplir cette condition
parce que leur femme est partie quand elle a eu droit à son
chèque de pension. Elle me disait que les lettres de ces
messieurs démontraient beaucoup de frustration. Avant, ils
avaient le plein contrôle, les femmes dépendaient totalement de leur mari.

Marie-Reine fronce les sourcils.

— Tu dis qu'on peut avoir un supplément quand on a la
pension de vieillesse ?

— Tous ceux dont le revenu ne dépasse pas un certain
montant peuvent obtenir un supplément. Dans votre cas,
vous auriez droit au plein montant étant donné que vous

n'avez que la pension de vieillesse, mais il faut en faire la demande tous les ans.

Marie-Reine l'écoute bouche bée.

— Je savais pas ça.

— Je vais m'informer s'il n'y aurait pas des formulaires à la Caisse populaire ou au bureau de poste demain. Sinon, je vous enverrai l'information et les documents une fois rendue à Québec. À moins que vous décidiez de venir passer une couple de semaines ? Je pourrais vous aider à faire votre demande.

Le visage de Marie-Reine s'éclaire et son sourire s'élargit.

— Je dis pas non.

~∞~

Quand Julien ferme la bijouterie le vendredi soir, il n'a qu'une envie : s'écraser dans son fauteuil et regarder tranquillement la télévision. Depuis que Radio-Canada diffuse le *Bye Bye* en fin de soirée le 31 décembre, il n'en a manqué aucun, ce qui l'oblige à se coucher plus tard. Si ce n'était cette rétrospective humoristique de l'année écoulée, il n'aurait aucune envie de veiller pour saluer l'arrivée de la nouvelle année. Les longues heures d'ouverture des commerces avant Noël lui pèsent de plus en plus.

Valérie est habituée depuis son enfance au programme pantouflard de ses parents qui apprécient ce congé chèrement gagné, mais voyant que Renaud paraît agité, elle l'encourage à aller passer la soirée chez les Boudreau.

— Tu ne viens pas avec moi ?

— Non, j'aime autant rester pour surveiller la petite. Papa et maman sont fatigués et je ne voudrais pas les obliger à monter l'escalier pour vérifier si tout va bien.

À la suite de Renaud, Jean-Marie les quitte pour aller passer la soirée en compagnie de sa blonde. Francis rouspète :

— À cause d'une journée, je peux pas aller veiller à l'hôtel. Maudit que c'est plate.

— Surveille ton langage, le réprimande Julien.

Leur père est strict, il ne tolère aucun sacre ni gros mot.

— T'es trop pressé, t'as rien que dix-neuf ans, le taquine Valérie en lui ébouriffant les cheveux. Dans mon temps, on était majeur à vingt et un ans. Une journée, qu'est-ce que ça va changer dans ta vie ?

La nouvelle loi accordant la majorité à dix-huit ans entre en vigueur le 1er janvier 1972.

— C'est juste plate de pas pouvoir aller à l'hôtel à cause d'une journée.

— T'as même pas une journée à attendre, frérot. À minuit, tu pourras y aller et la police ne pourra pas t'arrêter.

— Yé ! Maudit, que t'es intelligente, toi ! s'exclame Francis.

Valérie voit la commissure des lèvres de son père se retrousser, comme chaque fois qu'il se retient de rire, et elle observe qu'il ne rabroue pas son benjamin qui vient pourtant de prononcer un mot banni. De son fauteuil, Gisèle lui jette un regard de connivence.

Le fringant Francis détale à toutes jambes et Valérie l'imagine en train de passer sa garde-robe en revue afin de se montrer sous son meilleur jour pour célébrer ce moment attendu avec impatience par tous les jeunes. Cet instant exaltant où l'horizon s'ouvre à la vie qui palpite, celui où les interdits sont levés, comme prendre une bière dans un endroit public. « Que Dieu le protège des malheurs ! », songe la grande sœur en repensant à ses rêves de jeune fille. La petite Karine dort malgré le tapage de son jeune oncle. La fillette s'est vite acclimatée à l'univers bruyant d'une maisonnée logeant deux « jeunesses » alertes.

Valérie pense à Rémi qui n'a plus donné de nouvelles depuis leur altercation, le jour du remariage de leur père. Elle se demande parfois si c'est par délicatesse qu'on ne parle plus de lui en sa présence. Étant à l'origine de son départ précipité, elle se sent vaguement coupable, sans éprouver pour autant le goût de le revoir. Elle a appris, par un ancien compagnon de travail de son frère, que Rémi avait la réputation d'être un bagarreur et qu'il consommait abondamment bière et drogue. « C'est probablement ce qui change autant son caractère », se dit-elle.

— Marie-Reine, si on veut pas dormir pis manquer le *Bye Bye*, on ferait mieux d'aller marcher au grand air, propose Nick en s'étirant.

Valérie retourne à ses réflexions. Il y a près de deux ans déjà, sa destinée a fait naufrage et la fatalité l'a conduite dans des sentiers totalement imprévus. Rien ne s'est produit comme elle l'avait espéré et elle a été si malheureuse qu'elle a pensé mourir. Comment a-t-elle fait pour survivre ? Elle se le demande, ce soir. Elle essaie de recoller les fragments de vie qui lui reviennent en mémoire et se rend compte qu'elle a perdu de grands bouts des jours et des mois qui ont suivi la mort de son fiancé.

Olivier lui manquera jusqu'à la fin de sa vie, mais sa fille l'a sauvée. Karine est sa providence, sa raison de vivre, son plus cher trésor. L'amour infini qu'elle avait pour Olivier n'était rien en comparaison de celui qu'elle ressent pour sa fille. Pour cette enfant, elle aurait le courage d'affronter n'importe quel danger, dût-elle en mourir.

Le calme amollissant est soudain rempli par le bruit des bottes secouées sur le tapis. Le rire de Nick dévale comme une source limpide et il est bientôt suivi des gloussements étouffés de Marie-Reine. Sa grand-mère est si sage, si retenue que Valérie a du mal à l'imaginer en train de faire l'amour. Pour s'en convaincre, elle doit se dire qu'elle a forcément dû s'envoyer en l'air puisqu'elle a eu plusieurs enfants.

La porte arrière s'ouvre de nouveau et elle reconnaît la voix de Renaud. Surprise qu'il soit déjà de retour, elle s'extirpe du divan et se rend à la cuisine.

— Je pensais que tu reviendrais en fin de soirée, lui dit-elle.

— Je voulais finir l'année en ta compagnie. Es-tu allée voir la petite?

— Non, pas encore. J'y vais.

Elle esquisse un mouvement, mais il la retient.

— Non, laisse.

Renaud monte l'escalier en douceur, puis elle le voit revenir avec Karine dans les bras, douillettement enveloppée dans sa petite couverture de flanelle.

— Je vais la bercer, dit-il.

La bambine dort profondément. Surprise, Valérie le regarde s'installer dans l'autre berçante. Son regard croise brièvement celui de sa grand-mère et elle y lit le même étonnement. En détournant les yeux pour ignorer le comportement singulier de son mari, elle s'imagine que Marie-Reine va penser qu'il est normal pour lui de relever son enfant qui dort pour le simple plaisir de le tenir dans ses bras. Durant le *Téléjournal*, elle l'observe à la dérobée, il a l'air concentré et ses yeux sont rivés à l'écran du téléviseur. Écoute-t-il attentivement pour faire plaisir à Julien qui impose le silence durant le bulletin des nouvelles ou est-il perdu dans ses pensées?

L'expression de Renaud ne change pas davantage au cours du *Bye Bye*, en dépit des rires que provoquent certains sketchs. Valérie voit son père tiquer chaque fois que les Cyniques tournent la religion en ridicule. Quand, pour rendre hommage à Olivier Guimond, mort le 29 novembre, on rediffuse son imitation du soldat de faction à Westmount, Valérie voit une larme rouler sur la joue de son époux alors qu'il devrait s'amuser du sketch rigolo.

À minuit, tout le monde se lève pour se souhaiter la bonne année. Renaud étreint Valérie de son bras libre, sa joue est encore mouillée, puis il soulève la petite Karine pour permettre à sa femme d'embrasser leur fille en même temps que lui.

— Merci d'être dans ma vie, dit-il ensuite à Valérie.

Elle n'a pas le temps de lui répondre que Julien, Gisèle, Marie-Reine et Nick défilent tour à tour.

— Il est temps d'aller se coucher, dit Julien après les embrassades.

Valérie remarque la pâleur inhabituelle de son père et les poches sombres sous ses yeux. En plus d'une très grande fatigue, elle décèle une pointe de déception. Il a fait l'effort de veiller plus tard sans en retirer la satisfaction qu'il en attendait et elle se sent triste, elle aussi, sans en comprendre la raison. « C'est la fatigue », se dit-elle pour chasser la grisaille qui les cerne.

La triste procession dans l'escalier lui fait penser à un enterrement et elle s'efforce de refouler cette impression désagréable. Sur le palier, chacun regagne sa chambre et Renaud recouche leur fille sans qu'elle se soit réveillée. Valérie s'alarme soudain de ce sommeil inaltérable et elle examine Karine sans déceler le mouvement réconfortant de la petite poitrine qui se soulève, prouvant qu'elle respire encore. Affolée, elle palpe les joues et sonde le petit corps ensommeillé jusqu'à ce que la bambine sourcille et se frotte le nez.

Renaud, qui observait la scène, la prend dans ses bras et, dans la plus belle harmonie de sentiments, leur rire nerveux témoigne du soulagement qu'ils éprouvent de s'être affolés inutilement.

◦◦◦

Au matin, Valérie s'éveille, les jambes entortillées à celles de Renaud, le nez dans son cou. Pendant leur sommeil, leurs bras se sont enroulés autour de leur taille, comme si tous deux cherchaient consolation et chaleur dans la chair de l'autre. En bougeant pour se dégager, malgré ses précautions, elle le réveille. Il ouvre de grands yeux tourmentés.

— Excuse-moi, dit-il, l'air embarrassé.

— Ce n'est pas ta faute, répond-elle, gênée.

Les rares fois où ils ont eu à partager le même lit, ils ont toujours veillé à ne pas se toucher et, durant leur sommeil, ils restaient pudiquement chacun de leur côté. Ce rapprochement trouble Valérie, qui se tasse instinctivement au bord du lit et remonte la couverture jusqu'à s'en couvrir les épaules. Elle ferme les yeux, un peu honteuse, car elle se souvient d'avoir rêvé d'Olivier et de ses caresses. Confuse, elle se demande avec qui elle a échangé les gestes tendres qui l'ont comblée et le doute la cloue au lit.

Elle sent tout à coup une menotte aussi douce que la soie effleurer son bras et aperçoit sa fille, assise entre eux. Renaud les observe en souriant, mais Valérie remarque la profonde tristesse de son regard s'entremêlant à l'expression de bonheur esquissée par ses lèvres. Se rappelant que c'est le jour de l'An, elle retient la question qu'elle s'apprêtait à poser, s'assoit dans le lit et prend Karine.

— Veux-tu nous bénir? murmure-t-elle.

Renaud la fixe si intensément qu'elle se sent l'âme remuée. Puis elle voit sourdre une perle de rosée quand il trace une première croix sur le front de Karine et la deuxième sur le sien, sans dire un mot. Sa pomme d'Adam se soulève, signe chez lui d'une émotion intense. La vision de Valérie devient floue et l'image de Renaud se confond avec celle d'Olivier. Elle serre Karine contre elle et l'embrasse en clignant des paupières pour étouffer la bouffée de chagrin qui menace d'assombrir ce premier jour de la nouvelle année.

— Allons voir grand-papa, à présent, dit-elle à Karine.

À la cuisine, son père se berce, le regard perdu dans le vide. Il n'a pas l'air plus dispos que la veille au soir. Au comptoir, Gisèle leur tourne le dos et prépare le café. Toujours effacée et douce, elle travaille sans bruit.

— Avez-vous bien dormi ? s'enquiert Valérie.

— Comme ci comme ça, répond Julien d'une voix morne.

Gisèle se retourne, les traits tirés, l'air inquiet.

— Ton père a passé une partie de la nuit à se promener.

— Des problèmes de digestion, explique Julien.

— Tu n'avais presque pas mangé au souper, objecte sa femme.

— Vous autres, vous avez bien dormi ? dit-il pour changer de sujet.

Valérie et Gisèle échangent un regard anxieux.

— Oui, répond Renaud. Karine a filé jusqu'au matin. C'est une grande fille, maintenant.

Valérie installe Karine dans la chaise haute que Gisèle a sortie du grenier, de même qu'un lit de bébé et tous les vieux accessoires d'enfant pouvant leur être utiles. Cela leur évite d'avoir à transporter un équipement encombrant.

— Où sont passés grand-maman et oncle Nick ? s'informe Valérie en préparant le déjeuner de sa fille.

— Ils sont allés faire un tour chez tante Rachel, répond Gisèle.

Renaud s'assoit dans l'autre berçante. Le poêle à bois pétille et répand sa chaleur bienfaisante. Gisèle apporte aux hommes une tasse de café. Par les fenêtres, le soleil matinal darde ses rayons. La neige pure et blanche scintille comme si elle était saupoudrée de milliers de minuscules parcelles de miroir. Dame Nature a revêtu sa parure de janvier, plus aveuglante qu'une couronne de diamants, plus étendue qu'une interminable traîne et plus opulente qu'une étole d'hermine.

La fumée des maisons voisines monte en droite ligne dans le ciel d'un bleu limpide. À Cap-aux-Brumes, on reste fidèle à l'ancien mode de chauffage. Même si l'électricité a été nationalisée dans les années 1960 et que les prix sont raisonnables, les pannes de courant sont encore fréquentes. Les forêts environnantes contiennent du bois de chauffage pour des décennies à venir et la plupart des maisons ont conservé leur vieux poêle à bois.

❧

Après avoir bu la moitié de son café, Julien retourne se coucher en se traînant les pieds. Gisèle regarde Valérie en secouant la tête. Inconsciente du souci des grands, la petite Karine a mangé ses céréales et grignote le dernier morceau d'une banane.

— Qu'est-ce que tu prendrais pour déjeuner, Renaud? s'informe Gisèle.

— Je n'ai pas faim.

Valérie finit de débarbouiller sa fille et la confie à son père.

— Je vais aller voir papa, dit-elle. Viens-tu avec moi, maman?

Gisèle lui emboîte le pas, la mine soucieuse. Elles montent l'escalier à pas feutrés afin de ne pas réveiller Jean-

Marie et Francis qui dorment encore. Sur le palier, Valérie lui chuchote à l'oreille :

— Je vais m'occuper de la maisonnée. Arrange-toi pour rester avec lui, ce serait plus prudent de ne pas le laisser seul.

Gisèle fait un léger signe d'assentiment et lui presse tendrement le bras.

— Il dit que c'est sa digestion, mais j'ai peur que ce soit son cœur, murmure-t-elle.

La poitrine de Gisèle se soulève à la vitesse de sa respiration saccadée et Valérie a l'impression d'entendre les battements de ce cœur aimant et agité par l'inquiétude.

Julien est couché sur le côté droit, le teint gris, une main au creux de la poitrine.

— Où as-tu mal, papa ?

— Là, font ses lèvres qui bougent à peine.

— Je vais faire venir une ambulance, dit-elle en sortant précipitamment de la chambre.

***

Comme une folle, elle conduit l'auto de son père en essayant de rattraper l'ambulance qui file toutes sirènes hurlantes. Elle se gare au petit bonheur, et Gisèle et elle courent vers l'entrée des urgences, échevelées, les pieds nus dans leurs bottes. Elles ont passé à la hâte leur manteau par-dessus leur pyjama qui dépasse.

Gisèle tremble en tendant la carte d'assurance-maladie de son mari aux ambulanciers qui sont partis sans attendre qu'elle la leur remette.

— Le médecin s'occupe de votre mari, lui dit le plus âgé des deux. Allez vous asseoir dans la salle d'attente.

— J'aimerais le voir, dit Gisèle, hors d'haleine.

— Demandez à l'infirmière là-bas, répond-il en désignant du menton la femme en blanc.

Au même moment, l'infirmière se tourne vers Gisèle et lui adresse un signe de la main. Gisèle presse le pas pour aller la rejoindre, Valérie sur ses talons.

— Est-ce que je peux voir mon mari, madame Harrison?

— Pas tout de suite, le docteur va lui faire passer des examens. Ça peut prendre un certain temps avant d'avoir des nouvelles. Vous devriez retourner à la maison et revenir un peu plus tard, dit-elle en lorgnant leur tenue vestimentaire débraillée.

Comme la mère et la fille ne bougent pas, l'infirmière ajoute, compatissante:

— Il est entre bonnes mains avec le Dr Bonin, et votre mari a surtout besoin de calme. Revenez dans deux heures, d'accord?

Gisèle se réfugie dans les bras de Valérie en pleurant. La dévouée tantine, qui a su consoler ses chagrins d'enfance, est à présent défaite, et Valérie ne sait que faire ni que dire, aussi déboussolée qu'elle. Son esprit révolté crie au Seigneur: «Non, non et non! Ne touchez pas à mon père! Vous n'avez pas le droit! C'est assez, plus qu'assez!»

À l'intérieur, Valérie est un volcan en irruption qui crache pierres et lave, mais à l'extérieur, ses larmes silencieuses sont les seules manifestations de sa souffrance. Du revers de la main, elle essuie ses joues ruisselantes et aperçoit les jambes de son pyjama. Un rire nerveux la secoue et elle chuchote à Gisèle:

— Regarde-nous l'allure! Je crois qu'on ferait bien d'aller se changer.

Quand elles retournent à l'hôpital, madame Harrison leur indique l'endroit où repose Julien, mais en précisant qu'une seule personne peut lui rendre visite, pas plus de cinq minutes par heure. Valérie meurt d'envie de voir son père, mais elle fait signe à Gisèle qu'elle va l'attendre dans la grande salle bondée.

Le temps des fêtes est une période propice à la transmission des microbes, grippe et gastro-entérite sont le dernier cadeau laissé à plusieurs par le Père Noël. Dédaigneuse, Valérie garde ses gants afin de ne pas toucher aux endroits contaminés par les malades.

— Qu'est-ce que tu fais ici ? s'étonne Jasmine Beaudry.

Valérie sursaute.

— C'est papa. Et vous, qu'est-ce que vous faites ici ? s'enquiert-elle, ahurie.

Sa belle-mère la vouvoyait au début, mais elle s'est mise à la tutoyer, et Valérie apprécie ce tutoiement plus chaleureux et plus familier.

— Mon père aussi, répond tristement sa belle-mère.

— Qu'est-ce qu'il a ?

— Ce sont ses bronches ou ses poumons, on lui fait passer un rayon X. Et ton père ?

— Je crois que c'est le cœur, mais on n'est pas encore fixés. Maman va peut-être en savoir plus, elle est allée le voir. Ah, la voici ! Alors ? demande-t-elle d'une voix inquiète.

— Pas de changement, il est toujours souffrant. Madame Harrison m'a dit qu'ils allaient l'installer aux soins intensifs, dit-elle, le front strié de plis soucieux.

— Grand-papa Boudreau est ici, lui aussi, dit Valérie qui ne sait où donner de la tête pour apporter un peu de réconfort à sa belle-mère et à sa mère alors qu'elle-même a du mal à taire l'angoisse qui l'étreint.

Gisèle reporte son attention sur Jasmine avec qui elle a développé des liens d'amitié au cours de la dernière année.

— Qu'est-ce qu'il a ? demande-t-elle piteusement.

La main sur la bouche pour se retenir de pleurer, Jasmine lui montre sa poitrine et Gisèle se méprend.

— Pas le cœur lui aussi !

— Non, les poumons, corrige doucement Valérie. Venez, je vois trois sièges qui viennent de se libérer.

Au bout de quelques minutes, on vient informer Jasmine Beaudry que son père restera à l'hôpital où on lui administre un sérum jumelé à un antibiotique.

— Je vais aller lui dire que je vais revenir le voir avec maman. Bon courage à vous deux. On se redonne des nouvelles ce soir, d'accord ?

— Est-ce que Renaud peut venir aussi ? s'informe Valérie.

— Peut-être qu'il vaudrait mieux attendre à demain. Je vais l'appeler dès que je reviens à la maison.

~ঞ

Trois jours plus tard, le glas lugubre, porté par le vent du large, annonce à la paroisse le décès de l'un des leurs. Le ciel est couvert et la froidure claquemure les battures et les cœurs endeuillés. Grand-papa Boudreau est parti pour un monde meilleur, là où les tracas n'osent pas s'aventurer, de peur d'y rester prisonniers.

Julien repose toujours aux soins intensifs, victime d'un infarctus qui lui imposera une convalescence de longue durée s'il s'en sort. Il devra renoncer à son dessert favori : la crème, nappant généreusement une portion de sucré composée de fruits des champs en saison, de confitures ou de mélasse le reste de l'année.

Valérie se demande comment son père pourra supporter l'oisiveté. Elle l'a toujours vu s'activer, peu importe le degré de fatigue ou le manque de sommeil. Julien est comme un cheval vaillant qui meurt debout et sa fille craint que cette immobilité forcée ne finisse par l'abattre.

Renaud est brisé par le départ subit de son grand-père. Cet homme aimant et fort a été son héros, son modèle. C'est sa compréhension et sa tendresse qui l'ont conforté et empêché de se suicider, comme l'a fait Adam qui n'a eu dans son enfance aucun homme inspirant pour l'aider à fortifier son estime personnelle.

La mort de grand-papa Boudreau plonge sa femme et sa fille dans un profond désarroi, de même que Valérie qui s'était attachée à ce vieux monsieur très digne qu'elle a connu toute jeune. Il avait le don de se faire aimer par son entourage et le salon funéraire ne désemplit pas durant les trois journées où est exposée sa dépouille mortelle.

Durant ces jours d'affliction, Marie-Reine et Nick se dévouent de mille manières auprès des deux familles éprouvées. Ils reçoivent la mère et la grand-mère de Renaud, qui ne feraient aucun effort pour se sustenter tant l'appétit leur fait défaut. Ils soutiennent Gisèle qui fait d'incessants allers-retours entre l'hôpital et le salon funéraire. Ils encouragent Jean-Marie et Francis, qui doivent prendre la relève de leur père sans autre préparation que la formation qu'il leur a dispensée jusqu'à son infarctus. Et ils veillent sur la petite Karine que ses parents doivent abandonner à contrecœur.

Dans l'attente de jours meilleurs, ces deux vieux éclopés de la vie puisent dans l'amour profond qui les anime la force de remplir toutes ces obligations qu'ils assument sans qu'on leur ait demandé quoi que ce soit.

Quand vient le temps de refaire les bagages pour retourner à Québec en raison du travail de Renaud, Marie-Reine s'excuse de ne pouvoir accepter l'invitation que Valérie lui a faite après Noël.

— Je dois rester pour aider Gisèle.

Il n'y a rien d'autre à ajouter. Tous comprennent et se quittent, la mort dans l'âme. Valérie aurait désiré rester près de son père, mais la présence d'un enfant risque de nuire à son rétablissement. Nick doit ramener ses passagers à bon port, mais il promet à sa jumelle de revenir quelques jours plus tard.

Renaud ne peut prolonger son séjour malgré son désir de soutenir sa mère et sa grand-mère. Son moral est au plus bas et ce dernier drame ravive le deuil non résolu d'Adam. Depuis quelques jours, un remords cuisant revient l'accabler. Ayant le sentiment de ne plus avoir le droit d'être heureux, il se sent coupable d'aimer autant la petite Karine.

꘎

L'hiver et le printemps s'écoulent dans un quotidien marqué par les progrès de Karine qui imite à tour de rôle son père et sa mère. Pour attirer leur attention quand ils s'égarent dans leurs souvenirs douloureux, la fillette rit aux éclats, apparemment sans raison. Son petit manège les ramène aussitôt à la réalité et la petite futée continue ses bouffonneries jusqu'à ce qu'elle provoque leur rire et qu'ils la prennent dans leurs bras.

Avec force mimiques, elle leur tient de longues conversations incompréhensibles. À travers son charabia, un mot prononcé plus clairement peut parfois leur fournir une indication, mais la plupart du temps ils ne savent comment interpréter cet abondant verbiage accompagné d'une gestuelle expressive.

— Elle va avoir du talent pour la comédie, prédit Renaud.

Les interurbains hebdomadaires à Cap-aux-Brumes consolident leurs liens familiaux, réconfortent les endeuillés et encouragent les cœurs physiquement ou moralement affectés. Comme la nature qui reverdit, la vie reprend son cours.

Les perce-neige ont laissé place aux narcisses, eux-mêmes remplacés par le délicat muguet de mai et l'odorant lilas de juin. Valérie retourne la terre de son unique plate-bande où fleurira bientôt le rosier qui se laissera courtiser par les papillons volages.

Karine escorte sa mère et affirme son esprit d'entreprise en essayant de tout faire comme elle. Quand la maman oppose un refus à ses tentatives maladroites et parfois dangereuses, la petite demoiselle fait montre d'un besoin d'indépendance où les « non » accompagnés d'un index réprobateur sont confrontés au pouvoir absolu d'une marâtre autoritaire. Et comme maman a toujours gain de cause, on se fâche un peu plus et on s'échoue au lit en pleurant de rage. Puis on finit par s'endormir, vaincue par un adversaire impitoyable.

Au réveil, on redevient une redoutable enjôleuse et on se console d'une pomme que l'on croque avec autant de rage de vivre que l'on a mis de cris à se dérager avant la sieste qui a pacifié les deux camps opposés.

Quand Renaud est dans les parages, Valérie doit capituler avant même de livrer bataille, car le papa envoûté se laisse mener par le bout du nez par la friponne qui use et abuse de son pouvoir. La reine déchue abdique et cède son trône au nouveau régent, le temps d'épuiser ses forces. L'habile stratagème fonctionne et la maman finit par reprendre les rênes du pouvoir.

Valérie, que le beau temps incite à sortir, engage un matin la conversation avec une jeune mère de famille de deux enfants qui habite un logement de l'immeuble voisin.

La fillette de cinq ans commencera la maternelle en septembre, le garçonnet est âgé de trois ans. D'une conversation à l'autre, elles se découvrent des intérêts communs pour la lecture, la popote, les fleurs et, bien sûr, leur marmaille adorée.

Elles s'échangent des livres et des recettes, puis gardent leurs enfants à tour de rôle pour permettre à l'autre d'aller faire ses courses en paix. Comme Valérie, Lisette vient de l'extérieur et ne s'est pas fait d'amie depuis son déménagement à Québec. La maternité l'a retenue captive à la maison et elle a confié à Valérie qu'elle aimerait retourner sur le marché du travail quand ses enfants iront à l'école.

Nick se joint à elles à l'occasion pour prendre un petit café. Sa joue balafrée suscite des questions de la part de la fillette impressionnée, qui déclare ensuite qu'elle veut être médecin quand elle sera grande.

—Je ne sais pas où elle prend ces idées-là, plaisante la maman. Personne n'est médecin dans nos deux familles.

Nick adresse un clin d'œil comique à la petite Isabelle.

— Pourquoi pas! s'exclame-t-il. J'aimerais ça, moi, avoir une femme médecin pour prendre soin de moi. Les femmes ont la main plus douce. Et toi, mon garçon, qu'est-ce que tu aimerais faire quand tu vas être grand?

Le petit bonhomme fait rouler une auto miniature en émettant des vroum, vroum convaincants.

— J'sais pas, dit-il en levant les épaules.

— Frédéric est trop petit, plaide sa mère.

⁓⳺

Durant les vacances estivales, après leur retour de Cap-aux-Brumes, Renaud fait la connaissance de Charles, le mari de Lisette, et les deux couples multiplient les occasions de se rencontrer autour du foyer extérieur où ils font griller saucisses et guimauves qui font le régal des petits et des grands. Quand les enfants s'endorment, enveloppés dans une couverture, sur les chaises longues de la galerie, leurs parents jouent aux cartes ou discutent des actualités.

Les sujets ne manquent pas avec la multiplication des grèves, l'emprisonnement des trois chefs syndicaux condamnés pour outrage au tribunal, et la formation d'un nouveau club de hockey dans la capitale. Maurice Richard, l'ancien joueur étoile des Canadiens, devient le premier instructeur des Nordiques.

Le 1er août, la Loi sur la protection du consommateur entre en vigueur et les deux nouveaux amis s'accordent pour dire que c'est une bien bonne chose. La Régie des alcools est rebaptisée Société des alcools du Québec et ce changement de nom les amuse : « Encore de l'argent dépensé pour rien », disent les deux professeurs. Ils travaillent dans des écoles différentes, mais enseignent les mêmes matières au secondaire.

Les deux voisins reprennent le boulot en même temps et ils espacent quelque peu leurs rencontres le soir. Pendant qu'Isabelle est à la maternelle, Lisette vient prendre un café dans la matinée, en compagnie de Frédéric qui joue avec Karine.

Puis les deux familles se réunissent pour l'anniversaire de Karine qui fête ses deux ans en partageant son gâteau d'anniversaire avec ses nouveaux amis. Elle parle plus franc et Renaud affirme que la compagnie d'enfants plus âgés lui est bénéfique. Comme elle est à l'âge du « non », elle s'affirme de plus en plus de cette manière.

Le 11 octobre, en compagnie de Nick, Renaud et Charles assistent au premier match des Nordiques, qui font partie de l'Association mondiale de hockey. À la fin du mois,

Pierre Elliott Trudeau est réélu, mais les libéraux forment un gouvernement minoritaire. Au mois de novembre, les femmes commencent leur magasinage des fêtes.

～♪

Au début du mois de décembre, Lisette revient du centre commercial Place Laurier qu'elle a parcouru d'un bout à l'autre. Les pieds endoloris, elle accepte sans se faire prier la tasse de thé que lui offre Valérie. Près de la porte, quatre grands sacs de plastique regorgent de cadeaux.

— Ouf! dit-elle. Il va falloir que j'emballe tout ça ce soir quand les enfants vont être couchés. Une chance que je suis revenue de bonne heure, tu m'aurais vue coincée dans un autobus bondé avec tous ces gros sacs!

Valérie avale une gorgée de thé. Elle a l'impression d'être à des années-lumière de la frénésie des fêtes qui s'emparait d'elle auparavant.

— Je pourrais garder Karine demain si tu veux finir d'acheter tes cadeaux, propose Lisette.

— J'ai de moins en moins le goût de magasiner. Les fêtes ne vont pas être gaies cette année. Ce sera le premier Noël sans grand-papa Boudreau et la messe anniversaire de son décès sera célébrée moins d'une semaine après le jour de l'An.

— Et ça va faire un an que ton père a fait son infarctus. Comment va-t-il?

Les épaules affaissées, Valérie exhale un long soupir. D'un geste machinal, elle remonte la bretelle de son soutien-gorge qui a glissé sur son bras. Sans le sourire qui la caractérise, elle ressemble à un jour de novembre pluvieux.

— Ah! Autant il aimait se bercer, autant il déteste sa berçante à présent. On dirait que l'inactivité le tue à petit feu. Il trouve le tour de se faufiler à la bijouterie quand c'est plein de monde parce que personne ne va le rembarrer devant les clients. Maman a peur qu'il se fatigue, mais elle est bien obligée de le laisser agir à sa guise, sinon il se fâche. Et ça ne lui ressemble pas. Mon père a toujours été d'une grande patience. La maladie l'a beaucoup changé.

— C'est pas tant la maladie que de se sentir inutile, il a probablement l'impression d'être une charge pour les autres. Laissez-le faire. Il vaut mieux qu'il ait du plaisir, quitte à vivre moins longtemps, que de périr d'ennui. Tu ne crois pas? demande-t-elle en voyant Valérie perdue dans ses pensées.

— Tu as raison, fait-elle, hésitante. Mais en même temps, on aimerait le garder avec nous le plus longtemps possible. C'est peut-être égoïste…

— Mais c'est humain, reprend Lisette en lui tapotant la main.

Valérie s'ébroue, comme un chiot trempé, pour chasser ses pensées négatives.

— Je suis tellement contente de t'avoir rencontrée, dit-elle en esquissant un sourire. Ça me fait du bien de parler avec toi. Charles et toi, vous êtes des amis précieux. Depuis que Renaud fréquente ton mari, il a surmonté son chagrin. Il n'en menait pas large l'hiver dernier. Je ne le reconnaissais plus et j'étais vraiment inquiète.

Par respect pour son époux, elle se retient d'en dire davantage. Une confidence pourrait l'entraîner trop loin et elle ne veut pas risquer de perdre leurs nouveaux amis, ni déconsidérer Renaud à leurs yeux. Pourtant, avec Karine qui commence à parler, leur secret risque d'être éventé un jour ou l'autre. Leur fillette finira par révéler qu'ils font chambre à part ou ils se trahiront sans même s'en rendre compte. Si cela doit se savoir, elle estime que cela doit venir de Renaud et de personne d'autre.

— Et moi, je m'ennuyais à mourir avant de te rencontrer, dit Lisette. Ton amitié a changé ma vie.

Elle avale une dernière gorgée de thé et regarde sa montre.

— Il faut que je me sauve si je veux préparer le souper à temps. Merci pour le thé.

◆

Valérie accroche une dernière boule de Noël dans le sapin qu'elle a monté avec l'aide de Lisette dans son grand salon. Puis elle branche le fil des lumières qui décorent l'arbre.

— Wow! s'écrie Frédéric en levant les bras en l'air.

— Wow! l'imite aussitôt Karine.

Les deux mamans sourient, fières du résultat et de la réaction de leurs enfants.

— Je suis comme une enfant, avoue Valérie. Chaque année, je me donne bien du trouble pour décorer la maison et on ne sera pas beaucoup là pour en profiter, mais c'est plus fort que moi. Merci de m'avoir aidée. À quelle date vous partez pour le Témiscouata?

— Le samedi avant Noël. Et vous autres?

— Même chose, répond Valérie en fermant toutes les boîtes de boules vides qui traînent sur le divan. Mais, cette année, on va y aller avec notre auto, comme ça, oncle Nick pourra rester à Cap-aux-Brumes tant que ça lui plaira. On se fait un thé?

— C'est pas de refus. Depuis que Charles a goûté ce thé délicieux, il n'arrête pas de me demander d'acheter le thé de Valérie, mais j'en trouve nulle part. Où est-ce que tu le prends?

— Inutile de chercher, on n'en trouve pas à Québec, dit Valérie en riant. Je vais t'en rapporter de Cap-aux-Brumes.

Elle en prend note sur le petit calepin laissé sur le comptoir de cuisine, près du téléphone, afin de suppléer aux défaillances de sa mémoire. En vue d'acquérir de bonnes habitudes et de se libérer l'esprit, Valérie a adopté la méthode des listes recommandée dans un article de magazine qu'elle a lu pendant la sieste de Karine au lieu de faire le repassage qu'elle exècre. De cette façon, elle ne peut ignorer les tâches honnies qu'elle a tendance à reporter à plus tard. Quand elle peut enfin les biffer de la liste, elle en éprouve une satisfaction additionnelle produisant le même effet qu'une récompense.

— Charles me disait hier soir que Renaud voulait habiter chez sa grand-mère cette année, mais que toi, tu hésitais.

— J'aurais été plus à l'aise chez mes parents, mais finalement, on a décidé de coucher chez grand-maman Boudreau. Ce sera plus désennuyant pour elle et plus reposant pour papa. Belle-maman a décidé de recevoir la famille Briand le soir de Noël. Pour un petit souper sans cérémonie, qu'elle dit !

— C'est gentil de sa part.

— Très gentil, même. En plus, c'est une excellente cuisinière, mais si tu voyais ses repas sans cérémonie ! Elle en fait tellement que je suis gênée de l'inviter chez moi.

— Une dame de la haute ! se moque Lisette en levant le petit doigt en l'air. Pas du tout mon genre !

— Pourtant, je suis certaine que tu l'aimerais si tu la connaissais, la défend Valérie. C'est une femme chaleureuse et charmante. Mais à force de fréquenter le gratin, elle a adopté des façons de faire auxquelles je ne suis pas habituée. Je ne me sens pas à la hauteur et j'ai peur de faire honte à Renaud en me trompant de fourchette ou de couteau. Et comme je suis gaffeuse, surtout quand je suis nerveuse, j'envoie les petits pois en l'air ou je renverse ma coupe de vin. Rien qu'à penser que je vais subir cette épreuve trois fois par jour plusieurs jours de suite, j'en ai mal au ventre.

Lisette se tord de rire.

— Je ne me serais jamais doutée que tu pouvais te sentir mal à l'aise. Tu es toujours calme et tu parais si sûre de toi. T'as toujours l'air au-dessus de tes affaires, comme on dit par chez nous.

Valérie est si étonnée par ce qu'elle entend qu'elle dévisage sa voisine, la bouche ouverte et les yeux écarquillés.

— C'est l'impression que je donne ?

— Tu fais très distingué, comme dit Charles. Si tu ne m'avais pas saluée en me souriant, je n'aurais jamais osé t'aborder la première. Mais quand on te connaît, on s'aperçoit que t'es pas snob pour deux sous.

— Tu me jettes à terre, bredouille Valérie en secouant la tête. J'ai toujours pensé que j'avais l'air d'une insignifiante.

— T'es pas sérieuse !

Valérie confirme en faisant signe que oui. Lisette s'absorbe à plier et lisser la serviette reposant à côté du napperon que son hôtesse a sorti pour le thé.

— C'est bien pour dire ! Si tu savais comme je t'ai enviée, dit-elle, rouge de confusion. Surtout que Charles n'arrête pas de dire : "T'as vu comment Valérie fait ceci ou cela ?" Il y a de quoi me donner des complexes.

— Toi, tu te sens complexée ? s'étonne à son tour Valérie.

⁂

Seule dans la cuisine avec son père, Valérie ferme la porte les séparant de la bijouterie. L'odeur du bois qui brûle dans le poêle fait surgir moult souvenirs. Elle se sent encore chez elle dans la grande maison où elle a grandi, les vieux murs gardent l'empreinte de son passage. Valérie aime les vieilles maisons, elle prétend qu'elles ont une âme, contrairement aux neuves, et affirme qu'il lui arrive de sentir leurs vibrations.

Son père lui semble avoir encore ratatiné depuis l'été. Il se berce en silence, le visage fermé, et Valérie sent qu'il n'est pas de bonne humeur.

— Qu'est-ce qui ne va pas, papa?

— Essayez pas de m'enterrer avant que je sois mort, rouspète-t-il.

Le voyant se masser le thorax et grimacer, Gisèle et Jean-Marie l'ont menacé d'appeler son médecin s'il n'allait pas se reposer.

— Voyons, papa, dit-elle doucement. C'est parce qu'on tient à toi qu'on te force à prendre du repos, et tu le sais.

— Et c'est parce que tu tiens à moi que tu restes chez les Boudreau au lieu de t'installer ici? demande-t-il, l'air sceptique.

Valérie retient un soupir d'exaspération.

— Papa, je t'ai déjà exposé toutes les raisons qui m'ont fait accepter l'invitation de grand-maman Boudreau. J'aurais préféré rester ici avec toi, tu le sais bien, mais je dois tenir compte de mon mari et de sa famille. La présence de la petite va leur changer les idées. C'est pas facile pour elles de voir arriver les fêtes, elles n'ont pas encore fait leur deuil, tu comprends?

Les craquements des berceaux de la chaise malmenée se font le porte-parole de la colère refoulée de son père. Comme si les vieilles maisons et les vieux meubles se sentaient obligés d'interpréter le mutisme de leurs occupants.

— Je vais t'amener Karine demain, poursuit Valérie. Aujourd'hui, le voyage l'a trop fatiguée et elle passe son temps à chigner. Tu ne la trouverais pas tellement agréable. Ça te va?

Pour toute réponse, Julien conserve son air buté. Valérie se penche et l'embrasse sur la joue. Il arrête son mouvement de va-et-vient.

— Tu m'as manqué, papa, lui murmure-t-elle.

Il lui presse la main et Valérie comprend qu'elle a dit les mots qu'il fallait pour résorber son amertume.

— Si tu savais comme je t'aime, poursuit-elle tout bas, et comme j'ai peur de te perdre. Tu es mon phare, papa. Ta lumière m'aide à éviter les écueils. Même si je ne te vois pas souvent, même si je ne te parle pas tous les jours, le seul fait de savoir que tu es là me rassure et me donne la force de faire face aux épreuves. J'ai besoin de toi, papa. Nous avons tous besoin de toi.

Bien que Julien reste muet, ses traits se détendent. Elle tire une chaise droite près de la sienne et lui prend la main.

— Peut-être que tu nous trouves lourds à porter par moments… Tu as travaillé si fort toute ta vie que tu mériterais aujourd'hui de penser un peu à toi… Si tu arrives à le voir de cette manière, peut-être que tu pourras trouver ce que tu aimerais faire en dehors du travail… Il y a plein de choses agréables pour passer le temps… Tu n'es pas obligé de te bercer à la journée longue… C'est sûr que l'hiver, le froid t'empêche souvent de sortir, mais…

Elle fait de petites pauses pour ne pas l'étourdir et lui laisser le temps de peser ce qu'elle essaie de lui faire comprendre. Pour lui remonter le moral, sa voix se fait douce comme la brise et gaie comme le soleil.

— Moi, j'irais me dorer la couenne en Floride… J'aimerais voir les palmiers et écouter le roulement des vagues de l'océan. Mais j'ai entendu dire qu'on pouvait apercevoir un aileron de requin, alors je n'irais pas me baigner dans la mer, c'est certain. Je me contenterais de flâner en observant les petits lézards manger les affreux moustiques et je marcherais sur le sable doré… et je commencerais une collection des plus beaux coquillages que rejettent les mers du Sud. Et j'irais voir les dauphins qui gagnent leur poisson quotidien en faisant tourner des ballons sur leur nez. J'aimerais manger des oranges juteuses, mûries au soleil…

— Comment tu sais tout ça, toi ?

Un sourire un peu moqueur métamorphose son visage.

— C'est oncle Nick qui m'en a parlé. Interroge-le, il en a vu, du pays, tu sais ! Je t'assure que tu ne t'ennuieras pas en sa compagnie, mais gare à toi si tu l'accapares un peu trop, grand-maman va te regarder avec des yeux de porc frais.

Sa fille contrefait l'air courroucé que peut prendre Marie-Reine quand elle est fortement contrariée. Julien rit franchement et Valérie refoule les sanglots de bonheur embouteillant sa gorge. Il a ri trop peu souvent, son petit père d'amour, occupé à courir après le temps qui filait trop vite pour tout le travail à abattre, penché sur son établi pour réparer les mécanismes servant à mesurer ce temps fugace afin que les siens ne manquent de rien.

⁂

Perchées sur la clôture délimitant la cour arrière, les premières corneilles croassent en observant d'un œil sévère les alentours. Leur plumage noir reluit sous le soleil printanier. L'une d'elles s'est juchée sur une branche dénudée du lilas et Valérie l'observe, se demandant s'il s'agit du chef de cette tribu d'écorcheuses d'oreilles.

Penché sur *Le Soleil* du samedi, Renaud sirote son deuxième café. C'est son jour préféré, celui où il peut faire la grasse matinée, lire le journal de la première à la dernière page, en pyjama, et faire les mots croisés qu'il conserve afin de comparer ses résultats aux solutions qui paraissent le samedi suivant. Il s'y absorbe durant des heures et seule une catastrophe pourrait le faire renoncer à ce passe-temps.

— Nos visiteurs vont peut-être arriver de bonne heure. Comme je les connais, ils ont dû se lever très tôt pour éviter la circulation. Tu devrais aller t'habiller.

— Mmm, grogne-t-il, sans bouger de sa chaise.

Quand il lui répond de cette manière, Valérie a l'impression d'avoir affaire à un homme des cavernes. «Ce n'est sûrement pas sur ce type d'homme que Dieu a prélevé une côte pour créer la femme», songe-t-elle.

Négligeant corneilles criardes et conjoint cotonneux, elle sort les ingrédients servant à la confection d'un gâteau Reine Élizabeth, le dessert préféré de sa mère. Nick et Marie-Reine reviennent de Floride où ils ont entraîné Julien et Gisèle. Après un mois de soleil et de farniente, son père lui a paru plus enjoué au téléphone. Elle a remonté le chauffage dans l'appartement de Nick, où ils coucheront ce soir. Puis elle a rempli le frigo vide en y glissant les petites douceurs qu'elle a amoureusement cuisinées à leur intention.

Sa fille est assise devant le téléviseur qui diffuse des dessins animés à l'intention d'un auditoire de petits lutins captivés. Dans ses petits bras, Karine tient une marionnette verte, aux yeux de grenouille, et sa poupée de chiffon, qu'elle a baptisée Bobinette, comme la marionnette qui passe à l'écran en compagnie de son grand frère Bobino, un homme en chair et en os coiffé d'un chapeau melon.

Par la fenêtre, Valérie voit surgir Charles. Elle s'essuie les mains et ouvre la porte. La vieille formule utilisée par son aïeule pour accueillir un visiteur imprévu lui vient automatiquement aux lèvres.

— Quel bon vent t'amène?

— Je venais voir si…

En reconnaissant la voix de leur voisin et ami, Renaud bondit de sa chaise.

— Viens t'asseoir, donne-moi ton manteau, dit-il en lui tendant la main. Veux-tu un café ? Excuse ma tenue, je ne m'attendais pas à ta visite.

Renaud passe une main dans ses cheveux emmêlés et rit nerveusement. Ses yeux brillent d'un éclat vif, un sourire radieux illumine son visage. Cette jovialité particulière lui est si peu coutumière que Valérie en est renversée. Puis elle remarque que Charles ne s'occupe plus que de Renaud et elle retourne à la préparation de son gâteau sans plus se soucier d'eux.

— J'ai envie d'aller voir les autos, dit Charles. Au printemps, les garages font des rabais sur leurs démonstrateurs. Viendrais-tu avec moi ?

— Donne-moi deux minutes, je m'habille et j'arrive.

Il disparaît dans sa chambre avant que Valérie ait pu lui rappeler qu'ils attendent ses parents. Le journal et les mots croisés abandonnés gisent, éparpillés, à côté des ciseaux ayant servi à les découper. Charles sifflote et pianote sur la table, le dos tourné à Valérie, qui s'étonne de plus en plus du comportement inusité des deux compères.

※

En guise de dessert, Valérie pèle la dernière orange mûrie au soleil de la Floride. Après deux journées à Québec, les vacanciers sont repartis à Cap-aux-Brumes. Transformé par ce voyage, Julien avait hâte de retrouver sa berçante et, surtout, de passer de nouveaux examens médicaux à la suite desquels il espère avoir la permission de reprendre ses activités. « Si c'était pas du coût élevé des assurances, j'irais passer mes hivers en Floride », lui a-t-il confié.

— T'aurais pas envie d'aller au cinéma avec Lisette ce soir ? Je pourrais garder Karine, propose Renaud à la fin du dîner. Vous passez vos journées à la maison, ça vous ferait du bien de vous changer les idées.

Valérie avait justement l'intention de lui proposer d'aller voir le dernier film québécois à l'affiche.

— Comme c'est gentil ! Lisette m'a parlé ce matin du film *Kamouraska* avec Geneviève Bujold et je meurs d'envie d'aller le voir. C'est une adaptation du roman d'Anne Hébert et c'est basé sur un fait vécu.

— Appelle-la tout de suite, propose-t-il en riant. Si Charles tient à y aller avec vous deux, dis-lui que je garderai leurs enfants.

Sous l'œil amusé de Renaud, Valérie s'élance vers le téléphone et compose fébrilement le numéro de sa voisine.

— Charles est prêt à garder les enfants, dit-elle à Renaud en tenant le récepteur sur sa poitrine. Si on a aimé le film, il dit que vous pourriez aller le voir ensemble la semaine prochaine. Il demande si tu voudrais aller regarder le hockey avec lui, Karine pourrait passer la nuit chez eux si on ne veut pas la réveiller en revenant du cinéma.

— Dis-lui que j'accepte et que je fournis la bière.

⁘

Quand Nick revient de Cap-aux-Brumes, il se joint à Lisette et Valérie dans la matinée. Il a si bien su se rendre utile auprès des deux jeunes femmes qu'il leur a réellement manqué durant sa longue absence. Elles sont aux petits soins pour le vieil homme qui se targue d'avoir encore bon pied bon œil. Enchanté d'avoir un public pendu à ses lèvres, Nick raconte la Floride et ses merveilles, ainsi que le long trajet entre Québec et Miami.

— J'ai conduit tout seul durant les trois journées. Je voulais pas que Julien se fatigue. On partait de bonne heure le matin et on s'arrêtait à la fin de l'après-midi. On avait le temps de se reposer avant d'aller souper.

Entre eux, Valérie a déposé un plat de service contenant des petits gâteaux nappés d'un glaçage au sirop d'érable, dont raffole Nick. Dans son assiette à dessert, deux moules de papier vides en témoignent.

— Servez-vous, dit-elle en approchant les gâteaux.

— Un dernier, fait-il, la mine gourmande.

Il enlève rapidement le papier et porte le petit gâteau directement à sa bouche. Pour un vieux nomade comme lui, les fourchettes à dessert sont un luxe réservé aux grandes occasions. Une fois la troisième portion engloutie, il s'arrête soudain et regarde attentivement Valérie, comme s'il venait d'être frappé par la foudre.

— Il serait temps que tu apprennes à conduire !

— Vous avez raison, il faudrait juste que je me décide à aller chercher mon permis temporaire. Mais je sais que c'est inutile d'y penser tant qu'on aura une auto manuelle, je ne suis pas assez douée pour changer les vitesses en douceur. J'ai déjà essayé et j'ai failli bousiller la transmission.

— Pas besoin d'attendre, tu vas apprendre avec ma voiture.

⁓᷍ᴾ

Tous les soirs, Renaud garde Karine pendant que sa maman prend des cours de conduite avec Nick. Pour commencer, ils vont dans la cour de l'école. Valérie peut se familiariser avec les différents boutons du tableau de bord et tester la conduite sans aucun stress. Ils sont seuls et Nick est patient.

— Avec le *power steering*, tu vas voir que c'est pas mal plus doux à conduire. Mais va falloir faire attention et pas donner de coups de volant brusques, la prévient-il.

La direction assistée demande moins d'effort pour tourner le volant et les néophytes non avertis risquent de se retrouver dans le décor. Après de nombreux tours de piste où elle doit éviter les obstacles imaginaires qu'il dresse devant sa route, il lui apprend à se stationner à reculons. Valérie grimace la première fois qu'il lui impose cet exercice.

— Ils vont sûrement te demander de te garer à reculons quand tu vas aller passer ton examen. En plus, c'est plus facile de cette manière.

Valérie agrippe le volant en soupirant, regarde dans les rétroviseurs et suit ses directives. Après trois essais, elle a les mains moites et transpire abondamment.

— Bon, c'est assez pour aujourd'hui, décrète le professeur.

Quand Nick juge qu'elle maîtrise suffisamment les virages, l'accélération et le freinage, il poursuit les leçons dans des rues tranquilles en augmentant graduellement le niveau de difficulté. Valérie en arrive à conduire dans la circulation de l'après-midi avec Karine assise dans son siège d'auto.

— Nick dit que je suis prête à passer l'examen pour mon permis de conduire, dit-elle un soir à Renaud.

— Mets ta petite robe bleue avec les *hot pants*. L'examinateur va te regarder les cuisses et tu vas passer haut la main.

L'industrie de la mode a ramené les robes au ras des fesses portées avec un short de même tissu et des bottes d'été moulant les jambes, ne laissant à nu que les cuisses. Pour le soir, la robe longue est de mise et les magasins offrent également des robes d'intérieur allongées. Pour engranger plus de profits, la mode passe d'un extrême à l'autre.

Le jour de l'examen, Valérie met sa robe sans espérer en retirer un avantage. C'est la seule robe à la mode qu'elle possède, car elle porte de plus en plus le pantalon.

L'examinateur reste imperturbable en la voyant courtement vêtue et il se conduit en parfait gentleman tout le long du parcours. Il ne fixe pas ses cuisses, n'exige pas qu'elle se stationne à reculons et prédit, à la fin de l'essai routier :

— Vous allez être une très bonne conductrice, madame. Il ne vous manque qu'un peu d'expérience.

Valérie rapporte ses propos à Nick, puis à Renaud quand il revient du travail.

— Bravo! Je vais changer la Volks pour une familiale automatique.

∾

Renaud cherche une voiture usagée en bonne condition, car l'inflation galopante grignote chaque semaine son salaire qui n'augmente pas au même rythme. Comme il ne trouve pas d'aubaine, ils doivent se résoudre à passer l'été avec leur Coccinelle.

À l'automne, le gouvernement du Québec annonce la mise en place d'un système d'assistance judiciaire et un nouveau programme d'allocations familiales. Mais, comme tous les cadeaux du gouvernement doivent être payés par les contribuables, Renaud prévoit que ses impôts vont augmenter encore et réduire son revenu net.

Le 13 octobre, le premier ministre Trudeau annonce la mise sur pied d'un Bureau d'examen et de contrôle des prix et des salaires. Il fait appel à la collaboration des Canadiens pour user de modération afin de mater l'inflation.

Le 29 octobre 1973, les libéraux de Robert Bourassa balaient le Québec en remportant 102 sièges sur 110 lors des élections provinciales. Le Parti québécois voit son vote grimper de 23 % à 30,2 %, mais ne remporte que six comtés. Le Ralliement créditiste fait élire deux députés avec 10 % des suffrages. Avec 4,9 % des votes, l'Union nationale n'arrive à se faire élire dans aucun comté.

En pleine guerre du Kippour entre la Syrie, l'Égypte et Israël, les États arabes membres de l'Organisation des pays exportateurs de pétrole annoncent une réduction de 25 % de la production de pétrole brut. L'embargo envers les pays qui soutiennent Israël se traduit par une augmentation importante des prix.

— On ne pourra pas changer de voiture cette année, se désole Renaud.

— Ce n'est pas grave, ta petite Coccinelle ne consomme pas beaucoup d'essence, se console Valérie.

L'enthousiasme de sa jeunesse lui permet de combattre la grisaille de l'automne et l'augmentation galopante des prix qui la contraint à restreindre ses dépenses afin d'équilibrer le budget que lui alloue Renaud. Elle ressort ses dizaines de recettes de steak haché, achète les fruits et légumes les moins coûteux et chante en faisant son ménage pour se donner de l'entrain.

Quand Renaud lui offre de garder Karine, elle fait du lèche-vitrines, rêve de toutes les belles choses offertes à sa vue, mais n'achète rien. La compagnie de son amie Lisette fait contrepoids à la hausse du coût de la vie et au vent de folie qui balaie tout sur son passage. La spirale vertigineuse des changements a de quoi essouffler jeunes et vieux.

Pourtant, même les audiences de la Commission d'enquête sur le crime organisé n'arrivent pas à abattre son moral. Ce courage exceptionnel lui vient de son amour pour sa petite Karine qu'elle veut protéger contre tous les dangers et ce dessein se nourrit d'espérance.

Pour sa fille, elle métamorphose la rapacité de ce monde chambardé en joyeuses comptines. Ensemble, elles s'émerveillent des bulles de savon qui égaient le rituel du bain quotidien. Du haut de ses trois ans, Karine parle comme une grande et essaie d'imiter sa mère en tout. Après sa période du « non », elle fait tout pour plaire à ses parents. Son mini-moi la suit pas à pas et Valérie fond d'amour pour la petite coquette qui voudrait se mettre du rouge à lèvres et du vernis à ongles, comme sa maman.

***

Le magasinage des fêtes s'avère plus ardu cette année. Comment arriver à faire des présents à tout le monde quand le budget cadeaux se réduit à presque rien ? Valérie tricote des foulards, crochète des cravates et centres de table, coud des tabliers. N'ayant jamais eu d'attrait pour ces activités, elle se surprend elle-même des résultats. « Nécessité fait loi », dit-on, elle en comprend maintenant le sens. Les circonstances la forcent à se dépasser et cela lui apporte une plus grande confiance en elle.

Renaud a bûché un sapin sur un lot à bois appartenant à un confrère de Charles. Pour le remercier, ils l'ont aidé à écouler un petit stock d'arbres de Noël. Les deux amis s'entraident et s'occupent, de leur côté, à des activités nouvelles qu'ils partagent dans le plus grand enthousiasme. Valérie se réjouit de voir son mari renaître à la vie.

Seule dans la pénombre, elle regarde scintiller les lumières du sapin qu'elle vient de finir de décorer. Tous les cadeaux sont emballés et groupés autour de la crèche en attendant d'être chargés dans l'auto de Nick. Il leur a proposé de les emmener avec lui, les assurant qu'ils allaient ramener Marie-Reine avec eux après le congé. Heureuse, Valérie lui a sauté au cou et l'a embrassé sur les deux joues en le remerciant. Il en a rosi de bonheur et le cœur de la jeune femme a tressailli de joie. Par un silence, un geste ou une mimique, son oncle Nick a le don de l'émouvoir. Elle ferme les yeux pour en chasser les embruns du trop-plein de sensibilité que ce souvenir récent déclenche, puis se laisse dériver vers des réminiscences plus anciennes.

L'arrivée de Renaud la fait sursauter.

— Tu n'es pas encore couchée ? dit-il en la voyant se lever du divan où elle s'était endormie.

⁓๛

La veille de leur départ pour Cap-aux-Brumes, la neige commence à tomber et se transforme en pluie verglaçante. Puis, sous l'effet combiné du verglas, de la neige et du froid, les fils électriques surchargés se cassent comme des brins de paille. Les pannes d'électricité affectent des milliers de foyers. Les routes de la province étant devenues de véritables patinoires, ils doivent reporter le voyage.

Sans chauffage et presque sans nourriture, les deux familles amies et Nick se regroupent chez Valérie. Ils mettent en commun tout ce qui peut leur permettre de combattre la faim et le froid. Charles apporte une chaufferette de camping au gaz propane, Nick et Renaud dépouillent l'épicerie du coin des derniers pains en tranches. Avec un pot de beurre d'arachide et des conserves de Paris Pâté, ils pourront se faire des sandwiches. Ils achètent des soupes en boîte faciles à réchauffer sur un poêle à fondue.

Dans le salon transformé en camping, les matelas des lits sont alignés les uns près des autres afin que, bien serrés, ils

344

puissent se tenir au chaud sous une montagne de couvertures. Le divan est réservé à Nick, qui devra se réchauffer tout seul.

— Il faudrait laisser couler l'eau pour pas que les tuyaux gèlent, leur rappelle-t-il avant de retourner chez lui, le temps de mettre ses conseils en pratique.

— On va aller vérifier chez toi, dit Renaud à l'adresse de Charles.

Malgré leurs précautions, ils sont quand même privés d'eau. La tempête a perturbé le fonctionnement de l'usine de filtration de la Ville. Après deux jours à survivre au froid et à l'humidité, l'électricité revient dans la journée du 24 et un mince filet d'eau coule du robinet. L'appartement est dans un fouillis indescriptible, les planchers sont sales en raison du va-et-vient des hommes qui n'enlevaient leurs bottes que pour se coucher. Les enfants ont dormi vêtus de leurs habits de neige, avec tuque et mitaines.

Après ce camping forcé, Valérie éprouve une furieuse envie de se laver de la tête aux pieds. Cependant, elle devra se contenter d'un coup de débarbouillette à l'eau froide en attendant que la situation revienne à la normale.

— Vous viendrez réveillonner, dit-elle à ses voisins quand ils repartent chez eux.

— Te donne pas de trouble, répond Lisette.

— On va se faire un petit gueuleton à la bonne franquette, l'assure Valérie. On ne peut pas laisser passer Noël sans fêter, il faut penser aux enfants.

Son congélateur regorge de plats congelés qu'il faut manger le plus tôt possible en raison de la longue panne.

— Je vais revenir t'aider tantôt pour nettoyer ce foutu bordel.

— Tu devrais surveiller ton langage devant les enfants, lui reproche Charles.

— Oups! fait Lisette en plaçant sa main sur sa bouche pour cacher son fou rire.

Dès que leurs amis sont partis, Valérie compose le numéro de ses parents.

— Comment ça va, maman? (…) Vous n'avez pas d'électricité? (…) Ici ça vient de revenir, mais on n'a pas d'eau. (…) Les routes sont trop glacées, on ne pourra pas se voir à Noël. (…) Embrasse tout le monde pour moi. Dis à papa que je vais rappeler demain. (…) Au revoir.

Elle raccroche et tend l'appareil à Renaud.

— Appelle ta mère et ta grand-mère. Embrasse-les pour moi, il faut que je m'occupe de Karine.

8

Québec, juillet 1974

Dans la grande maison de Cap-aux-Brumes, c'est le branle-bas de combat. Quatre générations de femmes doivent se faire belles pour le mariage de Jean-Marie, tout en partageant l'unique salle de bain avec les hommes. La bijouterie est exceptionnellement fermée depuis midi.

Après s'être changée en vitesse, avoir étalé les vêtements de Renaud sur le lit, pomponné sa fille qui se berce dans la cuisine en observant les trois autres générations s'énerver, Valérie achève de coiffer sa grand-mère qui marmonne tout bas contre la future mariée.

— Elle va lui coûter cher, sa Béatrice, chuchote-t-elle. Le pauvre Jean-Marie est obligé de prendre un loyer. Madame ne veut pas rester ici!

Le futur marié vient de monter à sa chambre après avoir abandonné la salle de bain au profit de son père.

— Les temps changent, maman, murmure Gisèle. On ne peut pas blâmer Béatrice de vouloir un peu d'intimité. C'est gênant pour une jeune mariée de vivre avec une belle-famille qui observe tous ses faits et gestes.

— La maison est pourtant assez grande pour qu'on se pile pas sur les pieds, bougonne Marie-Reine. Pourquoi gaspiller de l'argent pour rien?

Sans s'inquiéter de sa coiffure, elle secoue la tête et la petite fleur que Valérie s'apprêtait à fixer dans son chignon tombe par terre. Marie-Reine se confond en excuses.

347

— C'est pas drôle de vieillir, se lamente-t-elle pour se faire pardonner.

— Voyons donc, maman, vous avez juste soixante-quatorze ans, c'est pas si vieux. Béatrice me disait l'autre jour qu'elle vous trouvait en forme en comparaison de sa grand-mère. La pauvre femme marche avec une canne, ajoute-t-elle à l'intention de Valérie.

— La chère enfant! s'exclame Marie-Reine d'un ton radouci. En plus d'avoir le dos voûté, sa grand-mère passe son temps à râler.

— Tout le contraire de vous, s'amuse Valérie. Bon, j'ai fini, allez vous voir dans le miroir. Vous êtes assez belle que vous risquez de voler la vedette à la mariée.

Marie-Reine rit de la plaisanterie, mais s'empresse d'aller s'observer dans le petit miroir du réchaud du poêle à bois. Après moult torsions du cou, elle se déclare entiè-rement satisfaite et remonte à sa chambre pour enfiler sa robe neuve.

⁂

Assise au bout de la table d'honneur avec Nick, Marie-Reine paraît aussi guillerette que la jeune mariée. L'humeur folâtre lui vient sans doute de la présence de la grand-mère de Béatrice, aussi tordue qu'un vieux pin maltraité par le vent du large. «Il faudrait que je pense à faire prendre une nouvelle photo des quatre générations tandis qu'on est tous bien mis», songe Valérie en observant les autres membres de sa famille.

Son père est redevenu l'homme charmant qu'il était avant son infarctus. Il a recommencé à travailler à plein temps, sauf qu'il a appris à s'accorder du repos et à mener une vie plus saine. Durant sa longue convalescence, ses deux fils ont fait preuve d'un grand sens des responsabilités, ce qui l'a beaucoup rassuré. Les vacances au soleil lui ont permis de comprendre qu'il pouvait et devait changer le cours de sa vie et il caresse le projet de retourner un mois en Floride l'hiver prochain. « Il n'y a rien de mieux pour recharger une vieille batterie », se plaît-il à dire.

À côté de lui, Gisèle est radieuse et Valérie remercie le Ciel de leur avoir envoyé cet ange de tendresse et de dévouement. Elle a soigné son père avec une abnégation héroïque. D'une douceur constante, elle a subi ses accès d'humeur sans faillir.

Son jeune frère, Francis, est accompagné d'une jolie jeune fille au regard perçant. Rares chez une blonde, ses yeux brun foncé captent l'attention. Pétillants d'intelligence, ils animent un visage aux traits délicats, adroitement ciselés comme un bijou d'or fin. Une joie de vivre saisissante émane de Nadine.

Les yeux bleus de la mariée ressemblent à des saphirs envoûtants. Sa chevelure sombre fait ressortir l'éclat de sa peau satinée. Les lèvres pulpeuses, la poitrine généreuse, le sourire avenant, elle a tout pour plaire aux hommes, se dit Valérie qui se trouve tellement terne en comparaison des deux jeunes femmes.

Près d'elle, Renaud est aussi beau qu'un dieu grec immortalisé dans le marbre blanc d'une statue, et aussi impénétrable. Le visage inexpressif, il navigue à l'autre bout du monde, indifférent aux tintements d'ustensiles entrechoquant les verres pour obliger les mariés à s'embrasser. À qui pense-t-il ? se demande Valérie. Alors qu'elle désirait passer quelques semaines en Gaspésie auprès des leurs, il a invoqué les élections fédérales du 8 juillet pour rentrer à Québec et elle devra plier bagage demain. Plutôt que de faire une croix sur un bulletin de vote, elle aurait préféré cette année la faire sur son droit de vote. A-t-on idée de déclencher des élections en plein été?

~⁓

Par dépit, Valérie annule son bulletin de vote. Ce qui n'empêche pas Trudeau d'être réélu et de former un gouvernement majoritaire.

La touffeur de l'été incite les deux familles voisines à sortir de la fournaise de la ville surchauffée par l'asphalte, le béton et la brique des vieilles maisons contiguës. Pour se rafraîchir, les jolis coins de nature ne manquent pas. Lisette est attirée par les chutes Montmorency alors que Valérie a un penchant très marqué pour l'île d'Orléans. Les hommes préfèrent explorer les berges du fleuve, de l'est à l'ouest, avant de pique-niquer. Et les enfants, eux, se réjouissent de toutes ces excursions.

Ils s'entassent à sept dans la familiale de Charles et chacune de leurs sorties est immortalisée à l'aide de la caméra Super 8 de Renaud et l'appareil photo de Charles, qui développe lui-même ses négatifs dans une petite chambre noire. Dans le coffre arrière de l'auto sont rangées les glacières et de grandes couvertures. Sur le chemin du retour, étourdis de grand air, les enfants dorment paisiblement.

Les soirées sont déjà plus fraîches quand commence la première Super Franco Fête, le 13 août. Les hommes offrent de garder les enfants pour permettre à Lisette et Valérie d'assister à la soirée d'ouverture du Festival international de la jeunesse francophone auquel participent une vingtaine de pays. Sur la scène surplombant les plaines d'Abraham, Félix Leclerc, Gilles Vigneault et Robert Charlebois sont réunis pour la première fois. Ils livrent à la foule nombreuse leurs meilleures compositions, chacune saluée par un tonnerre d'applaudissements.

Se sentant un peu coupables que leurs maris se soient sacrifiés, Valérie et Lisette n'assistent pas au feu d'artifice qui couronne la soirée. Elles reviennent à la maison en fredonnant les airs favoris entendus au spectacle, imitées par les fêtards mis en joie par quelques bières calées en douce. L'ambiance festive rappelle celle du carnaval d'hiver.

Valérie se sent fière d'habiter une ville dynamique qui continue de progresser. La construction du Complexe G sur la colline parlementaire, le nouveau centre des congrès géré par l'hôtel Hilton et les travaux d'assainissement de la rivière Saint-Charles comptent parmi les dernières réalisations. Tout en gardant son cachet unique, Québec se modernise et se fait belle pour accueillir les visiteurs venus de partout.

~⌊

En septembre, alors que Frédéric commence la maternelle, Lisette retourne sur le marché du travail. Valérie s'engage à accueillir les enfants lors des congés et après l'école, en attendant le retour de Charles qui rentre plus tôt à la maison.

Nick vient voir sa bichette plus souvent. S'apercevant que la compagnie de sa voisine lui manque, il part un samedi matin sans dire où il va et revient le dimanche avec Marie-Reine. Valérie retrouve son entrain en les voyant débarquer chez elle.

Quand Marie-Reine retourne à Cap-aux-Brumes après un séjour de deux semaines, Karine, qui a célébré ses quatre ans, se charge de désennuyer sa mère avec tous les pourquoi qu'elle répète sans se lasser, comme si elle ne savait plus dire autre chose. C'est un signe d'intelligence, affirme Renaud quand Valérie s'en lasse.

À la mi-décembre, alors qu'elle finit de décorer le sapin de Noël, elle apprend que le gouvernement du Québec a acheté l'île d'Anticosti pour une somme de près de vingt-cinq millions de dollars. Située en face de Havre Saint-Pierre, l'île, plus grande que la province de l'Île-du-Prince-Édouard, est surtout peuplée de chevreuils.

Une semaine avant Noël, Karine vomit, fait de la fièvre et se plaint d'avoir mal à la gorge et à la tête. Le médecin, venu l'examiner à la maison, diagnostique la fièvre scarlatine. La petite malade, traitée aux antibiotiques, doit garder le lit au moins trois semaines et éviter refroidissement et fatigue. Souffrante et sans vitalité, la fillette ne pose plus de questions, au grand regret de sa mère qui préférerait à présent crouler sous une avalanche de pourquoi.

Afin d'éviter la contagion, Nick prend la relève pour s'occuper des enfants de Lisette et les parents de la malade doivent renoncer à leur projet de voyage à Cap-aux-Brumes. Laissée à elle-même, la petite famille passe des fêtes tranquilles en supportant vaillamment l'épreuve.

✦

Renaud et Valérie commencent l'année 1975 en multipliant les appels téléphoniques à Cap-aux-Brumes. Lorsque Charles et Lisette reviennent du Témiscouata, les deux couples renouent avec leurs anciennes habitudes, une fois que Karine s'est endormie. Chouchoutée par ses parents, la fillette se rétablit complètement. Comme les avait prévenus le médecin, le bout de ses doigts et de ses orteils fait peau neuve un mois plus tard. Par excès de prudence, Valérie attend une période de redoux pour sortir sa fille, enveloppée comme une momie.

En février, les centrales syndicales revendiquent des augmentations salariales de près de 40 %. Valérie s'inquiète, sachant que ces majorations se répercuteront sur les prix à la consommation et que les travailleurs revendiqueront ensuite d'autres hausses pour corriger les écarts. Elle se demande quand s'arrêtera cette spirale ascensionnelle échevelée.

En raison de l'inflation galopante, elle doit remettre à jour son budget presque tous les mois. Dans la boîte aux lettres, une lettre du propriétaire leur est adressée. Le cœur palpitant, elle l'ouvre et la lit en diagonale, pressée de connaître le prix de location pour la prochaine année. Comme le permet la nouvelle loi adoptée par le gouvernement du Québec afin de ne pas perturber l'année scolaire des enfants affectés par le déménagement du 1er mai, le propriétaire accepte de prolonger leur bail jusqu'au 30 juin. Elle poursuit sa lecture et pousse un soupir de soulagement en voyant le supplément demandé, qu'elle estime tout à fait raisonnable.

Le 1er avril, alors que Marie-Reine vient d'arriver à Québec, le Canada adopte officiellement le système métrique et Valérie essaie de se familiariser avec les tables de conversion pour connaître les équivalences.

— Encore des changements ! se plaint Marie-Reine.

— Le système métrique a l'avantage d'être plus facile à calculer, soutient Nick.

— On n'avait pas besoin de ça, rouspète sa jumelle.

L'être humain étant réfractaire au changement, la décision du gouvernement est vivement critiquée. C'est pourquoi on échelonne l'implantation du nouveau système. Comme premier changement, la température n'est donnée qu'en degrés Celsius lors des prévisions météorologiques. Avec les années, la population devra se munir d'autres instruments à mesurer, remplacer ses outils et adopter la nouvelle terminologie.

Si Marie-Reine réprouve les changements en général, elle approuve la dernière mode des robes couvrant le genou, ce qui avantage la plupart des femmes. Valérie y voit une nouvelle source de dépenses dont elle se passerait volontiers. Avec la garde-robe de Karine qu'il faut renouveler chaque saison, elle doit négliger sa mise.

À la suite des conflits intersyndicaux ayant entraîné le saccage de la Baie-James l'année précédente, le gouvernement a créé la Commission Cliche, qui recommande la mise en tutelle pour trois ans de quatre sections locales de la FTQ.

— Il est temps de les mettre au pas, affirme Marie-Reine. Ils sont allés trop loin, c'est pas aux employés de mener la barque. Voir si ç'a du sens !

Pour protester, les ouvriers débraient sur les chantiers des Jeux olympiques à Montréal et Marie-Reine continue de récriminer contre les syndicats.

Indifférente au brasse-camarade, la nature se pare d'atours aux couleurs d'espérance alors que le scandale de la viande avariée révulse les estomacs des consommateurs à qui la Federal Packing a refilé de la charogne pour augmenter ses profits.

Le 1er juin, le salaire minimum passe à 2,60 $ l'heure, une augmentation de 50 sous. Incapable d'absorber cette hausse, deux semaines plus tard, le dépanneur du coin ferme boutique.

— Si ça continue, c'est tout le pays qui va faire banqueroute, prédit Marie-Reine en bouclant sa valise.

Dès les premières chaleurs, elle juge qu'il est temps de mettre fin à son séjour prolongé dans la capitale.

Comme note positive pour terminer le mois, le gouvernement provincial adopte la Charte des droits et libertés de la personne. Et Valérie est libérée pour l'été de la garde des enfants de Lisette, mais privée de ce petit revenu.

De moins en moins communicatif, Renaud décide de suivre un cours d'été, ce qui l'empêche d'aller passer ses vacances à Cap-aux-Brumes avec Valérie et Karine, qui désertent la ville en compagnie de Nick. L'air du large manque à la Gaspésienne qui ressent un vague à l'âme envahissant.

Dans le but d'inscrire Karine à la maternelle à l'automne, elle téléphone à l'école du quartier. On lui explique qu'un enfant ne peut commencer la première année que s'il a six ans le 1er octobre. À cause d'une seule journée, Karine devra attendre une année de plus. Il ne servirait à rien de l'envoyer à la maternelle en septembre, car l'école ne l'admettrait pas en première l'an prochain. Aussi doué soit l'enfant, on ne fait aucune exception, contrairement au temps où l'enseignement relevait des communautés religieuses.

Valérie doit donc reporter son retour sur le marché du travail. Il lui pèse de plus en plus de dépendre de Renaud et elle a la curieuse impression que leur situation opprime son mari. Il s'absente de plus en plus souvent sans donner d'explication et elle n'a pas le courage de lui poser des questions. C'est pour se donner le temps de réfléchir qu'elle l'abandonne à son mutisme.

Karine s'est endormie contre elle et Nick se racle la gorge.

— T'es ben jongleuse, ma bichette. T'as rien dit depuis qu'on a traversé le pont. Quelque chose te tracasse, hein?

— Je réfléchissais, répond-elle.

Valérie hésite à lui faire part de ce qui la trouble et Nick respecte son silence. Quelques secondes plus tard, elle dit d'un ton faussement enjoué :

— Si on s'arrêtait dans un petit coin tranquille, on pourrait jaser…

— On va quitter la 20 et s'arrêter le long de la 132, ça te va ?

Se sentant oppressée, elle marmonne un faible oui. Nick se gare sur une parcelle de terrain libre longeant le fleuve. Karine continue de roupiller. Valérie baisse la vitre pour respirer l'air déjà plus frais de Saint-Roch-des-Aulnaies et regarde Nick.

— Alors, ma bichette, qu'est-ce qui te tracasse ?

— Oh, rien de bien grave, au fond…

Nick ne dit rien et attend qu'elle se livre. Avec réticence, elle lui parle de son désir de retourner travailler afin d'aider son mari à joindre les deux bouts. Elle ajoute qu'il n'a pas l'air heureux et avoue que les bulletins d'information lui sapent le moral avec les hausses de prix, la grogne des travailleurs et les revendications en tous genres.

— Le salaire d'un professeur devrait pourtant vous suffire, non ?

— Je ne sais pas combien gagne Renaud et je ne me sens pas le droit de le lui demander. On n'est pas un vrai couple… On n'aurait jamais dû se marier…

Elle fixe le bout de ses doigts et soupire.

— Au début, ça vous a permis de vous épauler pour passer à travers vos chagrins, mais la réalité vous rattrape. Vous ne pourrez pas vivre comme ça bien longtemps.

— Vous avez raison, mais j'hésite à cause de la petite. Est-ce que j'ai le droit de la priver d'un père ? Et est-ce que ce ne serait pas cruel de ma part de le priver de sa fille ? Parce que pour lui, Karine est *sa* fille.

— Peut-être que tu devrais aborder le sujet avec lui pour voir ce qu'il en pense.

Elle se ronge un ongle, le regard absent, poursuivant mentalement son introspection. Nick remet l'auto en marche et se dirige vers l'autoroute. À la suite de cette prise de conscience, sa bichette doit trouver elle-même la voie à suivre.

Après un mois de méditation à l'air salin revivifiant, Valérie se sent d'attaque pour retourner en ville et avoir une discussion franche avec Renaud.

— Bon, il y a du monde qui déménage dans le bloc voisin et le camion bloque notre entrée, râle Nick.

— Je vais aller leur demander de se déplacer, dit Valérie. Reste avec oncle Nick, Karine.

Elle pénètre dans l'entrée de l'immeuble et aperçoit un gars sortir de l'appartement de Charles avec une grosse boîte de carton. Oubliant le camion à faire déplacer, elle se tasse pour le laisser passer et franchit ensuite la porte du logement laissée ouverte. Le dos tourné, Lisette donne des instructions à un autre déménageur.

— Où est-ce que vous partez ? demande-t-elle, abasourdie, dès que l'homme quitte la pièce.

Le regard fuyant, son amie commence à sangloter.

— On se sépare.

— Vous vous séparez ? répète Valérie, incrédule. Voyons, ça se peut pas.

— Charles en aime une autre, dit Lisette, l'air buté.

D'un geste rageur, elle attrape son sac à main sur le comptoir de la cuisine pendant que Valérie, assommée, attend la suite.

— Pas le temps de t'expliquer, on m'attend.

Lisette laisse son amie en plan, les deux bras ballants, et sort de sa vie sans lui laisser une adresse. «Je dois cauchemarder», se dit Valérie. Le drôle de verbe qui lui est venu à l'esprit la fait ricaner tout haut. «Il faudra que je regarde dans le dictionnaire si ça existe. Bon sang, est-ce que je suis complètement marteau pour me soucier d'un détail aussi futile dans un pareil moment?»

Puis elle se souvient de Nick et sort de l'immeuble dans un état second. Si son cerveau fonctionne au ralenti, son cœur bat comme un fou. Valérie se sent crispée et éprouve une sensation de froid inexplicable vu la chaleur qui la fait ruisseler.

Le camion est déjà parti et Nick a eu le temps de se garer et de sortir les bagages du coffre de l'auto. «J'en perds des bouts, réalise-t-elle. Ressaisis-toi, ma vieille!»

⁓

Son appartement est désert et Valérie, alarmée par le départ soudain de Lisette, fait rapidement le tour des pièces pour vérifier que Renaud n'a pas levé l'ancre durant son absence. Mais tout est en place, rien n'a bougé, les plantes vertes ont l'air en bonne santé. Elle ouvre machinalement le frigo, puis regarde sur la table et retourne dans la chambre de Renaud, pensant y trouver une note. Elle l'avait pourtant prévenu qu'elle rentrait cet après-midi et elle ne s'explique pas son absence ni le frigo vide.

Sur le tapis de l'entrée, Nick tient la petite Karine par la main et tous deux la regardent aller et venir sans broncher, comme s'ils attendaient un signe de sa part.

— Pourquoi papa est pas là? s'inquiète la fillette.

— Il a dû aller faire des commissions. Tu dois être fatiguée, ma chérie, aimerais-tu faire un beau somme en attendant qu'il revienne ?

— Je veux du jus, répond la gamine.

Tergiverser, voilà à quoi se résume l'attitude d'une petite demoiselle futée qui, sans déplaire à sa maman, ne veut pas se coucher.

— On n'a plus de jus, dit la mère obligée de changer de stratégie. Tu vas boire un peu d'eau et je te donnerai du jus après ta sieste.

Et sans lui laisser le temps de protester, Valérie lui sert à boire et invite Nick à s'asseoir en lui promettant une tasse de thé.

— Je dépose les valises dans ta chambre ? dit-il.

— Oui, merci, oncle Nick. Je suis à vous dans deux minutes.

Elle prend sa fille dans ses bras et lui raconte l'histoire d'un petit canard bien gentil qui faisait son dodo tous les après-midi.

◦⌁◦

Renaud revient avant le souper, les mains vides. Resté avec Valérie pour lui tenir compagnie, Nick s'esquive en douce sur un bref salut.

— Qu'est-ce qu'on va manger ? demande Valérie d'un ton aigre. Le frigo est vide. Tu savais pourtant qu'on revenait aujourd'hui. Veux-tu bien me dire ce qui se passe avec toi ?

L'air idiot, Renaud est sauvé par l'arrivée providentielle de Karine qui court se jeter dans ses bras. Il la serre contre lui, les yeux fermés.

— Papa va vous emmener au restaurant, dit-il à sa fille.

Valérie se voit contrainte d'accepter l'invitation, mais sa patience a atteint ses limites et Renaud ne perd rien pour attendre.

Au restaurant, la fillette, qui s'est ennuyée de son père, fait tout pour attirer son attention. Valérie essaie de rester calme et polie, mais elle mange peu et ne répond que par monosyllabes à Renaud quand il lui pose une question.

De retour à la maison, Renaud propose de donner le bain de sa fille et Valérie, qui a du mal à se contenir, va cogner à la porte de Nick. «À son tour de poireauter», songe-t-elle, bouillant de rage. Les valises non défaites l'attendent dans sa chambre, mais rien ne presse, car elle n'est pas certaine de l'issue de cette journée.

❧

Nick la laisse déverser tout son fiel, comprenant sa déception et sa frustration devant le comportement inacceptable de Renaud. Quand on vit avec quelqu'un, qu'importent les liens qui vous unissent, il y a un minimum de respect qui s'impose. Il conçoit que sa nièce est également chamboulée par le déménagement imprévu de sa meilleure amie et que ce départ inexpliqué la rend vulnérable.

Depuis le temps qu'il observe les allées et venues de ses voisins, il a une bonne idée de ce qui se passe, mais ce n'est pas à lui d'émettre des hypothèses. Il est souhaitable que l'abcès crève de lui-même, sans intervention étrangère.

— Ça ne ressemble pas à Renaud d'agir de façon cavalière, lui dit-il. Il doit vivre quelque chose qui le bouleverse. Je suis d'accord qu'il aurait dû t'en parler, mais attends d'avoir des explications avant de te fâcher.

❧

Pacifiée, Valérie traverse chez elle et aperçoit Renaud par la fenêtre. Assis dans son fauteuil, il a l'air fatigué et malheureux. La télévision n'est pas allumée. Elle tourne la poignée en douceur.

— Je t'attendais, dit-il.

Une note de tristesse assombrit le ton de sa voix. Valérie s'assoit sur le divan, près du fauteuil de son mari.

— Je m'excuse, ajoute-t-il.

— Je m'excuse aussi, dit-elle, contrite. Je m'attendais à te voir quand je suis arrivée, mais au lieu de ça, j'ai appris que Lisette et Charles se séparaient. Elle est partie sans même me laisser une adresse.

Valérie refoule la boule de chagrin étranglant sa gorge. Par sa froideur, Lisette a ressuscité le sentiment de rejet des abandons passés et toutes ses vieilles blessures se sont remises à saigner.

— Elle ne t'a rien dit? s'enquiert-il en fronçant les sourcils.

— Elle a dit qu'ils se séparaient parce que Charles en aime une autre.

Renaud se passe une main sur le visage et son silence étonne Valérie.

— Il a sûrement dû te faire des confidences, vous êtes tellement amis, dit-elle en observant attentivement ses réactions.

— Oui… mais je ne veux pas le trahir.

Une chape de silence les enveloppe avant que Valérie se décide à en avoir le cœur net pour en finir avec les dissimulations qui empoisonnent son existence.

— Es-tu, toi aussi, amoureux de quelqu'un?

— Oui, répond-il en baissant la tête.

Le mystère commence à s'éclaircir et elle s'en veut de ne pas y avoir pensé avant. Elle a souffert en s'imaginant qu'elle était la cause du comportement incompréhensible de Renaud alors qu'il avait tout simplement terminé son deuil et que l'amour avait de nouveau croisé sa route.

— Ça fait longtemps ? s'informe-t-elle afin de savoir à quand remonte la liaison qui a altéré leur relation.

— Oui.

La réponse laconique ne satisfait pas sa curiosité. Pour dénouer une situation aussi délicate, elle estime que seule la franchise peut rétablir la confiance qui les liait avant leur mariage insensé.

— Pourquoi ne m'en as-tu pas parlé ? demande-t-elle avec douceur.

Il se croise les jambes et les bras. Elle le sent fuyant, mais attend patiemment qu'il daigne répondre.

— Parce que c'est parfois compliqué ces choses-là, finit-il par dire.

— Pourquoi ?

La voilà rendue à imiter sa fille et, pourtant, elle sait comment un simple pourquoi peut être désarçonnant puisqu'il force l'autre à trouver une explication honnête et plausible, pas moyen de s'en tirer avec un oui/non/peut-être. Comme tout bon politicien, elle voit que Renaud patine mentalement, cherchant la sortie, mais il n'y a aucune échappatoire possible.

— Parce que la personne n'est pas libre, répond-il en laissant échapper un profond soupir. Alors, si tu permets, on va en rester là.

Plus déterminée que jamais, elle n'a pas l'intention de le laisser s'esquiver.

— C'est ce qui te rend malheureux ?

— Oui et non.

Valérie se mordille la langue. «Mauvaise question», se dit-elle. Elle aurait dû lui demander ce qui le rendait malheureux ou revenir avec son «pourquoi». Puisqu'elle ne peut rien tirer de lui, elle comprend qu'il est temps pour elle de mettre cartes sur table.

— Si tu préfères partir, je comprendrai. Je ne vais pas te retenir, Renaud. Ce serait ingrat de ma part après tout ce que tu as fait pour moi.

— Pas pour le moment, on verra plus tard.

Leur court entretien a eu le mérite d'alléger l'atmosphère entre eux. Ils ne sont pas redevenus les amis confiants et ouverts qu'ils ont déjà été, mais quand Renaud lui apprend qu'il sort, elle lui sourit et le laisse partir en lui souhaitant de passer une bonne soirée. Pendant ses absences, elle épluche les petites annonces d'offres d'emploi et de services de gardiennage, sans se résoudre à entreprendre de démarches. Elle temporise, ne se décidant pas à abandonner sa fille à une étrangère. Elle cherche une solution lui permettant d'attendre que Karine commence la maternelle.

Nick trouve plein de prétextes pour la voir le plus souvent possible. Il se fait discret, se montre enjoué, l'entraîne dans les boutiques alors qu'il a horreur du magasinage. Il souhaite que sa bichette retrouve son allant.

Un vendredi soir où Renaud a accepté de rester à la maison pour s'occuper de Karine, Nick emmène Valérie dans le nouveau mail couvert du quartier Saint-Roch.

La voyant s'arrêter devant la vitrine du magasin Laliberté et reluquer une robe dernier cri, il la prend par le bras.

— Viens essayer cette robe.

— Non, je n'ai pas les moyens.

— Je te l'offre.

— Je ne peux pas accepter.

— Ce que tu peux être têtue ! Des fois, t'es aussi entêtée que Marie-Reine.

Elle éclate de rire, surprise et amusée qu'il la compare à sa grand-mère. La voyant rire, il se méprend et cherche à l'entraîner dans la boutique.

— Non, dit-elle, rétive.

— OK, on va aller prendre un café et parler un peu, toi et moi.

Ils retournent à l'auto et Nick cherche un petit restaurant sans prétention aux alentours, puis il se souvient qu'elle lui a souvent parlé des crêpes bretonnes qu'elle dégustait en compagnie d'Olivier. Il change alors de direction et se stationne rue Saint-Jean. Elle descend de l'auto et le suit sans poser de question. Devant la crêperie, elle s'arrête net et Nick se demande s'il n'a pas pris une mauvaise décision. Peut-être que l'endroit lui rappelle des souvenirs doulou-reux. Il commence à regretter son action impulsive quand il la sent glisser son bras sous le sien et lui murmurer un merci ému.

❦

Un mois plus tard, Valérie étrenne la jolie robe qu'elle avait contemplée. Pour se la payer, elle fait la lessive, le repassage, le ménage et les repas d'un gentil vieux monsieur qui lui verse une rétribution équitable. Nick a eu bien du mal à la convaincre d'accepter un salaire pour les services qu'elle lui rend. Ce n'est que lorsqu'il a menacé d'embau-cher quelqu'un d'autre qu'elle a cédé.

À la radio, Joe Dassin chante *L'Été indien* alors que les feuilles fanées jonchent les parterres de la ville, et Valérie se prend à désirer qu'un homme la serre dans ses bras et lui murmure le plaisant refrain : « On ira où tu voudras, quand tu voudras et on s'aimera encore lorsque l'amour sera mort…» Son amour avec Olivier n'aura duré que le temps d'un très éphémère été indien. Y aura-t-il un jour un printemps qui succédera à l'interminable hiver de sa vie?

À la mi-décembre, Renaud revient de l'école d'humeur joyeuse. En tournoyant, il fait planer Karine venue l'accueillir en se jetant dans ses bras. Comme si la fillette sentait la précarité de l'avenir de ses parents, elle s'attache davantage à leurs pas, en quête de câlins. Elle rappelle à Valérie leur petit chien Bijou, qui agaçait Gisèle à trop vouloir se faire aimer.

— Ta mère a téléphoné tout à l'heure, dit-elle. Quand elle a su que papa et maman partaient pour la Floride le matin de Noël, elle a convaincu ta grand-mère de venir passer les fêtes à Québec.

Le sourire de Renaud disparaît.

— On dirait que ça ne te fait pas plaisir.

— J'avais fait d'autres plans.

— Comme quoi?

— Laisse faire, bougonne-t-il avant d'aller s'enfermer dans sa chambre.

— Pourquoi papa est pas content? demande la petite Karine, désemparée.

— Il est juste un peu fatigué. On va le laisser se reposer. Est-ce que tu aimerais qu'on aille souper au restaurant avec oncle Nick?

— Oh oui! répond la fillette en sautillant comme si elle était montée sur un ressort.

Valérie commence à en avoir marre de cette alliance chargée d'incertitude et de revirements imprévisibles, elle en a assez d'apprendre à la dernière minute qu'il ne rentre pas souper, elle souffre de se retrouver seule alors qu'il lui avait fait miroiter une sortie en famille. S'il veut vivre auprès de son amoureux, il n'a qu'à s'en aller !

Sa réaction de tout à l'heure lui laisse entrevoir le genre de fêtes qu'elle et Karine auraient vécues en l'absence de Nick, qui accompagne ses parents et sa grand-mère en Floride.

Elle jette un coup d'œil au sapin qu'elle venait d'allumer pour égayer le retour de Renaud et va le débrancher. Puis elle range au frigo le souper qu'elle tenait au chaud dans le four. Ensuite, elle entre dans la chambre de Renaud sans frapper et referme la porte afin que sa fille ne l'entende pas disputer son père. La mine renfrognée, Renaud se redresse sur son lit.

— Si tu ne veux pas de visite, dis-le toi-même à ta mère. Ne compte pas sur moi pour le faire à ta place. Assume-toi. Tu n'es plus un gamin. Pour te laisser le temps de réfléchir, je m'en vais manger au restaurant avec Karine. Au retour, j'espère que tu auras fini de bouder et qu'on pourra se parler en adultes.

❧

Karine s'endort durant la berceuse que chante Valérie pour sa poupée de chiffon. C'est le truc que la maman a trouvé pour calmer sa fille quand elle est trop excitée, comme ce soir, parce qu'elle s'est empiffrée de dessert. En sortant sur la pointe des pieds, elle entrebâille la porte pour qu'un rai de lumière éclaire faiblement la pièce.

Renaud l'attend au salon, plongé dans sa réflexion. Valérie allume le téléviseur afin de couvrir le bruit de leur conversation au cas peu probable où Karine se réveillerait.

— As-tu appelé ta mère ?

— Non. J'ai appelé mon copain pour lui dire qu'on ne pourrait pas se voir dans le temps des fêtes.

Il semble anéanti et, à le voir si pitoyable, Valérie se reproche de s'être emportée trop rapidement avant le souper.

— On pourrait l'inviter à se joindre à nous, propose-t-elle afin de se racheter.

— Il n'est pas prêt à s'afficher avec moi.

— Il est si timide ?

— Je t'en prie ! Ne pose pas tant de questions. Il a de bonnes raisons pour vouloir rester dans l'ombre. Essaie de comprendre. Si tu savais comme on est malheureux tous les deux. On n'a pas cherché ce qui nous arrive, mais c'est arrivé, c'est tout !

Elle comprend de moins en moins son charabia.

— Tu as toujours pu compter sur ma discrétion, proteste-t-elle. Je te l'ai amplement prouvé par le passé, non ? Pourquoi a-t-il peur de me rencontrer ?

— Ce n'est pas toi qui es en cause, Valérie, tu peux me croire.

— Durant le congé, tu pourrais quand même aller voir ton ami de temps en temps. Si tu m'avertis d'avance, je trouverais de quoi occuper nos visiteuses pour te permettre de t'évader avec lui.

Elle tombe de nouveau dans le piège de trouver des solutions. Elle en est consciente, mais elle ne peut s'empêcher d'essayer de rendre tout le monde heureux autour d'elle.

— On en reparlera demain.

Dehors, les brins de neige voltigent comme une nuée de minuscules papillons de nuit tourbillonnant autour d'un lampadaire allumé. Sauf qu'on est en plein jour, mais le soleil s'est caché derrière un écran tout gris.

— Papa et maman vont rester à dîner finalement, dit-elle à Nick, le lendemain matin, en sirotant un café.

— À la bonne heure ! On veut se rendre le plus loin possible le premier jour pour sortir de l'hiver et des tempêtes qui pourraient nous retarder. Mais c'est Noël et une petite heure ne fera pas une bien grosse différence.

— J'aurais donc le goût de vous suivre, cette année, dit-elle. Si je pouvais, je me ferais toute petite et je me cacherais dans une de vos valises avec Karine.

Le sourire de Nick ensoleille la cuisine assombrie.

— L'année prochaine, on va s'organiser pour que tu puisses venir avec la petite.

— Je ne sais pas si ce sera possible, j'ai l'intention de recommencer à travailler et je n'aurai sûrement pas droit à des vacances.

— Il peut s'en passer, des choses, dans une année, déclare-t-il d'un ton grave.

~⌀

Bien que les élèves soient déjà en congé, Renaud s'est encore absenté toute la journée sous prétexte de terminer la préparation des cours de la session suivante. Valérie a préparé son plat favori, mais le fumet du rosbif ne provoque aucune réaction à son retour. L'accueil enthousiaste de Karine fait naître un bref sourire sur le visage de carême de son père. Déçue, la fillette retourne s'accroupir devant le téléviseur et Valérie se prend à rêver d'évasion.

Après le souper, elle avance un peu l'heure du bain de sa fille afin de consacrer plus de temps au rituel du coucher pendant que Renaud s'absorbe dans la lecture du journal. La capacité d'émerveillement de la fillette permet à la maman de refaire le plein d'enthousiasme avant d'affronter les turbulences qui secouent son foyer.

Au sortir de la chambre, Valérie aperçoit Renaud, la tête renversée sur le dossier de son fauteuil, les yeux fermés. Croyant qu'il dort, elle vient s'asseoir sans bruit devant le téléviseur. Il se redresse en se frottant les yeux.

— J'ai appelé mon copain, dit-il.

Son regard appuyé, joint au silence qui l'accompagne, lui font pressentir une révélation difficile.

— Ce que j'ai à te dire va te jeter par terre. Es-tu bien assise ?

De la tête, elle fait un léger signe affirmatif et avale sa salive, la gorge serrée d'émotion.

— Il faut que tu me jures de n'en parler à personne pour le moment.

— Je te le jure, dit-elle avec un air de petite fille soucieuse.

— Je suis amoureux de Charles, dit-il en baissant la tête devant les yeux agrandis de Valérie.

— Charles ! répète-t-elle, stupéfaite. Charles, notre voisin ?

Il opine de la tête sans la regarder. Elle se couvre instinctivement la bouche, incapable de proférer un son pendant que son esprit s'agite et qu'elle essaie d'assimiler l'aveu et tout ce qu'il implique.

— Lisette n'est pas au courant, dit-il. Elle est retournée dans sa famille au Témiscouata. Charles vient d'obtenir son divorce. Le juge lui a accordé des droits de visite, mais il a peur qu'elle lui défende de voir les enfants si elle apprend…

Aussi effarée que le serait Lisette, Valérie se tait. Elle a eu beaucoup de peine que son amie la quitte de cette manière, mais elle est soulagée à présent de la savoir au loin. Comment pourrait-elle la regarder dans les yeux maintenant qu'elle sait la vérité?

— Lisette finira par l'apprendre tôt ou tard, dit-elle d'un ton hésitant. Tout finit par se savoir, il vaudrait mieux qu'elle l'apprenne de la bouche de Charles. Comment pourrez-vous être heureux si vous devez vous cacher comme des malfaiteurs?

— Charles a toujours combattu son attrait pour les hommes, il a pensé que le mariage arrangerait les choses. Dans son patelin, c'est encore plus mal vu qu'en ville et pourtant tu connais les difficultés qu'Adam et moi on a eues.

— Que de drames pourraient être évités si chacun pouvait se montrer tel qu'il est, sans fausse honte.

— Les mentalités ne sont pas près de changer, dit-il d'un ton amer.

✷

Réveillée en sursaut par le choc d'un objet contre le mur, Valérie marmonne.

— Ce vent va me rendre folle!

Excédée parce qu'elle a eu du mal à s'endormir à cause des rafales, elle frissonne en sortant du lit. Elle enfile sa robe de chambre et fait le tour des fenêtres pour vérifier qu'aucune n'est endommagée. La neige a disparu, mais les rues sont sales et les rafales soulèvent poussière et détritus. Près de la porte avant, elle voit une pelle qu'un voisin négligent a laissée sur sa galerie au lieu de la remiser. C'est sûrement ce bruit qui l'a arrachée à son rêve. Pour éviter qu'elle ne fracasse une vitre, Valérie sort la ramasser.

Grelottante, il lui faut pousser de toutes ses forces pour arriver à refermer la porte.

La chambre de Renaud est déserte. Pour toutes sortes de raisons, Charles et lui ne sont pas prêts à vivre ensemble, mais son mari découche à l'occasion. Quand Valérie lui a proposé de divorcer, il a affirmé que cela ne changerait rien à sa situation et qu'il serait plus avantageux pour elle, tant qu'elle ne sera pas prête à se remarier, de conserver la protection de l'assurance-maladie qu'offre son employeur. En restant mariée, elle peut bénéficier d'une pension de la Régie des rentes du Québec et de son fonds de pension s'il meurt. Le statu quo étant également favorable à Renaud et Karine, qui sont fortement attachés l'un à l'autre, elle a consenti à ne rien changer pour le moment, laissant le temps dénouer délicatement l'écheveau complexe de leurs destinées, se souvenant de la vieille maxime : « Tout vient à point à qui sait attendre. »

Valérie emprunte la voiture de Nick et lui confie Karine pour la journée afin d'aider son amie Claudette à déménager. Après des années au service du couple qui l'a embauchée durant sa grossesse, les enfants ayant grandi, Claudette s'est trouvé un autre emploi. L'auto chargée à pleine capacité contient toutes les possessions de la jeune femme qui se sent très nerveuse d'avoir à s'adapter à une nouvelle famille.

— Je m'étais attachée aux enfants, dit-elle, la mine triste. Ils vont sûrement s'ennuyer, eux autres aussi.

— Sûrement, dit Valérie, l'œil rivé sur l'auto qui la précède.

— Je me demande si je vas être capable d'aimer les autres autant.

— Sans doute…

L'épaisse gadoue qui s'accumule depuis le matin rend la chaussée glissante et les essuie-glace arrivent à peine à repousser les gros flocons de neige fondante. Les voitures dérapent dès qu'il faut freiner en raison des pneus d'été que les automobilistes se sont empressés de faire poser à la place des bruyants pneus d'hiver.

À la radio, Joe Dassin chante *Ça va pas changer le monde* et Valérie pousse le volume à fond pour réconforter son amie.

— On dirait que cette chanson t'était destinée, dit-elle à la fin de la mélodie.

— En tout cas, tu peux être certaine que je vais m'en rappeler, de mon déménagement! C'est rare qu'il neige de même un 7 mai.

Valérie aura bien d'autres raisons de se rappeler ce mois de mai singulier.

⤴

Le lendemain, à la barre du jour, Nick part pour Cap-aux-Brumes. Cachée derrière le rideau de dentelle, Valérie regarde l'auto s'éloigner. Elle n'a presque pas fermé l'œil de la nuit, espérant l'arrivée de Renaud, ne pouvant croire qu'il n'a pas pensé à venir lui porter un peu d'argent pour l'épicerie et les dépenses courantes.

Il n'est pas rentré coucher depuis quelques jours et elle n'a plus un sou. Le frigo et le garde-manger sont dégarnis. S'il ne se présente pas d'ici lundi, elle devra piger dans les économies qu'elle garde précieusement pour les études de Karine. Connaissant son sens des responsabilités, elle l'ex-cuse en se disant qu'il a signé une procuration lui donnant accès à son compte à la Caisse populaire et qu'elle n'a qu'à s'en servir. Mais c'est mal la connaître, jamais elle ne touchera un sou de son argent sans qu'il l'ait expressément exhortée à le faire.

Elle délaisse son poste d'observation pour se faire un café soluble. Elle n'y ajoute qu'un peu de sucre afin de garder le lait pour Karine, puis s'en va chercher le journal du samedi que le camelot a laissé sur le tapis de la porte avant.

À la section «Offres d'emploi» des petites annonces du journal, elle tombe sur l'annonce d'une firme d'ingénieurs cherchant à combler un poste de secrétaire de direction. Leur bureau est situé dans un building cossu. Elle en déduit qu'ils doivent offrir un bon salaire et elle retranscrit leurs coordonnées en vue de les appeler le lundi matin à la première heure. Elle ne veut pas découper le journal au cas où Renaud reviendrait.

— Est-ce que je peux avoir des céréales, maman? demande Karine en se levant.

— Nous n'avons plus de céréales, ma chérie. Est-ce que tu aimerais avoir une rôtie avec de la confiture aux fraises de grand-maman Briand?

— Oh, oui! Avec un verre de lait?

— Il y en a juste assez pour un petit verre, dit-elle en s'efforçant de sourire.

La fillette a bu le reste du jus d'orange la veille, au souper. Valérie met l'une des dernières tranches de pain dans le grille-pain et sort le pot de confiture. Il n'y a plus de beurre. Elle se reproche à présent de ne pas être allée retirer son placement à terme, elle était si confiante que Renaud viendrait les voir. Il n'a pas l'habitude de s'absenter aussi longtemps, sa fille lui manque trop, et elle commence à s'inquiéter sérieusement qu'il lui soit arrivé malheur.

Alors que son ventre crie famine parce qu'elle n'a rien pris d'autre qu'un café afin de garder le peu de nourriture pour sa fille, Renaud arrive en fin d'après-midi en sifflotant.

— Qu'est-ce que tu as préparé pour souper ? J'ai faim, dit-il en se frottant la panse.

Valérie en reste pantoise. «Il ne vit pas sur la même planète, ma parole ! », se dit-elle en ouvrant de grands yeux surpris.

— Tu n'as qu'à regarder dans le frigo, répond-elle en se croisant les bras.

Assuré d'y trouver de quoi se sustenter, il sourit de contentement. Son sourire s'efface quand il ouvre la porte du frigo. Il la regarde, en fronçant les sourcils, l'air de ne pas comprendre.

— Je me suis trompée, dit-elle en esquissant un sourire en coin. Va plutôt voir le garde-manger.

L'œil suspicieux, il tourne la poignée et constate là aussi la pénurie de vivres.

— Dieu du Ciel ! dit-il en portant la main à son front. Je…

Il a l'air d'un petit garçon s'éveillant à la suite d'un mauvais rêve.

— Je te demande pardon, murmure-t-il en la serrant dans ses bras. Fais-moi une liste de ce qu'on peut acheter au dépanneur pour tenir jusqu'à ce que l'épicerie ouvre lundi matin. Aimerais-tu du poulet frit pour souper ?

Son estomac proteste contre la disette en émettant des gargouillis révélateurs.

— N'importe quoi, dit-elle, la gorge nouée.

Elle se sent humiliée d'en être réduite à un tel état d'indigence. Elle ne lui en veut pas, mais elle se jure que ça ne lui arrivera plus jamais. «Ne compter que sur moi-même» sera désormais son nouveau leitmotiv. Quoi qu'il fasse et quoi qu'il dise, elle n'attendra pas que Karine commence l'école pour aller gagner leur pain quotidien.

Pour se faire pardonner, Renaud les a invitées à déjeuner au restaurant le dimanche matin et, avant de retourner auprès de son amoureux, il lui a remis le contenu de son portefeuille. Quand elle a protesté qu'il devait en garder un peu pour lui, il l'a assurée qu'il avait tout ce qu'il lui fallait et l'a engagée à retirer à la caisse l'argent dont elle avait besoin.

Le souffle léger de Karine emporte tous les soucis de la maman penchée sur son lit. Demain, elle aura une mine de déterrée au bureau, mais qu'importe. Sa fille ne manquera de rien et Valérie supportera les flèches de l'autre secrétaire en continuant de faire montre de compréhension et de patience, bien que ses piques lui lacèrent le cœur.

— Je me demande pourquoi les gens sont méchants, a-t-elle confié récemment à la voisine qui garde sa fille. J'en arrive à penser qu'ils sont soit méchants, soit idiots, et pourtant j'ai du mal à croire qu'ils soient l'un ou l'autre.

Madame Berger lui a répondu :

— Vous avez raison, ce n'est ni l'un ni l'autre. Les gens souffrent d'insécurité. Lorsque vous aurez des difficultés relationnelles, demandez-vous en quoi vous pouvez représenter une menace pour la personne.

Depuis ce jour, Valérie s'interroge au lieu de dramatiser. Elle temporise, espérant que Roxane finira par comprendre qu'elle n'a rien à redouter d'elle.

Renaud ne découche maintenant qu'un soir sur deux. Il remarque son front soucieux et, comme elle ne lui confie pas ses soucis, il s'en prend à lui-même. Il regrette son insouciance impardonnable et cherche à lui faire oublier l'incident malheureux. Il continue de payer le loyer, l'électricité et le téléphone. Mais Valérie refuse l'argent qu'il veut lui donner pour l'épicerie.

Pour économiser les frais de garderie de Karine, il donne congé à la gardienne durant l'été, ce qui arrange également madame Berger. Charles, qui accueille ses enfants pendant les deux premières semaines de juillet, se joint quelquefois à eux pour faire de joyeuses excursions, dont ils ne reviennent qu'à la nuit tombée, et Valérie rentre dans un appartement désert.

Quand Nick ramène Marie-Reine en ville, il s'empresse de gâter les deux femmes de sa vie, comme il se plaît à les appeler. Les fins de semaine, pendant que Renaud garde Karine, il leur fait faire la tournée des bons restaurants du Vieux-Québec et Marie-Reine est effarée du prix de ces soupers fins.

Les jumeaux retournent à Cap-aux-Brumes le 17 juillet, alors que Valérie, Renaud et Karine suivent la cérémonie d'ouverture des Jeux olympiques de Montréal, présidée par la reine Élisabeth II. Raymond Garneau, ministre des Finances, a annoncé en mai que la Ville de Montréal devra débourser 200 millions pour payer le déficit des jeux, évalué à un milliard. Le reste sera financé par une surtaxe sur le tabac.

Comme le public québécois, Valérie et Renaud s'enthousiasment pour la jeune gymnaste roumaine Nadia Comaneci, qui devient la première à obtenir la note maximale de 10 aux barres asymétriques, alors que le tableau des scores n'est pas paramétré pour afficher ce maximum de points qu'elle obtient à sept reprises au cours des jeux. L'athlète de quatorze ans remporte trois médailles d'or, une d'argent et une de bronze.

En août, Valérie prend une journée de congé à ses frais afin de préparer Karine à la rentrée scolaire. Ensemble, elles parcourent les boutiques pour renouveler la garde-robe de chacune. La maman peut se permettre d'acheter ce qui leur plaît au lieu de s'en tenir au minimum d'articles les moins coûteux. Elle s'offre même le luxe d'inviter sa grande fille à dîner dans un casse-croûte bon marché.

~ɔ

En septembre, Renaud change sa vieille Volkswagen contre une Toyota Corolla. Ce modèle est très populaire en raison de sa faible consommation d'essence. Mais Valérie ne peut pas utiliser la voiture dotée d'une transmission manuelle. Grâce à Nick, elle conduit de temps à autre afin de ne pas perdre la main.

Les heures et les jours se succèdent et filent comme les feuilles d'automne. L'emploi du temps de Valérie est réglé au quart de tour. Entre les courses et le ménage, entre la cuisine et le bureau, entre les besoins de sa fille et l'heure du repos, elle n'a pas réalisé que ses printemps ont franchi le cap de la trentaine. Elle se dépense sans calcul, toujours généreuse, attentive au bonheur de Karine.

Son emploi n'est qu'un gagne-pain. La malveillance de Roxane pourrit l'ambiance du bureau et Valérie, qui a fait plusieurs tentatives pour améliorer leurs rapports, se borne à présent aux échanges minimums. N'ayant qu'une piètre estime d'elle-même, la jeune secrétaire lui fait des procès d'intention, l'accusant d'avoir des pensées négatives à son endroit. Les compliments sincères et la bonne volonté de Valérie n'ont pas eu d'effets durables, elle en a pris son parti, se sentant impuissante à combattre les démons intérieurs de sa collègue.

À la maison, l'humeur de Renaud s'améliore au rythme du mieux-être de Charles. Leurs proches s'étaient habitués à les voir ensemble bien avant la séparation du couple. Très peu sont au courant de leur liaison amoureuse, la plupart les voient comme de bons amis, de sorte qu'ils peuvent sortir et mener une vie presque normale en jouant le jeu des hétéros dont l'un est divorcé et habite un autre quartier. Le temps fait son œuvre, et les contacts entre Charles et Lisette sont corrects, sans être cordiaux.

Égal à lui-même, Nick accepte l'inévitable avec philosophie. «Ce qui se passe entre adultes consentants ne me regarde pas», leur a-t-il laissé savoir. Sa tolérance a eu un heureux effet sur Charles, qui s'est rapproché du vieil homme.

Fournissant le poulet frit, Charles et Nick s'invitent à souper chez Valérie, le 15 novembre, afin de suivre à la télévision le résultat des élections provinciales.

— Dommage que René Lévesque ait axé sa campagne sur la notion de "bon gouvernement" au lieu de la souveraineté-association, dit Charles en prenant place sur le divan, à côté de Nick.

— C'est peut-être ce qui va lui permettre de se faire élire, commente Renaud. La séparation fait peur à bien des Québécois.

À la fin de la soirée, 71 députés péquistes sont élus et René Lévesque déclare : «Je n'ai jamais pensé que je pouvais être aussi fier d'être Québécois. Nous ne sommes pas un petit peuple. Nous sommes peut-être quelque chose comme un grand peuple.» Robert Bourassa et plusieurs ministres libéraux se sont fait battre dans leur comté.

❧

L'élection d'un nouveau gouvernement n'améliorant pas miraculeusement les finances publiques, le premier budget du gouvernement péquiste annonce au printemps 1977 une taxe sur les vêtements d'enfant. Valérie, dont le salaire ne suit pas l'inflation, déplore toute mesure réduisant son pouvoir d'achat.

Les procédures intentées contre les syndicats par le gouvernement Bourassa sont suspendues, ce qui réjouit Renaud et Charles, tous deux fervents syndicalistes. Le Livre blanc déposé par Camille Laurin établit la politique linguistique, faisant du français la seule langue officielle du Québec et limitant l'accès à l'école anglaise.

Quand Lise Payette présente son programme d'assurance-automobile, Renaud et Valérie se remémorent l'accident d'Olivier. Le chauffard n'était pas assuré. Le nouveau régime étatique améliorera le sort des accidentés.

Le 1er juillet, le salaire horaire minimum est porté à 3,10 $. Renaud et Charles partent de leur côté, confiant Valérie et Karine aux bons soins de Nick. Parce que madame Berger prend tout l'été pour faire le tour de sa parenté éparpillée aux quatre coins de la province, Marie-Reine revient s'occuper de la fillette au retour de courtes vacances à Cap-aux-Brumes.

— Cette enfant-là a le don de se faire aimer de tout le monde, exulte Marie-Reine lorsque Karine s'est endormie pour la nuit. C'est une vraie petite demoiselle, féminine, intelligente, polie et si jolie. C'est un ange !

Valérie approuve en souriant. Elle est si fière de sa fille que tous louangent. Tant de qualités réunies chez une même personne est un phénomène en soi, songe la maman comblée par tant de grâce.

Quand Renaud rentre de voyage, mémère Dumont ne lui cède pas un pouce de terrain, s'attachant aux pas de son ange. Douée pour la diplomatie, la petite Karine a tôt fait de rallier ses deux gardiens, qui s'extasient de concert.

— Nick m'a offert de rester avec lui, confie Marie-Reine à Valérie. Je pense qu'il s'ennuie tout seul. C'est pas drôle pour un homme de pas avoir de femme pour s'occuper de lui.

— Je fais mon possible, mais avec mon travail c'est bien peu, reconnaît Valérie. Mais vous, grand-maman, pensez-vous que vous pourriez vivre à Québec? Vous m'avez déjà dit que c'est difficile de transplanter un vieil arbre.

— Si j'étais toute seule, ce serait pas pareil. Mais avec mon frère, toi et la petite, j'ai déjà un beau noyau familial. Ça me tente d'essayer. Ça te dérangerait-y que je reste juste à côté?

Valérie rit franchement avant de lui répondre:

— Non seulement ça ne me dérange pas, ça me fait drôlement plaisir. Ç'a toujours été mon rêve de vous avoir près de moi.

~◆~

Plus tard, Valérie et des millions de fans pleurent la mort d'Elvis Presley, que l'on attribue à un abus de médicaments. En faisant tourner les 33 tours du légendaire rockeur, elle se demande si sœur Sainte-Philomène, qui le traitait de suppôt du diable, prie pour le salut de son âme ou si, comme elle, elle écoute *Love Me Tender* et tous les vieux succès que les postes de radio diffusent en hommage posthume depuis le 16 août.

À la fin du mois, c'est au tour de Renaud d'être déçu parce que les journalistes et employés de rédaction du journal *Le Soleil* entrent en grève. Le soir, lire les pages grand format l'informe et le détend. Les mots croisés du samedi lui manquent et il tourne en rond, ne sachant que faire. Il est difficile de renoncer aux petites manies qui occupent le quotidien quand on n'a pas trouvé autre chose pour combler le vide.

Pour compenser, les soirs de semaine, il supervise les devoirs et leçons de Karine qui commence sa première année après le congé de la fête du Travail. Valérie profite de ce moment pour traverser chez Nick afin de jaser quelques minutes avec sa grand-mère, qui se prive d'aller la voir pour préserver leur intimité.

Durant leur causette, Valérie surveille l'heure à l'horloge afin de respecter le rituel du dodo de Karine, qui profite de ce temps, seule avec sa mère, pour lui raconter sa journée. L'élève assise derrière elle a commencé à lui tirer les cheveux et à lui donner des coups de règle quand l'institutrice a le dos tourné. Sa Roxane à elle s'appelle Sophie, et Valérie encourage sa fille à réagir contre les agressions.

— Crie assez fort pour que la maîtresse t'entende et dis-lui ce que fait Sophie. Si tu la dénonces, elle va probablement te laisser tranquille ensuite.

— Mais si elle continue? dit la fillette d'une voie inquiète.

— La maîtresse n'aura qu'à la changer de place.

Valérie se retire après la prière qui boucle la journée de sa fille. Elle doit faire une brassée de lavage et nettoyer à fond la salle de bain, puis cuisiner un pain de viande pour leur souper du lendemain. Tous les soirs, elle lave, range, reprise ou repasse. Avant d'éteindre sa lampe de chevet, elle s'accorde quelques minutes de lecture.

Au cours de l'été, Renaud a pris conscience que ses absences trop fréquentes avaient perturbé sa fille. Durant la semaine, il attend que Karine se couche avant de s'esquiver et il rentre tôt le lendemain matin pour changer de vêtements et déjeuner en famille. Valérie ne mange pas le matin, elle n'a pas faim. Dans son sac à lunch, un morceau de fromage accompagnera un café en milieu de matinée. Karine dîne chez madame Berger et Renaud mange dans un casse-croûte près de l'école secondaire où il enseigne. Charles se joint souvent à eux à l'heure du souper.

Les jours raccourcissent, montres et horloges reculent d'une heure, et le manque de luminosité affecte l'état général de Valérie. Sortir du bureau à la noirceur lui fait davantage ressentir sa fatigue. Comme les animaux sauvages qui entrent en hibernation, elle aurait le goût de dormir plus longtemps.

Lors du bulletin d'information, à la mi-novembre, on annonce que Jean Pelletier a été élu maire, en remplacement de Gilles Lamontagne. Valérie n'est pas allée voter, n'en voyant pas la nécessité puisqu'il n'y avait pas d'opposant.

Quand Renaud quitte la maison pour aller passer la nuit auprès de Charles, Marie-Reine et Nick cognent à la porte.

— On te dérange pas? s'informe Nick.

Marie-Reine et son frère restent sur le tapis de l'entrée, attendant une invitation.

— Me déranger? répond Valérie, mise en joie par cette visite imprévue. C'est tout le contraire, entrez donc!

Depuis quelque temps, les soirées en solitaire lui pèsent. Valérie a l'impression d'être une girouette ballottée par le vent. Sa vie n'est qu'une suite ininterrompue de tâches cléricales et ménagères. Elle n'a pas le temps de s'investir dans des relations amicales ou amoureuses, sa fille est le centre de son existence. Tout ce qu'elle fait est en fonction de Karine. Valérie ne se définit plus que comme mère. Pourtant, la femme qui sommeille a des besoins non comblés et, avec la fatigue, c'est ce qui explique son abattement, qu'elle attribue à l'automne.

Ses invités la suivent au salon en se souriant d'un air complice. Ils ont mijoté une surprise, mais ils ne peuvent différer plus longtemps leur projet sans en parler à Valérie.

⁓⁓

Le lendemain, Valérie demande à Renaud de l'attendre quand elle va coucher sa fille. Et comme il arrive souvent avec les enfants dont on est pressé de se séparer, Karine réclame plus d'attention. Un nouvel épisode de l'histoire qu'invente chaque soir sa mère ne suffit plus, la fillette exige une chanson, puis une autre histoire, jusqu'à ce que la maman tranche avec autorité qu'il est temps de dormir si elle veut être en forme pour aller à l'école.

L'enfant aime bien sa gardienne, mais elle aime encore plus étudier et apprendre. Surtout depuis que Sophie a été placée juste devant la maîtresse qui peut mieux la surveiller. Sous le prétexte d'avoir besoin de marcher ou de faire une commission, Nick ou Marie-Reine s'arrange pour accompagner Karine à l'aller et au retour de l'école, car Sophie essaie de se venger dès qu'elle en a la chance.

— Je vais monter le son de la télé, chuchote Valérie en revenant au salon. Je ne veux pas que Karine nous entende.

— Tu es bien mystérieuse ce soir.

L'air pensif, il l'observe. Elle n'a pas l'habitude de le retenir juste pour le plaisir de causer. Elle s'assoit et lui annonce dans un débit nerveux et rapide :

— Oncle Nick m'a proposé de les accompagner en Floride. Je reviendrais par avion autour du 7 janvier, si je peux prendre congé du bureau. Il faut que je m'informe de l'horaire des vols. La question est de savoir si je peux partir avec Karine ou si tu veux la garder tout le temps des fêtes.

— Qu'est-ce que toi, tu préfères ? demande-t-il d'un ton calme.

Elle se ronge un ongle, l'air pensif, avant de dire :

— Je meurs d'envie de faire ce voyage et j'aimerais l'avoir avec moi. Je sais qu'elle serait tout aussi heureuse avec toi. Mais est-ce que ce serait trop pour toi ? Avez-vous fait des projets ?

— Pas encore. Mais je crois que ce voyage vous fera du bien à toutes les deux.

— Je n'aimerais pas te savoir malheureux dans le temps des fêtes, dit-elle en faisant tourner nerveusement ses alliances autour de son annulaire gauche.

Avec ou sans sa fille, elle se sent coupable d'abandonner Renaud et Charles, sa belle-mère et grand-maman Boudreau, qui sont tous si gentils. Et pourtant, ce voyage est une occasion rêvée qui ne se représentera peut-être plus, lui a mentionné Nick pour la convaincre. Elle a hérité de son père ce sens des responsabilités et du devoir à accomplir coûte que coûte. Même au bout du rouleau, elle se sent obligée de continuer.

— Il est temps que tu penses un peu à toi, Valérie, dit doucement Renaud. Tu peux partir sans remords. Je vais même payer vos billets d'avion, ce sera mon cadeau de Noël.

— Merci. Oh, merci ! s'exclame-t-elle, émue.

Son émotivité exacerbée traduit l'état de fatigue qui la mine, de même que ses traits tirés et la pâleur de son teint. Il lui dit d'un air penaud :

— Je suis si peu à la maison, encore une fois je ne m'étais rendu compte de rien. Tu as vraiment besoin de vacances. Tu te sens à plat, hein ?

— Oui, reconnaît-elle.

— J'ai été égoïste, j'aurais dû t'aider depuis que tu travailles à l'extérieur. Pardonne-moi.

~~✒~~

Les longues feuilles des palmiers frémissent sous le vent qui soulève les vagues dont l'écume vient lécher les pieds de Valérie et Karine musardant sur la plage. Une jolie collection de coquillages s'enrichit à chaque promenade sur la grève au sable trop brûlant pour y marcher pieds nus. C'est pourquoi elles suivent la trace humidifiée que laisse l'océan dans son mouvement de va-et-vient perpétuel. Le bruissement des rouleaux est la plus douce musique aux oreilles de la maman qui transmet à sa fille son engouement pour le meilleur antidote naturel aux tensions.

Le soleil floridien a doucement halé leur peau. Cheveux au vent, entièrement absorbées par les charmes d'une nature généreuse, elles se repaissent du sable fin chatouillant leurs orteils. Le temps file au gré du courant. Grâce à la caméra de Charles, Valérie immortalise ces paysages d'une beauté à couper le souffle.

Karine commence l'année 1978 dans la contemplation d'un petit lézard à l'affût des moustiques attirés par les fleurs d'une plate-bande aux couleurs vives, qui ceinture la galerie de la maison louée pour les vacances. La fillette reste immobile afin de ne pas faire fuir le petit reptile. Heureuse, Valérie observe sa fille. Derrière elle, Julien et Gisèle apprécient la scène en se tenant par la taille. Un peu plus loin, Marie-Reine et Nick se régalent du bonheur de chacun. Le petit lézard, tout alerte qu'il soit, reste inconscient de ceux qui examinent la petite fille qui le regarde gober les insectes du garde-manger à ciel ouvert. Et les voisins admirent le tableau vivant du bonheur sans voir le petit lézard qui est à l'origine de ce moment de pure félicité.

Dans ce paradis luxuriant, quatre générations vivent dans un univers d'insouciance, le temps de faire le plein de tendresse et de permettre au cœur de s'envelopper d'un cocon rembourré d'affection.

À la fin de la semaine, gavées de savoureuses tomates mûries au soleil, elles atterrissent au nouvel aéroport de Mirabel où les attendent Renaud et Charles.

ㅤㅤㅤㅤㅤㅤㅤㅤ✦

Le 8 juillet, dans l'église de Cap-aux-Brumes, Francis épouse la jolie Nadine. À l'exemple de Jean-Marie et Béatrice, le jeune couple a également choisi de vivre dans un petit appartement.

Après le départ des invités de la noce, la grande maison de l'aïeule retrouvera une quiétude monotone, se plaignent à mots couverts Julien et Gisèle, qui insistent pour les garder plus longtemps près d'eux. Mais les vacances de Valérie prennent fin et elle doit retourner dans la chaleur étouffante de la ville.

À leur retour, au grand plaisir de Renaud, *Le Soleil* reparaît après onze mois de grève. Charles a décidé d'aller passer trois semaines au Témiscouata afin de renouer avec Isabelle et Frédéric, qu'il n'a pas vus depuis l'année précédente. Froide et peu coopérante, Lisette combat toute tentative de rapprochement de la part de son ex, qui y voit une raison suffisante pour ne pas lever le voile sur son orientation sexuelle, bien que plusieurs gais s'affichent ouvertement en vue de lutter contre l'homophobie.

Durant l'absence de son amoureux, Renaud consacre tout son temps à Karine, à qui il enseigne les premiers rudiments culinaires. Quand Valérie revient du travail, un délicieux repas et une table dressée avec soin l'attendent.

Le retour de Charles coïncide avec celui de Nick et Marie-Reine, qui sont allés faire une virée aux États-Unis où vivent leur frère Adrien et leurs sœurs Irène et Cécile. Quand Renaud va rejoindre Charles, le soir, Valérie s'attarde sur la galerie avec sa grand-mère et Nick qui racontent leur séjour et les joyeuses retrouvailles des enfants survivants de Marie, incluant Georges qui est retourné à Cap-aux-Brumes en compagnie de Lucette.

— Tu vas les connaître, dit Marie-Reine. Ils vont venir au Canada l'été prochain. Tu vas les aimer.

— Ils nous ont reçus comme des rois, ajoute Nick, bouleversé.

Valérie remarque les trémolos dans sa voix. Comme le lui confie un peu plus tard sa grand-mère, Nick a été remué d'être accueilli comme l'un des leurs par cette fratrie inconnue. En le voyant, Irène s'est figée, puis elle a sorti de vieilles photos de famille où figure leur grand-mère Lemieux afin de montrer à Nick leur ressemblance.

⁂

L'été s'achève quand Karine entre en deuxième année. À la fin de son premier jour de classe, elle revient de chez madame Berger tout émoustillée.

— La maîtresse est fine. Sophie est dans l'autre classe de deuxième.

Valérie est bien placée pour comprendre la joie de sa fille. Elle aimerait bien, elle aussi, être débarrassée de Roxane qui continue de la tourmenter de manière vicieuse. La jeune secrétaire la dénigre auprès du patron et de ses collègues, invente de faux prétextes pour justifier son manque de coopération, essaie de lui nuire de diverses manières. Et bien que Valérie comprenne les problèmes psychologiques qui la font agir de la sorte, elle n'en est pas moins très malheureuse. Ne voulant pas étendre le conflit au reste du personnel, elle souffre de la situation sans se plaindre. Mais elle doit se surveiller constamment pour éviter les pièges tendus par l'autre, et ce climat de suspicion perpétuel gâche son plaisir et la vide de son énergie. La tension accumulée s'évapore la nuit.

— Pourquoi tu pleures, maman ? s'inquiète Karine.

Revenant des toilettes, la fillette a perçu les sanglots de Valérie qui ne l'avait pas entendue se lever.

— J'ai fait un mauvais rêve, mon chaton. Retourne faire dodo.

Mais le petit chaton, sans doute peu rassuré, vient se blottir dans le lit de sa mère qu'elle prend par le cou.

— Ça va mieux, je suis là, dit Karine, imitant sa mère quand elle vient la consoler d'un affreux cauchemar.

À la fin du mois, Marie-Reine est estomaquée : Paul VI est décédé le 6 août et son successeur, Jean-Paul Ier, est allé rejoindre le Divin Créateur après seulement 34 jours de règne. Elle se demande si une malédiction n'est pas en train de frapper l'Église de Rome aux prises avec les multiples controverses qu'entraîne le modernisme. La condamnation de la pilule anticonceptionnelle soulève maintes polémiques, les féministes revendiquent le droit à l'ordination des femmes et la liberté de se faire avorter, prêtres et religieuses commencent à défroquer.

Un vent de révolution ébranle le monde et remet en question les valeurs ancestrales. Marie-Reine est bien aise d'apprendre le 16 octobre que le nouveau pape est jeune. Jean-Paul II est polonais, ce qui est en soi une révolution puisqu'il est le premier pape non italien depuis 1520.

— Je me demande ce qu'il va penser des bébés éprou-
vette et de l'avortement… dit-elle, l'œil sévère.

Valérie se tait, réservant son jugement sur tout ce qui
entoure la procréation. Au Québec, l'avortement est illégal
et le Dr Morgentaler, qui le pratique ouvertement, connaît
d'importants démêlés avec la justice. Depuis que madame
Berger lui a appris qu'elle a dû donner 400 $ à sa petite-fille
pour qu'elle se fasse avorter à New York, Valérie se questionne. Elle a été bouleversée d'apprendre que la jeune fille
de dix-neuf ans, qui ne peut utiliser l'anovulant, en est à son
troisième avortement parce que le jeune amant de la belle
n'utilise pas le condom. Ces jeunes n'ont qu'une douzaine
d'années de moins qu'elle, mais l'écart qui la sépare d'eux
paraît être d'un siècle tant les mœurs évoluent rapidement.

La situation des femmes n'est pas meilleure pour autant,
car si elles ont plus de liberté, elles doivent souvent assumer
une grande partie des responsabilités dévolues aux hommes
depuis des siècles. Ayant réintégré le marché du travail,
Valérie vit le stress d'avoir à concilier carrière et famille.
Les femmes qui veulent s'affranchir du joug masculin, ou
simplement respecter leurs goûts, doivent supporter un
lourd fardeau.

Valérie n'est pas convaincue que toutes les revendications dues au progrès sont justes et raisonnables, et elle
comprend en partie la réticence de l'Église à la suite d'une
discussion avec le curé de Cap-aux-Brumes, durant son
dernier séjour, selon qui le respect de la vie prime avant
tout. « Ouvrir la porte peut conduire aux pires excès.
L'Église doit se montrer prudente », lui a-t-il dit pour
expliquer le conservatisme du Vatican.

9

Cap-aux-Brumes, novembre 1978

Paralysée devant le cercueil de son père, Valérie se sent dévastée, vidée, comme si la vie s'échappait d'elle. Elle examine le visage enflé sans arriver à repérer la ride qui se dessinait au coin de sa bouche dès qu'il esquissait un sourire timide. Selon l'autopsie, la mort est due à un arrêt cardiaque. Le cœur fatigué de Julien a flanché pendant qu'il était penché sur son établi et s'apprêtait à rendre la vie à une montre endommagée. Le temps de le transporter à l'hôpital, il était trop tard pour réparer son mécanisme.

«Au moins, il n'a pas souffert», a dit Renaud pour la consoler quand elle lui a annoncé la mauvaise nouvelle, mais ce raisonnement cartésien n'est pas parvenu à atténuer sa souffrance. Ce sont les paroles de madame Berger qui ont trouvé le chemin de son cœur: «Il n'y a pas de bonne façon de perdre un être cher, ça fait toujours mal.» Ce simple constat a fait sentir à Valérie que l'on comprenait sa douleur.

Pendant qu'elle répond aux *Je vous salue, Marie* du curé, debout devant la dépouille de son cher papa, lui reviennent en mémoire les bons moments vécus sous le soleil de la Floride. Jamais elle n'avait vu son père aussi détendu, aussi disert. Contrairement à ses habitudes, il racontait des histoires un peu épicées et Marie-Reine, qui commençait par froncer les sourcils, comme du vivant de son Théo, finissait par en rire. L'amour qui unissait son père à Gisèle faisait briller ses yeux, élargissait son sourire, comme si sa timidité s'était envolée en chemin vers le Sud. «Une occasion qui ne se représentera peut-être pas», avait prophétisé Nick pour la convaincre de les suivre. Il n'y aura plus de vacances en Floride, et plus jamais de papa à qui confier ses joies et ses peines.

— C'est pas lui qui devrait être dans la tombe, marmonne Marie-Reine, à ses côtés, quand la prière prend fin.

Le mouchoir trempé, elle essuie ses yeux rougis. Un long soupir malheureux franchit ses lèvres et Valérie devine aisément pourquoi sa grand-mère voudrait prendre la place de son père. Elle l'enlace pour lui signifier son affection et lui faire comprendre qu'èlle a besoin d'elle. Gisèle vient les serrer, quêtant muettement un peu de chaleur pour ranimer son cœur estropié par la soudaineté du drame qui vient chambarder son avenir et anéantir ses rêves.

Valérie gardera de ces jours d'affliction des souvenirs tronqués, faits d'impressions et d'images fugaces. Elle se sent seule et abandonnée au milieu d'une mer déchaînée, n'ayant que peu conscience des êtres qui l'entourent et qui comptent sur elle. Elle attend la nuit pour pleurer sa peine, aussi profonde et insondable que l'océan. Le matin la trouve épuisée, les paupières gonflées et rougies qu'elle noircit de mascara, et le teint désespérément blanc qu'elle essaie d'illuminer de fard à joues.

Tout la révolte. Novembre et sa pluie glaciale, ses vents mugissants et sa terre froide et détrempée qui va engloutir la bière de son père. Les poings crispés le long de son corps frigorifié, le visage tourné vers le ciel pour ne pas voir le cercueil descendre dans la fosse creusée à côté de la tombe de sa mère, elle maudit la mort et la violence, et l'injustice d'une destinée qui la prive trop tôt de ceux qu'elle aime.

Valérie retourne au travail comme une somnambule. Son regard vide et triste apitoie tout le personnel, jusqu'à sa tortionnaire qui fait montre d'un brin de compassion en suspendant momentanément sa guérilla. À la maison, Valérie erre comme une âme en peine. N'arrivant pas à capter son attention, Renaud et la petite Karine se font discrets. Les échanges se réduisent au minimum.

La nuit, Valérie laisse s'égoutter son chagrin, incapable de le contenir. La mort de son père a rouvert la plaie mal cicatrisée de tous ses deuils passés. Du fond de son désespoir, elle reproche à Dieu sa cruauté. « Pourquoi T'acharnes-Tu sur moi ? Maman, grand-papa, Marguerite et Olivier, ce n'était pas assez ? »

La présence de sa grand-mère lui insufflerait peut-être un peu de courage, mais Marie-Reine et Nick sont restés auprès de Gisèle qui se retrouve seule dans une maison trop grande, trop vide. À Cap-aux-Brumes comme à Québec, les fêtes se passent sans arbre de Noël, sans décorations. Valérie boude même la messe de minuit. Elle se replie sur elle-même, trop souffrante pour se soucier des besoins de ceux qui l'entourent.

Durant le congé scolaire, pour soustraire sa fille à l'ambiance de morosité, Renaud l'initie au ski alpin pendant que Valérie s'adonne à la lecture pour anesthésier son cœur meurtri. Il vérifie les romans qu'elle se procure afin d'escamoter ceux, trop sombres, qui pourraient l'ébranler. Il a beau compatir à son malheur, il ne peut mesurer la perte d'un père aimant alors qu'il n'a reçu du sien que mépris.

Renaud fait de son mieux, mais il est lui-même malheureux et il se sent impuissant à régler tous les problèmes auxquels il a à faire face en même temps. Durant les fêtes, Charles souffre davantage d'être privé de ses enfants. De plus, le papa divorcé a du mal à joindre les deux bouts en raison de la pension alimentaire grugeant le tiers de son salaire. Toutefois, ce qui blesse profondément Renaud est que son amoureux a encore du mal à accepter son homosexualité. Il a toujours peur d'être découvert et de perdre l'estime des gens. Cela crée des malentendus qui dégénèrent parfois en disputes déchirantes, suivies de réconciliations enflammées. Et la valse-hésitation de Charles le ronge.

~⁓

Marie-Reine et Nick reviennent de Cap-aux-Brumes à la mi-janvier, accompagnés de Gisèle, qui a cédé la maison à Jean-Marie. Privée de son compagnon, le calme de ces pièces inhabitées amplifiait son sentiment d'être devenue inutile.

Quand Renaud s'envole vers Charles, le soir, Gisèle va tenir compagnie à Valérie. Et le torrent de larmes qu'elles déversent vient combler le trou béant laissé par la perte de celui qu'elles chérissaient. Pour Valérie, le deuil de son père ravive celui d'Olivier, son bel amour qui survit dans les yeux de leur fille, du même vert lumineux à lui couper le souffle et à lui broyer les entrailles dès qu'elle baisse la garde.

Se sentant flouée par un destin cruel, Valérie ne s'est jamais complètement remise de la mort d'Olivier. Après l'accident, elle s'est laissée dériver comme une épave en perdition. Renaud l'a remorquée avant qu'elle ne sombre dans les abysses de sa désespérance. Comme un mauvais plaisantin, le sort s'est ensuite acharné sur lui et ils se sont accrochés l'un à l'autre tels deux naufragés obligés de partager la seule bouée à portée de main.

Tant que ni l'un ni l'autre ne s'étaient engagés dans une relation amoureuse, Valérie a eu l'impression de former une cellule familiale et elle n'a pas remis en cause leur mariage insensé. L'illusion a pris fin le jour où Renaud lui a avoué son amour pour Charles. Elle s'est alors attendue à son départ, puis elle en est venue à le souhaiter.

Tandis que rien ne se déroule selon ses prévisions et que le mauvais sort la frappe encore, Valérie est de plus en plus confuse. Son cher papa était le phare rassurant qui éclairait les ténèbres de sa drôle de vie. Privée de sa lumière, Valérie se sent perdue au milieu d'un océan menaçant.

❧

À la fin janvier, un nouveau problème surgit : une grève paralyse le transport en commun et Valérie doit faire appel à Nick pour la conduire au bureau. Le conflit de travail perdurant, elle lui demande conseil pour l'achat d'une voiture d'occasion.

— Ça me dérange pas d'aller te reconduire, mais si t'es vraiment décidée à t'embarrasser d'une auto, t'as qu'à prendre la mienne. Je voulais justement m'en acheter une neuve au printemps.

Comme il était à prévoir, Valérie devient propriétaire du véhicule pour la somme dérisoire d'un dollar.

— Les garages donnent rien pour une vieille bagnole, soutient Nick pour justifier la vente à rabais.

Dès le premier matin où Valérie conduit elle-même la Chevrolet Impala 1969, Roxane arrive au moment où elle se stationne. Le bec pincé, elle lui dit d'un ton caustique :

— Il y en a qui se privent de rien !

Valérie se retient de rire. À voir l'expression envieuse de Roxane, on croirait qu'elle vient de débarquer d'une limousine étincelante de l'année.

— Oh, c'est une voiture de dix ans et je l'ai eue pour une bouchée de pain, dit-elle pour désamorcer la crise de jalousie chronique de la chipie. J'espère qu'elle va tenir le coup jusqu'à la fin de la grève des autobus.

— T'aurais pu en acheter une moins luxueuse, riposte Roxane, le sourire en coin. Mais, non, madame se prend pour la reine d'Angleterre !

L'affront du jour fait déborder le vase comble des persécutions fréquentes et déclenche la colère de Valérie. Elle serre les poings, se retenant d'aplatir comme une crêpe le nez pointu de sa tortionnaire.

— Madame a surtout besoin de travailler pour gagner sa vie, crache-t-elle du même air cynique. Madame n'a pas les moyens de se payer un appartement dans ce quartier huppé comme mademoiselle, qui peut venir travailler à pied.

Roxane blêmit. Satisfaite de lui avoir rivé son clou, Valérie s'engouffre dans l'édifice sans plus se soucier de la gribiche. Depuis le temps qu'elle endure sa jeune collègue, elle en a assez de mettre des gants blancs pour éviter la confrontation. Depuis la mort de son père, elle n'a plus de patience. « Tu as la mèche courte », se plaint Renaud. Elle s'en rend compte, mais n'y peut rien. Elle explose pour des bagatelles et, le plus souvent, sa rage se dissout ensuite dans un flot de larmes.

⁓ჶ

Chaque mauvaise nouvelle ajoute une pierre au donjon dans lequel s'emmure Valérie. Quand un F-27 de Québecair s'écrase près de l'aéroport de L'Ancienne-Lorette, le

29 mars, elle pleure sans retenue la mort des 17 victimes et des blessés comme s'ils étaient des proches. Renaud remarque qu'à l'exemple de sa mère, la petite Karine s'attriste de plus en plus.

Bien qu'ayant beaucoup d'empathie pour les familles frappées par cette tragédie, il commence à s'inquiéter de la mélancolie persistante de Valérie et de ses effets pernicieux sur leur fille qui ne sourit plus.

Leur médecin de famille, qu'il consulte à ce sujet, l'assure que la colère et la tristesse sont des étapes normales du deuil, mais il lui recommande néanmoins de lui envoyer sa femme afin d'évaluer sa condition.

Renaud doit user de beaucoup de délicatesse pour convaincre Valérie de rencontrer l'omnipraticien qui lui a donné le dernier rendez-vous de la journée du lendemain afin de lui consacrer tout le temps nécessaire.

Mise en confiance par l'attitude paternaliste du docteur, Valérie étale en vrac tous ses problèmes : la mort de son père et son insécurité, le harcèlement de sa collègue, l'impression de ne pas être à la hauteur pour faire face aux exigences d'élever sa fille en travaillant à temps plein, et même la confusion que crée sa situation maritale ambiguë. Pour ne pas causer de tort à Renaud, il n'y a qu'à une personne liée par le secret professionnel qu'elle peut avouer ce dernier souci.

— En raison de l'accumulation de tous ces problèmes, vous êtes épuisée et vous avez besoin d'un repos complet de quelques mois, ma chère madame, conclut le médecin. Je vais vous prescrire un médicament pour diminuer votre anxiété. Avez-vous des assurances à votre travail ?

— Mon mari a un plan familial pour les médicaments.

— Avez-vous une assurance-salaire chez votre employeur ?

— Non, dit-elle, le front marqué de plis soucieux.

— Faites une demande à l'assurance-chômage, ils accordent des prestations aux travailleurs malades. Je vais vous donner un certificat médical.

Après s'être confiée, Valérie se sent délivrée d'une partie de son fardeau. En sortant du cabinet du médecin, elle aspire une grosse goulée d'air, comme si elle avait oublié de respirer et que ses poumons avaient manqué d'oxygène. Elle verse une dernière larme parce qu'elle n'a plus la force de lutter et qu'elle doit s'en remettre à la Providence. Mais l'avenir lui paraît déjà moins pénible. Elle n'aura plus à subir les sarcasmes de Roxane, ni à courir le matin pour tout faire en même temps et elle pourra se recoucher quand sa fille s'en ira à l'école, pour dormir et oublier.

✺

Comme lorsqu'elle était enfant, Gisèle partage son lit et Valérie s'endort dans la chaleur rassurante de sa présence. Renaud peut retourner auprès de son amoureux, l'esprit en paix.

Au matin, Gisèle materne la petite Karine pendant que sa maman récupère lentement, à la manière d'un ours en hibernation. Vers dix heures, Gisèle doit réveiller Valérie en insistant pour qu'elle se lève et vienne prendre le café qu'elle lui a versé.

La convalescente émerge mollement de son sommeil de plomb. Abrutie par le médicament, elle se traîne au salon et se laisse tomber sur le divan moelleux. La tête appuyée sur le haut dossier, le regard fixe, elle a l'air d'un mort-vivant.

— Ton café refroidit, lui rappelle Gisèle.

La bouche entrouverte, l'œil hagard, Valérie tourne lentement la tête.

— Je dormais, dit-elle. Je dormais les yeux ouverts... Et je rêvais... C'est bizarre, hein ?

— Bois ton café, ça va te faire du bien.

Telle une enfant docile, Valérie boit à petites gorgées sans dire un mot, puis repose la tasse vide à côté d'elle, ne se décidant pas à se lever ni à parler.

— As-tu faim ? demande Gisèle.

Elle connaît la réponse, mais elle doit lui parler pour la garder éveillée. Valérie réagit au bout de quelques secondes en faisant un signe de dénégation de la tête. Et Gisèle continue de lui poser des questions jusqu'à ce qu'elle obtienne une réaction immédiate, puis elle l'incite à aller prendre une douche. Jour après jour, le même rituel se répète. Tout doucement, l'ensommeillée redevient lucide.

À l'heure du dîner, la petite Karine retrouve une maman correctement vêtue et d'un grand calme. Ce n'est plus la mère enjouée qu'elle a été, ni celle qui passait son temps à pleurer ; celle-ci est passive et détachée.

Quand la fillette retourne en classe, Valérie et Gisèle s'adonnent à la lecture jusqu'à ce que l'écolière revienne. Ensemble, elles préparent ensuite le souper qu'elles partagent avec Renaud qui se fait toujours un devoir de passer quelques heures avec sa fille. Dès qu'il s'esquive, Nick et Marie-Reine viennent faire un bout de veillée pour requinquer le moral de la convalescente et épauler la veuve métamorphosée en infirmière.

Prise en charge et délivrée de tout souci, Valérie se laisse dériver au fil du temps et se rabiboche imperceptiblement avec la vie.

Après trois mois de ce régime, elle se lève un bon matin et dit à Gisèle :

— Je n'aime vraiment pas l'effet de ces pilules, maman. Elles ne me font pas dormir le soir, mais si tu n'étais pas là pour me réveiller au milieu de la matinée, je me demande à quelle heure je me lèverais. Je vais arrêter de les prendre.

Sans attendre l'avis du médecin, elle renonce à la médication le soir même. Le lendemain, elle se lève en même temps que sa belle-mère et sa fille. Son regard est clair, de même que son esprit.

Peu à peu, Valérie recouvre son énergie et sa joie de vivre. Ayant le goût de bouger, elle délaisse ses romans au profit des tâches ménagères.

— Ma bichette recommence à sourire, c'est bon signe, déclare Nick.

                        ❧

Comme la nature renaît après un dur hiver, Valérie s'épanouit. Au cours de ses longues promenades dans les allées bordées d'arbres, elle se laisse charmer par les écureuils courant vers la sécurité d'un grand feuillu ou le pépiement des oiseaux nichés sur une branche. Les pelouses parfaitement entretenues s'émaillent de jolies plates-bandes fleuries. Durant ses flâneries, son esprit s'oxygène, son corps se fortifie et l'espoir revient habiter son cœur.

Sa dépression lui a permis de comprendre qu'elle était entièrement responsable de sa vie et qu'elle devait s'affirmer davantage, au risque de jouer le rôle de victime le reste de ses jours. Valérie a pris conscience que la révolte ne servait à rien quand on ne peut changer les choses, que s'apitoyer sur elle-même lui nuirait ainsi qu'à sa fille, qui a besoin de la tendresse maternelle. L'exemple de Marie-Reine est venu lui rappeler qu'elle devait se raccrocher à ce qu'il lui reste plutôt que déplorer ce qu'elle a perdu.

Cette année, elle ne suivra pas Nick, Marie-Reine et Gisèle à Cap-aux-Brumes. Ses prestations d'assurance-chômage pour maladie prenant fin, le fonctionnaire en charge de son dossier vérifie qu'elle est de nouveau disponible au travail et lui assigne des rendez-vous pour des emplois correspondant à ses qualifications. Dès la deuxième entrevue, on l'embauche. L'échelle salariale et les conditions d'emploi sont supérieures à ce que lui offrait son ancien employeur et, après avoir souffert de la jalousie de Roxane, Valérie apprécie le fait qu'elle sera la seule secrétaire. Pas d'esprit de compétition venant des autres employés de bureau dont les fonctions diffèrent.

N'ayant jamais travaillé pour une institution financière, elle appréhende la monotonie des chiffres, mais se rend vite compte que ses tâches sont variées. Comme son travail la met en contact avec les clients, elle s'y plaît dès le début. Formée jeune à servir la clientèle de son père, elle se sent dans son élément. Pour répondre aux diverses questions qui lui sont posées au téléphone, elle doit acquérir de nouvelles connaissances.

Alors qu'elle se revigore, Renaud s'étiole. Charles est parti pour le Témiscouata afin de renouer avec sa famille et ses enfants durant le congé estival. Croyant que Renaud se sent obligé de rester à Québec, Valérie attend que sa fille soit endormie pour aborder le sujet qui la préoccupe.

— Si tu as envie d'aller rejoindre Charles, je m'arrangerai pour trouver quelqu'un pour garder Karine jusqu'à ce que maman revienne.

Il lui sourit tristement et s'absorbe dans la contemplation de ses mains avant de répondre:

— C'est gentil de ta part, Val, mais...

Son hésitation à poursuivre la saisit. Pendant sa convalescence, elle l'a négligé et, même depuis son rétablissement, elle a oublié de se soucier de lui. Accoutumée depuis l'enfance à être tenue responsable de ses frères, son vieux sentiment de culpabilité se réveille et lui donne mauvaise conscience.

— Je ne m'étais pas rendu compte que j'avais abusé de ta bonté, Renaud, mais je vais mieux à présent et c'est à moi de m'occuper de Karine. Je ne veux pas que tu gâches ta vie à cause de nous. Le temps est venu de penser à toi et de vivre à plein temps avec Charles.

Valérie le voit ciller des yeux.

— Il ne veut pas vivre avec moi, dit-il, l'air abattu.

— Pourquoi?

— Il ne veut pas que les gens se doutent de sa véritable orientation sexuelle de peur de perdre son emploi et l'affection des siens.

— C'est pour cette raison que tu couchais plus souvent ici depuis quelques mois?

— Oui. Il a tellement honte qu'il a commencé à fréquenter une jeune femme.

Le corps penché vers l'avant, les coudes sur les genoux, il se tient la tête à deux mains. Valérie se sent franchement dégoûtée à l'idée qu'une autre jeune femme fera les frais de cette triste comédie. En voyant les épaules de Renaud secouées de sanglots, elle s'insurge:

— C'est lâche et cruel. Est-ce qu'il se rend compte qu'il fait souffrir deux personnes?

— Peut-être, dit-il après s'être tamponné les yeux. Il nous a plaqués tous les deux et il est parti pour le reste de l'été en disant qu'il avait besoin de temps pour réfléchir. Alors, je reste dans l'expectative. Mais plus les jours passent et plus je me dis qu'il n'y a rien à espérer. Il ne m'a même pas donné un coup de fil.

— Sa valse-hésitation est malsaine et elle va finir par te détruire si tu n'y prends pas garde. Il faut que tu réagisses,

Renaud. Tu devrais sortir, rencontrer des gens et essayer de l'oublier.

— Mais je l'aime, se lamente-t-il.

Il se cache le visage dans les mains et elle regrette aussitôt son verdict impitoyable. Afin d'en amoindrir l'effet, elle reprend lentement en mesurant la portée de chacun des mots qu'elle veut consolants :

— Il t'aime sûrement lui aussi, sinon il n'aurait pas divorcé pour toi. Mais il a besoin d'aide pour accepter sa différence.

De façon imprévue, Renaud se jette à ses pieds. Elle lui caresse les cheveux et le dos, comme elle le fait quand sa fille a besoin de réconfort.

— Pourquoi tu n'irais pas passer quelque temps chez grand-maman Boudreau avec Karine ? Si j'avais des vacances, c'est ce que je ferais au lieu de rester ici à me morfondre. Ta mère n'a pas vu la petite depuis longtemps. Et Karine serait ravie de faire un voyage toute seule avec son papa d'amour.

☙

Dès leur départ pour Cap-aux-Brumes, Valérie s'ennuie à mourir. Seule dans son appartement, sans ses voisins partis eux aussi, ses peurs d'enfant refont surface quand le jour décline et que la nuit fait planer ses ombres menaçantes. Elle s'encabane, vérifie deux fois plutôt qu'une que ses portes sont verrouillées, ferme toutes les fenêtres et branche un ventilateur dans sa chambre afin de rafraîchir la pièce. Elle laisse une veilleuse allumée, fait jouer la radio en sourdine, cale un oreiller dans son dos pour se donner l'impression d'une présence rassurante, mais son sommeil est agité et ses nuits sont courtes.

Laissée à elle-même, elle a peur de son ombre alors qu'elle se sent le courage d'affronter les pires dangers en présence de sa fille. Cette prise de conscience la met au défi d'affronter ses peurs. Elle se dit qu'elle n'aura qu'à s'imaginer que sa fille dort dans sa chambre si elle se sent sur le point de flancher. Pour commencer, Valérie s'oblige à passer un bout de veillée sur la galerie arrière, puis elle s'enhardit à sortir du lit pour aller vérifier tout bruit suspect.

Ses longues veilles lui donnent le loisir d'analyser sa situation afin de comprendre le léger inconfort qu'elle continue de ressentir. Il n'est pas facile de reconnaître que tout le mal provient du fait qu'elle vit, comme Charles, dans le mensonge. Elle peut toujours essayer de se disculper en prétendant avoir agi pour le bien de l'enfant d'Olivier et c'est en partie vrai. Karine porte le nom de son père et elle n'a pas à pâtir de l'étiquette d'enfant illégitime ou, pire, de celle de sale bâtarde comme n'aurait pas hésité à lui coller son grand-père paternel.

Valérie en est profondément reconnaissante à Renaud. Cependant, elle doit s'avouer que leur mariage contribue à tromper trop de gens. Maintenant qu'elle est confrontée au danger que sa fille commence à se questionner sur le fait que papa et maman ne partagent pas le même lit comme les autres parents, elle ressent le besoin de lui avouer la vérité avant qu'elle ne la découvre et ne lui en veuille de lui avoir menti. Comment trouver les mots pour expliquer des sujets aussi délicats à une petite fille qui risque de souffrir autant de la vérité que du mensonge?

L'autre problème qui se pose avec plus d'acuité est: quand pourront-ils le faire? Le moment s'y prête mal. Si Renaud avait pu aller vivre avec Charles, l'occasion aurait été toute trouvée. Mais il est trop vulnérable en ce moment pour l'exposer à d'autres tourments et Valérie doit refréner son envie de balayer le faux-semblant afin de vivre dans l'authenticité et l'intégrité.

Depuis quelque temps, Valérie remarque qu'un client patientant dans la file d'attente de la caissière placée devant son bureau lui sourit quand elle lève les yeux dans sa direction. Il vient souvent et les caissières observant son manège la taquinent : « Valérie a fait une conquête. » L'homme dans la trentaine est bien mis et elle se sent flattée de son attention sans ressentir le besoin de vérifier la fiche de son compte pour connaître son état civil. Comme il se contente de lui sourire de loin sans l'aborder, elle se dit qu'il est sans doute marié ou qu'il est du genre à tendre des pièges en attendant qu'une petite lapine candide courre s'y jeter.

« Valérie a fait une autre conquête », plaisantent ses collègues un peu plus tard. Un grand brun élancé la dévore des yeux et, un jour, il se présente au comptoir où elle accueille les clients ayant rendez-vous avec le directeur ou le conseiller financier. Il lui demande si elle ne pourrait pas lui remettre des papiers pour rouler la monnaie, prétextant qu'il a oublié d'en demander à la caissière et qu'il ne veut pas avoir à refaire la queue pour en obtenir. Quand elle les lui donne, il la remercie et demande avec un sourire timide :

— Madame ou mademoiselle ?

Valérie se sent décontenancée, ne sachant si elle peut lui dire qu'elle est une demoiselle qui a perdu ses ailes. Jugeant sa question maladroite, elle répond :

— Madame.

Elle n'a pas envie de raconter sa vie à un client et comme elle porte les alliances que lui avait achetées Olivier, elle n'apprécie pas beaucoup l'approche du gars, qui repart la mine déconfite sous les sourires discrets de ses collègues. À leurs yeux, Valérie est une femme mariée, fidèle et heureuse. Personne ne soupçonne que derrière son sourire se cache le destin tragique d'une femme palpitant de rêves inassouvis.

⁂

Renaud revient de Cap-aux-Brumes en compagnie de visiteurs en provenance des États-Unis. Cécile, la plus jeune sœur de Marie-Reine, et son mari profitent de l'invitation de Nick pour revoir Valérie et passer quelques jours à Québec. Les années ont creusé des sillons sur ces visages rieurs et laissé des fils d'argent couronner leur tête, mais leur cœur n'a pas vieilli : les rires fusent et le ton monte de quelques décibels.

L'appartement auparavant trop calme vibre d'un concert cacophonique bilingue où la petite Karine coupe la parole aux grands, pressée de montrer à sa mère les nombreux cadeaux qu'elle rapporte dans ses bagages. Valérie s'extasie devant chaque présent, ce qui fait le bonheur de la petite demoiselle qui fait de rapides allers-retours de sa chambre au salon afin de présenter toute sa collection.

Renaud se mêle à la discussion familiale, détendu et heureux. Debout près du téléphone, il décroche à la première sonnerie et Valérie l'entend dire :

— Ah ! Tu es revenu ? (…) Non, pas ce soir, nous avons de la visite. (…) Je te rappellerai dans quelques jours. (…) Excuse-moi, j'ai du mal à t'entendre. (…) De la parenté des États. (…) D'accord. Au revoir.

Il raccroche et dévisage Valérie, les yeux étincelants. Un air de satisfaction se peint sur ses traits et le fait légèrement rosir. « Après avoir tant souffert, il est sûrement fier de ne pas accourir au premier claquement de doigts », se réjouit Valérie qui a deviné l'identité du correspondant.

___

Les parents américains repartent, enchantés de leur séjour. Étourdie par le tourbillon des derniers jours, Valérie retrouve avec bonheur le rituel paisible du dodo de Karine. Les contes d'autrefois ont cédé la place au papotage de filles avant l'arrivée du marchand de sable.

Ayant tout un été à raconter, Marie-Reine et Nick s'invitent chez Valérie, sachant qu'elle peut leur consacrer un peu de temps, étant donné que Gisèle, en reprenant la garde de Karine, la décharge de la plupart des tâches domestiques. Soutenue par tant de prévenance, Valérie connaît une nouvelle période d'insouciance heureuse.

Renaud sort de temps à autre, mais ne découche plus. Témoin de la souffrance que lui a causée Charles, Valérie attend que le feu couvant sous les cendres rallume la flamme qui éclairera la nuit de son compagnon.

___

Une pluie torrentielle débute en fin de soirée et couvre le son du téléviseur que Valérie a laissé allumé pour donner l'illusion à sa fille que son père est à la maison. La lampe clignote. Elle délaisse son livre et se dirige vers la grande fenêtre du salon afin d'observer le déluge inondant la rue. Un violent coup de tonnerre ébranle les murs et Valérie se retrouve tout à coup dans le noir complet. Les bras tendus, elle repère le buffet où sont rangées les allumettes. À tâtons, elle en frotte une contre le côté rugueux de la boîte. Une petite flamme jaillit et l'éclaire juste assez pour distinguer les deux chandeliers de verre taillé, cadeau de son père.

La lumière de la bougie placée sur le comptoir de la cuisine cabriole et Valérie dépose l'autre sur la table basse du salon. Sous ce faible éclairage, elle doit renoncer à poursuivre la lecture. En prévision d'une panne d'électricité prolongée, elle étale sur tout ce qui peut servir d'étendoir le linge mis dans la sécheuse quelques minutes auparavant.

Par la fenêtre, elle voit les phares d'une voiture trouer l'obscurité de la cour. Le moteur s'arrête. Une portière claque et des pas précipités flagellent la galerie mouillée. Valérie suspend son étendage et court déverrouiller la porte. Renaud entre et reste sur le tapis de l'entrée.

— Je suis trempé de la tête aux pieds, dit-il.

— Attends, je t'apporte une serviette.

Valérie revient avec un drap de bain.

— Sèche-toi vite et enlève tes vêtements, je vais t'apporter de quoi te changer.

Grelottant, il défait les boutons de sa chemise, ouvre la braguette de son pantalon et laisse choir son accoutrement détrempé. Il éponge rapidement ses cheveux et se drape dans la grande serviette. Valérie arrive avec sa robe de chambre et ses pantoufles.

— Je ne pensais pas que tu reviendrais ce soir, surtout avec ce temps.

— Est-ce qu'il nous reste du combustible à fondue ?

— Oui. Tu aimerais un café ?

— Avec du cognac, pour me réchauffer, dit-il d'une voix hachurée en refermant les pans de sa robe de chambre.

— Je vais m'en faire un aussi. Même si ça nous empêche de dormir, on pourra faire la grasse matinée demain.

La cire chaude coule le long des chandelles pendant qu'ils sirotent leur café-cognac au salon. La boisson active la circulation du sang de Renaud.

— Ça fait du bien, dit-il en s'étirant paresseusement. Surtout après la semaine que j'ai eue.

L'électricité revient et les fait cligner des paupières. Renaud s'étire et éteint la lampe.

— J'aime veiller à la chandelle. Je trouve ça reposant.

Valérie laisse aller sa tête contre le dossier du fauteuil et replie ses pieds sous elle.

— Quand j'étais jeune, je me collais à Gisèle dès qu'on manquait d'électricité. J'avais peur du noir et des ombres que la flamme vacillante dessinait sur les murs. Je suis contente que tu sois là.

Ils avalent une autre gorgée de café. Renaud a l'air détendu. Une ébauche de sourire apparaît pendant qu'il ferme à demi les paupières.

— Est-ce que je t'ai dit que Charles a entrepris une thérapie ?

Elle secoue la tête en signe de dénégation et fait mine de boire son café pour se donner une contenance. Le sujet est si intime et Renaud si sensible qu'elle regrette d'y être allée un peu fort avant qu'il parte pour Cap-aux-Brumes.

— Tu avais raison, Val, quand tu disais qu'il avait besoin d'aide pour accepter sa différence. C'est ce que je lui ai suggéré quand il a repris contact avec moi en revenant du Témiscouata. J'en ai même fait une condition pour renouer avec lui. Naturellement, comme il est un peu serré financièrement, j'ai proposé d'acquitter la portion des honoraires que son assurance ne rembourse pas.

Il porte sa tasse à sa bouche et laisse descendre le reste du café en penchant légèrement la tête vers l'arrière.

— Je l'ai averti qu'on ne reprendrait pas ensemble tant qu'il ne sera pas prêt à assumer pleinement son orientation sexuelle. Je n'ai pas envie de passer ma vie avec quelqu'un qui ne pense qu'à se cacher… comme Adam, dit-il d'un ton las.

Un silence pesant s'abat sur eux au souvenir du suicide de leur jeune ami. La bouche de Renaud prend un pli amer. Il déglutit avec peine et poursuit :

— Évidemment, on n'est pas obligés de crier sur les toits qu'on est gais, mais face à soi-même, il faut être prêt à le reconnaître sans fausse honte.

— J'ai le plus grand respect pour les gens qui s'affirment comme tu le fais. Je sais que ça demande beaucoup de courage. D'un autre côté, on est profondément malheureux quand on vit dans le mensonge. On voit ce que ç'a donné pour Charles…

Elle fait une pause avant de lui livrer le fond de sa pensée.

— J'aimerais qu'on dise la vérité à Karine avant qu'elle l'apprenne par d'autres.

Il se redresse et la regarde, étonné.

— Elle est un peu jeune, tu ne crois pas ?

— Tu as raison, elle est trop jeune pour comprendre certaines choses. Mais on pourrait lui dire qu'Olivier est son père, qu'il est mort la veille de notre mariage et que tu m'as épousée pour qu'elle ait un papa. Que tu l'aimes beaucoup…

— Je vais y penser, dit-il, l'air morose.

⁓◊⁓

La neige vient feutrer les bruits ambiants et rappeler aux humains que le cycle immuable des saisons recommence, indifférent à la frilosité des populations nordiques. Leurs petites misères ne font pas le poids devant la désinvolture de dame Nature.

Avant de s'endormir, au moment de la prière, la petite Karine supplie son autre papa, celui qui est au Ciel avec Jésus, de prendre soin de celui qui est sur la terre. Depuis que son papa d'amour lui a annoncé qu'il irait vivre chez l'oncle Charles, la fillette se glisse en douce dans la chambre de sa mère pour embrasser la photo encadrée d'Olivier, dont le sourire lumineux allume une boule de chaleur dans son petit cœur chagrin. Karine a du mal à comprendre que son papa la quitte après lui avoir dit qu'il l'aimait infiniment. À quoi sert d'avoir deux papas quand aucun d'eux n'est là ?

Grand-maman Dumont lui donne souvent, en cachette, un 25 sous ou des bonbons. Mamie Gisèle lui offre la douce chaleur de ses bras et le réconfort de ses bons petits plats. Tonton Nick s'ingénie à trouver des activités diversifiées : cinéma pour enfants, magasinage dans les centres commerciaux accueillant chacun un père Noël différent, promenades dans les rues décorées de sapins illuminés, soupers au restaurant avec « son harem », comme il dit en bombant le torse quand il sort les quatre générations des descendantes de Marie, sa mère, qui lui a donné vie une deuxième fois quand elle l'a sauvé d'une mort certaine durant la crise économique. Le récit de ses aventures captive la fillette et la console momentanément de l'absence de son père.

Cette année, sa maman a décoré un grand sapin et Karine inspecte chaque nouveau paquet qui s'ajoute sous les branches chargées de boules étincelantes. Il y en a pour tout le monde, y compris oncle Charles. Elle se demande pourquoi sa maman fait un cadeau à celui qui leur a volé son papa. Elle l'aimait bien, avant, oncle Charles. Maintenant, elle n'en est plus certaine.

Sa mère ne semble pas affectée par le départ de son papa. Elle chante des airs de Noël avec un entrain incompréhensible et Karine se demande si elle se montre aussi gaie uniquement pour tromper son monde. Inquiète, elle se réveille la nuit et écoute le silence, s'attendant à entendre les pleurs de sa maman. Le seul bruit qu'elle perçoit est le léger ronflement de sa mère. «C'est dur, vraiment dur de comprendre les grandes personnes», se dit la fillette, perplexe.

Une de ses compagnes de classe, dont le papa est parti le mois dernier, lui raconte que sa mère pleure toutes les nuits. Il les a quittées pour aller vivre avec une autre femme et la petite Nadia lui en veut tellement qu'elle refuse de le voir.

⁕

Le dernier vendredi avant Noël, la banque est bondée de clients et Valérie court depuis le matin en se demandant comment elle arrivera à faire tout le travail à temps. Avant chaque congé, le tempo s'accélère et les demandes pleuvent de toutes parts. Les gens sont pressés de tout régler, comme si une catastrophe allait se produire durant la fermeture.

En sortant de la voûte où elle est allée timbrer le courrier en fin d'après-midi, elle aperçoit, au comptoir, la sale tête de Me Beaudry. Grisonnant, les yeux pochés, il invective le commis venu lui répondre en son absence. Ses bajoues oscillent, suivant les mouvements énergiques de ses coups de gueule. Valérie retourne se cacher dans la chambre forte d'où elle l'entend se plaindre des frais exigés pour faire certifier un chèque émis par un client de la banque.

— Viarge! J'ai pas envie de payer encore des frais si le chèque rebondit! rugit-il.

Le langage grossier dont il use pour impressionner le commis convainc Valérie que l'âge ne l'a pas amélioré et qu'elle a tout intérêt à ne pas se montrer.

— On demande soixante-quinze sous seulement aux gens qui n'ont pas de compte ici, lui explique poliment l'employé.

— Je paierai pas une maudite cenne ! tonne-t-il en assenant un coup de poing au comptoir. J'exige de voir le gérant.

— Désolé, il est présentement occupé. Si vous voulez bien m'attendre, je vais voir si on peut faire quelque chose pour vous.

À travers les grilles de la porte, Valérie voit passer le malheureux commis et entend le comptable marmonner :

— C'est lui qui crie comme un putois ? Certifie son chèque gratuitement pour qu'il sacre son camp au plus vite.

Le jeune homme repasse devant la grille de la voûte, le sourire aux lèvres. Et Valérie l'écoute déclarer d'un ton courtois :

— Pour cette fois, nous allons faire une exception vu que c'est bientôt Noël. Nous allons le certifier gratuitement.

Valérie perçoit un grognement de satisfaction et attend impatiemment que son beau-père quitte la banque. Elle regarde l'heure en déplorant les cinq précieuses minutes qu'il lui a fait perdre.

Durant la soirée, encore sous l'effet du bête affolement qui l'a poussée à se dérober, elle raconte l'incident à Marie-Reine et Nick. Ce dernier lui dit, l'œil sévère :

— Si jamais il essaie de te faire du trouble, tu n'as qu'à me le dire. Je vais lui régler son compte.

Les rares fois où elle voit son gentil tonton prendre cet air farouche, Valérie plaint la personne qui oserait le contrarier. Bien qu'elle le soupçonne de ne pas lui avoir tout raconté de sa vie, la bataille dont il a gardé une trace indélébile sur la joue et celle où l'assaillant de l'oncle d'Eleni est passé de vie à trépas suffisent à prouver qu'il ne reculera devant personne. Mais elle l'aime trop pour l'exposer à de nouveaux dangers.

— Comme il n'a pas de compte à la banque, il est probable qu'il ne reviendra pas, dit-elle pour le rassurer.

— On va le souhaiter pour lui, répond-il, énigmatique.

Valérie remarque que sa grand-mère fronce les sourcils, mais elle n'y fait guère attention et change de sujet de discussion.

—◦—

Pour célébrer les quatre-vingts ans de Marie-Reine, née avec le siècle, ses cinq enfants survivants se réunissent à Québec. Logés aux frais de Nick dans une petite auberge, les invités restent cachés dans l'attente de l'arrivée des jumeaux. Invitée par son frère à un souper en tête-à-tête, la jubilaire ne se doute pas de la surprise qui l'attend.

L'aubergiste les débarrasse de leur manteau avant de les conduire à la salle à manger. En ouvrant les portes à double battant, Marie-Reine reste saisie d'étonnement en voyant l'attroupement.

Jérôme l'agriculteur, Étienne l'aviateur, Clémence l'institutrice, la fidèle Gisèle et Victor l'ex-braillard, avec les conjoints et quelques représentants de la génération suivante s'écrient d'une seule voix:

— Surprise !

Elle porte la main à son cœur en secouant la tête, puis un sourire naît sur ses lèvres en même temps qu'elle adresse un regard réprobateur à Nick dont les yeux pétillent de contentement. Il a tout préparé en secret, mais une surprise l'attend lui aussi.

Au moment du dessert, Clémence, désignée comme porte-parole, se lève et déroule le parchemin où elle a transcrit un discours résumant les idées et souvenirs exprimés par chacun.

Chère maman,

C'est avec un grand bonheur que nous avons répondu à l'aimable invitation d'oncle Nick de venir célébrer vos quatre-vingts ans dans cette belle ville de Québec où vous avez déménagé vos pénates. Merci, oncle Nick, pour votre généreuse hospitalité.

Marie-Reine regarde avec tendresse son frère jumeau qui s'empourpre comme une jeune fille timide.

— Continue, dit-il, gêné par tous les regards tournés vers lui.

Pour en revenir à vous, maman, je vous dirais qu'il est impossible de résumer une vie aussi remplie que la vôtre en si peu de temps. Il y aurait tant de choses à raconter. Nous avons mis nos idées en commun et le commentaire qui revenait le plus souvent était qu'on ne vous avait jamais vue à rien faire. Même en vous berçant pour vous reposer, vous aviez un tricot à la main ou votre grand rosaire aux jolies billes de bois en forme de roses. Elles doivent être pas mal usées, ces billes, si on se fie au nombre de fois qu'on vous a vue les caresser en disant toutes ces dizaines de Je vous salue, Marie, *suivies de* Gloire soit au Père.

Votre foi vous a sûrement soutenue durant les décennies de misère des deux guerres et de la crise économique. Vous n'aviez pas le temps de vous plaindre avec neuf enfants à nourrir et à habiller, avec en plus une terre à défricher pour en faire une ferme productive. Malgré le manque d'argent et le rationnement, nous n'avons jamais manqué de rien. Avec peu de moyens, vous accomplissiez de véritables exploits. Vous êtes pour vos enfants et vos petits-enfants un symbole de courage et de vaillance.

Nous nous souvenons avec nostalgie des soirées au coin du feu, la lampe à l'huile posée au centre de la table. Après le chapelet en famille, vous nous racontiez des histoires du bon vieux temps. C'était presque toujours des récits tristes ou à faire peur, ce qui fait que personne ne demandait à veiller plus tard quand l'heure du coucher avait sonné.

— Oh! laisse échapper Marie-Reine en se couvrant la bouche, l'œil malicieux.

Et pourtant, ces histoires nous ont manqué durant votre séjour au sanatorium. Nous étions épouvantés à l'idée de ne plus jamais les entendre. Et nous avons supplié tous les saints du Ciel de guérir notre chère conteuse. Sans vous, la maison était dépourvue de vie.

Vous nous êtes revenue, les bras chargés d'un gros bouquet de lilas, votre fleur préférée, et le cœur rempli de tendresse pour vos enfants qui avaient continué de grandir et dont les aînés s'apprêtaient à quitter le cocon familial.

Plus tard, une autre génération a fait pousser de nouvelles branches à l'arbre généalogique que vous aviez fait prospérer avec le concours enthousiaste de notre père qui ne demandait pas mieux que de remplir la maison de petits Dumont.

Aujourd'hui, nous nous plaisons à dire que c'était le bon temps parce que nous voyons la vie d'antan avec nos yeux d'enfants insouciants. En vieillissant, nous avons compris tous les sacrifices que notre éducation vous a coûtés.

Nous voulons vous dire : merci, chère maman. Merci de nous avoir donné la vie, merci pour les valeurs transmises, merci pour l'amour que vous continuez de nous prodiguer d'un cœur généreux.

Nous vous souhaitons la santé et le bonheur que vous méritez amplement et nous demandons à Dieu de vous laisser avec nous encore longtemps.

Bon quatre-vingtième anniversaire, maman.

Clémence laisse le temps à sa mère de tamponner ses yeux humides, tourne la dernière page du discours qu'elle vient de lire, puis sourit en regardant l'assistance avant de poursuivre :

Cher oncle Nick,

Nous vous avons connu sur le tard, mais nous vous portions dans nos cœurs bien avant de vous rencontrer. Depuis notre tendre enfance, maman nous parlait souvent de son frère jumeau, le petit Nicolas disparu sans laisser de trace. Elle nous a raconté les battues pour le chercher, les démarches, les prières et l'espoir tenace de le retrouver. Nous nous attristions avec elle du sort de ce petit garçon ravi à sa famille.

Quand elle relatait la découverte du moribond gisant sur leur galerie durant la crise, puis guéri et parti mystérieusement on ne savait où, quelques mois plus tard, les trémolos de sa voix nous transperçaient de nouveau. Nous étions fort intrigués par deux disparitions inexpliquées et nous déplorions le sort impitoyable qui vous avait séparés deux fois.

Votre absence a continué de hanter nos pensées et nous parlions de votre étrange destinée à nos connaissances. À présent, ils ont sans doute moins de mal à nous croire puisque nous pouvons leur dire que Marie-Reine a enfin trouvé le petit Nicolas qu'elle a tant pleuré. Le beau Nico, apparu plus tard, est maintenant connu sous le prénom de Nick et nous remercions la Providence de nous avoir ramené cet oncle de légende.

Faites-nous la promesse de ne plus disparaître. Nous tenons tellement à vous que nous ne pourrions nous consoler de vous perdre une troisième fois.

*Bon quatre-vingtième anniversaire
et longue vie, oncle Nick.*

Valérie s'avance vers sa grand-mère, tenant une grande boîte joliment emballée. Jean-Marie en apporte une de même format qu'il présente à Nick. Les jumeaux se consultent d'un air étonné.

— C'est un petit cadeau, mais qui est très significatif, leur dit Valérie. Mais vous devez ouvrir vos paquets en même temps !

Du coin de l'œil, Nick examine Marie-Reine qui défait l'emballage avec d'infinies précautions. Veillant à ne pas déchirer le beau papier, elle décolle une extrémité, fait glisser le gros ruban qu'elle enroule et dépose sur un coin propre de la table. Avec ses gros doigts, il essaie de l'imiter sans y parvenir. Il ne peut que tenter de limiter les dégâts de ses grandes paluches malhabiles. Après ces efforts, il peut enfin ouvrir la boîte contenant un curieux album sur lequel est écrit en gros caractères : *Tranches de vie.*

D'un regard, ils se questionnent. Puis, ils ouvrent la page couverture pour découvrir le titre reproduit sur une feuille blanche. Dans une coordination parfaite, comme un ballet qui aurait été répété à maintes reprises, ils tournent la page et se concentrent sur les vieilles photos qui y sont collées.

— Où avez-vous trouvé toutes ces photographies ? demande Marie-Reine, les yeux écarquillés.

— On en a déniché un peu partout, répond Clémence.

Depuis l'été, les enfants de Marie-Reine se sont livrés à un patient travail de détective afin de récupérer ces images du temps passé. L'album de leur mère ayant été détruit dans l'incendie de leur maison, les clichés des membres de la famille et des connaissances ont été rephotographiés et reproduits en double par un professionnel de Cap-aux-Brumes.

Même si Nick ne les avait pas invités, ils avaient déjà décidé d'organiser cette fête à leur insu. Le cher oncle leur a facilité la tâche en réservant l'endroit et en s'occupant des détails du menu. Ils n'ont eu qu'à contacter le propriétaire de l'auberge pour l'avertir que l'addition devait être remise à Jérôme Dumont qui désirait offrir ce cadeau aux deux jubilaires.

— Ce n'est pas un cadeau tout à fait désintéressé, ajoute Valérie, l'air taquin. Nous aimerions que vous complétiez le travail amorcé au profit de la famille.

— J'ai eu une vie bien ordinaire, se défend Marie-Reine.

— Moi, je veux connaître votre histoire, dit Karine de sa voix flûtée.

La fillette est assise entre son père et Charles, que Nick a également conviés à la fête.

— Nous aussi, disent de conserve tous les invités.

⁂

Pendant que Nick et Marie-Reine se livrent à la chasse aux souvenirs afin de rédiger leurs mémoires, René Lévesque se prépare à changer le cours de l'histoire de la province. Le gouvernement péquiste, qui prône la souveraineté du Québec, fait adopter la question référendaire à l'Assemblée nationale le 20 mars :

> *Le Gouvernement du Québec a fait connaître sa proposition d'en arriver, avec le reste du Canada, à une nouvelle entente fondée sur le principe de l'égalité des peuples ; cette entente permettrait au Québec d'acquérir le pouvoir exclusif de faire ses lois, de percevoir ses impôts et d'établir ses relations extérieures, ce qui est la souveraineté, et, en même temps, de maintenir avec le Canada une association économique comportant l'utilisation de la même monnaie ; aucun changement de statut politique résultant de ces négociations ne sera réalisé sans l'accord de la population lors d'un autre referendum ; en conséquence, accordez-vous au Gouvernement du Québec le mandat de négocier l'entente proposée entre le Québec et le Canada ?*

Les fédéralistes, partisans du Non, reprochent le manque de clarté de la question du parti séparatiste. Des deux côtés, le débat s'enflamme. Lors d'une assemblée partisane, Lise Payette, ministre de la Condition féminine, dénonce les modèles sexistes des manuels scolaires personnifiés notamment par Yvette, épouse au foyer, femme effacée et soumise. Elle accuse Claude Ryan, chef du Parti libéral dont l'épouse se prénomme Yvette, de vouloir des Yvette plein le Québec. Outrées, les femmes libérales ripostent en organisant un «Brunch des Yvette» au Forum de Montréal le 7 avril, auquel assistent 15 000 femmes. Partout dans la province, des femmes se mobilisent sous la bannière fédéraliste afin de défendre les valeurs traditionnelles centrées sur la famille.

Le 14 mai, Pierre Elliott Trudeau promet de renouveler le fédéralisme si le Non l'emporte. «Nous mettons nos sièges en jeu», déclare-t-il.

Le soir du 20 mai, rassemblés chez Valérie pour écouter les résultats du vote, Nick et Marie-Reine, partisans du Non, sont crispés devant le téléviseur. Renaud et Charles, partisans du Oui, sont remplis d'espoir jusqu'au moment où ils apprennent que la proposition d'entamer le processus d'indépendance est rejetée par 59,56 % des voix. On estime la participation des électeurs à 85 %. Devant ses partisans déçus, René Lévesque déclare : «Si je vous ai bien compris, vous êtes en train de nous dire à la prochaine fois!»

Par respect les uns pour les autres, on se sépare sans émettre de commentaires, mais les visages défaits de Renaud et Charles sont suffisamment éloquents. Nick et Marie-Reine ont la victoire discrète, un observateur remarquerait seulement qu'ils semblent plus détendus. Quant à Gisèle et Valérie, elles sont demeurées neutres tout au long de la campagne référendaire et bien malin qui pourrait dire de quel côté elles ont voté.

～✐

Le 27 juin, le Parlement canadien adopte officiellement *Ô Canada* comme hymne national, un siècle après avoir été chanté pour la première fois le 24 juin 1880. La musique a été écrite par Calixa Lavallée, et les paroles par sir Adolphe-Basile Routhier.

Profitant de l'absence de sa fille, partie en compagnie de son père à Cap-aux-Brumes, Valérie, Gisèle et Marie-Reine acceptent l'invitation de Nick d'aller visiter la parenté des États. Hébergés chez Cécile, la plus jeune sœur de Marie-

Reine, ils sont reçus comme des princes chez Irène, de même que chez Adrien. Elsie et Sean, les enfants de Cécile, s'évertuent à leur montrer tous les attraits du Massachusetts et à leur présenter amis et voisins, qui s'offrent à leur tour de leur faire partager leurs coups de cœur.

Élizabeth, une jeune amie d'Elsie à peine plus âgée que Valérie, leur fait visiter l'usine de bijoux où elle travaille. Prévenue de leur arrivée, sa patronne leur donne un échantillon de toutes les parures promotionnelles produites par la manufacture. Le soir, les deux femmes les invitent au restaurant et les emmènent aux courses de chevaux. Élizabeth élève seul son fils unique. Un courant de sympathie s'établit instantanément entre les deux mères monoparentales, qui se revoient à quelques reprises durant le séjour des Canadiens, comme les appelle affectueusement Élizabeth.

Chaque jour, chaque soir, une activité nouvelle les attend. On les conduit à la plage, dans les magasins, à une grande kermesse, à un parc d'attraction aux allures de cirque avec ses manèges, à un spectacle western. On leur fait visiter un lieu de pèlerinage, un minibarrage, croyant rivaliser avec le gigantesque barrage de la Manic dont Marie-Reine leur rebat les oreilles.

Au bout de deux semaines, ils ont été si gâtés par tous qu'ils arrivent de peine et de misère à refermer le coffre de l'auto. Sur le siège arrière, sont entassées des boîtes de carton. Des sacs pleins à ras bord entourent les pieds de Marie-Reine et une valise la sépare de son jumeau.

— Faudrait pas se faire fouiller aux douanes, rigole Nick. S'ils passent tout le bazar au peigne fin, on en a pour toute une journée, les filles.

Gisèle et Valérie se regardent en plissant le nez tant elles le trouvent drôle. Depuis qu'il a fêté ses quatre-vingts ans, il essaie de se rajeunir en adoptant des expressions utilisées

par les jeunes. Se faire traiter de «filles» les amuse follement, surtout Marie-Reine qui éclate de rire.

Contrairement à leurs appréhensions, le douanier se
limite à leur poser les questions d'usage: date d'entrée,
endroits visités, rien à déclarer?

— Des cadeaux de la parenté, surtout. Mais vous connaissez les femmes, elles ont acheté quelques babioles en plus!
gémit Nick.

— Ouais, fait le douanier. Bon voyage, m'sieur dames.

⟶〜๑

Au retour, les trois «filles» écrivent quantité de lettres
de remerciement à la famille et aux nouveaux amis qui leur
ont réservé un accueil si chaleureux.

Renaud et Karine reviennent de Cap-aux-Brumes, la
peau halée et complètement détendus. Mamie Beaudry et
grand-maman Boudreau s'installent chez Valérie pour un
court séjour, le temps de parcourir les centres commerciaux
de Sainte-Foy en compagnie de Valérie et Gisèle. Le magasinage étant le sport préféré des femmes, elles reviennent
en fin de journée avec une quantité impressionnante de sacs
contenant des articles pour tout le monde. Karine ne manquera de rien pour la rentrée scolaire, la garde-robe de
Renaud s'enrichit elle aussi, mais il doit raccompagner les
deux visiteuses qui ont trop de bagages pour voyager par
autobus.

Valérie retourne au boulot avec une énergie renouvelée.
Elle ne sera plus seule. Gisèle vient de s'installer dans la
chambre de Renaud. Les liens qui unissent les deux femmes
sans mari les entraînent à partager leur quotidien. Un écart
d'à peine douze ans sépare la maman par alliance et la fille.

À part leur attachement profond, il existe entre elles une belle complicité et elles partagent les mêmes goûts, pour la musique, entre autres. Gisèle fait jouer ses vieux disques de vinyle, un peu égratignés, ou les nouvelles cassettes qui les ont remplacés. À force d'entendre un répertoire varié, la jeune Karine connaît les paroles de quelques-uns des airs en vogue autrefois et de la plupart des derniers succès. Quand elle veut la faire rire, sa mère lui fait jouer *Un éléphant sur mon balcon* de Roger Whittaker.

Après le travail, Valérie enseigne les pas de base de quelques danses à sa fille. Se joignent aux cours Nick et Marie-Reine, qui goûtent sur le tard au plaisir jadis condamné par les curés. Durant l'absence de Charles, Renaud ne demande pas mieux que de se joindre à eux et de faire tournoyer l'apprentie danseuse. Empli de musique et de rires, l'appartement dégage une énergie nouvelle aux yeux de la fillette qui savoure le bonheur d'avoir son papa pour elle seule.

Un soir, pour taquiner Marie-Reine dont la marotte est de faire la chasse aux moustiques, ses descendantes lui chantent en chœur *No me moleste mosquito*. Le sourire en coin et l'œil critique, l'aïeule mémorise le texte et toutes sont surprises et amusées de l'entendre fredonner le refrain quelques jours plus tard, le tue-mouche à la main.

Le 20 août, elles apprennent avec consternation la mort de Joe Dassin. Le chanteur à la voix de velours n'avait que quarante et un ans. Grâce à la magie des enregistrements, elles peuvent réentendre tous ses succès, mais Valérie s'attriste de la disparition de son chanteur préféré.

À la fin août, les amateurs de hockey de la capitale se réjouissent en apprenant que les Nordiques viennent de mettre sous contrat les frères Anton et Peter Stastny, transfuges de Tchécoslovaquie, ce qui promet de rehausser le niveau du jeu.

Les jours insouciants passent vite et, en septembre, l'école recommence. Le train-train quotidien met fin aux divertissements des dernières semaines. La fraîcheur oblige à ressortir les lainages qu'on avait rangés dans les boules à mites.

À Ottawa, la conférence fédérale-provinciale concernant la réforme de la constitution canadienne se termine par un échec semblable à celui des conférences précédentes. Au début octobre, le Québec dit non à la formule de rapatriement unilatéral proposée par le fédéral qui fait fi des demandes de reconnaissance des compétences distinctes du Québec. Comme les promesses de réforme de Trudeau durant la campagne référendaire, les feuilles d'érable se fanent et tombent les unes après les autres.

À la banque, Valérie entend les clients qui doivent renouveler leur prêt hypothécaire se plaindre de la hausse vertigineuse des taux d'intérêt. De 7 % en 1965, ils s'élèvent maintenant à 15 %. Pour les ménages au budget serré, ce taux annonce une période de restriction s'ils veulent conserver leur résidence.

Valérie s'inquiète de la hausse à venir pour le renouvellement de son bail. Le prix de l'essence continue de monter, de même que celui des aliments et de tous les biens de consommation. Pour ne pas dépasser son budget, elle va faire son épicerie munie d'une minicalculatrice. De temps en temps, elle achète un billet de loterie en espérant gagner un petit montant à défaut d'un gros lot, mais la chance ne la favorise pas. Elle s'encourage en se disant que tout le monde est en bonne santé. Karine réussit bien en classe et la comble de joie. Alors, elle juge que cela vaut bien quelques privations.

Le montant prévu pour les vêtements est dépensé en priorité pour sa fille dont la garde-robe doit être renouvelée chaque nouvelle saison. Valérie surveille les soldes afin de profiter des aubaines. Elle a appris à vivre avec peu. Depuis son aménagement chez elle, Gisèle ne veut rien accepter pour la garde de Karine ou le ménage qu'elle fait. « Tu me loges et tu me nourris, c'est bien assez », dit-elle. Valérie s'estime privilégiée de l'avoir auprès d'elle.

La neige et le froid viennent ralentir le rythme de vie. Valérie s'est abonnée à la bibliothèque et, le soir, Gisèle et elle s'enveloppent comme des momies pour lire. Elles partagent les mêmes livres pour échanger ensuite leurs opinions. Levant le nez de son bouquin, Gisèle lui dit en riant :

— On fait une vraie vie de vieilles filles !

Valérie tourne vers elle des yeux interrogateurs.

— Est-ce que tu aimerais refaire ta vie si tu rencontrais quelqu'un de bien ?

— Oh, tu sais… Je me suis mariée sur le tard… Je me demande si je pourrais me faire à un autre homme. Ton père était si bon, je doute qu'il y en ait un autre du même genre. Mais toi, tu es jeune. Ça ne te tente pas de te faire un ami ?

— Je n'ai pas envie d'avoir un ami juste pour dire que j'en ai un. Ça n'a jamais été mon genre. J'aime autant être seule que mal appariée.

— Les couples heureux sont de plus en plus rares si je me fie au nombre de divorces dont on entend parler, dit Gisèle, pensive.

— On dirait que les hommes ne veulent plus s'engager, de nos jours. Et je dois aussi tenir compte de Karine. Je me vois mal lui imposer la présence d'un autre homme. Il faut lui laisser le temps de s'habituer au départ de Renaud. Alors c'est totalement exclu pour le moment. Et je me dis aussi que si quelqu'un m'est destiné, je finirai par le rencontrer quand le temps sera venu. Mais toi, maman, tu es encore jeune et jolie. Même si j'adorais mon père, ça ne me dérangerait pas de te voir avec un autre homme si ça te rend heureuse.

— Je n'ai pas besoin de chercher le bonheur ailleurs, je suis heureuse de vivre avec toi et Karine. Et d'avoir maman et oncle Nick tout près.

— C'est pareil pour moi, je me sens comblée.

Depuis cette discussion, Valérie prête davantage attention aux destinées différentes des femmes de son entourage. Plusieurs sont seules et elle se demande si les veuves et les divorcées n'ont pas une tendance naturelle à se regrouper. Tout en s'entraidant, elles vont chercher dans l'amitié l'affection dont nul être humain ne peut se passer.

Quand elle remonte le courant qui l'a fait s'échouer à Québec, elle se demande si ses déboires amoureux n'étaient pas prédestinés. Avec le recul, elle perçoit l'inextricable enchaînement qui a permis à sa grand-mère et à son jumeau de se retrouver en fin de vie et de goûter au bonheur qu'ils auraient dû partager depuis toujours. Et cette pensée lui permet de se consoler de ses échecs passés, présents et à venir. Elle ne comprend pas tous les tenants et aboutissants de son passage sur terre, mais cela n'a pas vraiment d'importance puisqu'elle apprend à faire confiance à la vie.

Les informations viennent lui fournir un autre exemple de la fatalité parfois implacable : à New York, le 8 décembre en fin de soirée, John Lennon est assassiné sous les yeux de son épouse, Yoko Ono. Quatre balles tirées par un forcené privent le monde entier du célèbre chanteur qui avait écrit à la fin des années 1960 la chanson *Give Peace a Chance* afin de promouvoir la paix. Et elle se souvient des paroles prophétiques du curé de Cap-aux-Brumes avec qui elle aimait discuter de divers sujets. Il lui avait dit : «Quand un homme juste se lève pour parler de paix, on l'assassine», en lui citant plusieurs exemples dont Gandhi, en Inde, et Martin Luther King, aux États-Unis.

Depuis sa dépression, Valérie s'avoue impuissante à changer le monde comme elle l'avait souhaité dans sa prime jeunesse. Elle devra déjà s'estimer chanceuse si elle arrive à protéger Karine de tous les dangers auxquels elle sera exposée jusqu'à l'âge adulte. Pour sa fille chérie, sans vouloir lui imposer quoi que ce soit, elle nourrit de grandes ambitions. Toutes ses énergies convergent vers ce but ultime : lui fournir les outils lui permettant d'exploiter le potentiel qui dort en elle. Afin de lui assurer une indépendance financière, elle veut lui offrir des études universitaires. Sa fille ne connaîtra pas les fins de mois difficiles si elle devient monoparentale. Elle veut aussi la protéger contre les beaux parleurs, lui apprendre la prudence et la renseigner sur les méthodes de contraception.

Tout au fond de son subconscient, Valérie sait qu'elle a désobéi à la consigne de se garder pour le soir du mariage et elle est convaincue que le Ciel l'a punie pour ce manquement. Si elle en prenait conscience, peut-être pourrait-elle croire qu'elle a droit aux satisfactions de la vie à deux et se montrerait-elle moins farouche devant un courtisan. Mais les responsabilités imposées par une mère immature ont écrasé ses frêles épaules d'enfant et ont fait germer en elle un fort sentiment de culpabilité, qui renforce sa conviction de ne pas mériter mieux.

Hypersensible, confiante et d'une simplicité sincère, Valérie s'expose à un univers de désillusions en tous genres. C'est ce que pressent Nick en pensant coucher sur le papier un témoignage dont pourra se servir sa bichette si son vilain beau-père s'avise de l'embêter quand il ne sera plus là pour lui servir de bouclier. L'avocat se tient tranquille depuis qu'il a découvert que Valérie était sa petite-nièce.

En attendant de le consigner par écrit, Nick a révélé ce secret à Marie-Reine, au cas où il partirait le premier. L'affection et la sagesse de sa jumelle lui inspirent une totale confiance et il se fait aider par elle pour rédiger ses mémoires et noter ses dernières volontés. Après une vie d'errance, à quatre-vingts ans, Nick sent l'urgence de régler ses affaires avant le grand départ.

La jambe qu'il s'est cassée voilà plus de quarante ans le fait pâtir davantage depuis l'automne. Son estomac ne supporte plus aussi bien le vin et la nourriture riche. À Marie-Reine, il n'a pas besoin de demander de lui servir des portions réduites. Elle mange moins, elle aussi, et s'arrange pour cuisiner des soupers légers.

Il l'observe souvent à la dérobée. Comme un miroir, Marie-Reine lui renvoie l'image de sa propre dégénérescence. Leur peau ridée se couvre de taches de vieillesse, leur vue baisse et tous deux doivent augmenter le son du téléviseur ou faire répéter les gens. Le dos un peu moins droit, leur démarche ralentit. Sa jambe lui sert de baromètre. Nick pourrait prédire le temps mieux que les météorologues. Mais il s'estime chanceux d'avoir fait un si long bout de chemin, surtout que cette dernière portion de la route lui a réservé une félicité à laquelle il ne s'attendait pas. Valérie est sa petite fée, celle grâce à qui le bonheur lui est tombé dessus de façon inespérée, comme la fortune dont il a hérité de l'oncle d'Eleni.

Son gros cœur se gonfle comme une outre quand sa sentimentalité s'exacerbe, comme ce soir, en pensant à ses chéries. La vue embrouillée, il range l'album reçu en cadeau. Demain matin, avec Marie-Reine, il terminera l'écriture de ce récit essentiel.

⁓ᴘ

La famille répartie dans les deux logements voisins partage les joies simples que seule une affection profonde permet d'apprécier. Il n'est besoin de rien de plus que de se parler ou simplement être ensemble pour se sentir bien. Les jours heureux passent sans qu'on en fasse le décompte, le bonheur ignore les heures qui fuient et les rigueurs de l'hiver. Et, un bon matin, les corneilles reviennent annoncer le printemps.

— C'est quasiment pas croyable, s'exclame Marie-Reine au début d'avril. Je trouve qu'ils vont trop loin.

L'entrée en vigueur du nouveau Code civil du Québec reconnaît l'égalité juridique complète des conjoints. Avec cette refonte, la femme conserve son nom de baptême après le mariage, ce qui oblige les filles d'Ève à changer leur carte d'assurance-maladie.

— Vous pouvez continuer à vous faire appeler madame Dumont si ça vous chante, maman, réplique Gisèle. C'est juste pour les papiers légaux que vous devrez utiliser votre nom de fille.

— Pis les enfants qui peuvent prendre le nom de leur père ou de leur mère, ou les deux, tu trouves pas ça un peu fort? riposte Marie-Reine.

— Bof! On va finir par s'habituer, dit Valérie.

— Ça va être drôlement mélangeant si les parents décident de donner le nom du père à un de leurs enfants et celui de la mère à l'autre, ajoute Marie-Reine.

— Sans compter que les deux noms de famille accolés peuvent donner des complexes aux enfants qui hériteraient d'une association saugrenue. On devrait s'amuser à en trouver, rigole Gisèle. J'en ai déjà une couple en tête.

Avec son sens pratique, Valérie pense immédiatement aux inconvénients qui vont en découler.

— Il va falloir qu'on rallonge la ligne pour la signature sur les chèques et les divers formulaires, dit-elle. Surtout si un enfant hérite du patronyme de ses deux parents en plus d'être affublé d'un prénom composé.

— Cette loi est tout à fait ridicule, insiste sa grand-mère.

— Tu t'inquiètes pour rien, Marie-Reine, l'assure Nick. C'est pas notre problème, ce sera celui des jeunes.

⁓♪

Quelques jours plus tard, Marie-Reine râle encore. La réélection du Parti québécois la déçoit. Le résultat du référendum lui avait fait espérer que le règne des indépendantistes prendrait fin au prochain scrutin.

— On n'a pas fini d'entendre parler de chicanes avec le fédéral, dit-elle dans un soupir excédé.

— C'est mauvais pour l'économie de la province, renchérit Nick. Les compagnies déménagent en Ontario. Si le Québec se sépare, les gens vont crever de faim.

— Pourtant, Charles et Renaud disent que la Société Saint-Jean-Baptiste a fait faire une étude qui confirme que la séparation serait économiquement rentable pour le Québec, objecte Valérie.

— Ça n'a rien de surprenant que l'étude qu'ils ont payée arrive à cette conclusion, dit placidement Gisèle. La SSJB est composée d'indépendantistes.

— Les Québécois ont le choix de continuer à faire partie du Canada ou d'appartenir aux États-Unis, prédit Nick. Si on se sépare, les Américains vont nous annexer, ce sera pas long, je vous le garantis. Pis avec eux autres, on n'aura pas le choix d'apprendre l'anglais.

— Ils ne peuvent quand même pas nous faire la guerre, argue Gisèle.

— C'est l'argent qui mène le monde, oublie pas ça, ma fille. Ils auront pas besoin de nous faire la guerre pour prendre le contrôle sur nous autres.

— On ne pourrait pas parler de choses plus réjouissantes ? se plaint Valérie.

Le lendemain, Marie-Reine reste sceptique en voyant à la télévision le retour de la navette Columbia, premier véhicule spatial réutilisable. Après plusieurs missions dans l'espace, elle n'ose plus formuler tout haut ses doutes, mais Valérie n'a qu'à la regarder pour comprendre que rien n'arrivera à la persuader que tout cela est bien réel. Elle éprouve soudain pour son aïeule un brin de compassion, car les progrès technologiques ont été fulgurants depuis la naissance de Marie-Reine qui a vécu si loin de toute cette effervescence. Il ne se passait rien de vraiment déconcertant au rang des Cailles. La vie y était dure, certes, mais paisible et prévisible, semblable à ce qu'elle avait connu.

Valérie a lu récemment *Le Choc du futur* d'Alvin Toffler et plusieurs des anticipations de l'auteur l'ont laissée pantoise. Comment réagira-t-elle à l'âge de sa grand-mère si les choses évoluent au rythme accéléré où va le monde, alors que la vieillesse exerce l'effet contraire sur l'être humain ? Valérie se fait le serment de veiller sur sa très chère Marie-Reine et de tout faire pour adoucir ses vieux jours. Elle comprend et accepte les raisonnements pessimistes qui émaillent de plus en plus le discours de celle qui lui a appris à toujours voir le beau côté des choses.

⁓❧

Il est de plus en plus difficile de rester positif et de garder le moral alors que la télévision et les autres médias d'information se concentrent sur les mauvaises nouvelles. Les quatre générations de la maisonnée sont renversées en apprenant que le pape Jean-Paul II a été victime d'un attentat, le 13 mai, date anniversaire de l'apparition de la Vierge à Fatima, au Portugal, en 1917.

Au milieu de milliers de fidèles sur la place Saint-Pierre, à Rome, Mehmet Ali Agca, un Turc de vingt-trois ans, est neutralisé après avoir tiré plusieurs coups de feu sur le souverain pontife. Touché trois fois, le pape perd une grande partie de son sang avant d'être hospitalisé.

Rivée devant le téléviseur, Marie-Reine regarde tous les bulletins relatant l'incident en priant pour le pape, qui subit une opération de plus de cinq heures. Ce n'est qu'une dizaine de jours plus tard que les médecins le déclarent hors de danger.

Comme un malheur n'arrive jamais seul, Marie-Reine reçoit un peu plus tard une lettre des États-Unis lui annonçant la mort subite de son frère Adrien.

— Quel âge il avait ? demande Nick.

— Il s'en allait sur ses soixante-treize, mais il avait tellement l'air en forme, l'été passé, dit-elle d'un ton éploré. Ils l'ont trouvé mort dans son lit, comme maman.

— Il a eu une belle mort, il a pas souffert, commente Nick, l'air songeur.

Valérie voit passer un voile nuageux dans les yeux de son grand-oncle, qui se ressaisit aussitôt qu'il aperçoit son regard fixé sur lui.

— Qu'est-ce que vous diriez, les filles, si on faisait le tour de la Gaspésie, cet été?

— Elsie et Elizabeth vont venir nous visiter, lui fait remarquer Gisèle.

— On a en masse le temps. Elles arriveront pas avant le début d'août, soutient Marie-Reine.

⁓

Après un été enchanteur grâce à la découverte des merveilles de la Gaspésie et la bonne humeur de la visite des États, Valérie revient à la banque et fait face à la misère des ménages aux prises avec des difficultés financières insurmontables. Les taux d'intérêt hypothécaires dépassent les 21 % et tant de gens doivent remettre les clefs de leur propriété que la banque se voit contrainte de leur proposer des arrangements qu'elle n'aurait jamais acceptés par le passé.

Vu le nombre de reprises de finance, les institutions financières n'arrivent plus à revendre les maisons à un prix intéressant et elles essuient de lourdes pertes en étant obligées de payer les taxes foncières et scolaires, les assurances et un minimum d'entretien. Malgré les conditions avantageuses qu'elles sont prêtes à consentir, plusieurs clients réduits au chômage doivent tout de même se résigner à perdre le capital investi dans l'achat de leur résidence.

Partout, on ne parle que de coupures de postes et la morosité atténue la gaieté des jolies couleurs de l'automne qui annoncent les rigueurs prochaines de l'hiver. En novembre, le taux de chômage grimpe à 11,5 %. En décembre, Statistique Canada fait état de 67 000 emplois perdus.

Parce que Valérie n'est pas certaine de conserver son emploi si la situation économique se détériore, elle se montre prudente dans ses dépenses à l'approche des fêtes. Elle fait et refait ses calculs, mais garde pour elle ses appréhensions, sachant que Renaud, Nick, Gisèle et même sa grand-mère, qui ne reçoit pour tout revenu que sa pension de vieillesse, seraient prêts à se saigner à blanc pour lui venir en aide.

Auprès des membres de sa famille et pour sa petite Karine, Valérie puise le courage de traverser cette période incertaine. Chacun lui insuffle une part d'enthousiasme. Avec son poste d'enseignant, Renaud bénéficie de la sécurité d'emploi que lui garantit l'État. Le revenu des trois autres n'est pas menacé. Et les taux d'intérêt élevés favorisent les gens ayant un petit pécule.

~ぴ

Pourtant, l'année 1982 ne donne aucun signe de reprise économique. L'usine de General Motors de Boisbriand annonce la mise à pied de 1 800 travailleurs. De son poste d'observation, Valérie peut suivre les signes avant-coureurs de la dégringolade générale qui se prépare sur les marchés financiers.

Au cours de l'hiver, Marie-Reine apprend coup sur coup le décès de sa sœur Irène et de son mari dans un accident survenu sur une route glacée du Vermont, puis celui de son frère Georges à la suite d'une complication de la grippe. Un mois plus tard, c'est le mari de sa sœur Cécile qui passe l'arme à gauche.

Mais quelles que soient les catastrophes qui frappent le monde, les humains continuent de vaquer à leurs occupations telle une colonie de fourmis actives et disciplinées. On enterre les morts, on soigne les blessés, on répare les dégâts du mieux qu'on peut et la vie reprend son cours normal.

À Londres, Élisabeth II sanctionne la nouvelle Constitution canadienne au printemps. Les Nordiques de Québec éliminent les Canadiens lors du cinquième match de la série préliminaire de la Coupe Stanley. Au début mai, le pilote de course Gilles Villeneuve meurt dans un accident lors des essais du Grand Prix de Belgique. Le départ de celui qui avait fait la fierté des Québécois assombrit la population. Le champion laisse une jeune veuve et deux orphelins.

À la mi-mai, devant le refus des syndicats de négocier une nouvelle convention collective, le gouvernement de René Lévesque dit devoir envisager une diminution du salaire de 20 % de tous les employés du secteur public durant les trois premiers mois de 1983 afin d'éponger un déficit de 700 millions de dollars. À la fin du mois, le frère André, qui a fondé l'oratoire Saint-Joseph de Montréal, est béatifié par le pape Jean-Paul II.

Karine grandit en sagesse et promet d'être une véritable beauté. Sa taille s'affine et son esprit emmagasine une mine de renseignements divers auprès des adultes qui l'entourent. Quand Valérie la compare aux fillettes de son âge, elle se rend compte que sa petite chérie a beaucoup plus de maturité. Imitant sa mère et sa mamie, boulimiques de lecture, Karine manifeste une nette préférence pour les activités intellectuelles au détriment des sports.

L'école recommence après un autre été où Valérie a succombé au doux farniente des vacances au bord du fleuve. Les promenades pieds nus sur le sable fin, les baignades dans l'eau frisquette qui laissent les cheveux raides de sel, et le refrain des vagues en musique de fond pour accompagner la complainte des goélands vont dormir dans les recoins de sa mémoire jusqu'à l'été prochain. Tout comme les longues soirées chaudes à faire des feux sur la grève de l'anse de Sainte-Luce. La saveur des guimauves grillées revient titiller ses papilles gustatives quand elle se remémore les chants scouts autour du feu de grève et les longues palabres qui venaient couronner ces journées parfaites.

⌐♾

Alors que le prince Rainier porte en terre la princesse Grace, Marie-Reine doit retourner à Cap-aux-Brumes pour les funérailles de sa sœur Rachel. Ne reste de sa fratrie que Cécile et Nick. « C'est toi qui vas enterrer toute ta famille », lui avait prédit le vieux curé pour la convaincre de se marier. « Seigneur Jésus, ne m'enlevez pas Nick », l'implore-t-elle tous les soirs avant de s'endormir.

Le 26 octobre, la bourse connaît la pire chute de l'indice Dow Jones depuis 1929. Par la suite, Valérie fonde de nouveaux espoirs sur les taux d'intérêt pour les prêts hypothécaires qui redescendent sous la barre des 15 %. Au début novembre, l'Iron Ore annonce la fermeture prochaine de Schefferville.

10

Québec, décembre 1982

Assise près de la chaîne stéréo, Karine écoute le vieux disque de Noël que sa mamie a sorti de sa pochette pour l'aider à patienter pendant qu'elle sc pomponne pour assister à la messe de minuit. Le 33 tours un peu éraillé recrée le charme des Noël passés :

« C'est la belle nuit de Noël, la neige étend son manteau blanc... »

Se mirant dans la fenêtre du salon, les lumières du sapin tout illuminé clignotent comme pour faire des clins d'œil coquins aux passants chaudement emmitouflés sous une épaisseur de pelures adaptée aux exigences du vent du nord.

Au bruit des bottes qu'on secoue sur la galerie, Karine se lève pour accueillir son père et Charles. Ses cheveux châtains encadrent un visage à l'ovale parfait. Ses lèvres ont l'éclat d'un bouton de rose.

— Que tu es jolie, ma chérie ! la complimente Renaud, les yeux écarquillés.

Dans la robe de velours lie-de-vin que lui a offerte Nick, la jeune adolescente au teint de nacre rosit de plaisir tandis que ses yeux vert émeraude scintillent comme l'étoile du berger.

— Tu es absolument ravissante, ma jolie ! lui dit Charles.

— Merci, enlevez vos manteaux, maman et mamie ne sont pas encore prêtes.

— J'arrive ! s'énerve Valérie.

Sa voix leur parvient étouffée par la porte de sa chambre.

— Prends ton temps, répond Renaud, le sourire goguenard. Mais si tu n'es pas prête dans cinq minutes, on part sans toi.

Il n'a que le temps de faire un clin d'œil malicieux à Karine que, comme dans une pièce de théâtre parfaitement orchestrée, les deux retardataires font leur entrée simultanément.

— Wow ! s'écrie-t-il. Ça valait le coup de vous attendre, mesdames. Vous êtes resplendissantes.

— Que vous êtes galant, mon cher, se moque gentiment Valérie.

S'étant toujours trouvée quelconque, surtout qu'elle porte ce soir sa robe la plus chic datant de trois ans, le compliment glisse sur elle comme l'eau sur les plumes d'un canard. L'arrivée de Nick et Marie-Reine met fin à leurs badinages.

Le dernier cadeau de Nick l'ayant littéralement séduite, Karine s'élance vers lui et le prend par la main, à la surprise de tous. Habituellement, la jeune demoiselle se pend aux bras de Renaud.

— Faites attention, les marches sont peut-être glissantes, dit Gisèle à sa mère à qui elle tend un bras secourable quand ils sortent dans la nuit froide.

Valérie emboîte le pas aux deux femmes, escortée par l'amoureux de celui qui est toujours légalement son mari. Renaud ferme la marche. La répartition habituelle des marcheurs ayant été chamboulée par un élan imprévisible de Karine, il se tient volontairement en retrait afin de laisser sa place à Charles pour qu'il n'ait pas le sentiment d'être exclu du clan familial.

Marchant devant, Nick retient son chapeau d'une main pour contrer les effets du vent qui cherche à le décoiffer.

Accrochée à son bras, Karine papote joyeusement sans se soucier de l'état du trottoir recouvert de neige. Quand ses petits pieds allègres dérapent, Nick lâche son galurin afin de soutenir sa jeune compagne et lui épargner la honte de s'affaler bêtement devant le cortège des voisins se dirigeant vers l'église.

Un traître coup de vent emporte son couvre-chef qui atterrit au milieu du boulevard. Plus rapide que le vieil homme, Karine se précipite pour le récupérer.

En tournant la tête, Valérie voit venir une automobile noire et entend le bruit d'un choc. Comme dans l'ancien cauchemar qui lui a ravi Olivier, sa fille roule sur le capot de la voiture et s'écroule sur l'asphalte glacé. Le cœur de Valérie a des ratés, ses jambes flageolent et son cerveau vacille.

~⚬~

Valérie reprend conscience, allongée sur une civière. Charles est à ses côtés.

— Où est-ce que je suis ? demande-t-elle, affolée. Où est Karine ? Qu'est-ce qui s'est passé ?

— Les médecins s'en occupent, répond-il.

D'abord désorientée, Valérie remarque sans trop comprendre le désarroi inscrit au fond des yeux de Charles. Tout à coup, elle se souvient de l'affreux film de l'accident.

— Je veux la voir, dit-elle en bondissant hors de sa couche.

Il la retient par la taille et doit user de toute sa force pour la rasseoir sur le lit étroit. Valérie claque des dents, visiblement en état de choc. Le teint blafard, elle a le regard égaré d'un animal blessé.

— Elle est seulement blessée, Valérie. Seulement blessée, redit-il en la regardant fixement, les deux mains appuyées sur ses épaules. Mais ils doivent lui faire passer des radiographies pour détecter si elle a des fractures.

— Je veux la voir, se lamente-t-elle.

— Elle est en salle de radiographie, Valérie, dit-il d'un ton apaisant, comme lorsque l'on essaie de calmer les frayeurs nocturnes d'un enfant. Calme-toi, Renaud va nous donner des nouvelles dès qu'il va en avoir. Quant à toi, tu dois être vue par le médecin.

— Je ne suis pas blessée, proteste-t-elle.

— Non, mais tu t'es évanouie et le médecin va devoir t'examiner. Peut-être qu'il va juger bon de te prescrire un léger calmant.

— Je ne veux pas de calmant, je ne veux pas dormir. Ma fille, je veux voir ma fille, dit-elle, têtue.

Charles doit se coucher sur Valérie pour l'immobiliser. Elle gronde et griffe telle une tigresse déchaînée. Alertée, une infirmière arrive à la rescousse.

— Arrêtez-moi ce vacarme tout de suite, commande-t-elle de sa voix professionnelle habituée aux patients récalcitrants, il y a d'autres malades ici. Allongez-vous, madame Briand, je dois prendre votre pression.

Joignant le geste à la parole, l'infirmière costaude lui plaque une main sur l'épaule et la recouche en la dévisageant d'un regard froid et aussi menaçant que celui d'un ours polaire. Surprise, Valérie la fixe, l'air effrayé, et se laisse passer le brassard autour du bras.

— Elle n'a pas l'habitude d'être comme ça, dit piteusement Charles pour l'excuser.

Les branches du stéthoscope dans les oreilles, la garde-malade lui fait signe de se taire. Elle a besoin de se concentrer sur le pouls pour faire ses calculs.

— Le docteur va venir vous voir dans quelques minutes, madame Briand, dit-elle, la mine sévère. En attendant, essayez de rester calme et tout va bien aller.

Aussitôt qu'elle tourne le dos, Valérie commence à pleurer. Charles s'approche et lui caresse les cheveux. Tremblant toujours, elle lui fait penser à un petit moineau parachuté au pôle Nord par un mauvais plaisantin. Il se penche près de son oreille et lui murmure des paroles apaisantes.

De l'autre côté du couloir, il entend l'équipe médicale s'occuper du patient victime d'un malaise cardiaque. L'homme a été hospitalisé en même temps que Karine. Son cas est beaucoup plus urgent que celui de Valérie, mais il ne peut pas le lui dire sans risquer d'aggraver son état de panique.

⁂

Sous l'effet du sédatif que lui a injecté le médecin, Valérie dort calmement. Le patient voisin a été transféré aux soins intensifs, viennent annoncer Gisèle et Marie-Reine, aussi blanches que les draps de la salle d'urgence. Charles se passe une main dans les cheveux en laissant échapper un soupir mal contenu.

— Vous devriez aller vous reposer à la maison, leur dit-il.

Marie-Reine fait des signes de dénégation déterminés et Charles se demande, à voir son air farouche, si le médecin ne devrait pas lui prescrire un calmant à elle aussi. Après tant d'émotions en un si court laps de temps, il ferait des bassesses pour qu'un toubib compréhensif les endorme tous, le temps de se calmer et de reprendre des forces. Son cœur cogne comme un tambour major dans ses tempes et Gisèle le regarde d'un air aussi pitoyable que celui d'un basset rescapé d'un bombardement.

— As-tu des nouvelles de la petite? dit-elle d'une voix éteinte.

Charles se secoue. La fatigue et le sommeil s'abattent sur lui, ses paupières sont aux prises avec l'effet de gravité qu'entraîne une veille prolongée et chargée d'angoisse.

— En salle d'opération pour une fracture ouverte à la jambe. Que diriez-vous d'aller à la cafétéria? J'ai terriblement besoin d'un café.

Elles opinent d'un signe de tête à peine perceptible et c'est en s'en remettant à leur silence approbateur que Charles les entraîne à la cantine de l'hôpital.

⚬

Assise sur sa chaise droite, Marie-Reine boit un thé léger à petites gorgées, le regard tourné mentalement vers son jumeau qui repose aux soins intensifs, branché sur un respirateur et relié à une machine qui traduit les battements de son cœur malade en graphiques lumineux sur un fond d'écran obscur.

Nick s'est écroulé sur l'asphalte gelé, près du corps de Karine, et il n'a jamais repris conscience. Gisèle l'informe que les médecins ont affirmé qu'ils ne peuvent se prononcer pour le moment, que les prochaines heures seront capitales, mais on ne leur permet pas de rester au chevet du malade. «Il faut le laisser se reposer», leur a-t-on dit.

— Et peut-être le laisser mourir tout seul comme un chien, a ajouté tristement Marie-Reine, les yeux submergés de brouillard.

Charles aperçoit Renaud qui les cherche du regard. Dans la salle à manger pratiquement déserte, il les repère et vient s'échouer pesamment sur la chaise inoccupée.

— Je vais aller te chercher un café, lui dit aussitôt Charles. Est-ce que l'opération est terminée ?

— Oui, le docteur a dit que ça s'était bien passé. On a conduit Karine à la salle de réveil. Si vous l'aviez vue…

Sa voix se brise et il s'essuie les yeux en s'excusant.

— Comment va Valérie ? pense-t-il à demander avant que Charles s'éloigne.

— Elle dort. Le doc a dû lui faire une piqûre. Choc nerveux… On ne lui a pas parlé d'oncle Nick.

— Comment va-t-il ? demande-t-il d'un air las.

— Aux soins intensifs, toujours inconscient, répond laconiquement Gisèle.

Ils sont tous trop abasourdis et trop épuisés pour se lancer dans de longues conversations. Chacun retourne à son silence solitaire, sorte de limbes nébuleuses et dénudées, à mi-chemin entre l'enfer et le paradis.

La tête appuyée sur une main, Renaud boit lentement son café durant cet intermède muet où l'on pourrait entendre le liquide se frayer un chemin jusqu'à son estomac si l'on y prêtait attention. La caféine ayant réactivé ses neurones, il interprète leur langage non verbal et ce qu'il déchiffre l'incite à les envoyer se reposer.

— Charles, ramène maman et grand-maman à la maison. Voulez-vous lui faire un lit sur le divan ? ajoute-t-il à l'intention de Gisèle.

Et sans attendre de réponse, il ajoute :

— Je vais aller vérifier comment se portent nos trois malades jusqu'à ce que l'un de vous vienne me remplacer. D'accord ?

Au bord de la défaillance, Charles appelle un taxi où tous s'engouffrent d'une manière assez gauche, les membres gourds.

Renaud passe voir Valérie. Elle dort paisiblement malgré les allées et venues du personnel médical qui s'affaire auprès des autres patients. L'infirmière l'assure que tout va bien et il espère qu'une fois le choc passé Valérie sera en mesure de faire face à la réalité, quelle qu'elle soit. Troublé par sa vulnérabilité, il enfouit son visage dans ses cheveux fins et soyeux, puis effleure son front d'un doux baiser et murmure : « Je suis là et je veille sur tout, tu peux dormir tranquille, Val. »

L'estomac noué, il déserte l'urgence pour les soins intensifs du département de cardiologie. Il n'a parlé à personne du pronostic du médecin avant l'opération de Karine. « Nous allons immédiatement opérer sa jambe pour éviter l'infection, mais les prochaines heures seront cruciales, nous ignorons si un organe interne a été touché. »

Alors qu'ils prévoyaient vivre ensemble un Noël serein, un banal coup de vent a fait basculer leur décor enchanteur. Renaud se sent agité et écartelé. Il voudrait être simultanément présent auprès de chacun, mais il ne possède pas le don d'ubiquité et il doit arpenter de longs corridors, sur trois étages, pour surveiller l'évolution des trois hospitalisés.

Dans la pièce entourée de chambrettes vitrées, l'infirmière, à son poste de surveillance, l'informe qu'il n'y a pas de changement dans l'état du malade et lui accorde la permission d'entrer dans la chambre répercutant les sons énervants de la quincaillerie à laquelle est relié Nick. Son teint grisâtre invalide immédiatement les espoirs de rétablissement sur lesquels s'appuyait Renaud.

Par affection pour le vieil homme qu'il a appris à apprécier en dépit de la mauvaise première impression qu'il lui avait faite lorsqu'il était apparu en tenant Adam par le collet, Renaud se veut rassurant. Il craint que le cœur de Nick flanche si sa petite chérie meurt parce qu'elle a voulu récupérer son chapeau.

— Oncle Nick, murmure-t-il à son oreille, Karine a été opérée et tout a bien été. Elle a seulement une jambe cassée. Quand elle va se réveiller tout à l'heure, elle va vous demander. Il faut rester avec nous, oncle Nick. Nous avons besoin de vous.

Les tendres sentiments qu'il aurait dû éprouver pour son père, il a désespérément besoin ce soir de les témoigner à Nick. Le tonton généreux de Valérie l'a traité avec bonté, sans jamais le juger, l'incluant toujours dans leurs festivités. Son grand-père maternel et Nick ont édifié le rempart qui l'a protégé de l'homophobie ambiante.

— Je vous aime, chuchote-t-il dans un élan de tendresse.

Le cœur chaviré, il quitte la chambre austère pour la salle de réveil. Il arrive au moment où l'on conduit vers sa chambre le brancard sur lequel repose sa fille. En apercevant le teint laiteux, les lèvres décolorées et le soluté fiché dans le bras gracile, il se sent près de défaillir. Mais il s'impose de regarder la jambe opérée, bandée de gaze stérile et immobilisée par une attelle. La civière le dépasse et les larges épaules du brancardier cachent à sa vue sa petite princesse dont le visage crayeux lui laisse croire qu'un vilain vampire l'a vidée de son sang.

Renaud s'affaisse sur le fauteuil placé près du lit, les jambes en coton mais le corps raide comme un pieu de clôture. Il est aussi stressé que peut l'être un homme suspendu au-dessus du vide et condamné à s'accrocher pendant une éternité à un fil ténu tissé exclusivement d'espérance.

447

Au matin, après que Karine a entrouvert les yeux et qu'il lui a prodigué baisers et câlins, il fait un crochet aux soins intensifs où Nick ne manifeste aucun signe d'amélioration. Le respirateur sur lequel il est branché continue ses mouvements de pompage pour oxygéner les poumons et l'écran inscrit les saccades du cœur lacéré. À tout hasard, ne sachant si Nick le comprend en dépit du coma, il lui répète qu'il l'aime. Puis il va retrouver Valérie et attend qu'elle entrouvre un œil pour lui annoncer que leur fille est hors de danger, bien que la possibilité d'une complication persiste. Rassurée, elle se rendort aussitôt.

Charles apparaît, les traits tirés, et après s'être enquis de la santé de Valérie, il entraîne Renaud à la salle d'attente où vont venir les retrouver Marie-Reine et Gisèle qui se sont rendues au chevet de Nick. La pièce est déjà remplie de gens fatigués de tous âges. Des enfants pleurnichent ou toussent sous le regard angoissé des parents, des adultes au front soucieux soupirent d'impatience en changeant de posture tandis que des vieillards ratatinés essaient de se faire discrets comme s'ils voulaient s'excuser de ne pas être encore morts et de prendre la place des plus jeunes.

— Tu devrais aller dormir, lui conseille Charles à voix basse. Je vais prendre la relève. Une fois que Valérie aura vu la petite, on devrait tous rentrer à la maison et se reposer un peu.

— Non. Je n'arriverais pas à dormir, dit Renaud d'une voix éteinte.

— Même si tu ne te couches pas, un café et une douche te feraient du bien. On pourrait revenir à l'heure des visites cet après-midi.

— Avant, je veux aller voir Karine avec Valérie dès que le docteur va lui permettre de quitter l'urgence.

D'un pas traînant, Marie-Reine avance vers eux au bras de Gisèle. Son visage ravagé traduit le drame qui s'est abattu sur elle comme un oiseau de proie, toutes griffes dehors, fonçant sur un poussin sans défense.

Renaud s'élance vers elle et la serre longuement dans ses bras afin de lui communiquer un peu de la tendresse qu'il a en réserve pour tout être affligé. Parce que la souffrance, il la connaît trop bien, surtout en ce moment où l'existence de deux êtres chers vacille entre vie et trépas.

— Comment vont la petite et Valérie ? demande l'aïeule d'une voix terne.

— L'opération s'est bien déroulée et Karine a ouvert les yeux. Venez vous asseoir un moment et, ensuite, nous irons la voir ensemble. J'attends que le médecin libère Valérie.

De son côté, Charles cède sa place à Gisèle.

— Je vais retourner à l'urgence, leur dit Renaud.

L'épuisement vient vite à bout de leurs forces et, dès le surlendemain, ils établissent un programme pour se relayer auprès des deux malades. Valérie passe la majeure partie de la journée auprès de Karine à qui on administre des calmants. Quand sa fille somnole, elle va tenir la main de Nick. Son état est stable, lui dit-on, mais l'absence de réaction la désespère.

Après le souper, Renaud et Charles prennent le relais et Valérie rentre à la maison en compagnie de Gisèle et Marie-Reine qui font deux courtes visites à l'hôpital en après-midi et en soirée. Ébranlées par ce qui leur arrive et incapables de supporter la solitude, elles couchent à l'appartement de Valérie.

Au soir du cinquième jour après l'accident, Nick ouvre les yeux quand Renaud lui prend la main.

— Nom de Dieu! s'exclame-t-il, sous le coup de la surprise. Ça va, oncle Nick? Je suis heureux, tellement heureux… Il faut que j'appelle l'infirmière. Attendez-moi, je reviens. Oh, là, là!

Dans son énervement, il baise la main de Nick et court prévenir l'infirmière. Son cœur bat à tout rompre et, figé dans l'embrasure, il observe les gestes mesurés de la professionnelle qui en a vu d'autres. Il mord sa lèvre inférieure et fait un petit signe de la main à Nick qui le regarde intensément, comme s'il voulait lui dire quelque chose ou qu'il craignait de le voir partir.

— Je vais prévenir le médecin, lui dit l'infirmière en revenant à son poste.

Et Renaud retourne auprès de Nick. Sans se soucier du règlement de l'unité des soins intensifs, il reprend la main du malade et il sent une légère pression. Son cœur se gonfle comme une voile de goélette caressée par le vent.

— Tout va bien, oncle Nick. Tout le monde va bien. On va finir par vous retirer tous ces tubes.

— Le docteur va passer vous voir, dit la soignante en revenant auprès de son patient. Vous reviendrez dans une heure, monsieur, ajoute-t-elle à l'intention de Renaud.

❧

L'annonce que Nick a repris conscience galvanise les trois femmes qui accourent à l'hôpital. Elles débouchent dans la petite salle attenante où attendent les membres des familles dont les visites sont limitées aux cinq minutes réglementaires. Les yeux brillants, elles boivent les paroles de Renaud qui a bien peu à raconter si ce n'est sa surprise et son émerveillement devant le réveil de Nick, qui a semblé le reconnaître.

En voyant Marie-Reine s'éponger les yeux en tremblant, Renaud la fait asseoir et lui demande d'un air inquiet :

— Vous sentez-vous assez forte pour aller le voir tout à l'heure ?

Elle approuve de la tête, les doigts sur la bouche pour retenir les émotions qui agitent son menton.

— Ils ne laissent entrer qu'une seule personne, leur dit-il en les regardant d'un air incertain.

Elles connaissent toutes la consigne et Valérie décide d'intervenir pour dissiper l'inquiétude de Renaud.

— Ne t'inquiète pas. Si grand-maman affirme qu'elle en est capable, c'est qu'elle peut le faire. Sinon, elle nous le dirait.

Le commentaire de Valérie agit comme un coup de fouet sur Marie-Reine qui donne un léger coup de tête et troque sa mine défaite contre une physionomie déterminée. Elle range son mouchoir dans son sac à main et redresse les épaules.

⁓ℐ

Durant la longue convalescence de Karine, Renaud et Charles passent tous les jours pour l'aider dans ses études et ses travaux scolaires afin qu'elle puisse passer sa dernière année du cours primaire. La grève des enseignants les a libérés à partir de la dernière semaine de janvier jusqu'à la mi-février, lorsqu'une loi spéciale les a forcés à retourner au travail.

Leur aide allège la tâche de Valérie qui doit accompagner sa fille à ses séances de physiothérapie, de même que Nick, soumis à divers contrôles médicaux. En se fondant sur le rapport de son cardiologue, le gouvernement lui a retiré son permis. Même si le médecin l'avait avisé qu'il ne pouvait plus conduire, la perte de son permis l'a grandement affecté.

Ayant toujours été disponible pour rendre service à tout le monde, Nick s'en veut de déranger Valérie dès qu'il a besoin de se déplacer. Le convalescent maudit son incapacité et sa dépendance. Sa fierté en prend un coup et son humeur s'en ressent.

— Je te donne du trouble, ç'a pas d'allure, bougonne-t-il. Je pourrais prendre un taxi.

— Je sais, mais c'est à mon tour de vous rendre service et ça me fait plaisir. Alors arrêtez de vous tracasser, oncle Nick.

L'envoyer seul en taxi est la dernière chose à faire, étant donné qu'il a du mal à s'orienter dans l'hôpital et que sa mémoire commence à le trahir. Et comme Marie-Reine a une vilaine grippe et que Gisèle doit rester à la maison pour prendre soin de Karine, Valérie n'a pas le choix. Son patron l'a autorisée à piger dans sa banque de vacances. Entre ses absences, elle met les bouchées doubles pour s'acquitter de son travail et, à courir en tous sens, elle se sent crevée quand elle sort de la banque le vendredi.

Afin de se donner un peu d'entrain pour venir à bout de sa semaine de travail, elle s'imagine dans un bain tiède rempli de mousse à la lavande. La pensée que sa baignoire soit transportée par magie au milieu des clients de la banque la fait sourire.

À la fin de l'après-midi, le directeur lui demande de passer à son bureau. La requête lui paraît singulière pour un vendredi. À tout hasard, elle s'empare de sa tablette de sténo et d'un crayon, et prend place dans l'un des deux fauteuils destinés aux clients. Son patron a une mine d'enterrement et elle se demande quelle mauvaise nouvelle il va lui communiquer.

— Je n'irai pas par quatre chemins, dit-il en desserrant sa cravate. Il se racle la gorge : Le comptable s'est plaint que vos absences répétées apportent un surcroît de travail aux commis qui doivent répondre au téléphone et au comptoir, et que ces dérangements fréquents entraînent des risques d'erreur.

Valérie s'est rendu compte au cours des dernières semaines que le comptable trouve maints prétextes pour dispenser son équipe du service à la clientèle, et le manque de collaboration augmente son stress et ajoute à sa fatigue.

— Je dois moi-même faire mon travail en étant constamment interrompue, réplique-t-elle, piquée au vif. Et cela fait aussi partie de leur travail de répondre aux clients. Je ne peux pas m'occuper seule de quatre lignes téléphoniques en plus des clients qui se présentent au comptoir.

— Vous êtes ma secrétaire, Valérie, et à ce titre vous devez donner l'exemple. Les commis croient que vous bénéficiez d'avantages indus. Je sais que ce que vous vivez n'est pas facile, mais je dois vous demander de vous organiser pour ne plus vous absenter.

— Mais je ne m'absente pas pour mon plaisir et cela ne coûte rien à la banque puisque le temps est prélevé dans ma banque de vacances !

« Et le comptable vous a-t-il dit que, quand je suis là, les commis ne répondent plus au téléphone ni au comptoir ? », aurait-elle le goût de demander. À ses yeux, cette plainte est infondée et injuste. Quand elle a commencé à travailler à la banque, le comptable n'en revenait pas de tout le boulot qu'elle exécutait dans une journée, mais à la longue, tout le monde lui en a demandé toujours davantage. Elle comprend que plus on donne, plus on en demande, et elle se sent comme un citron trop pressé.

— Je suis désolé, répond-il, visiblement mal à l'aise. Vous êtes une employée modèle, Valérie. Et les clients vous apprécient beaucoup. Malheureusement, je ne peux plus vous autoriser à vous absenter aussi souvent.

Elle est si révoltée qu'elle a envie de donner sa démission sur-le-champ, mais avec un enfant à charge, elle ne peut plus se permettre de faire un geste impulsif comme elle l'avait fait jadis, quand elle pouvait compter sur l'aide de son père.

— Bien… Est-ce tout? dit-elle, la gorge nouée.

∼⁓

Valérie attend que Gisèle s'apprête à se coucher pour remplir la baignoire à ras bord comme elle en rêve depuis le matin. Plongée jusqu'au cou dans l'eau chaude embaumant la lavande, elle cherche à solutionner son problème. La lavande a sur elle un effet apaisant et, une fois la déception passée concernant le mécontentement de ses collègues, elle a l'esprit plus clair pour entrevoir des solutions. Pour Karine, elle pourrait demander à Gisèle de l'accompagner et leur faire prendre le taxi. Pour Nick, c'est plus délicat, mais comme ses visites à l'hôpital sont moins fréquentes, elle pourrait sans doute prétendre qu'elle est malade les jours où il aura un rendez-vous.

Le samedi, Renaud et Charles viennent faire la classe à leur petite protégée. Profitant de l'absence de Gisèle, partie acheter quelques victuailles à l'épicerie, Valérie parle à Renaud de sa conversation avec son patron pendant que Charles fait la dictée à Karine.

— Tu n'auras qu'à me prévenir quand oncle Nick doit aller à l'hôpital. Si je n'ai pas de cours, je te remplacerai. Ou ce pourrait être Charles si je ne suis pas disponible.

En chemin pour l'hôpital par un matin neigeux de mars, Nick dit à Renaud :

— C'est bizarre le coma, j'entendais ce que le monde me disait, mais j'avais l'impression que personne ne comprenait ce que je leur répondais.

— Vous ne pouviez pas parler, oncle Nick, vous étiez branché sur un respirateur.

— C'est pourtant vrai… C'est drôle, j'avais l'impression que je leur répondais. Peut-être que j'ai rêvé tout ça, au fond.

Chargés de neige fondante, les essuie-glace émettent un bruit de frottement agaçant sur le pare-brise et Renaud est bien aise d'avoir un court trajet à parcourir pour se rendre à l'hôpital. Une fois garé, il arrête le moteur et regarde son passager avec l'intention de le questionner sur ce qu'il a entendu, mais Nick le devance.

— Je voudrais te demander de veiller sur Valérie et Karine si je viens à partir.

— Vous pouvez compter sur moi, vous le savez bien.

— C'est vrai. En passant, moi aussi je t'aime, dit-il en lui allongeant une bourrade affectueuse dans les côtes.

Comme Valérie et Gisèle, Marie-Reine veille scrupuleusement à faire respecter la diète alimentaire de Nick : pas de sel, pas de gras, pas de dessert, pas de vin.

— Pas de rien, se moque Nick quand l'une d'elles doit rappeler l'un des interdits. Je vais finir par mourir d'ennui. Ah ! les femmes !

Mais il le dit d'un air satisfait en bombant légèrement le torse, trop heureux que ses soi-disant tourmenteuses soient aux petits soins pour lui. Chaque jour, son bourreau en chef l'aide à mettre la dernière main à ses mémoires. Ils travaillent seuls, loin des oreilles indiscrètes, et le soir, Marie-Reine couche sur papier les dernières confidences reçues.

— Je crois que c'est tout, dit-il. Tu le remettras à Valérie quand je serai plus là. Je te remercie du fond du cœur, Marie-Reine. Je sais pas ce que j'aurais fait sans toi. Si t'étais pas déjà ma sœur, je dirais que t'es la sœur que j'aurais voulu avoir.

Marie-Reine éclate de rire, touchée par le compliment teinté d'un humour bon enfant. Les rayons du soleil printanier s'infiltrent par les trous du rideau de dentelle et semblent jouer à saute-mouton sur le plancher de bois du grand appartement.

— Si on allait se promener ? dit-elle sur un ton engageant.

— Bonne idée, approuve-t-il. Laisse tout ça là, on rangera quand on reviendra.

Marie-Reine hésite, elle n'aime pas trop laisser traîner les choses, mais elle évite de le contredire. Si elle passait outre ses volontés formulées avec fermeté, ce serait suffisant pour qu'il renonce à la promenade et l'envie d'aller respirer le parfum des feuilles naissantes l'incite à obéir sans discuter. Cloîtrée en raison de la mauvaise grippe qui a malmené ses poumons, elle aspire à l'air pur et frais de mai.

Bien que le soleil soit éclatant, elle porte sa veste de laine. En vieillissant, elle se sent plus frileuse et se méfie des courants d'air et des refroidissements.

— Mets ton coupe-vent, dit-elle d'un ton qui ne supporte pas la réplique.

Toujours, les jumeaux se manifestent leur affection profonde d'un ton bourru. À tour de rôle, ils se plient aux

injonctions fraternelles sans rouspéter, soit par bienveil-
lance, soit par lassitude, un peu comme un vieux couple
grincheux qui râle par habitude.

— Te sens-tu assez en forme pour aller au parc des
Braves? lui demande Nick, rendu au coin de l'avenue des
Braves.

Marie-Reine sourit de contentement parce que c'est
l'une de ses destinations préférées pour une marche de
santé. Le trajet n'est pas trop long et la halte au parc lui
permet de reposer ses vieilles jambes avant de rebrousser
chemin. La verdure et les arbres la détendent et le chant
des oiseaux l'enchante. Les autres promeneurs retiennent
aussi son attention et il lui est arrivé, un soir, de suffoquer
d'indignation en surprenant des comportements qu'elle
croyait réservés aux alcôves. Elle aime tout de même y
retourner, le jour, sauf qu'elle se prive d'y aller seule.

D'un œil critique, elle examine scrupuleusement le siège
choisi et, parce que les paillardises dont ont été témoin ces
bancs de parc pourraient laisser des traces gênantes sur ses
pudiques vêtements, elle passe un mouchoir propre avant
de s'y asseoir. Le sourire en coin, Nick la regarde faire sans
se douter que les buissons longeant la rivière Mélodie ont
dissimulé naguère les ébats émoustillés de sa jumelle.

Le parc lui rappelle un souvenir ancien, un moment
tendre où tout se conjugue pour faire perdre la tête aux
amoureux. Lors d'une escale en France, Eleni l'avait entraîné
dans un joli coin de nature où ils avaient oublié les promeneurs indiscrets qui auraient pu les découvrir, allongés
derrière un bosquet. Il ferme les yeux et revoit ses seins
ronds et fermes. Le goût de sa peau et de leurs baisers
revient exciter sa langue. De doux frissons le parcourent.

Perdue dans ses pensées, Marie-Reine se sent brusquement nostalgique. Sa chair vibre encore des caresses de

Théo. Même après toutes ces années vécues sans lui, le printemps ranime à regret la libido qu'elle croyait morte et son veuvage lui pèse. «Heureusement que j'ai mon frère», se dit-elle. Elle ouvre les yeux, soupire et se tourne vers Nick.

Il dort, la tête renversée sur sa poitrine, les bras allongés de chaque côté du corps, les jambes écartées. Son abandon est touchant, il lui fait penser à un grand garçon dont le sommeil s'est emparé par surprise. Et elle attend.

Descendant d'un arbre, un écureuil court dans leur direction et elle s'en veut de ne pas avoir apporté une poignée d'arachides. L'été dernier, Nick avait fini par apprivoiser la petite bête qui montait sur lui afin de cueillir la cacahuète qu'il tenait entre ses doigts. En voyant le petit rongeur escalader la jambe de Nick, Marie-Reine songe que c'est le même écureuil et elle le regarde, amusée.

— On n'a rien pour toi, lui dit-elle. La prochaine fois, on va t'apporter quelque chose.

Les yeux ronds, l'écureuil observe l'homme inerte, pousse un petit cri et décampe à toute vitesse. Marie-Reine s'esclaffe, puis son rire s'efface. L'immobilité de Nick lui paraît anormale. Elle prend sa main et la sent lourde.

— Nick, réveille-toi.

Mais Nick reste inerte. Elle le secoue légèrement, sans résultat. Et comme le petit écureuil, Marie-Reine pousse un cri et regarde en tous sens, cherchant désespérément de l'aide.

꧁

Marie-Reine atterrit dans l'appartement de sa petite-fille, l'air pitoyable. Karine est à l'école, Valérie à la banque, et Gisèle prépare le dîner.

458

— Nick est parti, dit-elle, la larme à l'œil.

— Encore ! se récrie Gisèle. C'est devenu une habitude chez lui de lever le camp sans prévenir.

— Tu ne comprends pas, gémit sa mère. Quand je dis qu'il est parti, je veux dire : il est parti de l'autre bord. Il est mort !

Les yeux écarquillés, Gisèle émet un misérable :

— Oh !

Marie-Reine se jette sur sa fille, interdite, et déverse sur son épaule la crue qu'a déclenchée la mort subite de son jumeau. Ayant toujours fait preuve de modération, ses sanglots déchirants et incontrôlés démontrent la confusion totale de son esprit. Par un retournement bizarre, Gisèle devient soudainement la mère de sa mère. Elle lui flatte le dos et lui murmure des « Je suis là », comme le faisait autrefois Marie-Reine pour effacer les cauchemars de ses rejetons. Sauf que la cruelle vérité diurne ne peut être balayée comme les rêves nocturnes. Brûlant de lui poser maintes questions, Gisèle patiente. Mais sa nervosité prend le dessus et elle finit par pleurer de concert avec sa vieille mère. Ses pleurs ont l'heur de ramener sur terre l'égarée.

— Il faut avertir Valérie, dit Marie-Reine dans un hoquet.

— Comment est-ce arrivé ?

Gisèle entraîne sa mère vers le divan et lui fait raconter en détail la tragédie, comme elle l'avait fait le lendemain de l'incendie qui avait consumé la maison de ses parents. Seule dans le parc, sa mère a dû aller frapper à plusieurs portes avant qu'on lui ouvre. Elle est retournée vivement auprès de son frère pour attendre l'ambulance. À l'hôpital, le médecin a confirmé la mort de Nick. Mais elle ne se rappelle plus la suite. Elle est revenue à pied, se souvient-elle.

— À quel hôpital êtes-vous allée ?

Marie-Reine lève les épaules, son cerveau n'a pas enregistré l'information et sa fille se rend compte que sa mère semble complètement désorientée.

— Ne vous inquiétez pas, maman, on va le retrouver et on va faire le nécessaire, dit-elle doucement.

Elle s'empare du carnet téléphonique de Valérie. Le souffle court, elle a besoin de vérifier chacun des chiffres notés pour arriver à composer le numéro de la banque.

— Maman ne se sent pas bien, dit-elle, haletante. Peux-tu t'en venir tout de suite ?

Puis elle raccroche immédiatement, comme si le combiné lui brûlait les doigts. Elle sort l'annuaire et consulte les pages jaunes. Se laissant guider par son esprit de déduction, elle téléphone d'abord à l'hôpital le plus proche. On lui confirme que Nick Dumas y a été admis et après avoir raconté l'incident à chacune des personnes à qui on a transféré son appel, elle apprend que la famille doit prendre arrangement avec un salon funéraire pour la disposition du corps.

～ᑗ～

Dans le cimetière de Cap-aux-Brumes, le groupe restreint des proches du défunt entoure le prêtre chargé d'officier les funérailles. Au loin, le murmure des vagues soulevées par le vent compose la musique enrichie par le bruissement des feuilles et le chant d'un oiseau solitaire perché sur un arbre jouxtant la clôture ceinturant le champ du dernier repos des paroissiens. Marie-Reine a choisi d'enterrer son jumeau dans le lot où elle ira rejoindre Théo et Marguerite.

Sur la pierre tombale voisine sont inscrits les noms de Julien et d'Anne-Marie. Par qui seront occupés les deux espaces libres ? se demande Valérie. Sûrement pas par elle ! Les vers la dégoûtent et elle n'a pas l'intention de se laisser bouffer par eux. Dans son testament, elle a spécifié qu'elle voulait être incinérée. L'autre raison qui motive son choix est que les cimetières envahiront des espaces qui devraient être réservés aux besoins des humains dont le nombre s'accroît à un rythme effarant.

Le soleil brille d'un éclat défiant la mort, comme si la nature voulait ranimer la sérénité que Valérie a lentement reconquise à la suite de l'opération de Karine. Ne reste sur la jambe cassée de la jeune adolescente qu'une vilaine cicatrice. Cette marque indélébile restera à jamais associée à la balafre de Nick. D'autant plus que l'accident a failli les emporter tous les deux en même temps.

Que deviendront les quatre générations de femmes de son harem, comme il les désignait pour plaisanter? se demande sa petite-nièce en remarquant les perles de rosée que l'astre du jour fait reluire sur tous les minois chagrins.

Au bord de la fosse, Renaud pleure sans retenue. À son bras, grand-maman Boudreau s'essuie les yeux tandis que Charles soutient Jasmine. La veille, au salon funéraire, les deux femmes ont évoqué l'accueil chaleureux de Nick et toutes les attentions dont il les entourait lors de leurs séjours à Québec. Et Valérie songe qu'ils devraient garder le logement de Nick et de Marie-Reine pour les visiteurs de passage.

Elle est encore assommée par ce que lui a appris sa grand-mère, la veille, après la fermeture du salon funéraire. En suivant le fil conducteur de ces révélations, Valérie pense à Eleni que Nick est allé rejoindre et cette pensée la console momentanément. Néanmoins, elle ressent un profond malaise à l'idée que la vie de plusieurs personnes disparues tisse la trame de la sienne et elle se sent l'obligation de se montrer digne d'eux. Elle ne se serait jamais douté que Nick était propriétaire de l'immeuble où ils habitent. Pourtant, le prix de location raisonnable aurait dû l'éclairer. Il faudra qu'elle s'informe au retour afin de ne pas exploiter sa grand-mère, car elle est certaine que Marie-Reine est l'héritière de son jumeau.

⁓

Peu de temps après leur retour, Marie-Reine informe Valérie et Gisèle que le notaire les convoque toutes les trois pour la lecture du testament le surlendemain, à deux heures.

— Je vais demander congé au directeur, dit Valérie dans un soupir. J'espère qu'il va me l'accorder.

— La banque ferme à trois heures, il ne faudrait pas qu'il fasse un drame pour une petite heure.

— Il n'est pas à prendre avec des pincettes quand je dois m'absenter. Quand je suis revenue des funérailles, il m'a avisée que les journées que nous avions convenu de déduire de mes vacances allaient être coupées sur ma prochaine paye. Le comptable allègue qu'un employé n'a pas droit à un congé pour le décès d'un grand-oncle et que je suis la seule à bénéficier d'un passe-droit.

— Le directeur n'a pas à se laisser mener par le bout du nez par son comptable, proteste énergiquement Marie-Reine.

— On dirait qu'il redoute une mutinerie des commis s'il ne respecte pas les avis de leur supérieur immédiat. Et comme c'est le comptable qui s'occupe de la paye des employés, il ne peut rien lui cacher.

— Méchante poule mouillée, commente Gisèle en faisant une grimace de dégoût.

Marie-Reine fronce les sourcils, comme elle le fait toujours lorsqu'elle est fortement contrariée et qu'elle se retient de dire des choses désagréables. Valérie se demande ce que cache cet air farouche accompagné d'un sourire énigmatique.

— À quelle heure peux-tu partir ? Tu restes souvent plus tard sans être payée, dit-elle le bec pincé.

— Je ne pourrai pas m'en aller avant quatre heures.

— Très bien, je vais rappeler le notaire pour faire déplacer notre rendez-vous.

⁓⟡

Marie-Reine, Gisèle et Valérie sortent du bureau du notaire après la lecture du testament, où elles sont allées de surprise en surprise. Comme Marie-Reine le savait déjà, Nick avait désigné Valérie comme légataire universelle, mais elle-même ne s'attendait pas à hériter d'une somme importante, et encore moins Gisèle à qui son oncle a légué un montant appréciable.

Quant à Valérie, tout ce que sa grand-mère lui avait dit était que Nick avait acheté l'immeuble où elles logent grâce à l'argent dont il avait hérité de l'oncle d'Eleni. Mais elle est abasourdie d'apprendre que le patrimoine qui lui échoit est également constitué d'actions en bourse, d'obligations d'épargne et de divers placements. Il lui faudra faire appel à l'aide du notaire et du comptable de son grand-oncle pour en connaître la valeur exacte. Mais elle en sait assez pour comprendre que cet argent va lui permettre de réorienter sa vie.

Les trois héritières marchent en silence, se tenant par le bras pour rentrer à la maison alors qu'elles auraient les moyens de se payer un taxi. Comme Nick, il est probable qu'elles continueront de mener une vie simple. L'argent ne changera pas leurs valeurs profondes, mais elles pourront désormais s'offrir ce qui les tente sans se sentir coupables ni se soucier de l'arrivée des comptes.

⁓

Couchée à côté de sa grand-mère qu'elle n'a pas voulu laisser seule dans le grand appartement de Nick, Valérie se demande comment aborder le sujet qui la préoccupe sans heurter la sensibilité de Marie-Reine et de Gisèle. Si elle leur fait savoir qu'elle a le désir de les garder auprès d'elle, elle craint qu'elles ne se sentent pas libres de faire ce dont elles ont envie. Peut-être que les funérailles de Nick leur ont fait réaliser que leurs racines profondes sont à Cap-aux-Brumes où Marie-Reine exige d'être enterrée. «Oncle Nick, prie-t-elle, aidez-moi à sonder leur cœur afin que chacune d'elles me dise sincèrement ce qui la rendrait heureuse.»

Au cours de la nuit, un songe est venu l'éclairer en ce qui concerne son avenir. Dans son rêve, Nick lui est apparu. Il avait l'air si réel qu'à son réveil elle en est encore toute retournée. Il lui disait : «Je t'ai donné les moyens de réaliser ce qui te tient le plus à cœur, ma bichette.» Elle s'étire et sourit, habitée par le sourire de Nick.

— Tu es bien de bonne humeur! la taquine Marie-Reine, l'œil étincelant. Aurais-tu rêvé à Nick?

Valérie ouvre la bouche de stupéfaction.

— Quoi? Avez-vous rêvé vous aussi à oncle Nick?

À son sourire béat, on croirait que Marie-Reine revient directement du paradis.

— Oui, dit-elle, en fixant le plafond comme si elle pouvait l'y voir encore.

Un moment de silence, fait de recueillement et de sérénité, les imprègne de l'affection profonde qui les unissait au défunt. Valérie se décide à le rompre pour annoncer à sa grand-mère :

— Je vais donner ma démission aujourd'hui. Je n'ai jamais aimé mon métier et je vais retourner étudier. C'est ce que m'a permis de comprendre oncle Nick, cette nuit.

— C'est ce qu'il espérait que tu fasses quand nous parlions de toi.

— Comment pouvait-il savoir que j'avais le goût de retourner aux études ? Je n'en ai jamais parlé.

— C'est à cause des sacrifices que tu t'imposais pour être en mesure d'offrir des études universitaires à ta fille qu'on a compris. Une mère veut toujours donner à son enfant ce qu'elle n'a pas eu.

— Vous êtes perspicace, dit Valérie, éblouie. J'aimerais bien avoir l'esprit aussi pénétrant que vous.

— Ça viendra avec l'âge, lui répond en riant sa grand-mère.

— Je vous aime tellement, murmure Valérie en s'étirant pour lui faire la bise.

Marie-Reine sourit et l'embrasse sur le front.

— Il est temps de se lever si tu ne veux pas être en retard pour donner ta démission, dit-elle, l'air faussement sévère.

L'humour pince-sans-rire de sa grand-mère surgit à des moments inattendus, comme ce matin, et Valérie pouffe de rire.

~✤~

À la banque, le directeur se récrie qu'il a besoin d'un délai plus long que deux semaines pour trouver une remplaçante et la former, mais il ne parvient pas à faire fléchir la démissionnaire. Quand Valérie a eu besoin de s'absenter pour les traitements de sa fille, son patron n'a pas eu le courage de s'opposer aux reproches injustes des employés, et elle lui en veut encore de ne pas l'avoir épaulée au moment où elle avait tant besoin d'un appui.

Plus tard, pour sa plus grande joie, l'annonce de son départ rembrunit le comptable et les commis. Avec un reste de rancœur, elle leur souhaite d'avoir affaire à une secrétaire moins zélée. Cette douce revanche, elle la doit à Nick. Pourtant, elle passerait volontiers l'éponge sur les mesquineries qui l'ont peinée pour retrouver son grand-oncle en rentrant du travail, le soir. Curieusement, elle sent souvent sa présence, d'une manière impossible à décrire sans passer pour folle. Elle a le sentiment qu'il la suit comme une ombre afin de la guider.

Renaud, à qui elle en parle, l'assure que ces manifestations cesseront avec le temps. Il a vécu les mêmes sensations après la mort de son grand-père et il croit que l'amour infini que cet homme lui portait de son vivant le retenait prisonnier ici-bas, comme s'il se sentait obligé de s'assurer que son petit-fils pouvait continuer la route sans lui avant de s'accorder la permission de jouir de la félicité éternelle.

— Essaie de t'imaginer ce que tu ressentirais si tu devais mourir maintenant, en laissant Karine dans la peine.

— S'il est vrai que notre esprit survit, comme je le crois, tu as sûrement raison.

❧

Apparemment, du haut de son petit nuage, Nick a répondu avec un empressement renversant à la supplique de Valérie. Comme par enchantement, les trois femmes viennent vite à la conclusion qu'il sera plus commode et plus agréable de partager le même logement. Les sceptiques pourraient affirmer qu'elles ne font que suivre leur cœur et qu'elles sont également trop trouillardes pour vivre toutes seules, et ils n'auraient pas tort. Quoi qu'il en soit, elles ont désespérément besoin de se rapprocher les unes des autres et de s'entraider pour combler le vide immense laissé par le départ de Nick.

Maintenant que leur décision est prise, Valérie peut envisager la suite sans rien brusquer. En lui léguant sa fortune, Nick lui a transmis les devoirs qui allaient de pair, et elle se sent entièrement responsable du bien-être de sa mère et de sa grand-mère.

Marie-Reine lui a parlé de l'album émouvant et d'autres écrits importants que lui a dictés Nick à son intention, mais Valérie attend d'être libérée de son emploi avant de passer à cette autre étape du deuil.

Selon la suggestion de Renaud, elle les emportera pour les lire au bord du fleuve dans un grand chalet qui pourra loger tout son monde. Pendant que Charles passera ses vacances au Témiscouata, Renaud les y accompagnera et Valérie lui a demandé de trouver le havre de paix où ils pourront également accueillir grand-maman Boudreau et Jasmine. Pour l'aider à reprendre pied après tous ces bouleversements, elle a besoin de leur présence aimante.

Dans l'intervalle, elle signe quantité de documents en vue de régler la succession de son oncle et parer aux affaires les plus urgentes. Étant bien au fait des finances de Nick, le notaire lui est d'un précieux secours. Du côté de l'immeuble à logements, elle n'a aucun souci à se faire. Le concierge embauché par Nick continue de veiller au bon entretien des lieux et aucun déménagement n'est en vue.

— Tu n'auras plus besoin de me verser de pension alimentaire, annonce Valérie, face à l'immensité du Saint-Laurent, à la hauteur de Sainte-Luce-sur-Mer.

Les vaguelettes de la marée montante viennent lécher ses pieds et les grains de sable que l'onde rapporte sur la plage s'insèrent entre ses orteils. Le doux massage chatouille l'épiderme sensible de la promeneuse qui commence son périple estival avec la ferveur d'un croyant accomplissant son pèlerinage annuel.

Le vent accompagnant la montée des eaux emmêle ses cheveux. Elle tend les bras en croix pour offrir son corps au souffle d'Éole qui tempère l'ardeur du soleil sur sa peau. En parfaite communion avec la mer, elle respire à pleins poumons les odeurs salines et un sentiment proche de l'extase mystique envahit tout son être.

À ses côtés, le regard de Renaud se perd à la limite de l'horizon. Sa chemise claque comme une voile gonflée. Son visage de marbre laisse présager une contrariété contenue.

— Pourquoi me faire ça, Val ? dit-il d'un ton amer. J'aime Karine comme ma fille.

Les paupières de Valérie s'ouvrent de saisissement et son visage se tourne vers son compagnon avec une expression d'incompréhension totale.

— Je n'ai rien contre toi, Renaud, proteste-t-elle en effleurant son bras. Karine t'aime, elle aussi, et cela ne changera rien à vos relations, je peux te l'assurer.

— Alors, laisse-moi faire ma part.

— Je t'aime profondément, Renaud, dit-elle en vissant son regard au sien. Tu es mon meilleur ami. J'apprécie tout ce que tu fais pour moi et l'amour que tu portes à *notre* fille me va droit au cœur, crois-moi. Depuis sa naissance, tu as agi comme un père et tu es *son* père, à mes yeux comme aux siens. Le fait de ne plus verser de pension ne changera rien à nos sentiments réciproques. C'est ma façon de te faire profiter un peu de l'héritage de Nick.

Il secoue la tête de façon négative. Ses yeux s'emplissent de brouillard et Valérie le voit déglutir avec peine.

— Je te remercie, Val. C'est très généreux de ta part, mais je veux continuer de contribuer à l'entretien de Karine. J'y tiens !

— Est-ce qu'on pourrait couper la poire en deux ? dit-elle d'un ton guilleret.

Il lui pince le bout du nez en riant.

— Tu es aussi têtue qu'une mule !

— C'est vexant, ce que tu dis là. Je suis plus têtue que deux mules !

Et leur rire se propage jusqu'à Karine qui relève la tête dans leur direction et qui les hèle de loin avant de reporter son attention à la plage qu'elle scrute à la loupe en quête de jolis coquillages. À quelques pas derrière la cueilleuse, Marie-Reine et Gisèle reviennent à pas lents.

❧

Le chalet bourdonne. Arrivées la veille, Jasmine Beaudry et sa mère bavardent pendant que Marie-Reine et Gisèle s'occupent de la popote et que Valérie met la table. Renaud et Karine sont allés marcher sur la plage en attendant l'heure du souper.

De son vivant, beau temps mauvais temps, Théo réclamait en fin de journée sa soupe quotidienne et Marie-Reine a fini par oublier que bouillon et canicule ne font pas bon ménage. Alors, encore aujourd'hui, elle a tenu à préparer un potage aux carottes, plus léger que les brouets traditionnels. Il s'agit d'un compromis remporté de haute lutte grâce au discours persuasif de Valérie, que d'autres nommeraient entêtement, par souci d'honnêteté. Parce qu'il faut se lever de bonne heure pour arriver à faire changer d'idée la vaillante grand-mère! Mais sa petite-fille était résolue à sauvegarder l'honneur de la famille. Qu'aurait pensé Jasmine Beaudry, rompue aux usages de la haute société, si on lui avait servi une lourde soupe aux pois par une torride journée de juillet? Valérie serait morte de honte quand sa belle-mère, repue, aurait dû refuser les autres plats.

Depuis que sa fille vit sous son toit, grand-maman Boudreau a changé peu à peu ses façons de faire. On ne peut rien reprocher à Jasmine. En tout temps et en tout lieu, elle est d'une gentillesse et d'une courtoisie sans faille. C'est pourquoi Valérie cherche à lui plaire et à se montrer digne de cette charmante belle-maman qui incarne la perfection.

— Au chalet, c'est sans cérémonie, dit-elle pour s'excuser des serviettes en papier, de la médiocrité des couverts et de la vaisselle disparate déposés sur une nappe de plastique.

— C'est ce qui fait le charme des chalets, répond Jasmine. On ne fait pas de chichis et on ne se casse pas la tête.

Valérie est ravie d'entendre sa belle-mère émettre une opinion de ce genre. Elle aurait envie de se jeter à son cou et de l'embrasser tant elle se sent soulagée.

— Je vais aller avertir Renaud et Karine que nous allons passer à table, dit-elle en s'éloignant d'un pas léger.

⁓℘

Une semaine plus tard, après avoir sorti des pots de confitures et de tartinades pour les rôties qu'elle vient de placer au centre de la table, Valérie s'assoit en face de sa belle-mère.

— Avez-vous décidé dans quel domaine vous allez étudier? s'informe Jasmine en beurrant sa rôtie.

Tous sont attablés pour partager un petit-déjeuner rehaussé de céréales et de fruits. Par la porte moustiquaire, la brise chaude s'invite chez les vacanciers décontractés. Leur parvient également l'apaisant ruissellement des vaguelettes de la marée montante venant reprendre possession de la berge.

— J'hésite entre un bac en relations industrielles ou en communication publique, je vais sans doute consulter un conseiller en orientation. Je n'ai pas encore entrepris de démarches vu qu'il y a encore beaucoup de détails dont je dois m'occuper pour régler la succession d'oncle Nick.

— Tu n'as pas pensé à un bac en pédagogie, Val? demande Renaud. Je te verrais enseigner aux jeunes filles inscrites au cours commercial. Ce serait drôlement avantageux pour elles d'avoir une enseignante qui connaît le métier.

— On dirait que tu me connais mieux que moi-même! réplique-t-elle en riant. Tu as raison, j'aimerais beaucoup enseigner ce que j'ai appris à la dure quand j'ai commencé à travailler, mais je ne sais pas si j'ai les qualités requises pour être une bonne pédagogue.

— Tu saurais leur transmettre ta passion d'apprendre et de viser la perfection. Tu te démarquerais des autres institutrices par ton expérience, et tes élèves apprendraient en même temps la théorie et la pratique. Je suis certain que tu ferais une grande différence dans leur vie. Et en plus, tu serais en congé en même temps que Karine.

— Ce serait effectivement un grand avantage, reconnaît-elle. On pourrait passer une partie de nos étés au bord de la mer.

— C'est une merveilleuse idée, papa. Moi aussi, je te verrais comme prof, maman.

Dehors, un goéland affamé par l'odeur de nourriture mêle son cri à leur conversation.

— Je vais y penser, répond Valérie du petit air appliqué qu'elle adopte quand elle commence à réfléchir.

Et son regard rejoint les limites de l'horizon, là d'où elle semble pouvoir tirer les réponses aux grandes questions existentielles agitant son âme.

～ン̇ン

Profitant de l'absence de Renaud et de Karine, partis pour quelques jours en compagnie de grand-maman Boudreau et Jasmine qui retournent à Cap-aux-Brumes, Valérie entreprend la lecture des tranches de vie de Nick.

Sur les conseils de Marie-Reine, elle se retire dans un coin isolé de la grève où elle étend une grande serviette de ratine. Sa grand-mère a glissé dans le sac de plage contenant l'album souvenir une bouteille d'eau, les lunettes de soleil qu'elle porte rarement et des mouchoirs jetables. Au moment de rentrer, Valérie apprécie hautement ces prévenances. Ayant souvent épuisé la provision de papiers-mouchoirs, elle peut camoufler ses yeux rougis derrières les verres solaires. Dans la première lettre trouvée, Nick lui explique qu'il a dû se faire aider par sa jumelle pour rédiger ses mémoires et sa correspondance parce qu'il n'a pas eu la chance d'aller à l'école.

Après avoir examiné les documents, à son retour, Valérie trouve le chalet calme et désert, et elle se demande si sa grand-mère ne la surveille pas en cachette afin de s'éclipser au bon moment pour lui laisser le loisir de reprendre le contrôle de ses émotions, car les récits de Nick la bouleversent. Dans les lettres personnelles annexées où il livre des informations privées ou confidentielles, elle prend conscience que son grand-oncle a voulu continuer de la protéger au-delà de la mort et l'intensité de son affection la remue.

Aujourd'hui pourtant, s'ajoute un malaise étrange. À la dernière page, en plus d'un bilan détaillé de ses avoirs, elle a trouvé une missive cachetée dans laquelle Nick l'informe d'un événement du passé de Me Beaudry qu'elle pourrait utiliser si le père de Renaud s'avise un jour de leur chercher noise. L'affaire est grave et Valérie tremble à l'idée d'avoir à confronter l'avocat à son passé secret.

Le coffre de l'automobile rempli de sacs, Valérie et Karine rentrent du centre commercial où elles ont renouvelé la garde-robe de la jeune étudiante qui commence son secondaire en septembre. Jamais encore Valérie ne s'était livrée à un tel excès de magasinage et Marie-Reine, avec son sens inné de l'économie, se prend la tête à deux mains en les voyant revenir avec autant de marchandises.

— Ma foi, t'as vidé les magasins! Penses-tu qu'il va en rester pour les autres? demande-t-elle, la mine sévère.

Ne sachant s'il s'agit d'un échantillon du style pince-sans-rire de sa grand-mère ou d'un reproche, Valérie décide de prendre sa réflexion à la blague.

— Vous n'avez encore rien vu, grand-maman. Attendez de voir le camion qui s'en vient nous livrer le reste!

Marie-Reine sourit, les bras chargés de linge.

— J'ai commencé à vider la garde-robe de ma chambre, chez Nick, explique-t-elle quand elle surprend le regard étonné de Valérie.

— Allez-vous avoir assez de place dans ma penderie?

— Pas si tu continues d'acheter à ce train-là, réplique Marie-Reine, l'œil vif.

Gisèle, qui leur tient la porte moustiquaire grande ouverte, s'impatiente :

— Dépêchez-vous, maman. Les mouches rentrent.

Le rappel des moustiques convainc Marie-Reine de poursuivre la conversation à l'abri des rares dards à l'affût à cette période de l'année.

— On pourra toujours utiliser les placards d'oncle Nick si on manque d'espace. J'ai pensé garder l'appartement pour la visite, dit Valérie en déposant deux brassées de sacs sur la table.

— Du gaspillage! rétorque Marie-Reine. La visite… c'est bien beau, mais on n'en a pas souvent! Tu serais mieux de louer l'appartement pis de payer une chambre à l'hôtel à la visite. À part la parenté des États qui vient même pas tous les ans, qui est-ce qu'on reçoit?

— Grand-maman Boudreau et Jasmine.

Marie-Reine file déposer ses vêtements sur le lit qu'elle partage avec Valérie. De la chambre, parvient la réplique étouffée par les murs:

— Elles viennent quand même pas si souvent. Tu te prives d'un revenu pour rien. On pourrait trouver une autre solution pour les loger.

— Je pensais que vous aimeriez garder sa chambre intacte, hasarde Valérie quand sa grand-mère revient.

Pour ne pas heurter Marie-Reine et parce qu'elle-même ne se sent pas prête, elle n'a pas encore osé aborder le sujet délicat de la disposition des effets personnels et du mobilier du défunt.

— Quand tu as mentionné la mère et la grand-mère de Renaud, il m'est venu une idée qui serait, à mon sens, la meilleure solution pour tout le monde, dit Marie-Reine en tirant une chaise pour s'asseoir. Fais-nous donc du thé, Gisèle, pendant que Valérie et Karine vont finir de vider l'auto.

Gisèle et Valérie échangent un regard de connivence. Marie-Reine n'a pas perdu son sens du commandement. Leur curiosité devra patienter quelque peu avant d'être satisfaite et elles obéissent comme des gamines, par respect d'abord et ensuite parce qu'elles veulent ménager la sensibilité qui se cache sous l'approche rugueuse de ce cœur aimant et généreux, car Marie-Reine se priverait de manger pour venir en aide aux siens.

Une semaine plus tard, aidée de sa descendance, Marie-Reine a classé les effets personnels de Nick. Elle a rapatrié dans le logement de Valérie ce qu'elle désirait garder en souvenir et elle a emballé le reste à l'intention des destinataires de son choix parmi lesquels figurent en bonne place ses fils, sans oublier Renaud et Charles qui, dans son cœur, font désormais partie de sa famille.

Pour la remise de ces trésors d'ordre sentimental, elle a demandé à Valérie de les inviter à souper en mettant au menu leurs plats préférés. Marie-Reine n'a jamais oublié la leçon qu'une femme attrape et retient un homme par le ventre, et même si elle sait qu'elle ne pourra jamais faire la conquête de l'un de ces deux messieurs, elle tient néanmoins à leur plaire. Elle est bonne et gentille envers tout le monde, mais elle est aux petits soins pour les hommes. «Grand-maman Dumont traite les hommes aux petits oignons», a fait remarquer Karine, un soir, après le départ de son père. Depuis qu'elle a identifié ce trait de caractère, la jeune demoiselle s'amuse de la vénération parfois encombrante de son aïeule.

— Encore un peu de vin? propose Marie-Reine, qui commence à remplir la coupe de Charles avant d'avoir obtenu la réponse.

— Arrêtez, la supplie-t-il, je ne pourrai pas conduire.

— Juste une goutte ! proteste Marie-Reine en l'emplissant à ras bord, avant de s'attaquer au verre de Renaud.

Celui-ci invoque le même motif, sans plus de résultat.

— Vous resterez à dormir à côté, ajoute Marie-Reine en donnant un coup de coude à Valérie, qui essaie depuis quelques minutes d'éviter les signes que n'arrête pas de lui lancer sa grand-mère.

— Vous me faites mal, se plaint-elle en se frottant le bras.

Tous les regards convergent vers elle et Marie-Reine s'empourpre légèrement. Valérie éprouve un plaisir un peu sadique à la laisser languir.

— Je t'ai à peine frôlée, proteste sa grand-mère en s'efforçant de camoufler sa gêne par un vague sourire.

À la fin du repas, la voyant se tortiller sur sa chaise, Valérie lui lance :

— Vous ne m'avez pas dit que vous aviez préparé des souvenirs d'oncle Nick pour Renaud et Charles ?

— Oui, répond-elle, rayonnante. Mais je les ai laissés dans l'appartement d'à côté.

Valérie note que sa grand-mère n'a pas dit « l'appartement de Nick » et elle s'en réjouit.

— Et si on allait les récupérer pendant que Karine va aider maman à desservir la table ? propose-t-elle.

Informée de ce qu'elle trame, Gisèle répond :

— Prenez votre temps, on va laver la vaisselle, hein, Karine ?

⁂

Au début du mois de septembre, Karine entre au secondaire et Valérie appréhende le changement d'école en raison du relâchement dans la discipline d'une grande polyvalente où l'élève n'est plus encadré comme au primaire. Comme sa fille aura bientôt treize ans et qu'elle vient d'avoir ses premières menstruations, elle l'a abondamment mise en garde contre tous les dangers auxquels elle sera exposée.

En plus de ses craintes concernant sa fille, elle commence des cours préparatoires à l'Université Laval en vue d'entreprendre un baccalauréat en enseignement professionnel. Elle se fait du souci quant à ses capacités de réussir des études universitaires. Et comme si ce n'était pas assez, elle doit se taper une session allongée pour potasser les mathématiques du secondaire, alors que cette matière la rebute. Elle a commencé ce cours à la fin août et ne le terminera qu'à la mi-janvier, à raison de deux soirs par semaine et d'un samedi sur deux. Renaud et Charles ont promis de l'aider et tous se montrent si confiants dans ses capacités que cela augmente son trac au lieu de l'encourager. Elle a peur de couler, parce qu'en plus de la frustrer, son échec décevrait tous ses proches.

Autre facteur de stress, le campus est une ville dans la ville et le sens de l'orientation de Valérie est plutôt limité, pour ne pas dire nul. Pour se situer parmi les nombreux pavillons, elle doit consulter le plan du site avant de courir de l'un à l'autre afin de se faire photographier pour une carte d'identité, obtenir un permis de stationnement, acheter des manuels et notes de cours, accéder aux locaux d'enseignement situés dans plusieurs pavillons aux aménagements fort différents, en plus de se taper de longues marches en portant un sac alourdi de tous les trucs dont ne saurait se passer tout étudiant sérieux: cahiers, crayons, calculette, livres, dictionnaire. Avec ce fardeau à traîner, elle n'a pas besoin d'exercice pour développer ses muscles.

Par contre, elle aurait besoin d'une boussole ou d'un plan. Pas plus tard qu'hier, elle s'est fourvoyée dans un long couloir peuplé de bêtes sauvages empaillées aux crocs blancs lacérant l'obscurité oppressante. Dans cet interminable corridor sans fenêtre, elle a frôlé la crise de panique quand, parvenue au bout, elle s'est cognée à une porte verrouillée et elle a dû faire demi-tour. Son cœur battait la chamade et elle courait en essayant bravement de faire fi du danger imaginaire, mais dans sa précipitation, elle a laissé tomber son sac, et tout son contenu s'est répandu sur le plancher. À tâtons, elle a dû ramper au pied de gros animaux velus pour retrouver ses biens éparpillés.

⁂

Au début du mois d'octobre, Renaud et Charles emménagent dans l'appartement de Nick. C'est la trouvaille de Marie-Reine pour procurer un revenu à Valérie, tout en assurant l'hébergement de leurs amies de Cap-aux-Brumes. La proximité de Karine a tranquillisé Renaud qui craignait d'être écarté de la vie de sa fille, et il est heureux de pouvoir veiller sur quatre femmes ne pouvant plus compter sur la présence de Nick pour les sécuriser, comme l'a mentionné Marie-Reine avec un air de biche craintive.

Renaud a fait valoir à Charles que ce grand logement lui permettrait d'accueillir ses enfants s'ils désirent venir étudier en ville. «Ils sont à présent assez vieux pour décider avec qui ils veulent rester», a-t-il soutenu.

Après que Renaud l'eut informée qu'ils acceptaient son offre, Valérie a cru bon d'aviser toute la maisonnée qu'elles devaient respecter l'intimité de leurs voisins, comme s'ils étaient des étrangers. Elle leur a également donné la consigne de téléphoner au lieu d'aller frapper à leur porte et elle a fortement insisté sur la discrétion de mise. Valérie a besoin de moments de solitude et elle a horreur des gens qui débarquent sans s'annoncer. À ce chapitre, elle est certaine que Renaud et Charles ne les envahiront pas, ils ont trop de délicatesse pour s'imposer.

Valérie écoute maintenant les informations du soir avec un certain détachement, les hausses de prix ne lui donnent plus de crampes d'estomac. Elle n'a plus à compter ses sous, ni à se priver parce que le gouvernement risque d'augmenter les impôts pour combler les trous dans les finances publiques de la province.

Par contre, elle s'inquiète de la nouvelle maladie mortelle dont on commence à parler en Amérique du Nord. Surtout qu'on prétend que le sida se répand dans la communauté homosexuelle et que les médecins ne connaissent aucun traitement.

⁓

Avec application, Valérie a fait tous les exercices de mathématiques demandés, mais au moment de la révision en vue du premier examen, elle ne se souvient plus de rien. Affolée, elle va consulter le professeur en lui avouant qu'elle n'a jamais étudié la matière, contrairement aux autres élèves, et qu'elle s'inquiète parce que sa tête est comme une passoire où tout entre pour en ressortir aussitôt. Son professeur l'encourage à poursuivre en lui disant que si elle est capable de réussir le premier examen, elle sera en mesure de passer les autres tests. Et finalement, elle obtient une note se situant dans la moyenne, loin des résultats qu'elle obtenait dans le passé. Mais elle s'en satisfait et en est même très fière compte tenu des énormes difficultés éprouvées.

Dans ses autres cours, elle est beaucoup plus détendue et elle aime le contact des jeunes qui lui semblent beaucoup plus allumés qu'elle l'était au même âge. En bavardant avec eux, elle apprend des astuces qui l'aident à mémoriser les nombreux textes à lire. Elle les trouve brillants, enthousiastes, ouverts d'esprit, novateurs et stimulants. Avec eux, elle ne ressent pas l'esprit de compétition qui empoisonne quelquefois le milieu du travail. Certains professeurs voient d'ailleurs à promouvoir le travail d'équipe.

Les élèves sont humbles pour la plupart, car ils sont là pour apprendre et ils adorent les débats contradictoires où chacun peut exposer son point de vue dans une écoute respectueuse. On leur a dit dès le début que seulement la moitié d'entre eux obtiendraient leur baccalauréat. Alors, les plus sérieux bossent sans participer à tous les partys hebdomadaires où la bière coule à flot.

Depuis le 7 novembre, les Québécois peuvent maintenant acheter du vin dans les dépanneurs et les épiceries, et Valérie se laisse parfois tenter, le vendredi en faisant son marché, par une bouteille de rouge. En le dégustant avec Marie-Reine et Gisèle, elle se souvient avec émoi des bouteilles partagées en compagnie de Nick.

Ce premier Noël sans lui viendra rappeler les tristes événements de l'an dernier et personne n'a le cœur à la fête. Alors, on se prépare à terminer l'année dans l'intimité et en toute simplicité. Valérie compte en profiter pour se reposer avant d'entreprendre le sprint final de son cours de math et d'entamer le programme en vue de l'obtention de son bac.

Sa session s'est terminée en beauté avec un A dans le cours portant sur la méthodologie du travail intellectuel, et ses examens intermédiaires de mathématiques ont encore reçu la cote C. Pour les deux autres cours compensateurs, elle a décroché un B et un B+ et Valérie a davantage confiance en elle pour la poursuite de ses études.

De leur côté, Renaud et Charles se sentent fébriles, car ils hébergeront leurs premiers invités depuis qu'ils font vie commune. Grand-maman Boudreau et Jasmine viendront passer les fêtes à Québec. Comme une grande, Karine aide son père et Charles à terminer la décoration de leurs chambres d'amis.

Valérie a décidé de leur prêter ses décorations de Noël afin d'égayer le séjour des dames de Cap-aux-Brumes. Chez elle, il n'y aura pas de grand sapin garni. Elle se bornera à installer une guirlande de lumignons dans la grande fenêtre du salon afin de projeter un peu de couleur sur les zones d'ombre de leurs cœurs affligés.

11

Québec, janvier 1984

Valérie ressent un immense soulagement à la fin de son cours de mathématiques qu'elle peut maintenant laisser derrière elle, comme les fêtes qui lui ont fait vivre des émotions chaotiques entre l'incomparable gaieté de Karine, qui préférait jouer à la maîtresse de maison chez son père, et la tristesse infinie de Marie-Reine. Dans ses yeux, que le chagrin fait tourner au gris, s'exprime la souffrance qui l'isole pernicieusement depuis la perte de son jumeau avec qui elle goûtait la douceur de partager le train-train quotidien de deux personnes intimement liées et aptes à vivre au même diapason.

Dans un petit local réservé aux étudiants où sont disposés des bibliothèques, chaises et fauteuils disparates, Valérie ramasse l'un des journaux abandonnés sur une table. Elle parcourt les grands titres de *La Presse* du 24 janvier sans s'attarder à la lecture des articles, puis s'arrête sur celui traitant d'un sujet qui la turlupine, intitulé «Apple lance le Macintosh»:

> *Solide répartie d'Apple Computer dans la lutte féroce qui l'oppose à IBM sur le terrain des ordinateurs domestiques: Apple lançait hier le Macintosh, petit dernier de la vallée du silicone, cet éden californien où mûrissent chaque année les fruits de microcircuits et d'écrans cathodiques...*

Voilà quelques années, Valérie avait déjà prédit à l'un de ses patrons que le métier de secrétaire était appelé à changer en raison des progrès technologiques et qu'il allait éventuellement disparaître, du moins dans la forme qu'on lui connaissait, comme les scribes d'antan avaient perdu leur gagne-pain lorsque les gens avaient appris à lire et à écrire. D'ailleurs, la sténographie était déjà de moins en moins utilisée, la sténotypie l'ayant remplacée, elle-même vite concurrencée par les dictaphones et autres appareils à enregistrer.

Et puis, la science allait rapidement de découvertes en découvertes, autant dans le domaine de l'infiniment petit que de l'infiniment grand. Et maintenant, c'est à elle de devoir s'adapter aux ordinateurs si elle veut enseigner son métier. Mais comme rien n'est simple dans la vie, les compagnies informatiques fabriquent des ordinateurs au fonctionnement si différent que c'est à s'y perdre et elle se rend compte qu'elle devra se convertir à au moins l'un des deux grands : IBM ou Apple.

Brusquement, elle se sent soudain proche de Marie-Reine, que toutes ces révolutions horripilent, et elle ressent le poids des années comme si elle était une petite vieille sur le dernier versant de sa vie. « Pas encore quarante ans et réfractaire au changement, se dit-elle en se moquant d'elle-même. Secoue-toi, ma vieille. À la vitesse où vont les choses, tu es mieux de suivre la parade, sinon tu seras vite dépassée. » Elle regarde l'heure, referme le journal et l'abandonne en essayant d'oublier la contrariété qu'il a suscitée. Elle n'aura qu'à choisir un cours d'initiation à l'informatique parmi les cours en option permis pour compléter son programme.

Quand, dans l'édition du 10 février, Valérie lit que le « travail au noir », dans le domaine de la rénovation résidentielle, escamote à l'impôt une somme estimée à 500 millions, elle se dit qu'il existera des petits malins à toutes les époques pour déjouer le système. Le gouvernement a remplacé les rois, mais comme eux, il devient de plus en plus gourmand et c'est en toute légalité qu'il peut détrousser les contribuables.

Entre deux cours, quelques jours plus tard, elle apprend en feuilletant le journal que Gaétan Boucher a gagné deux médailles d'or en patinage de vitesse aux Jeux olympiques de Sarajevo. À la fin du mois, la nomination de Gilles Lamontagne, ancien maire de Québec, à titre de lieutenant-gouverneur du Québec augmente son sentiment de fierté d'être Québécoise.

Valérie est également fière de Karine qui s'est adaptée avec une facilité étonnante à son nouveau milieu scolaire où elle décroche des notes enviables. Autour de la table de la cuisine, après le souper, la mère et la fille étalent livres et cahiers, s'isolant séparément dans leur univers pour débroussailler la forêt de la connaissance qu'on leur a concédée. Elles peuvent compter sur l'assistance de Renaud et Charles lorsqu'elles se butent à une difficulté insurmontable.

Grâce à la compétence du notaire et du comptable de Nick, Valérie est déchargée de la gestion de la partie de ses avoirs qu'elle juge trop compliquée pour s'y investir puisqu'elle désire consacrer tout son temps à ses études. Le concierge de l'immeuble la délivre des tracas de l'entretien de l'édifice et des menus problèmes pouvant surgir avec des locataires qui sont bien sous tous rapports. Valérie connaît une période favorable sans le constater, trop absorbée par les exigences de sa formation.

Le printemps fait place à l'hiver et Valérie se démène d'un examen à l'autre sans se préoccuper du temps qu'il fait.

Son cerveau plane sur un nuage de théories à assimiler, sa matière grise est tout occupée par un remue-méninges continu en vue de la rédaction des travaux à remettre, et sa mémoire est saturée de nouvelles données, tandis qu'elle se sent plus vivante que jamais.

Quand sa deuxième session se termine à la fin avril, la jeune femme fait un tour d'horizon plus attentif de ses actifs avant de convenir avec ses deux mentors qu'ils devraient se rencontrer plus souvent. Les deux hommes sont des professionnels compétents et charmants, et Valérie se félicite de pouvoir compter sur leurs conseils avisés.

∼ϱ

Les frayeurs qui ont bouleversé Valérie lors de la crise d'octobre 1970 refont surface quand la télévision diffuse les images de la tuerie à l'Assemblée nationale, le 8 mai. Armé d'une mitraillette, le caporal Denis Lortie, des Forces armées canadiennes, pénètre dans l'édifice du parlement et tire sur la réceptionniste. Puis il longe le corridor menant au Salon bleu en poursuivant son mitraillage, tuant trois personnes et en blessant treize autres, avant de s'asseoir sur le trône du président, les yeux hagards.

Avec un sang-froid remarquable, le sergent d'armes René Jalbert, lui-même ancien militaire, se présente sur les lieux et arrive à convaincre le forcené de le suivre dans son bureau. Après quatre heures de négociation, le tireur se rend.

S'il était arrivé dix minutes plus tard, il aurait fait feu sur les membres du gouvernement qui devaient siéger en comité plénier et Valérie se demande quand prendra fin la haine qui divise les Québécois.

Dans l'espoir de chasser la terreur qui la paralyse, elle se jette à corps perdu dans un grand ménage intérieur et extérieur. Valérie se défait des vêtements démodés qu'elle gardait parce qu'elle aurait eu mauvaise conscience de s'en départir, alors qu'elle avait toutes les peines du monde à boucler son budget et à s'en offrir de nouveaux. Naturellement, quand Marie-Reine aperçoit l'amas de nippes usées à la corde, elle se récrie :

— Mais c'est encore bon pour faire des catalognes !

— On n'a plus de métier à tisser, grand-maman. Mais ne vous inquiétez pas, je ne vais pas les jeter à la poubelle. Je vais les donner à la Saint-Vincent-de-Paul.

« Pauvre grand-maman », songe Valérie en pensant qu'un fossé les sépare. Encore hier, alors qu'elle applaudissait la nomination de Jeanne Sauvé au poste de gouverneur général du Canada, Marie-Reine avait protesté que cette charge avait toujours été dévolue à un homme.

En dépit de l'héritage que lui a laissé Nick, sa grand-mère mène le même train de vie austère et se prive autant qu'avant. Quand le budget Parizeau annonce un déficit de 3 717 millions, elle jette les hauts cris :

— Ils vont conduire la province à la faillite !

À la fin mai, l'annonce de la fermeture de l'usine de la Dominion Textile à Montmorency n'a rien pour la rassurer.

— Où est-ce qu'on s'en va quand une usine vieille de quatre-vingt-quinze ans ferme les portes ? s'exclame-t-elle, outrée.

Elle voit aussi d'un œil critique la célébration de Québec 84 et la parade des grands voiliers venus du monde entier pour marquer le 450e anniversaire de l'arrivée de Jacques Cartier au Canada.

— De l'argent dépensé pour rien ! Quand on pense qu'une famille a besoin de 328 $ par semaine pour se tirer d'affaire, râle-t-elle.

Le mois de juillet passé en Gaspésie, au bord du fleuve, et la visite au mois d'août de sa nièce Elsie et de son amie Elizabeth, du Massachusetts, ramènent Marie-Reine à de meilleurs sentiments. Devant les Américaines, elle se rengorge du succès de Sylvie Bernier, médaillée d'or en plongeon aux Olympiques de Los Angeles.

— Le coût des jeux n'effleure pas son esprit, se moque Gisèle en aparté.

Mais il est d'autres jeux que Marie-Reine ne voit pas d'un bon œil. Elle se méfie de Dave, le fils d'Elizabeth. Et chaque soir, avant de s'endormir, Marie-Reine met Valérie en garde contre ce garçon.

— Il pourrait apprendre le français, dit-elle d'un ton accusateur. Tu devrais l'avoir à l'œil, il cherche toujours à entraîner Karine à l'écart. Il a un air de faux jeton qui ne me revient pas. À part ça, il est plus vieux que la petite.

— Il a seulement trois ans de plus, objecte Valérie. C'est normal que deux jeunes se tiennent ensemble. Et c'est bon pour Karine de parler avec Dave, ça lui permet d'améliorer son anglais.

— Sa mère l'a trop gâté, ronchonne Marie-Reine.

— C'est son seul enfant. Il est sa raison de vivre.

— Tu n'as pas d'autre enfant, toi non plus, mais Karine est bien élevée.

— Vous m'avez beaucoup aidée, tandis qu'Elizabeth a élevé son fils toute seule, sans aucun parent pour lui prêter assistance.

Marie-Reine émet un vague grognement.

— À part ça, reprend-elle, quelqu'un qui se cache derrière des verres fumés, même quand il pleut, je trouve ça louche. Et c'est très mal élevé de les garder à l'intérieur.

— Peut-être qu'il a les yeux sensibles, risque Valérie. Mais vous avez raison, nous les surveillerons… sans en avoir l'air.

Valérie fait cette concession pour ne pas vexer sa grand-mère et parce que les lunettes de soleil que Dave porte en permanence l'agacent, elle aussi. Néanmoins, elle juge bon d'inviter sa grand-mère à la discrétion de peur que son regard n'affiche trop de sévérité. Quand Marie-Reine réprouve la conduite de quelqu'un, son visage la trahit et Valérie ne voudrait pas que son amie Elizabeth se rende compte que son fils adoré lui déplaît.

— Tu peux compter sur moi, je vais l'avoir à l'œil, ce grand escogriffe, marmonne Marie-Reine.

Quand, au bout d'une semaine, les visiteurs reprennent la route en direction des États-Unis, Marie-Reine sourit de contentement et Valérie pousse un soupir de soulagement. Il n'y a pas eu de manifestations d'hostilité de part et d'autre, quoique les lunettes fumées de Dave lui aient permis de cacher ses sentiments. Quant à Marie-Reine, son opinion sur le jeune Américain n'a pas changé d'un iota et elle est persuadée que la vertu de son arrière-petite-fille a été épargnée des derniers outrages grâce à sa vigilance.

⁂

Si la gare centrale de Montréal avait pu bénéficier des services de filature de Marie-Reine, la veille de la rentrée scolaire, trois vies humaines auraient été épargnées. L'attentat à la bombe a également fait une trentaine de blessés.

— Quand est-ce que ça va finir ? se lamente Valérie.

À ses yeux, chacune des victimes des actes de violence est sacrifiée en vain sur l'autel du fanatisme des illuminés en tous genres et elle souhaite de toute son âme que la barbarie soit éradiquée de la surface de la terre.

— C'est l'œuvre d'un déséquilibré, affirme Renaud.

— La place des fous, c'est à l'asile! rétorque Marie-Reine qui désapprouve la politique de désinstitutionalisation ayant vidé les hôpitaux psychiatriques de la province.

— Quand ils prennent leur médication, ils peuvent fonctionner normalement, plaide Charles.

— Quand ils la prennent, justement! réplique Marie-Reine, la mine courroucée.

— Nous irons voter demain, s'empresse de dire Gisèle pour changer de sujet de conversation avant que sa mère se lance dans le procès de la vision nouvelle des psychiatres dans le traitement des maladies mentales.

Mais la mine renfrognée de Charles incite Valérie à faire dévier la discussion sur la météo prévue les prochains jours. La politique, le sexe et l'argent sont des sujets controversés qu'il vaut mieux bannir, préconisait son père. Renaud et Charles sont trop civilisés pour en venir aux mains comme certains, mais par souci d'harmonie, Valérie tire profit de ce conseil avisé afin d'éviter les affrontements possibles. Les conditions atmosphériques n'étant pas sources de conflits, la tension retombe et l'on continue de jaser à bâtons rompus durant quelques minutes avant de se séparer pour la nuit.

Le lendemain, le Parti conservateur de Brian Mulroney remporte l'élection fédérale, mais Renaud et Charles, fervents séparatistes, se désintéressent du résultat du vote télédiffusé sur toutes les chaînes. Par contre, le 11 septembre, tous sont rassemblés devant le téléviseur pour voir et entendre Céline Dion interpréter *Une colombe* devant le pape Jean-Paul II au Stade olympique. Deux jours auparavant, en débarquant de l'avion, le Saint-Père a embrassé le sol comme il le fait dans tous les pays qui l'accueillent. Marie-Reine suit avec une dévotion ardente tous ses déplacements. Le charisme de Jean-Paul II émeut les foules partout où il passe.

~~

Dans deux de ses cours, Valérie n'est plus la seule étudiante âgée du groupe. Bernard s'est spontanément assis près d'elle dès le début de la session comme si la parité du temps écoulé depuis leur naissance créait automatiquement une affinité culturelle devant les rapprocher.

Bernard affirme ses idées sur un ton posé et courtois, son propos est réfléchi. C'est un homme intelligent et avenant, et Valérie se plaît en sa compagnie. À la pause, ils discutent beaucoup des actualités. Comme elle, il s'enorgueillit que Marc Garneau soit associé à l'équipage de la navette spatiale Challenger, devenant le premier Québécois à se rendre dans l'espace. Ensemble ils déplorent la fermeture, prévue le 30 juin 1985, de la compagnie Sidbec-Normines, à Gagnon, condamnée à devenir une ville fantôme, comme celle de Schefferville.

À la fin de la semaine de lecture, Valérie est heureuse de retrouver son compagnon de classe. Dans la grisaille des pluies d'automne, Bernard produit sur elle un effet dynamisant en stimulant sa réflexion. Comme suite logique à leur communauté de vues, ils en viennent tout naturellement à travailler de concert.

Comme elle, Bernard adore les débats d'opinion respectueux où les deux clans doivent étayer des points de vue divergents. Rien n'est tout noir, rien n'est tout blanc, et il leur est facile de trouver des raisons pour soutenir à la fois le pour et le contre.

Quand Bernard commente la politique, il le fait à la manière d'un analyste dépourvu de parti pris et cela convient parfaitement à Valérie. C'est ainsi qu'il prédit un soulève-ment au sein du Parti québécois à la suite de l'annonce de René Lévesque qui vient de se prononcer clairement pour la mise en veilleuse de l'option indépendantiste. Dans les jours suivant la déclaration, plusieurs députés démissionnent et quittent le caucus pour siéger comme indépendants.

— Tôt ou tard, prédit Bernard, René Lévesque va être forcé de démissionner.

— Mais c'est lui qui a fondé ce parti, objecte Valérie. Le PQ, c'est lui!

— René Lévesque a réalisé que la majorité silencieuse ne veut pas de l'indépendance, et il a probablement envie de s'accrocher au pouvoir en espérant qu'avec le temps il saura les convaincre de le suivre dans cette voie. Mais les séparatistes purs et durs n'accepteront jamais que le parti tourne le dos à la cause, ne serait-ce que passagèrement.

— La politique ne m'intéresse pas beaucoup, dit-elle en faisant la moue. J'ai l'impression que les politiciens sont des marionnettes à la solde de l'establishment. Trop souvent, ils ne respectent pas leurs promesses électorales et, une fois élus, ils conservent les politiques de leurs prédécesseurs qu'ils ont pourtant descendues en flammes.

— Ce n'est pas nécessairement parce qu'ils sont men-teurs ou malhonnêtes comme beaucoup le croient. Plusieurs entrent en politique avec le désir sincère de changer les choses, mais une fois au pouvoir, ils se rendent compte que rien n'est aussi simple qu'ils l'avaient cru. Ils sont soumis à des pressions énormes. Quand une multinationale menace de faire perdre des milliers d'emplois, ils n'ont souvent pas le choix de faire des compromis, même lorsque cela va à l'encontre de leurs valeurs. Partout, Valérie, c'est la loi du plus fort qui prévaut.

— Tes arguments m'éclairent, je vais tâcher de juger les politiciens moins sévèrement à l'avenir, dit-elle en lui adressant un sourire reconnaissant.

En son for intérieur, Valérie se dit que si un jour elle doit «refaire sa vie», selon l'expression qui la fait sourire, c'est un homme de la trempe de Bernard qu'elle souhaiterait comme compagnon. Il ne porte pas de jonc alors qu'elle-même n'a pas enlevé ses alliances. Mais peut-on se fier encore sur ces signes quand de plus en plus de gens vivent ensemble sans convoler en justes noces?

La première tempête de l'hiver apporte avec elle une bien triste nouvelle. Cécile, la dernière sœur de Marie-Reine, est décédée. Elsie est en pleurs à l'autre bout du fil et Valérie doit malheureusement lui dire qu'elles ne pourront pas assister aux funérailles puisque ses examens de fin de session la retiennent à Québec et que Marie-Reine est de nouveau alitée à cause d'une pneumonie.

Les traits tirés, Marie-Reine accueille cette annonce avec une note de défaitisme résigné.

— Je ne l'avais pas cru, mais monsieur le curé avait raison. Je suis la dernière survivante de la famille. Je peux mourir, astheure que je les ai tous enterrés.

— Voyons donc! s'écrient en même temps Gisèle et Valérie.

Au pied du lit, la jeune Karine sanglote. Ses frêles épaules et son petit cœur tendre ne peuvent plus entendre parler de la mort sans ressentir la lourdeur du fardeau le plus cruel d'entre tous. Sa mère l'entoure de son bras protecteur. Devant leur effondrement, Marie-Reine esquisse un sourire sans joie et dit d'une voix éteinte:

— Fais-toi-z'en pas, ma chouette, mémère a pas l'intention de se laisser mourir tout de suite.

— Voulez-vous que je vous épluche une belle grosse orange ? demande l'adolescente de sa voix d'ange.

— Fais donc ça, ma belle enfant, répond Marie-Reine.

— Je vais vous apporter vos médicaments, dit Gisèle en regardant sa montre.

Restée seule au chevet de sa grand-mère, Valérie se penche sur le vieux visage ridé où seuls les yeux ont la force de témoigner l'affection profonde qui fait encore battre son cœur fatigué. Elle l'embrasse sur le front avec dévotion.

— Je ne veux pas vous perdre, grand-maman. Je vous aime tellement.

Marie-Reine empoigne le poignet de Valérie et elle ferme les yeux pour lui cacher l'émotion intense qui l'étreint, mais une larme la trahit. Gisèle arrive avec la médication à administrer, et Valérie se retire à la cuisine, chavirée et inquiète.

❧

C'est dans un état second que Valérie passe au travers de ses examens. Avant le congé, en consultant leur programme de cours pour la session d'hiver, Valérie et Bernard constatent qu'ils ont choisi sans se consulter deux cours identiques, mais compte tenu du nombre d'élèves inscrits, ils ne seront peut-être pas dans le même groupe.

En se séparant, ils se souhaitent de joyeuses fêtes sans que ni l'un ni l'autre n'amorce un mouvement de rapprochement. Valérie est légèrement déçue que leur belle entente n'incite pas Bernard à pousser la porte entrouverte entre eux. Pour rien au monde, elle ne ferait les premiers pas vers un homme. Quand, depuis son plus jeune âge, on entend répéter autour de soi : « L'homme propose et la femme dispose », on ne peut que rester sur son quant-à-soi, quitte à se faire traiter de vieux jeu.

Par ailleurs, Valérie est dotée d'un solide esprit d'indépendance et son estime d'elle-même a souffert des griffures d'être née femme et d'avoir été traitée en inférieure. La seule fille de la maisonnée devait être au service des garçons, en plus d'être tenue responsable de leurs frasques. Ses peines d'amour ont renforcé son sentiment de n'être pas à la hauteur de ses rêves romanesques.

Valérie rentre à la maison d'un pas alourdi par la déception et la lassitude en ruminant une petite phrase indigeste : « L'argent ne fait pas le bonheur. » Pour être tout à fait honnête, elle doit cependant reconnaître qu'il lui facilite grandement la vie. Sans l'argent de Nick, elle ne pourrait pas réaliser ce projet inespéré de décrocher un baccalauréat. Si l'argent ne fait pas le bonheur, il y a une énorme différence entre en manquer et avoir une fortune dont il faut s'inquiéter. Depuis qu'elle en a, elle comprend que tout dépend de l'attitude que l'on a vis-à-vis de l'argent.

En secouant ses pieds chargés de neige sur la galerie, elle relève ses épaules affaissées et se promet de jouir de ce qui fait son bonheur au lieu de se languir d'espoirs chimériques. En ouvrant la porte, l'arôme des gâteaux roulés de Gisèle relègue dans l'oubli le séduisant Bernard.

⁓

Lors d'une rencontre pour faire le point sur l'état de ses finances, son comptable suggère à Valérie d'hypothéquer au maximum son immeuble à appartements afin de déduire les intérêts inclus dans les remboursements mensuels et payer moins d'impôt sur les profits de location.

Son emploi à la banque lui a appris que le taux d'intérêt de ses placements serait inférieur à celui de l'hypothèque et que ces revenus seraient imposés. Elle lui fait part de ses réticences.

— Contrairement aux banques, je peux vous obtenir des rendements de l'ordre de 30 % et plus, ma chère madame, dit-il d'un ton doucereux.

« Cet homme est si persuasif qu'il réussirait à vendre un réfrigérateur à un Esquimau », songe Valérie. Pourtant, son intuition lui suggère de ne pas prendre de décision précipitée.

— Je vais y penser.

— Donnez-moi votre réponse au plus tard après les fêtes, c'est une occasion en or qui ne repassera pas de sitôt, lui dit-il avec un sourire engageant.

À la reprise de la session d'hiver, Valérie a une pensée pour Bernard, mais elle ne l'aperçoit pas dans la salle de classe où elle aurait dû l'y trouver s'il avait fait partie de son groupe.

En sortant d'un autre cours le lendemain, avant de rentrer à la maison, elle décide de luncher à la cafétéria avant d'aller acheter les livres exigés. La course habituelle des débuts de session cause une véritable congestion partout sur le campus, et la salle à manger fourmille d'étudiants nerveux et affamés. Arrivée une demi-heure avant la sortie des employés qui viendront gonfler l'achalandage, elle s'empare d'une table libre et y dépose son plateau et son porte-documents. Contrairement à ses habitudes, elle n'a pas le goût d'avoir de la compagnie et elle espère faire fuir tout aspirant à partager ses microbes. Elle s'absorbe dans la lecture du syllabus du cours qui leur a été distribué tout en grignotant distraitement son sandwich.

— Je peux m'asseoir ? demande une voix grave et rauque.

Se limitant à lever un œil en direction de l'intrus, Valérie découvre Bernard. Il a une tête d'enterrement et elle se dit qu'il a sans doute attrapé le même vilain rhume qu'elle. En silence, elle enlève mollement son attaché-case et le dépose par terre. Bernard prend place en face d'elle, sans desserrer les lèvres.

— T'as passé de belles fêtes ? s'enquiert-elle d'une voix enrouée.

— Merdiques ! Totalement merdiques !

Valérie est démontée d'entendre le distingué Bernard répéter à deux reprises ce terme vulgaire et elle écarquille les yeux. Avec sa mine renfrognée, il lui fait penser à un pirate sanguinaire tout droit sorti des mers des Caraïbes. Il ne lui manque qu'un bandeau sur l'œil et une barbe fournie pour matérialiser l'image des abominables barbares qui la terrorisaient dans sa prime jeunesse. Pourtant, son amour de la mer la poussait à lire les obscures histoires de pirates et elle scrutait la plage, pensant y découvrir un coffre au trésor rempli de pierres précieuses.

— Exposé requis, dit-elle d'un ton professoral.

Chaque mot irrite son gosier en feu.

— Juste avant Noël, on a diagnostiqué un cancer à ma mère et à ma femme.

Il se penche au-dessus de son gobelet de café, soustrayant ses yeux à l'inspection de Valérie qui en reste baba, assommée d'apprendre qu'il est marié et estomaquée par le double malheur qui le frappe. La guigne s'acharne sur lui, comme sur elle, et elle y voit une autre similitude, comme s'il était son pendant masculin.

— Ma femme a été opérée hier matin. Quand elle s'est réveillée avec un sein en moins, ç'a été le drame. J'ai eu beau lui dire que ce serait pire si on l'avait amputée d'un bras ou d'une jambe et que je vais continuer de l'aimer, rien n'y fait. Nathalie pleure sans arrêt et je ne sais plus quoi faire pour lui remonter le moral.

Valérie hoche la tête tristement.

— Symbole de féminité, dit-elle, laconique.

Un silence pesant s'installe, les reléguant à une méditation intense. Le sandwich que Valérie a entamé gît à côté du café qui refroidit.

— Ma mère n'en a plus que pour trois mois, lâche-t-il de but en blanc. Cancer du pancréas…

Valérie aimerait lui témoigner un peu de sympathie, mais elle se sent amorphe et elle n'aspire qu'à se blottir dans les bras de Morphée tant sa tête la fait souffrir.

— J'ai le rhume, je ne veux pas te donner mes microbes. Bon courage, dit-elle maladroitement.

À la suite du bref signe de tête par lequel il l'autorise à prendre congé, elle se lève, endosse son manteau et s'éloigne après un morne « salut ».

❧

— C'est de ma faute, se désole Marie-Reine. Je t'ai refilé mes microbes.

Attablée devant le bol de soupe au poulet qu'a confectionné Marie-Reine à son intention, Valérie frissonne.

— Non… j'aurais été malade avant aujourd'hui. Vous devriez plutôt faire attention aux miens. Je vais dormir sur le divan.

La gorge en feu, Valérie se convertit à l'économie de mots.

— Tu as besoin d'un bon lit, objecte Gisèle. Tu vas prendre ma chambre et je vais coucher avec maman.

Trop lasse pour soutenir le plus petit combat, Valérie obtempère après avoir terminé son bouillon et avalé deux cachets d'aspirine. Sa belle-mère a baissé la toile et tiré les rideaux, et la pièce baigne dans une bienfaisante pénombre apaisant ses yeux irrités. Affublée d'un inélégant pyjama de flanelle, elle se glisse entre les nouveaux draps pelucheux, qu'on nomme draps santé. La douce chaleur qu'ils dégagent stoppe les frissons de Valérie.

Elle se réveille en sueur à la fin de l'après-midi. Son larynx est moins douloureux et sa tête plus dégagée.

— As-tu un cours demain, maman ? s'informe Karine.

Le joli front soucieux de l'adolescente signale que sa question n'est pas aussi anodine qu'elle en a l'air.

— Non, lui répond Valérie avec un sourire rassurant. Je vais avoir encore toute une journée à me dorloter. Mais je me sens déjà mieux. Même si ça ne paraît pas encore, le pire est passé.

Les sourcils de Karine se soulèvent, témoignant d'une perplexité compréhensible. La voix éraillée de sa mère contredit sa déclaration rassurante.

— T'inquiète pas, ma fille, dit la vieille grand-maman habituée de soigner tous les petits bobos de sa famille. On va vite la remettre sur pied, ta mère.

Durant la longue sieste de Valérie, Marie-Reine a envoyé Gisèle acheter le vieux remède qui a maintes fois fait ses preuves. En fin de soirée, elle lui prépare un grog. La combinaison d'eau chaude, de gros gin, de citron et de miel s'avère souvent bénéfique pour soulager les mauvais rhumes. De nos jours, il se trouve des esprits critiques pour affirmer qu'il s'agit d'un effet placebo et que le remède de grand-mère n'a aucune valeur thérapeutique prouvée scientifiquement. S'il est soigné, le rhume dure de une à deux semaines et s'il ne l'est pas, il persiste de sept à quatorze jours, ironisent-ils.

Peu désireuse de trancher la question, Valérie accepte la mixture réputée détruire les microbes. Puis elle s'endort en posant la tête sur l'oreiller. Effarouchée par la mouche de moutarde qu'a promis de lui appliquer sa grand-mère si le gin ne vient pas à bout de sa grippe, elle se remet rapidement.

Alors que sa grand-mère et elle attrapent facilement le rhume, Valérie se réjouit que Gisèle et Karine y soient moins sujettes.

En mars, au retour de la semaine de lecture, la mine triste, Bernard lui annonce :

— Maman est près de la fin. Papa n'en mène pas large.

La souffrance le rend peu bavard. Il ne fait pas étalage de ses propres sentiments et se préoccupe uniquement des proches sans chercher à diriger la compassion sur sa personne. Sa douleur se fait discrète et elle n'est perceptible que par son attitude réfléchie et dépourvue de joie.

Dès qu'il a été clairement établi qu'il ne pouvait y avoir entre eux d'autre lien qu'une belle amitié, Valérie s'est sentie plus à l'aise de lui poser des questions concernant sa vie. Elle sait à présent qu'il n'a qu'un fils et que sa femme accepte mieux la perte de son sein depuis qu'on lui a ajusté une prothèse. Selon son docteur, elle a de fortes chances de connaître une longue rémission et cela est de bon augure puisque les médecins refusent de parler de guérison quand il s'agit du cancer.

Le vendredi soir, Valérie se rend au salon funéraire afin de présenter ses condoléances à Bernard. Parmi toutes les personnes présentes, elle ne connaît que lui. Après la pause d'usage sur le prie-Dieu placé devant le cercueil, elle se dirige vers l'homme qui se tient au début de la file de parents recevant les témoignages de sympathie. Grisonnant et ridé, il ressemble à Bernard.

— Mes plus sincères condoléances, monsieur, dit-elle au veuf triste et digne. Je suis une camarade de classe de Bernard.

— Êtes-vous Valérie Briand ?

En retournant aux études, Valérie en a profité pour reprendre son nom de jeune fille et elle a fait changer tous ses papiers. Comme elle opine de la tête, étonnée qu'il connaisse son nom alors qu'ils ne se sont jamais rencontrés, il ajoute :

— Bernard m'a parlé de vous.

Venant tout juste de se libérer d'un grand gaillard qui lui tapait vigoureusement le dos, Bernard lui ouvre les bras. Elle se sent légèrement décontenancée par la chaleur inattendue de son accueil et l'attribue aux émotions exacerbées par la perte de celle qui lui a donné la vie et qui lui était si chère.

— Merci d'être venue, Valérie, murmure-t-il d'une voix émue.

Puis, relâchant son étreinte, il lui présente la femme se tenant près de lui :

— Mon épouse, Nathalie, dit-il en la couvant d'un regard tendre. Nathalie, je te présente Valérie, la camarade dont je t'ai parlé.

— Je suis heureuse de faire votre connaissance, répond la jolie femme en lui tendant la main.

Les yeux d'un bleu étincelant de l'épouse de Bernard la captivent. Valérie a l'impression qu'ils renferment un sourire permanent même si le reste de son visage est empreint de gravité. Nathalie est grande et élancée, et belle comme les cover-girls apparaissant sur la page couverture des magazines féminins. «Pas surprenant qu'elle ait eu du mal à accepter la perte d'un sein», songe Valérie, époustouflée par la beauté rayonnante de cette déesse aux lignes parfaites.

— Mes condoléances, répond Valérie, poussée par les visiteurs arrivés à sa suite.

— J'espère que nous nous reverrons dans des circonstances plus heureuses, dit aimablement Nathalie.

Valérie esquisse un sourire courtois et continue de serrer quelques mains avant de quitter au plus tôt le salon funéraire. Elle préférerait s'exempter de ces visites fastidieuses parce qu'il n'y a rien de plus superficiel que ces échanges trop brefs pour sympathiser avec les personnes éprouvées.

～♪～

— Ton épouse est très jolie, dit-elle à Bernard, lors de la pause, à la mi-temps du cours. Est-ce qu'elle gagne sa vie comme mannequin ?

— Plus maintenant. La vie de modèle n'est pas aussi glamour qu'on pourrait le croire, tu sais. Elle a vite été déçue par l'envers du décor.

— Que fait-elle à présent ?

— Depuis la naissance de notre fils, elle a choisi de rester à la maison. Que fait ton mari ?

C'est la première fois que Bernard s'intéresse à sa vie personnelle. Valérie évite naturellement d'en parler. Par un souci de discrétion fort louable envers Renaud, elle escamote cet aspect important de sa vie en privilégiant les questions d'ordre général dont elle bavarde abondamment, donnant l'impression qu'elle n'a rien à cacher.

— Il est professeur.

— C'est pour ça que tu étudies en pédagogie ?

— En partie. En réalité, j'ai toujours eu le désir d'aller à l'université. Mais mon père ne voyait pas la nécessité de faire instruire une fille. Les filles étaient destinées à se marier et à faire des bébés, alors un cours commercial, c'était déjà fort bien à ses yeux. Et toi, qu'est-ce que tu faisais avant?

— J'étais à mon compte et je travaillais sept jours sur sept. Un jour, mon fils m'a dit: "Pourquoi tu ne viens jamais me voir jouer au hockey comme les pères des autres gars? Pourquoi t'es jamais à la maison, papa?" Il avait l'air tellement triste que ça m'a secoué. Alors, j'ai décidé de vendre mon entreprise et de me recycler dans un métier qui me laisserait du temps libre pour ma famille.

D'une pause à l'autre, elle apprend que la mère de Bernard venait de la Gaspésie, comme elle, et que c'est en faisant ce rapprochement qu'il a parlé de Valérie à sa famille.

— Papa veut louer un chalet en Gaspésie cet été. J'imagine que c'est sa façon de retrouver ma mère, dit-il, les yeux dans le vague. Elle aimait tellement la mer.

— On peut sortir les gens de la Gaspésie, mais on ne peut sortir la Gaspésie des gens.

Il sourit tristement.

— C'est ce que maman disait.

— Comment va ton père? demande-t-elle pour l'empêcher de sombrer dans les souvenirs douloureux.

La tête baissée, il examine ses mains.

— Pas très fort, murmure-t-il. Nathalie a peur qu'il essaie d'aller rejoindre maman.

꧁꧂

Comme l'avait prédit Bernard, le 20 juin 1985, René Lévesque annonce sa démission, qui sera effective après le congrès au leadership. Renaud et Charles se disent peinés par le départ de celui qui a fondé le Parti québécois, mais ils souhaitent que le prochain chef péquiste soit un ardent défenseur de la cause indépendantiste.

À peine installées dans le même grand chalet que l'an dernier, elles apprennent l'arrestation du sergent Serge Lefebvre, de la police de Sainte-Foy, qui aurait abattu deux policiers de Québec l'ayant surpris en train de commettre un vol dans un entrepôt du parc industriel de Québec.

— À qui peut-on se fier ? s'exclame Marie-Reine, stupéfaite.

Le monde rassurant qu'elle a connu vient encore de basculer d'un cran. Autrefois, il y avait deux clans bien distincts : les bons et les méchants. Personne ne franchissait la limite entre les deux, il n'y avait pas de no man's land. Tout était clair et net, on jouait franc jeu.

— Ici, on peut faire confiance au monde, l'assure Valérie.

L'air salin calme ses nerfs, elle se sent à l'abri au bord du fleuve. Comme un fœtus dans le sein de sa mère, elle se laisse bercer par les murmures de l'onde. Karine partie à Cap-aux-Brumes en compagnie de son père, Valérie peut profiter de vacances dépourvues de toute contrainte. Du matin au soir, elle lambine en suivant le lent mouvement des marées et explore en pensée les contrées cachées de l'autre côté de la ligne d'horizon. Elle vagabonde sur la plage de son imagination, dérive et divague jusqu'à l'heure du coucher.

— T'es trop confiante, ma fille. Prends garde, cela pourrait te jouer des mauvais tours.

— Demain, au lieu d'aller se baigner dans l'anse, on devrait aller pique-niquer à l'est, suggère Gisèle. La plage n'est peut-être pas aussi belle, mais ça doit être plus tranquille.

— Le soleil couchant est rouge vif, il va faire beau demain, prédit Marie-Reine.

Valérie s'extirpe du fauteuil dans lequel elle était vautrée pour aller admirer les couleurs changeantes de la mer et du ciel à l'heure magique de la fin du jour.

S'étirant mollement, Valérie prend le temps de dire au revoir au pays des songes. Ses rêves étaient exquis, mais le soleil éclaire la toile mince et s'infiltre de chaque côté, lui faisant oublier le charme des visiteurs éthérés de la nuit. La lumière feutrée égaie la chambrette et le cœur de la citadine de passage. Par la fenêtre entrouverte, le pépiement des oiseaux nichés dans l'arbre étendant ses longues branches jusqu'au bord du toit annonce que la journée sera belle. Valérie bâille, s'étire encore une fois, puis se décide à sortir du lit.

Au salon, Marie-Reine égrène son long rosaire. Même en vacances, la prière ne fait pas relâche. Les lèvres de son aïeule remuent en silence et Valérie se doute que ses *Ave Maria* sont récités pour le repos de tous ses chers disparus. Marie-Reine prie scrupuleusement alors que Valérie le fait de façon désordonnée, dans ses propres mots. Elle tient parfois de longs conciliabules avec sa « gang d'en haut » et n'hésite pas à leur chauffer les oreilles quand ils tardent à exaucer ses vœux.

Quand le monde ne tourne pas à son goût, la pacifiste se défoule sans vergogne sur son Dieu dont elle ne peut entendre les ripostes. Mais elle se réconcilie tôt ou tard en contemplant les merveilles de la création. C'est alors une expérience quasi mystique qui l'emplit d'une sérénité peu commune. C'est le doux délire d'une âme en quête d'un amour infini et qui veut croire que tout cela a un sens, mais qui se sent dépassée par tant de grandeur.

Dans ces moments-là, elle serait prête à défier les grands esprits qui n'ont foi qu'en la science. Malgré leur beau discours, elle sait qu'ils seraient vite dépassés et ne pourraient fournir d'explications suffisantes pour rassurer l'humain qui cherche désespérément à savoir d'où il vient et où il s'en va après son passage sur terre. Aucun d'eux ne saurait lui fournir d'explications sur le pourquoi de toute vie.

Quand elle a lu *Jonathan Livingston le goéland*, son cœur a vibré parce que la pensée de l'auteur correspondait à la sienne. Valérie croit que la mort n'est qu'une traversée et que l'âme continue d'évoluer dans une autre dimension que l'esprit humain est incapable de concevoir en raison de ses limites. Toutefois, elle est consciente que cette croyance la rassure sur la destination finale et que d'autres n'ont peut-être pas tort d'avoir des convictions différentes. Personne n'est revenu de l'au-delà pour en témoigner et c'est ce qui fait la fortune des charlatans et des gourous.

Valérie pense également que la plupart des religions sont bonnes en soi et que ce sont les fanatiques qui s'en servent pour asservir leurs semblables qu'il faut blâmer pour les excès commis au nom de leur dieu ou de leur prophète. Elle redoute le fanatisme, dans quelque domaine que ce soit. Quand la fin justifie les moyens, il y a lieu de se poser des questions.

Pour s'affranchir de la domination religieuse, les Québécois ont tout rejeté en bloc. «On a jeté le bébé avec l'eau du bain», dit-on maintenant en prenant conscience des répercussions dues au rejet des vieilles valeurs. Le curé de Cap-aux-Brumes lui avait dit un jour : «Étudie l'histoire et tu comprendras que les humains vont d'un extrême à l'autre, comme le pendule. L'humanité n'arrive pas à garder le juste milieu.»

Depuis ce temps, Valérie observe et essaie de tirer profit des leçons du passé, mais elle se rend compte que l'histoire se répète invariablement. «Il n'y a rien de nouveau sous le soleil», disent nos vieux sages, le dos courbé par leurs

erreurs de jeunesse. En soupirant, ils disent également :
« Ah, si jeunesse savait et si vieillesse pouvait. »

Les jeunes étant maintenant coupés des vieux qu'on envoie dans les hospices, Valérie bénéficie du privilège rare : quatre générations de femmes rassemblées sous un même toit. Si le destin n'a guère favorisé ses amours, il lui a par contre offert ce beau cadeau. Chez elle, le présent, le passé et l'avenir vivent dans l'harmonie la plus parfaite parce qu'un amour profond les relie l'une à l'autre. Elles sont soudées comme les maillons d'une chaîne.

Marie-Reine sourit en voyant apparaître Valérie et range son rosaire.

— Vous auriez dû me réveiller, dit Valérie, penaude, en voyant l'heure à l'horloge électrique suspendue au mur. Je vais finir par faire des plaies de lit.

Chaque année, l'air salin l'assomme et elle en a pour plus d'une semaine à dormir de longues nuits malgré les siestes de l'après-midi.

— Profites-en tandis que t'as rien que toi à penser.

— Avez-vous déjeuné ?

— Non, j'attends Gisèle. Elle est allée poster ma lettre.

⁂

Le nez dans le vent et le regard tourné vers l'horizon, Valérie sursaute quand un promeneur l'interpelle. Le soleil aveuglant l'empêche de voir les traits de l'homme dont la silhouette se dessine à contre-jour. La main en visière, elle reconnaît alors le visage rieur de Bernard, accompagné de son père.

— Qu'est-ce que vous faites ici ? dit-elle en se levant prestement.

— Nous avons loué un chalet tout près d'ici.

— Alors, nous allons être presque voisins. Permettez-moi de vous présenter ma mère et ma grand-mère.

Marie-Reine et Gisèle se lèvent à leur tour. Une fois les présentations faites, Valérie apprend que Nathalie et Thierry n'arriveront que la semaine suivante, le temps que le fils de Bernard termine un camp d'entraînement. Marie-Reine, dont l'hospitalité est proverbiale, offre aux deux esseulés de partager leur pique-nique. Bernard jette un coup d'œil interrogateur à son père.

— On ne voudrait pas vous déranger, dit ce dernier d'un air hésitant.

Valérie reconnaît dans son visage inexpressif le chagrin inconsolable du conjoint survivant. Ce regard éteint, elle le connaît trop bien. C'est celui qu'avaient son père et sa grand-mère après le funeste accident qui leur a ravi Anne-Marie.

— Ça ne nous dérange pas du tout. En plus, on en a plus qu'il nous en faut. On ira ensuite prendre le thé et le dessert au chalet. Assoyez-vous, dit Marie-Reine en faisant un geste du bras pour désigner la seule couverture qu'ils devront se partager en s'assoyant à la japonaise.

Valérie se félicite d'avoir pensé à ajouter les petits pains à la salade de poulet de la veille aux sandwiches frais du jour. Avec les crudités, la brique de fromage et quelques fruits, l'insuffisance du goûter sera moins apparente. Elle avait prévu de plus grosses portions, sachant que le grand air aiguise l'appétit, mais avec deux convives imprévus, l'invitation de Marie-Reine d'aller manger le dessert au chalet contentera les estomacs non rassasiés. La veille, sa grand-mère a préparé son délicieux pouding à la rhubarbe qu'elle sert avec de la crème fraîche. Marie-Reine cuisine encore comme si elle s'attendait à voir surgir de la visite et ne voulait pas être prise au dépourvu.

Durant son séjour au bord du fleuve, Valérie a rencontré à quelques reprises les Desaulniers, surtout René, le père de Bernard. Le lendemain du pique-nique, pour les remercier, il leur a apporté en fin d'après-midi des framboises qu'il était allé cueillir chez un cultivateur des environs. À son tour, Marie-Reine a été leur porter l'une des deux tartes qu'elle a confectionnées avec les petits fruits.

Quand la jolie Karine est revenue de Cap-aux-Brumes, elle a fait la connaissance de Thierry et ils ont naturellement fraternisé comme le font les adolescents qui en sont à l'âge de toutes les découvertes et de tous les possibles. Plus tard, Renaud s'est joint aux hommes pour une journée de pêche en haute mer et Nathalie les a par la suite tous invités à un barbecue. D'un échange poli à l'autre, les liens se sont tissés et le regard sombre de René a connu de brèves éclaircies. Si bien qu'au moment de se séparer, on a échangé numéros de téléphone et adresses.

Peu de temps après avoir repris la route pour rentrer à Québec, Valérie se retrouve face à face avec un autre véhicule sur une route à deux voies. Elle donne un brusque coup de volant pour éviter le sans-génie ou le suicidaire qui a décidé de dépasser dans une courbe marquée d'une ligne double continue. Sa manœuvre lui permet d'éviter la catastrophe de justesse, mais menace de la projeter dans le décor. Alors qu'elle sent sa voiture déraper, elle essaie de la ramener dans sa voie en maintenant le volant d'une main ferme, sûre pourtant que sa dernière heure est arrivée. Après un fort tangage, accompagné du crissement des pneus sur l'asphalte, l'auto se stabilise et Valérie doit s'arrêter, le temps de retrouver son calme.

— On n'avait pas à mourir, commente Marie-Reine, blanche comme l'écume des vagues de cette journée venteuse.

— T'as de bons réflexes, la félicite Gisèle.

— Tu nous as sauvé la vie, maman, dit Karine d'une petite voix tremblante.

Au moment où elle embraye l'auto, elle voit Marie-Reine faire son signe de croix. À la hauteur de Saint-André-de-Kamouraska, elle a une crevaison et doit encore stabiliser la voiture pour se ranger sur l'accotement.

— Restons dans l'auto, on va finir par voir arriver un policier ou une dépanneuse.

Après une longue demi-heure d'attente sous la pluie qui a commencé à tomber, une remorqueuse arrive enfin.

— Dieu soit loué ! s'écrie Marie-Reine, à bout de patience.

Pour payer le gars, les quatre voyageuses doivent fournir ce qu'il leur reste de liquidités.

— On ne pourra pas aller manger nos frites, se désole Karine.

Elles ont pris l'habitude de s'arrêter dans un petit restaurant situé non loin d'une sortie de l'autoroute parce que leurs frites sont succulentes. Avec le retard occasionné par la crevaison, les estomacs gargouillent en passant devant l'enseigne.

— Ce sera pour une prochaine fois, dit Gisèle.

La prochaine fois n'est pas près de revenir, mais comme elles ne le savent pas, elles poussent un léger soupir de regret.

À l'approche du pont Pierre-Laporte, un accident impliquant un lourd fardier, dont le bois s'est répandu sur la chaussée, les retarde de plusieurs heures. Dans l'immense file de véhicules bloqués, Valérie ouvre le coffre de l'auto et en retire une boîte de provisions contenant des biscuits au thé. Dans le silence résigné qui a envahi l'habitacle, on entend le grignotement des biscuits secs leur tenant lieu de repas.

Le lendemain midi, le concierge de l'immeuble informe Valérie d'un problème d'infiltration d'eau qu'il a détecté lors d'un gros orage.

— J'ai "pitché" la couverture, mais il va falloir la refaire l'été prochain.

— À combien estimez-vous ces travaux, monsieur Fortier?

— Plusieurs milliers de dollars, c'est sûr. Mais je ne suis pas assez connaissant, il faut que je demande à un "contracteur".

— Essayez d'avoir un estimé de trois entrepreneurs différents, il va falloir que j'avise mon comptable de prévoir la dépense sur mon budget de l'an prochain.

— Tant qu'à faire, faudrait aussi lui demander de l'argent pour refaire l'asphalte du stationnement. Y commence à être pas mal magané.

— Alors demandez des prix pour l'asphalte aussi, répond-elle, les traits tirés.

Elle ne s'est endormie qu'au mitan de la nuit, assaillie par l'anxiété résultant des trois incidents ayant gâché leur voyage de retour. Aujourd'hui, elle doit prendre connaissance de la pile de lettres qui se sont accumulées durant les vacances, payer les comptes, répondre au courrier, passer à la banque pour retirer de l'argent afin de regarnir le frigo vide et rembourser les sommes fournies pour payer le remorqueur.

La quiétude du bord du fleuve lui manque déjà. La touffeur de la ville l'épuise et les odeurs d'essence lui donnent la nausée. Le débit de la circulation la stresse et le bruit des klaxons l'exaspère.

⸺⁓ℐ

À la session d'automne, n'étant plus inscrits dans les mêmes cours, Valérie croise parfois Bernard dans les longs couloirs de la faculté des sciences de l'éducation ou à la bibliothèque de l'université. Monsieur Desaulniers se fait commissionnaire pour livrer les romans que se prêtent Nathalie et Gisèle. Valérie n'a plus le temps de s'adonner à son passe-temps préféré, étant entièrement absorbée par la lecture qu'exigent ses études.

Comme chaque automne, la table du souper devient le lieu par excellence pour rassembler les quatre femmes qui n'ont plus le loisir de bavarder comme lors des journées oisives de l'été. Après s'être raconté leur journée, c'est encore autour de cette table que la mère et la fille doivent faire leurs travaux scolaires.

Dehors, le vent fait tournoyer les feuilles mortes. Dans le cœur de Valérie, tourbillonnent contrariétés et désillusions. Entre deux cours, aujourd'hui, elle a assisté à une algarade entre deux étudiants pendant laquelle l'un a déversé sur l'autre une pluie d'épithètes injurieuses. Personne n'est intervenu pour mettre fin à la pire scène d'homophobie à laquelle il lui a été donné d'assister. Elle s'est crue projetée vingt ans en arrière, dans un quartier malfamé. Son cerveau refusait de croire qu'elle était en 1985, dans une salle de cours d'une faculté chargée de former de futurs enseignants.

L'esclandre lui a rappelé Steeve, le barbu bohème qui s'en était pris à Renaud et Adam qui avaient cru en son amitié jusqu'à cette fin de soirée où il les avait vilement méprisés.

Bouillant de colère, Valérie aurait eu envie de balancer son poing sur le menton démesurément allongé du grand fendant qui se croyait supérieur en rabaissant les autres.

— Je ne sais d'où tu sors, lui a-t-elle dit avec un air méprisant. J'ai l'impression que tu viens du fond des bois ou que tu vis dans une caverne, mais on dirait que tu n'as jamais entendu parler de la Charte des droits et libertés.

Sous l'effet de surprise, tous sont restés immobiles et muets comme les statues de cire du musée Grévin de Paris. S'adressant à l'invectivé, Valérie lui a intimé, d'un ton de commandement :

— Toi, tu viens avec moi !

Pâle et sonné, il l'a suivie jusqu'au bureau de direction de la faculté où Valérie a porté plainte et a exigé le renvoi du goujat dont le comportement est incompatible avec la fonction d'enseignant.

— Comment pourrait-il former des jeunes et leur servir de modèle alors qu'il n'a aucun respect pour un confrère qui ne lui avait rien fait ? a-t-elle fait valoir comme argument.

Interrogé, le jeune étudiant aux manières efféminées a admis que son tortionnaire le houspillait depuis le début de la session. En sortant du bureau du directeur des programmes, il a remercié Valérie et elle lui a proposé :

— Je te trouve vraiment sympathique. Qu'est-ce que tu dirais qu'on s'assoie ensemble lors des prochains cours ?

Sa proposition a été agréée si rapidement que Valérie a deviné que le jeune homme avait probablement peur de faire face seul au malappris et peut-être même à toute la classe et elle lui a offert d'aller le reconduire, au cas où son bourreau serait resté aux aguets pour se venger.

Dehors, la complainte du vent d'automne fait frémir les carreaux et Valérie s'accorde avec la morosité de la saison. À l'heure du coucher, une pluie drue martèle le sol.

Au début de la semaine de lecture, Valérie rencontre son comptable et lui fait part de ses besoins financiers pour effectuer les réparations qui s'imposent.

— Pourquoi ne pas hypothéquer l'immeuble, comme je vous l'ai suggéré? Vous épargneriez de l'argent au lieu de le donner à l'impôt.

— Mon oncle m'a laissé une propriété libre de toute dette afin que je puisse vivre des revenus de location et payer les taxes foncières. Je n'ai pas d'autres revenus puisque j'ai fait le choix de retourner aux études, alors j'ai besoin de cet argent puisque, sur les sommes que vous gérez pour moi, vous ne m'avez rien versé jusqu'à présent.

Il porte la main à son nœud de cravate comme s'il voulait le desserrer.

— C'est que je réinvestis les intérêts, dit-il de sa voix mielleuse.

— Eh bien, le temps est venu pour moi de profiter de ces gros intérêts dont vous me parlez depuis près de trois ans.

— Vos placements ne sont pas rachetables, lâche-t-il, le regard fuyant. Vous ne pouvez pas les retirer avant leur terme.

— Ça, c'est votre problème, s'impatiente Valérie. Je vous ai fait confiance parce que vous étiez le comptable de mon oncle, mais vous auriez dû échelonner les échéances comme tout bon planificateur financier l'aurait fait. Arrangez-vous comme vous voudrez, mais j'ai besoin de cette somme le printemps prochain.

— Je vais voir ce que je peux faire.

— Ça vaudrait mieux, car j'aurai également besoin d'un montant additionnel pour acheter le chalet que je loue tous les ans.

Il parcourt attentivement les pages du dossier ouvert devant lui en marmonnant des chiffres et des dates.

— Ah, voilà ! Je vois qu'un placement de 100 000 $ échoit en mai, dit-il d'un air satisfait. Est-ce que cela vous convient ?

— Parfaitement, répond Valérie, soulagée.

Depuis qu'elle est revenue de Sainte-Luce-sur-Mer, les désagréments s'accumulent et elle se dit que les astres sont sans doute mal alignés.

⁓

C'est aussi ce que ressentent Renaud et Charles, le soir du 2 décembre, en apprenant la victoire des libéraux. Après une éclipse de plusieurs années qu'il a mises à profit pour retourner aux études, Robert Bourassa reprend le pouvoir à la tête d'un gouvernement majoritaire.

— Il est persévérant, ce Bourassa, affirme Marie-Reine.

Valérie sait que sa grand-mère ne porte aucun membre du Parti libéral dans son cœur, mais Marie-Reine est en train de se convertir à leur philosophie étant donné que l'Union nationale a disparu de la carte politique du Québec et qu'elle redoute comme la peste les péquistes et leurs idées de gauche. «Je vote pour le moins pire», dit-elle à chaque élection, oubliant que Duplessis a commis des excès pires que les scandales concernant les libéraux qu'il a dénoncés afin de les détrôner.

Quant à elle, elle va voter pour faire son devoir de citoyenne, sans jamais dévoiler vers qui est allé son choix. Comme son père, elle se fait discrète sur les trois sujets qu'il lui a conseillé d'éviter. De son point de vue, chaque gouvernement prend de bonnes et de mauvaises décisions. Rien n'est tout blanc, rien n'est tout noir. Et comme Valérie n'a pas le goût de s'impliquer en politique, elle s'abstient de porter des jugements sévères, surtout depuis ses conversations avec Bernard dont les propos sont moins tranchants que ceux de son entourage.

Son principal souci concerne sa fille, quoique la jolie Karine soit une enfant exemplaire sous tous les rapports. Elle n'apporte que des joies à sa mère qui l'aime d'un amour infini. Et Valérie, qui achève un cours de base en informatique, compte initier sa fille sur son propre ordinateur quand elle se sera déniché un emploi.

12

Québec, 28 janvier 1986

Rivées au téléviseur, quatre générations de femmes incrédules regardent les images de la tragédie survenue lors du lancement de la navette spatiale américaine Challenger transportant sept membres d'équipage, dont la jeune institutrice Christa McAuliffe, qui avait été choisie parmi des milliers de postulants astronautes dans le cadre du concours *Teacher in the Space*.

À la stupéfaction générale, la navette se désintègre quelques secondes après le décollage, ne laissant dans le ciel qu'une large traînée de fumée.

— C'est quasiment pas croyable! balbutie Valérie.

Karine se blottit contre sa mère pendant qu'on passe à répétition les mêmes images. Assises sur le divan, Marie-Reine et Gisèle restent immobiles, l'œil fixé à l'écran. Les quatre descendantes de Marie ont besoin de revoir le film des événements pour arriver à se persuader de la dramatique réalité.

Leur souper refroidit sur la table sans qu'aucune d'elles ne s'en soucie, le bulletin d'information allongé leur a coupé l'appétit. Si elles le désirent, elles pourront faire réchauffer leur nourriture dans le four à micro-ondes que leur a offert Renaud à Noël. Les premiers jours, Marie-Reine observait l'objet à distance avec la prudence d'un guerrier sioux en présence d'un ennemi étrange. Les petites détonations entendues et les débordements survenus au cours d'un minutage trop long n'avaient rien pour la convaincre que l'appareil était sans danger. Au bout de deux semaines, elle s'était laissé convaincre par Renaud de faire un essai. Valérie soupçonnait que sa grand-mère y avait consenti dans le seul but de plaire à un représentant de l'espèce mâle qu'elle vénérait. Pourtant, Marie-Reine avait fini par adopter la dernière invention avec un enthousiasme exceptionnel.

— Je ne la reconnais plus, disait Gisèle.

Peu de temps après, l'explication était venue d'elle-même.

— On n'aura plus d'excuse pour jeter de la nourriture, a-t-elle déclaré sentencieusement alors qu'il ne restait qu'une petite portion vouée à la poubelle.

Dans son dos, Gisèle et Valérie ont échangé un clin d'œil complice.

～ᴥ～

— Maman, pourquoi tu ne te fais pas de petit ami?

La question de Karine résonne comme un coup de gong dans le cerveau de Valérie qui essayait d'emmagasiner la matière à retenir en vue de l'examen du lendemain. Sans la présence de Marie-Reine et Gisèle, parties au bingo, le silence n'était habité que par le bruit des pages que tournaient les deux étudiantes. Concentrée sur son livre, Valérie ne s'est pas aperçu que Karine a levé le nez du sien pour l'observer. Ses yeux vert émeraude fouillent les siens, comme si sa fille cherchait à percer à jour son âme mystérieuse.

— Ça ne s'est pas présenté, voilà tout, marmonne Valérie.

— Es-tu lesbienne?

518

Valérie écarquille les yeux, prise de court par une question aussi directe alors qu'elle n'a jamais abordé le sujet de l'homosexualité avec sa fille, un peu par pudeur et beaucoup par délicatesse. Elle a remis à plus tard en espérant que Renaud s'en chargerait ou que sa fille comprendrait d'elle-même la situation de son père.

— Non, mais veux-tu bien me dire où tu as entendu parler de lesbianisme, toi?

— J'ai quinze ans, maman, je ne suis plus une petite fille.

— Je le sais, mais ça ne répond pas à ma question.

— À l'école, tout le monde en parle, répond Karine en regardant sa mère comme si elle était une extraterrestre.

Valérie en reste bouche bée.

— Ça fait longtemps que j'ai compris que papa est homosexuel, poursuit Karine. Et vu que tu n'as toujours pas de chum, je me demandais. Ça ne me dérangerait pas, tu sais.

— Qu'est-ce qui ne te dérangerait pas? Que j'aie un chum? Ou que je sois aux femmes?

— Les deux, dit-elle en soulevant les épaules. Pourquoi ça me dérangerait? T'as le droit d'être heureuse, toi aussi.

— À mon âge, c'est un peu plus compliqué de se faire un ami.

— Voyons, maman, il n'y a pas d'âge pour tomber en amour. Tu devrais prendre exemple sur grand-maman Briand.

— Quoi, qu'est-ce qu'elle a fait, grand-maman Briand?

— Bien, je l'ai vue embrasser monsieur Desaulniers, avoue-t-elle, mal à l'aise.

— Ah, bon!

Karine se mord la lèvre, regrettant sans doute d'avoir révélé un secret qui pourrait nuire à sa mamie chérie.

— Ça te dérange? dit-elle, l'air penaud.

— Pas du tout. Au contraire. C'est juste que je ne m'attendais pas à ça.

— Pas surprenant, tu as toujours le nez dans tes livres.

Encore une fois, la remarque abrupte de Karine atteint sa cible en plein cœur.

— Est-ce qu'il y a autre chose que j'aurais dû remarquer?

— Rien de bien important, répond Karine en faisant une drôle de moue.

— Mais encore? insiste Valérie, le front soucieux.

— Les autres mères, elles parlent avec leur fille. Même que des fois, elles sont un peu achalantes. Mais toi, on dirait que tu ne t'intéresses pas à moi. Je peux faire tout ce que je veux, tu ne dis jamais non.

— C'est parce que je te fais confiance, Karine, dit Valérie, décontenancée.

Karine secoue la tête, comme si elle ne s'attendait pas à cette réponse.

— Je suis sincèrement navrée si je te donne l'impression de ne pas m'intéresser à toi, ma fille, parce que je t'aime d'un amour si grand que j'ai peur que mon cœur éclate. Tu es la personne la plus importante dans ma vie. C'est peut-être pourquoi je ne cherche pas à me faire un amoureux. Tu me combles de joie.

— Ça alors! fait Karine en secouant la tête avec un petit air d'incrédulité qui agrandit ses pupilles.

Elles se regardent et éclatent de rire en même temps parce qu'il est évident qu'elles sont aussi éberluées l'une que l'autre, puis Valérie fait le tour de la table et étreint très fort sa belle grande fille qui s'est sentie négligée.

Après les examens de mi-session, Valérie occupe les journées de sa semaine de lecture à régler les affaires qu'elle avait mises de côté. Le soir, elle consacre tout son temps à Karine afin de lui faire oublier le sentiment d'abandon que n'a pas empêché sa présence assidue à ses côtés.

Le jeudi soir, elle démêle les papiers divers qu'elle a fourrés pêle-mêle dans une chemise et les classe par catégorie. Elle a rendez-vous le lendemain avec son comptable. Valérie déteste cette période de l'année et encore davantage le moment indigeste où il lui communiquera le montant des impôts à payer. Il insistera probablement encore cette année pour qu'elle prélève une partie de ce montant sur les revenus de son immeuble, comme si ces loyers devaient servir de vache à lait pour combler tous ses besoins financiers.

Elle commence à en avoir ras-le-bol de ce comptable qui la traite comme une petite fille incapable de gérer ses affaires. Et Valérie est de plus en plus déterminée à lui faire cracher ces intérêts mirobolants qui engraissent sa fortune, sur papier. Il lui fait penser à un écureuil qui a peur de manquer de provisions durant l'hiver.

La réceptionniste l'accueille avec un sourire de commande. Le comptable est trop occupé pour la recevoir et la dame lui offre de lui laisser tous ses papiers en l'assurant que son patron va la rappeler dès que ses rapports d'impôt seront prêts.

❧

En dépit de cette pause bénéfique, Valérie reprend ses cours avec un brin de nonchalance. Lasse de l'hiver, le mois de mars lui semble interminable. À cette période de l'année, elle souffre d'une baisse importante de vitalité. Plutôt que de rentrer chez elle entre deux cours, elle a averti sa mère qu'elle se rendrait au local réservé aux étudiants où elle grignotera un sandwich acheté dans une distributrice.

Quand elle s'y traîne, quelques étudiants ont déjà trouvé refuge autour de la table. En se faisant discrète, elle se dirige vers le seul siège libre : un vieux fauteuil à la propreté douteuse dont les bras usés laissent échapper des bouts de rembourrage. N'ayant pas le goût d'engager la conversation, elle s'empare de *La Presse* qui surmonte une pile de revues et de journaux au centre d'une table basse. Au détour des pages, elle tombe sur un article dont le titre, « Battre sa femme : un crime grave », pique sa curiosité :

> *Dorénavant, la violence conjugale sera traitée comme un crime et non comme une simple chicane familiale ou un trouble de voisinage.*
> *Policiers, avocats et juges devront prendre des mesures énergiques pour contrer ce fléau...*

À la fin de l'article, Valérie lit avec stupeur que plus de 200 000 femmes seraient battues au Québec. Son père était si doux qu'elle a du mal à s'imaginer qu'autant de Québécoises puissent être victimes de leur mari. Le monde a heureusement évolué, songe-t-elle en se disant qu'il s'agit sûrement d'un quotidien du siècle passé laissé par mégarde avec une pile de vieux livres qu'on vient sans doute d'apporter pour remplir leur petite bibliothèque que les élèves vident peu à peu. Elle retourne à la une et relit deux fois la date du 18 mars 1986 pour s'assurer qu'il n'y a pas d'erreur.

Quand, le soir, elle fait part de la manchette à Marie-Reine, celle-ci lui dit :

— Une de mes compagnes de classe se faisait régulièrement battre par son mari. C'était un alcoolique paresseux et violent. Il m'arrivait de penser qu'ils se valaient ces deux-là, et je n'avais pas trop pitié de Mathilde qui était une souillon et une commère détestable, mais je me suis laissé dire que des hommes bien sous tous rapports donnaient des volées à leur femme.

— Vous en avez connu? s'informe Valérie.

— Ça se faisait en cachette, naturellement, et les femmes s'en seraient pas vantées. Mais une fois, je suis arrivée à l'improviste chez une voisine éloignée du rang des Cailles. Elle avait la moitié du visage couvert de bleus et elle s'est jetée dans mes bras en me suppliant de ne pas en parler à personne. Elle disait que c'était de sa faute parce qu'elle avait fait brûler les patates la veille au soir, ce qui avait déclenché la colère de son homme que je croyais doux comme un agneau. Il avait de beaux yeux bleus et un sourire d'ange. C'était un homme si aimable, j'en revenais pas. Par la suite, je me suis aperçue qu'elle manquait la messe du dimanche depuis quelques semaines. Pensant qu'elle était malade, je suis retournée la voir pour m'assurer qu'elle n'avait pas besoin de rien. Je l'ai trouvée en piteux état: la lèvre fendue, les deux dents du milieu en moins. Cette fois-là, elle se blâmait encore parce que le bébé braillait, ce qui avait mis son mari hors de lui. Il avait les nerfs fragiles, disait-elle pour l'excuser.

Marie-Reine fait une pause et reprend:

— Il y a un policier de Cap-aux-Brumes qui disait à ton père qu'ils étaient mieux de ne pas se mêler des chicanes de ménage parce que les femmes refusaient de porter plainte. Il y en a même une qui leur sautait dessus pour les empêcher d'arrêter son mari qui avait pourtant failli la tuer avant leur arrivée.

Valérie est si abasourdie qu'elle se fait l'effet d'être un jeune papillon fraîchement sorti de sa chrysalide. Malgré les malheurs qui se sont abattus sur elle, elle a l'impression d'avoir vécu dans un cocon l'isolant de la sauvagerie environnante.

⁓

À la mi-avril, le comptable très occupé trouve un petit trou dans son agenda surchargé pour la recevoir.

— Excusez-moi, madame Briand, dit-il avec un sourire fendu d'une oreille à l'autre. Il y a tellement de travail à ce temps-ci de l'année que je risque de devenir fou. Voilà, poursuit-il en lui présentant les formulaires, vous n'avez qu'à signer où il y a des X.

Il ne lui parle pas d'émettre un chèque pour régler les impôts et Valérie se dit qu'il a enfin compris sa situation financière.

— Pour vos placements, nous pourrions fixer un rendez-vous vers le milieu du mois de mai. Est-ce que cela vous convient?

Il est tout sucre et tout miel, et Valérie se réjouit de ce changement arrivant à point nommé pour éviter la bataille qu'elle ne manquerait pas de livrer s'il devait encore s'opposer à ses volontés.

⁓

En sortant du bureau du comptable, Valérie regarde sa montre et décide d'aller chercher Karine à l'école afin de lui faire une surprise. Près de l'institution, quelques autobus scolaires jaunes sont garés l'un derrière l'autre. Les élèves commencent à sortir et Valérie décide d'aller à la rencontre de sa fille. Se tenant près de la clôture grillagée, elle aperçoit tout à coup un homme grisonnant qui ne lui inspire guère confiance. «Je vois du danger partout quand il s'agit de

Karine », se dit-elle pour se moquer de ses frayeurs irraisonnées.

Son attention se reporte sur un groupe d'adolescentes qui rient à gorge déployée. Karine est au centre de ce groupe animé et Valérie la trouve si belle parmi toutes ses jolies camarades. L'homme grisonnant s'avance vers ces jeunes filles en fleur et tout à coup, Valérie le reconnaît. Elle essaie de hurler, mais aucun son ne franchit le barrage de sa gorge nouée, comme dans les cauchemars où l'on essaie en vain d'appeler à l'aide.

Telle une tigresse, elle s'élance et fonce sur le dépravé. Karine l'aperçoit et lui envoie la main en s'écriant :

— Maman ! Quelle surprise !

L'avocat dévoyé s'arrête net et jette un œil mauvais à sa bru qui, rouge de fureur, lui crache au visage :

— Ne vous avisez jamais plus d'essayer d'entrer en contact avec ma fille, sinon je vais vous le faire regretter jusqu'à la fin de vos jours.

— Pfff, grimace Me Beaudry dont la peau marquée de replis de graisse le fait ressembler à un hippopotame.

— Qui c'est, ce gars-là, maman ?

— Ton grand-père Beaudry, maugrée Valérie en s'emparant du bras sa fille. Mais c'est un individu immonde et je ne veux pas que tu le fréquentes.

— J'ai des droits, la défie-t-il.

— Et moi, je n'ai qu'un appel à faire pour vous faire coffrer ! Grâce à mon oncle, je suis au courant de certaines choses de votre passé que vous n'aimeriez pas que je divulgue. Mais priez pour qu'il ne m'arrive rien ni à ma fille, parce que les preuves seraient automatiquement dévoilées.

— Pfff, fait-il encore avec dédain.

Mais Valérie voit ses narines se dilater et ses yeux s'agrandir d'appréhension et elle soutient son regard, sûre d'elle, jusqu'à ce qu'il baisse les paupières et s'éloigne avec un faux air confiant qui ne trompe personne.

— Il a pas l'air réglo, ce vieux schnock! commente une des filles du groupe.

— Il ne l'est pas, lui dit Valérie. Tenez-vous loin de lui et si vous le revoyez, avertissez la direction de l'école et téléphonez-moi.

Une fois dans l'auto, Valérie dit à sa fille:

— C'est une autre portion de ton histoire dont j'aurais dû te parler depuis longtemps. Je venais te chercher pour t'emmener souper au restaurant, mais je me sens les jambes flageolantes.

— Pour jaser, on sera mieux à la maison, répond Karine, pressée de connaître ce pan caché.

⌇

Fortement ébranlée par l'irruption intolérable de son beau-père dans la cour d'école, Valérie garde ses mains sous la table pour cacher les convulsions qui les agitent. Elle vient de finir de relater à Karine ce que Me Beaudry a fait subir à son fils, sans oublier le suicide d'Adam dont il est responsable.

— Avec tout ce que Nick m'a appris de lui, dit Marie-Reine d'un ton sentencieux, tu n'as pas le choix de déclencher la procédure qu'il t'a indiquée.

— Je crois qu'il a eu très peur malgré son air fanfaron, répond Valérie, la voix chevrotante.

— Il avait peur de ton oncle, mais il se croit tellement supérieur aux femmes que je ne prendrais pas de chance à ta place, réplique sa grand-mère sur un ton alarmé.

— Il ne faut jamais que tu restes seule, Karine, l'avertit Valérie, la mine épouvantée. Ton grand-père est un homme dangereux.

Karine regarde sa mère sans comprendre.

— Pourquoi me ferait-il du mal ? demande l'ingénue. Je ne lui ai rien fait.

Entourée et aimée, l'adolescente a hérité cette candeur désarmante de sa mère qui ne voit le mal chez les autres que lorsqu'elle en a la preuve irréfutable.

— Ton grand-père est cruel et pervers, Karine, s'énerve Valérie, et il n'hésiterait pas à s'en prendre à toi, ne serait-ce que pour nous faire du mal, à ton père et à moi. Tu ne dois jamais rester seule ! Peux-tu compter sur une de tes camarades pour t'accompagner ?

Valérie tremble de tout son corps.

— Ne t'inquiète pas, je vais l'accompagner à l'école, la rassure Gisèle.

— Merci, maman. Je vais prévenir Renaud. Quant à toi, Karine, tu n'as plus le droit de sortir de la maison ! Tu m'entends ?

Valérie est à bout de nerf en voyant sa fille exprimer son exaspération par une grimace de dégoût.

— Tu m'as reproché dernièrement de t'avoir laissée faire tout ce que tu voulais comme si je me fichais de toi. C'est pour ton bien que je fais ça, Karine, martèle Valérie. Alors tu vas m'obéir sans rouspéter !

— Ta mère a raison, ma chère enfant, dit d'un air malheureux Marie-Reine. Ton grand-père est réellement dangereux.

— Ça va, répond Karine, la lèvre boudeuse.

Pourtant, ses beaux yeux verts sont assombris par la menace qui plane sur elle.

— Ne t'en fais pas, je vais veiller sur toi, lui dit sa mamie Briand en entourant ses frêles épaules de son bras protecteur.

En dépit de la promesse de Renaud et Charles d'avoir l'œil ouvert, Valérie a du mal à dormir. Elle a entrepris les démarches indiquées par Nick, mais sans être rassurée pour autant. Quand les forces du mal se déclenchent, Dieu seul sait ce qui peut advenir et, sachant sa fille en danger, elle panique. Que peut faire une douce colombe devant un aigle prêt à foncer sur elle?

Malgré les jours qui passent sans que le rapace redouté se manifeste, une peur sourde broie les entrailles de la mère aux aguets et lui coupe l'appétit. Incapable de se concentrer, Valérie doit relire plusieurs fois le même paragraphe avant de seulement le comprendre et sa mémoire s'avère aussi performante que celle d'un malade atteint d'Alzheimer. Un souci lancinant et permanent hante son esprit: assurer la sécurité de Karine.

Aussi le moment lui paraît mal choisi pour les confidences de Gisèle, qui se décide à lui parler de sa relation avec René Desaulniers.

— Nous voulions éprouver la force de nos sentiments avant d'informer nos proches, lui explique-t-elle.

Devant l'embarras manifeste de Gisèle, Valérie prend les devants:

— Vous avez décidé de vous marier?

— Non, il n'en est pas question pour le moment, réplique Gisèle d'un air étonné.

N'arrivant pas à comprendre le malaise de sa belle-mère, Valérie se borne à dire:

— Ah, bon!

Après une pause durant laquelle les deux femmes se jaugent, Gisèle reprend:

— J'aimerais que tu me permettes de parler de tes soucis à René.

Bien qu'elle se sente totalement désemparée, Valérie fait un signe de dénégation.

— Il ne faut pas ébruiter cette affaire, ça pourrait nous nuire.

— Je le comprends, mais René a fait carrière dans la Gendarmerie royale. Il pourrait sûrement te conseiller. Et puis, je dois t'avouer que le comportement de ton beau-père m'inquiète sérieusement.

La mine soucieuse de sa belle-mère réveille ses crampes d'estomac.

— D'accord, tu peux lui en toucher un mot. Mais je ne voudrais pas qu'il se croie obligé…

— Comme je le connais, il ne demandera pas mieux que de nous aider.

⚬

Toutes les femmes de la maisonnée passent de meilleures nuits quand le policier à la retraite vient s'installer temporairement chez Valérie. Leur garde du corps a choisi de dormir sur le divan, respectant les valeurs de son temps. Tant qu'un homme et une femme ne sont pas unis par les liens sacrés du mariage, ils ne couchent pas ensemble à la vue et au su de tous.

— Pauvre vous, susurre Marie-Reine chaque matin, vous devez être à l'étroit et bien mal couché sur ces coussins mous.

— Je dors très bien. Comme je n'aime pas dormir sur le dos, je m'accote contre le dossier et j'ai plus de place qu'il m'en faut. Est-ce que vous m'entendez ronfler? demande-t-il d'un air taquin.

— Mais non, minaude-t-elle.

Marie-Reine papillonne autour de lui, reléguant Gisèle au second plan, et Valérie soupçonne que leur gardien est bien aise de se soustraire aux soins assidus de sa grand-mère lorsque sonne l'heure d'aller reconduire Karine à l'école.

Personne, en observant Marie-Reine courir en tous sens pour lui servir son déjeuner, ne lui donnerait jamais son âge.

— Occupe-toi du déjeuner de la petite, ordonne-t-elle à Gisèle qui offre de l'aider.

Valérie et sa mère échangent un clin d'œil complice. Tranquillisées par la présence et les conseils expérimentés de René, Gisèle respire le bonheur et Valérie peut s'appliquer à ses études, mais elle doit mettre les bouchées doubles pour rattraper le retard accumulé.

∼◦

Prévenu par son père afin qu'il ne s'inquiète pas de son absence, Bernard s'arrange pour accompagner plus souvent Valérie et passer du temps auprès d'elle sous le prétexte de l'aider à réviser la matière en vue des examens.

En sortant à la même heure de leur dernier test, ils se retrouvent à la cafétéria pour prendre un café afin de célébrer la fin de la session.

— Je n'arrive pas à le croire, dit Bernard, les yeux aussi radieux que les rayons du soleil de midi. J'ai fini mon baccalauréat !

Il pousse un énorme soupir de satisfaction et Valérie se réjouit qu'il ait atteint son but. Pour elle, ce moment ne surviendra qu'à la fin de la session d'automne. Elle a été retardée par les cours compensateurs exigés parce que les cégeps n'existaient pas encore quand elle était plus jeune. Elle a même été obligée de faire des démarches auprès du ministère de l'Éducation pour obtenir l'équivalence du secondaire V, parce que le cours commercial ne relevait pas du programme régulier. Et elle s'était alors félicitée d'avoir réussi les examens de 12ᵉ année commerciale.

— Bravo, monsieur le professeur, lui dit-elle tout sourire.

— Oh! Je ne suis pas encore prof.

— Mais ça va venir, fredonne-t-elle sur l'air d'une chanson de Joël Denis.

Alourdis par le contenu de leur casier, mais le cœur aussi léger que les jeunes élèves libérés pour l'été, ils sortent à l'air libre. Bernard accompagne Valérie à son auto, garée à l'extrémité d'un immense stationnement situé en retrait, dont le coût des vignettes est moins élevé.

Dans un véhicule garé non loin, un individu portant des lunettes fumées s'attarde à lire le journal. En le voyant, Valérie se fait la réflexion qu'il pourrait prendre ses aises à la cafétéria au lieu de rester coincé dans son automobile.

— Je vais aller te reconduire, mets tes choses à l'arrière, dit-elle, joyeuse.

— Je peux prendre l'autobus, objecte Bernard.

— Allez, embarque. Aujourd'hui, j'ai tout mon temps.

⁂

— Cher monsieur Desaulniers, dit Valérie en arrivant à la maison, je ne sais comment vous remercier. Je vous suis infiniment reconnaissante, mais si vous avez le goût de rentrer chez vous, ne vous gênez pas. Je peux aller reconduire ma fille, maintenant que je suis en vacances pour l'été.

Il ouvre la bouche comme s'il voulait parler, mais il change d'avis en voyant le signe discret que lui fait son amoureuse.

— On pourrait le garder à souper et à coucher encore une nuit, propose timidement Gisèle. J'ai fait du rosbif pour souper.

La cuisine embaume de l'arôme du mélange qui recouvre la pièce de viande piquée de quartiers d'orange, de pomme et d'oignon.

— Quand vous allez goûter à son rosbif, vous allez vous rendre compte qu'elle est bonne à marier, le taquine Valérie.

Comme une jeune fille timide, Gisèle pique un fard et René sourit, l'air convaincu de la justesse de l'affirmation.

❧

Le lendemain, avant de partir, monsieur Desaulniers conseille à Valérie de s'inscrire avec sa fille à un cours d'autodéfense.

— Ça peut toujours servir, lui dit-il d'un ton léger.

— Vous avez un professeur à me recommander ?

— Donne-moi un annuaire, un papier et un crayon.

Après avoir trouvé l'information, il retranscrit les coordonnées et lui tend le papier. Valérie y jette un coup d'œil distrait et le range dans son sac à main.

Elle le laisse en compagnie de sa belle-mère pour se lancer dans son grand ménage. Elle commence par la paperasse accumulée durant la session universitaire. Plus tard, elle fait l'inventaire des vêtements d'hiver à envoyer au nettoyeur avant le rangement, passe en revue le contenu de ses tiroirs et jette les sous-vêtements défraîchis pour faire de la place à ceux qu'elle achètera en remplacement.

Le soir, elle refait l'exercice avec sa fille. Karine a terminé sa croissance et il n'est plus nécessaire de renouveler toute sa garde-robe. Mais à son âge, l'adolescente est plus fière et elle se tient au courant des dernières tendances de la mode.

— Allons dans les magasins pendant qu'il reste encore du linge d'été, déclare Valérie. En juin, il ne restera plus rien.

Le samedi, la mère et la fille dévalisent les boutiques de mode. Quand le concierge les voit décharger tous leurs sacs, il s'empresse d'aller les aider.

— Quand est-ce qu'on va pouvoir commencer les travaux ? lui demande-t-il avant de partir.

— Probablement dans une semaine.

— Alors, je peux dire à l'entrepreneur de commencer ?

— Non… attendez que j'aie rencontré mon comptable, dit Valérie sous le coup de l'impulsion.

— C'est parce qu'ils sont "overbookés" l'été, dit-il d'un ton hésitant.

— Juste une petite semaine, monsieur Fortier. Ça ne devrait pas changer grand-chose, non ?

— C'est vous le boss, dit-il en branlant la tête d'un air de doute.

— Merci pour votre aide, conclut-elle avec un sourire propre à lui faire oublier qu'elle ne tient pas compte du conseil sous-entendu.

~❧~

Le jour de son rendez-vous avec son comptable, Valérie s'habille avec une certaine élégance. Ce n'est pas parce qu'elle veut l'aguicher, il ne l'attire nullement. Elle a juste besoin de se sentir à l'aise dans des vêtements de bonne coupe afin de ne pas se laisser impressionner par ses airs supérieurs qui lui en imposent. Lui-même est toujours vêtu comme une carte de mode. Valérie se fait parfois la réflexion qu'il ressemble davantage à un dandy qu'à un comptable méticuleux.

Elle change de sac à main et prend celui assorti à ses escarpins de cuir fin, s'examine dans le miroir sous tous les angles afin de s'assurer que rien ne cloche dans sa mise, s'approche et vérifie son maquillage, sa coiffure.

— Maman, est-ce que tu pourrais aller chercher Karine à l'école si je ne suis pas revenue dans une heure ?

— Bien sûr. Je peux inviter René à souper ?

— Oui et tu n'as pas besoin de me demander la permission, maman, tu es ici chez toi.

Gisèle lui adresse un sourire reconnaissant.

— Veux-tu bien me dire où tu vas, attifée comme ça en pleine semaine ? l'interroge Marie-Reine en la détaillant d'un œil soupçonneux.

— Je rencontre mon comptable pour obtenir l'argent nécessaire pour faire faire les réparations à la toiture et au stationnement.

— Bonne chance, dit Marie-Reine avec un sourire entendu.

Elle-même a dû batailler fort pour sortir l'argent que Nick avait placé à son intention.

— Bon courage, ne lâche pas, ajoute encore Gisèle qui a goûté aux réticences du monsieur.

— Je suis bien déterminée à tenir mon bout, il fait mieux de me faire un chèque sur-le-champ, sinon je vais l'attraper par son nœud de cravate et le tordre jusqu'à ce qu'il cède, dit-elle à la blague. À tantôt !

Il fait un temps splendide et les petits oiseaux s'en donnent à cœur joie dans les branches aux feuilles vert tendre fraîchement écloses. La circulation est fluide, mais les conducteurs, charmés par le printemps, se traînent comme des tortues et Valérie craint d'arriver en retard.

Après maints soupirs impatients, elle arrive à destination juste à temps. Elle gare sa voiture et prend la précaution de verrouiller les portières. D'une démarche assurée, elle arrive devant l'entrée et tire sur la porte, qui refuse de s'ouvrir. Elle essaie de nouveau, en vain. Elle met sa main au-dessus de ses sourcils pour couper le reflet aveuglant du soleil, mais ne détecte aucun mouvement à l'intérieur. Elle appuie sur la sonnette et attend, puis regarde l'heure à sa montre.

Deux heures de l'après-midi! Il devrait pourtant être revenu de dîner. Elle appuie encore sur la sonnette et écoute le son se répercuter dans le local sans vie, incrédule. Puis elle fait le tour de la bâtisse en se collant le nez à chacune des fenêtres sans plus de résultat. Des plis soucieux apparaissent sur son front.

— Je vais trouver un téléphone et composer son numéro, dit-elle tout haut. Peut-être qu'il y aura un service de messagerie.

Elle s'engouffre dans une cabine téléphonique, insère une pièce de monnaie et compose d'une main fébrile le numéro qu'elle a trouvé dans l'annuaire. Elle laisse sonner plus de dix coups puis raccroche.

Désemparée, elle retourne à son auto et décide de rentrer chez elle afin de poursuivre ses recherches.

— Il ne peut quand même pas s'être envolé comme ça! se dit-elle pour se rassurer.

FIN DU QUATRIÈME TOME

Suivez-nous

Achevé d'imprimer en septembre 2014
sur les presses de Marquis-Gagné
Louiseville, Québec